Haruki Murakami

海边的卡夫卡

KAFKA ON THE SHORE

海 辺 の カ フ カ

［日］　村上春树　著

林少华　译

上海译文出版社

图书在版编目（CIP）数据

海边的卡夫卡 /（日）村上春树著；林少华译.
一上海：上海译文出版社，2018.6（2020.12重印）
ISBN 978-7-5327-7761-7

Ⅰ.①海… Ⅱ.①村… ②林… Ⅲ.①长篇小说一日
本一现代 Ⅳ.①I313.45

中国版本图书馆CIP数据核字（2018）第035544号

UMIBE NO KAFUKA
by Haruki Murakami
Copyright © 2002 by Haruki Murakami
All rights reserved.
Originally published in Japan by SHINCHOSHA Publishing Co., Ltd., Tokyo.
Chinese (in simplified character only) translation rights arranged with
Haruki Murakami, Japan
through THE SAKAI AGENCY and BARDON-CHINESE MEDIA AGENCY.

图字：09-2003-114号

海边的卡夫卡

[日] 村上春树 著 林少华 译
责任编辑 / 沈维藩 装帧设计 / 千巨万工作室

上海译文出版社有限公司出版、发行
网址：www.yiwen.com.cn
200001 上海福建中路193号
浙江新华数码印务有限公司印刷

开本 890×1240 1/32 印张 17 插页 2 字数 300,000
2018年6月第1版 2020年12月第8次印刷
印数：175,001—205,000 册

ISBN 978-7-5327-7761-7/I·4749
定价：59.00元

《海边的卡夫卡》中文版序言

村上春树

这部作品于二〇〇一年春动笔，二〇〇二年秋在日本刊行。

《海边的卡夫卡》这部长篇小说的基本构思浮现出来的时候，我脑袋里的念头最先是写一个以十五岁少年为主人公的故事。至于故事如何发展则完全心中无数（我总是在不预想故事发展的情况下动笔写小说），总之就是要把一个少年设定为主人公。这是之于我这部小说的最根本性的主题。我笔下的主人公迄今大多数是二十几岁至三十几岁的男性，他们住在东京等大城市，从事专业性工作或者失业，从社会角度看来，决不是评价高的人，或者莫如说是在游离于社会主流之外的地方生活的人们。可是他们自成一统，有不同于他人的个人价值观。在这个意义上，他们保有一贯性，也能根据情况让自己成为强者。以前我所描写的大体是这样的生活方式、这样的价值观，以及他们在人生旅途中个人经历过的人与事、他们视野中的这个世界的形态。

但在这部作品中我想写一个少年的故事。之所以想写少年，是因为他们还是"可变"的存在，他们的灵魂仍处于绵软状态而未固定于一个方向，他们身上类似价值观和生活方式那样的因素尚未牢固确立。然而他们的身体正以迅猛的速度趋向成熟，他们的精神在无边的荒野中摸索自由、困惑和犹豫。我想把如此摇摆、蜕变的灵魂细致入微地描绘在 fiction(小说)这一容器之中，藉此展现一个人的精神究竟将在怎样的故事性中聚敛成形、由怎样的波涛将其冲往怎样的地带。这是我想写的一点。

当然您一读即可知晓，主人公田村卡夫卡君不是随处可见的普通的十五岁少年。他幼年时被母亲抛弃，又被父亲诅咒，他决心"成为世界上最顽强的十五岁少年"。他沉浸在深深的孤独中，默默锻炼身体，辍学离家，一个人奔赴陌生的远方。无论怎么看——在日本也好，或许在中国也好——都很难说是平均线上的十五岁少年形象。尽管如此，我还是认为田村卡夫卡君的许多部分是我、又同时是你。年龄在十五岁，意味着心在希望与绝望之间碰撞，意味着世界在现实性与虚拟性之间游移，意味着身体在跳跃与沉实之间徘徊。我们既接受热切的祝福，又接受凶狠的诅咒。田村卡夫卡君不过是以极端的形式将我们十五岁时实际体验和经历过的事情作为故事承揽下来。

田村卡夫卡君以孤立无援的状态离开家门，投入到波涛汹涌的成年人世界之中。那里有企图伤害他的力量。那种力量有的时候就在现实之中，有的时候则来自现实之外。而与此同时，又有许多人愿意拯救或结果上拯救了他的灵魂。他被冲往世界的尽头，又以自身力量返回。返回之际他已不再是他，他已进入下一阶段。

于是我们领教了世界是何等凶顽(tough)，同时又得知世界也可以变得温存和美好。《海边的卡夫卡》力图通过十五岁少年的眼睛来描绘这样一个世界。恕我重复，田村卡夫卡君是我自身也是您自身。阅读这个故事的时间里，倘若您也能以这样的眼睛观看世界，作为作者将感到无比欣喜。

二〇〇三年初春

另一种精神救赎之旅（译序）

林少华

　　二〇〇七年樱花时节，浙江大学一位即将毕业的女生跑来青岛找到我，向我表示感谢，说她高中时代一度陷入精神危机，休学在家。那期间给我写了信，也接到了我的回信，从中受到鼓励。不久又读了我译的村上春树的《海边的卡夫卡》，决心像书中主人公田村卡夫卡君那样告别过去，重返学校完成学业。结果学习成绩很快上去，得以考入浙大。"如果没有您的回信，没有碰巧读到《海边的卡夫卡》，我的人生就不会是现在这样子。"她感慨地说。作为我，当然已忘记那封回信了。一来事情过去了几年，二来给读者回的信实在很多。其中确有几人考上大学后再次来信表示感谢，但像她这样当面致谢的还不曾有过。这让我分外欢喜和欣慰，实实在在生出一种感触：自己大半生总算做了一件切切实实有益于青年、有益于社会的好事。

　　如此典型的例子诚然为数不多，但毕竟提供了一种验证。大而言之，验证了文学的力量；小而言之，验证了《海边的卡夫卡》的力量——使心灵或灵魂获得救赎的力量。而这恐怕正是村上多数作品的力量所在，也是大凡文学作品的主要魅力和价值所在。否则要文学做什么呢？要作家和翻译家做什么呢？在某种意义上，只有文学和宗教才能使人的灵魂获得安顿和救赎，进而得到升华和超度。

说回《海边的卡夫卡》。村上在这篇序言中明确写道：

> ……在这部作品中我想写一个少年的故事。之所以想写少年，是因为他们还是"可变"的存在，他们的灵魂仍处于绵软状态而未固定于一个方向，他们身上类似价值观和生活方式那样的因素尚未牢固确立。然而他们的身体正以迅猛的速度趋向成熟，他们的精神在无边的荒野中摸索自由、困惑和犹豫。我想把如此摇摆、蜕变的灵魂细致入微地描绘在fiction(小说)这一容器之中，藉此展现一个人的精神究竟将在怎样的故事性中聚敛成形、由怎样的波涛将其冲往怎样的地带。这是我想写的一点。

概括起来，《海边的卡夫卡》(以下简称《卡》)是一个少年精神成长史的一个剖面，也可以说是一部"成长小说"。众所周知，村上是一位彻头彻尾的个人主义者(有人称之为"村上流新个人主义")，村上自己也坦率承认这一点，"什么也不引渡给别人，同任何人都不发生连带关系"(村上春树谈《海边的卡夫卡》，载于《文学界》2003年第4期)。这点在他以往的作品中表现得十分明显，是其作品主人公一个最明显的特点。那些主人公几乎全是尚未结婚或离婚的单身男性，没有家庭没有子女，亲戚也基本没有，甚至父母也不出场。不在公司等必须与人协调各种关系的团体中任职，失业或者半失业，从事类似翻译或自由撰稿人那样个体性质的工作。因此他们从来不是社会这部庞大机器中的一个螺丝钉，不认同任何权威、权势、权位、体制和所谓主流价值观，而宁愿离群索居，在社会边缘地带作为边缘人默默拧紧自己的发条。但他们绝非弱者，也同所谓颓废、冷漠不大是一回事。他们拥有健全的知识体系、独立的人格和价值观、世界观，一个突出表现就是独自在脑袋里或在私人交谈中对现存社会体制即"高度发达的资本主义"酷酷地评头品足、冷嘲热讽，时有一针见血的见解和惊人之语，在这个意义上堪称真正的强者。

但是，这次村上写的是十五岁的少年，意在展现其精神"聚敛成形"的过程。这样，就不可能像以往那样将其置于家庭和社会的大视野之外，尤其不可能让他成为社会体制彻底的旁观者和批判者。相反，必须促使他一步步认同和返回以学校教育为主的社会体制之内。这样的姿态在村上笔下可以说是第一次出现，而这当然需要异常艰难、甚至惊心动魄的蜕变过程。为此村上给这个十五岁少年设置了种种障碍。其中最大的障碍来自家庭，即幼年被母亲抛弃造成的心灵伤害和父亲可怕的预言所造成的精神痛苦。那与其说是预言，莫如说更是恶毒的诅咒：你迟早要用那双手杀死父亲，迟早要同母亲交合。"预言总是如黑乎乎的神秘水潭出现在那里。平时静悄悄潜伏于某个人所不知的场所，一旦时机来临，它就无声无息地涌出，冰冷冷浸满你身上每一个细胞。你在残酷的洪水泛滥中奄奄一息，痛苦挣扎。"为了挣脱这个预言、这个诅咒，田村卡夫卡君选择在十五岁生日当天离家出走，以孤立无援的状态投入到成年人世界的惊涛骇浪之中。

那么，田村卡夫卡果真从那个诅咒中挣脱出来了吗？就杀父这点来说，表面似乎挣脱了，因为他父亲雕刻家田村浩一在他离家出走大约十天后被人杀死在东京自家书房里，而他当时则在远离东京的高松市。可是奇怪的是，那时他的T恤黏乎乎沾满了什么人的血——"有可能我通过做梦杀害了父亲，通过类似特殊的梦之线路那样的东西前去杀害了父亲。"而大岛则认为那是未免过于大胆的超现实意义假设，"听起来简直像科幻小说的梗概"。读者也难免要问：田村卡夫卡到底有没有杀死他父亲呢？关于这点，村上在《卡》出版后不久接受《文学界》采访时说了这样一番话：

　　在我所设想的"文脉"里面，一切都能够自然而然地发生。在我设想的世界中，类似远距离杀死父亲这样的事莫如说也是自然主义现实主义的。所以，例如中田杀人而卡夫卡君手上沾血是丝毫不足为奇的。问我为什么这样，我也说不好，反正是理应有的事。

　　只是，读者中也有许多人说莫名其妙：为什么中田杀人而卡夫卡君手上沾血了呢？那是可能发生的。为什么说可能发生呢？因为"物语"就是要在超越解释的层面表达以普通"文脉"所不能解释的事情。"物语"所表达的和"物语"以外的表达有所不同。

　　（村上春树谈《海边的卡夫卡》，载于《文学界》2003 年第 4 期）

　　一句话，在村上式"文脉"里，儿子杀死了父亲。那么"迟早要同母亲交合"那个预言或诅咒又如何呢？应该说也应验了。以少女形象出现的佐伯在甲村图书馆那个墙上挂有"海边的卡夫卡"油画的神秘房间里，以"睡着"的状态同"我"即田村卡夫卡君进行交合——"想必佐伯把我当成了她早已死去的少年恋人，她试图把过去在这房间发生的事依样重复一遍，重复得极为自然，水到渠成，在熟睡中。我想我必须设法叫起佐伯，必须让她醒来。她把事情弄错了，必须告诉她那里存在巨大的误差，这不是梦，是现实世界。然而一切都风驰电掣地向前推进，我无力阻止其势头。我心慌意乱，我的自身被吞入异化的时间洪流中。"田村卡夫卡君就是这样被动地把那个可怕的预言变成了现实。对此读者当然还要提出疑问：现实中的佐伯已经五十岁，而同田村卡夫卡交合的则完全是少女，怎么可能是他的母亲呢？何况又处于睡梦之中。但如上面说过的那样，在村上设计的语境（"文脉"）中，一切都是可能发生的，一切都是正常的，这也正是"物语"特有的优势和可能性。换言之，常识性逻辑和理性不重要，重要的是装在"fiction（小说）"这一容器的隐喻本身。

　　显而易见，这一构思来自索福克勒斯的希腊悲剧《俄狄浦斯王》，即俄狄浦斯"杀父娶母"的故事。俄狄浦斯是忒拜国王拉伊俄斯和王后伊俄卡斯忒的儿子。他出生前，其父王从阿波罗神那里得知此儿将来会杀父娶母，于是将出生不久的俄狄浦斯抛弃在峡谷里。不料婴儿被老牧人救起，并由科任托斯国王波吕玻斯和王后墨洛珀收为养子。俄狄浦斯长大后得知那个可怕的预言，为了避免预言的实现而离开以为是自己亲生父母的波吕玻斯和墨洛珀。他在逃往忒拜国的路上同一伙陌生人吵架，动怒打死了一个老年人，而那人正是他的生父。到了忒拜后，他为百姓除掉了人面狮身的女妖斯芬克司，因此被拥戴为王，在不知情的情况下娶了前王后即他的生母为妻。至此，那个"杀父娶母"的预言全部应验。其后他屡遭不幸。真相大白后，他母亲羞愧自杀，他刺瞎了自己的双眼，自愿放逐。

　　一般认为，《俄狄浦斯王》的主题是通过个人的坚强意志和英雄行为与命运之间的剧烈冲突来表现命运的强大和善良英雄的毁灭。命运之所以强大，一方面是因为它是无可选择的，如《卡》中大岛所说，"不是人选择命运，而是命运选择人"，另一方面是因为命运有时是荒谬和邪恶的，甚至安排人去做"杀父娶母"这种伤天害理、无可饶恕的事情。而村上恰恰把这样的命运摆在了一个十五岁少年的面前，而且变本加厉，通过琼尼·沃克杀猫的场景暗示少年的父亲是一个性格无比邪恶和扭曲之人。同时，他借少年之口说出"父亲玷污和损毁他身边的每一个人"，从而使少年继承一半邪恶基因，而这有可能是他母亲四岁就把他抛弃的一个原因。总之，这个少年基本天生是一个坏小子，一个被严重损毁的人。何况，俄狄浦斯是在不知情的前提下杀父娶母，而田村卡夫卡君则在离家出走时就把十二厘米长的沉甸甸的"尖头锋利的折叠刀"带在身上。当他得知父亲遇害时也好像没有悲伤，"就真实的心情来说，遗憾的是莫如说是他没有更早死去"，甚至认为有可能是自己"通过做梦杀害了父亲"。而他同母亲交合，虽然是被动的，但也并非完全蒙在鼓里。读者在这里势必质疑：这样的十五岁少年还能得到救赎吗？他的人生还有希望吗？

村上春树决心让他得到救赎，决心给他以希望。希腊神话中，善良、勇敢正直的俄狄浦斯没有得到救赎，彻底毁灭了。而在这部长篇里面，糟糕的田村卡夫卡君反而得到了救赎，走向新生。这是二者最大的不同之处。惟其如此，一个是经典的希腊悲剧，讲述命运的不可战胜；一个成了"浪子回头"的故事，强调命运可以克服，人生还有转机。

那么田村卡夫卡君是怎样得到救赎的呢？一个办法是让他思考。村上春树说：

> 我特别注意的是，虽说出场的是十五岁少年，但也不要有太多的启蒙意味。不引导他，不做那样的事。我想做的是让他思考，让他用自己的脑袋判断。作者不可引导他。用前面的话说，就是将各种各样的原型摆在他面前，促使他自然而然地理解、消化和接受。我认为这是赋予作者的重要任务。
>
> （《少年卡夫卡》，村上春树编，新潮社 2003 年 6 月版）

换个说法，就是要让各种各样的东西从田村卡夫卡君脑袋里通过，要从所有角度把知识塞进去，村上在前面提到的那次采访当中认为这点非常重要。可是，由谁来帮助田村卡夫卡做到这点呢？主要是大岛。可以说，大岛在很大程度上充当了这个少年的精神导师角色：

> 大岛一边开车一边就舒伯特的钢琴奏鸣曲展示他的博学。或许有人对此反感，觉得是在炫耀知识，但大岛是想通过这些把某种东西提供给卡夫卡君这个少年。他这人绝对不直接说不可怎样做，而是通过他身上存在的某种知识形态来传达什么。

（村上春树谈《海边的卡夫卡》，载于《文学界》2003年第4期）

　　的确，大岛从不居高临下地对田村卡夫卡君指手画脚，只是以平等的态度倾听对方的诉说，提供知识和建议时也从无强加于人的意味，更多的时候是表示理解，以其特有的温情和关爱促使少年思考和做出判断，这其实也是村上笔下绝大部分主人公一贯的姿态。因此，尽管大岛是患有性同一障碍的所谓不男不女的"阴阳人"，但绝不使人讨厌，莫如说让人怀有好感，尤其第19章大岛对闯进图书馆吹毛求疵的两个女权主义者那番言说，可谓机警洒脱，妙趣横生。最后大岛对少年平静地说道："缺乏想像力的狭隘、苛刻、自以为是的命题、空洞的术语、被篡夺的理想、僵化的思想体系——对我来说，真正可怕的是这些东西。……作为我，不愿意让那类东西进入这里。"耳闻目睹事件整个过程的十五岁少年当然不可能不为动于衷。如村上在中文版序言中所说，从中既可以领教世界是何等凶顽（tough），又可以得知世界也可以变得温存和美好。所谓成长大概就是这么回事。

　　另外一个使得田村卡夫卡获得救赎的办法是让他同"异界"接触。村上认为，把类似生存状态的"元型"那样的东西以纯粹的形式出示给年轻人，其重要性无论在现实世界还是在虚构世界都没有什么不同。但日常生活中朝夕相处的父母很难把自己的"元型"活生生摆在孩子面前，因为日常这东西往往以种种样样的污垢将事物给人的印象（image）弄得模糊不清。而且十五岁正处于反抗期，常常对父母的做法表示反感。"所以，我认为同异界的接触就变得重要起来。……但实际上很难发生那样的事情，所以，读书很关键。阅读当中，可以同许多异界发生实实在在的（real）接触。"实际上，村上在《卡》这部小说中也让田村卡夫卡君读了很多书，尤其让他读了有"异界"出现的文学作品。《卡》几次强调田村卡夫卡君最喜欢的地方就是图书馆，从小就经常在图书馆消磨时间，即使看不大懂的书也坚持看到最后一页。"图书馆好比我的第二个家。或者不如说，对我来说图书馆才是真正的家。"离家出走来到高松市区，村上也刻意安排他住进"甲村图书馆"，让他在那里看有无数"异界"出现的《一千零一夜》——"比之站内熙来攘往数不胜数没有面孔的男男女女，一千多年以前编造的这些荒诞离奇的故事要生动得多逼真得多。"他还在那里同大岛谈起弗兰茨·卡夫卡的小说，说他最喜欢那篇描写奇特行刑机器的《在流放地》。不言而喻，卡夫卡的小说常有"异界"即"怪异的世界"出现。

不仅在书上，在实际生活中，作者也让这个少年一再进入"异界"。如在神社后面的小树林里失去知觉，T恤沾了很多血，如在甲村图书馆那个神秘房间里见到十五岁的美少女，如在梦中同可能是他姐姐的樱花做爱。而最后关于田村卡夫卡君的几章，几乎全部将他置于"异界"之中：他在不妨说是二战士兵亡灵即两个"身穿旧帝国陆军野战军服"的一高一矮两个士兵的引导下，从"入口"进入森林尽头地带。在那里，他见到了十五岁的佐伯（"每晚来我房间凝视墙上绘画的少女"）和现实中五十岁的应该是其生母的真的佐伯。真的佐伯一再劝说他离开这座森林尽头的小镇，返回原来的生活，"你还是要返回才行"。他在返回路上回望小镇而想要留下来的关键时刻，佐伯再次斩钉截铁地叮嘱"我希望你返回，希望你在那里"。至于堪可视为田村卡夫卡君之分身的中田老人更是连续遭遇"异界"，从刺杀琼尼·沃克到得助于山德士上校，从跟猫说话到撑起伞让天降蚂蟥，不妨说，没有"异界"就没有中田的人生经历。

总之，如果没有大岛的言说和启发，没有书中和生活中的"异界"游历，十五岁的田村卡夫卡君就不可能从那个可怕的命运中挣脱出来并且获得救赎。耐人寻味的是，森林尽头小镇那个最后的、至关重要的"异界"是在两个二战日军士兵亡灵的带领下进入其"入口"的。准确说来，这是两个厌战的逃兵，是为逃避战争而躲进森林的。

"要是还在当兵，作为士兵迟早要被派去外地，"壮个儿说，"并且杀人或被人杀。而我们不想去那样的地方。我原本是农民，他刚从大学毕业，两个人都不想杀什么人，更不愿意给人杀。理所当然。"

"你怎么样？你想杀人或被人杀？"高个儿士兵问我。

我摇头。我不想杀人，也不想被人杀。

"谁都不例外。"高个儿说，"噢，应该说几乎谁都不例外。问题是就算提出不想去打仗，国家也不可能和颜悦色地说'是么，你不想去打仗，明白了，那么不去也可以'。逃跑都不可能。在这日本压根儿无处可逃，去哪里都会立即被发现，毕竟是个狭窄的岛国。所以我们在这里留下来，这里是惟一可以藏身的场所。"

……

"我也不怎么知道。"高个儿说，"对方是中国兵也好俄国兵也好美国兵也好，肯定都不想被搅断肠子死去。总而言之我们就住在那样的世界。所以我们逃了出来。但你别误会了，其实我们决不贪生怕死，作为士兵莫如说是出色的，只不过对那种含有暴力性意志的东西忍受不了。……"

从以上行文中，不难看出作者对二战日本逃兵以至那段"含有暴力性意志"的"杀人"的日本现代史的态度：对逃兵予以肯定，并借逃兵之口对那段历史予以否定和批判。他还让对那场战争持批判立场的逃兵充当十五岁少年的领路人，从中应该可以读取这样的潜台词：当今日本青少年若要完成精神成长和获取救赎，反省和批判那场战争乃是一个必不可少的"入口"，其领路人便是那样的"逃兵"。同时也暗示出当下的日本政治生态：反省和批判那场战争的人还很难离开"森林"走去外面的主流世界。因为外面的世界在某种程度上仍是高个儿所说的充满暴力性的世界。"刺中对方后马上用力搅，把肠子搅断，否则你会落得同样下场——这就是外面的世界。"换言之，在村上眼里，日本这个国家仍未彻底铲除暴力性土壤。

佐伯的最后出现也意味由这两个二战逃兵领入的"异界"的何等重要。在某种意义上，佐伯最后也只能出现在这样的地方，在这样的"异界"劝少年返回原来的生活——离开作为封闭系统的"森林"而返回作为开放系统的社会。无疑，佐伯本身也是个巨大的隐喻。作为母亲，她可以隐喻孕育和培养主人公的故土、故国以至整个历史和文化。尽管她抛弃和伤害了主人公，但主人公最后仍原谅了她，并且听从她的劝告重返社会。显然，没有她那句劝告，主人公很有可能像《世界尽头与冷酷仙境》中在最后关头放弃同"影子"一起逃出"世界尽头"机会的"我"那样留在森林尽头。那也就意味他放弃成长，放弃责任，放弃救赎。这当然反映出村上态度的转变：从拒绝社会到融入社会，从放弃责任到回归责任。小说在最后一章进一步确认了这一点：

"往下什么打算？"大岛问。
"想回东京。"我说。
"回东京怎么办？"
"先去警察署把以前的情况说清楚，否则以后将永远到处躲避警察。下一步我想很可能返校上学。……"
"有道理。"大岛眯细眼睛看我，"这样确实再好不过，或许。"
"渐渐觉得这样也未尝不可了。"

小说收尾时，作者通过田村卡夫卡的另一个自己即叫乌鸦的少年又一次认定"你做了最为正确的事情"。小说最后一句是："一觉醒来时，你将成为新世界的一部分。"而《挪威的森林》的最后一句是"我不知这里是哪里……我在哪里也不是的场所的正中央不断地呼唤着绿子"，《世界尽头与冷酷仙境》的结尾为"我看见一只白色的鸟在漫天飘舞的雪花中朝南面飞去……剩下的惟有我踏雪的吱吱声"。相比之下，《卡》发出的信息最为确定、积极和有社会连带感。亦如村上在中文版中所说的，"返回之际他已不再是他，他已进入下一阶段"。至此，背负"杀父奸母"这个可怕命运或诅咒的十五岁少年完全获得了救赎，走向新生，而没有像俄狄浦斯那样毁灭。作者设想中的"最根本性的主题"便是这样凸显出来。

说起来，村上春树是在他五十三岁时创作这部以十五岁少年为主人公的长篇小说的。那么村上自己十五岁时是怎样的呢？村上没有回避这一点，他在一次接受采访时这样回答：

> 我十五岁时相当奇特来着。在某种意义上属于极为普通的少年，爬山、下海游泳、和同学玩得很欢，但同时又是个异常喜好读书的少年。也是因为独生子的关系，一旦钻进房间就闭门不出。什么孤独呀沉默呀，根本不觉得难受。用零花钱买了好几本大月书店出的《马克思恩格斯全集》，一头扎进去看个没完。《资本论》什么的当然难得得了，不过不管三七二十一地读起来，很大程度上也是可以懂的。行文也简洁明快，有一种相当吸引人的地方。卡夫卡、陀思妥耶夫斯基当然也差不多通读了——这样子，恐怕就不是个普通孩子。
>
> 反正经常看书。音乐也常听，被现代爵士乐迷住也是那个时候。倒是没有离家出走（笑）。我这个人身上，强烈的向内部分和物理性外向部分好像同时存在。这点现在也一样，人这东西是很难改变的。

当被问及自己十五岁的记忆是否在写小说过程中苏醒过来时，他否定说不曾有那种情况出现，随后进一步解释道：

> 十五岁的少年主人公和实际十五岁时的我自己全然不同。也许有多少相似的地方，但基本是另一个人。不过我可以在这个故事当中成为十五岁少年，可以钻进他那一存在，可以作为全新的选项把我的存在和他的存在重合在一起。那对我是十分重要的，同时希望对读者也是十分重要的。如果能够由十分重要的事情把我和少年和读者连在一起，我想那真是再好不过。小说说到底大概就是这么一种东西。

> （《少年卡夫卡》，村上春树编，新潮社 2003 年 6 月版）

村上这番话饶有兴味。生活在资本主义社会的十五岁少年自动自觉地读了马恩全集，差不多读懂了《资本论》，而我们中国这边能有多少、甚至有没有这样的十五岁少年恐怕还是个疑问。由此不难明白村上作品中的主人公为什么对"高度发达的资本主义社会"始终保持清醒的审视和批判态度，具有相当敏锐的洞察力。换言之，在村上的教养、知识体系和思想质地中不乏马恩经典著作元素。就这点而言，与其说他是"小资"，莫如说是"普罗"也许更为合适。

此外，这部长篇要求我们阅读时放弃对外部客观依据的追索，而要彻底沉入自己的内心以至潜意识王国，甚至需要懂一点所谓心灵魔术，才能跟随作者在这座卡夫卡式迷宫里完成想像力的各种大跨度跳跃。显而易见，这部长篇、尤其以中田老人为主线的偶数各章，种种谜团花样翻新层出不穷，人物在现实与非现实之间自由穿梭，现世与"异界"的屏障荡然无存，场景光怪陆离，变幻莫测。因此，以我们原本偏重于现实主义的阅读常识看来完全匪夷所思。这就更有必要记住前面引用过的村上那句话："'物语'就是要在超越解释的层面表达以普通'文脉'所不能解释的事情。"在这个意义上，任何离奇古怪之事的发生都是自然的、正常的，在村上笔下那也是"现实主义"的。一句话，在"物语"中一切都成为可能，而那毋宁是"物语的意志"所使然。这就是村上的观点。

无须说，正如文学评论界对于村上作品的评价一向毁誉参半，对于《卡》也是如此。这里只介绍两种批评。一种来自东京大学教授、著名评论家和社会活动家小森阳一。他认为田村卡夫卡君未能亲自动手结果父亲隐喻日本战后未能彻底清算天皇战争责任和结束天皇制度，并对此感到不快。他这样慷慨陈词：

> 在情节设计上，卡夫卡少年象征性杀父的背后有昭和天皇幽灵般的阴影。
>
> 这一设计，应该视为战败后"象征"式呈现的日本社会状态。一九四五年八月十五日已是大人的一代人未能以自己的力量裁判作为"压倒性暴力"之战争的责任人昭和天皇裕仁的战争责任。相反，昭和天皇裕仁因企图利用天皇的权威对接受《波茨坦宣言》的战后日本实行占领政策的麦克阿瑟的庇护而得以免受东京审判，进而实现"国体护持"，作为"象征天皇制"而成功地存活下来。也就是说，在战败之际已是大人的一代人未能作为全体国民象征性杀父。战前的"绝对主义天皇制"诚然通过美国＝GHQ＝（盟军司令部）＝麦克阿瑟这一异类父性权力而"代理代行式"解体了，但昭和天皇裕仁本人得以继续活命——不过是极其半途而废式的杀父罢了。不，那甚至不是什么杀父，而只是 GHQ 和天皇制之间的一种合谋性同舟共济。
>
> （《村上春树论——精读〈海边的卡夫卡〉》，小森阳一著，平凡社 2006 年 10 月版）

仔细查阅《卡》，发现有一段直接点出天皇，是借山德士上校之口说出的。说得相当风趣，不妨引用在这里供读者玩味和思索：

> "好好听着，星野小子！神只存在于人的意识之中。特别是在日本，好坏另当别论，总之神是圆融无碍的。举个证据：战前是神的天皇在接到占领军司令官道格拉斯·麦克阿瑟将军'不得再是神'的指示后，就改口说'是的，我是普通人'，一九四六年以后再也不是神了。日本的神是可以这样调整的，叼着便宜烟斗戴着太阳镜的美国大兵稍稍指示一下就马上摇身一变，简直是超后现代的东西。以为有即有，以为没有即没有，用不着一一顾虑那玩意儿。"

另一种批评声音来自美国哈佛大学日本文学教授杰·鲁宾（Jay Rubin），他在其专著《倾听村上春树——村上春树的艺术世界》（Haruki Murakami and the Music of Words，直译应为"村上春树和语言的韵律"）中，特别提及第十六章集中描写的暴力场面。他认为第十六章是村上笔下最激烈、最深刻的一章，其中提出的是浸满鲜血的二十世纪记忆中挥之不去的主题，而且这一主题将继续困扰二十一世纪的人类，其开端是如此令人心碎，如此充满暴力。"这部小说的价值或者说成功所在必将建立于村上如何处理他如此急迫地予以表现的这些普世性主题"。那么村上是如何处理的呢？杰·鲁宾很快将笔锋转向批评。他在分析书中琼尼·沃克和"皮条客"山德士上校的邪恶、暴力与堕落之后，写出如下评论：

> ……更令人失望的是小说未能回答第十六章那杰出的杀猫情节的结尾提出的重大问题：对于一个爱好和平的人而言，通过杀死另一个人参与到人类历史最丑陋的核心，即使他的杀人是为了制

止别人继续杀戮,到底意味着什么呢? 杀戮与战争是如何改变了一个人,使他不再是原来的他? 小说的前十五章百川归海般导向那场恐怖的血腥较量,但随后的三十三章却始终再未能达到那一探询的高度,而且精心编织的中田童年时代有关战时的章节也再未在以后的叙事中起到任何意义。

……看来村上并未看出他在小说的前十六章中已然创造出了多么意味深长的文本,而且错失了使这部小说成为对人类处境的伟大评判的良机。

(《倾听村上春树——村上春树的艺术世界》,[美]杰·鲁宾著,冯涛译,上海译文出版社 2006 年 6 月版,原书名为"Haruki Murakami and the Music of Words")

此外杰·鲁宾对《卡》还有许多批评,如认为情节的设计有时相当武断和随意,有时又过于依赖叙事策略和巧合,而且忽视现实层面的诸多前后不一致。作为文体,"迎头掷向读者的那些绚丽矫饰的文字数量甚至超过了《斯普特尼克恋人》中临近另一世界时演奏的高调音乐",以及隐含说教倾向等等。可以说,《卡》是这位哈佛教授批评最多的村上作品。不过这部书在美国卖得很好,还被媒体评为 2005 年十佳图书之一。在中国也卖得不错,新旧两版迄今印行近三十次,印数逾六十万册。仅排在《挪威的森林》之后。

下面请允许我说一些同文本内容不完全有关的话。《卡》是我在距作者最近的地点翻译的。原著二〇〇二年九月出版,我同年十月抵达东京,应日本国际交流基金会之邀在东京大学访学一年。十一月九日着手翻译,翌年一月六日初稿译毕,十二日校毕。三天后的一月十五日如约到村上春树事务所去见这位世界知名的日本当代作家。

村上春树的事务所当时位于东京港区南青山的幽静地段,在一座名叫 DENMARK HOUSE 的普普通通枣红色六层写字楼的顶层。看样子是三室套间，没有专门的会客室，进门后同样要脱鞋。我进入的房间像是一间办公室或书房。不大，铺着浅色地毯，一张放着计算机的较窄的写字台，一个文件柜，两三个书架，中间是一张圆形黄木餐桌，桌上工整地摆着上海译文出版社大约刚寄到的样书，两把椅子，没有沙发茶几，陈设极为普通，和我租住的公寓差不多。村上很快从另一房间进来。尽管时值冬季，他却像在过夏天：灰白色牛仔裤，三色花格衬衫，里面一件黑 T 恤，挽着袖口，露出的胳膊肌肉隆起，手相当粗硕。头上是小男孩发型，再加上偏矮的中等个头，的确一副"永远的男孩"形象。就连当然已不很年轻的脸上也带有几分小男孩见生人时的拘谨和羞涩。

他没有像一般日本人那样一边深鞠躬一边说"初次见面，请多关照"，握完手后，和我隔着圆桌坐下，把女助手介绍给我。村上问我路上如何，我笑道东京的交通情况可就不如您作品那么风趣了，气氛随之放松下来。交谈当中，村上不大迎面注视对方，眼睛更多的时候向下看着桌面。声音不高，有节奏感，语调和用词都有些像小说中的主人公，同样一副若有所思的神情。笑容也不多（我称赞他身体很健康时他才明显露出笑容），很难想象他会开怀大笑。给人的感觉，较之谦虚和随和，更近乎本分和自然。我想，他大约属于他所说的那种"心不化妆"的人——他说过最让人不舒服的交往对象就是"心化妆"的人——他的外表应该就是他的内心。

我下决心提出照相（我知道他一般不让人拍照），他意外痛快地答应了。自己搬椅子坐在我旁边，由女助手用普通相机和数码相机连拍数张。我给他单独照时，他也没有推辞，左手放在右臂上，对着镜头浮现出其他照片几乎见不到的笑意。我问了他几个翻译《海边的卡夫卡》当中没有查到的外来语。接着我们谈起翻译。我说翻译他的作品始终很愉快，因为感觉上心情上文笔上和他有息息相通之处，总之很对脾性。他说他也有同感（村上也是翻译家），倘原作不合脾性就很累很痛苦。闲谈当中他显得兴致很高。一个小时后我说想要采访他，他示意女助手出去，很认真地回答了我的提问。不知不觉又过去了半个多小时。最后我请他为预定四月底出版的中译本《海边的卡夫卡》、为中国大陆读者写一点文字，他爽快地答应下来，笑道："即使为林先生也要写的！"

我起身告辞，他送我出门。走几步我回头看了他一眼。村上这个人没有堂堂的仪表，没有挺拔的身材，没有洒脱的举止，没有风趣的谈吐，衣着也十分随便，即使走在中国的乡间小镇上也不会引起任何人的注意。但就是这样一个人在这个文学趋向衰微的时代守护着文学故土并创造了一代文学神话，在声像信息铺天盖地的多媒体社会执着地张扬着语言文字的魅力，在人们为物质生活的光环所陶醉所迷惑的时候独自发掘心灵世界的宝藏，在大家步履匆匆急于向前赶路的时候不声不响地拾起路旁遗弃的记忆，不时把我们的情思拉回某个夕阳满树的黄昏，某场灯光斜映的细雨，某片晨雾迷蒙的草地和树林……这样的人多了怕也麻烦，而若没有，无疑是一个群体的悲哀。

回到寓所，我马上听录音整理了访谈录。其中特别有启示性或有趣的是以下四点。

第一点关于创作原动力。我问他是什么促使他一直笔耕不辍，他回答说："我已经写了二十多年了。写的时候我始终有一个想使自己变得自由的念头。在社会上我们都不是自由的，背负种种样样的责任和义务，受到这个必须那个不许等各种限制。但同时又想方设法争取自由。即使身体自由不了，也想让灵魂获得自由——这是贯穿我整个写作过程的念头，我想读的人大概也会怀有同样的心情。实际做到的确很难。但至少心、心情是可以自由的，或者读那本书的时候能够自由。我所追求的归根结底大约便是这样一种东西"。

第二点，关于孤独。我就作为其作品主题之一的孤独加以确认，村上应道:"是的。我是认为人生基本是孤独的。人们总是进入自己一个人的世界,进得很深很深。而在进得最深的地方就会产生'连带感'。就是说,在人人都是孤独的这一层面产生人人相连的'连带感'。只要明确认识到自己是孤独的,那么就能与别人分享这一认识。也就是说,只要我把它作为故事完整地写出来,就能在自己和读者之间产生'连带感'。其实这也就是所谓创作欲。不错,人人都是孤独的。但不能因为孤独而切断同众人的联系,彻底把自己孤立起来。而应该深深挖洞。只要一个劲儿地往下深挖,就会在某处同别人连在一起。一味沉浸于孤独之中用墙把自己围起来是不行的。这是我的基本想法。"

第三点,关于诺贝尔文学奖。我问他如何看待获奖的可能性。他说:"可能性如何不太好说,就兴趣而言我是没有的。写东西我固然喜欢,但不喜欢大庭广众之下的正规仪式、活动之类。说起我现在的生活,无非乘电车去哪里买东西、吃饭,吃完回来。不怎么照相,走路别人也认不出来。我喜爱这样的生活,不想打乱这样的生活节奏。而一旦获什么奖,事情就非常麻烦。因为再不能这样悠然自得地以'匿名性'生活下去。对于我最重要的是读者。例如《海边的卡夫卡》一出来就有三十万人买——就是说我的书有读者跟上,这比什么都重要。至于获奖不获奖,对于我实在太次要了。我喜欢在网上接收读者各种各样的感想和意见——有人说好有人说不怎么好——回信就此同他们交流。而诺贝尔文学奖那东西政治味道极浓,不怎么合我的心意。"

第四点,关于中国。我说从他的小说中可以感觉出对中国、中国人的好感,问他这种好感是如何形成的。村上回答说:"我是在神户长大的。神户华侨非常多。班上有很多华侨子女。就是说,从小我身上就有中国因素进来。父亲还是大学生的时候短时间去过中国,时常对我讲起中国。在这个意义上,是很有缘分的。我的一个短篇《去中国的小船》,就是根据小时——在神户的时候——的亲身体验写出来的。"
最后我问他打不打算去一次中国见见他的读者和"村上迷"们,他说:

"去还是想去一次的。问题是去了就要参加许多活动,例如接受专访啦宴请啦。而我不擅长在很多人面前亮相和出席正式活动。想到这些心里就有压力,一直逃避。相比之下,还是一个人单独活动更快活。"

以上四点之中,我以为尤其值得欣赏的是第一点关于灵魂自由的表达——让灵魂获得自由! 的确,村上的作品,没有气势如虹的宏大叙事,没有雄伟壮丽的主题雕塑,没有无懈可击的情节安排,也没有指点自己走向终极幸福的暗示和承诺,但是有对灵魂自由细致入微的体察和关怀。村上每每不动声色地提醒我们:你的灵魂果真是属于你自己的吗? 你没有为了某种利益或主动或被动抵押甚至出卖自己的灵魂吗? 阅读村上任何一部小说,我们几乎都可以从中感受到一颗自由飞扬的灵魂。可以说,他笔下流淌的都是关于 "自由魂"的故事。

最后,我要对东京大学小森阳一教授表示感谢。他在东京郊外为我安排了适合埋头翻译的一套安静而宽敞的住房。翻译之初仍值晚秋,黄昏时分漫步附近河堤,但见日落乌啼,四野烟笼,芒草起伏,黄叶飘零,颇有日暮乡关之感;而译稿付梓时已是早春,窗外梅花点点,黄鹂声声,令人别有一番欣喜之情。还要感谢东京女子大学岛村辉教授的热情答疑。北京的颜峻君在音乐方面的指教和责编沈维藩先生默默增加的注释也令人感激。而十年后此次修订当中,青岛的纪鑫君一一对照原文帮我查找漏误之处,在此一并致谢。也希望读者朋友不吝赐教。来函请寄:266100 青岛市崂山区松岭路 238 号中国海洋大学外国语学院。我会在这里长久守候。

二○一三年二月十八日灯下定稿
时青岛月明星稀涛声依旧

叫乌鸦的少年

　　"那么，钱的问题总算解决了?"叫乌鸦的少年说道。语调仍像平日那样多少有些迟缓，仿佛刚刚从酣睡中醒来，嘴唇肌肉笨笨的，还无法活动自如。但那终究属于表象，实际上他已彻头彻尾醒来，一如往常。

　　我点头。

　　"多少?"

　　我再次在脑袋里核对数字："现金四十万左右，另外还有点能用卡提出来的银行存款。当然不能说是足够，但眼下总可以应付过去。"

　　"噢，不坏。"叫乌鸦的少年说，"眼下，是吧?"

　　我点头。

　　"不过倒不像是去年圣诞节圣诞老人给的钱，嗯?"他问。

　　"不是。"我说。

　　叫乌鸦的少年不无揶揄意味地微微扭起嘴角环视四周："出处可是这一带某个人的抽屉——没猜错吧?"

　　我没有回答。不用说，他一开始就晓得那是怎样一笔钱，无须刨根问底。那么说，他不过是拿我开心罢了。

　　"好了好了，"叫乌鸦的少年说，"你需要那笔钱，非常需要，并且弄到了手。明借、暗借、偷……怎么都无所谓，反正是你父亲的钱。有了那笔钱，眼下总过得去。问题是，四十万元也好多少也好，花光了你打算怎么办？口袋里的钱，总不能像树林里的蘑菇那样自然繁殖。你要有吃的东西，要有睡的地方。钱一忽儿就没了。"

"到时候再想不迟。"我说。

"到时候再想不迟。"少年像放在手心里测试重量似的把我的话复述一遍。

我点头。

"比如说找工作？"

"有可能。"我说。

叫乌鸦的少年摇摇头："跟你说，你要多了解一些社会这玩意儿才行。你以为一个十五岁的孩子在人地两生的地方能找到什么样的工作呢？说到底，你可是连义务教育都没学完哟！有谁肯雇你这样的人？"

我有点脸红。我是个会马上脸红的人。

"算了算了。"叫乌鸦的少年继续道，"毕竟还什么都没开始，不好尽说泄气话。总之你已下定决心，往下无非是实施的问题。不管怎么说是你自己的人生，基本上只能按你自己的想法去做。"

是的，不管怎么说这是我的人生。

"不过，从此往后，你不坚强起来可是混不下去的哟！"

"我在努力。"

"不错，"叫乌鸦的少年说，"几年来你已经坚强了许多，倒不是不承认这一点。"

我点头。

叫乌鸦的少年又说："但无论怎么说你才十五岁，你的人生——极慎重地说来——才刚刚开始。过去你见所未见的东西这世界上多的是，包括你根本想像不到的。"

我们像往常那样并坐在父亲书房的旧皮沙发上，叫乌鸦的少年中意这个地方，这里零零碎碎的东西让他喜欢得不得了。此刻他手里正拿着蜜蜂形状的镇纸在摆弄，当然，父亲在家时他从不靠近。

我说："可是不管怎样，我都必须从这里离开，这点坚定不移。"

"或许。"叫乌鸦的少年表示同意。他把镇纸放在桌上，手抱后脑勺，"但那并不是说一切都已解决。又好像给你的决心泼冷水了——就算你跑得再远，能不能巧妙逃离这里也还是天晓得的事！我觉得最好不要对距离那样的东西期待太多。"

我又考虑起了距离。叫乌鸦的少年叹口气，用手指肚按住两边的眼睑，随后闭目合眼，从黑暗深处向我开口道："像以往玩游戏那样干下去好了。"

"听你的。"我也同样闭起眼睛，静静地深吸一口气。

"注意了，想像很凶很凶的沙尘暴。"他说，"其他事情统统忘光。"

我按他说的，想像很凶很凶的沙尘暴。其他的忘个一干二净，甚至自己本身也忘掉。我变成空白。事物顿时浮现出来。我和少年一如往常坐在父亲书房的旧长皮沙发上共同拥有那些事物。

"某种情况下，命运这东西类似不断改变前进方向的局部沙尘暴。"叫乌鸦的少年对我这样诉说。

某种情况下，命运这东西类似不断改变前进方向的局部沙尘暴。你变换脚步力图避开它，不料沙尘暴就像配合你似的同样变换脚步。你再次变换脚步，沙尘暴也变换脚步——如此无数次周而复始，恰如黎明前同死神一起跳的不吉利的舞。这是因为，沙尘暴不是来自远处什么地方的两不相关的什么。就是说，那家伙是你本身，是你本身中的什么。所以你能做的，不外乎乖乖地径直跨入那片沙尘暴之中，紧紧捂住眼睛耳朵以免沙尘进入，一步一步从中穿过。那里面大概没有太阳，没有月亮，没有方向，有时甚至没有时间，惟有碎骨一样细细白白的沙尘在高空盘旋——就想像那样的沙尘暴。

我想像那样的沙尘暴。白色的龙卷风浑如粗硕的缆绳直挺挺拔地而起，向高空伸展。我用双手紧紧捂住眼睛耳朵，以免细沙进入身体。沙尘暴朝我这边步步逼近，我可以间接感受到风压。它即将把我吞噬。

稍顷，叫乌鸦的少年把手轻轻放在我肩上。沙尘暴立即消失。而我仍闭目合眼。

"这往下你必须成为世界上最顽强的十五岁少年，不管怎么样。因为除此之外这世界上没有你赖以存活之路，为此你自己一定要理解真正的顽强是怎么回事。"

我默然。真想在肩上的少年手感中缓缓沉入睡眠。小鸟若有若无的振翅声传来耳畔。

"往下你将成为世界上最顽强的十五岁少年"——叫乌鸦的少年在即将睡过去的我的耳边静静地重复一遍，就像用深蓝色的字迹刺青一般地写进我的心。

当然，实际上你会从中穿过，穿过猛烈的沙尘暴，穿过形而上的、象征性的沙尘暴。但是，它既是形而上的、象征性的，同时又将如千万把剃须刀锋利地割裂你的血肉之躯。不知有多少人曾在那里流血，你本身也会流血。温暖的鲜红的血。你将双手接血。那既是你的血，又是别人的血。

而沙尘暴偃旗息鼓之时，你恐怕还不能完全明白自己是如何从中穿过而得以逃生的，甚至它是否已经远去你大概都无从判断。不过有一点是清楚的：从沙尘暴中逃出的你已不再是跨入沙尘暴时的你。是的，这就是所谓沙尘暴的含义。

十五岁生日到来的时候，我离开家，去远方陌生的城市，在一座小图书馆的角落里求生。

当然，如果依序详细说来，恐怕要连续说上一个星期。但若只说要点，那便是：十五岁生日到来的时候，我离开家，去远方陌生的城市，在一座小图书馆的角落里求生。

听起来也许像是童话。然而那不是童话，无论在何种意义上。

第 1 章

离家时从父亲书房里悄悄带走的不仅是现金，还有一个旧的金制小打火机（款式和重量正合我意），一把尖头锋利的折叠刀。刀是用来剥鹿皮的，往手心里一放沉甸甸的，刀身有十二厘米长，大概是在外国旅行时买的纪念品。另外还拿了桌子抽屉里一个袖珍强光手电筒。太阳镜也是需要的，深天蓝色的，要用来遮掩年龄。

父亲珍爱的劳力士手表也打算带走，犹豫片刻，还是作罢。它的作为机械的精美固然强烈吸引着我，但我不愿意带价值过高的东西惹人注意。从实用性考虑，我平时用的秒表和带报时铃的卡西欧塑料表已足够了，或者不如说这两样好用得多。我转念把劳力士放回书桌抽屉。

此外拿了小时候姐姐和我的合影。相片同样藏在书桌抽屉深处。我和姐姐坐在哪里的海岸上，两个人开心地笑着。姐姐往旁边看，脸有一半阴影，以致看上去笑脸从正中间切开了，就像在课本照片上见到的希腊剧面具一样含有双重意味。光与影。希望和绝望。欢笑与哀伤。信赖和孤独。我则毫不羞涩地直盯盯对着镜头。海岸上除了我俩别无人影。我和姐姐都身穿游泳衣。姐姐穿的是红花连衣裙式，我穿一条松松垮垮不成样子的蓝色短裤。我手里拿着什么，似乎是根塑料棍。已成白沫的浪花冲刷着脚前的沙滩。

是谁在哪里什么时候照的这张照片呢？我为什么做出那般开心的表情呢？父亲为什么只把这张相片留在手头呢？一切都是谜。我大约三岁，姐姐可能九岁。我和姐姐果真那么要好不成？记忆中我根本不曾同家人去看过大海。全然没有去过哪里的记忆。总之作为我不愿意这相片留在父亲手里。我将相片塞进钱夹。没有母亲的相片，父亲好像把母亲的相片烧得一张不剩了。

想了想，我决定带走手机。发现手机没了，父亲有可能同电话公司联系取消合同，那一来就毫无用处了，但我还是把它放进背囊。充电用的变压器也放了进去。反正东西轻，知道没用处时扔掉即可。

背囊里我决定装无论如何也少不得的东西。衣服最不好挑选。内衣要几套吧？毛衣要几件吧？衬衫呢长裤呢手套围巾短裤大衣呢？考虑起来多得很。不过有一点是明明白白的——我可不想扛着大行李以一副十足出走少年的形象在陌生的地方游来逛去，那样很快就会引起别人的注意，或者转眼之间就被警察领走，遣送回家，或者同当地的地痞无赖同流合污。

不去寒冷地即可。我得出这样的结论。这很容易，找暖和地方就是。这样就用不着什么大衣了。手套也不用。不考虑防寒，必需衣物足可减去一半。我挑选容易洗容易干又不占地方的薄衣服，叠成一小团塞入背囊。除了衣服，还装了这样几件东西：可以排除空气小小叠起的四季通用睡袋、简易洗漱用具、防雨斗篷、笔记本和圆珠笔、能录音的索尼MD随身听、十多张唱片（音乐无论如何缺不得）、备用充电式电池。大致就这么多了。野营用的炊具大可不必，太重太占地方。吃的东西可以在小超市里买。如此花了很长时间，终于将必需用品一览表缩短了许多。这个那个写上去不少，随即勾掉。又加进不少，又勾掉。

我觉得十五岁生日是最适合离家出走的时间。这以前过早，以后又太晚。

为了这一天，上初中后两年时间里我一直努力锻炼身体。从小学低年级开始我就去学柔道，成了初中生后也大体坚持下来了。但在学校里没参加体育俱乐部，一有时间就一个人跑马拉松，在游泳池游泳，去区立体育馆用器械锻炼肌肉，那里有年轻教练员免费教给我正确的伸展运动方式和器械使用方法——如怎样做才能使全身肌肉快速强劲，哪块肌肉日常生活中使用，哪块肌肉只能通过器械强化等等。他们教我卧举杠铃的准确动作。幸运的是我原本长得高，每天的运动又使肩部变宽，胸脯变厚。在不相识的人眼里，我应该足有十七岁。如果我十五岁而看上去又只有十五岁，那么所到之处势必麻烦缠身。

除去同体育馆教练员的交谈，除去跟隔一天上门一次的家政阿姨之间的三言两语以及学校必不可少的几句话，我差不多不向任何人开口。同父亲很早以前就回避见面了。一来虽然同在一个家，但活动时间段截然不同，二来父亲一天之中几乎所有时间都闷在位于别处的工作室里。何况，不用说我总是刻意避免同父亲见面。

我上的是一所私立中学，里面几乎全是上流家庭或有钱人家的子女。只要不出大格，就能直接升入高中。他们个个牙齿整齐、衣着干净、说话无聊。在班里我当然不受任何人喜欢。我在自己周围筑起高墙，没有哪个人能够入内，也尽量不放自己出去。这样的人不可能讨人喜欢。他们对我敬而远之，并怀有戒心。或者感到不快、时而感到惧怕也未可知。然而，不为他人理睬这点对我莫如说正中下怀，因为我必须独自处理的事堆积如山。休息时间我总去学校图书室，贪婪地阅读不止。

不过学校的课我还是听得相当专心。这是叫乌鸦的少年再三劝我做的。

初中课堂教的知识和技术，很难认为在现实生活中有多大用处，是这样的。老师也差不多全部不值一提。这我晓得。可你得记着：你是要离家出走的。而那一来，日后进学校的机会几乎等于零。因此最好把课堂上教的东西——喜欢也好讨厌也好——一点不剩地好好吸进脑袋。权当自己是块海绵。至于保存什么抛弃什么，日后再定不迟。

我听从了他的劝告（总的说来我对叫乌鸦的少年是言听计从的）。我全神贯注，让脑袋变成海绵，侧耳倾听课堂上的每一句话，使之渗入脑袋。我在有限时间里理解它们记住它们。这样，尽管课外几乎不用功，但考试成绩我经常在班上名列前茅。

肌肉如合金一般结实起来，我也愈发变得沉默寡言。我尽可能不让喜怒形之于色，留心着不使自己所思所想为老师和身边同学注意。我即将融入剧烈争斗的大人世界，要在那里边孤军奋战，必须变得比任何人都坚不可摧。

面对镜子，我发现自己的眼睛泛出蜥蜴般的冷光，表情越来越僵硬麻木。回想起来，自己从不曾笑过，甚至连微笑都不曾有过——至少记忆中如此——无论对他人还是对自己本身。

但是，并非任何时候我都能彻底保持静静的孤立。以为自己围筑妥当的高墙一下子土崩瓦解的时候也是有的。虽然不很频繁，但时而还是有的。围墙在我不知不觉之间崩毁，我赤身裸体暴露在世界面前。每当那时脑袋便一片混乱，极度混乱。况且那里还有预言。预言总是如黑乎乎的水潭出现在那里。

预言总是如黑乎乎的神秘水潭出现在那里。

平时静悄悄潜伏于某个人所不知的场所，一旦时机来临，它就无声无息地涌出，冰冷冷浸满你身上每一个细胞。你在残酷的洪水泛滥中奄奄一息，痛苦挣扎。你紧紧抓住靠近天花板的通风口，苦苦乞求外面的新鲜空气。然而从那里吸入的空气干燥得几乎起火，热辣辣地灼烧你的喉咙。水与渴、冷与热这理应对立的要素齐心合力朝你袭来。

尽管世界上有那般广阔的空间，而容纳你的空间——虽然只需一点点——却无处可找。你寻求声音之时，那里惟有沉默；你寻求沉默之时，那里传来不间断的预言。那声音不时按动藏在你脑袋某处的秘密开关。

你的心如久雨催涨的大河。地面标识一无所剩地被河流淹没，并冲往一个黑暗的地方。而雨仍在河面急剧倾泻不止。每当在电视新闻里看见那样的洪水，你便这样想道：是的，一点不错，那就是我的心。

离家之前我用香皂在洗漱间里洗手、洗脸。剪指甲，掏耳，刷牙。花时间尽可能使身体清洁。在某种情况下，清洁比什么都重要。然后面对洗面台的镜子，仔仔细细审视自己的脸。那里有我从父亲和母亲那里——话虽这么说，母亲的长相我根本记不起来——作为遗传接受下来的脸。即使再抹杀脸上浮现的表情，再淡化眼睛的光亮，再增加身上的肌肉，相貌也是改变不了的。就算我深恶痛绝，也不可能把两条只能认为受之于父的又长又黑的眉毛和眉间深深的皱纹一把扯掉。如果有意，我可以除掉父亲（以我现在的力气，决非什么难事），也可从记忆中将母亲抹消。可是我无法将两人的遗传因子从身上驱逐干净。如果我想驱逐，只能驱逐我自身。

并且那里有预言。它作为装置深深埋在我的体内。

它作为装置深深埋在你的体内。

我熄掉灯，走出洗漱间。

家中充溢着又湿又重的沉默。那是并不存在的人们的低语，是死去的人们的喘息。我环顾四周，站住不动，深深呼吸。时针划过下午三时。两根针显得那般陌生，它们摆出一副中立面孔，不肯站在我这边。差不多是离开这里的时候了。我拿起小型背囊，挎上肩。不知挎过多少回了，却觉得比往常沉重得多。

目的地定在四国①。并无理由必须是四国。只是查看地图时，不知什么缘故，觉得四国像是自己应去之地。看了几次都觉得——或者不如说越看越觉得——那地方令我心驰神往。远在东京以南，海把它同本土隔开，气候也温暖。那是我从未去过的地方，一个熟人一个亲戚也没有，所以就算有人查寻我的行踪（我不认为会出现那样的人），也不至于把目光投向四国。

我在窗口接过预订的车票，坐上夜班大巴。这是去高松最便宜的交通手段，一万日元多一点点。没有人注意我，没有人问年龄，没有人盯视我的脸。乘务员只是事务性地验票。

车上座位仅坐满三分之一。乘客大半都是和我一样的单客，车厢静得有些不自然。到高松要跑很长的路。看时刻表，大约要跑十个小时，明天早上到。但时间长短不在话下。倘说时间，现在的我可是要多少都有。晚上八点多汽车刚出总站，我就放倒椅背，躺下睡了过去。身体一沉进座位，意识就好像电池没电一样模糊起来了。

快半夜时突然下起了大雨。我不时醒来，从廉价窗帘的缝隙看夜幕下的高速公路。雨点出声地猛打车窗，沿路排列的路灯变得隐隐约约。路灯宛如刻在世界上的刻度，以相同的间距无限延展开去。新灯光被拉到跟前，下一瞬间便成旧灯光闪去背后。意识到时，时针已移过半夜十二点，我的十五岁生日于是自动来临，就好像被谁推上前来似的。

"生日快乐！"叫乌鸦的少年说。

"谢谢。"我应道。

但预言如影随形地跟着我。我确认自己周围的墙尚未崩毁。我拉合窗帘，重新睡去。

---

① 四国：日本的岛名。有香川、德岛、爱媛、高知四县。下文的高松为香川县政府所在地。

第 2 章

本文件是美国国防部作为"绝密资料"分类和保管的,根据情报公开法于一九八六年解密公开。现在可以在华盛顿特区美国国立档案馆(NARA)查阅。

这里记录的一系列调查,是按照陆军情报部杰姆兹·P·伍伦少校的指示于一九四六年三月至四月间实施的。罗伯特·奥康涅鲁少尉和哈尔德·片山曹长①在山梨县××郡进行了现场直接调查。所有面谈的发问者都是罗伯特·奥康涅鲁少尉。日语翻译由片山曹长担任,文件制作由威廉·克恩一等兵负责。

面谈进行了十二天,场所使用的是山梨县××镇公所的接待室。××郡××镇立××国民学校女教师、住在当地的一名医生、当地警察署所属两名警察、六名儿童分别回答了少尉的问话。

另外,所附1/10000及1/2000该地地图是内务省地理调查所绘制的。

陆军情报部(MIS)报告书

制作时间:1946年5月12日

题　　目:RICE BOWL HILL INCIDENT,
　　　　　1944:REPORT

文件整理编号：PTYX-722-8936745-42213-WWN

以下是事件发生当时同××镇立××国民学校四年级乙班责任教师冈持节子(26岁)面谈的记录。使用录音磁带。关于此次面谈的附带资料索取编号为 PTYX-722-SQ-118～122。

发问者罗伯特·奥康涅鲁少尉所感：

〈冈持节子是一位相貌端庄的小个子女性。有教养，责任心强，对问话的回答明确而诚实。只是看上去事件给她以不小震动，现在仍心有余悸。可以感受到她在清理记忆的过程中不时出现的高度精神紧张，话语亦随之变得迟缓。〉

记得时间大约是上午十点刚过，天空很高很高的上方出现银色的光闪。很鲜亮的银色，闪闪耀眼。是的，确确实实是金属反射的光。那光闪用相当长的时间从东向西缓缓划过天空。我们估计是B29。它正好位于我们的头顶，必须使劲扬头才能看见。天空蓝蓝的，万里无云，那光非常非常耀眼，能看见的，只是类似银色铝合金片那样的闪亮。

但不管怎样，它是位于很高的上空，高得看不见形状。这就是说，对方也看不见我们。所以不存在遭受攻击的危险，不必担心天上掉下炸弹。这样的深山密林，即便扔下炸弹也什么用都没有。我们猜想，飞机不是在前去空袭哪座大城市的途中，就是已空袭完毕返航。所以，看到飞机后我们也没怎么警惕，照样走路。倒不如说为那光闪的美丽所打动。

——根据军方记录，不存在那一时刻即 1944 年 11 月 7 日上

---

① 旧日本军衔,陆军下士。

午 10 时左右美军轰炸机或其他飞机飞经该地区上空的事实。

可是我和那里的十六个孩子全都看得清清楚楚，全都以为那是 B29。在那之前我们也见过几次 B29 编队飞行，再说除了 B29 没有什么飞机能飞那么高。县内倒是有小型航空基地，有时也能看见日本飞机，但都很小，飞不了那么高。况且飞机铝合金的闪光方式同别的金属不一样，而用铝合金制造的飞机只有 B29。只是看上去不是大型编队，仅有一架单飞，这让我们觉得有点儿蹊跷。

——你是本地人么？

不是。我出生于广岛，一九四一年结婚，婚后来到本地。丈夫也当老师，在本县中学教音乐，一九四三年应征入伍，一九四五年六月参加吕宋岛战役，战死了。听说在马尼拉市近郊为火药库站岗时受到美军炮击，起火爆炸死的。没有孩子。

——那时你带领的年级的儿童一共多少人？

男女总共十六名，除去请病假的两名，这就是年级的全体人员。男生八名，女生八名。其中五名是从东京疏散来的孩子。

我们是去野外实习，早上九点带着水筒和饭盒离开学校。说是野外实习，其实也没什么特别要学的。主要目的是进山采蘑菇和能吃的山菜之类。我们居住的一带是农村，粮食还不至于怎么困难，但食物绝对算不上充分。而强制性交纳的份额又不敢马虎，除了少部分人，大家都处于慢性饥饿状态。

所以，也鼓励孩子们去哪里寻找食物。非常时期，学习无从谈起。那种"野外实习"是当时大家经常做的。学校四周自然条件好，适宜"野外实习"的场所到处都是。在这个意义上我们算是幸运的。城里人全都忍饥挨饿。当时来自台湾和大陆的补给已彻底切断，城市里缺粮缺燃料，情况相当严重。

——班上有五个从东京疏散来的儿童，本地孩子同他们相处得好么？

就我的班来说，总的情形我想还算顺利的。当然，毕竟一个是乡下一个是东京中心，成长环境截然不同。使用的话语不一样，身上的衣着也不一样。本地孩子大半是贫苦农民子女，东京来的则多是公司职员或官僚家庭的孩子。因此很难说孩子们能互相理解。

尤其刚开始的时候，两伙孩子之间总有一种别别扭扭的气氛。倒不是发生吵架或欺负谁那样的事，只是不晓得对方在想什么。所以本地孩子只跟本地孩子、东京孩子只跟东京孩子在一起。但两个来月一过，相互之间就混熟了。孩子们一旦一起玩得入迷，文化和环境的隔阂很快就烟消云散了。

——请尽可能详细地说一下那天你领孩子们去的场所。

那是我们常去野游的一座山。山圆圆的，像扣着的木碗，我们一般叫它"木碗山"。山不怎么陡，谁爬都不费力，从学校往西走不远就到。爬到山顶，以孩子们的腿脚大约要两个小时。途中在树林里采蘑菇，简单吃个盒饭。较之在课堂上学习，孩子们更高兴这类"野外实习"。

高空出现的仿佛飞机的光闪，一下子使我们想起战争，但那只是一瞬之间。再说，总的来看我们都欢天喜地，心里美滋滋的。天气好得万里无云，风也没有，山里一片寂静，能听到的只有鸟叫。在那里面行走起来，觉得战争什么的就好像发生在别处遥远的国家，跟我们两不相干。我们一起唱着歌走在山路上，不时学一声鸟叫。除去战争仍在继续这点，可以说是个十全十美的清晨。

　　——目睹类似飞机的东西之后，全体人员很快就进山了，对吧？

　　是的。进山距看见飞机不到五分钟，我想。中途我们离开登山路，进入山坡树林里踩出的小道。惟独这里坡比较陡。爬了十来分钟，来到一片林中开阔地。地方相当不小，像桌面一样平平整整。踏进森林之后，四下鸦雀无声，阳光遮没了，空气变得凉森森的，而单单这里是头顶也光朗朗的，小广场似的。我们班每次爬"木碗山"，差不多都到那里。因为那里——不知为什么——能让我们生出平和友爱的心情。

　　到"广场"后，我们歇口气，放下东西，然后分成三至四人的小组，开始采蘑菇。我定下的纪律是：不得走去互相看不到身影的地方。我把大家集中起来，再三强调这条纪律。虽说地方熟悉，但毕竟深山密林之中，一旦在里头迷路，也是很麻烦的事。但到底是一伙孩子，采蘑菇采入迷了，不知不觉就会把纪律忘去脑后。所以我总是一边自己采蘑菇，一边用眼睛数点孩子们的脑袋。

　　孩子们开始倒在地上，大约是在以"广场"为中心采蘑菇之后十分钟。

　　最初看到三个孩子一起倒地之时，我首先怀疑是吃了毒菇。这一带有许多很毒很毒的蘑菇，吃了足以致死。本地孩子虽然能够分辨，但还是会有似是而非的混进来。因此在拿回学校请专家鉴别之前，无论什么绝对不可入口——这点我固然一再叮嘱过，但孩子们未必全都听话。

我慌忙跑过去抱起倒地的孩子。孩子们的身体软成一团，活像被阳光晒软的橡胶。力气完全排空，像抱一个空壳似的。但呼吸十分均匀，用指头按在手腕，脉搏也基本正常。也不发烧，表情也平和，看不出痛苦的样子。不像是给蜂蜇了或被蛇咬了。单单是没有知觉。

最奇妙的是眼睛。那种瘫痪状态很接近昏睡的人，却不闭眼睛。眼睛极普通地睁着，像在注视什么，还不时眨一下。所以，并非睡了过去。况且眸子还缓缓转动，简直就像从这一端到那一端浏览远方景物那样静静地左右移动。眸子有知觉存在，然而实际上那眼睛又什么都没看，至少不是看眼前的东西。我用手在眼前晃了晃，眸子也没出现像样的反应。

我依序抱起三个孩子，三个孩子的状态一模一样。没有知觉，同样睁着眼睛，缓缓地左右转动眸子。情形绝不正常。

——最初倒地的孩子是怎样的结构呢？

三个全是女孩儿。很要好的三个人。我大声呼唤三个孩子的名字，一个个拍她们的脸颊，拍得相当用力。然而没有反应，什么都感觉不出。我手心感到的似乎是某种硬硬的虚空。感觉极为奇异。

我想打发谁跑回学校。我一个人的力量不可能把三个人事不省的孩子背回学校。于是我寻找腿脚最快的男孩儿。不料我站起身四下一看，发觉别的孩子也统统躺倒在地，十六个孩子一个不剩地倒地昏迷不醒。没倒地的、站着保有知觉的，惟独我自己。简直……战场一般。

——那时没觉出现场有什么异常？例如气味、声音、光。

（沉思片刻）没有。前面已说了，周围非常安静，平和得很。声也好光也好气味也好，都没有疑点。只是我班上的孩子们无一例外地倒在那里。当时我觉得这世界上仅仅剩我一人，孤孤单单，比什么都孤单。感觉上只想不思不想地直接消失在虚空中。

　　但作为带队教师我当然负有责任。我马上振作起来，连滚带爬地跑下山坡，跑去学校求援。

第 3 章

　　醒来时天快亮了。我拉开窗帘，观望外面的风景。雨虽已完全停了，但好像刚停不久，窗外闪入眼帘的一切无不黑糊糊湿漉漉的，滴着水滴。东面的天空飘浮着几朵轮廓清晰的云，每朵云都镶有光边。光色看上去既像不吉利，又似乎含带好意。由于观看角度的不同，印象每时每刻都在变化。

　　大巴在高速公路上以一定的速度继续奔驰，传来耳畔的声音既不变高又不压低，引擎的旋转次数也全无改变。单调的声响如石臼一样流畅地碾压时间，碾压人们的知觉。周围乘客仍在座席上弓身昏睡，窗帘拉得严严实实，醒着的只有我和司机。我们被卓有成效地、极为麻木地运往目的地。

　　喉咙渴了，我从背囊格袋里掏出一瓶矿泉水，喝着温吞吞的液体。又从同一格袋里取出一盒苏打饼干，嚼了几片。饼干那令人怀念的干爽味儿在口腔里扩展开来。手表数字为 4：32。出于慎重，我确认了日期和星期几。数字告诉我自己离家后已过去了十三个小时。时间没有突飞猛进，也没有倒行逆施。我仍在过生日，仍在新人生的最初一天之中。我闭目，又睁开，再次确认手表的时间和日期，继而打开读书灯，开始看袖珍本。

　　五点过后，大巴不动声色地开下高速公路，停在一个服务站宽阔的停车场的一角。压缩空气的声音传来，前门打开。车内照明亮了，司机通过广播短短讲了几句：诸位早上好，辛苦了。大约一个小时后汽车准时到达高松站，现在在本服务站进行晨间休息，时间约二十分钟。五点三十分出发，请诸位按时返回。

几乎所有乘客都被广播吵醒了，默默地从座位上站起，打哈欠，懒洋洋地下车。到高松之前有不少人要在这里洗漱打扮。我也下车做了几个深呼吸，伸腰舒背，在清晨的新鲜空气中做了简单的挥臂动作，去洗脸间在洗漱台洗了把脸，琢磨这里究竟是哪里。走出来打量四周景物，景物没什么明显特征，无非普普通通的高速公路沿线地段。但也许是神经过敏，看上去总觉得山的形状树的颜色和东京有所不同。

进自助餐厅喝免费绿茶时，一个年轻女性走来坐在身旁的塑料椅上。她右手拿着刚在自动售货机买的纸杯咖啡——杯里冒出白气，左手拿着似乎同样在售货机买的装有三明治的小盒。

老实说，她的长相有些特别，或者不如说无论以怎样的好意来看都不算端正。额头宽宽大大，鼻子又小又圆，脸颊雀斑遍布，耳朵细细尖尖。总的说来五官搭配相当引人注目，甚至不妨说近乎胡来。但整体印象绝对不坏。看上去本人即使不对自己的容貌欣赏有加，也已经完全接受，相安无事。这点肯定很重要。其中带有的类似孩子气的东西给对方一种宽释感，至少让我释然。个子不很高，但身段苗条，而胸部又很大，腿形也够好看。

两个耳垂悬着薄金属片耳环，如飞机铝合金一般不时闪出耀眼的光。齐肩长发染成深褐色（几近红色）。上身穿一件粗条纹一字领长袖衫，肩挎一个不大的皮背囊，脖子上缠一件夏令薄毛衣。下身一条奶油色布质超短裙，没穿长筒袜。看光景刚在洗脸间洗完脸，前额几根头发如植物的细根贴在宽大的额头上，无端地给我一种亲切感。

"你是坐这班车的？"她问我。声音略微嘶哑。

"嗯。"

她皱起眉头啜一口咖啡。"你多大?"

"十七。"我说谎道。

"高中生吧?"

我点头。

"去哪儿?"

"高松。"

"那,和我一样。"她说,"你是去高松?还是回高松?"

"去。"我回答。

"我也是。那边有朋友,一个要好的女孩。你呢?"

"有亲戚。"

她点了下头,仿佛在说原来如此,便没再问下去。

"我也有个差不多和你同龄的弟弟。"她忽然想起似的说,"倒是因故很久没见了……对了,是的,你很像很像那孩子。没给人这么说过?"

"那孩子?"

"在那支乐队里唱歌来着,那孩子。在车上看见时我就一直那样想,但名字想不出来。想得很认真,脑袋差点儿想出窟窿,可就是不行。你也有这种情况吧——快要想出来了却想不出来。过去没给人说过长得像谁?"

我摇头。谁也没跟我说起这话。她再次眯细眼睛看我。

"像怎样的人?"我问。

"电视里的人。"

"电视里出现的?"

"是的,电视里出现的人。"她拿起火腿三明治,面无表情地嚼着,又喝了口咖啡,"在哪里一支乐队里唱歌的男孩儿。不中用啊,乐队的名称也想不起来了。一个讲关西方言的瘦瘦高高的男孩子。没印象？"

"不明白。不看电视的。"

她蹙起眉头，目不转睛地看我："不看？一点儿不看？"

我默默摇头。不对，该点头不成？我点头。

"你不大说话。说也只说那么一句。总这样的？"

我一阵脸红。我不说话，当然也跟我本来就沉默寡言有关，不过声音高低还没把握好也是一个原因。我一般说话声音较低，但有时陡然拔高，所以尽量不讲长话。

"不说这个了。反正，"她继续道，"感觉上你是很像在那支乐队里唱歌、说话一副关西腔的男孩儿。你当然不会是关西腔。只是，怎么说呢……只是气质相似得很。感觉相当不错。"

她把微笑略微一改。那微笑一忽儿去了哪里，又很快转回。我的脸仍火辣辣的。

"如果换个发型，我看就更像了。再留长一点儿，用发胶让头发东一条西一缕竖起来。可能的话，真想这就给你弄弄。肯定像的。说实话，我是美容师。"

我点头，喝了口茶。自助餐厅里静悄悄的。没放音乐，不闻语声。

"不喜欢说话？"她单手托腮，以一本正经的神情问我。

我摇头："哪里，没那么回事。"

"感到困惑什么的，不是这样？"

我再次摇头。

她把一块三明治拿在手上。草莓果酱三明治。她做出无法置信的表情，蹙着眉头。

"喂，不吃这个？什么草莓果酱三明治，是这世上我最看不上的东西之一，从小就一直看不上。"

我接过。我也决不中意草莓果酱三明治，但闷头吃了。她隔着桌子看我吃光吃完。

"求你一件事……"她说。

"什么事?"

"坐在你旁边座位一直坐到高松可好? 一个人坐心里总好像不踏实,担心莫名其妙的人坐到身旁来,睡不安稳。买票时听说是一个个单座,实际上车却是双人座。到高松前想多少睡上一会儿。看样子你不像莫名其妙的人。怎样,不碍事?"

"碍事倒不碍事。"我应道。

"谢谢。"她说,"人说出门靠旅伴,是吧?"

我点头。感觉自己好像只会点头。可我又能说什么呢?

"往下是什么来着?"

"往下?"

"出门靠旅伴的下面。下面接的什么? 想不起来。我语文以前就差劲儿。"

"人间靠温情。"我说。

"出门靠旅伴,人间靠温情。"她确认似的重复一遍,感觉上就像在用纸和铅笔一字一句记下,"嗳,这是怎么一个意思呢,简单说来?"

我想了想。想需要时间。但她耐心等待。

"偶然的相遇对于人的心情是相当重要的——是这个意思吧? 我想。简单说来。"

她就此思考片刻,之后双手在桌面轻轻合拢。"的确是那样啊。我也认为偶然的相遇对于人的心情是相当重要的。"

我觑了眼表:五点半了。"差不多该回去了吧?"

"唔,是的。走吧。"她说,却又没有动身的样子。

"对了,这里到底什么地方?"

"这——,什么地方呢?"说着,她伸长脖子打量四周,一对耳环如熟透的果实受惊似的晃来晃去，"我也不大清楚。从时间上说，觉得该是仓敷一带。不过是什么地方都无所谓。高速公路服务站这东西，说到底不过是通过点罢了，从这边到那边。"她朝上竖起右手食指和左手食指，其间约有三十厘米距离，"场所名称任凭它叫什么。厕所和饮食。荧光灯和塑料椅。味道差劲的咖啡。草莓果酱三明治。那东西没有意义。要说什么意义，无非是我们从哪里来和到哪里去。不对？"

我点头。我点头。我点头。

我们返回大巴时，乘客全部坐在那里，汽车拉开了迫不及待的架势。司机是目光冷冷的小伙子，较之巴士司机，更像水门管理员。他将满含责难意味的视线朝迟到的我和她身上投来，不过总算没说什么。她向他投以无邪的微笑，仿佛在说"对不起"。司机伸手按下拉杆，车门随着再次响起的压缩空气声关上。她怀抱小号旅行箱来到我旁边的座位。旅行箱不怎么样，像是在仓储式超市买的，不大，却很重。我把它举起，放进行李架，她道声谢谢，随即放倒靠背睡了过去。汽车等得忍无可忍似的开动了。我从背囊格袋里掏出书接着往下看。

她睡得很沉，不久随着转弯时的晃动把头搭在我肩上，就势停住不动。重并不很重。她闭着嘴，用鼻子静静呼吸。呼出的气极为均匀地落在我肩骨。低头一看，一字形领口闪出乳罩的细带。奶油色细带。我想像其前端的质地精巧的乳罩，想像下面的乳房，想像因我的手指而变硬的粉红色乳头。不是我刻意想像，而是不能不想像。结果，我当然挺了起来。硬硬地挺起，硬得不可思议：为何全身光那一部分变硬呢？

与此同时，一个疑念在我心中闪出：没准她是我的姐姐。年龄差不了多少。别具一格的长相倒是同相片上的姐姐大不一样，但相片那玩意儿是相信不得的。换个角度，照出的面孔甚至可以同实体判若两人。她有个和我年纪相仿的弟弟，也好久没见了。那个弟弟即便是我也该没什么奇怪。

我看她的胸。那圆鼓鼓隆起的部位随着呼吸如波纹缓缓起伏，令人联想到静静的雨幕下无边无际的大海。我是孑然独立在甲板上的航海者，她是大海。天空灰濛濛的，尽头处和同样灰濛濛的海面融为一体。这种时候很难区分天和海，将航海者同海区分开来也不容易。甚至难以区分现实境况和心的境况。

她手指上戴着两个戒指。不是结婚戒指和订婚戒指，是在以年轻人为对象的杂货店买的便宜货。手指很细，却直而长，甚至有一种剽悍感。指甲短短的，精心修剪过了。淡粉色的指甲油。那双手轻轻放在从超短裙里探出的膝头上。我想碰那手指，当然实际没碰。熟睡中的她看上去像很小的孩子，尖尖的耳垂如小蘑菇从发间露出。不知何故，那耳朵给人以容易受伤害的印象。

我合上书，观望了一会儿窗外的景色，又不知不觉睡了过去。

第4章

美国陆军情报部(MIS)报告书

制作日期：1946 年 5 月 12 日

标　　题：RICE BOWL HILL INCIDENT,

1944：REPORT

文件整理编号：PTYX-722-8936745-44216-WWN

以下是同事件发生当时××镇开业的内科医生中泽重一(53
岁)的面谈记录。使用录音磁带。关于此次面谈的附带资料索取编
号为 PTYX-722-SQ-162～122。

发问者罗伯特·奥康涅鲁少尉所感：

〈中泽医生身材高大，面庞晒得黝黑，因此给人的印象较之
医生更像是农场监工。待人诚然稳重温和，但说话简洁干脆，直
言快语。眼镜深处目光炯炯有神，记忆力也似牢靠可信。〉

是的，一九四四年十一月七日上午十一点多，我是接到了镇立国
民学校教导主任的电话，叫我去一下。我一直担当类似学校特聘医生
的工作，所以对方首先跟我联系，听口气慌张得很。

他说有一个班全班去山上采蘑菇，当场失去知觉，而且好像全无

知觉。惟独领队的班主任女老师没有丧失知觉，一个人下山求救，刚刚回到学校。但她惊慌失措，语无伦次，全然不知所云。惟一确切的是山里仍躺着十六个孩子。

我首先想到的是，既然去采蘑菇，那么就有可能吃了毒菇导致神经麻痹，而那一来就非同小可。蘑菇这东西由于种类不同毒性也不同，处置方式也不同。我们姑且能做的，不外乎让他们把胃里的东西全部吐空，清洗干净。但是若蘑菇毒性强并已消化到一定程度，就束手无策。这地方每年都有几个人因毒菇丧命。

我先把能用来应急的药品一古脑儿塞入皮包，赶紧骑自行车冲到学校。学校里，两个接到报告的警察也来了。孩子们人事不省，需要人手抬到镇上。但正值战争期间，年轻男子几乎都进了军队。我和两个警察、年长的男老师、教导主任、校长、事务员以及班主任女老师朝山里赶去。那一带所有的自行车都收集起来了，数量仍不够就两人骑一辆。

——到林中现场是什么时候？

当时看表确认时刻来着，记得很清楚：十一时五十五分。一直骑到进山口那里不能再骑的地方，然后跑一样爬上登山道。

我们赶到那里的时候，有几个孩子已经程度不同地恢复知觉站了起来。几个来着？三四个吧，也就那样。虽说站起，但恢复得还不充分，摇摇晃晃爬了起来，感觉上就像四肢着地爬行。其余孩子仍躺在地上，但里面有几个也好像正在恢复知觉，恰如巨大的虫子在缓缓蠕动身体，光景甚是奇异。孩子们躺的是林中那块平得出奇的场所，秋天的太阳光灿灿地照在那里，就好像把那里切割开来了。十六个小学生以各种姿势倒在那里或其周围，有的动，有的一动不动，俨然前卫性剧照。

我竟至忘了自己作为医生的职责，屏住呼吸，好半天木然站在那里。不光我，赶来的每一个人看样子都多多少少陷入了暂时性麻痹状态。这么说也许奇妙，我甚至觉得自己阴差阳错目睹了普通人不该目睹的东西。因是战时，即使在这样的乡下，我们作为医生也总是做好应急准备的，知道作为一个国民无论发生什么事都必须冷静履行自己的职责。然而那场景还是冻僵了我。

但我很快清醒过来，抱起倒地的孩子。是个女孩，身体一点力气也没有，瘫软得如布娃娃。呼吸虽然稳定，但没有知觉。眼睛却又正常睁着，左右转动注视着什么。我从皮包里掏出小手电筒照射瞳孔。没有反应。眼睛尽管有看的功能并持续看着什么，但对光无动于衷。不可思议。我抱起几个孩子，试做同样的事情，反应全无二致。

接下去，我测试孩子们的脉搏和体温。记得脉搏平均五十到五十五，体温全部在三十六度以下，大约三十五度半吧。是的，作为那个年龄的孩子来说，脉搏相当迟缓，体温偏低一度左右。嗅了嗅呼出的气，全然没有异味。喉和舌也没有变化。

一眼即可看出不是食物中毒症状。谁也没吐，谁也没泻，谁也没挣扎。如果吃下不好的东西，过了这么长时间，三种症状中至少出现一种。知道不像食物中毒，我暂且舒了口气。至于到底发生了什么，我完全揣度不出。

作为症状类似的是中暑。夏天孩子们时常中暑晕倒。一个晕倒，有时候周围孩子就像受到传染似的全部扑通扑通晕倒。但季节是十一月，而且是在凉爽的树林中，一两个倒也罢了，十六个孩子统统在这样的地方中暑是很难设想的。

其次想到的是瓦斯：毒瓦斯、可能损害神经的那类瓦斯。若问我是天然的还是人工的……为什么会在这远离村落的森林中发生瓦斯，我也不知道。不过假定是瓦斯中毒，在理论上这种现象是可以解释的：所有人连同空气一起吸入瓦斯而晕倒在地。班主任老师之所以一人幸免，是因为瓦斯浓度稀薄，大人的身体碰巧足以抵抗。

对于该采取怎样的治疗措施，我完全坠入五里雾中。我毕竟是如此乡间小镇的医生，不具有关于特殊毒瓦斯的专业知识，只有徒呼奈何而已。且是在山中，不可能打电话向专家咨询。只是作为实际问题，孩子们中有几人出现缓慢恢复的征兆，所以时间一长，知觉说不定会自然返回。诚然这是一味乐观的预想，不过说老实话，我也想不出比这更好的方案。这么着，我就让他们先在那里静躺一会儿，看看情况再说。

——那里的空气没有什么反常之处？

这点我也留意来着，深深吸入好几次那里的空气，看有没有什么不寻常的气味。但那是普通山中的林木空气，一股树味儿，清爽宜人。那一带的花草也没看出异常。变形的、变色的东西也没发现。

我一个一个检查大约是孩子们晕倒之前采来的蘑菇。数量不很多，估计没采多久就晕了过去。无论哪个都是普普通通的食用菇。我一直在这地方当医生，对于蘑菇种类相当熟悉。当然，为了慎重起见，我还是把它们一起带回请专家检验。不出所料，全是没有毒性的普通蘑菇。

——那些失去知觉的孩子，除了眸子左右转动，没有其他什么不正常的症状或反应吗？例如瞳孔的大小，眼白的颜色，眨眼的次数等等。

没有。除了眸子活像探照灯左右转动之外，谈不上有不正常的地方，一切功能正常。孩子们在看着什么。更准确说来，孩子们似乎没有看我们能看见的东西，而在看我们看不见的东西。不，作为印象，与其说在看什么，莫如说"目击什么"更贴切。表情虽然没有，但整个印象十分安详，全然看不出痛苦或惊惧之类。我之所以想让他们照原样躺着观察一会儿，也是因为这个原因。就是说，既然无痛苦表现，那么恐怕还是先躺着不动为好。

——瓦斯之说当场向谁提起了吧？

是的，提起了。但大家和我一样，谁都没有把握。某某人进山吸了毒瓦斯云云，简直闻所未闻。于是有人说——记得是教导主任——没准是美军撒下来的，扔了毒瓦斯炸弹。于是领队的女老师说，那么说来，进山前在天上是看见了像是B29的机影来着，并且正从山的正上方飞过。大家七嘴八舌议论说有那个可能，说不定是美军研制的新型毒瓦斯炸弹。美军研制新炸弹的说法，在我们住的那一带也广为流传。至于何苦把那玩意儿特意扔到这穷乡僻野，当然无人知晓。不过差错这东西世间是存在的，发生什么无可预料。

——就是说孩子们后来一点点自然恢复了？

正是。多么叫人欣慰的事。最初孩子们扭了扭身体，接着摇摇晃晃爬起身，知觉一点点恢复过来。那当中没有人叫苦喊痛什么的，恢复得非常安静，就像从酣睡中自然醒来。知觉恢复之后，眼神亦随之恢复正常。用手电筒照瞳孔，开始出现常人反应。不过到开口说话还是花了好一会儿时间。感觉上就像人睡糊涂时一样。

我们试着问每个恢复知觉的孩子到底发生了什么，但他们全都怔怔的，好像问的是全然不知晓的事。进山开始在这里采蘑菇之前的事，孩子们好歹想得起来，但后来的记忆就消失了，连时间的推移都意识不到。开始采蘑菇，正采着"砰"一声落下帷幕，下一瞬间便被我们大人围着躺在地上。孩子们完全搞不清我们何以那么一本正经地吵吵嚷嚷，甚至好像对我们的存在感到惶恐。

遗憾的是，其中只一个男孩儿无论如何也没恢复知觉。是从东京疏散来的，名字叫中田聪——应该叫这个名字。长得不高，白白净净的。惟独那孩子始终昏迷不醒。一直躺在地上，眸子转个不停，由我们背他下山。其他孩子若无其事地开动各自的双腿走下山去了。

——除掉那个叫中田的男孩儿，孩子们后来没留下什么症状吗？

没有，根本没发现肉眼看得见的异常症状，诉说痛苦或不舒服的人也没有。返回学校后，我逐一把他们叫来医务室量体温、用听诊器听心音、检测视力，能检查的基本检查了。还让他们计算简单的数字，闭目单腿直立。但身体功能一律正常，疲劳感也好像不明显。食欲也有。因为没有吃午饭，所有人喊肚子饿。递了饭团过去，全都吃得一粒不剩。

由于放心不下，我连续几天去学校观察遭遇事件的孩子们的情况，还把几个叫来医务室面谈几句，仍没发现异常。尽管在山里经历了足足两小时人事不省的怪事，但孩子们无论精神还是身体都完好无损，就连曾经发生过那样的事都好像无从记起。孩子们重新回到日常生活，过得顺顺利利。上课，唱歌，课间休息时在院子里欢快地跑来跑去。形成对照的是，带队的班主任女老师在事件之后精神上总好像振作不起来。

惟独叫中田的男孩过了一个晚上仍未恢复知觉，第二天被送往甲府一所大学附属医院。据说很快就转去了军队医院。总之再没回到镇上。关于那孩子的情况，直到最后也没告知我们。

山中那次孩子集体昏迷的事件，报纸概未报道。大概当局以扰乱人心为由未予批准。因是战时，军方对流言蜚语分外神经质。战局不妙，南方也在不断撤退，不断"玉碎"。美军对城市的空袭愈演愈烈。因此之故，他们害怕反战情绪在民众间扩展开来。我们也在几天后受到来巡逻的警察的警告，不许我们在这件事上多嘴多舌。

　　总而言之，那实在是个百思莫解的、事后感觉不好的事件。坦率地说，就像堵在胸口的什么。

第 5 章

大巴驶过濑户内海那座大桥时，我因睡着错过了看桥的机会。本来很想亲眼看一看仅在地图上见过的那座大桥。有人轻捅我的肩把我叫醒。

"喂喂，到了！"她说。

我在座位上直起腰，用手背揉揉眼睛，往窗外望去。的确，车慢慢停在了站前广场模样的场地上。清晨鲜亮的阳光充溢四周，闪闪耀眼而又不失温和，看上去与东京的阳光多少有些不同。我看表：6 时 32 分。

她以疲惫不堪的声音说道："啊，太久了，腰好像出毛病了，脖子也痛。夜班大巴这东西再不坐第二次了。价钱贵点儿也要乘飞机。乱气流也好，劫机也好，反正非乘飞机不可。"

我从头顶行李架上取下她的旅行箱和自己的背囊。

"名字叫什么呢？"我试着问。

"我的名字？"

"嗯。"

"樱花。"她说，"你呢？"

"田村卡夫卡。"我说。

"田村卡夫卡。"樱花重复一句。"奇怪的名字。倒是好记。"

我点头。成为另外一个人不容易，成为另一个名字并不难。

她下车就把旅行箱放在地面，坐在箱上，从肩头挎的小背包格袋里取出手册和圆珠笔，飞快写罢，撕下一页递给我。上面写的像是电话号码。

"我的手机号码。"她苦着脸说，"我暂时住在朋友家。不过若是想见谁的话，可以往这儿打电话。一块儿吃顿饭什么的。别客气。对了，不是说袖口相碰也……"

"也是前世缘。"我说。

"对对。"她说，"什么意思？"

"前世的因缘——人世间即使微不足道的事，也不是纯属巧合。"

她坐在黄色旅行箱上，拿着手册就此思考。"唔，这东西是一种哲学嘛。这样的想法或许不坏。倒是多少有点儿 reincarnations[①] 或者 New Age[②] 的味道。不过么，田村卡夫卡君，这点你可得记住，我的手机号可不是随便什么人都告诉的。我要说的你可明白？"

我说谢谢，把写有电话号码的纸页折起放进风衣口袋，又转念塞进钱夹。

"你在高松住到什么时候？"樱花问。

我说还不清楚。因为情况有可能使我改变计划。

她定定地注视我的脸，略略歪起脖颈，样子像是说"也罢"，随即钻进出租车，轻轻挥了下手，就此去了哪里。我重新孑然一身。她的名字叫樱花，那不是姐姐的名字。但名字那东西是可以随便改的，特别是在企图从某人面前消失的情况下。

我事先预定了高松市内一家商务宾馆。我往东京的YMCA[③]打去

---

① 意为"(灵魂的)再生"、"转世"。
② 新时代运动。20世纪80年代美国(主要在西岸)的半宗教运动，其信奉者热衷于各种迷信活动。
③ Young Men's Christian Association 之略，基督教青年会。

电话，请其介绍了那家宾馆。据说通过 YMCA 介绍，房费可以大大降低。只是，低房费只限三个晚上，往下必须付普通房费。

若想节约开支，在车站睡长凳也是可以的。又不是寒冷季节，把随身带的睡袋摊在哪个公园里睡也未尝不可。问题是若给警察撞见，肯定要我出示身份证，而作为我无论如何都不愿碰上那样的麻烦。所以姑且最初三天预定了宾馆。往后的事往后再打算。

我走进车站附近一家面馆填肚子——四下一看，碰巧这家面馆在视野内。我生在长在东京，很少吃乌冬这种面条，但它还是跟我迄今吃过的任何乌冬面都不一样：新鲜，有嚼头，老汤也香气扑鼻。价格也便宜得惊人。由于太好吃了，又来了一碗。这么着，肚皮久违地饱了，充满幸福感。吃罢坐在站前广场长椅上，仰望晴朗朗的天空。我想我是自由了。我在这里自由得像空中的行云。

我决定黄昏前在图书馆打发时间。高松市附近有怎样的图书馆这点我早已查好。从小我就常在图书馆的阅览室消磨时间。小孩子不想回家的时候，能去的场所很有限。不能进酒吧，不能进电影院。剩下的场所仅有图书馆，不要入场费，小孩子独自进去也没人说三道四。可以坐在椅子上尽情看书。放学回来，我就骑自行车去离家近的区立图书馆。休息日的大部分时间也一个人在那里度过。故事、小说、传记、历史，大凡那里有的，抓起什么看什么。面向小孩子的书大致看罢，就转去一般性书架，看大人们看的书。即使看不大懂的书我也坚持看到最后一页。看书看累了，便坐在有耳机的单人座上听音乐。因为对音乐一无所知，就从右边开始一个又一个依序听下去。如此这般，我遇上了埃林顿公爵、甲壳虫和《小小红色巡洋舰》等音乐。

图书馆好比我的第二个家。或者不如说，对我来说图书馆才是真正的家。每天跑图书馆，和女管理员们彻底成了熟人。她们记得我的名字，每次见面都打招呼，话语充满温情（我这人害羞得很，未能好好应答）。

高松市郊有一座私立图书馆，是一位有钱的世家用自家书库改建的。珍本书很齐全，建筑物和庭园也值得一看。曾在《太阳》杂志上看到过图书馆的照片，阔阔绰绰古色古香的日式建筑，客厅一般优雅的阅览室，人们坐在宽大的沙发上看书。看那照片时，我近乎不可思议地被强烈打动了，心想迟早务必找机会看一下这图书馆。图书馆名叫"甲村纪念图书馆"。

我去站内旅游观光介绍所打听甲村图书馆的位置。坐在服务台里的一位热情的中年女性给我一张观光游览图，在图书馆所在位置打了×，告诉我如何乘电车，并说乘电车到那个站要二十分钟左右。我道谢后查阅站内的时刻表，车大致每二十分钟开出一班。车来之前还有点儿时间，遂在站内小卖店买了可以当午饭的简单盒饭。

来的是只挂有两节车厢的电车。铁路穿过高楼栉比鳞次的繁华大街，穿过间有小商店和住宅的地段，继而从工厂和仓库前面经过。有公园，有公寓建筑工地。我脸贴车窗，出神地观看陌生地方的风景。在我眼里一切都那么新鲜。这以前我几乎没有见过东京以外城镇的风光。清晨的下行电车里空空荡荡，而另一侧月台上却如铃串一般站满了肩挎书包身穿夏令校服的初中生和高中生。他们将去上学。而我不同。我形单影只地奔往与他们完全相反的方向，乘坐的是与他们不同的铁路线。这时，有什么东西赶来一把抓住我的胸口，四周空气仿佛突然稀薄起来。我所做的果真正确不成？想到这点，心里七上八下。我强迫自己不再看他们的身影。

铁路沿海边穿行了一会儿，进入内陆。有郁郁葱葱的高高的玉米田，有葡萄架，有斜坡上种植的蜜橘。灌溉用的水池触目皆是，反射着早晨的阳光。弯弯曲曲流过平地的河水显得清凉凉的，空地上长满夏日的青草。狗站在铁路旁看电车通过。眼望如此风景的时间里，我的心重新充满温馨平和的情思。不要紧的——我深吸一口气，这样自言自语。只能这样前进了。

出了站，我按那位女性的指点沿一条老街往北走。街两旁全是民房围墙，不间断地伸展开去。我生来第一次目睹这么多花样翻新的围墙。黑色的板墙，白色的土墙，花岗岩砌的石墙，石墙上的树墙。四下一片寂静，空无人影，车都几乎不经过。深深吸气，一股淡淡的海潮味儿。海岸一定很近。侧耳倾听，却不闻涛声。远处似乎正在施工建楼，电锯声如蜜蜂振翅一般低低传来。从车站去图书馆，路上到处有带箭头的小指示板，不会迷路。

甲村纪念图书馆堂而皇之的大门前面，长着两株风姿绰约的梅花树。进得门，一条沙石路拐来拐去，园木修剪得整整齐齐，一片落叶也没有。松树、桂花树、海棠、杜鹃。树木之间有几座古旧的大石灯笼，小水池也闪现出来。不一会儿，来到馆门跟前。门厅样式非常考究。我站在敞开的门前犹豫片刻，不知该不该进去。它同我知晓的任何图书馆都不一样。可是，既然特意找来，还是不能不进。跨进门厅，马上见到服务台，坐在那里的青年给存了东西。我放下背囊，摘下太阳镜，拉掉帽子。

"第一次来这里?"他问。声音轻松而沉静。相对说来，音量颇高，但流畅平滑，丝毫不觉刺耳。

我点头。声音发不出。我很紧张。根本没料到给人这样问。

他指间夹着刚削好的长铅笔，饶有兴味地打量了一阵我的脸。铅笔是黄色的，带着橡皮。青年个头不高，眉清目秀。与其说漂亮，或许不如说美丽更为确切。上身穿一件白色棉质扣领长袖衫，下面一条橄榄绿粗布裤。上下均无皱纹。头发偏长，低头时前发挡住额头，他不时突然想起似的用手一撩。衬衫袖挽在臂肘，手腕细细白白。眼镜框纤细精致，同他的脸形十分谐调。胸前别着写有"大岛"字样的塑料胸卡。同我知晓的任何图书馆员都不一样。

"书库自由出入。有要看的书，直接拿去阅览室即可。只是，贴有红色标签的珍本书，每次看时都要填写索阅卡。那边右侧资料室有卡式索引和检索用的电脑，需要时尽可自由使用。书不外借。没有杂志和报纸。禁止拍照，禁止复印。饮食去院子长凳。五点闭馆。"之后，他把铅笔放在桌上，补充一句，"高中生？"

"是的。"我深呼吸一次后答道。

"这里和普通图书馆有所不同，"他说，"以特殊专业书籍为主。主要是过去的歌人、俳人①等的旧书。当然一般性书籍某种程度上也是齐全的。不过特意从远处坐电车来的人大多是专门研究那方面文献的，不至于有人来看史蒂芬·金。你这样年纪的人极为罕见。偶尔倒是有研究生院的进修生来。对了，你是研究短歌或俳句的？"

"不是。"我回答。

"就有那样的感觉。"

"我这样的人来也不要紧吗？"我怕自己的声音露出马脚，战战兢兢地问。

"当然。"他浮起微笑，十指在桌面并拢，"这里是图书馆，想看书的人一律欢迎。再说——自是不敢大声说——我对短歌俳句也没多大兴趣。"

"好气派的建筑物啊。"我说。

他点头道："甲村家自江户时期以来代代是酒业巨子，上一代在书籍收藏方面是全国有名的人物。所谓以书为乐吧。那位父亲，也就是上上一代本身也是歌人。由于这个关系，许多文人来四国时都到这里，如若山牧水、石川啄木、志贺直哉等等。大概住起来舒坦吧，有人住了很久都不走。可谓在文艺类的东西上面不惜钱财的藏书世家。这样的豪族一般说来总会在某一代倾家荡产，幸运的是甲村家属于例

---

① 从事日本传统诗歌(和歌、短歌)和俳句创作的人。

外。爱好归爱好，家业并不马虎。"

"有钱人呐。"我说。

"大大的有。"他约略扭起唇角，"或许没战前多，不过如今钱也绰绰有余。所以才能维持这么气派的图书馆。通过财团化来减少继承税的目的当然也是有的，但那是另一回事。如果对这座建筑物有兴趣，今天两点有个不大的旅行团，你可以加进去。每周一次，星期二。今天恰好星期二。二楼还藏有珍稀书画，建筑上也是让人兴趣盎然的房子，看一看没有损失。"

我说谢谢。

他微微一笑，像是说不客气，随即再次拿起铅笔，用尾部的橡皮橐橐敲击桌面，声音非常温和，仿佛在鼓励我。

"您当向导吗？"

大岛现出笑意："我不过是帮工。有位叫佐伯的女士是这里的负责人，即我的老板。她也算是甲村家的亲戚，由她当向导。人非常到位，你也必定中意，我想。"

我走进天花板很高的宽宽敞敞的书库，在书架间转来转去寻找能引起兴趣的书。天花板有几道粗硕壮观的横梁。窗口泻入初夏的阳光。窗玻璃朝外开着，从那里传来院里小鸟的鸣叫。确如大岛所说，前几排书架多是歌人俳人方面的书：歌集、句集、评论、传记。地方史的书也不少。

里面书架排列着一般人文方面的书：日本文学全集、世界文学全集、个人全集、古典、哲学、戏曲、艺术概论、社会学、历史、地理……拿在手上翻开，不少书从书页间漾出久远年代的气息。那是长久安息在封面与封面之间的深邃的知识和敏锐的情感所释放的特有芳香。我把那芳香吸入肺腑，浏览数页，放回书架。

最后，我从几册一套的装帧精美的巴顿版《一千零一夜》中挑出一册，带去阅览室。这是很早以前我就想看的书。刚刚开门的图书馆阅览室里只有我一人。我可以独占这优雅的房间。与杂志上的照片一样，天花板高高的，空间大大的，气氛暖暖的。大敞四开的窗口时有清风吹来。洁白的窗帘悄悄摇曳。风仍夹带海岸气味。沙发的坐感无可挑剔。房间一角放着竖式钢琴。心情简直就像来亲朋好友家玩耍。

坐在沙发上东看西看的时间里，我意识到这房间正是我长期寻求的场所。我无疑是在寻找仿佛世界凹坑那样静谧的地方，可是迄今为止那只是个虚拟的秘密场所。那样的场所居然实际存在于某处，对此我还不能完全信以为真。我闭目合眼，大口吸气，于是它像绵软的云絮驻留我的心间。感觉妙不可言。我用手心慢慢抚摸套着奶油色外罩的沙发，之后站起身走到竖式钢琴跟前，打开琴盖，十个手指轻轻放在微微泛黄的键盘上，又合上琴盖，在带有葡萄花纹的旧地毯上来回踱步。我拉了拉开窗关窗用的旧拉杆，拧亮落地灯，熄掉。一幅一幅看墙上挂的画。然后重新坐回沙发，开始接着看书，把注意力集中在书上。

到了中午，我从背囊中掏出矿泉水和饭盒，坐在临院的檐廊上吃午饭。各种各样的鸟儿飞来，从这棵树飞到那棵树，或飞下池畔饮水或梳妆打扮。有的鸟从未见过。一只蛮大的褐色猫刚一露头，鸟们便慌慌张张飞起。而猫对鸟不屑一顾，只顾在踏脚石上悠然自得地晒太阳。

"今天学校放假？"回阅览室前再次存放背囊时，大岛问道。

"不是放假，但我自己决定休息一段时间。"我字斟句酌地回答。

"拒绝上学？"

"或许。"

大岛别有意味地注视我："或许？"

"不是拒绝，只是决定不去。"我说。

"只是不动声色地、自发地终止上学？"

我点头。我想不出该如何回答。

"按柏拉图《盛宴》中阿里斯托芬的说法，远古神话世界里有三种人。"大岛说，"这个知道？"

"不知道。"

"古时候，世界不是由男和女，而是由男男和男女和女女构成的。就是说，一个人用的是今天两个人的材料。大家对此心满意足，相安无事地生活。岂料，神用利刀将所有人一劈两半，劈得利利索索。结果，世上只有男和女，为了寻找本应有的另一半，人们开始左顾右盼，惶惶不可终日。"

"神为什么做那样的事情呢？"

"把人一劈两半？这——，为什么我也不知道。神干的事情基本上都让人捉摸不透。动不动就发脾气，又有时过于——怎么说呢——理想主义的倾向。若容我想像，大概类似某种惩罚吧，就像《圣经》上的亚当和夏娃被赶出伊甸园。"

"原罪。"我说。

"对，原罪。"大岛把长铅笔夹在中指和食指之间，保持平衡似的缓缓晃动，"总之我要说的是，人一个人生存是很不得了的事。"

我折回阅览室，继续看《小丑阿布·阿尔·哈桑的故事》，但无法把注意力集中到书上。男男和男女和女女？

时针指在两点，我放下正在看的书，从沙发上起身，参加建筑物参观团。担任向导的叫佐伯的人是一位四十五六光景的瘦削的女性。作为那个年代的人，个头或许算高的了。她身穿蓝色半袖连衣裙，外面披一件薄些的奶油色对襟毛衣，姿势非常得体。长发在后面轻轻束起，相貌显得典雅而睿智。眼睛漂亮，唇角无时不漾出影子般的淡淡笑意。倒是表达不好，反正感觉上是一种圆满完结的微笑。它使我想起一小片日光，想起某种只能在有纵深感的场所生成的形状特别的一小片日光。我居住过的野方家院子里有那样的场所，有那样的日光。我从小就喜欢那块日光驻足的位置。

她给我的印象十分强烈而又带有似曾相识的亲切。我想，此人若是自己的母亲该有多好。每次见到美丽的（或感觉好的）中年女性我都不由这样想：此人若是自己的母亲该有多好。无须说，佐伯实际是我母亲的可能性差不多是零。尽管如此，从理论上说，一点点可能性还是有的。为什么呢？因为我不知道母亲的长相，名字都不知道。也就是说，她没有理由不得是我的母亲。

参加参观团的，除了我只有从大阪来的一对中年夫妇。太太体态丰满，戴着高度近视眼镜。丈夫则偏瘦，发型就像用钢毛刷把硬硬的头发死活按倒躺下。眼睛细细额头宽宽，俨然时刻凝望水平线的南方海岛雕塑。交谈主要由太太开口，丈夫随声附和。此外丈夫或点头或表示赞赏或不时嘟囔一句无法听清的不连贯的话语。两人的装束与其说是来图书馆，不如说像去登山。双双身穿到处是口袋的防水马甲，脚登坚不可摧的系带皮鞋，头戴登山帽。那或许是这对夫妇每次外出旅游时的装束。不像是坏人。没觉得此两人若是自己的父母该有多好，不过得知参加参观团的并非仅我一人，多少有些释然。

一开始佐伯介绍了甲村纪念图书馆诞生的原委，内容和大岛告诉我的大体一致。建馆宗旨是将数代当家人收集的图书、文献、书画向一般人公开，以期对地区文化的发展作出贡献。以甲村家私有财产设立了财团，财团负责图书馆的经营。根据需要有时也举办讲演会、室内音乐会等活动。建筑物在明治初期原本作为甲村家的书库兼客房使用，大正时期进行了大规模改建，建成二层楼，里边为投宿文人准备的居室也更漂亮了。大正至昭和初期诸多著名人物来甲村家访问，留下了各自的足迹。为表示他们对允许寄宿的感激之情，歌人留下短歌，俳人留下俳句，作家留下书法，画家留下画。

"二楼展览室里有许多精选的宝贵文化遗产，请诸位参观。"佐伯说道，"就是这样，在第二次世界大战之前，不是通过地方政府的努力，而主要通过甲村家这样带有业余爱好者性质的无官无位的富人之手培育了丰富的地方文化。就是说，他们发挥了文化活动赞助商的作用。香川县之所以走出许许多多优秀的歌人、俳人，甲村家自明治以来连续几代在当地为高素质艺术群体的形成和维持倾注心血这一事实也是其背景之一。关于这一令人深感兴趣的文化团体的形成缘起和发展，迄今为止已有众多研究专著、随想录、回忆录出版或发表，那些文献完好保存在阅览室之中。如有兴趣，敬请翻阅。

"甲村当家人代代都对文艺深有造诣，独具慧眼，或许是血统所使然。他们区分真伪，仅对真正优秀的人才提供优厚的待遇，仅对高远的志向加以精心培育。只是——诸位也知道——世间并不存在绝对准确无误的鉴赏眼光。令人惋惜的是，未受到他们的赏识因而未得到应有待遇的优秀作家也并非没有。例如同俳人种田山头火有关的作品，遗憾的是几乎废弃一空。据来客签名簿，山头火数次在此投宿，每次都有俳句和书法留下，但当家人视为'无非满口大话的讨饭和尚'而未用心对待，作品多被抛弃。"

"哎呀，可惜啊可惜，"从大阪来的太太不胜惋惜地说，"山头火若是现在，可就值大钱了。"

"您说得不错。但当时的山头火默默无闻，也许是没有办法的事。不少事情不到日后是无从知晓的。"佐伯微笑着说。

"正是，正是。"那位丈夫附和道。

接着，佐伯领我们转了一楼：书库、阅览室、珍贵文献贮藏室。

"建造这间书库时，当时的当家人大胆舍弃那种纤巧的富有文人情趣的京都茶室样式，而采用了民居式、农舍式风格。不过——诸位一看即可明白——同房子框架的粗犷豪放形成对照的是，家具用品、书画裱装则相当考究，不惜工本。比如这天花板同拉门上框之间，雕刻的流畅华丽就是无与伦比的，据说建造期间悉数汇集了四国地区的能工巧匠。"

之后，一起沿楼梯上到二楼。楼梯部分形成空阔的天井。黑檀木扶手磨得光艳艳的，似乎轻轻一碰即可留下指印。转角平台的正面窗扇镶着五彩玻璃，图案是小鹿伸长脖子吃葡萄。二楼有两个客厅和一个大厅。大厅里过去想必铺满榻榻米，也能开宴会和聚会来着。现在已铺上地板，墙壁挂着很多书画挂轴和日本画。中间有个大大的玻璃展柜，里面摆着纪念品和有来历的物件。客厅一个西式一个日本式。西式客厅有宽大的写字台和转椅，现在也好像有人用来写东西。写字台背后的窗口可以看见一排松树，树间隐约现出海面水平线。

大阪来的夫妇一边念说明书，一边逐个看大厅里的物品。妻子大声说罢对什么的感想，丈夫便予以鼓励似的连声附和，两人之间似乎根本不存在意见分歧。我对展品没多大兴趣，便转着圈看建筑物结构的细部，正审视西式客厅时，佐伯走了过来。

"如果有兴趣，坐坐那椅子也可以的。"佐伯说，"志贺直哉和谷崎润一郎都曾坐过。当然，椅子倒不和当时的完全相同。"

我试着坐在转椅上，双手静静放在桌上。

"如何，觉得能写出什么吧?"

我有点脸红，摇摇头。佐伯笑了笑，折回隔壁夫妇那边。我坐在椅上注视了一会儿她的背影，注视她腰肢的扭动和脚步。所有动作都显得无比自然和优雅。说我固然说不好，总之其中好像有一种特别的东西。看上去她在通过背影向我诉说什么，诉说不能诉诸语言的什么，诉说无法当面传达的什么。然而我不明白那是什么。我不明白的事很多很多。

我在转椅上坐着不动，四下打量房间。墙上挂一幅绘有此地海岸风景的油画，式样虽老，但颜色新鲜。写字台上摆一个大烟灰缸，一个绿罩台灯，按下开关，好端端放出了光明。正面墙壁挂一老式黑钟，样子蛮滑稽，但时针指的时间准确。木地板很多地方都磨秃了，走上去低声吱呀作响。

参观完了，大阪来的夫妇向佐伯道谢回去，说夫妇同时参加了关西一个短歌协会。太太倒也罢了，可这位丈夫能吟出什么短歌呢？光是当应声虫和点头总不至于写出短歌，那里边需要有自发性的东西才是。或者说惟独吟咏短歌时此人从某处搬来现成的什么不成？

我返回阅览室接着看书。下午阅览室来了几个人。几乎所有人都戴着看书用的老花镜。戴上老花镜，人们的脸形都好像差不多。时间过得非常缓慢。人们只在这里安安静静专心读书，没有人说话。也有人趴在桌面上做笔记，而大部分人则默默看书，也不改换姿势，在各自的座位上看得全神贯注，和我一样。

五点我合上书，放回书架，走出图书馆。

"早上几点开门？"我问。

"十一点。休星期一。"他说，"明天还来？"

"如果不添麻烦的话。"

大岛眯细眼睛看着我："哪里谈得上麻烦，图书馆本来就是想看书的人来的地方。一定再来。对了，你总是拿着那样的东西走？像很重似的。里面到底装的什么？南非金币？"

我一阵脸红。

"算了算了，说着玩的。又不是真想知道。"大岛用铅笔头上的橡皮顶住右侧太阳穴，"那，明天见。"

"再见。"我说。

他没有扬手，举起铅笔作答。

我乘上来时那列电车回到高松站，在车站附近一家看样子便宜的饭馆里点了炸鸡块套餐和蔬菜色拉，饭多要了一碗。吃罢喝温吞吞的牛奶,又在小超市买了两个饭团和一瓶矿泉水以便半夜饿时充饥,之后朝要住的宾馆走去。走得既不太快,又不过慢。走法跟极普通的人一样,以免引起别人不必要的注意。

宾馆规模固然不大,但属于典型的二流商务宾馆。我在前台住宿登记簿写上假住所假姓名假年龄,预付了一天的房费。我有点紧张,但他们根本没向我投以疑神疑鬼的目光,也没有大吼大叫——"喂喂,别乱弹琴,我们心里一清二楚,你不是离家出走的十五岁少年吗?"一切都是事务性的,风平浪静。

我踩着发出"咔嗒咔嗒"不吉利声响的楼梯爬到六楼。房间细细长长,冷漠的床,硬硬的枕,小小的桌,不大的电视,晒得褪色的窗帘。洗澡间仅有壁橱大。无沐浴露无洗发液。从窗口看见的只是邻楼的壁。但是有屋顶、水龙头有温水流出,光凭这点就必须谢天谢地。我把背囊放在地板上,在椅子上坐下,让身体适应这个房间。

我自由了。我闭起眼睛,就自己自由了这点思索一阵子。但是,我还不能完全理解自由这东西是怎么回事。现在明白的只是自己成了孤身一人。孤身一人住在陌生的地方,如丢了指南针丢了地图的孤独的探险家。莫非这就是自由的含义?连这点我都稀里糊涂。于是我不再思索。

在浴缸里泡了很久,在洗漱台细细刷牙,躺上床后又看了一会儿书。书看累了,打开电视看新闻。同今天一天我身上发生的事相比,哪条新闻都毫无生气无聊至极。随即关掉电视,缩进被窝。时针已划过十点,但一时很难入睡。新地方的新一天。这天也是我十五岁生日。一天的大半在那座不可思议而又无疑充满吸引力的图书馆度过。遇见几个新人。樱花。大岛和佐伯。庆幸的是都不是那类给我威胁的人。兆头或许不错。

接下去,我想到野方的家和此刻应该在那里的父亲。对于我的突然失踪他有怎样的感觉呢?看不见我他会一阵释然还是为之困惑呢?

或者几乎无动于衷亦未可知。甚至有可能觉察不出我的不在。

　　突然一阵心血来潮，我从背囊里拿出父亲的手机，接上电源，试着按了按东京家里的号码。立刻响起呼叫音。相距七百公里之遥，呼叫声却像打给隔壁房间一般清晰。意料不到的新鲜感令我吃惊。又按了一次，关掉。心脏跳动加快，久久不能平复。电话活着，父亲还没有取消电话号码合同，说不定尚未发觉手机从书桌抽屉中消失。我把手机放回背囊格袋，熄掉枕边灯，合上眼睛。梦也没做。这么说来，已有很久很久没做梦了。

第6章

"你好！"已进入老年的男子招呼道。

猫略略抬起脸，很吃力地低声回应寒暄。一只很大的老年黑猫。

"天气好得很嘛！"

"啊。"猫应道。

"一片云也没有。"

"……现在没有。"

"好天气持续不下去？"

"傍晚就可能变脸。有那样的感觉。"黑猫颤颤巍巍地伸出一只脚，然后眯缝起眼睛，重新端详男子。

男子微笑着看猫。

猫摸不着头脑，困惑少顷，随后转念说道："噢，你么……会讲的。"

"那是。"老人不无羞赧地说，像表示敬意似的从头上摘去皱皱巴巴的棉登山帽，"也不是任何时候同任何猫君都能讲。不过如果事事一帆风顺，总可以这么讲上几句。"

猫"唔"了一声，算是简洁地发表感想。

"我说，在这里稍坐一会儿可以么？中田我多少有点儿走累了。"

黑猫慢慢欠身，长胡须一抖一抖地动了几次，打了个险些脱落下巴的大哈欠。"可以可以。或者不如说可以也罢不可以也罢，愿意坐哪里就坐哪里好了。不会有人说三道四。"

"多谢。"男子挨猫坐下，"啧啧，从早上六点多一直走到现在。"

"哦——，那么，你……是姓中田喽？"

"是的，小姓中田。猫君，您呢？"

"姓名忘了。"黑猫说，"不是说全然不曾有过，只是活着活着那东西就用不上了，所以忘了。"

"那是。用不上的东西很快就会忘掉，这点中田我也不例外。"男子搔着头说，"听您这么说，您猫君不是被哪户人家饲养的？"

"往日确实给人家养过，可现在不同。倒是时不时去近处几户人家讨食吃……养就不算被养的。"

中田点下头，沉默了一会儿开口道："那么，把您猫君称为大冢君好么？"

"大冢？"猫不无诧异地盯住对方的脸，"什么呀，那是？我何苦……叫哪家子大冢？"

"不不，没什么特殊含义。中田我忽然想到罢了。没有名字不容易记，因而适当取了一个。有了名字，必要时还是方便的。比如说吧，某月某日午后在××二丁目空地遇见黑猫大冢君并说了话——如此这般，即使中田我这样脑袋不好使之人也可以将事物归纳得井井有条，也就容易记住。"

"唔。"黑猫说，"不大明白啊！猫没那个必要。气味啦形状啦，接受实有的东西即可。也没什么不方便的么。"

"那是，这点中田我也明明白白。可是大冢君，人可不那样。为了记住各种各样的事情，无论如何都需要日期和名字什么的。"

猫从鼻子里哼了一声。"端的不便。"

"诚哉斯言。必须记的事那么多，的确不便之至。就中田我来说，也不得不记知事大人的姓名，不得不记公共汽车的编号。不过且不说这个了，那么将您猫君称为大冢君不碍事么？但愿您不至于不快。"

"若问是否愉快，的确不怎么愉快……话虽那么说，也并非特别不快。所以么，也没什么太碍事的，叫大冢君。如果想那么叫就叫好了。倒是有点儿觉得事不关己似的。"

"承您那么说，中田我也非常欣喜，非常感谢，大冢君。"

"不过，你作为人，讲话方式多少与众不同。"大冢说。

"那是，大家都那么说。可是中田我只能这么讲话。张口就是这样子，因为脑袋不好使。并非一直脑袋不好使，而是小时候遇上事故才变得不好使的。字也不会写，书啦报啦也不会读。"

"非我自吹，我虽然也不会写什么字，"说着，猫舔了几下右前爪的肉球，"但脑袋不好不坏，不方便也谈不上。"

"那是，猫君们的社会完全是那样的。"中田说，"可是在人类社会，若不会写字，那就是脑袋不好使；若不会读书看报，那就是脑袋不好使。此乃金科玉律。特别是中田我的父亲——早已去世了——是很了不起的大学老师，专门研究金融学来着。另外中田我有两个弟弟，两个脑袋好使得很。一个在叫伊藤忠的地方当部长，另一个在叫通产省的地方工作。都住在大房子里，吃鳗鱼。单单中田我一个人脑袋差劲儿。"

"可你不是能这样跟猫讲话吗？"

"那是。"中田说。

"不是谁都能跟猫讲话的吧？"

"正是正是。"

"那怎么能说脑袋不好使呢？"

"那是，那不是。就是说，这里边的名堂，中田我不大明白。但中田我从小就一直听人家说我脑袋不好使、脑袋不好使，因此只能认为实际上脑袋不好使。站名认不得，也就不能买票坐电车。在公共汽车上如果出示残疾人士特别通行证，倒是好歹能坐上。"

大冢不含感情地"唔"一声。

"如果不会看书写字，就没办法找到活干。"

"那，你靠什么生活？"

"有补贴。"

"补贴？"

"知事大人赏给的钱。住在野方一座叫松影庄的公寓一个小房间里。一日三餐还是可以的。"

"生活好像不那么坏的……我觉得。"

"那是。不坏不坏，如您所说。"中田说，"风吹不着雨淋不到，又活得自由自在。另外么，不时有人求我这么找猫，可以得到像是礼金那样的东西。不过，这可是瞒着知事大人的，请别告诉任何人。因为如果像这样有多出来的钱，补贴说不定会被取消。虽说是礼金，数额其实也没多少，但可以偶尔吃上一顿鳗鱼。中田我喜欢鳗鱼。"

"鳗鱼我也喜欢哟！只是很早很早以前吃过一次，什么味儿都很难想起了。"

"那是。鳗鱼尤其是好东西，同别的食物多少有所不同。这世上，吃的东西有的可以再添一次，可据中田我所知，鳗鱼哪里也不再添。"

空地前的路上有个年轻男子牵着一条拉布拉多大狗走来。狗脖子上缠一条大花手帕。狗斜眼瞟了大冢一下，径自离去。两个坐在空地上沉默片刻，等狗和男子走远。

"你说找猫？"身为猫的大冢问。

"那是。寻找下落不明的猫君。中田我因为能和猫君讲几句，所以能够东跑西跑搜集信息，有效地寻找丢失了的猫君的去向。这么着，人们都说中田我找猫有两下子，到处有人求我去找迷路的猫君。近来很少有哪一天不去找猫。不过有一条：中田我懒得远走，找的范围仅限于中野区内。若不然，中田我自己下回反倒迷路回不来了。"

"那，现在也在找迷路的猫了？"

"那是，正如您所说。现在寻找的是一岁的三毛猫，名字叫'胡麻'。这里有相片。"中田从肩上挎的包里摸出彩色复印的相片给大家看。

"就这只猫。戴一个褐色防虱项圈。"

大冢伸过脖子看相片，随后摇摇头。

"这个么，这家伙没有见过。大凡这一带的猫，我基本无一不晓，可这个不晓得。没看过也没听说过。"

"是么。"

"那么说，你是找这猫找很久了？"

"哦——，今天是……一、二、三，是第三天。"

大冢沉思一会儿说道："我以为你也知道来着——猫这东西，是习惯性很强的动物，大体上生活循规蹈矩，不喜欢大的变化，除非有特殊情况。所谓特殊情况，就是性欲或事故什么的，基本不出这两种。"

"那是。中田我也大致那样认为。"

"若是性欲，不久安稳下来就回来了。你，可懂得性欲？"

"那是。经验诚然没有，但大致情况还是能把握的。是小鸡鸡的勾当吧？"

"是的，是小鸡鸡那码事。"大冢以奇特的神情点了下头，"但如果是事故，就很难返回了。"

"那是，言之有理。"

"另外，也有这样一种情况：在性欲驱使下晃晃悠悠跑去很远的地方，结果找不到回来的路了。"

"不错不错，中田我若跑出中野区，也可能找不到回来的路。"

"我也有过几次那样的事，当然是年轻得多的时候。"大冢忽然想起似的眯细眼睛说，"一旦找不到回家路，脑袋就嗡的一声，眼前一团漆黑，一下子六神无主。那可不是好玩的。性欲这玩意儿实在伤透脑筋。问题是那时候脑袋里反正就那一件事，前前后后的事压根儿考虑不来。那……就是所谓性欲。所以，对了，叫什么名字来着，那只不见了的猫？"

"您是指胡麻？"

"对对。这胡麻嘛，作为我，也准备设法找一找，助你一臂之力。在哪户人家娇生惯养的一岁三毛猫，世上的事肯定一无所知。吵架吵不赢，吃的自己都找不上。可怜可怜。不过遗憾的是，还真没见过那只猫。最好去别的地方找找看。"

"是么。那么就依照您的指教，去别的方向找找看。在您大冢君正睡午觉的时候贸然打扰了，非常抱歉。过几天还可能来这里转转，届时如您发现胡麻，务请告知中田我一声。这么说也许失礼——一定最大限度地答谢。"

"哪里，能和你交谈，真是有趣。过几天……请再来。只要天气好，这一时间我大多在这块空地。如果下雨，就在这石阶下面的神社里。"

"好好，多谢多谢。中田我也为能同您大冢君讲话感到十分高兴。虽然能同猫君讲话，可也不是哪一个都能这么顺顺当当谈得来，也有我一搭话就如临大敌默默跑去哪里的猫君。我倒只是寒暄一声……"

"那也难怪。就像人与人各所不一，猫也……多种多样嘛。"

"有理有理。中田我其实也是那样想的。世间有形形色色的人，有各种各样的猫。"

大冢伸腰舒背仰望天空。太阳将午后金色的光线倾泻在空地上，但那里也隐约荡漾着雨的气息，大冢感觉得出。

"对了，你说你小时候遭遇事故，致使脑袋有点不妙了——是这样说了吧?"

"是的,正是,是那么说来着。中田我九岁时遇上的事故。"

"什么样的事故?"

"那——无论如何也记不起来了。据别人说,像是得了一种不明所以的热病,中田我三个星期都没恢复知觉,那期间一直躺在医院病床上打点滴。好容易恢复了知觉,那以前的事却忘得一干二净了。父亲的长相、母亲的脸庞、写字、算术、住房的样式……就连自己的姓名都忘了,忘个精光。就像拔掉浴缸的塞子,脑袋里空空如也,成了空壳。事故发生前,据说中田我是个成绩出众的优等生。不料突然晕倒在地,醒来时中田我脑袋就报销了。母亲——早已不在人世了——常为这个流泪。就是说,中田我脑袋的不好使致使母亲不能不流泪。父亲倒没流泪,却经常发脾气。"

"可另一方面,你可以同猫讲话了。"

"是那样的。"

"唔。"

"而且身康体健,再没得过什么病。没有虫牙,眼镜也不用戴。"

"依我之见,你脑袋好像并不差。"

"果真那样的么?"中田歪头沉思。"可是大冢君,如今中田我六十都早已过了。六十过后,脑袋不好使也好,大家不理睬也好,都习以为常了。即便不坐电车也能活下去。父亲业已过世,再不至于挨打。母亲也已不在,不会再流泪了。因此,时至今日若是有谁突然宣布你脑袋不差,中田我可能反而不知所措。脑袋不再不好使,一来可能使我领不到知事大人的补贴,二来说不定不能用特别通行证乘公共汽车。怎么搞的,你脑袋不是不差的吗——如果给知事大人这么训斥,中田我是无话可说的。所以,中田我觉得还是就这样脑袋不好使为好。"

"我的意思是:你的问题点并不在于你脑袋的不好使。"大冢神情肃然地说。

"果真那样的么?"

"你的问题点么,我以为……怕是你的影子有点儿浅淡。一开始看见你我就想来着,你掉在地上的影子只有常人一半左右的浓度。"

"那是。"

"我嘛,过去也曾见过一次这样的人。"

中田略微张嘴,注视大冢的脸:"您说以前也见过一次,那可是中田我这样的人?"

"嗯。所以你讲话的时候我也……没怎么吃惊。"

"那是什么时候的事情呢?"

"很早很早,我还年轻时候的事。不过,长相也好姓名也好场所也好时间也好什么都记不得了。如你刚才所说,猫没有那种意义上的记忆。"

"那是。"

"而且,那个人的影子也像另一半弄丢到什么地方去了,同样浅淡。"

"噢。"

"所以,较之找什么迷路的猫,你恐怕最好认真寻找一下自己的另一半影子。"

中田拉了几下手里登山帽的帽檐:"实话跟你说,这点中田我也或多或少觉出来了,觉出好像影子浅淡。别人没觉察到,可我自己心里明白。"

"明白就好。"猫说。

"不过刚才也说了,中田我已经上了年纪,大概来日无多了。母亲已经死了,父亲也已死了。脑袋好使也罢不好使也罢,字会写也罢不会也罢,影子完整也罢不完整也罢,时候一到都要挨个死掉。死了烧掉,烧成灰放进鸦山那个地方。鸦山位于世田谷区,进入鸦山墓地，大概就什么都不想了。不想，迷惘也就没了。因此，中田我就现在这样不也蛮好的么？再说，中田我如果可能的话，在有生之年不想到中野以外的地方去。死后去鸦山自是奈何不得。"

"怎么认为当然是你的自由。"大冢说罢，又揉了一阵子肉球，"不过么，影子的事最好还是多少考虑考虑。作为影子也可能觉得没面子。假如我是影子……就不愿意只有一半。"

"那是。"中田说，"是那样的，或许那样。这事以前还从未考虑过，回去慢慢考虑。"

"考虑就好。"

两个沉默良久。随后中田静静立起，小心拍去裤子上沾的草，把皱巴巴的登山帽重新扣回脑袋。他扣了好几次，使帽檐以平时角度向下倾斜。帆布包挎到肩上。"实在非常感谢。您大冢君的意见对中田我十分宝贵。请多多保重身体。"

"你也保重。"

中田离开后，大冢又在草丛中躺倒，闭起眼睛。到云来下雨还有些时间，便再不思考什么，沉入了短暂的睡眠。

第 7 章

　　七点十五分在大厅旁边的餐厅吃早餐：烤面包片、热牛奶和火腿鸡蛋。包含在房费里边的商务宾馆的早餐，无论怎么看对我都不够量。转眼之间就打扫进了肚囊，几乎没有吃的感觉。不由四下张望，但全然不见另有面包上来的样子。我喟叹一声。

　　"不是奈何不得的么！"叫乌鸦的少年说道。

　　注意到时，他正坐在餐桌对面。

　　"你已经不在可以大吃特吃自己中意食物的环境中了，毕竟你已离家出走，你务必把这一事实输入脑袋。这以前你总是早早起床吃够量的早餐，这以后就行不通了，必须仅靠所给的东西活下去。胃会根据食物的多少而改变大小的说法你也在哪里听说过吧？往后你势必确认是否果真如此。一来二去胃就会小下去的，但到那一步需要时间。能忍受得了？"

　　"忍受得了。"我说。

　　"必须那样。"叫乌鸦的少年说，"因为你是世界上最顽强的十五岁少年。"

　　我点头。

　　"那么，你就不能老是盯着空盘子不动，要马上采取下一个行动。"

　　我依他说的，站起身，采取下一行动。

我走去宾馆服务台，试着交涉住宿条件。我说自己是东京一所私立高中的学生，来这里写毕业小论文（我就读学校的高中部实际上有此制度），每天去有专门资料的甲村图书馆。要查阅的东西比预想的多，无论如何都要在高松停留一个星期，可是预算有限，所以在此住宿期间，能否特别允许自己一直——而不是规定的三宿——以通过YMCA联系的低房费住宿。房费每天提前一天付给，不会添麻烦的。`

我在脸上浮现出因遇到困难而多少有些不知所措的那种家教良好的少年可能浮现的表情，对那里值早班的年轻女性简短地说了自己面临的（编造的）情况。我一没染发，二没戴耳环，上身是拉尔夫·劳伦白色短袖运动衫，下面同是拉尔夫·劳伦牌奶油色粗布长裤，脚上是新的最高档的苹果牌轻便运动鞋。牙齿洁白，身上发出洗发液和香皂味儿，敬语也用得有板有眼。只要我有意，我是可以给年长者以好印象的。

她默默听我的话，略略翘起嘴唇，点了下头。她长得不高，白衬衫外面套一件宽松些的绿色制服。虽然有些困意，但动作干脆利落，一个人熟练地处理着早晨的业务。年龄或许同我姐姐不相上下。

"情况大体明白了，我个人是不好说什么，但关于房费可以同经理商量一下。结果如何我想到中午就可晓得的。"她事务性地说（但我已感受出了她对我怀有好感），说罢问了我的名字和房间号码记在本本上。我不知道交涉能否顺利，或者弄巧成拙亦未可知——例如有可能让我出示学生证，也可能要跟家里联系（住宿登记簿上记的当然是胡乱编的电话号码）。但即使冒这样的风险，尝试一下的价值总该是有的，毕竟我手头的钱有限。

我在宾馆大厅的公共电话号码簿上查了公营体育馆的电话号码，询问健身房里边有什么器材。我所需要的器材基本一应俱全，费用为六百日元。我问了其所在位置和从车站如何去，道谢放下电话。

我折回房间，背起背囊出门。东西满可以放在房间里，钱也可以寄放在出租保险箱里——那样或许更安全，但可能的话，我还是想时时带在身上。现在它似乎已成了我身体的一部分。

从站前汽车总站坐公共汽车去体育馆。当然我很紧张，感觉脸有些僵。我这样年龄的少年平日大白天一个人去体育馆，说不定有人上前查问。这里终究是陌生之地，我还未能把握人们到底在这里想的什么。但谁也没注意我。自己反倒产生一阵错觉，觉得自己成了透明人。我在入口默默付费，默默接过钥匙。在更衣室换上短运动裤和轻便 T 恤。做伸展运动放松肌肉的时间里，我开始一点点镇静下来。我置身于我这一容器之中。我这一存在的轮廓，随着"咔嚓"一声轻响完整地合在一起锁上了。足矣。我在平时的位置。

我开始循环锻炼。一边用 MD 随身听听"王子"音乐，一边足足用一个小时按以往的顺序在七台健身机上练了一遍。原以为地方公营体育馆里无非老式器材，但实际上全是令人惊叹的东西。四下一股崭新的不锈钢味儿。一开始我以较少的负荷做了一次循环，继而加大负荷做第二次循环。用不着一一写进表格，适合于自己身体的重量和次数全都在我的脑袋里。全身很快冒汗。练的过程中须补充好几次水分。我喝矿泉水，嚼来时路上买的柠檬。

固定的循环锻炼进行完毕，我冲了个热水淋浴，用带来的香皂擦洗四肢，用洗发液洗头发。包皮刚刚翻上来的阳物要尽可能保持清洁。腋下、睾丸和肛门也一丝不苟地洗了。量罢体重，我裸体站在镜前检查肌肉硬度，然后在洗漱台洗了被汗水浸湿的短运动裤和 T 恤，用力拧干装进塑料袋。

出了体育馆，坐公共汽车返回车站，走进昨天那家面馆吃热气腾腾的乌冬面，一边慢慢吃一边打量窗外。站内人来人往，熙熙攘攘，人们身穿不同的衣服，提着东西，脚步匆匆，想必带着各自的目的赶往某处。我目不转睛地注视如此男女的身影。蓦地，我想到距今百年之后。

百年之后，置身此处的人们（也包括我）应该从地上荡然无存，化为尘埃化为灰烬。如此一想，我产生了一种不可思议的心情。这里所有的人或物都显得虚无缥缈，仿佛即将被风吹散消失。我伸开自己双手定定地细看。我到底为了什么如此东奔西窜呢？何苦这么苦苦挣扎求生呢？

但我摇摇头，不再往外看，不再想百年后的事。要想现在的事。图书馆有该看的书，体育馆有要对付的器材。考虑那么远的事又有什么用呢！

"必须那样，"叫乌鸦的少年说，"毕竟你是世界上最顽强的十五岁少年！"

我和昨天一样在车站小卖店买了盒饭，带上电气列车。到甲村图书馆是十一点半。服务台里仍坐着大岛，他身穿蓝色人造丝衬衫，扣子一直扣到脖子。一条白牛仔裤，一双网球鞋，正在伏案看一本厚厚的书。旁边放着昨天那支（大概）黄色铅笔，前发垂在额前。我一进去，他抬头微微一笑，接过背囊。

"还没返校？"

"学校不返了。"我实话实说。

"图书馆倒是不坏的选择。"说着，大岛回头看身后的钟确认时间，然后又回到书上。

我去阅览室接着看巴顿版《一千零一夜》。一如往日地，我一旦沉下心翻动书页，中途便欲罢不能。巴顿版《一千零一夜》里虽然也收有和我过去在图书馆看的儿童版本一样的故事，但故事本身很长，加上插图多细节多，根本不像同一故事。诱惑力大得多。猥琐、杂乱、色情的故事和莫名其妙的故事比比皆是。然而那里充满着（正如钻入神灯的神人）常识框架所收勒不住的自由奔放的生命力，这点紧紧抓住了我的心。比之站内熙来攘往数不胜数没有面孔的男男女女，一千多年以前编造的这些荒诞离奇的故事要生动得多逼真得多。何以出现这种现象呢？我觉得非常不可思议。

一点钟，我又走进院子，坐在檐廊里吃自带的盒饭。吃到差不多一半的时候，大岛走来，说有我的电话。

"电话?"我不由语塞，"我的?"

"我是说，假如田村卡夫卡是你名字的话。"

我红着脸站起身，接过他递来的无线听筒。

电话是宾馆服务台那位女性打来的，大约是想核实我白天是否真在甲村图书馆查东西。听声音，似乎因知道我并非说谎而放下心来。她说刚才同经理商量了，经理表示尽管没有这样的先例，但一来是年轻人，二来情况又特殊，往下几天就也还是按 YMCA 联系的房价留住好了。又补充说眼下不是很忙，这种程度的通融还是可以做到的。

她还说经理也说了：那座图书馆口碑很好，好好查阅就是，不用着急。

我舒了口气，道声谢谢。说谎固然让我内疚，但没有办法。为了活下去不得不做各种各样的事。我挂断电话，把听筒还给大岛。

"提起来这里的高中生，也就只有你，所以我猜想是你。"他说，"我说每天从早到晚闷头看书来着。这倒也是真的。"

"谢谢。"我说。

"田村卡夫卡?"

"是那样的名字。"

"不可思议的名字。"

"可那是我的名字。"我坚持道。

"不用说，你是看过弗兰茨·卡夫卡几部作品的喽?"

我点头："《城堡》、《诉讼》、《变形记》，还有奇特行刑机器的故事。"

"《在流放地》，"大岛说，"我喜欢这篇。世界上有许许多多的作家，但除了卡夫卡，谁也写不出那样的故事。"

"短篇里边我也最喜欢那篇。"

"真的？"

我点头。

"什么地方？"

我就此思索。思索需要时间。

"较之力图叙说我们置身其间的状况，卡夫卡更想纯粹地机械性地解说那架复杂的机器。就是说……"我又思索片刻，"就是说他可以用这种方式比任何人都真切地说明我们置身其间的状况。与其说是叙说状况，莫如说他是在阐述机器的细部。"

"果然。"说着，大岛把手放在我肩上。动作中让人感觉出自然而然的好感。"唔，弗兰茨·卡夫卡没准也会赞同你的意见。"

他拿着无线听筒走回楼内，我仍坐在檐廊里一个人吃另一半盒饭，喝矿泉水，观赏院子里飞来的小鸟。也许是昨天见过的鸟们。空中密密实实布满薄云，蓝天已无处可寻。

我关于卡夫卡小说的回答想必得到了他的认同，或多或少。不过我真想说的大概未能传达过去。我不是作为泛论来谈卡夫卡小说的，而是就极其具体的事物加以具体的表述。那种复杂的、无从推断的行刑机器实际存在于现实中的我的周围，不是比喻，不是寓言。可是这点不仅仅大岛，恐怕谁都理解不了，无论怎么解释。

回到阅览室，在沙发上坐下，重返巴顿版《一千零一夜》的世界。周遭的现实世界如电影场景淡出一样渐渐消失，我孤身一人深入字里行间。我比什么都喜欢这一感觉。

五点离开图书馆时，大岛在服务台里看同一本书。衬衫依然全无皱纹，额前依然垂着几缕头发。他背后的墙壁上，电子挂钟悄然而流畅地向前推进着秒针。大岛周围一切都安排得那么宁静那么整洁，我觉得他不可能有擦汗或打嗝那样的举止。他扬起脸，把背囊递给我。

举起来时，他皱起眉头，仿佛很重。

"你是从市内坐电车来这儿的?"

我点头。

"如果天天来，带上这个好了。"他递过半张 A4 纸大小的纸片。那是高松站至甲村图书馆之间铁路电车时刻表的复印件。"车基本按时刻表运行。"

我道谢接过。

"嗳，田村卡夫卡君，你从哪里来、来这里干什么我不知道，不过你不大可能一直在宾馆住下去吧?"他字斟句酌地说，说罢用左手指确认铅笔芯的尖细度。无需他一一确认，笔芯尖得甚是完美。

我不作声。

"我无意多管闲事。只是，无非是顺便问一问罢了——你这样年纪的孩子一个人在陌生地方待下去不是件容易事。"

我点头。

"往下是去别的什么地方呢，还是打算就在这儿待下去?"

"还不大清楚。先要在这里待一段时间，我想。何况也无别的地方可去。"我老实回答。

我觉得对于大岛，一定程度上不妨据实相告。他还是会尊重我的立场的，不至于满口说教或把常识性意见强加于我。但现在我还不想对任何人说得过多。本来我就不习惯对别人坦白什么或解释自己的心情。

"暂且想一个人干下去?"大岛问。

我略略点头。

"祝你好运!"

这种几乎一成不变的——除去细节——生活可以持续七天。六点半给报时钟叫醒，在宾馆餐厅吃俨然某种象征的早餐。服务台里若有头发染成栗色的值早班女孩，就扬手寒暄一句。她也微微歪头一笑，回一句寒暄。看上去她已开始对我怀有好感，我也对她感到亲切。没准她是我姐姐，我想。

在房间里做罢简单的伸展动作，到时间就去体育馆进行循环锻炼。同样的负荷，同样的次数，既不超额，又不减量。冲淋浴，上上下下把身体洗得干干净净。再量体重，确认身体有无变化。上午乘电车来到甲村图书馆。存背囊和接背囊时同大岛交谈两句。在檐廊里吃午饭。看书（看完巴顿版《一千零一夜》，开始看夏目漱石全集，因为有几册一直没看）。五点离开图书馆。白天几乎所有时间都在体育馆和图书馆度过，而只要在那里，就绝不会有人注意自己，因为逃学的孩子不至于去这样的地方。晚饭在站前饭馆吃。尽量多吃蔬菜。时不时在果蔬店买来水果，用从父亲书房拿来的小刀削皮吃掉。还买黄瓜和西芹在宾馆卫生间洗净，蘸蛋黄酱直接嚼食。又在附近小超市买来软包装牛奶，连同麦片等一起入肚。

回到宾馆，就伏在桌上写日记，用随身听听"电台司令"（Radio head），看一会儿书，十一点前上床睡觉。入睡前时而手淫。我想像着服务台的女孩，那时便将她是自己姐姐的可能性姑且逐出脑海。电视则几乎不看，报纸也不过目。

我这种中规中矩、内敛而简朴的生活的崩毁（当然早晚总要崩毁）是在第八天晚上。

第8章

美国陆军情报部(MIS)报告书

制作日期：1946 年 5 月 12 日

题　　目：RICE BOWL HILL INCIDENT,

　　　　　1944：REPORT

文件整理编号：PTYX-722-8936745-42216-WWN

同东京帝国大学精神医学专业教授冢山重则(52 岁)的面谈在东京盟军最高司令官总司令部内进行了约三个小时。使用录音磁带。关于此次问话的附带索取编号为 PTYX-722-267～291(注：但 271 及 278 资料损缺)。

发问者罗伯特·奥康涅鲁少尉所感：

〈冢山教授保持了专家应有的镇定态度。在精神医学领域他是代表日本的学者，迄今已有数种优秀著作出版。和大部分日本人不同，说话不含糊其辞，明确区别事实与假设。战前曾作为交换教授在斯坦福大学待过，能讲相当流畅的英语，想必多数人对他怀有信赖感和好感。〉

我们以接受军令的形式对那些孩子进行了紧急调查，同他们面谈。时间是一九四四年十一月中旬。我们接受军方请求或命令是极其例外的事。如您所知，他们在自己组织内拥有相当强大的医疗系统，加之原本就是着眼于保密的自成一统的组织，所以大多情况下都在内部解决，除了需要专门领域研究人员和医师的特殊知识、技术的场合，根本不会有求于民间医师和研究人员。

因此，有话传下来的时候，我们当然猜测那是"特殊场合"。老实说，不喜欢在军方指示下工作。大部分情况下他们寻求的不是学术性的真实，而是符合他们思维体系的结论或单纯实效性。不是能与之讲理的对象。然而正是战时，军令是违抗不得的，只能默默遵命从事。

我们在美军空袭之下，在大学研究室里艰难地继续着各自的研究。学生和研究生们差不多都被召去当兵了，大学成了空架子。精神医学专业的学生没有缓期应征之类的待遇。我们接受军方命令，暂时中断已经着手的研究，带上大致应带的东西乘火车朝山梨县××镇出发。我们一行三人：我，精神医学专业的一个同事，加上一直同我们合作研究的一个脑外科研究方面的医生。

我们首先被严肃告知：以下所说之事乃军方机密事项，一概不准外传。接下去我们听取了本月初发生的事件。十六个孩子在山中昏迷不醒，其中十五名后来自然恢复知觉，但有关那一过程的记忆全部丧失。惟独一个男孩儿无论如何也没恢复记忆，仍在东京陆军医院昏睡。

事件发生后就一直负责给孩子们治疗的军医从内科角度详细叙述了治疗经过。是一位叫远山的少校军医。军医中有不少人较之纯粹的医师，性质上更近于但求保身的官僚。幸运的是他是位现实而又出色的医生，即使对属于外人的我们也一概没有傲慢或排他性态度。他毫无保留地将必要的基础事实告诉我们，讲得客观而具体，病历也全部让我们看了。他迫切需要的似乎是解明事实。我们对他有了好感。

我们从军医交给的资料中得知的最重要特征，是从医学角度看来孩子们身上没留下任何影响。不管怎样检查，事件发生至今一直未发现任何——无论外科的还是内科的——身体性异常。孩子们的状态同事件发生前一模一样，极为健康地生活着。细致检查的结果，几个孩子体内找出寄生虫，但不值得特别提及。诸如头痛、呕吐、体痛、食欲不振、失眠、倦怠、腹泻、做噩梦等症状统统没有。

只是在山中为时两个小时的没有知觉的记忆从孩子们脑袋里失去了。这点无一人例外。甚至自己倒地时的记忆都没有。那部分丢得利利索索。较之记忆的"丧失"，更接近"脱落"。这不是专业术语，是现在姑且使用的。"丧失"与"脱落"之间有很大差异。简单说吧，对了，请想像相互连接着正在铁道上行驶的货物列车好了。其中一节车上的货物没有了。光是没有货物的空车即是"丧失"；而若不仅货物，连车皮本身也一并不见则是"脱落"。

我们就孩子们吸入某种毒气的可能性谈论了一番。远山军医说，这点当然是考虑对象，而这一来军方必然与事件有关。在眼下阶段，从现实角度看，不能不认为这种可能性微乎其微。往下说的属于军事机密，泄露出去可就麻烦了……

他的话的要点大致是这样的：陆军确实在秘密研制毒气和生物武器等化学武器，但主要在总部设于中国大陆的特殊部队内部进行，日本国内除外。因为在人口密集的狭小国土上实施，危险委实太大。至于那样的武器是否贮藏在国内，在此不好对你们细说，但至少现阶段山梨县内没有，这点可以保证。

——军医断言说山梨县内没有贮藏毒气等特殊武器，是吧?

是的。他说得很明确。作为我们只能信以为真，印象上也好像相信亦未尝不可。而且美军从 B29 空投毒气的说法，作为可能性是极低的——我们得出了这样的结论。如果他们研制那样的武器并决定使用，应当先在反应大的城市使用才是，而从高空往这样的荒山野岭投掷一两颗下来，就连产生怎样的效果都无从确认。何况，就算因为扩散而变得稀薄了，但若仅仅致使儿童的知觉失去两小时、后来又未留下任何痕迹，这样的毒气也是不具有军事意义的。

另外，据我们理解，无论人工毒气还是大自然中产生的有毒气体，都很难认为不会给身体留下任何痕迹。尤其对比成年人敏感而抵抗力弱的儿童身体来说，必定在眼睛和黏膜等部位留下某种作用的遗痕。至于食物中毒的可能性，也可以依据相同的理由予以排除。

而这样一来，往下就只能认为是同心理问题或脑组织有关的问题。并且，假设事件是这种内在原因所引起的，那么不言而喻，从内科或外科角度查找遗痕是极其困难的。其遗痕是肉眼看不见的、无法用数值表示的东西。到了这一步，我们终于理解了自己被军方特意叫来的缘由。

我们同遭遇事故失去知觉的所有孩子进行了面谈，也听取了带队老师和特聘校医的说法。远山军医也参加了。但面谈几乎未能使我们获得新的情况，无非再次确认军医的介绍。孩子们对事件丝毫不记得，他们看见仿佛高空发光飞机的物体，之后上了"木碗山"，开始在树林中采蘑菇——时间在此中断。往下记得起来的，仅仅是被慌慌张张的老师和警察们围在中间，自己躺在地上。身体状况没什么不妙，没什么痛苦，没什么不快。惟独脑袋有点晕，同早上醒来时一样，如此而已。所有孩子的话都如出一辙。

在结束面谈的阶段，作为可能性大大地浮上我们脑海的，理所当然是集体催眠。倘若将老师和校医在现场观察到的孩子们在失去知觉过程中出现的症状同样假定为集体催眠，那也决非不自然。眼球正常转动，呼吸、脉搏和体温略微偏低，记忆荡然无存。情形大体吻合。

带队老师之所以没有失去知觉，可以认为是由于导致集体催眠的什么因故未对大人产生作用。

至于那个什么到底是什么，我们还不能确定。作为泛论惟一可以断言的，是集体催眠需具备两个因素，一是该集体密不可分的同质性和他们所处状况的限定性，另一个是媒介物，而这直接的"导火线"必须是全体成员同时体验到的东西。就这一场合而言，例如有可能是他们进山前目睹的仿佛飞机的物体。全体同时看到了，数十分钟后开始晕倒。当然这也不过是假设。虽说此外无法明确印证，但有可能存在能够成为媒介物的什么。我在"终究不过是假设"的前提下，向远山军医暗示了"集体催眠"的可能性，我的两个同事也基本赞同。这同我们从事的研究课题正巧有关，尽管不是直接的。

"听起来好像合乎逻辑。"远山军医考虑一会儿说道，"倒不属于我的专业范围，但作为可能性恐怕是最大的。不过有一点不好明白：那么，又是什么解除了集体催眠呢？这里边势必存在所谓'逆向媒介物'……"

我老实回答说不知道。那是眼下阶段只能以进一步的假设作出回答的问题。我的假设是：可能是随着时间推移而自动解除的那类系统。也就是说，维持我们身体的系统本来就是强有力的，纵使被一时置于其他外部系统的控制之下，也会在一定时间过后拉响所谓的警笛，启动应急程序将封锁原有身体维持系统的异质物——这种场合即催眠作用——排除掉，摧毁错误程序。

我对远山军医解释说：这里没有资料，遗憾的是无法引用准确数字。总之类似的事件过去外国有过几例报告，并且都是作为无法查明原因的"谜团事件"加以记录的——许多儿童同时失却知觉，数小时后醒来，其间的事一点也不记得。

也就是说，此次事件当然属于稀有事件，但并非没有先例。一九三〇年前后英国德文郡一座小村庄边上发生了一起奇特的事件。在乡间土路上排队行走的三十几名初中生没有什么来由地突然一个接一个倒地人事不省,但几个小时后全体恢复知觉,就好像什么也没有发生,直接以自己的双腿走回了学校。医生立即对所有学生进行身体检查,然而医学上没查出任何异常。谁也不记得发生了什么。

上一世纪快结束的时候澳大利亚也有同类事件记录。在阿得雷德郊区,约十五个十四五岁的少女在郊游途中昏迷不醒,过了一些时间又全部恢复知觉,外伤、后遗症概未发现。有人说或许是日光作用,但所有人几乎同时失去知觉同时醒来而又全然不见中暑症状终究作为谜团留了下来。也有报告说那天并不太热,大概因为除此之外无法解释,所以姑且说成是中暑。

这些事件的共同点是:年少的男孩女孩作为集体在距学校不很远的地方全部同时失去知觉,又几乎同时恢复知觉,事后没留下任何后遗症。这是所有事件的共同特征。关于在场的大人,报告中既有和孩子们同样失去知觉的例子,又有未失去知觉的例子,似乎各所不一。

此外也不是没有类似的事例。作为留下足以成为学术资料的明确记录或者资料的,这两例有代表性。然而山梨县发生的事件则有一个明显的例外事项:剩下一个仍处于未解除催眠或知觉丧失的状态。理所当然,我们认为那孩子的存在恐怕是查明事件真相的关键。我们结束现场调查返回东京,赶去收容那个男孩儿的陆军医院。

——陆军关心此次事件,归根到底是因为它可能同毒气武器有关,是吧?

是那样理解的。确切情况与其问我,莫如问远山军医更合适,我想。

——远山军医少校已于1945年3月在东京都内履行职责时死

于空袭。

是吗？令人惋惜。这场战争使很多有为之人失去了生命。

——不过，军方得出的结论是事件并非所谓"化学武器"引起的。原因还不明确，但似乎认为同战争的发展无关。是这样的吧？

是的，是那样理解的。那时军方已终止了对事件的调查。陆军医院之所以仍把名字叫中田的昏迷不醒的少年留下，仅仅是因为远山军医少校对该事件怀有个人兴趣，而他当时在医院内又拥有某种程度的酌情处理权限。这样，我们每天去陆军医院或轮流睡在那里，从各个角度对人事不省地躺在床上的少年情况加以观察研究。

他的身体功能在没有知觉的情况下运行得极其顺畅。靠点滴摄取营养，有条不紊地排尿。晚上一关房间的灯他就合眼入睡，到了早上又睁开眼睛。知觉的确失却了，但除此之外，他过的好像是健康正常的生活。虽说是昏睡，却似乎不做梦。人做梦的时候，眼珠的转动和面部表情必然出现反应，知觉同梦中活动相呼应，心跳次数随之增多。然而此类征兆在中田少年身上一概没有。心跳次数也好呼吸也好体温也好比通常诚然低一点点，但稳定程度令人吃惊。

说法或许离奇，看上去就像只把作为容器的肉体暂且留在那里看家，将各种生物体水准一点点降低，仅维持生存所需最低限度的功能，而本人这一期间却跑往其他什么地方干其他事去了。"魂体离脱"这句话浮上我的脑海。这话您知道吧？日本古代故事里经常出现，说灵魂暂时离开肉体，跑去千里之外，在那里大功告成后重新返回肉体。《源氏物语》中也常有"活灵"出现，也许和这个相近。里面说不光已死之人的灵魂会离开肉体，即便活着的人——如果本人朝思暮想的话——也能同样做到。或者日本关于魂的这类想法从古至今作为自然存在物是一脉相承根深蒂固的，但对这样的东西进行科学论证是根本不可能的，甚至作为假设提出都有所顾忌。

现实中要求我们做到的，不用说，首先是让那少年从昏睡中醒来，让他恢复知觉。我们拼命摸索用来解除催眠作用的"逆向媒介物"。我们尝试了大凡想到的办法，领来孩子的父母让两人大声呼唤，如此持续数日，但没有反应。尝试催眠术用的所有把戏；施以各种各样的暗示，在他脸前用各种方式拍手；让他听耳熟能详的音乐；在耳畔朗读教科书；让他闻他喜欢的饭菜味儿；还领来了他家养的猫——少年喜爱的猫。总之千方百计想把他唤回这边的现实世界。然而效果是零，真正的零。

不料，当我们尝试了两个星期，已经束手无策万念俱灰心力交瘁之时，少年一下子醒了过来。不是我们做了什么奏效才醒的，醒得毫无征兆，"刷"地睁开眼睛，就好像在说规定时间已到。

——那天没有什么与平日不同的事吗？

没有任何值得特别提及的事，一切照常进行。上午十时许，护士给少年采血，刚采完血她憋不住咳了一声，采出的血洒在床单上。量不是很多，床单马上换了——若说与平日不同的事，至多这算一桩。少年睁眼醒来大约在那之后三十分钟。他突如其来地从床上坐起，挺直腰，环视四周。知觉也恢复了，从医学角度看来处于无可挑剔的健康状态。然而时过不久，得知他所有记忆都从脑袋里不翼而飞了，就连自己的名字都无从记起。自己住的地方、上的学校、父母的长相……一样也想不起来。字也不认得了。这里是日本、是地球都不晓得，甚至何为日本何为地球都莫名其妙。他把脑袋彻底弄得空空如也，以白纸状态返回这个世界。

第 9 章

　　知觉恢复的时候，我正躺在幽深的灌木丛中，在潮湿的地面上躺成一段圆木。四下一片黑暗，什么也看不见。

　　我让头仍旧搭在扎得丝丝作痛的灌木枝上，深深吸了口气。一股夜间植物味儿。一股泥土味儿。狗屎味儿也混在里面。从树枝间可以看见夜空。没有月亮没有星星，而天空竟亮得出奇。遮蔽天空的云如电影银幕一般映出地面的光亮。传来救护车的嘶叫声，渐渐临近，又渐渐远离。侧耳倾听，来往汽车的轮胎声也隐约可闻。看来我好像位于都市的一角。

　　我想尽量把自己按原样归拢到一起，为此必须东奔西跑把自身的碎片收集起来，一如一块不少地认真拾起拼图玩具的小块块。这样的体验好像不是头一遭，我想。以前也在哪里品尝过类似的滋味。什么时候的事来着？我努力梳理记忆。但记忆线条很脆，即刻断掉。我闭目合眼打发时间。

　　时间在流逝。我陡然想起背囊，一阵轻度恐慌袭来。背囊……背囊在哪里？那里边装着现在的我的一切。不能让它丢掉。然而四周是这样的黑暗，什么也看不见。我想站起，指尖却用不上力。

　　我吃力地抬起左手（为什么左腕这么重呢？），将手表凑到眼前，凝目细看，电子表盘的数字显示为 11：26。晚上 11 时 26 分，5 月 28 日。我在脑海中翻动笔记本页。5 月 28 日……不要紧，我仍在那一天中。并非一连几天在此昏迷不醒。我和我的知觉两相分离至多几个小时。也就四小时左右吧。

5月28日——一如往常地做一如往常的事的一天。特殊的事一件也没发生。这天我照样去体育馆，之后去图书馆。用器材做平日运动，在平日的沙发上看漱石全集。傍晚在站前吃晚饭。吃的应该是鱼，鱼套餐，马哈鱼。饭多要了一碗。喝了酱汤，色拉也吃了。往下呢……往下想不起来。

左肩有闷乎乎的痛感。肉体感觉失而复得，痛感亦随之而来。仿佛狠狠撞在什么上面时的痛。隔着衬衣用右手抚摸那个部位，好像没有伤口，也没肿。在哪里碰上交通事故了不成？但衣服没破，况且痛的只是左肩窝的一点。大约只是撞伤。

在灌木丛中慢慢挪动身体，摸了摸手能够到的范围。但我的手仅能触及灌木枝。灌木枝硬硬地蜷缩着，如被虐待致死的动物的心脏。没有背囊。试着摸裤袋，有钱夹。钱夹里有不多的现金、宾馆钥匙和电话卡，另有零币钱包、手帕、圆珠笔。在用手摸索确认的限度内，没有东西丢失。身上穿的是奶油色粗布长裤和Ｖ领白Ｔ恤，外面套着粗蓝布衫，脚上是藏青色高档苹果牌。帽子则没有了，带有纽约扬基斯标志的棒球帽。走出宾馆时戴着，现在没戴。或掉在哪里，或放在某处。算了，那种货色哪儿都买得到。

不一会儿，我找到了背囊。原来靠在松树干上。为什么我把东西放在那样的地方，特意钻进灌木丛躺倒了呢？这里到底是哪里呢？记忆冻得邦邦硬。所幸好歹找到了。我从背囊格袋里掏出小手电筒，大致扫一眼背囊里的东西。似乎没有东西不见，装现金的小袋也好端端的。我舒了口气。

背起背囊，拨开或跨过灌木丛来到稍微开阔的地方。这里有条窄路，用手电筒照着沿路行走不远，发现一点光亮，走进仿佛神社院内的场所。原来我是在神社大殿后面的小树林里失去知觉的。

神社相当大。院内仅一根高高竖起的水银灯，往大殿和香资箱和绘马匾上投洒着不无冷漠的光。我的身影在砂石地面上长得出奇。我在告示板上找到神社名称记住。四周空无人影。走不一会儿，碰上卫生间，迈了进去。卫生间还算干净。我把背囊从肩上卸下，用自来水洗脸，洗罢在洗手台上模模糊糊的镜子前照脸。尽管某种程度上已有所预料，但脸还是意外糟糕。脸色发青，双颊下陷，脖梗带泥，头发横七竖八。

我发觉白Ｔ恤胸口那里沾有一块黑糊糊的什么。那个什么状如一只展开双翅的大蝴蝶。一开始我想用手拍掉，但拍不掉。一摸，竟黏糊糊的。为使心情镇定下来，我有意多花时间脱下粗蓝布衫，从头顶拉掉Ｔ恤。借着闪烁不定的荧光灯一看，方知那里沾的是红黑红黑的血。血是新的，还没干，量也不算少。我凑近脸嗅了嗅，没有味儿。套在Ｔ恤外面的粗蓝布衫上也有血溅上，但量不很大，加之布料原本是深蓝色，血迹看不大清。但白Ｔ恤沾的血则异常鲜明，活生生的。

我在洗手台将血洗去。血和水混在一起，把白瓷盆染得鲜红。可是，无论怎么"喀嗤喀嗤"用力猛洗，沾上的血迹都不肯消失。我刚要把Ｔ恤扔进旁边的垃圾箱，又转念作罢。就算扔，也得在别的什么地方扔才好。我把Ｔ恤狠狠拧干装进准备装洗涤物的塑料袋，塞进背囊底部，又用水抹湿头发打理几下，从洗漱袋里取香皂洗手。手仍在微微颤抖。我慢慢花时间连指间也好好洗了。指甲里沁了血。透过Ｔ恤沾在胸口的血迹用湿毛巾擦去。然后穿上粗蓝布衫，扣子一直扣到脖子，底襟掖进裤带。为了不引人注意，我必须尽可能恢复地道的形象。

可是我惊恐至极。牙齿不停地作响，止也止不住。我摊开双手看着，手也略略发颤。看上去不像自己的手，像是一对独立的外来活物，而且手心痛得火烧火燎，恰似刚攥过一根热铁棍。

我双手拄着洗手台两端支撑身体，头死死顶住镜面。很想哭出声来。但哭也没有谁赶来救助。只听有人说道：

喂喂，你到底在哪里弄得满身血污？你到底干什么来着？可你什么都不记得，浑身上下又完好无损。除了左肩的痛感，像样的疼痛也没有。所以那里沾的血不是你自身的血，而是别的什么人流的血。

不管怎样，你不能一直在这里待下去。满身血污站在这样的地方给巡逻警察撞上，那可就一曲终了了。但这就直接回宾馆也是个问题，说不定有谁在那里守株待兔。小心为上。有可能你已经在不知不觉之间卷入了犯罪案件。或者说你本身是罪犯的可能性也并非没有。

所幸东西都在手上。出于慎重，你无论去哪里都要把装有全部财产的沉重背囊带在身上。从结果上看是有利的，实乃英明之举。因而不必忧心忡忡，不必惊慌失措。往后你也总会巧妙地干下去。毕竟你是世界上最顽强的十五岁少年。要有自信！要调整呼吸有条不紊地开动脑筋！那样你就能左右逢源。只是，你必须多加小心慎之又慎。某人的血在某处流淌，那是真正的血，是量很大的血。很可能有人在认真寻找你的下落。

好了，马上行动！应做之事只有一件，应去之处只有一个。是哪里你该明白。

我深深吸气，稳稳呼出，而后扛起背囊走出卫生间，出声地踏着沙地在水银灯光下行走，边走边高效开动脑筋。按下电源转动曲柄，启动思维。但未如愿。发动引擎所需的电池电力极度微弱。需要一个温暖安全的场所，我要暂时逃去那里整装待发。但那里究竟在哪里？想得起来的场所不外乎图书馆。甲村图书馆。但图书馆要到明天上午十一点才开门，我必须找地方把十一点之前那段很长的时间消磨掉。

除了甲村图书馆我想起来的场所只有一个。我在不惹人注目的地方坐下，从背囊格袋里掏出手机。手机还活着。我从钱夹里取出记有樱花手机号码的便条，按动号码。手指还在抖。试了好几次，这才好歹把多位号码按到最后。谢天谢地，手机没处于语音留言状态。铃响到第十二次她接起。我道出姓名。

"田村卡夫卡君？"她一副懒洋洋的腔调，"你以为现在几点？明天早上还早着呢，我说。"

"我也知道打扰你，"我听得出自己的声音异常僵硬，"但没有别的办法。走投无路，除了你没有人可商量。"

电话另一头沉默有顷。她似乎在捕捉我语声的尾音，测量其重量。

"那……问题严重？"

"我也不大清楚，大概是严重的。这回无论如何得请你帮忙。我尽量不给你添麻烦。"

她稍加思考，不是踌躇，只是思考。"那么，你现在在哪里？"

我告以神社名称。她不晓得那个神社。

"可在高松市内？"

"说不准确，不过应该在市内。"

"得得，你连自己现在在哪里都稀里糊涂？"她以诧异的声音说。

"说来话长。"

她叹息一声。"在那附近拦一辆出租车。××町二丁目拐角有家罗森超市，在那里下车。小型超市，挂很大的招牌，一眼就看得出。搭出租车的钱有的吧？"

"有的。"

"那好。"她挂断电话。

我钻过神社牌门，上大街寻找出租车。出租车很快赶来停下。我问司机知不知道××町二丁目有罗森那个拐角，司机说一清二楚。我问远吗，他说不算远，大概一千日元都花不上。

出租车在罗森门前停住，我用仍在颤抖的手付了车费，扛起背囊走进小超市。我来得意外之快，她还没到。我买了一小盒软包装牛奶，用微波炉热了，慢慢喝着。温暖的牛奶通过喉咙进入胃中，那种感触让我的心多少镇静下来。刚进门时，警惕行窃的店员一闪瞟了背囊一眼，之后再没谁特别注意我。我装作挑选架上排列的杂志的样子照了照镜子，头发虽然还乱，但蓝粗布衫上的血污基本看不出了，即便看得出，怕也只能看成是普通污痕。往下只要设法止住身上的颤抖即可。

约十分钟后樱花来了。时间已近一点，她身穿一件没有图案的灰色运动衫，一条褪色蓝牛仔裤，头发束在脑后，戴一顶 NEW BALANCE 深蓝色帽。看到她的脸，我的牙齿一声接一声的"咯咯"声好歹停了下来。她走到我身旁，以检查狗牙时的眼神看着我，发出一声类似叹气的不成语声的声音，接着在我腰上轻拍两下，说"过来"。

她的住处离罗森要走相当一段路。一座双层简易宿舍楼。她登上楼梯，从衣袋里掏出钥匙，打开贴有绿色嵌板的门扇。两个房间，一个小厨房一个浴室。墙壁很薄，地板吱呀乱叫。一天之中能射进的自然光大概仅限于夕晖。哪个房间一用抽水马桶，另一个房间的天花板便声声抖动不止。不过，这里至少有活生生的人生活着。洗涤槽中堆的碟盘，空饮料瓶，翻开的杂志，花期已过的盆栽郁金香，电冰箱上用透明胶带粘住的购物便条，椅背上搭的长筒袜，餐桌上摊开的报纸电视节目预告栏，烟灰缸和弗吉尼亚加长过滤嘴细细长长的烟盒，几只烟头——如此光景竟让我一阵释然，也真是不可思议。

"这是我朋友的房间。"她解释说，"一个过去在东京一家美容室一起工作的女孩儿。去年因为什么回了高松老家。她说想去印度旅行一个月，旅行期间托我住进来看家。她的工作也由我代做——算是顺便吧——做美容师。也好，偶尔离开东京换换心情也是不错的嘛。那孩子有点儿'新人类'，毕竟去的是印度。一个月能否真的回来也是问号。"

她让我在餐桌旁的椅子上坐下，从电冰箱里拿出罐装百事可乐递过来。没有杯子。一般我不喝可乐，太甜，对牙齿不好。但喉咙干渴，遂一饮而尽。

"肚子饿了？不过也只有速食碗面，如果想凑合吃的话……"

我说不饿。

"可你的脸也太狼狈了，自己知道？"

我点头。

"那，到底出什么事了？"

"我也不明白。"

"出什么事你也不明白，自己在哪里也不清楚，说起来又话长。"她像仅仅确认事实似的说道，"总之是走投无路喽？"

"走投无路。"我说。但愿能将自己如何的走投无路顺利传达给对方。

沉默持续良久。她始终皱着眉头注视我。

"我说，高松你压根儿没什么亲戚吧？其实是离家出走吧？"

我点头。

"我在你那样的年龄也出走过一次，所以大体猜得出，凭感觉。分手时把我的手机号码告诉你也是因为这个，心想或许有什么用处。"

"谢谢。"我说。

"我家在千叶县市川，和父母横竖合不来，学校也懒得去，就偷了父母的钱跑得很远很远，十六岁那时候。差不多跑到了网走①。看

---

① 日本北海道的城市。

到一家牧场，走过去求人家给活干。我说什么都干，认真地干，只要能有带屋顶的地方住有饭吃就行，不要工钱。对方很热情，劝茶劝水。太太让我等一会儿，就老老实实等着。正等着，乘巡逻车的警察来了，立即被遣送回家。对方早已习惯了这一手。那时我就拿定主意：干什么都行，总之要有一技在身，以便去哪里都能找到事做。这么着，我从高中退学，进了职业学校，成了美容师。"她左右均等地拉长嘴唇，莞尔一笑，"你不认为这是相当健全的思想？"

我同意。

"嗳，从头慢慢说可好？"她从弗吉尼亚加长过滤嘴烟盒里抽出一支，用火柴点燃，"反正今晚睡不成好觉了，陪你说话就是。"

我从头说起，从离家的时候。当然预言那段没说。那不是跟谁都能说的。

第 10 章

"那么，中田我称您为川村君也未尝不可的喽?"中田再一次问一只褐纹猫。一字一顿，尽可能让对方听清楚。

猫说自己曾在这附近看到过胡麻(一岁，三毛猫，雌性)的身影。可是猫的说话方式相当奇妙(以中田的立场看)，而猫那方面对中田所言也好像不甚领会，因此他俩的谈话往往分成两岔，无法沟通。

"坏是不坏，高脑袋。"

"对不起，您说的话中田我听不大懂。实在抱歉，中田我脑袋不很好使。"

"在说青花，总之。"

"您莫不是想吃青花鱼?"

"不然。前手绑住。"

说起来，中田原本也没期待同猫们的交流会十分圆满。毕竟是猫与人之间的对话，意思不可能那么畅通无阻。何况中田本人的对话能力——对方是人也罢是猫也罢——也多少存在问题。上个星期和大冢倒是谈得一帆风顺，但那莫如说是例外情况。总的说来，多数场合即使三言两语也很费周折，严重的时候，情形就像是风大之日站在运河两岸互相打招呼一样。这次恰恰如此。

以猫之种类划分，不知什么缘故，尤其同褐纹猫交谈时话语波段对不上。和黑猫大体相安无事，和短毛猫最为配合默契，遗憾的是很难在街上行走之间碰见到处游荡的短毛猫。短毛猫们十之八九被精心养在家中，不知为什么，野猫多是褐纹猫。

不管怎样，这川村所言所语完全叫中田摸不着头脑。发音含糊不清，无法捕捉每个单词的含义，词与词之间找不出关联。听起来较之词句，更像是谜语。好在中田生来富有耐性，且时间任凭多少都有。他三番五次重复同一句话，对方五次三番叙说同一件事。他俩坐在住宅区中间小儿童公园的界石上差不多谈了一个小时，谈话几乎仍在原地踏步。

"这'川村君'无非是个称呼，没有什么含义。是中田我为记住一位位猫君而随便取的名字，绝不会因此给您添麻烦，只是想请您允许我称您为川村君。"

对此川村嘟嘟囔囔没头没脑重复个没完。见此情形，中田毅然进入下一阶段——他再次拿起胡麻的相片给川村看。

"这是胡麻，川村君，是中田我正在找的猫，一岁三毛猫，野方三丁目小泉先生家饲养的。不久前下落不明，太太开窗时猛然跳出跑走的。所以再请教一次：川村君，您瞧见过这只猫吗？"

川村又看了一眼相片，随即点点头。

"船村，若是青花，绑住；如果绑住，寻找。"

"对不起，刚才也说了，中田我脑袋非常糟糕，听不懂您川村君说的意思。能再重复一遍么？"

"船村，若是青花，绑住；如果绑住，寻找。"

"那青花，可是鱼里的青花鱼？"

"青花就是青花。绑住。船村。"

中田一边用手心摸着剪短的花白头发一边沉思，沉思了好一会儿。怎样才能从这青花鱼迷宫般的交谈中脱身呢？可是，再绞尽脑汁也无计可施，说到底，中田不擅长条分缕析地想问题。这时间里，川村一副事不关己的样子，举起后爪喀哧喀哧搔下巴。

这时背后响起了类似低声发笑的动静，中田回头一看，原来邻院低矮的预制水泥块围墙上蹲着一只漂亮苗条的短毛猫，正眯缝着眼睛看这边。

"恕我冒昧，您可是中田君？"短毛猫以光朗朗的语声问。

"是的，正是，我是中田。您好！"

"您好！"短毛猫说。

"今天真是不巧，一大早就是阴天。可瞧这光景，怕是也下不起雨来。"中田道。

"但愿不下。"

短毛猫是雌性，大概已近中年，自我炫耀似的把笔直的尾巴翘在身后，脖子上戴一个兼作名卡的项圈，相貌端庄，身上没有半两赘肉。

"请叫我咪咪好了，《艺术家的生涯》里的咪咪。歌中也唱：'我的名字叫咪咪'。"

"噢。"中田应道。

"有这么一部普契尼的歌剧，因为养主喜欢歌剧。"说着，咪咪美美地一笑，"若能唱给您听听就好了，不巧嗓子不行。"

"能见到您比什么都高兴，咪咪君。"

"在下才是，中田君。"

"住这儿附近？"

"嗯，就被养在那里能看见的二层楼，田边家。喏，大门里停着一辆奶油色宝马530吧？"

"是的。"中田说。宝马是什么意思中田固然不解，但看出是奶油色小汽车。那怕就是所谓宝马吧。

"跟你说中田君，"咪咪道，"我么，可是一只相当富有个人色彩的猫——或许可以说是特立独行吧——不愿意多嘴多舌瞎管闲事。可是这孩子——您称之为川村君来着？——恕我直言，脑袋本来就不大好使。说来怪可怜的，还小的时候给这附近小孩儿骑的自行车冲了一下，跳开来给混凝土墙角撞了脑袋，那以来说话就语无伦次了。所以，就算您说得再耐心我想也无济于事。我在那边一直看着，有点儿看不下去了，所以情不自禁地插上一嘴，尽管自知不守本分。"

"哪里哪里，请您不必介意。您咪咪君的忠告实在难得。其实中田我也半斤对八两，脑袋同样少根弦，承蒙大家帮忙才安安稳稳活在人世。因此之故，每月还从知事大人那里领得补贴。您咪咪君的意见当然也难能可贵。"

"对了，您是找猫吧，"咪咪说，"倒不是我站着偷听，刚才我在这儿迷迷糊糊睡午觉，偶尔有说话声从那边传来。大概是叫胡麻君吧?"

"是的，一点儿不错。"

"那么说，这川村君是看见胡麻的啰?"

"是的。一开始那么说来着。但后来到底说的什么，凭中田我这颗脑袋实在百思莫解，不知如何是好。"

"这样如何，中田君，如果可以的话，我居中和那孩子试着谈几句可好? 毕竟都是猫，我想还是容易沟通的。再说对这孩子颠三倒四的话语我多少习惯了。所以，由我把话问出来，再简明扼要地讲给您中田君听——意下如何?"

"好好，承蒙如此关照，中田我如释重负。"

短毛猫轻轻点头，跳芭蕾一般从预制板墙头飘然落于地面，继而依然像旗杆一样直挺挺地竖着黑色尾巴，款款走到川村身边坐下。川村当即伸出鼻尖嗅咪咪的屁股，结果被咪咪不失时机地打了一个嘴巴，顿时缩起身子。咪咪紧接着又用掌心打在对方鼻端。

"规规矩矩给我听着，傻家伙，小心打烂你那鸟玩意儿!"咪咪把川村厉声怒骂一通。

"这孩子嘛，不一开始就狠狠收拾一顿就不能老实。"咪咪转向中田，辩解似的说，"若不然他就死皮赖脸，说话更牛头不对马嘴。其实落到这步田地也不是这孩子本身的责任。我也觉得不忍，但没有别的办法。"

"那是。"中田糊里糊涂地表示同意。

接下去，两只猫之间开始了对谈。谈话速度很快，声音很小，中田没办法听清谈的什么。咪咪疾言厉色地盘问，川村战战兢兢地回答，回答稍有迟疑，咪咪便毫不手软地一巴掌扇过去。这短毛猫不论干什么都好像干脆利落，也有教养。虽然这以前同很多很多种猫见过面说过话，但知道小汽车种类和会听歌剧的猫还是头一次碰到。中田心悦诚服地看着短毛猫雷厉风行的工作作风。

咪咪大致问完话，像是说"可以了，那边去吧"，把川村赶去一边。川村垂头丧气地跑去哪里不见了，咪咪则像和人早已混熟似的趴上中田膝头。

"情况大体清楚了。"咪咪说。

"好的，非常感谢！"中田应道。

"那孩子……川村君说在前面不远的草丛里看见过几次小三毛猫胡麻。那是一块准备建楼的空地。房地产公司收购了一家汽车厂的零配件仓库，平了地，计划在那里建高级高层公寓，但居民们强烈反对，还有啰啰嗦嗦的起诉什么的，以致迟迟开不了工。如今常有的事。这么着，草在那里长得遮天盖地，加之平时人又不去，就成了这一带野猫们的活动场所。我交际范围不算广，又怕惹着跳蚤什么的，很少往那边去。您也知道的，跳蚤那东西可不是好惹的，一旦上身就很难抖落掉，和坏习惯一个样。"

"那是。"中田附和道。

"还说相片上那个戴着除蚤项圈的还年轻漂亮的三毛猫惶惶不可终日，口都差不多开不成了。谁都能一眼看出是只不谙世故找不到回家路的家猫。"

"这是什么时候的事呢?"

"最后一次见到好像是三四天前。毕竟脑袋差劲儿,准确日期怎么也说不来。不过,既然说是下雨的第二天,那么我看应该是星期一。记得星期日下了一场蛮大的雨……"

"噢,星期几我是不知道,不过中田我认为近来是下了雨的。那么,那以后再没见着了?"

"说是最后一次。周围的猫自那以来也没见到三毛猫。作为猫倒是不三不四呆头呆脑的,但我追问得相当严厉,大致不会有错,我想。"

"谢谢谢谢!"

"哪里,一点儿小事。我平时也总是跟附近非傻即呆的猫们说话,说不到一块儿去,弄得心焦意躁。所以偶尔若能跟通情达理的人慢慢聊上一会儿,深感茅塞顿开。"

"呃。"中田说,"对了,中田我还有一点不明白:那川村君口口声声说的青花,到底指的是青花鱼?"

咪咪潇洒地举起前腿,细细看着粉红色肉球嘻嘻笑道:"那孩子毕竟语汇少嘛。"

"语汇?"

"那孩子不知道多少词儿。"咪咪彬彬有礼地改口说,"凡是好吃的东西,不管什么都成了青花,以为青花鱼是世上最高档的食品。鲷鱼啦比目鱼啦幼鲕啦,连存在这些东西本身都不知道。"

中田清了清嗓子:"说实话,中田我也蛮喜欢青花鱼。当然鳗鱼也喜欢。"

"鳗鱼我也中意。倒不是每天每日都能吃到。"

"确实确实。不是每天每日都能吃到。"

之后两人分别就鳗鱼沉思默想了一番。只有沉思鳗鱼的时间从他们之间流过。

"这样，那孩子想说的是，"咪咪陡然想起似的继续下文，"附近的猫来那块空地集中之后不久，有个抓猫的坏人开始在那里出没。其他猫们猜测是那家伙把小胡麻领走了。那个人以好吃的东西为诱饵来逮猫，塞到一条大口袋里。逮法非常巧妙，肚子饿瘪涉世未深的猫很容易上他的圈套。就连警惕性高的这一带的野猫迄今也有几只给那人逮了去。惨无人道。对猫来说，再没有比装到袋子里更难受的了。"

"那是。"说着，中田又用手心摸了摸花白头发，"把猫君逮去准备用来干什么呢？"

"那我也不知道。过去有逮猫做三弦的。如今三弦本身已不是什么流行乐器，何况近来听说用的是塑料。另外，据说世界上一部分地方有人吃猫，所幸日本没有食猫习惯。因此这两种可能性我想可以排除。往下所能设想的，对了，也有人用很多猫来做科学实验。世上存在各种各样用猫做的科学实验。我的朋友之中也有曾在东京大学被用于心理学实验的。那东西可不是开玩笑，不过说起来要说很久，就免了吧。还有，也有变态之人——数量固然不很多——存心虐待猫，比如逮住猫用剪刀把尾巴剪掉。"

"这——"中田说，"剪掉尾巴又要怎么样呢？"

"怎么样也不怎么样，只是想折腾猫欺负猫罢了，这样可以使心情陶陶然欣欣然。这种心态扭曲之人世界上居然真有。"

中田就此思考片刻。用剪刀剪断猫的尾巴何以乐在其中呢？他无论如何也无法理解。

"那么说，或者心态扭曲之人把胡麻领走了也未可知——是这样的吧？"中田试着问。

咪咪把长长的白胡须弄得弯而又弯，皱起眉头："是的。我是不想那么认为，也不愿那么想像，但不能保证可能性就没有。中田君，我诚然活的年头不算多，可还是不止一次目睹了超乎想像的凄惨场景。人们大多以为猫这东西只是在朝阳地方躺躺歪歪，也不正经劳作，光知道优哉游哉。其实猫的一生并不那么充满田园牧歌情调。猫是身心俱弱易受伤害不足为道的动物，没有龟那样的硬壳，没有鸟那样的翅膀，不能像鼹鼠那样钻入土中，不能像变色蜥蜴那样改变颜色。不知有多少猫每日受尽摧残白白丢掉性命。这点人世诸位并不晓得。我算碰巧被收养在一户姓田边的善良友好人家，在孩子们的呵护之下过得太太平平无忧无虑。尽管如此，一点点辛劳也还是免不了的。因此我想，荒郊野外那些同类为了求生不知吃了多少苦头。"

"您咪咪君脑袋真是绝了！"中田对短毛猫的能言善辩大为钦佩。

"哪里哪里。"咪咪眯细眼睛面带羞涩地说，"在家里边东躺西歪一个劲儿看电视的时间里，就成了这个样子。增加的全是垃圾知识，百无一用。中田君看电视吗？"

"不，中田我不看电视。电视中说的话速度快，中田我死活跟不上。脑袋不好使，认不得字，而认不得字，电视也看不大明白。收音机倒是偶尔听的，说话速度同样快得让人吃力。还是这么出门在蓝天下同诸位猫君说说话让中田我快活得多。"

"谢谢，谢谢！"

"不谢。"

"但愿小胡麻平安无事。"咪咪说。

"咪咪君，中田我想对那块空地监视一段时间。"

"据那孩子说，那男的是高个子，戴一顶不伦不类的高筒帽，脚登长筒皮靴，步伐很快。总之形象十分古怪，一看便知。空地里三五成群的猫们一瞧见他来，马上一溜烟跑没影了。可是，新来的猫不知内情……"

中田把这些情报好好装入脑中，万无一失地藏在不得忘记事项的抽屉中。那男的是高个子，戴一顶不伦不类的高筒帽，脚登长筒皮靴。

"但愿对你有用。"咪咪说。

"非常感激。如果咪咪君不亲切地打招呼，中田我想必还停留在青花那里前进不得。实在感谢。"

"我是这么想的，"咪咪仰脸望着中田，略略蹙起眉毛说道，"那个男的危险，极其危险。恐怕是超出您想像的危险人物。若是我，决不靠近那块空地。不过您是人类，又是工作，自是没有办法。那也要多加小心才好。"

"谢谢。尽量小心行事。"

"中田君，这里是暴力世界，非常残暴的暴力。任何人都无可回避。这点您千万别忘记。再加小心也不至于小心过分，无论对猫还是对人。"

"好的，一定牢记在心。"中田说。

可是中田不能完全理解这个世界究竟何处充满何种暴力，因为这个世界上中田无法理解的事数不胜数，而与暴力有关的几乎全部包括在里面。

中田告别咪咪，走到咪咪说的空地。面积有小操场那么大，用高高的胶合板围着，一块牌子上写道"建筑用地，请勿擅自入内"（当然中田认不得），入口挂一把大锁。但是往后面一拐，即可从墙缝进去，轻而易举。看样子是谁使劲撬开了一块板。

原本排列的仓库已被全部拆毁，尚未清理的地面长满绿草。泡沫草足可与小孩子比高。几只蝴蝶在上面翩然飞舞。堆起的土已被雨打硬，点点处处像小山丘一般高。的确像是猫们中意的场所。人基本不来，又有各种各样的小动物，藏身之处也所在皆是。

空地上不见川村的身影。倒是见到两三只毛色不好的瘦猫，中田和蔼可亲地道声"您好"，对方也只是一瞥报以冷眼，一声不响地钻入草丛没了踪影。这也难怪，哪个都不愿意被神经有故障的人逮住用剪刀把尾巴剪掉，即便中田——虽然没有尾巴——也怕落此下场。有戒心自是情有可原。

中田站在稍高的地方，转身环顾四周。谁也没有。惟独白蝴蝶像在寻找什么似的在草丛上方飞来飞去。中田找适当位置弓身坐下，从肩上挎的帆布包中掏出两个夹馅面包，一如往常地当午饭吃起来，又眯缝起眼睛静静喝了一口便携式小保温瓶里装的热茶。安谧的午后光景，一切都憩息在谐调与平稳之中。中田很难想通这样的地方会有蓄意摧残猫们的人埋伏着不动。

他一边在口中慢慢咀嚼夹馅面包，一边用掌心抚摸花白的短平头。倘有人站在眼前，难免要以此证明说"中田脑袋不好使"。可惜一个人也没有，所以他只向自己轻轻点几下头，继续闷头吃夹馅面包。吃罢面包，他把透明包装纸叠成一小块放进包里，再把保温瓶盖拧紧，一并收入包内。天空整个给云层挡住了，不过从透出的光线程度看，知道太阳基本正当头顶。

那个男的是高个子，戴一顶不伦不类的高筒帽，脚登长筒皮靴。

中田力图在脑海中描绘那男子的形象，可是想像不出不伦不类的高筒帽是怎样一个物件，长筒皮靴又是怎样一个劳什子。那玩意儿迄今见所未见。实际一看便知，咪咪说川村这样说道。既然这样——中田心想——实际看见之前便只有等待。不管怎么说，这是最为稳妥的。中田从地上站起，站在草丛中小便，小便时间十分之长十分有条不紊，之后在空地边角那里找个尽可能不引人注目的草丛阴处坐下，决定在等待那奇特男子的过程中把下午时间打发掉。

等待是百无聊赖的活计。甚至那人下次什么时候来都无从估计。也许明天，也许一星期过后，或者不再出现在这里亦未可知——这种可能性也是可以设想的。但中田已经习惯了不怀期望地等待什么，习惯于独自无所事事地消磨时间了，对此他全然不感到难受。

时间对于他不是主要问题。手表他都没戴。中田自有适合于中田的时间流程。早晨来了即变亮，太阳落了即天黑。天黑了就去左近澡堂，从澡堂回来就想睡觉。澡堂有时逢周几不开，那时扭头回家即可。吃饭时间到了自然饥肠辘辘，领补贴那天来了（总有人告诉他那天快了），即知一个月已过。领来补贴的第二天去附近理发店理发。夏天到了，区里的人让他吃鳗鱼；正月来了，区里的人为他送年糕。

中田放松身体，关掉脑袋开关，让存在处于一种"通电状态"。对于他这是极为自然的行为，从小他就不怎么思考什么得过且过。不大工夫，他开始像蝴蝶一般在意识的边缘轻飘飘地往来飞舞。边缘的对面横陈着黑幽幽的深渊。他不时脱离边缘，在令他头晕目眩的深渊上方盘旋。但中田不害怕那里的幽暗和水深。为什么非害怕不可呢？那深不见底的无明世界，那滞重的沉默和混沌，乃是往日情真意切的朋友，如今则是他自身的一部分。这点中田清清楚楚。那个世界没有字，没有星期，没有装腔作势的知事，没有歌剧，没有宝马，没有剪刀，没有高筒帽。同时也没有鳗鱼，没有夹馅面包。那里有一切，但没有部分。没有部分，也就没必要将什么和什么换来换去。无须卸掉或安上什么。不必冥思苦索，委身于一切即可。对中田来说，那是比什么都值得庆幸的。

他时而沉入昏睡之中。即使睡着了，他忠诚的五感也对那块空地保持高度的警觉。一旦那里发生什么，那里有谁出现，他就会马上醒来采取行动。天空遮满了褥垫一般平平展展的灰云，但看样子雨暂时下不起来。猫们知道这点，中田也知道。

第 11 章

我说完时，时间已经很晚了。樱花在厨房餐桌上手托脸腮，专心致志地听我说话：我才十五岁，初中生，偷了父亲的钱从中野区家中跑出，住在高松市内一家宾馆，白天去图书馆看书。意识到时，浑身血污躺在神社树林里，如此这般。当然没说的事也很多。真正重要的事不能轻易出口。

"就是说你母亲只领你姐姐离开家的了？留下父亲和刚四岁的你。"

我从钱夹里取出海边的相片给她看："这就是姐姐。"

樱花注视了一会儿相片，一言不发地还给我。

"那以后再没见过姐姐，"我说，"母亲也没见过。音讯全无，在哪儿也不知道，连长相都想不起来了。相片也一张没留。可以想起那里的气味儿，可以想起某种感触，但长相无论如何也浮现不出。"

"哦。"她依然支颐坐着，眯细眼睛看我的脸，"那相当不是滋味吧？"

"像是。"

她继续默然看着我。

"所以，和父亲怎么也合不来喽？"稍顷，她问我。

合不来？到底该如何回答呢？我一声不吭，只是摇头。

"倒也是啊！合得来就不至于离什么家出什么走了。"樱花说，

"总之你是离家出走，今天突然失去了知觉或者说记忆。"

"嗯。"

"这样的事以前有过?"

"时不时的。"我实话实说，"一下子火蹿头顶，脑袋就好像保险丝跳开似的。有人按下我脑袋里的开关，没等想什么身体就先动了起来。置身那里的是我又不是我。"

"你是说已控制不住自己，不由得动武什么的?"

"那样的事也有过。"我承认。

"打伤谁了?"

我点头："两三次吧。倒不是多重的伤。"

她就此思索片刻。

"那么，你认为这次你身上发生的也是同样的事?"

我摇头道："这么厉害的还是头一次。这回的……我根本搞不清自己是如何失去知觉的，失去知觉之间干了什么也半点儿记不起来。记忆'吐噜'一下子脱落了。过去没这么严重过。"

她看我从背囊里取出的T恤，细查未能洗掉的血迹。

"那么说……你最后的记忆就是吃饭，傍晚在车站附近的饭馆里?"

我点头。

"那往下的事就糊涂了。回过神时已躺在神社后头的灌木丛里，时间过去大约四小时，T恤满是血污，左肩隐隐作痛。"

我再次点头。

她从哪里拿来市区地图摊开在桌子上，确认车站与神社间的距离。

"远并不远，但也不至于走路很快走到。何苦跑去那种地方? 若以车站为起点，同你住的宾馆方向正相反嘛。可曾去过那里?"

"一次也没去过。"

"衬衫脱下来看看。"她说。

我脱下衬衫光着上半身。她马上转到我身后，手猛地抓在我左肩，指尖吃进肉里，我不由得出声喊痛。力量相当大。

"痛?"

"相当痛。"我说。

"一下子撞在什么上面了，或被什么狠狠砸了一下，嗯?"

"压根儿记不起来。"

"不管怎样，骨头好像没问题。"说罢，她又在我喊痛的那个部位以各种不同的方式捏弄了几次。伴随痛感也好不伴随也好，她的指尖都奇异地令人舒坦。我这么一说，她微微一笑。

"在按摩方面，我是相当有两手的，所以才能靠当美容师混饭吃。按摩按得好，去哪里都是宝贝。"

之后她继续按了一会儿我的肩，说道："这样一来就不会有什么问题了。睡一夜觉痛感就会消失。"

她抓起我脱掉的 T 恤，塞入塑料袋扔进垃圾箱，深蓝色棉布衫则查看一下后投进卫生间的洗衣机，随后拉开立柜抽屉，在里面找了找，取出一件白色 T 恤递给我。还蛮新的。毛伊岛 Wale Watching Cruise①T 恤，画一条翘出海面的鲸鱼尾巴。

"这里有的衣衫中，这件像是最大号的了。倒不是我的，不过用不着介意。反正是谁送的礼物什么的吧。也许你不中意，凑合穿吧。"

我从头上套下，尺寸正合身。

"愿意的话，就那么拿走好了。"她说。

我说谢谢。

"那么长时间失去记忆，这以前没有过吧?"她问。

我点头。我闭上眼睛，感受新 T 恤的贴身感，闻它的气味儿。

---

① 意为"乘船看鲸旅行团"。

"嗳，樱花，我非常害怕。"老实坦白，"怕得不知如何是好。被夺走记忆那四个小时当中，我说不定在哪里伤害了谁。根本不记得自己干了什么。反正弄得满身血污。假如我实际上参与了犯罪活动，即使丧失记忆，从法律上说我还是要负责的吧？是吧？"

"但那没准不过是鼻血。有可能某人迷迷糊糊走路撞在电线杆上流鼻血，而你只是照看了他一下。是吧？你担忧的心情当然理解，不过在早晨到来之前尽量不要去想糟糕事。早晨一到，报纸送上门来，电视里有新闻。如果这一带有大案发生，不想知道也会知道。往下慢慢考虑不迟。血那东西流淌的原因有多种多样，实际上很多时候都不像眼睛看到的那么严重。我是女人，那个程度的血每个月都要看到，习以为常了。我的意思你明白？"

我点头，觉得脸上微微发红。她把雀巢咖啡放在大杯里，用手提锅烧水，在等水开的时间里吸烟，只吸了几口便蘸水熄掉。一股混有薄荷的香烟味儿。

"嗳，有一点想深问一下，不要紧？"

我说不要紧。

"你的姐姐是养女吧？就是说是你出生前从哪里领来的孩子，是不是？"

我说是的。父母不知为什么要了养女。那之后生下了我，大概在不经意间。

"你毫无疑问是你父亲和你母亲之间生的孩子吧？"

"据我所知是。"我说。

"然而你母亲离开家时领的不是你而是没有血缘关系的姐姐。"樱花说，"一般来说，女人这东西是不会那样做的。"

我默然。

"那是为什么呢？"

我摇头说不知道。这个问题我已不知问了自己本身几万遍。

"你当然因此受了伤害。"

我受了伤害么？"不大清楚。不过，即使结婚了什么的，我想我也不至于要小孩，因为我肯定不知道如何跟自己的孩子交往。"

她说："虽说没有真正复杂到你那个程度，但我也一直同父母合不来，以致做了很多很多不成体统的事，所以能理解你的心情。不过么，对于错综复杂的问题最好不要过早斩钉截铁下结论，因为世上没有绝对如何这样的事。"

她站在煤气灶前喝着从大杯里往外冒热气的雀巢咖啡。杯上画着摩明①一家。她再没说什么，我也没说什么。

"没有可以投靠的亲戚什么的?"过了一会儿，她问。

我说没有。父亲的双亲很早以前就不在了，他又没有兄弟姐妹叔父婶母，一个也没有。至于真是那样与否，我无法核实，但至少一点是真的：亲戚往来完全没有。母亲方面的亲戚也没说起过。我连母亲的名字都不知道，母亲有怎样的亲戚更不知道了。

"听你这一说，你父亲简直是外星人。"樱花说，"一个人从某个星球上来到地球，变成人后勾引地球人女子生下了你——为了繁衍自己的子孙。你母亲晓得真相后吓得跑去了哪里。有点像是黑色太空科幻电影。"

我不知道说什么好，只管沉默不语。

"不开玩笑了，"她像强调那是玩笑似的放松两侧嘴角，好看地一笑，"总而言之，在这广阔的世界上，除了自己你无人可以投靠。"

"我想是那样的。"

她靠着洗涤槽喝了一阵子咖啡。

"我得多少睡一会儿。"樱花突然想起似的说。时针已转过三点。"七点半起来。虽说睡不久，但多少得睡一睡。熬个通宵，工作

---

① 芬兰童话中的主人公。

起来很不好受的。你怎么办?"

我说自己带有睡袋,如果可以就让自己在那个角落老老实实躺着好了,随即从背囊里取出叠得很小的睡袋,展开使之膨胀。她钦佩地看着:"活像童子军。"

电灯熄了。她钻进被窝,我在睡袋中闭眼准备入睡,但睡不着。沾在白色 T 恤上的血迹紧紧贴在眼睑内。手心仍有灼伤感。我睁开眼睛盯视天花板。地板的吱呀声在哪里响起。水在哪里流淌。又有救护车警笛从哪里传来,相距很远很远,但在夜幕下听起来异常真切。

"喂喂,你莫不是睡不着?"黑暗的对面她用小声问我。

我说睡不着。

"我也很难睡着。干吗喝什么咖啡呢,真是糊涂。"

她拧亮枕边灯,觑一眼时间,又熄掉。

"你可别误解,"她说,"愿意的话过来好了,一块儿睡。我一下子也睡不着。"

我爬出睡袋,钻进她的被窝。我身穿短运动裤和 T 恤,她身上是淡粉色睡衣睡裤。

"跟你说,我在东京有个固定男朋友。不是多么了不得的家伙,但基本算是恋人。所以我不和别人做爱。别看我这样,这种事情上还是蛮认真的,或许是守旧吧。过去不是这样,相当胡来过。但现在不同,地道起来了。所以嘛,你别胡思乱想,就像姐姐和弟弟。明白?"

我说明白。

她把手搭在我肩上,轻轻搂过去,脸颊贴在我额头上。"可怜!"她说。

不用说,我已经勃起,并且非常硬,而位置上又不能不触在她大腿根。

"瞧你瞧你。"她说。

"没别的意思,"我道歉道,"怎么也奈何不了。"

"知道知道，"她说，"不方便的物件。这我完全知道，没法制止的嘛。"

我在黑暗中点头。

她犹豫了一下，但还是拉下我的短运动裤，掏出石头一样硬的阳物，轻轻握住，就好像试探什么似的，又好像医生摸脉。我的整条阳物像感受某种思想似的感受着她柔软的手心。

"你姐姐今年多大？"

"二十一。"我说，"比我大六岁。"

她就此沉吟片刻。"想见？"

"或许。"我说。

"或许？"她握阳物的手略略用力，"大概是怎么回事？不那么想见？"

"见面也不知说什么好，再说人家也可能不愿意见我。就母亲来说也是同样。大概谁都不乐意见我这个人，谁都把我扔开不管。何况都已不知去了哪里。"弃我而去，我想。

她默不作声，只是握阳物的手一忽儿放松一忽儿用力。我的阳物随之一忽儿平静一忽儿热辣辣越来越硬。

"这个，想放出来吧？"她问。

"或许。"我说。

"或许？"

"非常。"我改口。

她低低喟叹一声，手开始缓缓地动。感触委实妙不可言。并非单调的上下运动，是一种整体感。她的手指温情脉脉地来回触摸我的阳物、睾丸的所有部位。我闭目合眼，大声喘息。

"不许碰我的身体哟。还有，要出来的时候马上吭声。弄脏床单很麻烦的。"

"好。"

"怎样，我有两手吧?"

"非常。"

"刚才也说了，我天生手巧。不过这跟做爱没有关系。怎么说好呢，只是帮你减轻身体负担。因为今天是那么长的一天，你又心情亢奋，这样子是没办法好好入睡的。明白?"

"明白。"我说，"有个请求。"

"嗯?"

"想像你的裸体可以么?"

她停住手看我的脸："我这么做的时候你想像我的裸体来着?"

"是的。本来想不再想像，偏偏欲罢不能。"

"欲罢不能?"

"像电视机关不上似的。"

她好笑似的笑道："我可是蒙在鼓里啊! 你要想像随你偷偷想像好了，用不着一一申请我的许可。反正我不知道，想像什么由你。"

"可我过意不去。我觉得想像是很重要的事情，心想还是讲一声为好，你知道不知道是另一回事。"

"还倒蛮守规矩的嘛!"她一副钦佩的口气，"不过经你这么一说，我也多少觉得还是讲一声为好。可以的，可以想像我的裸体，给你许可。"

"谢谢。"

"如何，你所想像的我的身体很妙?"

"妙极。"我回答。

不久，腰部那里上来一股酸懒懒的感觉，好像整个浮在沉甸甸的液体上。我这么一说，她把枕边放的纸巾拿在手上，引导我射精。我一次接一次射得很厉害。稍顷，她去厨房扔掉纸巾，用水洗手。

"对不起。"我道歉。

"算了算了。"她返回被窝说，"给你这么再次道歉，觉得有点为难似的。这仅仅是身体部分的事，别那么放在心上。不过舒服点儿了吧？"

"非常。"

"那就好。"她说，接下去思考了一会儿什么，"我想了一下：如果我真是你姐姐就好了。"

"我也那样想。"我说。

她用手轻轻摸我的头发："我要睡了，你回自己睡袋去吧。不一个人我睡不着。再说，我可不愿意快天亮时又被那硬硬的玩意儿一下一下戳来戳去。"

我回到自己的睡袋，重新闭起眼睛。这回可以好好入睡了。睡得非常实，大约是离家以来睡得最实的。感觉上就像坐一台大大的静静的电梯缓缓下到地底。不久，所有灯光熄灭，所有声音消失。

醒来时她已不见了。上班去了。时针已转过九点。肩部痛感几乎完全消失，如樱花所说。厨房餐桌上放着折起的早报和便条，还有房间钥匙：

> 七点电视新闻全部看了，报纸也一一看了个遍，但这一带没有发生流血事件，一件也没有。那血肯定是无所谓的，放心吧？电冰箱里没有太好的东西，随你怎么吃。大凡有的随便用就是。没有地方去，暂时住在这儿也可以。出门时把钥匙放在蹭鞋垫下面。

我从电冰箱里拿出牛奶，确认保鲜期没过，浇在玉米饼片上吃。烧开了水，喝大吉岭袋泡茶。烤了两片面包，抹上人造黄油吃了。吃罢打开早报看社会版，的确，这一带没发生流血事件，一件也没有。我叹口气，折起报纸放回原处。看来不必担心被警察追得抱头鼠窜。但我还是决定不返回宾馆房间。不加小心不行。我还没弄明白失却的四个小时发生了什么。

我往宾馆打电话，接电话的是耳生的男子。我对他说自己有急事要退房间，尽可能用大人语气说。房费提前付了，应该没有问题。房间里剩有几件私人物品，没什么用了，请其适当处理。他查看电脑，确认账目没有问题。"可以了，田村先生，这就给您退房。"对方说。钥匙是卡式的，无须退还。我道谢挂断电话。

然后我冲淋浴。卫生间到处晾着她的内衣裤和袜子，我尽量不往那上面看，和往常一样花时间细细清洗，尽可能不去想昨天夜晚的事。刷牙，换新内裤。睡袋小小地折起，放入背囊。积攒下来的脏衣物开洗衣机洗了。没有烘干机，洗罢脱水后叠起收进背囊。去哪里找投币烘干机烘干即可。

我把厨房洗涤槽里一摞摞堆起的餐具一一洗好，控水后擦干放进碗橱。清理电冰箱，变质的食品扔掉。有的东西甚至一股臭味。紫甘蓝长毛了，黄瓜如橡皮条，豆腐过期。我更换容器，擦去外面沾的酱油。扔掉烟灰缸里的烟头，归拢散乱的旧报纸，给地板吸尘。她或许有按摩才能，但料理家务的才能似乎等于零。心情上我很想把她乱七八糟堆在衣柜上的衬衣一件一件熨好，再买东西准备今天的晚饭。为了能一个人生存下去，我在家时就尽量自己处理家务，干这类活计并不觉得辛苦，但要干到那个地步未免过头了。

我忙了一通，坐在厨房餐桌前环视四周，心想不能一直待在这里。毫无疑问，只要待在这里，自己就要不间断地勃起和不间断地想像。我没办法总把目光从她晾在卫生间里的黑色小内裤上面移开，没办法总向她申请想像许可，更麻烦的是没办法忘记昨晚她为我做的事。

我给樱花留言，拿起电话机旁便条上磨秃的铅笔写道：

谢谢。帮了大忙。深更半夜打电话叫醒你，十分抱歉。但除了你，这里没有可求的人。

写到这里，我歇口气思考下文，打量了一圈房间：

> 感谢让我留宿，感谢你说我可以暂时住在这儿。我也很想这样。但我还是不能给你添更多的麻烦。我表达不好，这里边有很多缘由。总会有办法自己干下去的。如果能让你为我下一次真正困难时多少留一点好意，我会非常高兴。

至此我又歇了一口气。附近有人用大音量看电视。是早晨面向家庭主妇的综合节目。出场者全部大吼大叫，广告声也不示弱。我对着餐桌团团转动手中的秃铅笔，整理思绪。

> 不过老实说，我不认为自己有资格接受你的好意。我很想成为出色的人，可是总不顺利。下次见的时候，可能的话，我想多少地道一点儿。但我没有把握。昨晚的事实在妙极了，谢谢。

我把信压在杯子下，拿背囊出门，钥匙按樱花说的藏在蹭鞋垫下面。楼梯正中，一只黑白相间的斑纹猫在睡午觉。也许和人混熟了，我下来了它也没有起身的意思。我在它旁边坐下，抚摸大公猫的身体。撩人情思的感触。猫眯细眼睛，喉咙开始"咕噜咕噜"响。我和猫久久并坐在楼梯上，受用相互亲密的感触。之后向它告别，走到街上。外面开始下雨，细细的雨。

在退掉房费便宜的宾馆和离开樱花的住处的现在，今晚就哪里也没有我存身之处了。必须赶在天黑前找一个能安心睡觉的有屋顶的地方。哪里能有那样的地方呢？我心中无数。但不管怎样，还是乘电车去甲村图书馆好了。到了那里，总会有法可想的。根据诚然没有，但有那样的预感。

如此这般，我的命运愈发向奇特的方向展开。

第 12 章

昭和四十七年①十月九日

拜启

　　突然接到这样一封信，您或许感到惊异。冒昧之处，还请原谅。我的名字想必已从先生的记忆中消失。我曾在山梨县××镇一所很小的小学当老师——这么说您也许能够想起。战争结束前一年本地发生了一起小学生集体昏睡事件，当时是我带领孩子们去野外实习。事件发生不久，先生和东京其他大学的老师连同军队的人来本地调查，因此得以几次见到您并同您交谈。

　　那以后，不时在报刊上见到先生大名，每次都对您的卓越表现深为钦佩，先生当时的风采和简洁明快的言谈亦重新萦回脑际。大作亦拜读了数册，深刻的洞察力和广博的学识令人感叹不已。

　　尽管世界上每一个体的存在是艰辛而孤独的，但就记忆的原型而言我们则密不可分地连在一起——对先生这种一以贯之的世界观我非常理解。因为，在人生旅途中，我本身也有许多同样的感受。请允许我在偏远的地方为你祝福。

　　自那以来我一直在××镇这所小学执教。不意数年前损坏了健康，在甲府的综合医院长期住院。其间心有所思，自愿退职。一年之间反复住院和院外就医，其后顺利康复。彻底出院后在本镇办了一所面向小学生的补习班，我曾经教过的孩子的孩子，如今是班上的学员。说一句老生常谈的感想，真可谓光阴似箭日月如梭。

那场战争夺走我心爱的丈夫和父亲，战后混乱中又失去母亲，而匆忙短暂的婚姻生活又使我连要小孩的时间都未得到。从此成了天涯孤客，独对人生。我的人生虽然无论如何不能说是幸福的，但通过漫长的教学生涯，在课堂上培养了许多学生，得以度过自以为算是充实的岁月。我时常为此感谢上苍。假如我不从事教师这一职业，我恐怕很难忍受今生今世。

此次所以不揣冒昧致函先生，是因为一九四四年秋发生的山中昏睡事件无论如何都挥之不去。自事件发生以来，倏忽间已流逝二十八轮寒暑，然而之于我仍历历在目，恍若昨日。那场记忆至今须臾不离脑海，可谓如影随形。我因此度过无数不眠之夜，所念所思每每现于梦中。

我甚至觉得自己的人生无时不受制于那一事件的余波。作为一例，每当我在哪里遇见遭遇事件的孩子们（他们大半仍住在这个镇子，现已三十过半），我就不能不再次自问那一事件给他们或给我本身带来了什么。毕竟事件那么特殊，必当有某种影响留在我们的身上或心中。不留是不可能，至于其影响具体表现为怎样的形式和多大程度，我也无从把握。

如您所知，那一事件当时因军方意向而几乎没有公之于世，战后又因美国驻军的意向而同样进行了秘密调查。坦率地说，我觉得美军也罢日军也罢，军队所作所为基本没有区别。纵使美军占领和言论管制结束之后，报刊也几乎没出现关于那一事件的报道。终究是多少年前的旧事了，且无人丧生。

---

① 一九七二年。

由此之故，甚至曾有那样的事件发生这点一般人都不知晓。毕竟战争中发生了那么多耳不忍闻的惨事，数百万人失去了宝贵生命，而小学生在山中集体失去知觉之类，想必不足以引起人们的诧异。即使在本地，记得事件的人数恐怕也不多了。仍记得的人看上去也不太愿意提起。一来镇子小，二来对当事人也不是什么愉快事，尽量避免触及或许更是本地人的真实心情。

几乎所有的事情都被淡忘。无论是那场大战，还是无可挽回的人之生死，一切都正在成为遥远的往事。日常生活支配了我们的心，诸多大事如冰冷古老的星球退往意识外围。我们有太多必须日常思考的琐事，有太多必须从头学习的东西：新的样式、新的知识、新的技术、新的话语……可是与此同时，也有的东西无论经历多长时间无论其间发生什么也是绝对忘却不了的。有磨损不掉的记忆，有要石①一般存留心中的场景。对我来说，那便是那片树林中发生的事件。

时至如今，或许已经太迟了，也可能您说我多此一举。但关于那一事件有一点我无论如何要在有生之年告知先生。

当时正值战时，思想管制很严，有些话又不能轻易出口。尤其同先生见面时军方有人参加，有一种无法畅所欲言的气氛。而且当时我不太了解先生和先生所做的工作，作为一个年轻女性，不愿意在陌生男人面前把私事赤裸裸讲到那个地步的心情的确也是有的。这样，就有若干情况在我心中深藏下来。换言之，我出于自身考虑而在正式场合有意篡改了一部分事件经过。战后美军方面人员调查之际我也重复了同样的证词。由于怯懦和顾及脸面，我将同样的谎言又说了一遍。这有可能致使那场异常事件真相的澄清变得愈发困难，结论也多少受到歪曲。不，不是可能，必定如此。对此我感到十分内疚，很长时间

---

① 日本鹿岛神宫林中的一块石头。相传鹿岛神下凡时坐在石上，石底深埋土中，可解除地震。

里我因之心事重重。

由于这个缘故，我才给先生写这样一封长信。百忙之中，想必是一种打扰。果真打扰，您权当半老太婆的糊涂话跳行读过，一弃了之。我只是想把那里发生的事实趁自己还能拿笔的时候作为老老实实的自白——记录下来，交给应交之人。我病了一场，虽说身体基本恢复，但说不定何时复发。这点若承斟酌，实为万幸。

领孩子们进山的前一天夜里，黎明时分我梦见了丈夫。去了战场的丈夫来到梦中。那是极为具体的性方面的梦，一种时而真假莫辨的活生生的梦，恰恰是那样的梦。

我们在切菜板一般平坦的磐石上交合了好几次。那是靠近山顶的一块磐石，浅灰色，两张榻榻米大小，表面光溜溜潮乎乎的。天空布满阴云，马上就要下雨的样子。无风。时近黄昏，鸟们匆匆归巢。就在这样的天空下，我们一声不响地交合。结婚不久我们就因为战争而天各一方，我的身体强烈地需要丈夫。

我感到一种难以言喻的肉体快感。我们以各种姿势和各种角度交合，几次冲上绝顶。想来真有些不可思议。这是因为，我们两人都性格内向，从不曾那么贪婪地尝试花样翻新的体位，也没有体验过那般汹涌的冲顶之感。但在梦中我们一发不可遏止，简直如野兽一样地撕扭。

醒来时，四下一片黑暗，心情甚是奇妙。身体沉甸甸的，腰肢深处仍觉得有丈夫的阳物存在。胸口怦怦直跳，透不过气。我的那里也像性事过后一般湿漉漉的。感觉上那似乎不是做梦，而如真正的性交那样真真切切。说来不好意思，我就势自慰起来，因为那时我的性欲实在过于强烈，必须使之平复下去。

之后我骑自行车赶到学校，带领孩子们去"木碗山"。在山路行走当中，我仍在体味性交的余韵。闭上眼睛，子宫深处就能觉出丈夫射精，觉出丈夫射在子宫壁上。我在那种感觉中忘我地搂着丈夫背后不动，腿张得不能再大，脚腕缠住丈夫的大腿。领孩子们爬山的路上，我似乎一直处于一种虚脱状态，或许可以说仍在做那场活生生的梦。

爬上山，到了要去的树林，就在大家马上要采蘑菇的时候，我陡然来了月经。不是该来的时间。十天前刚刚来过，再说我的月经周期本来十分正常。或许因做性梦而体内某部分功能受到刺激，致使月经失常。不管怎样都事出突然，我根本没做这方面的准备。何况又在山上。

我让孩子们暂时就地休息，一个人走进树林深处，用随身带的几块手巾作应急处置。出血量很大，弄得我手忙脚乱，但又想总可以坚持到返校时间。脑袋一阵发晕，没办法有条理地思考问题，而且心底涌起一种类似罪恶感的感觉——关于肆无忌惮的梦，关于自慰，关于在孩子们面前沉湎于性幻想。本来对这类事我总的说来算是有较强自控力的。

我打算让孩子们随意采点蘑菇，尽快结束野外实习下山回去。回到学校总有办法可想。我坐在那里守望着孩子们分头采蘑菇，清点孩子们的脑袋数，注意不让谁离开我的视野。

不料，不久我蓦然回神，只见一个男孩儿手里拿着什么朝我走来。是叫中田的男孩儿。是的，是叫中田，就是事件发生后住院住了很久都昏迷不醒那个孩子。他手里拿的是我染了血的手巾。我屏住呼吸，无法相信自己的眼睛。因为我已经把它扔得很远，扔到孩子们不大会去——即使去也不至于瞧见——的地方藏了起来。理所当然。毕竟那是作为女人最为害羞最不愿意被人看见的东西。我猜不出他怎么会找到的。

意识到时，我正在打那个孩子、打中田君。我抓住他的肩，一下接一下扇他的嘴巴，也许还喊叫了什么。我疯了，明显迷失了自我。

我肯定羞愧难当惊慌失措。在那以前我一次也没打过孩子，在那里打人的不是我。

当我回过神来时，发现孩子们全都一动不动盯着我。有的站着，有的坐着，都脸朝着这边。脸色铁青地站立着的我、被打倒在地的中田君、我染血的手巾就在孩子们的眼前。好长时间我们就像冻僵在了那里，谁也不动，谁也不开口。孩子们的脸上没有表情，俨然青铜铸成的脸谱。树林笼罩在沉默之中，只闻鸟的叫声。那情景至今仍历历在目。

不知经过了多长时间。我想时间并不长。但在我的感觉里是永恒的时间，是自己被逼到世界最边缘的时间。我终于回到我自己身上。周围景物恢复了色彩。我把沾血的手巾藏在身后，双手抱起倒在地上的中田君。抱得紧紧的，由衷地道歉。我说是老师不好，原谅我吧。他也好像处于受惊状态，眼睛呆愣愣的，很难认为我说的会传入他的耳朵。我一边抱着他一边把脸转向其他学生，叫他们去采蘑菇。于是孩子们若无其事地继续采蘑菇。想必孩子们没能理解刚才那里发生了什么。一切都那么异乎寻常，那么突如其来。

我紧紧抱着中田君，久久伫立不动。我真想就那样一死了之，真想遁去哪里。就在旁边那个世界上，一场凶残的战争正在进行，不知有多少人在接连死去。何为正确何为不正确，我再也无从分辨。我目睹的风景真是正确的风景不成？我眼中的色彩真是正确的色彩不成？我耳闻的鸟鸣真是正确的鸟鸣不成……我在树林深处孑然一身，六神无主，子宫里有很多血在不断外流。我沉浸在恼怒、惊惧、羞愧之中。我哭了，不出声地静静、静静哭泣。

随后，孩子们的集体昏睡开始了。

我想您可以理解，这种露骨的话在军方人员面前是无法说出口的。那是战争年代，是我们靠"门面"活着的年代。所以，我向大家讲述时省略了我来月经的部分和中田君捡来我沾血的手巾我因而打了他的部分。前面我已说了，我因此担心那会给先生们的调查研究造成不小的障碍。现在能够这么毫无隐瞒地讲出来，我心里感到释然。

说不可思议也不可思议，孩子们竟一个也不记得那件事。就是说，谁也不记得沾血的手巾和我打中田君的事，那段记忆从所有孩子的脑袋里失落得一干二净。事后不久我曾就此婉转地问过每一个人。或许因为那时已经开始了集体性昏睡。

关于中田君，我想写几点作为班主任老师的感想。我也不知晓他后来情况如何。战后从问过我话的美国军官口中得知，中田被送去东京的军方医院，在那里也持续昏睡了很长时间才终于恢复知觉，但更详细的情况未能使对方告诉我。当然，这方面的前后经过想必先生比我清楚。

您也知道，中田君是插到我班上的五名疏散儿童之一。五人中他成绩最好，脑袋也好使。相貌端庄，衣着利落，但性格温和，全然不出风头。课堂上基本不主动举手，而指名问到时回答都很正确，被征求意见时说得有条有理。无论哪一科都能当场领会所教内容。哪个班上都有一两个这样的孩子。这样的孩子即使放任不管也会不断用功，考进好的上一级学校，走上社会也会找到正确位置。天生优秀。

只是，作为教师发现他身上有几点叫人难以理解。主要是他有时候表现出一种类似淡漠的态度。多么难的课题他都能挑战，但即便成功了他也几乎没有成功的喜悦。没有奋力拼搏时粗重的喘息，没有屡受挫折的痛苦，没有叹息没有欢笑，就像是因为不得不为而姑且为之，无非得心应手地处理找到头上的事务而已，同工厂工人手拿螺丝刀逐一拧一下传送带传来的相同的零件螺丝是一回事。

我推测问题大约起因于家庭环境。当然，我不曾见过他东京的父母，准确的说不来，但在教师生涯中我见过几次这样的事例。有能力的孩子有时因其有能力而一个又一个冲击本应由身边大人达成的目标，这样一来，就会由于过多处理眼前的现实性课题而渐渐失去其中作为孩子应有的新鲜的激动和成就感。处于如此环境的孩子，不久就将牢牢关闭心扉，将心情的自然流露封在里面，而重新开启这种关闭的心扉则需要漫长的岁月和努力。孩子们的心很柔弱，可以被扭曲成任何样子，而一旦扭曲变硬，就很难复原，很多时候都无可奈何。当然，这些是您的专业范围，无须我这样的人现在多嘴多舌。

另外一点，我不得不认为那里面有暴力的影子。我一再从他些微的表情和动作中感觉出稍纵即逝的惊惧，那是对于长期被施以暴力的类似条件反射的反应。至于暴力是怎么一种程度，我不得而知。他也是自制力很强的孩子，能巧妙地使其"惊惧"躲开我们的眼睛，然而有什么发生之时，那肌肉隐隐的痉挛是无法掩饰的。我的推测是：多多少少存在家庭暴力。同孩子们日常接触起来，这点大致看得出。

农村家庭充满着暴力。父母差不多都是农民，都只能勉强维持生计。起早贪晚干活干得筋疲力尽，再说总要有酒入肚，难免发脾气。发脾气时总是动手快于动口。这已不是什么秘密。从孩子的角度看来，多少挨点打也不会在意，这种情况下就不至于留下心灵创伤。可是中田君的父亲是大学老师。他母亲——至少从来信上看——也像是有高度教养的人，即所谓城市精英之家。而那里若发生暴力，便应该是与乡下孩子在家中所受日常性暴力不同的、因素更为复杂且更为内向的暴力，是孩子只能一个人藏在心里的那类暴力。

所以，即使是无意识的，我那时也不该在山上对他使用暴力。对此我非常遗憾，深感懊悔。那是我最做不得的事，因为他离开父母被半强制性地集体疏散到新环境，正准备以此为转机向我多少敞开心扉。

也许他当时心中尚有的余地因我使用暴力而受到了致命的损毁。

如果可能，我想慢慢花时间设法弥补自己的过失，然而由于后来的情况未能得以实现。中田君没有苏醒过来，被直接送去东京的医院，那以来再不曾同他见面。这成为一种悔恨留在我的心间。我仍清晰记得他被打时的表情，可以将他深深的惊惧和失望历历重现于眼前。

啰啰嗦嗦写了这么多，最后请允许我再写一点。我丈夫于战争即将结束时在菲律宾战死了。说实话，我未受到太大的精神打击。当时我感觉到的仅仅、仅仅是深切的无奈，不是绝望不是愤怒。我一滴眼泪也没流。这是因为，这样的结果——丈夫将在某个战场上丢掉年轻生命的结果——我早已预想到了。在那之前一年我梦见同丈夫剧烈性交，意外来了月经，上山，慌乱之中打了中田君，孩子们陷入莫名其妙的昏睡——事情从那时开始就已被决定下来了，我已提前作为事实加以接受了。得知丈夫的死讯，不过是确认事实罢了。我灵魂的一部分依然留在那座山林之中，因为那是超越我人生所有行为的东西。

最后，祝先生的研究取得更大进展。请多珍重。

谨上

第 13 章

偏午时我正望着院子吃饭，大岛走来坐在身旁。这天除了我没有别的阅览者。我吃的东西一如往日，不外乎在车站小卖店买的最便宜的盒饭。我们聊了几句。大岛把自己当作午饭的三明治分一半给我，说今天为我多做了一份。

"这么说你也许不高兴——从旁边看来你总好像吃不饱似的。"

"正在把胃搞小。"我解释道。

"刻意的？"他显得兴味盎然。

我点头。

"是出于经济上的原因吧？"

我又一次点头。

"意图我能理解，但不管怎么说正是能吃的时候，能吃的时候最好吃饱。在多种意义上你都处于正需要充分摄取营养的时期。"

他给的三明治一看就很好吃，我道谢接过吃着。又白又柔的面包里夹着熏鲑鱼、水田芥和莴苣。面包皮响脆响脆。辣根加黄油。

"是你自己做的么？"

"没有人给我做嘛！"

他把壶里的纯浓咖啡倒进大号杯，我则打开自带软包装牛奶喝着。

"你在这里正拼命看什么呢？"

"正在看漱石全集。"我说，"剩了几本没看，想趁此机会全部看完。"

"喜欢漱石喜欢得要读破所有作品。"大岛说。

我点头。

白气从大岛手中的杯口冒出。天空虽然仍阴沉沉的，但雨现已停了。

"来这里后都看了什么？"

"现在是《虞美人草》，之前是《矿工》。"

"《矿工》？"大岛像在梳理依稀的记忆，"记得是讲东京一个学生因为偶然原因在矿山做工，混在矿工里体验残酷的劳动，又重返外面世界的故事。中篇小说。很早以前读过。内容不大像是漱石作品，文字也较粗糙，一般说来在漱石作品中是评价最不好的一部……你觉得什么地方有意思呢？"

我试图将自己此前对这部小说朦朦胧胧感觉到的东西诉诸有形的词句，但此项作业需要叫乌鸦的少年的帮助。他不知从哪里张开翅膀飞来，为我找来若干词句。

"主人公虽然是有钱人家子弟，但闹出了恋爱风波又无法收场，于是万念俱灰，离家出走。漫无目标奔走之间，一个举止怪异的矿工问他当不当矿工，他稀里糊涂跟到了足尾铜矿做工，下到很深的地下，在那里体验根本无从想像的劳动。也就是说，不谙世事的公子哥儿在类似社会最底层的地方四处爬来爬去。"我喝着牛奶搜刮接下去的词句。叫乌鸦的少年返回多少需要时间，但大岛耐心等着。

"那是生死攸关的体验。后来好歹离开，重新回到井外生活当中。至于主人公从那场体验中得到了什么教训，生活态度是否因此改变，对人生是否有了深入思考，以及是否对社会形态怀有疑问……凡此种种作品都没有写，他作为一个人成长起来那种类似筋骨的东西也几乎没有。读完后有一种莫名其妙的心情——这部小说到底想说什么呢？不过怎么说呢，这'不知其说什么'的部分奇异地留在了心里。倒是很难表达清楚。"

"你想说的是：《矿工》这部小说的形成同《三四郎》那样的所谓近代教养小说有很大的不同，是吧？"

我点头："嗯，太难的我不大明白，或许是那样的。三四郎在故事中成长。碰壁，碰壁后认真思考，争取跨越过去。不错吧？而《矿工》的主人公则截然不同，对于眼前出现的东西他只是看个没完没了，原封不动地接受而已。一时的感想之类诚然有，却都不是特别认真的东西，或者不如说他总是在愁眉不展地回顾自己闹出的恋爱风波。至少表面上他下井时和出井后的状态没多大差别。也就是说，他几乎没有自己作出过判断或选择。怎么说呢，他活得十分被动。不过我是这样想的：人这东西实际上恐怕是很难以自己的力量加以选择的。"

"那么说，你在某种程度上把自己重合到《矿工》主人公身上了？"

我摇头："不是那个意思，想都没那么想过。"

"可是人这东西是要把自己附在什么上面才能生存的。"大岛说，"不能不那样。你也难免不知不觉地如法炮制。如歌德所说，世间万物无一不是隐喻。"

我就此思考着。

大岛从杯中啜了一口咖啡，说道："不管怎样，你关于漱石《矿工》的意见还是令人深感兴趣的，尤其作为实际离家出走的少年之见听起来格外有说服力。很想再读一遍。"

我把大岛给我做的三明治吃光，喝空的牛奶盒捏瘪扔进废纸篓。

"大岛，我有一件伤脑筋的事，除了你又没有别人可以商量。"我断然开口道。

他摊开双手，做出"请讲"的表示。

"说起来话长。简单地说我今晚就无处可住。有睡袋，所以不需要被褥和床，只要有屋顶就成。哪里都可以。你知道这一带有屋顶的地方吗？"

"据我推测，宾馆旅店不在你的选项之内，嗯？"

我摇了下头："也有经济上的原因。另外还有尽可能不引人注意方面的考虑。"

"尤其担心少年科的警察。"

"或许。"

大岛思索片刻，"既然如此，住在这里即可。"

"这个图书馆？"

"是的。有屋顶，也有空房间，夜晚谁也不用。"

"可这样做合适么？"

"当然需要某种协调，但那是可能的，或者说不是不可能的。我想我可以设法做到。"

"怎么做呢？"

"你看有益的书，也能用自己的脑袋思考。看上去身体也结实，又有自立之心。生活有规律，甚至能刻意缩小自己的胃。我跟佐伯商量一下，争取让你当我的助手，睡在图书馆的空房间里。"

"我当你大岛的助手？"

"说是助手，其实也没什么大不了的事要干，无非帮我开关图书馆的门。实质性清扫有专门干这行的人定期上门，电脑输入交给专家，此外没什么事可干。其余时间尽情看书就是。不坏吧？"大岛说。

"当然不坏，可……"往下不清楚说什么好，"可是，我想佐伯无论如何也不会答应的。毕竟我才十五岁，又是来历不明离家出走的少年。"

"佐伯这个人嘛，怎么说呢……"说到这里，大岛少见地停顿下来物色字眼，"不寻常的。"

"不寻常?"

"简单说来,就是不以常规性标准考虑问题。"

我点点头。但我琢磨不出不以常规性标准考虑问题具体意味着什么。"就是说是特殊人喽?"

大岛摇头道:"不,不是那样的。若说特殊,我这人才是特殊人。就她而言,只是说不受常规性条条框框的束缚。"

我仍未搞清所谓不寻常同特殊的区别,但我觉得还是不追问下去为好,至少在现在。

大岛略停一下说:"不过也是,今晚马上就住下来恐怕无论如何都有些勉强,所以得先把你领去别的地方。事情定下之前你就在那边住两三天时间。不要紧的?地方倒是离这里远一点儿。"

我说不要紧。

"五点图书馆关门。"大岛说,"收拾一下,五点半从这里出发。你坐我的车,把你拉到那里。眼下那里谁也没有,屋顶基本上有。"

"谢谢。"

"到那儿之后再谢。跟你预想的相差很多也不一定。"

回阅览室继续看《虞美人草》。我原本就不是快速读书家,是一行一行追看那一类型。词章之乐。若词章乐不起来,必然半途而废。快五点时,我把小说读到最后,放回书架,然后坐在沙发上闭起眼睛,怅怅地回想昨晚的事。想樱花,想她的房间,想她为我做的事。很多事情发生变化,推向前去。

五点半我在甲村图书馆门口等大岛出来。他把我领去后面停车场,让我坐在绿色赛车的副驾驶席上。马自达活动顶篷式。篷已合拢。潇洒的敞开式双排座。但行李座太小,放不下我的背囊,只好用绳子绑在后头行李架上。

"行车时间蛮长的,路上停靠在哪里吃饭吧。"说着,他发动引擎打火。

"往哪儿去呢?"

"高知。"他说,"去过?"

我摇头。"有多远?"

"是啊……到目的地大约要两个半钟头。翻山,南下。"

"去那么远没问题么?"

"没问题。路笔直笔直畅通无阻,太阳又没下山,油箱满满的。"

傍晚时分我们穿过市区,先开上西行高速公路。他巧妙地变换着车道在车与车之间穿梭,左手频频换挡,时而减速时而加速。每次引擎的旋转声都有细微变化。每当他压下变速杆把油门猛踩到底,车速便一瞬间超过一百四十公里。

"变速装置是特殊的,提速快。这点和普通的马自达赛车不同。熟悉车?"

我摇头。对车什么的我一无所知。

"你喜欢开车?"

"医生不准我从事危险运动,所以代之以开车。补偿行为。"

"身体有不舒服的地方?"

"病名说起来很长,简而言之,是一种血友病。"大岛若无其事地说,"血友病可知道?"

"大致。"我说。生物课上教过。"一旦出血就止不住。由于遗传关系,血液不凝固。"

"正确。血友病也有好多种,我是比较罕见的一种。虽然不至于要死要活,但必须小心,尽量别受伤。一旦出血,就得先去医院再说。而且你也知道,一般医院里贮存的血很多时候存在种种问题。感染艾滋病坐以待毙不在我的人生选项之内。所以,关于血液我在这座城市里备有特殊门路。由于这个缘故,我不旅行。除了定期去广岛一家大学附属医院,我几乎不离开这里。再说,我本来就不很喜欢旅行和运动，因此不觉得难受。只是做饭有点儿不方便，不能拿菜刀真正做饭菜是悲哀的事情。"

"开车也是相当危险的运动，我想。"

"危险种类不同。我开车的时候，尽可能开出速度来。开出速度，发生交通事故可就不是割破手指尖那样的小事故。而若大量出血，血友病患者也好健康人也好生存条件都差不许多。公平！不必考虑凝固不凝固那类啰嗦事，可以怡然自得无牵无挂地死去。"

"确实。"

大岛笑道："不过别担心，轻易不会出事。别看这样，性格上我非常谨慎，从不勉强，车本身也保持在最佳状态。况且，死的时候我想自己一个人静悄悄地死。"

"拉上谁一起死不在大岛人生的选项之内。"

"正确。"

我们走进高速公路服务站的餐厅吃晚饭。我吃炸鸡块和色拉，他吃咖喱海鲜和色拉。以充饥为目的的饮食。他付账。之后又上车前进。四周彻底黑了下来。一踏加速器，引擎转速仪的指针猛然跳起。

"听音乐可以么?"大岛问。

我说可以。

他按下CD唱机的放音键，古典钢琴乐响起。我倾听了一会儿音乐。大体听得出。不是贝多芬，不是舒曼，从年代上说介于二者之间。

"舒伯特?"

"不错。"他双手搭在方向盘的以时钟来说是十时十分的位置，瞥了我一眼，"喜欢舒伯特的音乐?"

我说不是特别喜欢。

大岛点头道："开车的时候，我经常用大音量听舒伯特的钢琴奏鸣曲。晓得为什么?"

"不晓得。"

"因为完美地演奏弗朗茨·舒伯特的钢琴奏鸣曲是世界上难度最大的作业之一。尤其这首《D大调奏鸣曲》,难度非同一般。单独拿出这部作品的一两个乐章,某种程度上弹得完美的钢琴手是有的,然而将四个乐章排在一起,刻意从谐调性这个角度听来,据我所知,令人满意的演奏一个也谈不上。迄今为止有无数名钢琴手向此曲挑战,但哪一个都有显而易见的缺陷,还没有堪称这一个的演奏。你猜为什么?"

"不知道。"我说。

"因为曲子本身不完美。罗伯特·舒曼诚然是舒伯特钢琴乐难得的知音,然而即使他也称其如天堂路一般冗长。"

"既然曲子本身不完美,那么为什么有那么多名钢琴手向它挑战呢?"

"问得好。"言毕,大岛略一停顿。音乐笼罩了沉默。"我也很难详细解释。不过有一点可以断言:某种具有不完美性的作品因其不完美而强有力地吸引人们的心——至少强有力地吸引某种人的心。比如你为漱石的《矿工》所吸引。因为那里边有《心》和《三四郎》那样的完美作品所没有的吸引力。你发现了那部作品。换言之,那部作品发现了你。舒伯特的《D大调奏鸣曲》也是如此,那里边具有惟独那部作品才有的拨动人心弦的方式。"

"那么,"我说,"又回到刚才的问题——你为什么听舒伯特的奏鸣曲呢,尤其是在开车的时候?"

"舒伯特的奏鸣曲、尤其是《D大调奏鸣曲》,如果照原样一气演奏下来,就不成其为艺术。正如舒曼指出的,作为牧歌则太长,技术上则过于单一。倘若如实弹奏,势必成为了无情趣的骨董。所以钢琴手们才各显神通,独出机杼。例如,喏,这里强调承转,这里有意放慢，这里特别加快，这里高低错落。否则节奏就出不来。而若稍不小心，这样的算计就会使作品的格调顷刻瓦解，不再是舒伯特的音乐。弹奏这首 D 大调的任何一位钢琴手都挣扎在这种二律背反之中，无一例外。"大岛倾听着音乐，口里哼着旋律，继续下文，"我经常一边开车一边听舒伯特，就是因为这个。就是因为——刚才也说了——几乎所有的演奏在某种意义上都是不完美的演奏。优质的稠密的不完美性能够刺激人的意识，唤起注意力。如果听舍此无他那样的完美音乐和完美演奏开车，说不定就想闭上眼睛一死了之。而我倾听《D 大调奏鸣曲》，从中听出人之活动的局限，得知某种完美性只能通过无数不完美的聚集方能具体表现出来，这点给我以鼓励。我说的可明白？"

"或多或少。"

"抱歉。"大岛说，"一说起这个，我就如醉如痴。"

"可是不完美性也分很多种类，也有程度问题吧？"我问。

"自然。"

"比较地说也可以的——以往听过的《D 大调奏鸣曲》中，你认为最出色的是谁的演奏呢？"

"好难的问题。"他说。

大岛就此思索起来。他按下换挡，移到超车线，一阵风地追过运输公司的大型冷冻卡车，又拉起车挡，返回行车线。

"不是我有意吓唬你，夜间在高速公路上，这绿色赛车是最难看见的一种车。个头矮，颜色同夜色混在一起。尤其从长拖车驾驶座上很难看清。一不小心就非常危险，尤其在隧道里。按理赛车的车身颜色该涂红的，那样容易看见。法拉利大多是红色就因为这个道理。"他说，"可我就是喜欢绿色。危险也要绿的。绿是林木色，红是血色。"

他看一眼手表，又随着音乐哼唱起来。

"一般地说，作为演奏最为一气呵成的是布莱迪和阿什克纳济。不过坦率说来，我个人不中意他俩的演奏，或者说不为其吸引。舒伯特么，让我来说，乃是向万事万物的存在状态挑战而又败北的音乐。这是浪漫主义的本质。在这个意义上，舒伯特的音乐是浪漫主义的精华。"

我注意细听舒伯特的奏鸣曲。

"如何，单调的音乐吧？"

"的确。"我说。

"舒伯特是经过训练才能理解的音乐。刚听的时候我也感到单调，你那样的年龄那是当然的。但你很快就会领悟。在这个世界上，不单调的东西让人很快厌倦，不让人厌倦的大多是单调的东西。向来如此。我的人生可以有把玩单调的时间，但没有忍受厌倦的余地。而大部分人分不出二者的差别。"

"你刚才说自己是'特殊人'的时候，指的是血友病吧？"

"那也是有的。"说罢，他看着我这边微微一笑。一种仿佛含有恶魔意味的微笑。"但不光是，还有别的。"

舒伯特天堂路一般冗长的奏鸣曲结束之后，我们再不听音乐，也自然而然地缄口不语，分别委身于沉默编织出的漫无边际的思绪中。我似看非看地看着陆续出现的道路标识。向南转过交叉点后，长长的隧道一个接一个闪现出来。大岛全神贯注地赶车超车。路上有很多低速行驶的大型车，大多数被我们超了过去。赶超大型车时，耳边"咻"一声传来空气的低吼，就好像什么灵魂出窍时的动静。我时不时回头看一眼，以确认背囊是否仍在后头行李架上绑着。

"我们要去的地方在深山老林之中，很难说是舒适的住处。住在那儿的时间里，你恐怕见不着任何人。没有广播没有电视没有电话。"大岛说，"那样的地方也不碍事？"

我说不碍事。

"你已习惯孤独了。"大岛说。

我点头。

"不过，孤独的种类也林林总总，那里的孤独很可能是你想像不到的那种。"

"比如什么样的？"

大岛用指尖顶了一下眼镜桥："无可奉告。因为孤独因你本身而千变万化。"

开下高速公路，驶入一般国道。从高速公路出口前行不远，沿路有个小镇，镇上有小超市。大岛停下车，买了一个人几乎提不动袋子那么多的食品。蔬菜和水果、苏打饼干、牛奶和矿泉水、罐头、面包、熟食，差不多全是无需烹调的、可以直接食用的东西。仍由他付款。我刚要付，他默默摇头。

我们再次上车，沿路前进。我在副驾驶席上抱着行李座放不下的食品袋。开出小镇，路面完全暗了，人家越来越少，来往的车也越来越少。路面窄得很难相向开车，但大岛把车灯光束开得足足的，几乎不减速地风驰电掣。制动和加速频频转换，车挡在 2 与 3 之间往返。表情已从大岛脸上消失，他集中注意力开车，双唇紧闭，眼睛逼视前方黑暗中的一点，右手握方向盘，左手置于短短的变速球柄。

不久，公路左侧变成悬崖峭壁，下面似有山溪流淌。弯拐得越来越急，路面开始不平稳，车尾发出夸张的声音摇来摆去。但我已不再考虑危险，在这里弄出交通事故恐怕不在他的人生选项之中。

手表数字接近 9。我打开一点儿车窗，凉飕飕的空气涌了进来。四周的回声也已不同。我们是在山中朝更深的地方行进。路总算离开了悬崖（多少让我舒一口气），驶入森林。高大的树木在我们周围变魔术般地耸立着，车灯舔一般地逐一扫过树干。沥青路面早已没了，车轮碾飞石子，石子反弹在车体上发出脆响。灯光随着路面的坑坑洼洼急切切地上蹿下跳。星星月亮都没出来，细雨不时拍打前车窗的玻璃。

"常来这里的?"我问。

"过去是的。现在有工作，不怎么来了。我的哥哥是冲浪运动员，住在高知海岸，开一家冲浪用品店，造小汽艇，偶尔他也来住。你会冲浪?"

没冲过，我说。

"有机会让我哥哥教你。一个很有两下子的冲浪手!"大岛说，"见了面你就知道，和我相当不同：高高大大，沉默寡言，不善交际，晒得黑黑的，喜欢啤酒，听不出舒伯特和瓦格纳的区别。但我们十分要好。"

沿山道又行了一程，穿过几座幽深的森林，终于到达了目的地。大岛停下车，引擎没关就跳下车去，把铁丝网门拿掉锁推开，随后把车开进去，又跑了一段弯弯曲曲的坏路。过了一会儿，眼前出现稍微平坦些的地方，道路在此终止。大岛停住车，在驾驶席上长长地吁了口气，双手把前额的头发撩去后面，扭动钥匙熄掉引擎，拉下停车闸。

引擎熄掉后，沉甸甸的岑寂压来了。冷却扇开始转动，因过度使用而发热的引擎暴露在外部空气中，"咝咝"作响。可以看见引擎罩上微微腾起的热气。很近的地方似乎有小河流淌，水流声低低传来。风时而在远离头顶的上方奏出象征性的声音。我打开车门下来。空气中一团一块地混杂着冷气，我把套在 T 恤外的防风衣拉链拉到颏下。

眼前有一座小建筑物。形如小窝棚。由于太黑，细处看不真切，惟见黑魆魆的轮廓以森林为背景浮现出来。大岛仍让车灯亮着，手拿小电筒慢慢走去，登上几阶檐廊的阶梯，从衣袋里掏出钥匙开门，进门擦火柴点灯，而后站在门前的檐廊上，手遮灯光向我招呼道："欢迎光临寒舍!"他的身影俨然古典章回小说中的插图。

124

我登上檐廊阶梯，进入建筑物。大岛给天花板垂下的大煤油灯点火。

建筑物内只有一个箱子样的大房间。角落安一张小床。有吃饭用的桌子，有两把木椅，有个旧沙发。沙发垫已晒得不可救药。看上去就像把若干家庭不要的家具随手拾来凑在一起。有个把厚木板用块状物垫起几层做成的书架，上面排列着很多书。书脊都很旧了，是被实实在在地看过的。有个装衣服的老式木箱，有简易厨房，有台面，有个小煤气灶，有洗涤槽。但没有下水道，旁边放一个铝桶算是替代物。木架上摆着锅和壶。长柄平底锅挂在墙上。房间正中有个黑铁柴炉。

"哥哥差不多只靠一个人就造了这座小屋。用原有的樵夫窝棚大幅度改造的。手相当巧。我还小的时候也帮了点儿忙，在不至于受伤的情况下。非我自吹，极有原始风味。刚才也说了，没有电，没有下水道，厕所也没有。作为文明的产物，勉强有液化气。"

大岛拿起壶，用矿泉水简单涮了涮，准备烧水。

"这座山本是祖父的所有物。祖父是高知的财主，有很多土地和财产。十多年前他去世后，哥哥和我作为遗产继承了这座山林。基本上是整整一座山。其他亲戚谁也不要这样的地方，一来偏僻，二来几乎不具有资产价值。作为山林利用必须雇人打理，而那相当费钱。"

我拉开窗帘往外看，但对面只有浓重的黑暗如墙壁连成一面。

"正是你这么大年龄的时候，"大岛把卡莫米尔袋泡茶放入壶中，"我来过这里好几次，一个人生活。那期间谁也不见，跟谁也不说话。哥哥半强迫地叫我那样做的。得我这种病的人，一般是不许那样的，因为一个人留在这种地方有危险，但哥哥不在乎这个。"他靠在厨房台板上等水烧开。"哥哥并不是想严格锻炼我，没那样的念头，只是因为他相信对我来说那样做是必要的。不过的确有好处，这里的生活对于我是很有意义的体验。可以看许多书，可以一个人慢慢思考。说实话，从某个时期开始我差不多没有上学，喜欢不来学校，学校方面也不大喜欢我。怎么说呢，因为我与众不同。初中算是好歹靠情面混出来了，往下便单枪匹马，和现在的你一样。这话说过了?"

我摇头："所以你待我好?"

"这个是有的。"他略一停顿，"但也不尽然。"

大岛把一个茶杯递到我手里，自己也喝着。热乎乎的卡莫米尔茶使长途奔波中亢奋起来的神经安稳下来了。

大岛看一眼表："我差不多该回去了，简单介绍一下吧。附近有条清亮清亮的河，要用水去那里拎。就是不远那里涌出的水，可以直接喝，比什么矿泉水地道得多。烧柴里边堆着，冷了生炉子就是。这里够冷的，即使八月份我有时也要生火。火炉当灶炉，能做简单的饭菜。另外后面工具房里有干各种活需要的工具，自己按需要找。箱子里有我哥哥的衣服，随便穿好了，他那人不会介意谁穿了自己的衣服。"

大岛双手叉腰，把房间打量了一圈。

"一看你就知道，小屋不是为浪漫目的建造的，但若只考虑存活，应该没什么不便。此外有个忠告：最好别进入森林深处。那是很深很深的森林，路也没一条像样的。走进树林时，要时时把小屋留在视野内。再往里头去就有可能迷路，一旦迷路就很难找回原处。我也吃过一次大亏，在离这里不过几百米远的地方左一圈右一圈整整转了半日。也许你认为日本是小国，何至于迷在森林里出不来，可是一旦迷路，森林这东西是深得没有尽头的。"

我把他这个忠告记在脑袋里。

"还有，下山的事也最好不要考虑，除非有相当紧急的情况。距有人家的地方实在太远。就在这里等着，我很快会来接你。估计两三天内就能来，两三天吃的已准备好了。对了，可带手机了?"

我说带了，用手指了一下背囊。

他淡然一笑："那就放在那里好了。手机这里用不上，电波根本到不了，广播当然也听不成。就是说——你同世界完全隔绝。书是尽可以读。"

　　我忽然想起一个现实性问题:"没有厕所,在哪里方便呢?"

　　大岛大大地摊开双手:"这广阔而深邃的森林都是你的,厕所在哪里由你裁定。"

第 14 章

中田一连几天往围墙里面那块空地跑，只有一天因一大早下倾盆大雨留在家做简单的木工细活，此外每天都从早到晚坐在空地草丛中等待下落不明的三毛猫露头或戴奇特高筒帽的男子出现，然而一无所获。

天快黑时，中田顺路到委托人家里口头报告当天搜索内容——为寻找失踪的猫获得了什么情报，去了什么地方，做了什么事情。委托人作为当日酬金差不多总是给他三千日元。这是中田干活的行情，倒也不是谁定下来的，无非中田乃"找猫名手"的评价一传十传百传遍整个社区，与此同时一天三千日元的酬金额度也在不知不觉之间固定下来了。不单单钱，还必须附带什么，吃的也行穿的亦可，另外猫实际找来的时候要作为成功礼金交给中田一万日元。

并非平日总有找猫的委托，因此一个月下来收入也没有多少，但公共费用由替他管理父母遗产（款额不很大）和一点点存款的大弟弟支付，东京都还有面向高龄残疾人的生活补贴发下，靠这笔补贴金维持生活基本无大问题。所以，找猫得到的酬金就成了他可以完全自由支配的钱，且在中田眼里还是个不小的数目（说实话，除了时不时吃一次鳗鱼，还真想不出其他用途）。剩下的钱就藏在房间榻榻米下面，不会看书写字的中田银行和邮局都去不成，因为那里不管做什么都要把自己的姓名和住所写在格式纸上。

中田将自己能同猫说话一事作为独自的秘密。知晓中田能同猫说话的，除了猫们，惟有中田。倘对其他人讲了，势必被视为脑袋有问题。当然，脑袋不好使是尽人皆知的事实，但脑袋不好使和脑袋有问题毕竟两码事。

他在路旁同哪里的猫说话时偶尔也有人从身边走过，但即使看见了也没怎么注意。老人像对人那样对动物说话不是多么稀罕的光景，所以，就算大家欣赏他能同猫说话，为他那么了解猫的习惯和想法感到惊奇，他也不置一词，只是微微一笑而已。中田老实认真，彬彬有礼，且总是面带微笑，因此在附近太太们中间评价十分之高。衣着甚为整洁这点亦是深受好评的缘由之一，尽管贫穷，但中田极为喜欢入浴和洗衣服，再说找猫委托人除了现款酬金还常常送给他自家不要的崭新崭新的衣服。带有杰克·尼克拉斯标记的橙红色高尔夫球服也许很难说与中田相得益彰，但他本人当然不把这些放在心上。

中田站在门口向当时的委托人小泉太太讷讷地详细报告情况。

"关于小胡麻的事，总算得到一个情报：一位叫川村君的几天前在二丁目围墙里一块大空地上看见像是小胡麻的三毛猫。同这里隔着两三条很大的路，但无论年龄、花纹还是项圈的式样都同小胡麻一致。中田我准备密切监视那块空地，带上盒饭从早到晚坐在那里。不不，这请您不必介意。中田我本来就是闲人，只要不下大雨就没问题。只是，如果太太觉得再没必要监视，就请告诉中田我一声，中田我当即中止监视。"

川村君不是人而是褐花猫这点他隐瞒下来，亮出这张底牌，事情难免说不清道不明。

小泉太太向中田表示感谢。两个小姑娘自从心爱的三毛猫忽然去了哪里以后一直无精打采，饭也不好好吃。很难告诉她们猫那东西原来就是一忽儿不见的玩意儿，可是太太又没有时间亲自跑来跑去找猫,用三千元整雇到每天如此卖力气找猫的人实在谢天谢地。老人样子倒是奇特,讲话方式也别具一格,但作为找猫者声誉很高,且不像是坏人。忠厚老实,而且——这么说也许不合适——看不出有骗人的才智。她递出装在信封里的当日酬金,还把刚刚做好的什锦饭连同煮山芋一起塞进"特百惠"保鲜盒给了他。

中田低头接过,闻了一下饭味儿谢道:"十分感谢。山芋是中田我好喜欢的东西。"

"合您口味就好。"小泉太太说。

监视空地已经一个星期了。这期间中田在那里看见许多猫,褐纹猫川村每天来这空地几次,凑到中田身旁热情搭话,中田也回以寒暄,谈天气,谈政府的补贴,但对川村所言,中田仍全然不得要领。

"人行道蜷缩川边不好办。"川村说。看样子它很想把什么告诉中田,但中田根本弄不清楚他说的什么。

"意思听不大明白。"中田实言相告。

川村显得有点为难,将同一件事(大约)用别的语句重说一遍:"川边叫唤绑起来。"

中田愈发如坠云雾。

若是咪咪在这里就好了,中田心想,咪咪肯定"啪"一声打川村一个嘴巴,让它讲得简明易懂,而且会条理清楚地把内容翻译过来。一只脑袋瓜好使的猫。但咪咪不在,她已决定不在野外出现,大概很怕招惹其他猫身上的跳蚤。

川村讲罢一通中田不能理解的事项,蛮好看地笑着去了哪里。

别的猫你来我往出现不少,最初它们对中田怀有戒心,从远处以极困惑的眼神望着他,后来知道他只是静静坐在那里无所事事,这才好像决定不予介意。中田经常笑容可掬地向猫们搭话,寒暄,通报姓名,然而几乎所有的猫都对他不理不睬不应声,装出没看见没听到的样子。这里的猫们对装样子十分得心应手。中田心想：肯定这以前吃了人们不少苦头。总之，中田没有责怪它们不懂社交的意思。不管怎么说，自己在猫社会中终归是外人，不处于可以向它们要求什么的立场。

但其中有一只好奇心强的猫，给中田回了简单的寒暄话。

"你这家伙，会讲的嘛！"耳朵不完整的黑白斑纹猫略一迟疑，环视周围后说道。口气虽然粗鲁，但性格似乎不坏。

"那是，倒是只会一点点。"中田说。

"一点点也够可以的。"

"我姓中田，"中田自我介绍，"恕我冒昧，您贵姓？"

"没那玩意儿。"斑纹猫冷冷的一句。

"大河如何？这样称呼您不介意？"

"随你便。"

"我说，大河君，"中田说，"为了祝贺我们如此见面，您不吃点儿煮鱼干什么的？"

"好啊，煮鱼干可是我所喜欢的。"

中田从挎包里掏出装在透明塑料袋里的煮鱼干递给大河。中田包里经常备有若干袋煮鱼干。大河"咯嘣咯嘣"吃得甚是津津有味，从头到尾吃得干干净净，之后洗了把脸。

"抱歉！"大河说，"人情我记着。可以的话，给你舔舔哪里如何？"

"不不。承您这么说，中田我已喜不自胜。今天就不劳您了，谢谢。呃——说实话吧，大河君，中田我正受人之托找猫。找一只三毛猫，名字叫胡麻。"

中田从挎包里取出胡麻的相片给大河看。

"有情报说在这空地上见过这只猫君，所以中田我一连数日坐在这里静等小胡麻出现。您大河君也曾偶尔看见过这小胡麻？"

大河瞥了一眼相片，脸色随即阴沉下来，眉间聚起皱纹，连眨几下眼睛。

"跟你说，吃了你的煮鱼干我是感谢的，不是说谎。不过这个不能讲，讲了不妙。"

中田吃了一惊："讲了不妙？"

"非常危险，这个，可不得了！坏话不能再说了，总之那只猫的事最好忘掉。另外你尽可能别靠近这个场所。这是我发自内心的忠告。别的忙我帮不上，这忠告就当是吃煮鱼干的回报好了。"

大河说罢起身，打量四周，消失在草丛中。

中田喟叹一声，从挎包里拿出保温瓶，花时间慢慢喝着热茶。大河说危险。但中田全然想不出同这场所有关的危险。自己不过在找迷路的三毛猫罢了，哪里有什么危险呢？莫非川村说的头戴奇特帽子的"逮猫人"危险？但中田我是人，不是猫，人对逮猫人何惧之有。

然而世间有很多事情超出中田的想像，其中有许许多多中田所不能理解的缘由，所以中田不再思考。以容量不足的脑浆再怎么思考下去，也无非落得头痛而已。中田不胜怜惜似的喝罢热茶，盖上保温瓶放回挎包。

大河在草丛中消失后，很长时间一只猫也没露头，惟独蝴蝶在草上静静飞舞，麻雀们结队而来，忽儿四散，又聚在一起。中田几次迷迷糊糊睡去，几次忽然醒来。看太阳的位置大致晓得时间。

狗出现在中田面前是在傍晚时分。

狗是突然从草丛中出现的。静悄悄直挺挺地闪出。一只极大的黑狗。从中田坐的位置仰视，较之狗，更像一头小牛。腿长毛短，肌肉如钢块儿一般隆起，两耳尖如刀尖一般，没戴项圈。中田不大清楚狗的种类，但此乃生性凶猛——至少可以根据需要变得凶猛——之狗这点一眼即可看出。简直可作军犬使用。

狗目光炯炯面无表情，嘴角外翻下垂，龇着锋利的白牙。牙齿上有红色血迹。细看之下，嘴角粘着滑溜溜的肉片样的东西。红红的舌头如火焰在牙齿间一闪一闪。狗以双眼直直地凝视中田的脸。好一阵子狗一声不吭一动不动，中田同样缄默不语。中田不能和狗讲话，能讲话的只限于猫。狗的眼睛宛如沼池中泡过的玻璃球，冰冷而浑浊。

中田悄悄吸一口气。至少他不至于害怕什么。自己此时面临危险这点他当然能够理解，对面存在的（何以存在自是不知）乃是具有敌对性攻击性之活物他也大体清楚，但他并不认为如此危险已直接降落到自己头上。死本来就在中田想像的围墙之外，痛苦在实际到来之前不在其视野之中。他无法想像虚拟的痛苦。故而，中田纵使巨犬立于前也并不畏惧，只是略感困惑。

站起来！狗说。

中田屏住呼吸。狗在说话。但准确说来狗没有说话，嘴角没动。狗是用说话以外的某种方式向中田传递信息。

站起来跟我走！狗命令道。

中田乖乖从地上站起。本想向狗大致寒暄一番，又转念作罢。就算能跟狗说话，也未必能有作用。何况他也没心思同这只狗说话，连为对方取名的情绪都上不来。即使花时间再多，也不可能同这只狗成为朋友。

说不定这狗同知事有关系，中田蓦然心想，或者自己找猫收酬金之事败露，知事为取消补贴而派狗前来亦未可知。若是知事大人，使用这么大块头的军犬也没什么不可思议。弄不好，很可能出麻烦。

见中田立起，狗开始缓缓移步。中田把包从肩上拿下，跟在后面。狗尾巴很短，尾根那里有两个硕大的睾丸。

狗径直穿过空地，从板墙缝隙钻到外面，中田也随之走出。狗一次也没回头。大概也不用回头，听脚步声即可知道中田尾随其后。中田在狗的带领下走上大街。快到商店街了，路上行人多了起来。差不

多都是附近出来购物的主妇。狗扬起脸，笔直目视前方，威风凛凛地
迈着步伐。前面走来的人看见如此气势汹汹的黑毛巨犬，无不慌忙让
路，也有人下自行车转去另一侧人行道。

跟在狗后面行走之间，中田觉得人们好像在纷纷躲避自己。没准
大家以为自己没拴绳子就遛起了大狗，实际上也有人以带责难意味的
目光瞪视中田。这对中田来说是件伤心事。不是中田我自愿这样做
的，他很想向周围人解释，中田我只是被狗领着走，中田我不是强
者，中田我软弱得很。

狗领着中田走了很长的路。通过几个十字路口，穿过商业街。在
十字路口，狗无视任何信号。由于路不是很宽，车也开不出速度，所
以即使闯红灯也没多大危险。见狗过来，开车的人全都慌慌张张踩闸
刹车。狗龇牙咧嘴，狠狠瞪着司机，迎着红灯挑战似的悠然行进。中
田也只好跟在后面。中田心里明白：狗完全晓得信号意味着什么，故
意视而不见罢了。看来狗已习惯自己决定一切。

中田不知走在什么地方。中途还是熟悉的中野区住宅地段，而拐
过一个街角之后突然陌生起来。中田一阵不安。就这么迷失方向，找
不到回家路可如何是好。这里说不定已不再是中野区了。中田环视周
围，力图找到有印象的标识，然而一无所见。这里已是中田从未见过
的城区。

狗不管不顾地以同一步调同一姿势行走不止：扬脸、竖耳、如钟
摆一样轻轻摇动睾丸，速度适中，可以使中田轻松跟在后面。

"我说，这里还是中野区么？"中田试着问。

狗不回答，亦不回头。

"您和知事大人有关系么？"

仍无回音。

"中田我只是寻找猫的下落。找的一只不大的三毛猫，名字叫
胡麻。"

无言。

中田只好作罢。跟狗说什么都白费。

幽静住宅区的一角。大房子成排成列，不见有人来往。狗走进其中一座。有老式石围墙，有如今少见的气派的对开门。一扇门大大地敞开着。停车廊里停着一辆宽体小汽车，和狗一样黑漆漆的，光闪闪一尘不染，房门同样大敞四开。狗不犹豫不停顿，径自进门入内。中田脱去旧运动鞋，在换鞋处逆向放好，摘掉登山帽塞进挎包，拍掉裤子上沾的草叶，迈上木地板。狗止步等待中田打点完毕，随后走进仔细擦抹过的木地板走廊，把中田领进尽头处一间像客厅又像书斋的房间。

房间暗幽幽的，已是薄暮时分，加之临院的窗口拉着厚窗帘。没有开灯。房间里边有一张大写字台，好像有人坐在旁边，但眼睛尚未习惯黑暗，分辨不出具体情形，但见一个呈人体形状的黑影如剪纸一般隐约浮现在昏暗中。中田往里一进去，黑影即缓缓变换角度。似乎有人在那里把转椅转向这边。狗停下来，蹲在地板上，闭起眼睛，仿佛在说自己的任务完成了。

"您好！"中田朝黑糊糊的轮廓招呼道。

对方默然。

"我姓中田，打扰来了，不是莫名其妙之人。"

没有回应。

"这位狗君喝令跟来，中田我就跟来这里，以致贸然闯入府内，万望恕罪。如果可以，请允许我这就打道回去……"

"坐在沙发上。"男子说道。声音沉静而有张力。

"好，我坐我坐。"说罢，中田在那里一张单人沙发上坐下。黑狗就在身旁，雕像一般岿然不动。

"您可是知事大人？"

"算是吧。"对方在黑暗中说，"如果那样认为容易理解，那样认为就是。一回事。"

男子把手朝后伸去，打开落地灯。灯光是过去那种不很明亮的黄色光亮，但足以看清楚整个房间。

位于那里的是一个头戴黑色丝织帽的高个头男子，他坐在皮转椅上，架着二郎腿，上身一件大红色长襟紧身服，里面穿着黑马甲，脚登长筒靴。裤子雪一样白，紧紧贴在腿上，活像细筒裤。他抬起一只手放在帽檐那里，就好像向贵妇人致意。左手提一根饰有金圈的黑手杖。就帽子形状而言，总好像是川村所说的"逮猫人"。

长相倒不如服装有特色。固然不年轻，却也不是很大年纪。固然不漂亮，却也不难看。眉毛粗重，脸颊泛出健康的红色。皮肤光滑得出奇，没有胡须。眼睛眯得细细的，嘴唇漾出冷冷的笑意。颇难记住的长相。较之长相，无论如何都是别具一格的服装给人的印象强烈。若穿其他服装出现，很可能无法认出。

"我的名字晓得吧?"

"不，不晓得。"中田说。

男子显得有点失望。

"不晓得?"

"是的。忘记说了——中田我脑袋不好使。"

"这形象就记不起来?"说着，男子从椅子上立起，侧身做出曲腿走路的样子。"还记不起?"

"啊，对不起，还是记不起来。"

"噢，你怕是不喝威士忌的。"

"那是，中田我不喝酒，烟也不抽。穷得要靠政府补贴度日，烟酒无从谈起。"

男子重新坐回转椅，架起腿，拿过写字台上的玻璃杯，喝一口里面的威士忌。"叮咚"一声冰块响。

"我让自己喝个够，可以?"

"那是，您别理会中田我，尽管自己受用。"

"谢谢。"言毕，男子再次直勾勾地打量中田，"那，你是不晓得我的名字喽？"

"是的。十分抱歉，不晓得尊姓大名。"

男子约略扭歪嘴唇。嘴角的冷笑如水纹一样变形、消失、重现，尽管持续时间很短。

"喜欢威士忌的人一眼就可看出。也罢也罢。我的名字叫 Johnnie Walker①——琼尼·沃克。世间几乎无人不晓。非我自吹，全地球都很有名，不妨说和大通②一般有名。话虽这么说，可我不是真正的琼尼·沃克，同英国酿酒公司没任何关系。不过姑且擅自借用一下其商标上的形象和名称罢了。不管怎么说，形象和商标还是需要的。"

沉默降临房间。中田全然听不懂对方之所云，只听懂男子名字叫琼尼·沃克。

"您琼尼·沃克先生是外国人吗？"

琼尼·沃克稍微歪了下头："是不是呢……如果那样认为容易理解，那样认为就是。怎么都无所谓，是不是都是。"

中田仍然不知所云。情形同跟川村说话时没有什么区别。

"既是外国人，又不是外国人——这样理解可以吧？"

"可以可以。"

中田决定不再追问这个问题："那么……是您让这位狗君把中田我领来这里的吗？"

"正是。"琼尼·沃克言辞简洁。

"就是说……您琼尼·沃克先生找中田我有什么贵干了？"

"或者不如说是你找我有事要办吧。"说着，琼尼·沃克又啜了

①一种苏格兰威士忌商标名。
②大通金融公司，全球最大的外汇交易公司。

一口加冰威士忌，"依我的理解，你一连几天在那块空地上等待我出现吧？"

"那是，那是那是。我倒忘光了。中田我脑袋不好使，无论什么转眼就忘。的确如您所说，中田我等在那块空地，就是想向您请教一下猫君的事。"

琼尼·沃克把手里的黑手杖"啪"一声打在长筒靴外侧。打得虽轻，但又干又脆的声音还是在房间中大大回荡开来。狗略略动了一下耳朵。

"天黑了，潮涨了。话该往前推进了！"琼尼·沃克说道，"你想问我的，是三毛猫的事吧？"

"是的，正是。中田我受小泉先生的太太之托，十多天来一直在寻找三毛猫的去向。您琼尼·沃克先生可知道胡麻的动向？"

"那猫我当然知道。"

"知道在什么地方么？"

"在什么地方也知道。"

中田微张着嘴注视琼尼·沃克的脸。视线移到丝织帽上，旋即落回脸庞。琼尼·沃克的薄嘴唇自信地合拢。

"位置在这附近么？"

琼尼·沃克连连点头："啊，就这旁边。"

中田环视房间。但不见猫在这里。有写字台，有男子坐的转椅，有自己坐的沙发，有两把椅子，有落地灯，有茶几，如此而已。

"那么，"中田说，"中田我可以领回去么？"

"只要你愿意。"

"只要中田我愿意？"

"不错，只要你中田愿意。"说着，琼尼·沃克微微挑起眉毛，"只要你有决心，就可以把胡麻领回。小泉太太也好小姑娘也好皆大欢喜。或者无功而返，致使大家大失所望。你不想让大家失望吧？"

"那是，中田我不想让大家失望。"

"我也同样。即使我也不想让大家失望。理所当然。"

"那么，中田我该怎样做才好呢？"

琼尼·沃克在手中一圈圈地转动手杖："我有一件事求你。"

"可是中田我能办到的事？"

"办不到的事我不求人。因为别人办不到的事求也没用，纯属浪费时间。不这么认为？"

中田略一沉吟："中田我也认为怕是那样。"

"既然如此，我求你中田君的，就是你中田君能办到的事。"

中田再次沉吟："是的，应该是的。"

"先说泛论——所有假设都需要反证。"

"啊？"

"没有对于假设的反证，就没有科学的发展。"琼尼·沃克用手杖"啪"一声敲一下长筒靴，敲法极富挑战意味。狗又动了动耳朵。"绝对没有！"

中田缄口不语。

"实不相瞒，长期以来我始终在物色你这样的人物，"琼尼·沃克说，"然而百般物色不到。不料前几天正巧看见你同猫交谈的场面，于是心想：对了，这正是我物色的人物。所以才特意劳你大驾。这么把你叫来我也觉得有失礼节。"

"哪里，中田我本来就闲着无事。"

"这样，关于你我做了几个假设。"琼尼·沃克说，"当然也准备了几个反证。一如游戏，一个人玩的大脑游戏。但是，大凡游戏必有输赢。就这个游戏来说，必须确认假设是否得当。不过所指何事你是无法理解的吧？"

中田默默摇头。

琼尼·沃克用手杖敲了两下长筒靴，狗应声立起。

第 15 章

　　大岛钻进赛车，打开灯。一踩油门，小石子就溅起来直打底盘。车向后退了退，把车头对准来时的路。他扬手向我致意，我也扬手。尾灯被黑暗吞没，引擎声逐渐远去，俄顷彻底消失，森林的岑寂随之涌来。

　　我走进小屋，从内侧上了门栓。剩下我一人，沉默迫不及待地把我紧紧围在中间。夜晚的空气凉得简直不像是初夏，但生炉子又时间太晚了。今晚只能钻进睡袋。脑袋因睡眠不足而变得昏昏沉沉，长时间坐车又弄得浑身肌肉酸痛。我把煤油灯火苗拧小，房间昏暗下来，支配房间每个角落的阴影愈发浓了。我懒得换衣服，一身蓝牛仔裤和防风衣就直接钻进睡袋。

　　我闭起眼睛想尽快入睡，但睡不着。身体强烈需要睡眠，而意识却清醒如水。时有夜鸟尖锐的叫声划破静寂，此外还有来历不明的种种声响传来。脚踩落叶声，重物压枝声，大口吸气声——就在离小屋很近的地方响起。檐廊的底板也时而不吉利地"吱呀"一声。我觉得自己陷入了不知晓周围环境的物种——在黑暗中生息的物种——的军团包围之中。

　　感觉上有谁在注视我，肌肤上有其火辣辣的视线。心脏发出干涩的声响。我把眼睛睁开一条小缝，缩在睡袋里四下打量点着一盏昏黄油灯的房间，再三确认并无任何人。入口的门横着粗硕的门栓，厚窗帘拉得严严实实。不怕，小屋中只有我自己，绝没人往里窥看。

然而"有谁在注视我"的感觉仍未消失。我一阵阵胸闷，喉咙干渴，想喝水。问题是此刻在此喝水势必小便，而我又不愿意在这样的夜间出去。忍到天亮好了！我在睡袋里弓着身子微微摇头。

"喂喂，没有什么事的。你被寂静和黑暗吓得缩成一团，那岂不活活成了胆小鬼？难道你本来就是那个样子？"叫乌鸦的少年似乎十分吃惊，"你一直以为自己很顽强，可实际上似乎不是那么回事。现在的你好像想哭想得不行。瞧你这副德性，没准等不到天亮就尿床了！"

我装作没有听见他的冷嘲热讽，紧紧闭起眼睛，把睡袋拉链拉到鼻端，将所有念头赶出脑海。即使猫头鹰将夜之话语悬在半空，即使远方传来什么东西"扑通"落地的声响，即使房间中有什么移行的动静，我也不再睁眼。我想自己现在是在经受考验。大岛差不多这个年龄时也在此单独住过好几天，想必他也体验过此刻自己感觉到的惊惧。所以大岛才对自己说"孤独的种类也林林总总"。大岛恐怕知道我深更半夜将在此品尝怎样的滋味，因为那是他本身曾在此品尝过的东西。想到这里，身体有点放松下来。我可以超越时间，用指尖摩挲出这里存在的过去的影子。自己可以同那影子合为一体。我喟叹一声，不知不觉沉入了睡眠之中。

早上六点多睁眼醒来。鸟们的叫声如淋浴喷头汹涌地倾注下来。它们在树枝间勤快地飞来飞去，以清脆的叫声彼此呼唤。它们所发的信息里没有夜间的鸟们所含有的浑厚回音。

我爬出睡袋，拉开窗帘，确认昨晚的黑暗已从小屋四周撤得片甲不留。一切辉映在刚刚诞生的金色之中。我擦火柴点燃液化气炉灶，烧开矿泉水，喝卡莫米尔袋泡茶，又从装食品的纸袋中抓出苏打饼干，连同奶酪吃了几片，之后对着洗涤槽刷牙洗脸。

我在防风衣上面套了一件厚外罩，走出小屋。清晨的阳光从高大的树木间泻到廊前空地，到处是一根根光柱，晨霭如刚出生的魂灵在其间游移。我深深吸了口气，毫无杂质的空气给肺腑一个惊喜。我在檐廊的阶梯上坐下，眼望树木间飞来飞去的鸟们，耳听它们的鸣啭。鸟们大多成双成对，不时用眼睛确认对方的位置，相互召唤。

河水就在离小屋不远的树林里，循声很快就能找到，类似一个用石头围起来的水池，流进来的水在这里停住，形成复杂的漩涡，之后又重新找回势头向下流去。水很美，一清见底，掬一把喝了，又甜又凉。我把双手在水中浸了一会儿。

用平底锅做个火腿鸡蛋，拿铁丝网烤面包片吃，又用手锅把牛奶煮沸喝了。之后把椅子搬到檐廊坐下，双腿搭在栏杆上，准备利用清晨慢慢看书。大岛的书架上挤着好几百本书，小说只找到很少几本，而且限于早已熟悉的古典，大部分是哲学、社会学、历史、心理学、地理、自然科学、经济等方面的。大岛几乎没接受学校教育，估计他想在这里通过阅读来自学必要的一般性知识。书涵盖的范围极广，换个角度看，可以说是杂乱无章。

我从中选出审判阿道夫·艾希曼的书。艾希曼这个名字作为战犯倒是依稀记得，但并无特别兴趣，只不过这本书正巧碰上自己的目光便随手拿出而已。于是我得以知道这个戴金丝眼镜头发稀疏的党卫队中校是一个多么出色的事务处理专家。战争爆发后不久，他便接受了纳粹头目交给的最终处理——总之就是大量杀戮——犹太人的课题。他开始研究具体实施的办法，制订计划，而行为是否正确的疑问几乎没出现在他的意识中。他脑袋里有的只是短时间内以低成本能处理多少犹太人。依他的计算，在欧洲地区需要处理的犹太人总数为1 100万。

准备多少节货车厢？每节可装多少犹太人？其中有百分之几在运

输途中自然丧命？如何能以最少的人数完成此项作业？尸体如何处理最省钱——烧？埋？熔化？他伏案计算不止。计划付诸实施，效果基本同其计算相符。战争结束前约有 600 万（超过目标一半）犹太人被他的计划处理掉了。然而他从未产生罪恶感。在特拉维夫法庭的带防弹玻璃的被告席上，艾希曼显出困惑的样子：自己何以受到如此大规模的审判？何以如此受全世界关注？自己不过是作为一个技术人员对所交给的课题提出最合适的方案罢了，这同世界上所有有良心的官僚干的岂不是完全相同？为什么惟独自己受这样的责难？

我在清晨安静的树林一边听鸟们的叫声，一边看这本"事务处理专家"故事。书的底页有大岛用铅笔写的批语。我知道那是大岛的笔迹。很有特点的字。

> "一切都是想像力的问题。我们的责任从想像力中开始。叶芝写道：In dreams begin the responsibilities①。诚哉斯言。反言之，没有想像力，责任也就无从产生，或许。一如艾希曼的事例。"

我想像大岛坐在这把椅子上，手拿削尖的铅笔看完书写下批语的情景。责任始自梦中。这句话拨响了我的心弦。

我合上书，放在膝头。我思考自己的责任。不能不思考。白 T 恤沾有鲜血。我用这双手把血洗掉。血把洗手盆染得鲜红鲜红。对于所流之血，我恐怕要负起责任。我想像自己被送上法庭的情景。人们谴责我，追究责任。大家瞪视我的脸，还用指尖戳。我强调说自己无法对记忆中没有的事负责，我甚至不晓得那里真正发生了什么。但他们说："无论谁是梦的本来主人，你都和他共有那个梦，所以你必须对梦中发生的事负责。归根结底，那个梦是通过你灵魂的暗渠潜入的！"

---

① 意为"责任始自梦中"。

一如被迫卷入希特勒的巨大、扭曲的梦中的阿道夫·艾希曼中校。

我放下书从椅子上立起，站在檐廊里长长地伸了个懒腰。看书看了好久，需要活动身体。我拿两个大塑料罐去河边拎水，拎到小屋倒进水桶。如此反复五次，水桶基本满了。又从屋后小仓库中抱来一捆木柴，堆在火炉旁边。在檐廊一角拉一条褪色的尼龙晾衣绳。我从背囊里取出半干的衣服摊开，碾平皱纹搭在绳上，又把背囊里的东西全部掏出摆在床上接触新的阳光，然后对着桌子写几天来的日记。我使用细字签字笔，用小字一一记下自己身上发生的事。必须趁记忆还清晰的时候尽可能详细地记录下来，因为谁也不晓得记忆能以正确的形态在那里逗留多久。

我梳理记忆。失去知觉，醒过来时躺在神社后面树林中；四周一片漆黑，T恤沾了很多血；打完电话去樱花的公寓，留下过夜；在那里对她说的话；她在那里为我做的事。

　　她好笑似的笑道："我可是蒙在鼓里啊！你要想随你偷偷想像好了，用不着一一申请我的许可。反正我不知道，想像什么由你。"

不，不是那样的。我想像什么，在这世界上恐怕是非常重要的事。

偏午，我试着走进森林。大岛说了，走进森林深处是非常危险的。他告诫我"要时时把小屋留在视野内"。问题是往下我要一个人在这里生活几天时间，对于这座如巨幅墙壁把我包围起来的森林，较之一无所知还是略有所知为好，这样才能安心。我完全空着两手，离开洒满阳光的空地，踏入幽暗的林海之中。

里边有一条简单的路。虽然差不多全是利用自然地形踩出来的，但不少地方平整过，铺有踏脚石样的扁平石块，有可能崩塌的地方用粗大的木料巧妙拢起，以便长草也可认出路来。估计大岛的哥哥每次来这里时都花一点儿时间修整来着。我沿着这条路往前走。上坡。下坡。转过巨大的岩石，继续往上。大体是上坡路，但坡度不大。路两边树木高高耸立。色调灰暗的树干，纵横交错的粗枝，遮天蔽日的叶片。脚下茂密地长着羊齿等杂草，像在拼命吸收微弱的光线。阳光全然照不到的地方，青苔默默覆盖了岩体。

小路越走越窄，逐渐把统治权让给杂草，就好像雄赳赳地大声开头的话语渐渐细弱、进而含糊不清。平整过的痕迹不见了，很难看出是真正的路还是仅仅看上去像路。未几，路被羊齿草那绿色的汪洋彻底淹没。也可能再往前又有路出现，但具体确认恐怕还是留待下次为好。再向前走，要有必要的准备和行装才行。

我止步回头看去。触目皆是陌生的景物，没有一个能给我鼓励。树干重重叠叠不怀好意地截住视线。四周暗幽幽的，空气沉淀成深绿色，鸟鸣声也不再传来。浑身陡然起了一层鸡皮疙瘩，一如空隙吹来一阵冷风时的感觉。别担心——我自言自语，路就在那里。那里好端端地躺着我的来时路，只要不看丢它，就能返回原来的光照。我看好脚下的小路，一步步循规蹈矩，花了比来时更长的时间折回小屋前面的空地。空地上洒满初夏明媚的阳光，鸟们一边脆生生地叫着一边四下觅食。一切较我离开时没有任何变化。应该没有变化。檐廊里有我刚才坐的椅子，椅前扣着刚才看的书。

然而我还是实际感觉出了森林中充满危险。我告诉自己必须忘掉它。如叫乌鸦的少年所说，这个世界上有许许多多我不知道的事情。例如，我不知道植物可以变得如此令人不寒而栗。以前我所见到所接触的植物，无不是被精心养育巧手打扮的城里植物，可是这里有的，不，这里生息的与之截然不同。它们具有野性十足的体力，具有向人们喷吐的气息，具有直取猎物的尖锐视线。那里有令人想起太古的阴暗魔术的存在物。森林中乃是树木统治的天下，犹如深海底由深海的生物所独霸。倘有必要，森林有可能把我一脚踢开或一口吞进。我对那些树木恐怕必须怀有相应的敬意或敬畏之心。

我返回小屋，从背囊里取出登山用的指南针，打开盖，确认针指在北方。我把小指南针揣进衣袋。关键时候说不定有用。随后坐在檐廊里眼望森林，用随身听听音乐。听奶油乐队，听埃林顿公爵。这些旧日音乐我是从图书馆的 CD 架上录下来的。《十字路口》反复听了好多遍。音乐让我亢奋的心情多少平静下来。但我不能听很长时间。这里没有电，无法给电池充电，备用电池用完就没戏了。

晚饭前我做运动。俯卧撑、仰卧起坐、蹲坐、倒立、几种伸臂动作——为了在没有器材和设备的狭小场地上维持体能，我设计了若干训练项目。虽然简单、单调，但运动量足够，认真做起来是有效果的。这是我从体育馆教练那里学来的。"这是世界上最孤独的运动，"他说，"做得最热心的是关进单人牢房的囚犯。"我集中精神连做几套，一直做到汗水湿透 T 恤。

吃罢简单的晚饭，我走上檐廊，头顶无数星辰在闪烁，较之镶嵌在天幕，更接近于随手挥洒在空中。天象仪上面也没有这么多星星。有几颗星大得出奇，看上去活生生的，仿佛伸手可触，委实漂亮得叫人屏息敛气。

不光是漂亮。是的，星星们还同森林的树木一样在生息、在呼吸，我想。它们看着我，晓得我以前干过什么和以后将干什么，事无巨细都休想逃过它们的眼睛。我在星光灿烂的夜空下再次陷入强烈的恐怖之中，呼吸困难，心跳加快。在如此数不胜数的星斗的俯视下活到现在，却从未意识到它们的存在。甚至一次也没有认真思考过它们。不，岂止星星，此外世上不是有许许多多我未觉察或不知道的事物吗？如此一想，我感到一种无可救药的无奈。纵然远走天涯海角我也逃不出这无奈。

我走进小屋往炉里添柴。小心翼翼地垒高，拿出抽屉里的旧报纸揉成团，用火柴点燃，注视着火苗舔上木柴。上小学时在夏令营活动中学会了如何生火。夏令营固然一塌糊涂，但至少是有某种用处的。我把烟道挡板整个拉开，放进外面的空气。起始不大顺利，后来总算有一根木柴噙住了火苗，火苗由一根柴爬上另一根柴。我盖上炉盖，搬椅子坐到炉前，灯拿到近处，借灯光接着看书。火苗聚在一起变大之后，我把装了水的壶放在炉上烧开。壶盖不时发出惬意的声响。

当然，艾希曼的计划并不是全部顺利实现的，有时会由于现场原因而不能按计划进行。那种情况下艾希曼便多少像个普通人，就是说他会气恼。他憎恶扰乱他桌上产生的美妙数值的粗暴无礼的不确定因素：列车误点、官僚手续造成的低效率、司令官更换而交接不畅、东部战线崩溃后集中营警备力量被调往前线、下大雪、停电、缺煤气、铁路被炸。艾希曼甚至憎恨正在进行的战争——在他眼里那也是妨碍他计划的"不确定因素"。

他在法庭上不动声色地淡淡地述说这一切。记忆力出类拔萃。他的人生几乎全部由务实性细部构成。

时针指在十点，我不再看书，刷牙洗脸。拉合烟道挡板，以便睡觉时火自然熄灭。木柴烧出的火炭儿将房间映成橙红色。房间暖融融的，这种舒适感缓解了紧张和恐惧。我只穿T恤和短运动裤钻进睡袋，闭起眼睛，比昨晚闭得自然多了。我稍微想了想樱花。

"如果我真是你姐姐就好了。"她说。但我不再想下去了。我得睡觉。火炭儿在炉膛里散架了。猫头鹰在叫。我被拖入亦真亦幻的梦境中。

　　翌日大体是同一情形的重复。早晨六点多唧唧喳喳的鸟叫把我吵醒。烧水喝茶。做早饭吃。在檐廊里看书。用随身听听音乐。去小河提水。在森林小路上行走。这回我带上指南针，走到哪儿都瞧它一眼，以把握小屋所在的大致方位，还用从工具房找到的柴刀在树干上留下简单的记号。我拨开脚下乱蓬蓬的杂草，让路走起来容易些。

　　森林深邃幽暗，一如昨日。高耸的树木变为厚实的墙壁围在我四周。一个深颜色的什么东西宛如电子魔术画中的动物埋伏在树丛间观察我的行动，但昨天感觉到的浑身起鸡皮疙瘩那种强烈的恐惧已经没有了。我制定自己的守则，不越雷池半步，这样我就不至于迷路，或许。

　　走到昨天止步的地方后我继续前行。踏进淹没路面的羊齿绿海。走了一会儿，发现仍有踩出的路，接着又被树墙所包围。为了容易找到归路，我不断用柴刀在树干上砍出刀痕。头顶树枝上有只大鸟像要吓唬入侵者似的扑棱着翅膀，却怎么仰望也不见鸟影。口中干渴得沙沙作响，时不时得咽一口唾液，咽时发出很大的声音。

　　又前行了一会儿，闪出一块圆形空地，在参天巨树的包拢中俨然一口大井的井底。阳光从舒展的树枝间笔直倾泻，如聚光灯明晃晃地照亮脚下，对于我可谓别有洞天。我在光照中坐下，接受太阳温暖的爱抚。我从衣袋里摸出巧克力棒，玩味着口中扩展开来的甘甜。我再次认识到太阳光对于人类是何等宝贵。我以全副身心体味着宝贵的每一秒。昨晚无数星斗带来的汹涌的孤独感和无奈感不翼而飞。但时间一过，太阳随之改变位置，光也尽皆失去。我站起身，沿来时路返回小屋。

　　偏午时乌云突然遮住头顶，空气被染上了神秘的色彩，紧接着下起了大雨，小屋的房顶和窗玻璃大放悲鸣。我当即脱得光光地跑到雨中，用香皂洗头发洗身体。心情畅快无比。我试着大喊大叫。又硬又大的雨点如石子一般击打全身上下。火辣辣的痛感就像宗教仪式的一部分。雨打我的脸颊，打眼睑，打胸，打肚皮，打阳物，打睾丸，打脊背，打腿，打屁股。眼睛都不敢睁开。这痛感无疑含有亲昵。我觉得自己正在这世界上受到无比公平的对待，我为此欣喜。我感到自己突然被解放了。我朝天空展开双手，把嘴张大，畅饮竞相涌入的雨水。

我折回小屋，拿毛巾擦干身体，坐在床上查看自己的阳物。包皮刚刚卷起，颜色仍很鲜亮，龟头被雨打得微微作痛。我久久盯视着这奇妙的肉体器官——它属于我的，却又在几乎所有的场合不服从我的意志，仿佛在独自思考与脑袋所思所想不同的什么。

大岛在我这样年龄的时候曾独自来到这里，当时莫非也为性欲问题所困扰不成？理应被困扰才是。正是那个年龄。不过很难想像他会自行处理那个。就做那样的事来说，他太超尘脱俗了。

"我是特殊人。"大岛说。那时他想向我传达什么呢？我想不出。但有一点是清楚的：那并非信口之言，而且不是单纯的暗示或另有所指。

我伸手考虑是否手淫，但转念作罢。我想把被大雨猛烈击打后异常清纯的感觉再保留一会儿。我穿上新的短运动裤，做了几次深呼吸，然后开始做蹲坐，一百下做完后，又做了一百下仰卧起坐。我将神经集中于每一块肌肉。如此活动完毕，脑袋清爽多了。外面雨过天晴，太阳露出脸来，鸟们重新鸣啭。

可是你知道：这样的平稳生活是不会长久的。他们将如贪得无厌的野兽一样对你穷追不舍。他们会进入茂密的森林。他们顽强、执拗、残忍，不知疲劳和失望为何物。就算你现在能在这里忍着不手淫，它也很快会以梦遗的形式找到你头上。说不定你会在梦中奸污自己真正的姐姐和母亲。那是你所无法控制的。那是超越你自制力的存在，除了接受你别无选择。

　　你惧怕想像力，更惧怕梦，惧怕理应在梦中开始的责任。然而觉不能不睡，而睡觉必然做梦。清醒时的想像力总可以设法阻止，但梦奈何不得。

　　我躺在床上用耳机听王子的音乐，把意识集中在这居然没有切分的音乐上面。第一节电池没等听完《小小红色巡洋舰》就没电了。音乐如被流沙吞噬一般无影无踪。摘下耳机，可以听到沉默。沉默是可以用耳朵听到的，这我知道。

第 16 章

黑狗站起，带中田去厨房。离开书斋，沿昏暗的走廊没走几步就到了。窗户少，光线暗，收拾得固然干干净净，但看上去总有一种无机感，俨然学校的实验室。狗在大型冰箱门前止步，回头以冷冷的目光看着中田。

打开左边的门，狗低声说。中田也知道其实并非狗在说话，而是出自琼尼·沃克之口。他通过狗向中田说话，通过狗的眼睛注视中田。

中田按其吩咐打开电冰箱左侧鳄梨绿的门。电冰箱比中田还高，一开门，随着"咔"一声脆响，恒温器自动启动，发动机发出嗡嗡声，雾一般的白气从中涌出。看来左侧是冷冻柜，温度调得很低。

里面整齐排列着圆形水果样的东西，数量大约二十个，此外什么都没有。中田弯下腰，凝目细看。白气大部分涌到门外之后，这才看清里面排列的不是水果。是猫的脑袋。颜色和大小各不相同的好些个猫脑袋被切割下来，像水果店陈列橙子那样分三层摆在电冰箱隔架上，每个都已冻僵，脸直盯盯地对着这边。中田屏住呼吸。

仔细看好！狗命令道，亲眼看一看里边有胡麻没有。

中田随即逐一细看猫的脑袋。看的当中倒没觉得怎么恐怖。中田脑袋里的念头首先是找出下落不明的胡麻。他慎重检查了所有的猫脑袋，确认里边没有胡麻。不错，是没有三毛猫。只剩下脑袋的猫们神情全都那么空漠,流露出痛苦的一只也没有。这对中田多少算是一点安慰。少数闭着眼睛,但几乎所有的猫都睁着眼睛怔怔地注视空间的某一点。

"小胡麻好像不在这里。"中田以平板板的语调对狗说道,继而咳嗽一声,关上电冰箱门。

没看错?

"是的,没看错。"

狗站起来把中田领回书房。书房里,琼尼·沃克在皮转椅上以同一姿势等着,见中田进来,他像敬礼似的手扶丝织帽檐,很友好地一笑。之后"啪啪"拍两下手,狗离开房间。

"那些猫的脑袋,都是我切割下来的。"说着,琼尼·沃克拿起威士忌酒杯喝了一口,"收藏。"

"琼尼·沃克先生,到底是您在那块空地逮了好多猫杀掉的?"

"是的,正是。我就是有名的杀猫手琼尼·沃克。"

"中田我不大明白,问个问题可以么?"

"可以可以。"琼尼·沃克向着空中举起威士忌酒杯,"问什么都行,随便你问,有问必答。不过,为节约时间起见,若让我先说——恕我失礼——的话,你首先想知道的,是我为什么要杀猫吧?为什么要收藏猫的脑袋吧?"

"是的,一点不错,那是中田我想知道的。"

琼尼·沃克把酒杯置于桌面,定定地逼视着中田的脸:"此乃重要机密,对一般人我是不会这么一一透露的,因为是你中田君,今天就来个破例。所以你不可对别人说。当然喽,就是说了怕也没谁相信。"

说罢,琼尼·沃克咻咻笑了起来。

"听着,我这么杀猫,不仅仅是为了取乐。我不至于心理扭曲到以杀猫为乐的地步。或许不如说我没那么多闲工夫,毕竟找猫来杀是很费周折的事。我所以杀猫,是为了收集猫的灵魂。用收集来的猫魂做一支特殊笛子。然后吹那笛子，收集更大的灵魂；收集那更大的灵魂，做更大的笛子。最后大概可以做成宇宙那么大的笛子。不过先要从猫开始，要收集猫的灵魂，这是出发点。大凡做事都要有如此这般的顺序。严格依序行事，此乃敬意的表露。以灵魂为对象的工作就是这么一种性质，和对待菠萝甜瓜什么的不一样，是吧？"

"那是。"中田回答。不过说老实话他完全摸不着边际。笛子？竖笛还是横笛？发怎样的声音？不说别的，所谓猫的灵魂是怎么一个东西？问题超出了中田的理解力，他所理解的只是自己无论如何都要找到三毛猫领回小泉那里去。

"总之你是想领回胡麻。" 琼尼·沃克仿佛看出了中田的心事。

"是的，那当然。中田我想把小胡麻领回家去。"

"那是你的使命。" 琼尼·沃克说，"我们每一个人都在履行使命，理所当然。对了，你大概没有听过收集猫魂做成的笛子吧？"

"啊，没有。"

"那也难怪。那东西不是耳朵所能听到的。"

"是耳朵听不到的笛子？"

"不错。当然我能听到，我听不到就莫名其妙了。但传不到一般人耳朵。即使听着那笛声，也不知道正在听着；就算曾经听过，也不可能回想起来。不可思议的笛子。不过，没准你的耳朵可以听到。这里真有笛子倒可以试试，不巧现在没有。"说着，琼尼·沃克像突然想起什么似的朝上竖起一支手指，"实不相瞒，中田君，我正考虑往后是不是成批量地把猫脑袋割掉——差不多到了收获季节。聚集在那块空地上的猫们能逮的也逮光了，该转移阵地了。你正找的三毛猫也在收获物之中。当然喽，脑袋割了你就不可能把胡麻领回小泉家了，对吧？"

"对对，完全对。"中田说，不可能把割掉脑袋的猫带回小泉家里。两个小姑娘见了，很可能永远吃不下饭。

"作为我希望割掉胡麻的脑袋，作为你则不希望——双方的使命、互相的利益于是发生冲突。世间常有的事。那么做个交易，就是说，如果你肯为我做某件事，我就把胡麻完好无损地交给你。"

中田把手放在头上，用手心喀喳喀喳地抓摸花白短发。这是他认真思考什么的习惯动作。

"那是中田我能做到的?"

"这话我想刚才已经说清楚了。"琼尼·沃克苦笑道。

"是的，是说了。"中田想了起来，"是那样的，刚才是说清楚了。对不起。"

"时间不多，单刀直入好了。我想求你做的，是结果了我，是要我的命。"

中田依然手放在自己头上，久久注视琼尼·沃克的脸。

"中田我结果了您琼尼·沃克先生?"

"完全正确。"琼尼·沃克说，"说实在话，我已这么活累了，中田君。我活了很长很长年月，长得年龄都忘了，再不想活下去。杀猫也有点儿杀腻了。问题是只要我活着，猫就不能杀，就不能不收集猫的灵魂。严格依序从 1 到 10，10 到了又折回 1，永无休止地周而复始。已经腻了，累了。做下去也不受谁欢迎，更不受尊敬。但既然命中注定，又不能自己提出不干。而我连杀死自己都不可能，这也是命中注定。不能自杀，注定要如此的事多得很。如果想死，只能委托别人。所以我希望你结果了我，又怕又恨地利利索索结果了我。你先怕我，再恨我，之后结果我。"

"为什么……"中田说，"为什么求中田我呢? 中田我从没杀过什么人，这种事对中田我不大合适。"

"这我完全清楚。你没杀过人，想都没想过，这样的事对你是不大合适。可是中田君，世上讲不通这种道理的地方也是有的，谁也不为你考虑什么合适不合适的情况也是存在的，这东西你必须理解。战争就是一例。战争你知道吧?"

"知道,战争是知道的。中田我出生的时候,一场大战正在进行,听人说过。"

"一有战争,就要征兵。征去当兵,就要扛枪上战场杀死对手,而且必须多杀。你喜欢杀人也好讨厌也好,这种事没人为你着想。迫不得已。否则你就要被杀。"

琼尼·沃克用食指尖对着中田的前胸。"砰!"他说,"这就是人类历史的主题。"

中田问:"知事大人也抓中田我当兵、命令我杀人吗?"

"当然。知事大人发号施令:杀!"

中田就此思考,但思考不好。知事大人何苦命令自己杀人呢?

"这就是说,你必须这么考虑:这是战争,而你就是兵。现在你必须在此做出决断——是我来杀猫,还是你来杀我,二者必居其一。你现在在此被迫做出选择。当然在你看来实属荒唐的选择,可是你想想看,这世上绝大多数选择都是荒唐的,不是吗?"

琼尼·沃克的手轻轻碰了一下丝织帽,像在确认帽子是否好端端地扣在自己头上。

"但有一点对你是救助——假如你需要救助这个劳什子——是我自己本身真心找死。是我求你结果我的,求你帮忙。所以,对结果我你不必有任何良心上的不安。毕竟只是做我所希望的事罢了。难道不是吗?并非把不想死的人强行弄死,甚至不妨称为功德之举。"

中田用手揩去额头发际那里冒出的汗珠:"可是中田我横竖做不成那样的事。你就是叫我结果,我也不知如何结果。"

"言之有理。"琼尼·沃克显得心悦诚服,"有道理,也算是一理嘛。不知如何结果,毕竟结果人是头一次……的确如你所说。说法我明白了。那好,我教给你个办法。结果人时候的诀窍么,中田君,就是别犹豫。怀着巨大的偏见当机立断——此乃杀人秘诀。正好这里有个不错的样板——虽然杀的不是人——不妨供你参考。"

琼尼·沃克从转椅上起身，从写字台后拿起一个大皮包。他把皮包放在自己刚才坐的转椅上，喜不自胜地吹着口哨打开包盖，变戏法似的从中掏出一只猫。没有见过的猫。灰纹公猫。刚刚进入成年的年轻猫。猫浑身瘫软，但眼睛睁着，知觉似乎有。琼尼·沃克依然吹着口哨，像给人看刚抓到的鱼一样双手捧猫递出。口哨吹的是迪士尼电影《白雪公主》中七个小人唱的"哈伊嗨"。

"包里面有五只猫，都是在那块空地逮的。刚刚出炉，产地直销，新鲜无比。打针麻痹了身体。不是麻醉，所以没有睡觉，有感觉，痛也感觉得到。但肌肉弛缓，手脚不能动，也不能歪脖子。又抓又刨的就不好办了，所以弄成这样子。我这就用小刀把这些猫的肚子剖开，取出还在跳的心脏，割去脑袋。在你眼前进行。要流很多血。痛当然痛得厉害。你被剖腹剜心也要痛的。猫也一样，不痛不可能。我也于心不忍。我也并非心狠手辣的虐待狂。但没有办法。没有痛是不行的。注定如此。又是注定。喏喏，这里面注定的事委实太多了，奈何奈何！"琼尼·沃克朝中田闭起一只眼睛，"但工作归工作，使命归使命。一只接一只依序处理下去，最后收拾胡麻。还有点儿时间，最后时候到来之前你做出决定即可。我来杀猫，或你来杀我，任选其一。"

琼尼·沃克把全身瘫软的猫放在写字台上。拉出抽屉，双手捧出一个大黑包，小心翼翼地打开，把里面包的东西放在台面上：小圆锯、大大小小的手术刀、大型的刀，哪一把都像刚磨好一样白亮亮光闪闪的。琼尼·沃克爱不释手地一把把检查一遍，排在台面上。随后从另一个抽屉取出几个金属盘，同样摆在台面。感觉上似已各就各位。又从抽屉里取出一个黑色的大塑料袋。这时间里他一直用口哨吹奏"哈伊嗨"。

"中田君，大凡事物必有顺序。"琼尼·沃克说，"看得太超前了不行。看得太超前，势必忽视脚下，人往往跌倒。可另一方面，光看脚下也不行。不看好前面，会撞上什么。所以么，要在多少往前看的同时按部就班处理眼下事物。这点至为关键，无论做什么。"

琼尼·沃克眯细眼睛，温柔地抚摸了一会儿猫的脑袋，之后用食指尖在猫柔软的腹部上下移动，旋即右手拿手术刀，一不预告二不迟疑，将年轻公猫的肚皮一下子纵向分开，鲜红的内脏鼓涌而出。猫要张嘴呻吟，但几乎发不出声，想必舌头麻痹了，嘴都好像张不开，然而眼睛却不容怀疑地被剧痛扭歪了。中田想像得出会痛到什么程度。继之，血突如其来地四下溅开。血染红了琼尼·沃克的手，溅在马甲上，可是琼尼·沃克全然不以为意。他一边吹着"哈伊嗬"口哨，一边把手伸进猫腹，用小手术刀灵巧地剜下心脏。很小的心脏，看上去还在跳动。他把血淋淋的小心脏放在手心里递到中田眼前。

"喏，心脏！还在动。瞧一眼！"

琼尼·沃克把猫心给中田看了一会儿，然后理所当然似的直接投入嘴里。他一鼓一鼓地蠕动两腮，一声不响地慢慢品味，细细咀嚼，眼中浮现出纯粹的心满意足的神色，就像吃到刚出炉的糕点的小孩一样。然后，他用手背擦去嘴角沾的血糊，伸出舌尖仔细舔拭嘴唇。

"温暖、新鲜，在嘴里还会动呢。"

中田哑口无言地注视着这一切。移一下眼睛都不可能。感觉中像有什么开始在脑袋里动了。房间里充满了刚流出的血腥味儿。

琼尼·沃克吹着"哈伊嗬"口哨用锯切割猫的脑袋。锯齿咯嘣咯嘣地锯断颈骨。手势训练有素。不是粗骨，花不了多少时间，然而那声响有一种不可思议的沉重感。他依依不舍地把锯断的猫脑袋放在金属盘里，俨然欣赏艺术品一般，稍稍离开，眯缝眼睛，细细端详。口哨的吹奏暂时中断，他用指甲把牙缝里嵌的什么剔出，又扔进嘴里，美滋滋的细嚼慢咽，心满意足地"咕噜"咽了口唾液，最后打开黑色塑料垃圾袋，把割下脑袋剜出心脏的猫身体随便投了进去，仿佛在说空壳没用了。

"一曲终了。"说着，琼尼·沃克把沾满血的双手朝中田伸来，"你不认为这活做得很漂亮？当然喽，能吃到活心算是外快，可每次都弄得这么浑身是血也真够人受的。'那滚滚而来的波涛，那一碧万顷的大海，只要把手浸入，也顷刻间一色鲜红'——《麦克白》里的台词。倒不至于有《麦克白》那么严重，但洗衣费也不是个小数。毕竟是特殊的衣装。穿上手术服戴上手套自是便利，却又不能那样。这也是那个所谓注定如此。"

中田一言不发。脑袋里有什么动个不停。一股血味儿。耳边响起"哈伊嗬"的口哨声。

琼尼·沃克从皮包里掏出下一只猫。白毛母猫。不那么年轻，尾巴尖有点儿弯曲。琼尼·沃克和刚才一样摸了一会儿它的脑袋，之后用手指在肚皮上拉了一条类似骑缝线的线，从喉头到尾根慢慢地、笔直地拉出虚拟线，随即取刀在手，同样一气划开。往下也是刚才的重复。无声的呻吟。全身的痉挛。涌出的内脏。剜出仍跳的心，递出让中田过目，投入口中。缓慢的咀嚼。满足的微笑。用手背揩血糊。口哨"哈伊嗬"。

中田深深陷进沙发，闭起眼睛，双手抱头，指尖扣进太阳穴。他身上显然开始发生了什么。急剧的惶惑正要大大改变他肉体的结构。呼吸不知不觉之间加快，脖颈有剧烈的痛感。视野似乎正在被全面更替。

"中田君，中田君，"琼尼·沃克声音朗朗地说，"那不行的。精彩的刚要开始！前两个不过是垫场戏，不过是前奏曲。往下才轮到你老相识联翩出场，可要睁大眼睛看好。过瘾的在后头呢！我也是绞尽脑汁精心安排的，这点你一定得理解！"

他吹着"哈伊嗬"，拿下一只猫出来。中田沉进沙发不动，睁眼注视着那猫。是川村君！川村用那眼睛定定地看中田，中田也看那眼

158

睛。但他什么也思考不成，站都站不起来。

"应该没必要介绍了。但为慎重起见，作为礼节还是走一遍过场为好。"琼尼·沃克说，"唔——，这位是猫川村君，这位是中田君，二位要好好互相关照。"

琼尼·沃克以造作的手势举起丝织帽向中田致意，向川村寒暄。

"首先要正常寒暄。但寒暄一结束，告别即刻开始。Hello, goodbye。樱花如风转眼去，惟有拜拜是人生！"琼尼·沃克如此说罢，用指尖爱抚着川村柔软的腹部，动作十分轻柔，充满爱意。"如欲制止，此其时也。时间如水东逝，琼尼·沃克毫不踌躇。杀猫高手我琼尼·沃克辞典里决无踌躇二字。"

琼尼·沃克果然毫不踌躇地划开川村的肚皮。清楚地传来川村的悲鸣。想必舌头尚未充分麻痹。或者那仅仅是中田耳朵听到的特殊悲鸣亦未可知。神经冻僵般的惨叫。中田闭目合眼，双手抱头。他觉得手在簌簌发抖。

"闭眼睛不行！"琼尼·沃克斩钉截铁地说，"这也是注定事项，不能闭眼睛。闭了眼睛情况也丝毫不会好转。不是说闭起眼什么就会消失，恰恰相反，睁开眼时事情变得更糟。我们居住的就是这样的世界。中田君，要好好睁开眼睛。闭眼睛是怯懦的表现，把眼睛从现实移开是胆小鬼的行为。即使在你闭眼捂耳之时，时间也照样挺进，喀、喀、喀。"

中田顺从地睁开眼睛。琼尼·沃克这才炫耀似的吃起了川村的心脏，吃得比上次更慢、更津津有味。

"软乎乎热乎乎，简直是刚摘出的鳗鱼肝。"琼尼·沃克说着，将血红的食指含到嘴里舔了舔，再拿出来向上竖起，"一旦尝过这个滋味就着迷上瘾，无法忘掉，尤其是血黏糊得恰到好处，妙不可言。"

他用布把手术刀上的血浆擦得干干净净，然后快活地吹着口哨，用圆锯割川村的脑袋。细密的锯齿锯着颈骨，血沫四下飞溅。

"求求您，琼尼·沃克先生，中田我好像再也忍受不下去了。"

琼尼·沃克不再吹口哨，中止作业，手放到脸颊那里，喀哧喀哧地搔耳垂。

"那不成啊，中田君，不忍看是不行的。抱歉，这个时候是不能听你一说就洗手不干的。刚才也说了吧，这是战争！已然开始的战争是极难偃旗息鼓的。一旦拔剑出鞘，就必须见血。道理论不得，逻辑推不得，任性撒娇不得。注定如此。所以，你如果不想让我继续杀猫，就只能你来杀我。奋然站起，怀抱偏见，果断出手，速战速决。那一来就一切玩完，曲终人散。"

琼尼·沃克再次吹响口哨，锯断川村的脑袋，将没有脑袋的死尸随手甩进垃圾袋。金属盘上已排出三个猫脑袋。尽管那般痛苦不堪，但哪张猫脸都无表情，同冷冻柜中排列的猫脸一样，眼神全都那么空漠。

"下一个是短毛猫。"

如此说罢，琼尼·沃克从皮包里抓住瘫软的短毛猫。那当然是咪咪。

"《我的名字叫咪咪》，对吧？普契尼的歌剧。这只猫的确有那么一种卖弄风情而又不失优雅的气质。我也中意普契尼。普契尼的音乐——怎么说呢——让人感觉到类似永远的反时代性的东西。诚然通俗易懂，却又永不过时，不可思议。作为艺术乃是难以企及的高峰。"琼尼·沃克用口哨吹出《我的名字叫咪咪》的一节，"不过么，中田君，逮这咪咪可是累得我好苦啊。动作敏捷，疑心重重，头脑机灵，轻易不肯上钩，真可谓难中之难。可我毕竟是世所罕见赫赫有名的杀猫高手，逃得出我琼尼·沃克大人之手的猫，纵世界之大也难有一只。此非我自吹自擂，不过是如实叙述不易捕捉的事实罢了……就在那个地方，哪里跑！记得么，短毛小咪咪！不管怎么说，我顶喜欢短毛猫。你怕是有所不知，提起短毛猫的心脏，那可是极品，味道别具品位，可比西洋松露。不怕不怕，小咪咪，没什么可牵挂的。你那小巧玲珑温情脉脉的心脏由我琼尼·沃克先生美美地品尝就是。唔唔，颤抖得够厉害的嘛！"

"琼尼·沃克先生，"中田的语音仿佛从腹底挤出，"求您了，这样的事快请停下来吧。再继续下去，中田我就要疯了。我觉得中田我好像不是中田我了。"

琼尼·沃克让咪咪躺在台面上，照样在它肚皮上笔直地缓缓移动手指。

"你不再是你，"他静静地说，在舌尖上细细品味这五个字，"这点非常重要，中田君，人不再是人这点。"

琼尼·沃克在写字台上拿起还没用的新手术刀，用指尖试了试刀尖的锋利度，随即试割似的"刷"地削在自己手背上。俄顷，血滴了下来。血从他的手背滴在台面上，也滴在咪咪身上。

琼尼·沃克嗤嗤笑道："人不再是人。"他重复一遍："你不再是你。对，中田君，说得妙！不管怎么说，这是关键。'啊，我的心头爬满毒蝎！'这也是《麦克白》的台词吧。"

中田无声地从沙发上立起，任何人、甚至中田本人都无法阻止其行动。他大踏步地走向前去，毫不犹豫地操起台面上放的刀。一把呈切牛排餐刀形状的大刀。中田紧紧握住木柄，毅然决然地将刀刃捅进琼尼·沃克的胸膛，几乎捅到刀柄。他在黑马甲上直戳一下，旋即拔出，狠狠扎入其他部位。耳边响起很大的声音。起初中田不知是什么声音。原来是琼尼·沃克高声大笑。刀深深捅入胸口、鲜血流出之时，他仍在大笑不止。

"对了，这就对了！"琼尼·沃克叫道，"果断地扎我，扎得好！"

琼尼·沃克一边倒下一边还在笑。哈哈哈哈哈哈。笑声很响亮，像是好笑得实在忍俊不禁。但不一会儿，笑声变成呜咽声，变成血涌喉咙声，类似堵塞的排水管刚要疏通时的咕嘟声。之后，他浑身剧烈抽搐，血从口中猛然喷出。滑溜溜的黑块儿也一起冒出，那是刚刚嚼过的猫心。血落在写字台上，也溅在中田身穿的高尔夫球服上。无论琼尼·沃克还是中田都满身血污，台面躺的咪咪也鲜血淋漓。

回过神时，琼尼·沃克已倒在中田脚下死了。侧着身，像寒夜里冻成一团的孩子，真真正正死了。左手按在喉咙那里，右手像在摸索什么似的伸得直直的。抽搐已然停止，当然大笑声也消失了，但嘴角仍淡淡地印着冷笑，仿佛因某种作用而永远贴在了那里。木地板上一大摊血。丝织帽在他倒地时脱落，滚到房间角落去了。琼尼·沃克脑勺头发稀疏，可以看到头皮。没了帽子，他看上去苍老得多衰弱得多。

中田扔开刀。刀打在地板上，很大一声响，仿佛远处一台巨大机器的齿轮往前转了一下。中田久久立在死尸旁一动不动。房间里一切都静止了，惟独血仍在悄然流淌，血滩仍在一点点扩展。他振作精神，抱起台面上躺着的咪咪。手心可以感觉出它身子的绵软和温暖。猫虽然浑身是血，但似乎没有伤。咪咪眼珠一动不动地向上看着中田的脸，像要说什么，却由于药力的关系开不了口。

接着，中田在皮包里找出胡麻，用右手抱起。尽管只在相片上看过，却有一种自然而然的亲切感，仿佛是同早已熟识的猫久别重逢。

"小胡麻！"中田唤道。

中田一手抱一只猫坐在沙发上。

"回家吧！"中田对猫们说。可他站不起来了。那只黑狗不知从哪里走来，蹲在琼尼·沃克尸体旁边。狗也许舔了池水一般的血滩，但他记不清了，头昏昏沉沉。中田大大地吁了口气，闭上眼睛。意识渐次模糊，就此沉入了无边的黑暗之中。

第 17 章

　　小屋生活的第三个夜晚。随着时间的推移，静寂习惯了，黑暗习惯了，夜晚不再觉得那么害怕了。往炉里添柴，把椅子搬到炉前看书。看书看累了，就清空大脑呆呆地眼望炉里的火苗。火苗怎么都看不厌。形状多种多样，颜色各所不一，像活物一样动来动去，自由自在。降生，相逢，分别，消亡。

　　不是阴天就出门仰望天空。星星已不再让我感到那么多无奈，而开始觉得它们可近可亲。每颗星星发光都不一样。我记住几颗星星，观察它们的光闪。星星就好像想起什么大事似的陡然放出强光。月亮又白又亮，凝眸看去，几乎看得见上面的石山。那种时候我就全然不能思考什么，只能屏息敛气，一动不动看得出神。

　　MD 随身听的充电式电池已经用完，但没有音乐也不觉得什么缺憾。替代音乐的声音无处不有。鸟的鸣啭，虫的叫声，小溪的低吟浅唱，树叶的随风轻语，屋顶什么走动的足音，下雨的动静，以及时而传来耳畔的那无法说明无可形容的声响……地球上充满着这么多新鲜美妙的天籁，而过去我竟浑然不觉，对这么重要的现象竟一直视而不见充耳不闻。我就像在弥补过去的损失，久久坐在檐廊里，闭目合眼，平心静气，一点不漏地倾听那里的声音。

　　对森林也不像刚来时那么恐怖了。甚至开始对森林怀有发自内心的敬意和亲切感。当然，我所能涉足的仍只限于小屋周围有小路的范围。不能偏离小路。只要不轻举妄动就不存在危险。森林默默地接收我或置我于不顾，它把那里的安逸与美丽多少分赠给了我。但不管怎么说，一旦踏到界外，悄然埋伏在那里的兽们便可能挥舞利爪将我抓去。

我沿着已然踩出的路散步了好几回。躺在林中那一小块圆形空地上，让身体浸泡在日光之中。紧紧闭起眼睛，一边沐浴阳光，一边倾听掠过树梢的风声、鸟们的振翅声、羊齿叶的摩擦声。植物浓郁的馨香把我包拢起来。这种时候我便从万有引力中解放出来，得以稍稍离开地面。我轻飘飘浮在空中。当然这种状态不会持续很久，睁眼走出森林即刻消失——只是当时的瞬间感觉。虽然明知如此，但那到底是心醉神迷的体验，毕竟我浮在了空中。

下了几场大雨，都很快晴了。这里山上的气候的确多变。每当下雨我就赤身裸体跑到外面，打香皂冲洗全身。若运动出汗，就脱得一丝不挂，在檐廊里做日光浴。喝很多茶，坐在檐廊的椅子上专心看书。天黑了就在炉前看。看历史，看科学，看民俗学神话学社会学心理学，看莎士比亚。较之一本书从头看到尾，反复细看重点部分直至融会贯通的时候更多。阅读有一种实在感，觉得各种各样的知识一个接一个被我吸入体内。我想，若是永远待在这里该有多么美妙啊！想看的书书架上应有尽有，食品贮备也绰绰有余，但我自己很清楚：对我来说这里不过是一个临时驿站。我将很快离开这里。这地方过于安详、过于自然、过于完美。而这不可能是给予现在的我的。还太早——多半。

大岛是第四天上午来的。没听到车响，他背一个小背囊，走路上来。我正赤裸裸地坐在檐廊的椅子上，在太阳光中打盹，没觉察出他的脚步声。大概他是半开玩笑地蹑手蹑脚上来的。他悄悄爬上檐廊，伸手轻摸我的头。我慌忙跳起找遮体的毛巾。但毛巾不在够得到的地方。

"别不好意思。"大岛说,"我在这里时也常光身子晒太阳来着。平时总也晒不到阳光的地方给太阳晒一晒舒服得很。"

在大岛面前光身躺着,我透不过气来。我的阴毛阴茎睾丸袒露在太阳光下,看上去是那般无防无备易损易伤。我不知如何是好,到了现在又不好慌忙遮挡。

"你好!"我说,"走路来的?"

"天气好得很嘛!不开动双腿岂不可惜。在大门那儿下车走来的。"说着,他把搭在栏杆上的毛巾递给我。我把毛巾围在腰间,心里好歹踏实下来。

他小声唱着歌烧水,从小背囊里拿出准备好的面粉、鸡蛋和纸盒牛奶,把平底锅烧热做薄烙饼。黄油和糖浆抹在饼上,又拿出莴苣、西红柿和元葱。大岛做色拉时,用刀十分小心缓慢。我们吃这个当午餐。

"三天怎么过的?"大岛边切烙饼边问。

我讲了这里的生活如何如何快活,但没讲进森林时的情形,总觉得还是不讲为好。

"那就好。"大岛说,"估计你会满意。"

"但我们这就返回城里,是吧?"

"是的。我们返回城里。"

我们做回去的准备,手脚麻利地拾掇小屋。餐具洗好放进橱内,火炉清扫干净。水桶里的水倒掉,关闭液化气瓶的阀门。耐放的食品收进餐柜,不耐放的处理掉。用扫帚扫地板,用抹布擦桌擦椅。垃圾在外面挖坑埋了,塑料袋之类揉成小团带回。

大岛把小屋锁上,我最后回头看小屋。刚才那么实实在在,现在竟像是虚拟物。仅仅离开几步,那里有过的事物便倏然失去了现实感，就连理应刚才还在那里的我本身也似乎变得虚无缥缈了。到大岛停车的地方走路要三十分钟左右。我们几乎不开口，沿路下山。这时间里大岛哼着什么旋律，我则陷入漫无边际的思绪中。

绿色小赛车以俨然融入周围树木的姿势静等大岛折回。他关上门，缠两道铁链上了挂锁，以免陌生人迷路（或故意）闯入。我的背囊同来时一样绑在后面行李架上。车篷收起，车整个敞开。

"我们这就回城。"他说。

我点头。

"在大自然中一个人孤零零生活的确妙不可言，但一直那样下去并不容易。"大岛说。他戴上太阳镜，系好安全带。

我也坐进副驾驶席，系上安全带。

"理论上不是不可能，实际上也有人实践。但大自然这东西在某种意义上是不自然的，安逸这东西在某种意义上是带有威胁性的，而顺利接受这种悖反性则需要相应的准备和经验。所以我们姑且返回城去，返回社会与人们的活动中。"

大岛踩下油门，车驶下山路。和来时不同，这回他开得很悠然，不慌不忙。欣赏着周围铺展的风景，玩味着风的感触。风拂动他额前的长发，撩向脑后。不久，沙土路面没有了，接下去是狭窄的柏油路，小村落和农田也开始映入眼帘。

"说起悖反性，"大岛再次想起似的说，"从最初见你时我就感觉到了。你一方面强烈追求什么，一方面又极力回避它。你身上有着叫人这么认为的地方。"

"追求？追求什么？"

大岛摇头。对着后视镜蹙起眉头。"呃——，追求什么呢？我不知道。我只是把印象作为印象说出来罢了。"

我默然。

"就经验性来说，人强烈追求什么的时候，那东西基本上是不来的；而当你极力回避它的时候，它却自然找到头上。当然这仅仅是泛论。"

"如果适用这泛论，我究竟会怎么样呢——假如我像你说的，自己在追求什么的同时又想回避它。"

"很难回答。"大岛笑笑，略一停顿说道，"不过斗胆说来，恐怕是这样的：那个什么在你追求的时候，是不会以相应形式出现的。"

"听起来有点儿像不吉利的预言。"

"卡桑德拉。"

"卡桑德拉?"我问。

"希腊悲剧。卡桑德拉是发布预言的女子，特洛伊的公主。她成为神殿女巫，被阿波罗赋予预知命运的能力，作为回礼她被要求同阿波罗发生肉体关系，但她拒绝了。阿波罗气恼地向她施以诅咒。希腊的神们与其说是宗教性的，莫如说富有神话色彩。就是说，他们有着同常人一样的精神缺陷：发脾气、好色、嫉妒、健忘。"

他从仪表盘下的小箱里取出一个装有柠檬糖的小盒，拿一粒放到嘴里，也劝我吃一粒。我接过投入口中。

"那是怎么一种诅咒呢?"

"施加给卡桑德拉的诅咒?"

我点头。

"她说出口的预言百发百中，然而谁也不信以为真。这就是阿波罗施加的诅咒。而且她说出的预言不知何故全是不吉利的预言——背叛、过失、人的死、国的陷落。所以，人们不但不相信她，还嘲笑她憎恨她。如果你没读过，应该读欧里庇得斯或埃斯库罗斯的戏剧。我们时代具有的本质性问题在那里描写得十分鲜明，连同 choros。"

"choros?"

"希腊剧中有叫 choros 的合唱队出场。他们站在舞台后头，齐声解说状况，或代言出场人物的深层意识，或时而热心地说服他们。便利得很。我时不时心想，若是自己身后也有那么一队人就好了。"

"你也有预言什么的能力？"

"没有。"他说，"不知是幸还是不幸，我没有那样的能力。假如听起来我预言的似乎全是不吉利的事情，那是因为我是富于常识的现实主义者。我以泛论演绎性地述说事物，结果听起来简直像是不吉利的预言。为什么呢？无非因为我们周围的现实无一不是不吉利预言的实现。随便哪天的报纸，只要翻开来把上面的好消息和坏消息放在天平上称一称，就谁都不难明白了。"

要拐弯时，大岛小心减速。身体完全感觉不出震动。洗练的减速。仅引擎旋转声有变化。

"不过有个好消息。"大岛说，"我们决定欢迎你，你将成为甲村纪念图书馆的一员。你或许有那样的资格。"

我不由得看大岛的脸："就是说，我将在甲村图书馆做工？"

"再说得准确些，往后你将成为图书馆的一部分。你住在那座图书馆，在那里生活。开馆时间到了你打开图书馆，闭馆时间到了你关上图书馆。你生活有规律，体力似乎也有，所以这样的工作对于你应该不会成为负担。但对于没有体力的我和佐伯来说，有你代劳就十分难得。此外恐怕还要做一点点日常性杂务，不是难事，比如为我做一杯好喝的咖啡，或去买一点儿东西……你住的房间准备好了，图书馆附属房间，带淋浴。本来就是作客房用的，但我们图书馆一般没有留宿的客人，眼下完全闲着。由你在那里生活。最便利的是你可以随便看你喜欢的书，只要你在图书馆里。"

"为什么……"我一时欲言无语。

"为什么这样的事是可能的？"大岛接道。"作为原理很简单。我理解你，佐伯理解我。我接受你，佐伯接受我。就算你是身份不明的十五岁离家出走少年，也不是什么大问题。那，归根结底你怎么想呢——关于自己成为图书馆一部分？"

168

我思索片刻，说道："本来我想找个有屋顶的地方睡觉，仅此而已。更多的事情现在考虑不好。不大明白成为图书馆一部分是怎么一回事。不过如果能允许我住在那图书馆里，自是求之不得，又不用坐电车跑来跑去。"

"那就这么定了！"大岛说，"我这就领你去图书馆。你将成为图书馆的一部分。"
‧‧‧‧‧‧‧

我们开上国道，穿过几个城镇。消费贷款的巨幅广告板，为引人注意装饰得花花绿绿的加油站，落地玻璃窗餐馆，西方城堡样式的爱巢旅馆，关门大吉后只剩招牌的录像带出租店，有很大停车场的扒金库游戏厅——这些东西展现在我的眼前。麦当劳、家庭式商场、罗森超市、吉野家①……充满噪音的现实感把我们包围起来。大型卡车的气闸声，喇叭声，排气声。昨天还在我身旁亲热的炉火苗、星星的闪烁、森林中的静寂渐渐远去消失连完整地想起它们都不可能了。

"关于佐伯，有几点想让你了解一下。"大岛说，"我的母亲从小是佐伯的同学，非常要好。听母亲说，她是个极为聪明的孩子。学习成绩好，文章写得好，体育全能，钢琴也不一般，无论让干什么都首屈一指，而且长得漂亮。现在也漂亮，当然。"

我点头。

"她还是小学生的时候就有了固定的恋人。甲村家的长子。两人同龄，美丽的少女和美丽的少年，罗密欧和朱丽叶。两人是远亲，家也离得近，无论干什么去哪里都形影不离，自然心心相印，长大就作为一男一女相爱了。简直像一心同体——母亲告诉我。"

等信号的时间里，他仰望天空。信号变绿，他一踩油门，冲到油罐车前面。

---

① 日本的牛肉盖浇饭连锁店。

"还记得一次我在图书馆跟你说的话——每个人都四处寻找自己的另一半?"

"男男和女女和男女。"

"对。阿里斯托芬的故事。我们大部分人都是在拼死拼活寻觅自己剩下那一半的过程中笨拙地送走人生的,但佐伯和他没有如此寻觅的必要,两人一降生就正好找到了对方。"

"幸运啊!"

大岛点头:"幸运之至,在到达某一点之前。"大岛用手心抚摸脸颊,像在确认是否刮过胡须。然而他脸颊上连胡须痕迹都没有,如瓷器一般光溜溜的。

"少年长到十八岁进了东京一所大学,成绩出众,想学专业知识,也想到大城市开开眼界。她考进本地的音乐大学专学钢琴。这地方保守,她又生长在保守之家,况且她是独生女,父母不愿意把女儿送去东京。这么着,两人有生以来第一次分离,就好像被上帝一刀切开了。

"当然,两人天天书来信往。'或许如此分开一次也是很重要的,'他在信中写道,'因为两相分离可以确认我们实际在多大程度上珍惜对方和需要对方。'可是她不那么认为。因为她明白两人的关系已经牢固得无须特意确认。那是百分之百的宿命式联结,从一开始就是无可分离的。他则不明白,或者说即使明白也无法顺理成章地接受,所以才毅然去了东京,大概是想通过磨炼来让两人的关系变得更为牢不可破。男人往往有这样的念头。

"十九岁的时候她写了一首诗,谱上曲,用钢琴弹唱。旋律忧郁、纯真、优美动人。相比之下,歌词则是象征性、思索性的,文字总的来说是晦涩的。这种对比是新鲜的。不用说,无论诗还是旋律都浓缩着她对远方的他的思念之情。她在人前演唱了几次。平时她显得腼腆,但喜欢唱歌,学生时代参加过民谣乐队。一个听她演唱的人很是欣赏，做成简单的录音带寄给唱片公司一个相识的制作人，制作人也大为欣赏，决定把她叫到东京的录音室正式录音。

"她生来第一次去了东京，见到恋人。录音期间，不断找时间像以前那样亲热。母亲说大概两人十四五岁时就开始有了日常性的性关系。两人早熟，并像早熟男女常见的那样没办法顺利长大，永远停留在十四五岁阶段。两人紧紧抱在一起，每次都要重新确认自己是何等需要对方。哪一方都完全不为其他异性动心，即使天各一方，两人之间也丝毫没有别人插足的余地。喂，这种童话似的爱情故事你不感到无聊？"

我摇头："我觉得往下肯定急转直下。"

"不错。"大岛说，"此乃故事这种东西的发展规律——急转直下，别开生面。幸福只有一种，不幸千差万别，正如托尔斯泰所指出的。幸福是寓言，不幸是故事。言归正传。唱片出来了，一路畅销。而且不是一般的畅销，是戏剧性的畅销。销量节节攀升，一百万、二百万，准确数字无从知晓。总之在当时是破纪录的。唱片封套上有她的照片，她坐在录音室三角钢琴前，脸朝这边灿然微笑。

"由于没准备其他曲目，环形录音唱片的 B 面录了同一首歌的器乐曲。管弦乐团和钢琴。她弹钢琴同样精彩。那是一九七〇年前后的事。当时没有一家广播电台不播这首曲——母亲这么说的。我那时还没出生，自然不知道。不过最终她作为歌手推出来的只此一曲。没出密纹唱片，环形录音唱片也没出第二张。"

"我可听过那支曲？"

"你常听广播？"

我摇头。我几乎不听广播。

"那，你恐怕没听过。因为如今很少有机会听到，除非听广播里的老歌特集。不过歌的确是好。我有收录那首歌的 CD，不时听一听，当然是在没有佐伯的地方，因为她非常讨厌别人触及那件事。或者不如说，大凡过去的事她都不乐意被人触及。"

"歌名叫什么呢?"

"《海边的卡夫卡》。"大岛说。

"《海边的卡夫卡》?"

"是的哟，田村卡夫卡君。和你同名，堪称奇缘吧。"

"那不是我真正的名字。田村倒是真的。"

"可那是你自己选的吧?"

我点头。名字是我选的。很早以前我就决定为新生的自己选用这个名字。

"不如说这点很重要。"

二十岁时佐伯的恋人死了。正是《海边的卡夫卡》最走红的时候。他就读的大学因罢课处于封锁状态，他钻过路障给住在里面的一个朋友送东西，是夜间快十点的时候。占据建筑物的学生们把他错看成对立派的头目(长得像)，抓起来绑在椅子上，以间谍嫌疑进行"审讯"。他想向对方解释他不是那个人，但每次都遭到一顿铁管、四棱棍的痛打。倒地就被皮靴底踢起。天亮前他死了。头盖骨凹陷，肋骨折断，肺叶破裂，尸体像死狗一样被扔在路旁。两天后学校请求机动队冲进校园，只消几小时便彻底解除封锁，以杀人嫌疑逮捕了几个学生。学生们承认所犯罪行，被送上法庭。由于本来没有杀人意图，两人以伤害致死罪被判短期徒刑。对任何人都没有意义的死。

她再不唱歌，把自己锁在房间里，不和任何人说话，电话也不接。他的葬礼她也没露面。她向自己就读的音乐大学提交了退学报告。如此几个月过后，当人们觉察时，她的身影已从城里消失。没有一个人知道佐伯去了哪里和做什么，父母对此守口如瓶。甚至父母都未必知晓其准确去向，她像烟一样消失在了虚空里。即使最要好的朋友即大岛的母亲也对佐伯的下落一无所知。也有人说她在富士林海里自杀未遂，现在住进精神病院。又有人说熟人的熟人在东京街上同她不期而遇。据那人说，她在东京从事写什么东西的工作。还有人说她结婚有了孩子。但哪一种都是无法证实的传言。如此二十多年过去了。

有一点是清楚的：那期间无论佐伯在哪里做什么，经济上都应该没有问题。她银行账户里有《海边的卡夫卡》的版税打入，去掉所得税还剩有为数不小的款额。歌曲在电台播放或收入老歌 CD，尽管款额不大，但仍有版税进来，足可以用来在远方什么地方悄然独立谋生。况且她父母家境宽裕，她又是独生女。

不料二十五年后佐伯突然返回了高松。回乡的直接原因是料理她母亲的葬礼（五年前她父亲的葬礼上她没有出现）。她主持了小规模葬礼。丧事告一段落之后，她卖掉了自己赖以生长的大房子，在高松市内的幽静地段买了一套公寓，在那里安顿下来，看情形已不再打算搬去别处。过了一些时日，她同甲村家之间有事谈起（甲村家现在的当家人是比去世的长子小三岁的次子，佐伯同他单独谈的。谈的内容无由得知），其结果，佐伯担任了甲村图书馆的负责人。

今天她也容貌美丽、身材苗条，样子基本和《海边的卡夫卡》唱片封套上的一模一样，依然文雅秀气，楚楚动人，只是那绝对通透的微笑没有了。现在她也时而微笑，妩媚固然妩媚，但那是局限于一定时间和范围的微笑，外围有肉眼看不见的高墙。那微笑不会将任何人带到任何地方。她每天早上从市内驾驶灰色的"大众高尔夫"来图书馆，再开它回家。

虽然返回了故乡，但是她几乎不同往日的朋友和亲戚交往，偶然见面时也只是彬彬有礼地聊几句世间套话。话题也很有限，每当涉及往事（尤其是有她在里边的往事），她就迅速而又自然地将话题岔开。她出口的话语总是那么温文尔雅，但其中缺少应有的好奇心和惊叹的余韵。她鲜活的心灵——假如有的话——总是深深藏匿在哪里。除去需要做出现实性判断的场合，她极少表露个人意见。她自己不多谈，主要让对方开口，自己和蔼可亲地附和。同她交谈的人很多时候都会在某一点上倏然怀有朦胧的不安，怀疑自己无谓地消耗她宁静的时光、将一双泥脚踏入她井然有序的小天地，而这种感觉大多是正确的。

返回家乡之后，她对于别人依旧是谜一样的存在。她以无比洗练得体的风度继续穿着神秘的罩衣。那里有一种难以接近的东西。就连名义上是雇主的甲村家人也让她几分，从不多嘴多舌。

不久，大岛作为她的助手在图书馆工作。那时候大岛一没上学二没工作，一个人闷在家里大量看书听音乐。除了网友，朋友也几乎没有。加上血友病的关系，他或去专门医院，或驾驶马自达赛车兜风，或定期去广岛的大学附属医院。除去待在高知山间小屋的时间，从未离开这座城市。但他对生活没有什么不满。一天因偶然的机会，大岛母亲把他介绍给佐伯，佐伯一眼就看中了他，而大岛也满意佐伯，对图书馆工作也有兴趣。佐伯日常性接触和说话的对象，似乎惟有大岛一人。

"听你这么一说，佐伯回来好像是为了管理甲村图书馆。"我说。

"是啊，我也大体同感。母亲的葬礼不过是她返回的一个契机。毕竟返回浸染着往日记忆的生身之地是需要相应的决心的。"

"图书馆就那么重要不成？"

"一个原因，在于他在那里住过。他——佐伯去世的恋人在现今甲村图书馆所在的建筑物、也就是甲村家过去的书库里生活过。一来他是甲村家的长子，二来也许是血统关系，他最喜欢看书。而且，他性喜孤独——这也是甲村家血统的一个特征——所以上初中时他不住在大家住的主房，而希望在离开主房的书库里有自己一个房间。结果愿望实现了。毕竟是喜欢书的家族，这方面能够理解——'原来想住在书堆里边，也好也好！'于是他在那边生活，不受任何人干扰，只在吃饭时间去主房。佐伯每天都去那里玩，两人一起做功课，一起听音乐，说很多很多话，估计还一起抱着睡觉。那里成了两人的乐园。"

大岛双手搭在方向盘上，看我的脸："往下你就住在那里，卡夫卡君。正是那个房间。刚才也说了，改建成图书馆时多少有所变动，但作为房间是同一个。"

我默然。

"佐伯的人生基本上在他去世那年、她二十岁的时候停止了。不，那个临界点不是二十岁，有可能更往前。那我就不清楚了。但你必须理解这一点，嵌入她灵魂的时针在那前后什么地方戛然而止。当然，那以后外面的时间依然流淌，也无疑对她有现实性影响，可是对于佐伯来说，那样的时间几乎不具意义。"

"不具意义？"

大岛点头："形同于无。"

"就是说，佐伯始终生活在停止的时间中？"

"对的。不过在任何意义上她都不是活着的尸骸。了解她以后，你也会明白。"

大岛伸手放在我膝头上，动作极为自然。

"田村卡夫卡君，我们的人生有个至此再后退不得的临界点，另外虽然情况十分少见，但至此再前进不得的点也是有的。那个点到来的时候，好也罢坏也罢，我们都只能默默接受。我们便是这样活着。"

我们驶上高速公路。驶上之前大岛停车升起车篷合拢，再次放舒伯特的奏鸣曲。

"还有一点希望你知道，"大岛说，"佐伯在某种意义上患有心病。当然，无论你我都有心病，或多或少，毫无疑问。但佐伯的心病则更为个别，超过一般意义上的。或者可以说其灵魂功能同常人的不一样。然而并不是说她因此有危险啦什么的。在日常生活当中，佐伯是极其地道的，某种意义上比我知道的任何人都地道。有深度，有魅力，贤惠。只是，即使在她身上发生了什么不可理喻的事，也希望不要介意。"

"不可理喻的事？"我不由得反问。

大岛摇头："我喜欢佐伯，并且尊敬她。你也肯定会对她怀有同样的心情。"

这不成为对我问话的直接回答。但大岛再没说什么。他适时换挡，踩下油门，在隧道入口前把轻型客货两用车赶超过去。

第 18 章

醒来时，中田正仰面朝天躺在草丛中。他已恢复知觉，慢慢睁开眼睛。夜晚。没有星星，没有月亮，但天空仍隐隐发亮。夏草味儿直冲鼻孔，虫鸣声声可闻，看来似乎置身于每天都来监视的空地中。脸上有一种同什么摩擦的感触，粗拉拉暖融融的。他略微动了动脸，看见两只猫正用小舌头起劲地舔着自己的两颊。是胡麻和咪咪。他缓缓爬起，伸手摸两只猫。

"中田我睡过去了？"他问猫们。

两只猫像要诉说什么似的一齐叫着，但中田听不清它们的话语。它们诉说什么中田根本理解不了，听起来仅仅是普通的猫叫。

"对不起，中田我好像听不清楚你们讲的什么。"

中田站起身，上下打量自己的身体，确认身体无任何变异。没有痛感，手脚活动自如。四周黑了，眼睛习惯还需要时间，但手上衣服上都没沾血是无需怀疑的。身上穿的衣服仍是走出家门时的，一点儿不乱。装保温瓶和饭盒的帆布包也在旁边。帽子仍在裤袋里。中田莫名其妙。

为了救咪咪和胡麻的命，自己刚刚手持长刀结果了"猫杀手"琼尼·沃克。中田对此记得清清楚楚，手心里还有当时的感触。不是什么做梦。捅死对方时溅得浑身是血。琼尼·沃克倒在地上，缩成一团咽气了。至此全都记得。之后他沉进沙发，人事不省，醒来时就这么躺在空地草丛中。如何走回这里的呢？本来连路线都不晓得！何况衣服上半点儿血迹也没有。咪咪和胡麻在自己两边也是并非做梦的证据，然而它俩说的他又全然不知所云。

中田喟叹一声。考虑不明白，无可奈何。以后再考虑好了。他挎起帆布包，一手抱一只猫离开空地。走到围墙外，咪咪不安分地一动一动的，意思说想要下去。中田把它放在地上。

"咪咪自己可以回家去了，就在附近。"中田说道。

咪咪用力摇一下尾巴，像是说"是的"。

"到底发生了什么，中田我没办法弄明白。而且不知为什么，再不能和你咪咪君说话了。但小胡麻总算找到了，这就把小胡麻送去小泉先生那里，小泉先生全家都在等小胡麻回去。咪咪君，给你添麻烦了。"

咪咪叫了一声，又摇了下尾巴，匆匆拐过墙角消失了。它身上也没有沾血——中田把这点印在脑袋里。

小泉先生一家见胡麻回来，又惊又喜。夜晚十点多了，孩子们正在刷牙。喝着茶看电视新闻的小泉夫妇热情欢迎把猫找回来的中田。穿睡衣的孩子们抢着抱三毛猫，马上喂它牛奶和猫食。胡麻大口大口吃个不停。

"这么晚前来打扰，非常抱歉。再早一些就好了，但中田我别无选择。"

"哪里哪里，您千万别介意。"小泉太太说。

"时间那玩意儿什么时候都无所谓的。那只猫好比我们家的一个成员，找到真是太好了。您不进来？进来一起喝茶。"小泉先生说。

"不了不了。中田我马上告辞。中田我只是想尽早尽快把小胡麻交给你们。"

小泉太太进里面装好礼金信封，由丈夫递给中田："一点点心意，感谢您找回胡麻。务请收下。"

"谢谢。我就不客气了。"中田接过信封，低头致谢。

"不过这么黑，您还真找来了。"

"那是。说来话长，中田我无论如何也说不来。脑袋不怎么好使，说长话尤其不擅长。"

"没什么的。实在不知怎么感谢才好。"太太说，"对了，剩的晚饭——真是不好意思——有烧茄子和酸黄瓜，如果您不介意，带回去好么？"

"是吗？那就承您美意带回去，烧茄子也好酸黄瓜也好，都是中田我顶喜欢的。"

中田把装有烧茄子和酸黄瓜的塑料食品袋和装钱的信封放进帆布包，离开小泉家。他朝车站方向快步急行，走到商业街附近的派出所执勤点那里。执勤点的一个年轻警察坐在桌前，正往表格里填写什么，没戴帽子，帽子放在桌上。

中田打开玻璃拉门进去："您好，打扰来了。"

"您好！"警察应道。他从表格上抬起眼睛，观察中田的形貌。看来是个有益无害的厚道老人，想必是问路的。

中田站在门口摘下帽子揣进裤袋，从另一侧裤袋掏出手帕抹了把鼻子，又叠好手帕，放回原来的裤袋。

"那，您有什么事么？"警察问。

"有有，中田我刚才杀人了。"

警察不由把手中的圆珠笔放在桌上，张嘴盯视中田的脸，说不出话来。

"等等……啊，先坐下。"警察半信半疑，指着桌对面的椅子说道，而后伸手大致确认一遍：手枪、警棍、手铐都带在腰间。

"是。"中田弓身坐下，又伸直腰，双手置于膝头，视线笔直地落在警察脸上。

"你、你……杀人了？"

"是的。中田我用刀捅死一个人，就是刚才的事。"中田言之凿凿。

警察取出公文纸，扫了一眼挂钟，用圆珠笔记下时间，写道"以刀行刺"："首先，你的姓名住所？"

"我叫中田聪。住所是……"

"等等，中田聪字怎么写？"

"中田我不认字。对不起，不会写字，看也不会。"

警察皱起眉头。

"写看完全不会？自己名字也写不来？"

"是的。据说九岁之前中田我看也会写也会，不料遇上一场事故，那以来就彻底不行了。脑袋也不好使。"

警察叹息一声，放下圆珠笔："那么说文件也写不成了——既然连自家名字都写不来。"

"对不起。"

"家里边没有谁？家人？"

"中田我光杆一人。没有家人。工作也没有。靠知事大人补贴生活。"

"时候不早了，该回家休息了，好好睡上一觉。到明天又想起什么，再来这里一次。那时再从头道来。"

交班时间快到了，警察想赶紧收拾桌上的东西。已经讲好值完班和同事们一块儿去附近酒馆喝酒，没闲工夫接待这个脑袋有毛病的老头子。然而中田目光严峻地摇了摇头。

"不不，警察先生，中田我还是想趁能想起来的时候一五一十讲出来。到了明天，没准会把要点忘光了。

"中田我在二丁目的空地上来着。受小泉先生之托，在那里找小胡麻猫。突然来了一只大黑狗，把中田我领到一户住宅。住宅很大，有大门，有黑色小汽车。地址不知道。周围没有印象。不过我想大约是在中野区。那里有一个名字叫琼尼·沃克的戴不伦不类黑帽子的人。很高的帽子。厨房电冰箱里摆着很多猫君的脑袋,估计有二十个左右。那人专门杀猫,用锯子割下脑袋,吃猫心,搜集猫的灵魂制作特殊笛子。接着又用那笛子搜集人的灵魂。琼尼·沃克当着中田我的面用刀杀了川村君,其他几只猫也被他杀了,拿刀划开肚皮。小胡麻和咪咪也即将遭殃。于是中田我拿起刀捅死了琼尼·沃克先生。

"琼尼·沃克先生叫中田我结果了他,但中田我无意结果琼尼·沃克先生。是的,是那样的。中田我这以前从没杀过人。中田我只是想阻止琼尼·沃克先生继续杀猫,可是身体不听使唤,自行其是,就把那里的刀拿在手里,一下、两下、三下朝琼尼·沃克先生胸口捅去。琼尼·沃克先生倒在地上,浑身是血地死了。中田我那时也浑身是血,之后迷迷糊糊坐在沙发上睡了过去,睁眼醒来时已深更半夜,躺在空地上。咪咪和小胡麻挨着我。就是刚才的事。中田我首先把小胡麻送去小泉先生府上,拿了他太太给的烧茄子和酸黄瓜,紧接着来到这里——心想必须向知事大人报告才行。"

中田挺胸拔背一口气说罢,长长吸了口气。一次说这么多话生来还是头一遭。脑袋里好像一下子空空荡荡了。

"请把此事转告知事大人。"

年轻警察呆若木鸡地听中田说完,但实际上他几乎不能理解中田说的是什么。琼尼· 沃克?小胡麻?

"明白了。转告知事大人就是。"警察说。

"补贴不会取消吗?"

警察以严肃的神情做出记录的样子:"明白了。这样记录下来——当事人希望补贴不被取消。这回可以了吧?"

"可以可以。警官先生,非常感谢!给您添麻烦了。请向知事大人问好。"

"记住了。你只管放心,今天就好好休息吧。"如此说罢,警察最后加上一句感想，"对了，你说自己杀人弄得浑身是血，可衣服上什么也没沾嘛！"

"那是，您说得是。说实话，中田我也十分莫名其妙，想不明白。或许中田我本来浑身是血，而注意到时已经不见了。不可思议。"

"不可思议啊。"警察的声音里透出一整天的疲劳。

中田打开拉门刚要出门，又回头说道："明天傍晚您在这一带么？"

"在。"警察的语气十分谨慎，"明天傍晚也在这里执勤。怎么？"

"即使晴空万里，为了慎重，也还是带上伞为好。"

警察点头，回头觑了眼墙上的挂钟，该有同事打电话催自己了。"明白了，带伞就是。"

"天上像下雨一样下鱼，很多鱼。十有八九是沙丁鱼，也许多少夹带点竹荚鱼。"

"沙丁鱼竹荚鱼？"警察笑道，"如果那样，把伞倒过来接鱼，腌醋鱼岂不更妙。"

"醋腌竹荚鱼中田我也中意。"中田以一本正经的神情说，"但明天那个时候，中田我大概已不在这里了。"

翌日中野区的一角实际有沙丁鱼和竹荚鱼自天而降时，那年轻警察顿时脸色铁青。大约两千条之多的鱼突如其来地从云缝间哗啦啦掉将下来。多数一接触地面就摔死了，但也有活着的，在商业街路面上活蹦乱跳。鱼一看就很新鲜，还带着海潮味儿。鱼噼里啪啦掉在人脑袋上车上屋顶上，幸好不像来自很高的地方，没人受重伤。相比之下，心理上的冲击倒更大些。大量的鱼如冰雹一般从天空落下，端的是启示录式的光景。

事后警察进行了调查，但未能解释那些鱼如何运到天上去的。没听说大批竹笑鱼和沙丁鱼从鱼市和渔船上不翼而飞，也没有飞机和直升机在那一时候从天空飞过，更没有龙卷风报告。也很难认为是某某恶作剧，这样的恶作剧做起来实在太麻烦了。应警察的要求，中野区的保健站抽样检查了所降之鱼，但未发现异常之处。看上去全是极为理所当然的沙丁鱼和竹笑鱼，新鲜、肥美。但警察仍出动了宣传车，广播说天上掉下来的鱼来历不明，有可能混杂危险物，请勿食用。

电视台采访车蜂拥而来。事件的确太适合上电视了。报道员群聚商业街，将这离奇得无以复加的事件向全国报道。他们用铁锹铲起落在路上的鱼，对准镜头。被空中掉下的沙丁鱼和竹笑鱼砸了脑袋的主妇接受采访的场面也播放了——她被竹笑鱼的脊鳍刮了脸颊。"幸亏掉下的是竹笑鱼和沙丁鱼，若是金枪鱼可就麻烦大了。"她用手帕捂着脸颊说。说得确乎在理，但看电视的人都忍俊不禁。还有勇敢的报道员当场烤熟天降沙丁鱼和竹笑鱼在摄像机面前吃给人看。"味道好极了，"他得意洋洋地说，"新鲜，肥瘦恰到好处，遗憾的是没有萝卜泥和热气腾腾的白米饭。"

年轻警察全然不知所措。那位奇妙的老人——名字叫什么来着，想不起来——预言说今天傍晚有大量的鱼自天而降。沙丁鱼和竹笑鱼。一如他所说的……然而自己一笑了之，连名字住所都没登记。该如实向上司报告不成？恐怕那样做才是正路。问题是就算现在报告了，又能有什么益处呢！既没有人身受重伤，时下又没有同犯罪有关的证据，不外乎天上有鱼掉下罢了。

何况，上司能轻易相信那个奇妙老人前一天来派出所执勤点预言说将有沙丁鱼和竹笑鱼自天而降一事么？肯定认为脑袋有问题。并且很有可能被添枝加叶，成为警署内绝妙的笑料。

还有一点，老人来派出所报告说他杀了人。就是说是来自首的。而自己没当回事，执勤日志上记都没记。这显然违反职务规定，该受处分。老人的话委实太荒唐了，任何警察——凡是在现场执勤的人——都决不会正经对待。执勤点天天忙于杂事处理，事务性工作堆积如山，世间脑袋里螺丝钉松动的人多得推不开搡不动，那些家伙不约而同地拥来执勤点胡说八道，对他们不可能一一认真接待。

可是既然有鱼自天而降的预言（这也是十足傻透顶的话）成了现实，那么就很难断定那个老人用刀刺杀了谁——他说是琼尼·沃克——这莫名其妙的话纯属无中生有。万一情况属实，事情就非同小可。毕竟自己把前来自首（"刚才杀人了"）的人直接打发回去，报告都没报告。

不久，清扫局的车来了，把路上散乱的鱼清理掉。年轻警察疏导交通，封锁商业街入口，不准车辆进入。路面粘满了沙丁鱼和竹笑鱼的鳞片，无论怎么用水管冲也冲不干净。一段时间里路面滑溜溜的，有几名主妇骑自行车滑倒。鱼的腥味儿久久不散，附近的猫们整整兴奋了一夜。警察急于应付此类杂事，再没有考虑谜一般的老人的余地。

然而在鱼自天而降的第二天，当附近住宅地段发现被刺死的男子尸体时，年轻警察倒吸了一口凉气。遇害的是著名雕塑家，发现尸体的是每隔一天上门一次的家政妇女。不知何故，受害者全身赤裸，地板上一片血海。推定死亡时间为两天前的傍晚，凶器是厨房里的牛排刀。那个老人在此说的是真事，警察心想。得得，这下糟透了。那时本该跟署里联系，用巡逻车把老人带走。自首杀人是要直接交给上一级处理的，至于脑袋是否有问题，由他们判断去好了。那样自己就算履行了现场职责。然而自己没那么做。事已至此，往下只好沉默到底了。警察如此下定决心。

这会儿，中田已经离开了这座城市。

第 19 章

星期一图书馆不开门。平日图书馆也够安静，休息日就更加安静，俨然被时间遗忘的场所，或者像不希望被时间发现而悄然屏息的地方。

沿阅览室前面的走廊（挂出非本馆人员请勿入内的牌子）前行，有工作人员用的洗涤台，可以做饮料加热，也有微波炉。再往里是客房的门，里面有简单的卫生间和贮物室，有单人床，床头柜上有读书灯和闹钟，有能写东西的书桌，桌上有台灯，有罩着白布套的老式沙发，有放衣服的矮柜，有单身者用的小电冰箱，上面有可以放餐具和食品的餐橱。若想做简单的饭菜，用门外的洗涤台即可。浴室里香皂、洗发液、吹风筒和毛巾一应俱全。总之生活用品大体齐备，如果不是长期居住，一个人生活不会有什么不便。朝西的窗口可以看见院里的树木。时近黄昏，开始西斜的太阳透过杉树枝闪闪烁烁。

"我懒得回家时偶尔也睡在这里，此外没人用这个房间。"大岛说，"据我所知，佐伯从来没有用过。就是说，你住在这里不会给任何人添麻烦。"

我把背囊放在地板上，环视房间。

"床单配好了，电冰箱里的东西够你应付几天：牛奶、水果、蔬菜、黄油、火腿、奶酪……做考究的饭菜自然勉强，但做个三明治、切蔬菜弄个色拉还是够用的。改善生活，可以外订或到外面吃。洗衣服只能自己在浴室洗。此外可有我忘说了的?"

"佐伯一般在哪里工作呢?"

大岛指着天花板说:"馆内参观时不是见到二楼书房了么? 她总在那里写东西。我离开的时候,她下来替我坐在借阅台里。不过,除了一楼有什么事,她都在那里。"

我点头。

"我明天上午十点之前来这里,讲一下大致工作日程。来之前,你先慢慢休息好了。"

"这个那个的,谢谢。"

"My pleasure①。"他用英语应道。

大岛走后,我整理背囊里的东西。把不多的几件衣服放进矮柜,衬衫和上衣挂上衣架,笔记本和笔放在桌上,洗漱用具拿去卫生间,背囊收进贮藏室。

房间里除了墙上挂的一小幅油画没有任何装饰性东西。油画是写实的,画一个海边少年。画得不坏,没准出自名画家之手。少年大概十二三岁,戴一顶白色太阳帽,坐在不大的帆布椅上,臂肘拄着扶手,脸上浮现出不无忧伤又不无得意的神情。一只黑毛德国牧羊狗以保护少年的姿势蹲在旁边。背景是海。也画有其他几个人,但太小了,看不清脸。海湾里有个小岛。海上飘浮着几片拳头形状的云。夏日风光。我坐在桌前椅子上,看了一会儿画。看着看着,觉得好像实际听到了海涛声,实际闻到了潮水味儿。

上面画的,说不定是曾在这个房间里生活的少年。佐伯所爱的同龄少年,二十岁卷进学生运动派别之争而被无故杀害的少年。尽管无法确认,但我总有这个感觉。风景也像是这一带的海边风景。果真如此,画中所画的就应该是四十年前的风景了。四十年的时间,对我来

---

① 意为"不用谢"。

说几乎是无限漫长的。我试着想像四十年后的自己，好像在想像宇宙的尽头。

第二天早上大岛来了，告诉我开图书馆的顺序。开门，开窗换空气，地板大致过一遍吸尘器，用抹布擦桌子，给花瓶换水，开灯，需要时往院里洒水，时间到了打开外面的大门。闭馆时则大体相反。锁窗，再用抹布擦桌子，关灯，关门。

"没有什么怕偷的东西，关门关窗不那么注意也未尝不可。"大岛说，"但佐伯也好我也好都不喜欢邋遢，尽可能做得井井有条。这里是我们的家。应该对其怀有敬意。希望你也能这么做。"

我点头。

接着，他教我借阅台里的工作：坐在里面做什么、如何给读者当参谋。

"眼下坐在我旁边看我怎么做，记住顺序。没有多难。有什么难解决的事，就去二楼找佐伯，往下她会处理好的。"

佐伯快十一点时来。她开的"大众高尔夫"引擎声很特别，一听就知道。她把车停在停车场，从后门进来，向大岛和我打招呼。早上好，她说。早上好，大岛和我说。我们之间的话就这两句。佐伯身穿藏青色半袖连衣裙，手里拿着棉质上衣，肩上垂着挎包，身上几乎没有饰物，也不大化妆。尽管如此，她身上仍有一种令对方目眩的东西。她看着站在大岛身旁的我，表情似乎想说什么，却什么也没说，而是朝我浅浅一笑，静静地登楼梯上二楼。

"不怕的。"大岛说，"你的事她全部了解，无任何问题。她这人不说多余的话，仅此而已。"

十一点，大岛和我打开图书馆。开门也没人马上进来。大岛教我检索电脑的方法。图书馆常用的是 IBM，我已习惯了它的用法。接下去教我如何整理借阅卡。每天有几本新书邮寄来，用手写进卡片也是工作的一项内容。

十一点半有两位女性结伴而来，身穿同样颜色同样款式的蓝牛仔裤。个子矮的头发弄得跟游泳运动员一样短，个子高的头发编成辫。鞋都是散步鞋，一双是耐克，一双是阿西克。高个儿看上去四十光景，矮个儿似乎三十左右。高个儿花格衬衫戴眼镜，矮个儿则是白色衬衣。双方都背着小背囊，脸色如阴天愁眉不展，话语也少。大岛在门口存行李，她俩颇不情愿地从行李中取出笔记本和笔。

两人一格一格细看书架，认真查看借阅卡，不时往本本上记什么。书不看，椅子不坐。较之图书馆读者，更像检查库存的税务署调查员。大岛也捉摸不出这两人是什么人来这里干什么，他朝我使个眼色，略微耸了耸肩。极其审慎地说来，预感不大妙。

到了中午，大岛在院子里吃饭，我替他坐在借阅台里边。

"有件事想请教。"女性中的一个走来说道。个子高的。硬邦邦的声调，令人联想到忘在餐橱尽头的面包。

"啊，什么事呢？"

她皱起眉头，以俨然注视倾斜画框般的眼神看我的脸："喂喂，你怕是高中生什么的吧？"

"啊，是的。在这里实习。"我回答。

"能把哪个多少懂事的人叫来？"

我去院子叫大岛。他用咖啡缓缓冲下口里的食物，拍去膝头掉的面包屑，这才起身走来。

"您有什么要问的？"大岛热情地招呼。

"实话告诉你，我们的组织是站在女性的立场，对日本全国公共文化设施的设备、使用便利性、接待公平性等情况进行实地调查。"她说，"计划用一年时间实际跑遍各类设施，检查设备，将调查结果写成报告公开发表。许多女性参与此项活动。我们负责这一地区。"

"如果您不介意，愿闻贵组织名称。"大岛说。

女性递出名片，大岛不动声色地仔细看罢，放在台面上，而后抬起脸，漾出华丽的微笑凝视对方。那是极品级的微笑，足以使身心健全的女性不由得脸颊上飞起红霞，然而对方眉毛都一下不动。

"那么，如果从结论说起，遗憾的是可以发现这座图书馆有若干问题点。"她说。

"就是说，是从女性角度看来喽？"大岛问。

"是的，是从女性角度看来。"她清了声嗓子，"想就此倾听一下经营管理者方面的高见，不知意下如何？"

"经营管理者那样神乎其神的人物这里并不存在。如果本人可以的话，但请直言不讳。"

"首先一点，这里没有女士专用卫生间。不错吧？"

"一点不错。这座图书馆内没有女士专用卫生间，而是男女兼用。"

"纵然是私立设施，既然是面向公共开放的图书馆，作为原则恐怕也应该将卫生间男女分开。不是么？"

"作为原则。"大岛确认似的重复对方的话。

"是的。男女兼用卫生间有各种各样的 harassment①。根据调查，大部分女性对于男女兼用卫生间切实地感到难以使用。这显然是对妇女利用者的 neglect②。"

"neglect。"大岛现出一脸吃错什么苦物的表情。他不大中意这个词的发音。

"有意忽视。"

"有意忽视。"他又复述一遍，就这句话主语的阙如思索一番。

---

① 意为"干扰、制造不便、不方便"。
② 意为"轻视、无视"。

"这点您是如何考虑的呢?"女性克制着隐约透出的焦躁。

"您一眼即可看出,这是座非常小的图书馆。"大岛说,"遗憾的是不具有足以修建男女分用卫生间的空间。自不待言,卫生间男女分开再好不过。可是眼下利用者并未就此抱怨。不知是幸运还是不幸,我们图书馆没有那么拥挤。如果二位想要追究男女单用卫生间问题,那么请去西雅图的波音公司提出超大型喷气式客机的卫生间问题如何?比之我们图书馆,超大型喷气式客机要宽大得多,拥挤得多。而据我所知,机舱内的卫生间一律男女兼用。"

个子高的女性眯缝起眼睛注视大岛的脸庞。她一眯缝眼睛,两侧颧骨陡然水落石出,眼镜亦随之上蹿。

"我们现在不是在此调查交通工具。干吗风风火火地提起超大客机来?"

"超大客机的卫生间为男女兼用和图书馆的卫生间为男女兼用,原则性地考虑起来,二者产生的问题岂不如出一辙?"

"我们是在调查每个具体的公共设施的设备,并非来这里谈原则的。"

大岛终究不失柔和的微笑:"是吗?我以为我们正在就原则加以探讨……"

高个儿女性意识到自己似乎在哪里犯了错误,她脸颊略略泛红,但那不是大岛的性魅力所使然。她试图卷土重来。

"总之这里不涉及超大客机问题,请不要端出不相干的东西制造混乱。"

"明白了,飞机的事按下不表。"大岛说,"话题锁定在地面问题好了。"

她瞪视大岛,呼一口气后继续下文:"另外想请教一点:作者分类倒是男女单列。"

"是的,是那样的。编排索引的是我们的前任,不知何故,男女单列。本想重做一遍，但始终抽不出时间。"

"我们不是要对此说三道四。"

大岛略略歪头。

"只是，在这座图书馆内，所有分类无不是男作者在女作者前面。"她说，"依我们的想法，这是有违男女平等原则、缺少公平性的举措。"

大岛把名片拿在手里，又看一遍上面的字，放回台面。

"曾我女士，"大岛说，"学校点名的时候，曾我在田中之前而居关根之后①——对此您发过牢骚么？叫老师倒念过一次了么？罗马字母的 G 因自己排在 F 的后面气恼过么？书的 68 页因自己尾随在 67 页之后闹过革命么？"

"和那个是两码事。"她语声粗重起来，"你一直有意识地扰乱话题。"

听得此言，一直在书架前做笔记的小个儿女性快步赶来。

"有意识地扰乱话题。"大岛就像在字旁加点似的重复对方的话。

"难道你能否认？"

"red herring。"大岛说。

姓曾我的女性微微张着嘴，不置一词。

"英语中有 red herring 这一说法，意思是虽然妙趣横生，但距谈话主题略有偏离。红色的鲱鱼。至于这一说法何以产生，鄙人才疏学浅自是不知。"

"鲱鱼也罢竹笑鱼也好，反正你是在扰乱话题。"

"准确说来，是 analagy② 的置换。"大岛说，"亚里士多德视之为雄辩术中最有效的方法之一。这种斗智性的把戏在古代雅典市民的日常生活中深受欣赏并广为应用。十分遗憾的是，在当时的雅典，

---

① 按日文五十音图顺序，这三个姓氏应如此排列。
② 意为"相似、类似之处"。

'市民'的定义中不包含女性……"

"你存心挖苦我们么?"

大岛摇头道:"听清楚,我想奉告二位的是:倘若有时间来这座小城的小型私立图书馆到处嗅来嗅去、在卫生间形态和借阅卡片上吹毛求疵,那么不如去做对保障全国妇女权益更有效的事情——那样的事情外面比比皆是。我们正在为使这座不起眼的图书馆发挥地区性作用而竭尽全力,为爱书的人士搜集提供优秀读物,并尽可能提供富有人情味儿的服务。您或许有所不知,这座图书馆在大正时期至昭和中期诗歌研究资料的收藏方面,纵令在全国也受到高度评价。当然不完善之处是有的,局限性是有的。但不管怎么说我们是在尽心竭力。较之看我们做不到的,不如将目光投在我们做到的地方,这难道不才是所谓公正吗?"

高个儿女性看矮个儿女性,矮个儿女性仰看高个儿女性。

矮个儿女性这时开口了——第一次开口——声音尖利高亢:"归根结底,你口中的无非内容空洞的意在逃避责任的高谈阔论,无非以现实这个方便好用的字眼巧妙美化自己。若让我说,你是个百分之百的男性性 pathetic① 的历史性例证。"

"pathetic 的历史性例证。"大岛以钦佩的语气加以复述。可以听出他对这一说法相当中意。

"换言之,你是作为典型的歧视主体的男性性男性。"高个儿掩饰不住焦躁感。

"男性性男性。"大岛依然鹦鹉学舌。

矮个儿置之不理,兀自滔滔不绝:"你以社会既成事实和用以维持它的自以为是的男性逻辑为后盾将全体妇女性这一 gender② 变成二

---

① 意为"哀婉动人的、悲怆的、令人感动的"。
② 意为"性、男性、女性"。

等国民，限制进而剥夺女性理应得到的权利。这与其说是有意为之，毋宁说是非自觉所使然。故而可以说更为罪孽深重。你们通过对他者痛楚的漠视来确保作为男性的既得权益，而且在这种不自觉性对女性对社会造成怎样的恶果面前佯装不见。卫生间问题和阅览卡问题当然不过是细部，然而没有细部就没有整体，只有从细部开始方能撕掉覆盖这个社会的非自觉性外衣。这便是我们的行动原则。"

"同时也是所有有良知女性的共同感受。"高个儿面无表情地补充一句。

"'有良知女性当中难道有和我同样遭受精神折磨和我同样苟且求生的么？'"大岛说。

两人沉默得一如并列的冰山。

"索福克勒斯的《厄勒克特拉》①。经典剧作。我反复看了好多遍。另外顺便说一句：gender 一词说到底是表示语法上的性，表示肉体上的性我想还是用 sex 更为准确。这种场合用 gender 属于误用——就语言细部而言。"

冰冷的沉默在持续。

"总而言之，你所说的在根本上是错误的。"大岛以温和的语调不容置疑地说，"我不是什么男性性男性 pathetic 的历史性例证。"

"何以见得在根本上是错误的？敬请通俗易懂地予以指教。"矮个儿女性口气中带有挑战意味。

"免去逻辑的偷梁换柱和知识的自我卖弄！"个儿高的补充一句。

"免去逻辑的偷梁换柱和知识的自我卖弄，我就通俗易懂地说好了。"大岛说。

"洗耳恭听。"个儿高的说道。另一位略一点头，像是表示赞同。

---

① 内容讲一个叫厄勒克特拉的少女与弟弟一起杀死曾杀害父亲的母亲及其情夫。

"第一，我不是男性。"大岛宣布。

所有人瞠目结舌。我也屏住呼吸，瞥一眼旁边的大岛。

"我是女的。"大岛说。

"少开无聊的玩笑！"个子矮的女性呼出一口气说道。但感觉上那是必须有个人说句什么的口气，并不理直气壮。

大岛从粗棉布裤袋里掏出钱夹，拈出一枚塑料卡交给她。带相片的身份证，大概是看病用的。她看着卡上的字，蹙起眉头，递给个子高的女性。她也注视一番，略一迟疑，脸上浮现出递交凶签的表情递还大岛。

"你也想看？"大岛转向我说。

我默默摇头。

他把身份证收进钱夹，钱夹揣进裤袋，之后双手挂着台面说："如二位所见，无论从生物学上说还是从户籍上说，我都不折不扣是女性。因此你的说法在根本上是错误的。我不可能是你所定义的作为典型的歧视主体的男性性男性。"

"可是……"个子高的女性想要说什么，但接不上词。个子矮的双唇闭成一条线，右手指拽着衣领。

"身体结构诚然是女性，但我的意识则彻头彻尾是男性。"大岛继续道，"精神上我是作为一个男性活着的，所以嘛，你所说的作为历史性例证未必不对。我或许是个铁杆歧视主义者。只是，虽说我是这样一副打扮，但并不是女同性恋者。以性嗜好来说，我喜欢男性。就是说，我尽管是女性，但不是变性人。阴道一次也没用过，性行为通过肛门进行。阴蒂有感觉，乳头几乎无动于衷，月经也没有。那么，我到底歧视什么呢？哪位给我以指教？"

剩下的我们三人再次缄口不语。有谁低声咳嗽，声音不合时宜地在房间里回荡。挂钟发出平日所没有的大大的干巴巴的声响。

"对不起，正在吃午饭。"大岛莞尔笑道，"在吃金枪鱼三明治。吃到一半给叫来了。放久了，说不定会被附近的猫吃掉。这一带猫为数不少。因为海岸松树林里有很多人扔猫仔。如果可以，我想回去接着用餐。失陪了，诸位请慢慢休息。这座图书馆对所有市民开放。只要遵守馆内规定，不妨碍其他读者，做什么悉听尊便。想看什么看个够就是。你们的报告书随你们写什么。我想无论怎么写，我们都不会介意的。我们过去没接受来自任何方面的补贴和指令，全凭自己的想法开展工作，以后也打算如此继续下去。"

大岛走后，这对女性面面相觑，继而觑我的脸。估计把我看成了大岛的恋人。我一言不发，闷头整理借阅卡。两人在书架那里低声商量什么，随即收拾东西回去了。她们的脸色十分僵冷，在借阅台我递给小背囊时也没说声谢谢。

不久，吃完饭的大岛折回，给我两根金枪鱼菠菜卷。这东西的主体类似绿色的玉米饼，夹有蔬菜和金枪鱼，浇着白色调味酱。我当午饭吃着，又烧开水喝嘉顿袋泡茶。

"刚才我说的都是实话。"我吃完午饭回来时大岛说道。

"上次你说自己是特殊人就是这个意思?"我问。

"非我自吹，在她俩听来，我的说法决无夸张意味。"

我默默点头。

大岛笑道："从性别上说我无疑是女性，但乳房几乎大不起来，月经也一次都没有。没有鸡鸡，没有睾丸，没有胡须，总之什么也没有。若说利落倒也利落。想必你不理解是怎么一种感觉。"

"想必。"

"有时我自己都全然不能理解：我到底算是什么呢? 你说，我到底算什么呢?"

我摇头："嗳，大岛，那么说，就连我也不晓得自己是什么。"

"identity①的古典式摸索。"

———————

① 意为"同一性、身份、身世、自我确认"。

我点头。

"但至少你有带把的那个物件，而我没有。"

"不管你大岛是什么，我都喜欢。"我生来还是第一次对别人说出这样的话，脸上有些发烧。

"谢谢。"说着，大岛把手轻轻放在我肩上。"我确实有点儿特别，但基本上和大家是同样的人。这点希望你明白。我不是什么妖怪，是普通人，和大家同样感觉、同样行动。然而就这一点点不同，有时让我觉得如坠无底深渊。当然，想来这东西也是奈何不得的。"

他拿起台面上又长又尖的铅笔看着。看上去铅笔仿佛是他身体的延长。

"本来我就想把这个尽早找机会如实讲给你来着。较之从别的什么人嘴里听来，不如我亲口告诉你。所以今天算是个好机会。是这样的。倒是难说心情有多愉快。"

我点头。

"我就是你眼前的这样一个人，因此在各种场合各种意义上受人歧视。"大岛说，"受歧视是怎么一回事，它给人带来多深的伤害——只有受歧视的人才明白。痛苦这东西是个别性质的，其后有个别伤口留下。所以在追求公平和公正这点上，我想我不次于任何人。只是，更让我厌倦的，是缺乏想像力的那类人，即 T·S·艾略特说的'空虚的人们'。他们以稻草填充缺乏想像力的部位填充空虚的部位，而自己又浑然不觉地在那上面走来窜去，并企图将那种麻木感通过罗列空洞的言辞强加于人。说痛快点儿，就是刚才来的两个人那样的人。"

他叹息一声，在指间转动长铅笔。

"男同性恋者也好，女同性恋者也好，常规异性恋者也好，女权

---

① 梵语 Krishna 的音译，印度神维什努的第八化身。

主义者也好，法西斯猪也好，共产主义者也好，克利什那①也好，是什么都无所谓。无论打什么旗号，都与我毫不相干。我无法忍受的是那些空虚的家伙。面对那些人，我实在忍无可忍，以致不该出口的话脱口而出。就刚才的情况来说，本来可以适当应付一下打发走了事，或者找佐伯下来由她处理，她肯定笑吟吟对答如流。然而我做不到，不该说的要说，不该做的要做，无法自我控制。这是我的弱点。明白这为什么成为弱点？"

"如果——搭理想像力不够的人，身体再多也不够用。是这样的？"我说。

"正确。"说着，大岛用铅笔带橡皮的那头轻轻顶在太阳穴上，"确实如此。不过么，田村卡夫卡君，有一点你最好记住：归根结底，杀害佐伯青梅竹马恋人的也是那帮家伙。缺乏想像力的狭隘、苛刻、自以为是的命题、空洞的术语、被篡夺的理想、僵化的思想体系——对我来说，真正可怕是这些东西。我从心底畏惧和憎恶这些东西。何为正确何为不正确——这当然是十分重要的问题。但这种个别判断失误，在很多情况下事后不是不可以纠正。只要有主动承认错误的勇气，一般都可以挽回。然而缺乏想像力的狭隘和苛刻却同寄生虫无异，它们改变赖以寄生的主体、改变自身形状而无限繁衍下去。这里没有获救希望。作为我，不愿意让那类东西进入这里。"

大岛用铅笔尖指着书架。当然他是就整个图书馆而言。"我不能对那类东西随便一笑置之。"

第 20 章

大型冷藏卡车的司机把中田放在东名高速公路富士川服务站停车场的时候，时间已过晚间八点。中田拿着帆布包和伞从高高的副驾驶席上下来。

"在这里找下一辆车，"司机从窗口探头说，"问一问总可以找到一辆的。"

"谢谢谢谢，可帮了中田我大忙了。"

"路上小心。"说罢，司机扬手离去。

司机说是富士川，中田全然不晓得富士川位于何处，但自己已离开东京正一点点西行这点他是理解的，没有指南针没有地图也能凭本能理解。往下只要搭上西行车即可。

中田感到肚子饿了，决定在餐厅吃一碗拉面。帆布包里的饭团和巧克力现在不能动，要留给紧急情况，中田想。由于认不得字，理解系统性的东西格外花时间。进餐厅必须先买餐券。餐券在自动售货机卖，不认字的中田须求人帮忙。他说自己弱视看不清东西，马上有个中年女性替他投币按钮，把找回的钱给他。中田从经验中懂得，在某些人面前还是尽量不暴露自己不认字的事实为好，因为他时常被人投以审视妖怪般的目光。

吃罢，中田挎起帆布包，拿起伞，向身边卡车司机模样的人打招呼。"自己想往西去，能允许我搭车么"——如此问来问去。司机们看中田的相貌，看他的打扮，然后摇摇头。白搭车的老人极其稀罕，而对稀罕的东西他们怀有本能的戒心。"公司不让人搭车，"他们说，"抱歉。"

　　说起来，从中野区进入东名高速公路就花了不少时间。毕竟中田几乎没离开过中野区，连东名高速公路的入口在哪里都不晓得。能使用特别乘车证的都营公共汽车必要时倒是乘过，而需要买票的地铁和电气列车从未一个人坐过。

　　上午快十点的时候，中田把替换衣服、洗漱用具和一点简单的食品塞进帆布包，把藏在榻榻米下面的现金小心放入腰带包，拿起一把大布伞走出宿舍。他问都营公共汽车司机如何去东名高速公路，司机笑道："这车只到新宿站。都营公共汽车不跑高速公路。高速公路要坐高速巴士的。"

　　"跑东名高速公路的高速巴士从哪里开车啊?"

　　"东京站。"司机说，"坐这车去新宿，从新宿换电车去东京站，在那里买指定座位票上巴士，那样就可以进入东名高速公路了。"

　　虽然不甚明了，但中田还是姑且坐上那班公共汽车去了新宿站，不料那里是个极大的闹市区，人头攒动，走路都不容易。许多种电车南来北往，完全搞不清去哪里才能坐上开往东京站的电车。指示牌上的字当然认不得。问了几个人，但他们说得太快太复杂，满口闻所未闻的固有名词，中田横竖记不来，心想，简直同猫君川村交谈一个样。也想去派出所执勤点问问，又怕被当作老年痴呆症患者收容起来（此前经历过一次）。在东京站周围东望西望走来走去的时间里，由于空气不好人车嘈杂，心情渐渐不舒服起来。中田尽可能挑人少的地方走，在高楼大厦之间找出一小块公园样的场地，弓身在长凳上坐下。

　　中田在此怅然良久，不时自言自语，用手心抚摸剪得很短的头发。公园里一只猫也没有。乌鸦飞来啄食垃圾箱。他几次仰望天空，根据太阳位置推测大致时间。天空被汽车尾气弄得晴不晴阴不阴的，不知什么色调。

偏午时分，在附近大楼工作的男女来公园吃盒饭，中田也吃了自带的夹馅面包，喝了保温瓶里的茶水。旁边凳上坐着两个年轻女子，中田试着搭话，问怎么样才能去东名高速公路。两人教给的同那公共汽车司机说的一样：乘中央线去东京站，从那里坐东名高速巴士。

"刚才试过了，没试成。"中田如实相告，"中田我这以前从没出过中野区，不明白电车怎么坐。只坐过都营公共汽车。不认字，买不来票。坐都营公共汽车坐到这里，再往前就寸步难行了。"

两人听了，吃惊不小。不认字？可是看上去倒是个不坏的老人，笑眯眯的，衣着也整洁。如此大好的天气拿一把伞多少令人费解，但看不出是流浪汉。长相也蛮可以。不说别的，眼睛就黑白分明。

"真的没出过中野区？"黑发女孩问。

"是的，一直没出去，因为中田我迷路不归也没人找的。"

"字也不认得。"头发染成褐色的女孩说。

"是的，一个也认不来。数字么，简单的大体明白，但不会计算。"

"那，坐电车很困难了？"

"那是，非常困难。票买不成。"

"有时间很想带你去车站让你坐对电车，但我们一会儿就得回公司上班，没有那么多去车站的时间，对不起。"

"哪里哪里，请别那么说。中田我总有办法可想。"

"对了，"黑发女孩道，"营业部的峠口不是说今天去横滨来着？"

"唔，那么说他是说过的。求那小子准行，人是有点儿难接触，但不坏。"褐发女孩说。

"嗳，老伯，既然不认字，索性 hitchhike① 好了。"黑发女孩建议。

"hitchhike?"

"就是求那里的车捎上你。大多是长途卡车,一般车是不让搭车的。"

"长途卡车也好一般车也好,那么难的事中田我不大懂……"

"去那里总能办成的。过去学生时代我也有过一次。卡车司机那些人都很友好的。"

"嗳,老伯,去东名高速公路的什么地方?"褐发女孩问。

"不知道。"

"不知道?"

"不知道。但到那里自然知道。反正先要顺着东名高速公路往西。下一步的事下一步考虑不迟,总之必须往西去。"

两个女孩面面相觑。但中田的语气里有一种独特的说服力,而且两人对中田产生了自然而然的好感。吃完盒饭,她俩把空盒扔进垃圾箱,从凳子上立起。

"嗳,老伯,跟我们来吧。我们给你想想办法。"黑发女孩说。

中田跟在她俩后面走进附近一座大楼。进这么大的建筑物中田是第一次。两人让中田坐在公司传达室椅子上,向负责传达的女子打声招呼,叫中田在这里稍等一会儿,随后消失在几台并列的电梯之中。午休返回的男职员女职员们陆陆续续从手握布伞怀抱帆布包的中田面前走过,这也是中田此前未曾目睹的光景。所有人都像事先商量好了似的打扮得整整齐齐,系着领带,提着光闪闪的皮包,穿着高跟鞋,并且步履匆匆朝同一方向行进。这么多人聚在这里一起干什么呢? 中田全然捉摸不透。

不大工夫,那对女孩领着一个穿白衬衣打斜纹领带的细细高高的男子出来,把中田介绍给他。

---

① 意为"沿途免费搭便车旅行"。

"这个人么，叫峠口君，正好这就开车去横滨，说可以捎你过去。你在东名高速公路叫做港北场的地方下车，再找别的车搭。反正你就说想往西去，挨个儿问。若是让你搭车，在哪里停车的时候招待人家一顿饭就是。知道了？"褐发女孩问。

"老伯，那点儿钱可有？"黑发女孩问。

"有的，中田我那钱是有的。"

"喂，峠口君，这老伯是我们的熟人，可得好好待他哟！"褐发女孩说。

"反过来，你如果好好待我的话。"小伙子有些气短地说。

"很快的，别急。"黑发女孩说。

分手时，两个女孩对中田说："老伯，算是给你钱行——肚子饿时吃了。"说罢，递出在小超市买的饭团和巧克力。

中田再三道谢："非常非常感谢。待我这么热情，真不知如何道谢才好。让中田我不自量力地为你们祝福吧，祝二位好事多多！"

"但愿你的祝福很快见效。"黑发女孩咻咻笑了起来。

峠口这小伙子让中田坐在"紫羚羊"的副驾驶席上，从首都高速公路驶入东名高速公路。路面堵塞时，两人这个那个聊了许多。峠口生性怕见生人，起初话语不多，但习惯了中田的存在之后，很快就一个人说个没完。他有很多要说的话，在不至于再次相见的中田面前得以畅所欲言——已订婚的恋人几个月前离己而去；她另外有了心上人，长期瞒着自己和对方来往；同公司里的上司怎么也合不来，甚至想辞职离开；上初中时父母离异，母亲再婚，找的人不三不四，同骗子无异；一笔数目不小的钱借给要好的朋友，担心有借无还；宿舍隔壁一个学生用大音量听音乐听到深夜，致使自己睡不好觉……

中田一本正经地听他讲，不时随声附和，发表微不足道的看法。车到港区停车场时，中田差不多了解了小伙子人生的所有情况。不能完全领会的地方固然也有很多，但主线毕竟清楚了：峠口是个令人同情的小伙子，尽管他本身渴望地道地活着，却被许许多多扯皮事缠得透不过气。

"实在感激不尽。让您带到这里，中田我太幸运了。"

"哪里，能和你一路到这儿，我也很高兴的，老伯。能这么向谁一吐为快，心情畅快多了。以前跟谁也没说过。让你听了我这么多啰嗦话，你没觉得不耐烦都已经很不错了。"

"不不，这话说哪儿去了。中田我也为能同您这位小伙子交谈高兴，哪里谈得上不耐烦什么的。您别介意。我想从今往后您也一定有好事遇上的。"

小伙子从钱夹里取出一张电话卡递给中田："这个送给你了。我们公司做的电话卡，算是旅途分别纪念吧。送这样的东西倒是不好意思。"

"谢谢了。"说着，中田接过来小心放进钱夹。他不可能给谁打电话，也不知卡怎么用，但他觉得最好不要拒绝。时值下午三点。

中田为找卡车司机把自己拉去富士川花了差不多一个钟头。最后找到的司机是开冷藏车送鲜鱼的，四十五六年纪，牛高马大，胳膊如树桩一般粗，又鼓着肚子。

"一股鱼腥，能行？"司机问。

"中田我喜欢鱼。"中田说。

司机笑道："你是有点与众不同。"

"那是，时常有人这么说。"

"我喜欢与众不同的人。"司机说，"在这个世上，长得像模像样活得地地道道的家伙反倒信赖不得。"

"真是那样不成？"

"肯定是。这是我的意见。"

"中田我没有什么意见不意见的，倒是喜欢鳗鱼。"

"那也是个意见嘛——喜欢鳗鱼。"

"鳗鱼是意见?"

"是啊,喜欢鳗鱼是一个蛮不错的意见。"

两人就这样开往富士川。司机姓荻田。

"中田,你认为这个世界日后什么模样?"司机问。

"对不起,中田我脑袋不好使,这类事一窍不通。"

"有自己的意见和脑袋不好使是两回事。"

"可是荻田君,脑袋不好使,压根儿就思考不了什么。"

"可你喜欢鳗鱼,是吧?"

"那是,鳗鱼是中田我的美食。"

"这就是所谓关系性。"

"呃。"

"大碗鸡肉鸡蛋浇汁饭可喜欢?"

"那也是中田我的美食。"

"这也是关系性。"司机说,"关系性如此这般一个个集合起来,自然有意义从中产生。关系性越多,意义也就越深。鳗鱼也罢浇汁饭也罢烤鱼套餐也罢,什么都无所谓。明白?"

"不太明白。那可是同食物有关系的?"

"不限于食物。电车也好天皇也好,无一不可。"

"中田我不坐电车。"

"也好。所以嘛,我想说的是:无论是什么人,只要他这么活着,他同周围所有事物之间自然有意义产生。最关键的在于它是不是自然。这跟脑袋好不好使不是一码事,而在于你是不是用自己的眼睛看——简单得很。"

"你脑袋好使啊!"

荻田大声笑了起来:"所以这不是脑袋好不好使的问题。我脑袋也并不好使,只不过我有我的想法罢了。所以大家一看见我就觉得胸闷，说那家伙动不动就强词夺理。一个人用自己脑袋想东西，往往让大家捉摸不透。"

"中田我还是不大明白——中田我喜欢鳗鱼和喜欢浇汁饭之间，莫不是有什么关联？"

"简单说来是这样的：中田这个人同中田所涉及的事物之间，必然产生关联。与此同时，鳗鱼同浇汁饭之间也有关联产生。如果把这样的关联网大大扩展开去，那么中田与资本家的关系、中田与无产阶级的关系等等等等就自然而然从中产生出来。"

"无产——"

"无产阶级。"荻田把两只大手从方向盘上拿开给中田看。在中田眼里那俨然是棒球手套。"像我这样拼死拼活汗流满面干活的人是无产阶级。相比之下，坐在椅子上不动手只动嘴向别人发号施令而工资比我多一百倍的人就是资本家。"

"资本家什么样我不知道。中田我穷，不清楚大人物怎么回事。提起大人物，中田我只知道东京都的知事。知事大人是资本家么？"

"啊，算是吧。知事好比资本家的狗。"

"知事大人是狗吗？"中田想起把自己领去琼尼·沃克家的那只大黑狗，将其不吉利的形象同知事叠合在一起。

"那样的狗到处都是，这世界上。人们称之为走狗。"

"走狗？"

"到处走的走，狗就是犬①。"

"没有资本家的猫么？"

荻田听得大笑起来："你是与众不同啊，中田。我顶喜欢你这样的人。资本家的猫——实在是别出心裁的高见。"

"我说荻田，"

---

① 日语中"走狗"一词的读法同作为日常词汇的"狗"（写作"犬"）不同。

"嗯?"

"中田我穷,每月从知事大人那里领补贴金。这事儿没准不大合适吧?"

"每月领多少?"

中田道出款额。荻田愕然摇头。

"时下靠那点儿小钱过活很不容易吧?"

"倒也不是。中田我花不了很多钱。不过除了补贴,中田我还找附近不见了的猫君,为此得了礼金。"

"唔。职业找猫手?"荻田钦佩地说,"厉害厉害。你这人真个不同凡响。"

"说实话,中田我能跟猫君交谈。"中田毅然坦白道,"中田我明白猫君讲的话,所以找下落不明的猫找得很准。"

荻田点头:"明白。这样的事你是做得来。我半点儿也不奇怪。"

"但前不久突然不能跟猫君交谈了,那是为什么呢?"

"世界日新月异,中田。每天时候一到天就亮,但那里已不是昨天的世界,那里的你也不是昨天的中田。明白?"

"那是。"

"关系性也在变。谁是资本家谁是无产阶级?哪边是左哪边为右?信息革命、优先股特权、资产流动化、职能再组合、跨国企业——哪个恶哪个善?事物的界线渐渐模糊起来。你所以不再能理解猫的语言,恐怕也是这个关系。"

"左右区别中田我大致清楚。就是说,这边是左这边是右。对的吧?"

"对对,"荻田说,"一点不错。"

最后两人走进高速公路服务站餐厅吃饭。荻田要了两份鳗鱼,自己付了款。中田坚持由自己付以感谢让自己搭车,荻田摇头。

"算了！虽说我不是阔佬，但还不至于沦落到让你用东京都知事给的眼泪珠儿那么点钱请客的地步。"他说。

"谢谢。那我就不客气了。"中田接受了对方的好意。

在富士川服务站东南西北问了一个小时，仍未找到肯让中田搭车的司机。尽管这样，中田也一不着急二不气馁，在他的意识中，时间流得极其缓慢，或者几乎停滞不动。

中田去外面换一下心情，在那一带信步走动。空中无云，月亮清晰得能看见其肌体。他用伞尖"嗑嗑"敲着柏油地面在停车场上行走。数不胜数的大型卡车如动物一般肩并肩在这里憩息，有的竟有二十多个一人高的车轮。中田久久地出神望着眼前的光景。如此深更半夜有如此庞然大物在如此纵横交错的路上飞奔，车厢里究竟装的什么物件呢？中田无从想像。如果认得货柜上写的每一个字，就能晓得里面装的什么不成？

走了一阵子，见到停车场边上车影稀疏的地方停着十来辆摩托，旁边聚着些年轻男子在七嘴八舌地叫嚷什么，似乎是围成一圈把什么围在里面。中田来了兴致，决定上前瞧瞧，没准会发现什么稀罕物。

凑近一看，原来是年轻男子们围着正中间一个人在拳打脚踢。多数人赤手空拳，但见一人手持铁链，也有人拿着状如警棍的黑棍。头发大多染成金色或褐色，衣着各所不一：敞胸的半袖衫、T恤、背心。还有的肩头有刺青。倒在地上挨打挨踢的也是同样打扮同样年龄。中田用伞尖"嗑嗑"敲着柏油地面走近时，几个人回头投以锐利的目光，见是一个面目和善的老者，遂解除了戒心。

"老头儿，别过来，去那边。"一人说。

中田并不理会，径自走到跟前。倒地的似乎有血从口中流出。

"出血了，那样要死人的。"中田说。

此言一出，一伙人沉默下来。

"喂喂，老头儿，连你一块儿除掉算了！"拿铁链的终于开口道，"一个人也是杀两个人也是砍，反正是麻烦一场！"

"不能无缘无故地杀人！"中田说。

"不能无缘无故地杀人！"有人模仿中田，旁边几个人发出笑声。

"我们自有我们的缘故，有缘有故才这么干的。杀也罢不杀也罢与你何干！快打开那把破伞趁还没下雨走开！"另一个说。

倒地的人蠕动身体，一个光头用沉重的工地皮鞋狠踢他的肋骨。

中田闭上眼睛。他感到自己体内正有什么静静上涌，那是自己无法遏止的东西。他有点儿想吐。刺死琼尼·沃克时的记忆倏然浮现在他的脑际。刀捅进对方胸口时的感触仍真切地留在他的手心。关系性，中田想道。莫非这也是荻田所说的一种关系性？鳗鱼→刀→琼尼·沃克。那伙人声音扭曲走调，分辨不清了。加之有高速公路上传来的不间断的车轮声混杂其间，形成莫名其妙的声响。心脏大幅收缩，将血液送往全身每个部位。夜色将他包拢。

中田抬头望天，而后徐徐撑开伞，遮在头顶，小心翼翼退后几步，同那伙人拉开距离。他四下看了看，又后退几步。看得那伙人笑了。

"这老头儿，真有他的，"一个人说，"还真打起伞来了！"

然而他们的笑声未能持续下去——突然有滑溜溜的陌生物自天而降，打在脚下的地面，发出"吧唧吧唧"奇妙的声音。那伙人不再踢打围在中间的猎获物，一个接一个抬头望天。天空不见云影，然而有什么从天空一角连连掉下。一开始零零星星，旋即数量增多，转眼之间便劈头盖脑一泻而下。掉下的东西长约三厘米，乌黑乌黑，在停车场灯光照射下，看上去如光灿灿的黑雪。这不吉祥的黑雪样的东西落在那伙人肩上臂上脖颈上，就势贴住不动。他们用手抓扯，但轻易扯不下来。

"蚂蟥！"一个说道。

听得此声，一伙人齐声喊着什么，穿过停车场往卫生间跑去。中途有个人撞在朝通道驶来的小型车上，好在车开得慢，似乎没受重伤。金发年轻人倒在地上，而后站起来一巴掌狠狠砸在车头上，冲着司机一顿大骂，但也再没闹腾什么，拖着脚向卫生间奔去。

蚂蟥劈头盖脑下了一阵子，之后渐渐变小，停了下来。中田收拢伞，抖掉伞上的蚂蟥，去看那个倒地的人的情况，无奈周围蚂蟥堆积如山，怎么也近前不得。倒地的人也差点儿被蚂蟥埋了起来。细看之下，那人眼皮裂了，血从那里流出，牙也好像断了。中田应付不来，只好去叫人。他返回餐厅，告诉店员说停车场一角有个青年男子受伤躺倒。"再不叫警察，说不定死掉。"中田说。

过不一会儿，中田找到一个肯捎他去神户的卡车司机。一个睡眼惺忪的二十几岁小伙子，梳马尾辫，戴耳环，头戴中日 Dragons 棒球帽，一个人边吸烟边看漫画周刊。身穿花花绿绿的夏威夷衫，脚登一双大号耐克鞋，个头不很高，烟灰被他毫不迟疑地弹进吃剩下的拉面汤里。他定定地看着中田的脸，有些不耐烦地点了下头："可以呀，坐就坐吧。你很像我那阿爷，打扮啦，说话怪怪的腔调啦……最后彻底糊涂了，前不久死的。"

用不到早上就到神户，他说。他往神户一家百货商店送家具。开出停车场时见到一场撞车事故，来了几辆警车，红色警灯来回旋转，警察们挥舞手电筒疏导出入停车场的车辆。事故不很严重，但有几辆车头尾撞成一串。轻型客货两用车一侧塌坑了，小轿车尾灯碎了。司机开窗伸出头同警察交谈几句，又关上车窗。

"天上掉下成筐成篓的蚂蟥，"司机冷漠地说，"又被车轮碾碎，路面滑溜溜的，方向盘好像打不住了。警察叫他们小心慢开。另外本地飙车族成帮结队乱窜，像有人受伤了。蚂蟥与飙车族，莫名其妙的组合！弄得警察们手忙脚乱。"

他放慢速度，小心翼翼开往出口，但车轮还是打了几次滑，每次他都小幅度地操纵方向盘找回原路。

"啧啧，看来下了好多好多。"他说，"路滑成这个样子。倒也是，蚂蟥这玩意儿挺吓人的。喂，老伯，被蚂蟥叮过?"

"没有，记忆中中田我没遭遇那种事。"

"我是在岐阜山里边长大的，有过好几次。有时在树林里正走着都会从上边掉下一条。下河就叮在腿上。不是我乱吹，对蚂蟥可是相当熟悉。蚂蟥这东西么，一旦叮上就很难扯下。大家伙力气大，硬扯都能把皮'咕噜'扯下一块，落下伤疤。所以只能贴着火烤，可不得了。叮住皮肤就吸血，一吸血就胖嘟嘟地鼓起来。吓人吧?"

"那是，的确吓人。"中田赞同。

"不过么，蚂蟥断不至于从天上噼里啪啦掉在高速公路服务站停车场正中间，和下雨终究不同。这么离奇的事听都没听说过。这一带的家伙们压根儿不晓得蚂蟥什么样。蚂蟥怎么会自天而降呢? 嗯?"

中田默然不答。

"几年前山梨有过大批马陆①，当时也弄得车轮打滑，一塌糊涂。也是这么滑溜溜的，交通事故一连串。铁路不能用了，电车也停了。不过马陆不是从天上掉下来的，是从那一带爬出来的，一想就不难明白。"

"中田我过去也在山梨待过。倒是战争期间的事了。"

"哦，什么战争?"司机问。

---

① 一种多足纲长虫，常成群游行。

第 21 章

雕塑家田村浩一遇刺身亡
自家书房一片血海

　　世界知名雕塑家田村浩一氏(五十？岁)在东京都中野区野方自家书房死亡。最先发现的是三十日下午去其家帮忙料理家务的一位妇女。田村先生赤身裸体俯卧在地，地板上处处是血。有争斗痕迹，可视为他杀。作案使用的刀具是从厨房拿出的，扔在尸体旁边。

　　警察公布的死亡推定时间为二十八日傍晚。田村先生现在一人生活，因此差不多两天之后尸体才被发现。被切肉用的锋利刀具深深刺入胸口若干部位，心脏和肺部大量出血致使几乎当场死亡。肋骨也折断数根，看来受力很大。关于指纹和遗留物，警察方面眼下尚未公布调查结果。作案当时的目击者也似乎没有。

　　房间内没有乱翻乱动的迹象，身旁贵重物品和钱夹亦未拿走，故有人认为此乃私怨导致的犯罪行为。田村先生的住宅位于中野区安静住宅地段，附近居民完全没有觉察到当时作案的动静，知道后惊愕之情溢于言表。田村先生同左邻右舍几无交往，独自悄然度日，因此周围无人觉察其有异常变化。

　　田村先生同长子(十五岁)两人生活，但据上门帮做家务的妇女说，长子约于十天前失踪，同一期间也没在学校出现。警察正在搜查其去向。

田村先生除自家住宅外还在武藏野市拥有事务所兼工作室。在事务所工作的秘书说直到遇害前一天他还一如往常从事创作。事发当日，有事往他家打了几次电话，但终日是录音电话。

田村先生一九四？年生于东京都国分寺市，在东京艺术大学雕塑系就读期间便发表了许多富有个性的作品，因而作为雕塑界新秀受到关注。创作主题始终追求人的潜意识的具象化，其超越既成概念自出机杼的崭新雕塑风格获得世界性高度评价。以自由奔放的想像力追求迷宫形态之美及其感应性的大型《迷宫》系列，作为作品在一般公众中最具知名度。现任××美术大学客座教授。两年前在纽约近代美术馆举办的作品展中……

※　　　　※　　　　※

我停止了看报。版面上刊有家门照片，父亲年轻时候的免冠相片也在上边，二者都给版面以不吉利的印象。我把报纸对折两下放在桌子上。我一声不吭地坐在床沿，指尖按住眼睛。耳内一直以固定频率响着沉闷的声音。我试着摇了几下头，但无法把那声音赶走。

我在房间里。时针指过七点。刚和大岛关上图书馆门。佐伯稍早一点儿带着"大众高尔夫"引擎声回去了，图书馆里只有我和大岛。耳中令人心焦意躁的声音仍在继续。

"前天的报纸。你在山里期间的报道。看着，心想上面的田村浩一说不定是你父亲，因为细想之下很多情况都正相吻合。本该昨天给你看，又觉得还是等你在这里安顿好了再说。"

我点头。我仍按着眼睛。大岛坐在桌前转椅上，架起腿，一言不发。

"不是我杀的。"

"那我当然知道。"大岛说，"那天你在图书馆看书看到傍晚，之后返回东京杀死父亲又直接赶回高松，在时间上怎么看都不可能。"

我却没那么大自信。在脑袋里计算起来，父亲遇害正是在我 T 恤沾满血迹那天。

"不过据报纸报道，警察正在搜查你的行踪，作为案件的重要参考人。"

我点头。

"如果在这里主动找警察报出姓名，并能清楚证明你当时不在作案现场，那么事情要比东躲西藏来得容易。当然我也可以作证。"

"可是那样会被直接领回东京。"

"那恐怕难免。不管怎么说，你还是必须接受义务教育的年龄，不能一个人想去哪儿就去哪儿，原则上你仍需要监护人。"

我摇头："我不想向任何人做任何解释，不想回东京的家不想返校。"

大岛双唇紧闭，从正面看我的脸。

"那是你自己决定的事。"稍顷，他声音温和地说，"你有按自己意愿生活的权利，十五岁也罢，五十一岁也罢，都跟这个无关。但遗憾的是，这同世间的一般想法很可能不一致。再说，假设你在这里选择'不想向任何人做任何解释，放开别管'这一条路，那么从今往后你势必不断逃避警察和社会的追查，而这应当是相当艰难的人生。你才十五岁，来日方长。这也不要紧的?"

我默然。

大岛又拿起报纸看了一遍："报纸报道，你父亲除了你没有别的亲人……"

"有母亲和姐姐，但两人早已离家，去向不明。即使去向明了，两人怕也不会参加葬礼。"

"那，你若不在，父亲死后的事情谁来办呢，葬礼啦身后事务处理啦?"

"报上也说了，工作室有个当秘书的女人，事务性方面的她会一手料理。她了解情况，总会设法收场的。父亲留下的东西我一样也不想继承,房子也好财产也好适当处理就是。"

我从父亲那里继承的惟有遗传因子,我想。

"如果我得到的印象正确的话,"大岛问我,"不管你父亲是被谁杀的,看上去你都不感到悲伤,也不为之遗憾。"

"弄得这个样子还是遗憾的,毕竟是有血缘关系的生父。但就真实心情来说,遗憾的莫如说是他没有更早死去。我也知道这样的说法对于已死之人很过分。"

大岛摇头道:"没关系。这种时候你更有变得诚实的权利,我想。"

"那样一来,我……"声音缺少必要的重量。我出口的话语尚未找到去向,便被虚无的空间吞没了。

大岛从椅子上立起,坐在我身旁。

"嗳,大岛,我周围一件一件发生了那么多事情,其中有的是我自己选择的,有的根本没有选择,但我无法弄清两者之间的区别。就是说,即使以为是自己选择的,感觉上似乎在我选择之前即已注定要发生,而我只不过把某人事先决定的事按原样刻录一遍罢了,哪怕自己再怎么想再怎么努力也是枉然。甚至觉得越努力自己越是迅速地变得不是自己,好像自己离自身轨道越来越远,而这对我是非常难以忍受的事。不,说害怕大概更准确些。每当我开始这么想,身体就好像缩成一团,有时候。"

大岛伸手放在我肩上,我可以感觉出他手心的温暖。

"纵使那样,也就是说纵使你的选择和努力注定徒劳无益,你也仍然绝对是你,不是你以外的什么。你正在作为自己而向前迈进,毫无疑问。不必担心。"

我抬起眼睛看大岛的脸。他的说法具有神奇的说服力。

"为什么那么认为?"

"因为这里边存在 irony① 。"

———————————————

① 意为"讽刺、反语"。

"irony?"

大岛凝视我的眼睛："跟你说，田村卡夫卡君，你现在所感觉的，也是多数希腊悲剧的主题。不是人选择命运，而是命运选择人。这是希腊悲剧根本的世界观。这种悲剧性——亚里士多德是这样下的定义——令人哭笑不得的是，与其说是起因于当事者的缺点，毋宁说是以其优点为杠杆产生的。我的意思你可明白？人不是因其缺点、而是因其优点而被拖入更大的悲剧之中的。索福克勒斯的《俄狄浦斯王》即是显例。俄狄浦斯王不是因其怠惰和愚钝、而恰恰是因其勇敢和正直才给他带来了悲剧。于是这里边产生了无法回避的 irony。"

"而又无可救赎。"

"在某种情况下，"大岛说，"某种情况下无可救赎。不过 irony 使人变深变大，而这成为通往更高境界的救赎的入口，在那里可以找出普遍的希望。惟其如此，希腊悲剧至今仍被许多人阅读，成为艺术的一个原型。再重复一遍：世界万物都是 metaphor①。不是任何人都实际杀父奸母。对吧？就是说，我们是通过 metaphor 这个装置接受 irony，加深扩大自己。"

我默不作声，深深沉浸在自身的思绪中。

"有人晓得你来高松？"大岛问。

我摇头："我一个人想的、一个人来的。跟谁也没说，谁也不晓得，我想。"

"既然那样，就在这图书馆隐藏一段时间。借阅台的工作别做了。警察想必也跟踪不了你。万一有什么，再躲到高知山里边就是。"

我看着大岛，说道："如果不遇上你，我想我已经山穷水尽。孤零零一个人在这座城市，又没人帮助。"

大岛微微一笑，把手从我肩上拿开，看那只手。"哪里，那不至

---

① 意为"隐喻、暗喻"。

于的。即使不遇上我，你也一定能化险为夷。为什么我不明白，但总有这个感觉。你这个人身上有叫人这么想的地方。"之后大岛欠身立起，拿来桌上的另一份报纸。"对了，在那之前一天报上有这么一则报道，不长，但很有意味，就记住了。或许该说是巧合，总之是在离你家相当近的地方发生的。"

他把报纸递给我。

活鱼自天而降！
2 000 条沙丁鱼竹笑鱼落在中野区商业街

29日傍晚6时左右，中野区野方×丁目大约2 000条沙丁鱼和竹笑鱼自天而降，居民为之愕然。在附近商业街购物的2名主妇被掉下的鱼打中，面部受轻伤。此外别无损害。当时天空晴朗，几乎无云，亦无风。掉下的鱼大多仍活着，在路面活蹦乱跳……

※　　　　※　　　　※

我看完这则短报道，把报纸还给大岛。关于事件的起因，报道中做了几种推测，但哪一种都缺乏说服力。警方认为有盗窃或恶作剧的可能性，进行了搜查；气象厅说完全没有鱼自天而降的气象性因素；农林水产省新闻发言人时下尚未发表评论。

"在这件事上可有什么想得起来的？"大岛问。

我摇头。我完全不明所以。

"你父亲被杀害的第二天在距现场极近的地方有两千条鱼自天而降，这一定属于巧合吧？"

"或许。"

"报纸还报道说东名高速公路富士川服务站同一天深夜有大量蚂蟥自天而降。降在狭小场所的局部范围，以致发生若干起轻度的汽车相撞事故。蚂蟥像是相当不小。至于为什么有大群蚂蟥下雨一样从天上啪啦啪啦落下，则谁也没个说法。一个几乎无风的晴朗夜晚。对此可有什么想得起来的？"

我摇头。

大岛把报纸折起："如此这般，时下这世上接连发生了无法解释的怪事。当然，或许其中没有关联，而仅仅是巧合，可是我总觉得不对头，有什么牵动了自己的神经。"

"那也可能是 metaphor。"

"可能。但是竹笑鱼沙丁鱼自天而降，究竟是怎样一种 metaphor 呢？"

我们沉默有顷，试图把长期未能诉诸语言的事情诉诸语言。

"嗳，大岛，父亲几年前对我有过一个预言。"

"预言？"

"这件事还没对其他任何人说起过，因为即使如实说了，也恐怕谁都不会相信。"

大岛沉默不语。但那沉默给了我以鼓励。

我说："与其说是预言，倒不如说近乎诅咒。父亲三番五次反反复复说给我听，简直像用凿子一字一字凿进我的脑袋。"

我深深吸进一口气，再次确认我马上要出口的话语。当然已无须确认，它就在那里，无时不在那里，可是我必须重新测试其重量。

我开口了："你迟早要用那双手杀死父亲，迟早要同母亲交合，他说。"

一旦说出口去，一旦重新诉诸有形的语言，感觉上我心中随即出现了一个巨大的空洞。在这虚拟的空洞中，我的心脏发出旷远的、带有金属韵味的声响。大岛不动声色地久久注视着我的脸。

"你迟早要用你的手杀死父亲，迟早要同母亲交合——你父亲这样说来着？"

我点了几下头。

"这同俄狄浦斯王接受的预言完全相同。这你当然知道的吧?"

我点头!"不仅仅这个,还附带一个。我有个比我大六岁的姐姐,父亲说和这个姐姐迟早也要交合。"

"你父亲是当着你的面说出这个预言的?"

"是的。不过那时我还是小学生,不懂交合的意思。懂得是怎么回事已是几年后的事了。"

大岛不语。

"父亲说,我无论怎么想方设法也无法逃脱这个命运,并说这个预言如定时装置一般深深嵌入我的遗传因子,无论怎么努力都无法改变。我杀死父亲,同母亲同姐姐交合。"

大岛仍在沉默。长久的沉默。他似乎在逐一检验我的话语,力图从中找出某种线索。

他说话了:"你的父亲何苦向你说出这么残忍的预言呢?"

"我不明白。父亲再没解释什么。"我摇头道,"或者想报复抛开自己出走的母亲和姐姐也未可知,想惩罚她俩也不一定——通过我这个存在。"

"纵令那样将使你受到损害。"

我点头:"我之于父亲不过类似一个作品罢了,同雕塑是一回事,损坏也好毁掉也好都是他的自由。"

"如果真是那样,我觉得那是一种相当扭曲的想法。"大岛说。

"跟你说大岛,在我成长的场所,所有东西都是扭曲的,无论什么都是严重变形的。因此,笔直的东西看上去反倒歪歪扭扭。很早很早以前我就明白这一点了,但我还是个孩子,此外别无栖身之所。"

大岛说道:"你父亲的作品过去我实际看过几次。是个有才华的优秀雕塑家。锐意创新,遒劲有力,咄咄逼人,无曲意逢迎之处。他出手的东西是真真正正的杰作。"

"或许是那样。不过么，大岛，父亲把提炼出那样的东西之后剩下的渣滓和有毒物撒向四周，甩得到处都是。父亲玷污和损毁他身边每一个人。至于那是不是父亲的本意，我不清楚。或许他不得不那样做，或许他天生就是那么一种人。但不管怎样，我想父亲在这个意义上恐怕都是同特殊的什么捆绑在一起的。我想说的你明白?"

"我想我明白。"大岛说，"那个什么大约是超越善恶界线的东西，称为力量之源怕也未尝不可。"

"而我继承了其一半遗传因子。母亲之所以扔下我出走，未必不是出于这个原因。大概是想把我作为不吉利源泉所生之物、污秽物、残缺物彻底抛开。"

大岛用指尖轻轻按住太阳穴，若有所思。他眯细眼睛注视我："不过，会不会存在他不是你真正父亲的可能性呢，从生物学角度而言?"

我摇头道："几年前在医院做过检查。和父亲一起去的，采血检验遗传因子。我们百分之百毫无疑问是生物学上的父子。我看了检验结果报告。"

"滴水不漏。"

"是父亲想告诉我的，告诉我是他所生的作品，一如署名。"

大岛手指仍按在太阳穴上。

"可实际上你父亲并未言中。毕竟你没有杀害父亲，那时你在高松，是别的什么人在东京杀害你父亲的。是那样的吧?"

我默默摊开双手看着。在漆黑的夜晚沾满不吉利的黑糊糊血污的双手。

"坦率地说，我没有多大自信。"

我向大岛道出了一切。从图书馆回来的路上几小时人事不省，在神社树林中醒来时 T 恤上黏乎乎地沾满了什么人的血；在神社卫生间把血洗去；此数小时的记忆荡然无存。由于说来话长，当晚住在樱花房间部分省略了。大岛不时提问，确认细节，装入脑海，但没有就此发表意见。

"我压根儿闹不清在哪里沾的血、是谁的血。什么也记不起来。"我说，"不过，这可不是什么metaphor，说不定是我用这双手实际杀死了父亲。有这个感觉。不错，我是没有回东京，如你所说，我一直在高松，千真万确。但是，'责任始自梦中'，是吧？"

"叶芝的诗。"

我说："有可能我通过做梦杀害了父亲，通过类似特殊的梦之线路那样的东西前去杀害了父亲。"

"你会那样想的。对你来说，那或许是某种意义上的真实。但是警察——或者其他什么人——不至于连你的诗歌性责任都加以追究。任何人都不可能同时位于两个不同的场所，这点爱因斯坦已在科学上予以证实，也是法律认可的概念。"

"可我现在不是在这里谈论科学和法律。"

大岛说："不过么，田村卡夫卡君，你所说的终究只是个假设，而且是相当大胆的超现实意义的假设，听起来简直像科幻小说的梗概。"

"当然不过是假设，这我完全清楚。大概谁都不会相信这种傻里傻气的话。但是，没有对于假设的反证，就没有科学的发展——父亲经常这样说。他像口头禅似的说，假设是大脑的战场。而关于反证眼下我一个也想不起来。"

大岛默默不语。

我也想不出该说什么。

"总而言之这就是你远远逃来四国的理由——想从父亲的诅咒中挣脱出来。"大岛说。

我点了下头，指着叠起来的报纸说："但终究好像未能如愿。"

我觉得最好不要对距离那样的东西期待太多，叫乌鸦的少年说。

"看来你的确需要一个藏身之处。"大岛说，"更多的我也说不好。"

我意识到自己已经筋疲力尽，突然间支撑身体都有些困难。我歪倒在旁边坐着的大岛怀里，大岛紧紧搂住我，我把脸贴在他没有隆起的胸部上。

"嗳，大岛，我不想做那样的事，不想杀害父亲，不想同母亲同姐姐交合。"

"那还用说。"说着，大岛用手指梳理我的短发，"那还用说，不可能有那样的事。"

"即使在梦中?"

"或即使在 metaphor 中。"大岛说，"抑或在 allegory① 在 analogy② 中。"

"……"

"如果你不介意，今晚我可以留在这里，跟你在一起。"稍顷，大岛说道，"我睡那边的沙发。"

但我谢绝了，我说我想一人独处。

大岛把额前头发撩去后面，略一迟疑说道："我的确是患有性同一障碍的变态女性，不阴不阳的人，如果你担心这点的话……"

"不是的，"我说，"决不是那样的。只是想今晚一个人慢慢想一想。毕竟一下子发生这么多事情。只因为这个。"

大岛在便笺上写下电话号码："如果半夜想跟谁说话，就打这个电话。用不着顾虑，反正我觉浅。"

我道谢接过。

这天夜里，我梦见了幽灵。

---

① 意为"寓言、讽喻"。
② 意为"类推、类似、类似关系"。

第 22 章

早上五点刚过，中田搭乘的卡车驶入神户。街上已经大亮，但仓库门还没开，无法卸货。两人让卡车停在港口附近宽阔的路面上，准备打盹。小伙子把打盹用的椅背放平，蛮惬意地打着鼾声睡了。中田时而被鼾声吵醒，又很快沉入舒坦的睡眠之中。失眠是中田从未体验过的现象之一。

快八点时，小伙子翻身坐起，大大地打了个哈欠。

"嗳，老伯，肚子饿了?"小伙子一边用电动剃须刀对着后视镜剃须一边问。

"那是，中田我有几分饿的感觉。"

"那，到附近找地方吃早饭去!"

从富士川到神户的路上，中田基本上是在车里睡觉。这时间里小伙子没怎么开口，边开车边听深夜广播节目，不时随着广播唱歌。全是中田没有听过的新歌。倒是日语歌，但中田几乎不知歌词说的是什么，只是零零星星听出几个单词。中田从帆布包里掏出两个年轻 OL① 给的巧克力和饭团，同小伙子两人分着吃了。

小伙子说是为了提神，一支接一支地吸烟，以致没到神户中田便弄得满身烟味儿。

中田拿起帆布包和伞从卡车上下来。

"喂喂，那么重的玩意儿就放在车上好了。很近，吃完就回来。"小伙子说。

"那是，您说的是，可中田我不带在身上心里不踏实。"

"嗬，"小伙子眯缝起眼睛，"也罢。又不是我拿，老伯请便。"

"谢谢。"

"我么，我叫星野，和中日 Dragons 棒球队的总教练同姓，亲戚关系倒是没有。"

"噢，是星野君。请多关照。我姓中田。"

"知道知道，已经。"

星野像是很熟悉这一带的地理，在前面大步流星地走着，中田小跑一样地尾随其后。两人走进后巷一家小食店，里面挤满了卡车司机和与港口有关的体力劳动者，打领带的一个也没见到。客人活像在补充燃料，神情肃然地闷头吞食早餐。餐具相碰声、店员的报菜名声、NHK②电视新闻播音员的声音在店里响成一片。

小伙子指着墙上贴的食谱道："老伯，什么都行，随你点! 这里么，又便宜又好吃。"

中田应了一声，照他说的看了一会儿墙上的食谱，突然想起自己不认字。

"对不起，星野君，中田我脑袋不好使，不认得字那玩意。"

"嗬，"星野感叹道，"么，不认字? 这在现如今可是奇事一桩了。也罢，我吃烤鱼煎蛋，一样的可以?"

"可以可以，烤鱼煎蛋也是中田我喜欢吃的。"

"那好。"

"鳗鱼也喜欢。"

---

① 日式英语 Office Lady 之略,女办事员,女职员。

② 日本广播协会。日文罗马拼音 Nippon Hoso Kyokai 之略。

"唔，鳗鱼我也喜欢。不过，毕竟一大清早，不好来鳗鱼。"

"那是。再说中田我昨晚由姓荻田的那位招待了一顿鳗鱼。"

"那就好。"小伙子说。"烤鱼套餐加煎蛋，两份。一份饭要大碗的！"他向店里的伙计吼道。

"烤鱼套餐、煎蛋，两份，一份大碗饭！"对方高声复述。

"我说，不认字不方便吧？"星野问中田。

"那是，不认字有时很不好办。只要不出东京都中野区，倒还没什么太不方便的，可像现在这样来到中野区以外，中田我就相当烦恼。"

"倒也是，神户离中野区可远着哩。"

"那是。南北都分不清，明白的只剩下左和右。这一来就找不到路了，票也买不到手。"

"可这样子你居然也到了这里。"

"那是。中田我所到之处都有很多人热情关照，您星野君就是其中一位。不知如何感谢才好。"

"不管怎么说，不认字都够伤脑筋的。我家阿爷脑袋的确糊涂了，但字什么的还认得。"

"那是。中田我脑袋不是一般的不好使。"

"你们家人都这德性？"

"不不，那不是的。大弟弟在叫伊藤忠的那个地方当部长，小弟弟在通产省那个衙门里做事。"

"嘿，"小伙子敬佩起来，"好厉害的知识人嘛！单单老伯你一个够不到水平线。"

"那是。只有中田我中途遭遇事故，脑袋运转不灵了。所以经常受到训斥：不要给弟弟侄子外甥添麻烦！不要到人前抛头露面！"

"倒也是，有你这样的人出现，一般人是会觉得脸面难堪的。"

"中田我复杂的事情固然不太明白，但只要在中野区生活，倒也不至于迷路。得到知事大人的关照，和猫们也处得不错。一个月理一次发，还时不时能吃上一顿鳗鱼。可是由于琼尼·沃克的出现，中野区也待不下去了。"

"琼尼·沃克?"

"是的。穿长筒靴戴黑高帽的人。身穿马甲手提文明棍。收集猫取它们的魂儿。"

"好了好了，"星野说，"长话我听不来。反正你是因为这个那个的离开了中野区。"

"那是。中田我离开了中野区。"

"那，往下去哪里?"

"中田我还不清楚。但到这儿后我明白了一点：要从这里过一座桥。附近有座大桥。"

"就是说要去四国喽?"

"您别见怪，星野君，中田我不大懂地理。过了桥就是四国么?"

"是的。这一带说起大桥，就是去四国的大桥。有三座，一座由神户过淡路岛到德岛，另一座由仓敷山下到坂出，还有一座连接尾道和今治。本来一座就该够用了，但政治家好出风头，一气弄出了三座。"

小伙子把杯里的水滴在胶合板桌面上，用手指画出简单的日本地图，在四国与本州之间架起三座桥。

"这座桥相当大?"中田问。

"啊，大得不得了，不开玩笑。"

"是么。反正中田我想过其中的一座。应该是离得近的这座。往后的事往后再考虑。"

"那就是说，不是前面有熟人什么的。"

"那是。中田我熟人什么的一个都没有。"

"只是想过桥去四国、去那里的哪里看看?"

"是的，正是。"

"那么，哪里究竟是哪里也不知道喽?"

"是的，中田我完全摸不着头脑。倒是觉得只要去了那里就会明白的。"

"难办啊!"说着，星野理了理乱发，确认马尾辫还在那里，戴回中日Dragons帽。

不久，烤鱼套餐端来，两人默默吃着。

"喏，煎蛋够味儿吧?"星野说。

"那是，非常可口，和中田我平时在中野区吃的煎蛋大不一样。"

"这是关西煎蛋，和东京弄出来的像座垫一样干巴巴沙拉拉的东西压根儿不同。"

两人继续闷头吃煎蛋，吃盐巴烤竹笑鱼，喝海贝大酱汤，吃腌芜菁，吃炝菠菜，吃紫菜，把热白饭吃得一粒不剩。中田总是每口咀嚼三十二下，全部吃完花了不少时间。

"肚子饱饱的了?"

"是的，中田我吃得很饱很饱。您怎么样?"

"我也满满的了，不管怎么说。如何，像这样的早饭味又好量又足，觉得很幸福是吧?"

"那是，感到相当幸福。"

"对了，不想拉屎?"

"那是。经您这么一说，中田我也渐渐有了那样的感觉。"

"那就拉好了。那边有厕所。"

"您没关系么?"

"我随后慢慢来。你先去。"

"那是。谢谢!那么中田我先去拉屎。"

"喂喂，别那么大声重复好不好？都给大伙儿听见了。大家还正在吃饭呢！"

"那是。十分抱歉，中田我脑袋不怎么好使。"

"好了，快去快回。"

"顺便刷刷牙也可以的么？"

"可以，牙也刷刷。还有时间，随你干什么。不过么，中田，伞什么的放下可好？无非去一下厕所嘛！"

"那是，伞放下就是。"

中田从厕所回来时，星野已经付了款。

"星野君，中田我钱是带在身上的，早饭这部分由中田我付。"

小伙子摇头道："算啦，这么点儿钱。我么，可花了我阿爷不少钱，过去胡闹那阵子。"

"那是。可中田我并不是星野君的爷爷。"

"那是我的问题，你别放在心上。别啰嗦个没完，吃就吃得了。"

中田想了想，决定接受小伙子的好意。"十分感谢！那么中田我就领情了。"

"不过是破烂小食店的竹笕鱼和煎蛋，用不着那么毕恭毕敬道谢。"

"可是星野君，想起来，中田我接连承蒙诸位关照，自从离开中野区以来几乎没有花过钱。"

"那不简单。"星野为之叹服，"一般人很难做到。"

中田求小食店的人往自带保温瓶里灌了热茶，很仔细地藏进帆布包。

两人折回停车的地方。

"我说，你去四国的事……"

"那是。"

"到底去四国干什么呢?"

"中田我也不知道。"

"没有目的,就不知道去向。反正是要去四国喽?"

"那是。过一座大桥。"

"就是说,过了桥,很多事就清楚了?"

"那是。应该是的。但在实际过桥之前,中田我什么也不清楚。"

"嗬,"小伙子说,"过桥事关重大?"

"是的,总之过桥是非常重大的事。"

"得得。"星野搔着脑袋道。

小伙子开动卡车,把运来的家具搬入百货商店的仓库。这时间里中田坐在港口附近一个小公园的长椅上消磨时间。

"喂,老伯,不要离开这里。"小伙子说,"那里有厕所,也有饮水点,够你用的了。跑远了会迷路,迷路就回不来了。"

"那是。这里可不是中野区。"

"对对,这里不再是中野区。在这儿老实待着别动。"

"说的是。中田我不离开这里。"

"我么,卸完东西就返回。"

中田言听计从,不离长椅半步。厕所也没去。静静待在一个场所消磨时间对中田来说并不难受,或者不如说是他的一项拿手好戏。

从长椅上可以看见海,而看海已是久违的事了。小时候全家人一起去海边游过几次泳。穿着游泳衣,在浅滩上玩水。也曾赶过海。但那时的记忆已经十分依稀,恍若别的世界里发生的事。记忆中那以后再未看过海。

中田在山梨县山中发生那场奇异事故之后返回东京上学,不想知觉和体能虽然恢复了,但记忆全部丧失,读写能力也终究未能挽回。

课本不会读，考试也参加不了。既得知识荡然无存，思考抽象事物的能力大幅减退。不过毕业总算毕业了。课上教的内容虽然几乎不能领会，但稀里糊涂地静坐在教室角落还是可以做到的，老师叫干什么就乖乖干什么，不给任何人添麻烦，所以老师基本上忘了他的存在，即所谓是"客人"而不是"包袱"。

遭遇奇异"事故"之前自己是优等生这一事实也很快被人忘光了，学校里的所有活动都把中田刨除在外，朋友也交不上。但中田对这些不以为意，莫如说正因为不被任何人理睬才得以沉浸在自己一个人的天地里。学校活动中他最为入迷的，是照料学校饲养的小动物（兔、山羊）、修剪花坛和打扫教室。他总是笑眯眯不知厌倦地埋头做这些事。

不但学校，在家里也几乎没人记得他的存在。得知长子不能认字不能正常继续学业之后，热心于子女教育的父母便把注意力转移到聪明伶俐的弟弟们身上，对中田几乎不理不睬。由于很难上区立初中，小学一毕业中田就被寄养到长野亲戚家中。是母亲的娘家。他在那里上一所农业实习学校，不识字让他上课时吃了不少苦，但农耕实习作业正合中田心意。如果校内挨打受气不那么难以忍受，中田想必会走上务农道路。但同学动不动就把城里来的中田打一顿。受伤实在太厉害了（一只耳垂就是那时被打飞的），外祖父母决定不再送他上学，一边让他帮做家务一边把他养在家里。他是个听话的乖孩子，外祖父母很疼爱他。

能和猫说话也是那时候的事。家里养了几只猫，猫们成了中田要好的朋友。最初只能沟通片言只语，但中田像学外语那样执著地提高这项能力，不久就能和猫交谈较长时间了。他一有工夫就坐在檐廊里同猫们说话，猫们告诉给他关于自然和人世的种种现象。说实话，关于世界构成方面的基础知识几乎都是从猫那里学来的。

十五岁，他开始在附近一家家具公司做木工活儿。虽说是公司，其实也就是个制作传统工艺家具的作坊。他在那里制作的桌椅箱柜被卖往东京。对木工活儿中田也很快就喜欢上了。他原本就手巧，对细小费工的部位从不马虎，不多说话，不发牢骚，只管闷头干活，很得雇主的喜欢和关爱。看图和计算固然不擅长，但此外无论干什么都得心应手。作业程序一旦进入脑内，他便永不厌倦地周而复始。做完两年见习工，升为正式木匠。

这样的生活一直持续到五十过后。他既未遭遇事故，又未生病。不喝酒，不吸烟，不熬夜，不暴食，也不看电视，听广播只限于早上做广播体操的时候，只是日复一日做家具做个不止。那期间外祖父母亡故，父母亡故。周围人对中田自是怀有好意，但中田没能交上特别要好的朋友，说无奈也是无奈，一般人和中田交谈不到十分钟话题就没有了。

对这样的日子中田没有感到寂寞和不幸。性欲丝毫感觉不到，也不曾有过想和谁一起生活的感情。他知道自己天生就跟其他人不一样，落在地面的身影比周围人淡薄这点他也意识到了（别人谁也没意识到）。能和他心心相印的惟有猫。休息日他去附近的公园，终日坐在长椅上和猫说话。说来奇怪，跟猫们说话时话题总是源源不断。

中田五十二岁时家具公司的经理去世，木工厂随之关闭。色调沉闷的老式家具不如以前好卖了，工匠们老龄化，年轻人不再对这种传统手工活儿感兴趣。木工厂以前位于原野的正中央，后来周围成了住宅区，居民们接二连三地投诉作业噪音和烧木屑冒出的烟。经营者的儿子在市内开了一家会计师事务所，自然无意继承家具公司，父亲一去世马上关闭了木工厂，卖给不动产商。不动产商拆了工厂平了地皮卖给公寓建筑商，公寓建筑商在那里建了六层高的公寓，公寓开盘当天即全部卖出。

这么着，中田失去了工作。由于公司负债，退职金只给了一点点。那以后再没找到工作，不会读不会写、除了制作传统家具外别无专门技能的五十多岁男子基本上无望重新就业。

中田在木工厂一天假也没请地默默干了三十七年，因此在当地邮局多少有点儿积蓄。由于中田平日几乎不花钱，那笔积蓄应该可以让他没工作也能轻松打发余生。中田有个身为市政府职员的关系要好的表弟，他为不能读写的表兄管理那笔存款。不料这位表弟心地虽好，脑筋却有点儿不够用，在恶劣掮客的唆使下盲目投资滑雪场附近的一家度假山庄，弄得负债累累，几乎在中田失去工作的同时全家踪影皆无，大概是高利贷方面的暴力团伙催逼所致。无人知晓其下落，是生是死也不知道。

中田请熟人陪着去邮局查看账户存款额，结果账面上仅剩区区几万日元，就连前不久打入的退职金也包括在已被提走的存款中了。只能说中田命途多舛。失去了工作，又落得一文不名。亲戚们都同情他，但因这表弟之故，他们都多少吃了亏，或被拐了钱，或成了连带担保人，因此他们也没有为中田做点什么的余地。

结果，东京的大弟弟接管了中田，暂且照料他的生活。弟弟在中野区拥有和经营着一栋单身者用的小公寓（作为父母遗产继承下来的），他在那里为中田提供了一个单间。他管理着父母作为遗产留给中田的现金（尽管数额不多），此外还设法让东京都发给了智能障碍者补贴金。弟弟的"照料"也就这么多了。中田读写诚然不能，但日常生活基本能自理，因此只要给住处和生活费，其他也无须别人照料。

弟弟们几乎不和中田接触，见面也只有最初几次。中田和弟弟们已分开三十多年，加之各自生活环境迥然不同，已经没有作为骨肉至亲的亲切感了，纵使有，弟弟们也都忙于维持自家生计，无暇顾及智能上有障碍的兄长。

但即使被至亲冷眼相待，中田心里也不甚难过，一来已经习惯一人独处，二来若有人搭理或热情相待，他反倒会心情紧张。对于一生积蓄被表弟挥霍一空他都没有生气，当然事情糟糕这点他是理解的，但并未怎么失望。度假山庄是怎样一个劳什子，"投资"又意味什么，中田无法理解，如此说来，就连"借款"这一行为的含义都稀里糊涂。中田生活在极其有限的语汇中。

作为款额能有实感的至多五千日元。再往上数，十万也罢一百万也罢一千万也罢全都彼此彼此，即那是"很多钱"。虽说有存款，也并未亲眼见到，无非听到现在有多少多少存款的数字而已。总之不外乎抽象概念。所以就算人家说现已消失不见了，他也上不来把什么搞不见了的切实感受。

如此这般，中田住进弟弟提供的宿舍，接受政府补贴，使用特别通行证乘坐都营公共汽车，在附近公园同猫聊天，一天天的日子过得心平气和。中野区那一角成了他的新世界，一如猫狗圈定自己的自由活动范围一样，没有极特殊的事他从不偏离那里，只要在那里他就能安心度日。没有不满，没有愠怒，不觉得孤独，不忧虑将来，不感到不便，只是悠然自得地细细品味轮番而来的朝朝暮暮。如此生活持续了十余年。

直到琼尼·沃克出现。

中田很多年月没看海了。长野县和中野区都没有海。这时他才意识到自己已很长期间失去了海。如此说来，甚至想都没想过海。为了确认这一点，他一连几次朝自己点头，随后摘下帽子，用手心抚摸剪短的头发，又戴上帽子，凝望海面。关于海中田所了解的，一是广阔无边，二是有鱼居住，三是水是咸的。

中田背靠长椅，嗅着海面上吹来的风的气味，看着海鸥在空中飞翔的身姿，望着远处停泊的轮船。百看不厌。时有雪白雪白的海鸥飞临公园，落在初夏翠绿的草坪上，那颜色搭配甚是鲜明。中田试着向草坪上走动的海鸥打声招呼，但海鸥只是以清澈的眼睛瞥了这边一眼，并不应答。猫没有出现，来这公园的动物惟独海鸥和麻雀。从保温瓶里倒茶喝时，啪啦啪啦下起雨来，中田撑开了小心带在身边的伞。

　　快十二点星野回来时，雨已经停了。中田收起伞坐在长椅上，仍以同一姿势看海。星野大概把卡车停在什么地方了，是搭出租车来的。

　　"啊，抱歉。来晚了来晚了。"说着，小伙子把人造革宽底旅行包从肩头放下，"本该早些完工，不料这个那个啰嗦事不少。商店交货这玩意儿，去哪里都有一两个鸡蛋里挑骨头的家伙。"

　　"中田我没有关系，一直坐在这儿看海来着。"

　　星野"唔"一声朝中田看的那里扫了一眼：只有破败荒凉的防波堤和腻糊糊的海水。

　　"中田我好长时间没看过海了。"

　　"是么！"

　　"最后看海还是上小学的时候。中田我那时去江之岛那个海岸来着。"

　　"那可是老皇历了。"

　　"当时日本被美国占领，江之岛海岸到处是美国兵。"

　　"说谎吧?"

　　"不，不是说谎。"

　　"算了吧，"星野说，"日本哪里给美国占领过！"

　　"复杂事情中田我理解不了。不过美国有叫 B29 的飞机来着，往东京城里扔了很多炸弹。中田我因此去了山梨县，在那里得了病。"

　　"嗬。也罢也罢，长话我听不来。反正得动身了，时间耽误得比预料的多，再转悠转悠天就黑了。"

　　"我们往哪里去呢?"

"四国啊。过桥。你不是要去四国吗?"

"那是。可您的工作……"

"没关系的,工作那玩意儿要干总有办法。这些日子正正经经的干过头了,正想放松一下歇口气。我么,其实也没去过四国,去看一次也不坏。再说你不认字,买票什么的有我在不也省事? 还是说我跟着嫌麻烦?"

"哪里,中田我一点儿也不麻烦。"

"那,就这么定了。巴士时间也查好了。这就一块儿去四国! "

第 23 章

那天夜里，我梦见了幽灵。

我不知道"幽灵"这一称呼是否正确，但至少那不是活着的实体，不是现实世界中的存在——这点一眼即可看出。

我被什么动静突然惊醒，看见那个少女的身影。尽管时值深夜，但房间里亮得出奇。是月光从窗口泻入。睡前本应拉合的窗帘此时豁然大开，月光中她呈现为轮廓清晰的剪影，镀了一层骨骸般荧白的光。

她大约和我同龄，十五或十六岁。肯定十六。十五与十六之间有明显差别。她身材小巧玲珑，姿态优雅，全然不给人以弱不禁风的印象。秀发笔直泻下，发长及肩，前发垂在额头。身上一条连衣裙，淡蓝色的，裙摆散开。裙子不长也不短，没穿袜子没穿鞋。袖口扣得整整齐齐。领口又圆又大，衬托出形状娇美的脖颈。

她在桌前支颐坐着，目视墙壁，正在沉思什么，但不像在思考复杂问题。相对说来，倒像沉浸在不很遥远的往事的温馨回忆中，嘴角时而漾出微乎其微的笑意。但由于月光阴影的关系，从我这边无法读取其微妙的表情。我佯装安睡，心里拿定主意：不管她做什么都不打扰。我屏住呼吸，不出动静。

我知道这少女是"幽灵"。首先她过于完美，美的不只是容貌本身，整个形体都比现实物完美得多，俨然从某人的梦境中直接走出的少女。那种纯粹的美唤起我心中类似悲哀的感情。那是十分自然的感情，同时又是不应发生在普通场所的感情。

我缩在被窝里大气不敢出，与此同时，她继续支颐凝坐，姿势几乎不变，只有下颚在手心里稍稍移一下位置，头的角度随之略略有所变化。房间里的动作仅此而已。窗外，紧挨窗旁有一株很大的山茱萸在月华中闪着恬静的光。风已止息，无任何声响传来耳畔，感觉上好像自己在不知不觉之间已经死去。我死了，同少女一起沉入深深的火山口湖底。

少女陡然停止支颐，双手置于膝头。又小又白的膝并拢在裙摆那里。她似乎蓦地想起什么，不再盯视墙壁，改变身体朝向，把视线对着我，手举在额头上触摸垂落的前发。那少女味儿十足的纤细的手指像要触发记忆似的留在额前不动。她在看我。我的心脏发出干涩的声响。但不可思议的是，我并没有被人注视的感觉。大概少女看的不是我，而是我后面的什么。

我们两人沉入的火山口湖底，一切阒无声息。火山的活动已是很早以前的故事了。孤独如柔软的泥堆积在那里。穿过水层的隐约光亮，犹如远古记忆的残片白荧荧地洒向四周。深深的水底觅不到生命的迹象。她究竟看了我——或我所在的位置——多长时间呢？我发觉时间的规律已然失去。在那里，时间会按照心的需要而延长或沉积。但不一会儿，少女毫无征兆地从椅子上欠身立起，蹑手蹑脚地朝门口走去。门没开。然而她无声无息地消失在了门外。

其后我仍静止在被窝中，只是微微睁眼，身体纹丝不动。她没准还回来，我想。但愿她回来。不料怎么等少女也没返回。我抬起脸，看一眼枕边闹钟的夜光针：3时25分。我翻身下床，用手去摸少女坐过的椅子，没有体温留下。又往桌上看，看有没有一根头发落在那里，然而一无所见。我坐在那椅子上，用手心搓几下脸颊，喟叹一声。

　　我未能睡下去。调暗房间，钻进被窝，但偏偏睡不着。我意识到自己是被那谜一般的少女异常强烈地吸引住了。我最初感觉到的，是一种不同于任何东西的强有力的什么在自己心中萌生、扎根、茁壮成长。那是一种切切实实的感觉。被囚禁在肋骨牢狱中的火热心脏则不理会我的意愿，兀自收缩、扩张，扩张、收缩。

　　我再次开灯，坐在床上迎接早晨。看不成书，听不成音乐，什么也干不成，只能起身静等早晨来临。天空泛白之后，总算多少睡了一会儿。睡的时候我似乎哭了，醒来时枕头又凉又湿，但我不知道那是为什么流的泪。

　　时过九点，大岛随着马自达赛车的引擎声赶来，我们两人做开门准备。准备完毕，我为大岛做咖啡。大岛教给我咖啡的做法：用研磨机研碎咖啡豆，用特殊的细嘴壶把水烧开，让水稍微沉静一会儿，再用过滤纸慢慢花时间把咖啡滤出。咖啡做好后，大岛往里面象征性地加一点点糖，不放牛奶。他强调说这是最好的咖啡喝法。我则泡嘉顿红茶喝。大岛穿一件有光泽的茶褐色半袖衫，一条白麻布长裤，从口袋里掏出崭新的手帕擦了擦眼镜，再次看我的脸。

　　"好像没睡足似的。"他说。

　　"我有事相求。"

　　"但请开口。"

　　"想听《海边的卡夫卡》。能搞到唱片？"

　　"CD不行？"

　　"可能的话还是唱片好。想听原来的声音。那么一来，就需要能听唱片的装置……"

　　大岛把指头放在太阳穴上思考。"那么说来，仓库里好像有个旧音响装置。能不能动倒没把握。"

仓库是面对停车场的一个小房间，只有一个采光的高窗。里边乱七八糟地堆着各个年代因各种原因放进来的什物：家具、餐具、杂志、绘画……既有多少有些价值的，又有毫无价值可言的（或者不如说此类更多）。"应该有人把这里拾掇一下才是，可是很难有那么有勇气的人。"大岛以忧郁的声音说。

在这俨然时间拘留所的房间中，我们找出一个山水牌老式立体声组合音响。机器本身虽甚为结实，但还是最新型那会儿至少过去了二十五年，白色的灰尘薄薄地落了一层。扬声机、自动唱机、书架式音箱。与机器一起还找出了一摞旧密纹唱片：甲壳虫、滚石、沙滩男孩、西蒙与加丰凯尔、斯蒂芬·旺达……全是六十年代流行的音乐，有三十几张。我把唱片从封套里取出看了看，看样子听得很细心，几乎没有损伤，也没发霉。

仓库里吉他也有，弦基本完好。名称没有见过的旧杂志堆得很高。还有颇有年头的网球拍，仿佛为时不远的过去的遗迹。

"唱片啦吉他啦网球拍啦，估计是佐伯那个男朋友的。"大岛说，"上次也说过，他在这座建筑物里生活来着，看样子他那时的东西都集中起来放进了这里。音响装置的年代倒像是多少新一点儿。"

我们把音响和一摞唱片搬我的房间，拍去灰，插上插头，唱机接在扬声机上，按下电源开关。扬声机的指示灯放出绿光，唱盘开始顺利旋转。显示旋转精度的频闪闪光灯迟疑片刻，随即下定决心似的稳住不动。我确认针头带有较为地道的唱针后，将甲壳虫《佩珀军士寂寞的心俱乐部乐队》那红色塑料唱片放上唱机，久违了的吉他序曲从音箱中流淌出来。音质意外清晰。

"我们的国家固然有多得数不清的问题，但至少应对工业技术表示敬意。"大岛感叹道，"那么长时间闲置不用，却仍有这么考究的声音出来。"

我们倾听了好一会儿《佩珀军士寂寞的心俱乐部乐队》。我觉得

238

是和我以前用 CD 听的《佩珀军士》不同的音乐。

大岛说："这样，音响装置就算找到了，但找到《海边的卡夫卡》环形录音唱片恐怕有点儿难度，毕竟如今已是相当贵重的物品了。问一下我母亲好了，她或许有，即使没有也可能晓得谁有。"

我点头。

大岛像提醒学生注意的老师一样在我面前竖起食指："只有一点——以前我想也说过了——佐伯在这里的时候此曲绝对放不得，无论如何！听明白了？"

我点头。

"活活像是电影《卡萨布兰卡》。"说着，大岛哼出《像时光一样流逝》的开头。"这支曲万万不可演奏。"

"嗳，大岛，有一件事想问你，"我一咬牙问道，"可有个在这里出入的十五岁左右的女孩儿？"

"这里？是指图书馆？"

我点头。大岛约略歪头，就此想了想，说："至少据我所知，这地方没有十五岁左右的女孩儿，一个也没有。"他就像从窗外窥视里面的房间似的定定地注视我的脸："怎么又问起这么莫名其妙的事来？"

"因为近来我好像看到了。"我说。

"近来？什么时候？"

"昨天夜里。"

"昨天夜里你在这地方看见了十五岁左右的女孩儿？"

"是的。"

"什么样的女孩儿？"

我有点儿脸热："很普通的女孩子嘛。长发披肩，身穿蓝色连衣裙。"

"可漂亮？"

我点头。

"有可能是你的欲望产生的瞬间幻影。"说着，大岛好看地一笑，"世上有形形色色不可思议的事情发生。再说，作为你这样年龄的健康的异性恋者，这种事或许更不算什么反常。"

我想起在山中被大岛看过裸体，脸愈发热了起来。

中午休息时，大岛把装在四方形信封里的《海边的卡夫卡》环形录音唱片悄悄递到我手里。

"母亲果然有，而且同样的竟有五张。真是个能保存东西的人，总是舍不得扔。蛮伤脑筋的习惯，不过这种时候的确帮了忙。"

"谢谢！"

我回到房间，从信封里取出唱片。唱片新得出奇，想必藏在什么地方一次也没用过。我先看封套上的照片，照的是十九岁时的佐伯。她坐在录音室的钢琴前看着照相机镜头，臂肘挂在琴谱上，手托下巴，微微歪着脑袋，脸上浮现出不无腼腆而又浑然天成的微笑。闭合的嘴唇开心地横向拉开，嘴角漾出迷人的小皱纹。看样子完全没化妆。头发用塑料发卡拢住，以防前发挡住额头。右耳从头发中探出半个左右。一身款式舒缓的较短的素色连衣裙，淡蓝色。左腕戴一个细细的银色手镯，这是身上惟一的饰物。光着好看的脚，一双漂亮的拖鞋脱在琴椅脚下。

她仿佛在象征什么，所象征的大概是某一段时光、某一个场所，还可能是某种心境。她像是那种幸福的邂逅所酿出的精灵。永远不会受伤害的天真纯洁的情思如春天的孢子飘浮在她的周围。时间在照片中戛然而止。一九六九年——我远未出生时的风景。

不用说，一开始我就知晓昨晚来这房间的少女是佐伯。没有任何怀疑的余地。我不过想证实一下罢了。

照片上的佐伯十九岁，脸形比十五岁时多少成熟些，带有大人味儿，脸庞的轮廓——勉强比较的话——或许有了一点点棱角，那种类似些微不安的阴翳或许已从中消遁。不过大致说来，十九岁的她同十五岁时大同小异，那上面的微笑同昨晚我目睹的少女微笑毫无二致，支颐的方式和歪头的角度也一模一样。说理所当然也是理所当然，脸形和气质也由现在的佐伯原封不动承袭下来。我可以从现在的佐伯的表情和举止中直接找出十九岁的她和十五岁的她。端庄的容貌、超尘脱俗的精灵气韵至今仍在那里，甚至体形都几无改变。我为此感到欣喜。

尽管如此，唱片封套照片中仍鲜明地记录着人到中年的现在的佐伯所失去的风姿。它类似一种力度的飞溅。它并不自鸣得意光彩夺目，而是不含杂质的自然而然的倾诉，如岩缝中悄然涌出的清水一样纯净透明，径直流进每个人的心田。那力度化为特殊的光闪，从坐在钢琴前的十九岁佐伯的全身各处熠熠四溢。只要一看她嘴角漾出的微笑，便可以将一颗幸福之心所留下的美丽轨迹描摹下来，一如将萤火虫在夜色中曳出的弧光驻留在眼底。

我手拿封套照片在床沿上坐了许久。也没思考什么，只是任凭时间流逝。之后睁开眼睛，去窗边将外面的空气吸入肺腑。风带有海潮味儿。从松树林穿过的风。我昨晚在这房间见到的，无疑是十五岁时的佐伯形象。真实的佐伯当然活着，作为年过五十的女性在这现实世界中过着现实生活，此刻她也应该在二楼房间里伏案工作，只要出这房间登上二楼，就能实际见到她，能同她说话。尽管这样，我在这里见到的仍是她的"幽灵"。大岛说，人不可能同时位于两个地方。但在某种情况下那也是能够发生的，对此我深信不疑。人可以成为活着的幽灵。

还有一个重要事实——我为那"幽灵"所吸引。我不是为此刻在那里的佐伯、而是为此刻不在那里的十五岁佐伯所吸引，而且非常强烈，强烈得无可言喻。无论如何这是现实中的事。那少女也许不是现实存在，但在我胸中剧烈跳动的则是我现实的心脏，一如那天夜晚沾在我胸口的血是现实的血。

临近闭馆时，佐伯从楼上下来。她的高跟鞋在楼梯悬空部位发出一如往常的回声。一看见她的面容，我全身骤然绷紧，心跳声随即涌上耳端。我可以在佐伯身上觅出那个十五岁少女的姿影。少女如同冬眠的小动物在佐伯体内一个小凹窝里静悄悄地酣睡。我能够看见。

佐伯问了我什么，但我没能回答，连问话的含义都没能把握。她的话诚然进入了我的耳朵，振动鼓膜，声波传入大脑，被置换成语言，可是语言与含义连接不上。我慌慌张张面红耳赤，胡乱说了一句。于是大岛替我回答，我随着点头。佐伯微微一笑，向我和大岛告别回去。停车场传来她那辆"大众高尔夫"的引擎声。声音渐渐远离，不久消失。大岛留下来帮我闭馆。

"你莫非恋着谁不成？"大岛说，"神思恍恍惚惚的。"

我不知如何回答，默不作声。稍后我问道："嗳，大岛，也许我问得奇怪——人有时会一边活着一边成为幽灵？"

大岛停下收拾台面的手，看着我。

"问得很有意思。不过，你问的是文学上的亦即隐喻意义上的关于人的精神状况的问题呢，还是非常实际性的问题呢？"

"应该是实际意义上的。"

"就是说把幽灵假定为实际性存在，是吧？"

"是的。"

大岛摘下眼镜，用手帕擦了擦，又戴上。

"那被称为'活灵'。外国我不知道，日本则是屡屡出现在文学作品里。例如《源氏物语》就充满了活灵。平安时代①、至少在平安

----
① 日本平安朝时期，794—1192 年。

时代的人们的内心世界里，人在某种场合是可以生而化灵在空间游移并实现自己心愿的。读过《源氏物语》？"

我摇头。

"这图书馆里有几种现代语译本，不妨读读。例如光源氏的情人六条御息所强烈地嫉妒正室葵上，在这种妒意的折磨下化为恶灵附在她身上每夜偷袭葵上的寝宫，终于把葵上折腾死了。葵上怀了源氏之子，是这条消息启动了六条御息所嫉恨的开关。光源氏招集僧侣，企图通过祈祷驱除恶灵，但由于那嫉恨过于强烈，任凭什么手段都阻止不了。

"不过这个情节中最有意味的是六条御息所丝毫没有察觉自身化为活灵。噩梦醒来，发现长长的黑发上沾有从未闻过的焚香味儿，她全然不知所措。那是为葵上祈祷时所焚之香的气味儿。她在自己也浑然不觉的时间里跨越空间钻过深层意识隧道去了葵上寝宫。这是《源氏物语》中最令人惧怵的场面之一。六条御息所后来得知那是自己的无意所为，遂出于对自己深重业障的恐惧而断发出家了。

"所谓怪异的世界，乃是我们本身的心的黑暗。十九世纪出了弗洛伊德和荣格，对我们的深层意识投以分析之光。而在此之前，那两个黑暗的相关性对于人们乃是无须一一思考不言而喻的事实，甚至隐喻都不是。若再上溯，甚至相关性都不是。爱迪生发明电灯之前世界大部分笼罩在不折不扣的漆黑之中，其外部的物理性黑暗与内部灵魂的黑暗浑融一体、亲密无间，就是这样——"说着，大岛把两只手紧紧贴在一起，"在紫式部①生活的时代，所谓活灵既是怪异现象，同时又是切近的极其自然的心的状态。将那两种黑暗分开考虑在当时的人们来说恐怕是不可能的。但是，我们今天所处的世界不再是那个样子了。外部世界的黑暗固然彻底消失，而心的黑暗却几乎原封不动地剩留

---

① 《源氏物语》的作者。

了下来。我们称为自我或意识的东西如冰山一样，其大部分仍沉在黑暗领域，这种乖离有时会在我们身上制造出深刻的矛盾和混乱。"

"你山上那座小屋周围是有真正黑暗的哟！"

"是的，你说得对，那里仍有真正的黑暗。我有时专门去那里看黑暗。"

"人变成活灵的契机或起因经常在于那种阴暗感情？"我问。

"没有足以导致这种结论的根据。不过，在才疏学浅的我所了解的范围内，那样的活灵几乎全部来自阴暗感情。人怀有的剧烈感情，一般都是个人性质的、阴暗的。而且活灵那东西是从剧烈的感情中自然产生的。遗憾的是还不存在人为了实现人类和平和贯彻逻辑性而化为活灵的例子。"

"那么，为了爱呢？"

大岛坐在椅子上沉思。

"问题很难，我回答不好。我只能说从未见过那样具体的例子。比如《雨月物语》中'菊花之约'的故事，读过？"

"没有。"我说。

"《雨月物语》是上田秋成①在江户后期写的作品，但背景设定在战国时期。在这个意义上上田秋成是个 retrospective②或者说有怀古情绪的人。

"两个武士成了朋友，结为兄弟。这对武士来说是非常重要的关系，因为结为兄弟即意味着生死与共，为对方不惜付出性命，这才成其为结义兄弟。

"两人住的地方相距遥远，各事其主，一个说菊花开的时候不管发生什么都将前去拜访，另一个说那么我就好好等着你。不料说定去

---

① 日本江户后期的作家、诗人、学者(1734—1809)。
② 意为"怀旧趣味、怀古、追溯的"。

拜访朋友的武士卷入了藩内纠纷，沦为禁锢之身，不许外出，不许寄信。不久夏天过去，秋意渐深，到了菊花开的时节。照此下去，势必无法履行同朋友的约定，而对武士来说，约定是比什么都重要的事。信义重于生命，那个武士剖腹自杀，变成鬼魂跑了一千里赶到朋友家，同朋友在菊花前开怀畅谈，之后从地面上消失。文笔非常优美。"

"可是，为了变灵他必须死掉。"

"是那么回事。"大岛说，"看来人无论如何是不能为了信义和友情而变成活灵的。只有一死。人要为信义、亲情和友情舍掉性命才能成灵，而能使活而为灵成为可能的，据我所知，仍然是邪恶之心、阴暗之念。"

我就此思索。

"不过，也可能如你所说，有为了积极的爱而变成活灵的例子，毕竟我没有很详细地探讨这个问题。未必不能发生。"大岛说，"爱即重新构筑世界，这上面任何事情都可能发生。"

"嗳，大岛，"我问，"你恋爱过？"

他以怪异的眼神盯住我的脸："喂喂，你把人家看成什么了。我既非海盘车又非花椒树，是活生生的人嘛！恋爱什么的当然有过。"

"我说的不是那个意思。"我红着脸说。

"知道知道。"说罢，他亲切地一笑。

大岛回去后，我折回房间，打开音响，把《海边的卡夫卡》放上转盘，转速调在 45，放下唱针，边看歌词卡边听着。

《海边的卡夫卡》

你在世界边缘的时候

我在死去的火山口
站在门后边的
是失去文字的话语

睡着时月光照在门后
空中掉下小鱼
窗外的士兵们
把一颗心绷紧

（副歌）
海边椅子上坐着卡夫卡
想着驱动世界的钟摆
当心扉关闭的时候
无处可去的斯芬克司
把身影化为利剑
刺穿你的梦

溺水少女的手指
探摸入口的石头
张开蓝色的裙裾
注视海边的卡夫卡

　　唱片我反复听了三遍。脑海里最先浮起的是一个疑问：为什么附有如此歌词的唱片会火爆爆地卖出一百万张呢？其中使用的词语纵使不算晦涩也是相当具有象征性的，甚至带有超现实主义倾向，至少不是大多数人能马上记住随口哼出的。但反复听着，那歌词开始多少带有亲切的意味了，每一个字眼都在我心中找到位置安居其中。不可思议的感觉。超越含义的意象如剪纸一样立起，开始独自行走，一如梦深之时。

首先是旋律出色，一气流注，优美动听，却又决不入于俗流。而且佐伯的嗓音同旋律浑然融为一体，虽然作为职业歌手音量有所不足，技巧有所欠缺，但其音质如淋湿庭园飞石的春雨，温情脉脉地刷洗着我们的意识。想必她自己弹着钢琴伴奏，边弹边唱，后来才加进少量弦乐器和高音双簧管。估计也有预算方面的原因，在当时也算是相当简朴的编曲，但没有多余物这点反而产生了新颖的效果。

其次，副歌部分用了两个奇异的和弦。其他和音全都平庸无奇，惟独这两个出奇制胜令人耳目一新。至于和弦是如何构成的，乍听之下还不明白，然而最初入耳那一瞬间我就深感惶惑，甚至有被出卖的感觉。旋律中拔地而起的异质性摇撼我的身心，令我惴惴不安，就好像从空隙吹来的冷风猝不及防地涌入领口。但副歌结束之后，最初那悠扬的旋律重新归来，将我们领回原来的和美友爱的世界，不再有空隙风吹入。稍顷，歌唱结束，钢琴叩响最后一音，弦乐器静静地维持着和弦，高音双簧管留下袅袅余韵关闭旋律。

听着听着，我开始理解——尽管是粗线条的——《海边的卡夫卡》会有那么多人陶醉的缘由。那里存在的，是天赋才华和无欲心灵坦诚而温柔的砌合。那是天衣无缝的砌合，即使以"奇迹"称之亦不为过。住在地方城市的十九岁腼腆女孩写下思念远方恋人的歌词，面对钢琴配上旋律，随即直抒胸臆。她不是为了唱给别人听，而是为自己创作的，为的是多少温暖自己的心。这种无心之心轻轻地、然而有力地叩击着人们的心弦。

我用电冰箱里的东西简单吃了晚饭，然后再一次把《海边的卡夫卡》放上唱盘。我在沙发中闭目合眼，在脑海中推出十九岁的佐伯在录音室边弹钢琴边唱的情景，遐想她怀抱着的温馨情思，以及那情思由于无谓的暴力而意外中断……

唱片转完，唱针提起，落回原处。

佐伯大概是在这个房间中写的《海边的卡夫卡》歌词。翻来覆去听唱片的时间里，我渐渐对此坚信不疑了。而且海边的卡夫卡就是墙上油画中的少年。我坐到椅子上，像她昨晚那样肘拄桌面手托下巴，视线以同一角度投向墙壁。我的视线前面有油画，这应该没错。佐伯是在这房间里边看画边想少年写下《海边的卡夫卡》这首诗的。或许，是在子夜这一最深邃的时刻。

我站在墙前，从最近处再一次细看那幅画。少年目视远方，眼里饱含着谜一样的纵深感。他所注视的天空一角飘浮着几片轮廓清晰的云，最大一片的形状未尝不可看作蹲着的斯芬克斯。斯芬克斯——我追溯记忆——应该是青年俄狄浦斯战胜的对手。俄狄浦斯被施以谜语，而他解开了。怪物得知自己招术失灵，遂跳下悬崖自杀。俄狄浦斯因这一功劳而得到底比斯的王位，同王妃即其生母交合。

而卡夫卡这个名字——我推测佐伯是将画中少年身上漾出的无可破译的孤独作为同卡夫卡的小说世界有联系之物而加以把握的。惟其如此，她才将少年称为"海边的卡夫卡"，一个彷徨在扑朔迷离的海边的孤零零的魂灵。想必这就是卡夫卡一词的寓意所在。

不仅仅是卡夫卡这个名字和斯芬克司的部分，从歌词的其他几行也可以觅出同我所置身的状况的砌合。"空中掉下小鱼"同中野区商业街有沙丁鱼和竹笑鱼自天而降正相吻合；"把身影化为利剑/刺穿你的梦"似乎意味着父亲被人用刀刺杀。我把歌词一行行抄写下来，念了好几遍。费解部分用铅笔划出底线。但归根结底，一切都太过于具有暗示性，我如坠五里云雾。

"站在门后边的/是失去文字的话语"
"溺水少女的手指/探摸入口的石头"

248

"窗外的士兵们/把一颗心绷紧"

　　这些到底意味着什么呢？或者说看上去相符的不过是故弄玄虚的巧合？我在窗边打量着外面的庭园。淡淡的暮色开始降临。我坐在阅览室沙发上，翻开谷崎①译的《源氏物语》。十点上床躺下，熄掉床头灯，闭上眼睛，等待着十五岁的佐伯返回这个房间。

① 即谷崎润一郎(1886—1965)，日本现代作家，著有小说《春琴抄》、《细雪》等，曾将《源氏物语》译为现代日语。

第 24 章

从神户开出的大巴停在德岛站前的时候，已是晚间八点多钟了。

"好了，四国到了，中田！"

"那是，桥非常漂亮。中田我第一次见到那么大的桥。"

两人走下大巴，坐在站前长椅上，半看不看地看了一会儿周围景致。

"那么，往下去哪里干什么呢，没有神谕什么的？"星野问。

"没有。中田我还是什么都不清楚。"

"难办喽。"

中田像考虑什么似的手心在脑袋上摩挲好一阵子。

"星野君，"

"什么？"

"十分抱歉，中田我想睡一觉，困得不得了，在这儿就好像能直接睡过去。"

"等等，"星野慌忙说，"睡在这里，作为我也很麻烦。马上找住的地方，先忍一忍。"

"好的，中田我先忍着不睡。"

"呃，饭怎么办？"

"饭不急，只想睡觉。"

星野急忙查旅游指南，找出一家带早餐又不很贵的旅馆，打电话问有无空房间。旅馆离车站有一小段距离，两人搭出租车赶去。一进房间就让女服务员铺了被褥。中田没洗澡，脱衣服钻进被窝，下一瞬间就响起入睡时均匀的呼吸声。

"中田我估计要睡很久，您不必介意，只是睡而已。"睡前中田说道。

"啊，我不打扰，放心睡好了。"星野对转眼睡了过去的中田说。

星野慢慢泡了个澡，泡罢一个人上街，随便逛一会儿对周围大体有了印象之后，走进正好看到的寿司店，要了一瓶啤酒，边喝边吃。他不是很能喝酒，一中瓶啤酒就喝得舒舒服服了，脸颊也红了。然后进入扒金库游戏厅，花三千日元玩了一个小时左右，玩的时候一直头戴中日 Dragons 棒球帽，好几个人好奇地看他的脸。星野心想，在这德岛头戴中日 Dragons 棒球帽招摇过市的恐怕只有自己一个。

返回旅馆，见中田仍以刚才那个姿势酣睡未醒。房间里亮着灯，但看样子对他的睡觉毫无影响，星野思忖此人真够无忧无虑的了。他摘下帽子，脱去夏威夷衫，拉掉牛仔裤，只穿内衣钻进被窝，熄了灯。不料也许是换了地方心情亢奋的关系，一时很难入睡。啧啧，早知如此，索性去不三不四的地方在女孩身上来上一发就好了。但在黑暗中听着中田均匀安稳的呼吸声的时间里，他开始觉得怀有性欲似乎是非常不合时宜的行为，为自己产生后悔没去那种地方的念头而感到羞愧，至于何以如此他自己也不大清楚。

睡不着，他便眼望房间昏暗的天花板。望着望着，他对自己这个存在——对同这个来历不明的奇妙老人一起住在德岛这家便宜旅馆的自己渐渐没了信心。今晚按理该在开车回东京的路上，此时大概在名古屋一带行驶。他不讨厌工作，而且东京也有打电话即可跑来的女友，然而他把货交给百货商店之后竟心血来潮地同工作伙伴取得联系，求对方替自己把车开回东京，又给公司打电话，强行请了三天假，直接同中田来到四国，小旅行袋里只装有替换衣服和洗漱用具。

说起来，星野所以对中田发生兴趣，无非是因为他的相貌和讲话方式像死去的阿爷。但接触不久，像阿爷的印象渐渐淡薄，而开始对中田这个人本身有了好奇心。中田的讲话方式相当与众不同，而内容的与众不同更是有过之而无不及，但那种与众不同的方式里总好像有一种吸引人的东西。他想知道中田这个人往下去哪里，做什么。

星野生在农家，五个全是男孩，他是老三。初中毕业前还比较地道，到上工业高中后开始结交不良朋友，一再胡作非为，警察也招惹了几次。毕业总算毕业了，但毕业后也没有正经工作，和女人之间啰嗦不断，只好进了自卫队。本想开坦克，但在资格考试中被刷了下去，在自卫队期间主要驾驶大型运输车辆。三年后离开自卫队，在运输公司找到事做，那以来六年时间一直在开长途卡车。

开大卡车很合他的脾性。原本就喜欢跟机械打交道，坐在高高的驾驶席上手握方向盘，感觉上就好像一城之主。当然工作是够辛苦的，工作时间也颠三倒四。不过，若每天早晨去铁公鸡公司上班，在上司眼皮底下做一点小活儿——那样的生活他无论如何也无法忍受。

从前就喜欢打架。他个头小，又瘦得像豆芽，打架看不出是强手。可是他有力气，而且一旦开闸就收勒不住，两眼放出凶光，实战中一般对手都为之胆怯。无论在自卫队还是开卡车之后都没少打架。当然胜败都有，但胜也好败也罢，打架终归什么也解决不了。明白这点还是最近的事。好在迄今为止没受过什么大伤，连自己都佩服自己。

在性子野乱来的高中时代，每次给警察抓去都必定是阿爷接他回家。阿爷向警察点头哈腰，领他出来，回家路上总是进饭馆让他吃好吃的东西，即使那时候口中也没有半句说教。而父母则一次也不曾为他出动，穷得糊口都成问题，没有工夫搭理不走正路的老三。他时常心想，若是没有阿爷，自己到底会落到什么地步呢？惟独阿爷至少还记得他在那里活着，还惦念他。

尽管如此，他一次也没谢过阿爷。不晓得怎么谢，再说满脑袋装的都是自己日后怎么存活。进自卫队后不久，阿爷因癌症死了。最后脑袋糊涂了，看着他都认不出是谁了。自阿爷去世以来，他一次家也没回。

星野早上八点醒来时，中田仍以同一姿势大睡特睡，呼吸声的大小和不紧不慢的节奏也和昨晚相同。星野下楼，在大房间里同其他客人一同吃早饭。品种虽然单调，但大酱汤和白米饭随便吃。

"你同伴早饭怎么办？"女服务员问。

"还在呼呼大睡，早饭怕是不要了。对不起，被褥就先那样别动了。"他说。

快中午了，中田依然睡个不醒。星野决定加住一天旅馆。他走到街上，进荞面馆吃了一大碗鸡肉鸡蛋浇汁面。吃罢在附近逛了逛，进酒吧喝咖啡，吸烟，看了几本那里放着的漫画周刊。

回旅馆见中田还在睡。时间已近下午两点，星野多少有些放心不下，手放在中田额头上。没什么变化，不热，不凉。呼吸声同样那么安稳均匀，脸颊泛出健康的红晕。看不出哪里情况不妙。只是静静沉睡罢了。身也没翻一次。

"睡这么长时间不要紧么？对身体怕是不好吧？"来看情况的女服务员担心地说。

"累得够呛。"星野说，"就让他睡个够好了。"

"呃。不过睡这么香甜的人还是头一次遇见。"

晚饭时间到了，中田还在睡。星野去外面咖喱餐馆吃了一大碗牛肉咖喱饭和蔬菜色拉，又去昨天那家扒金库游戏厅玩了一个小时，这回没花上一千日元就得了两条万宝路。拿着两条万宝路回到旅馆已经九点半了，吃惊的是中田仍在睡。

　　星野算了算时间：中田已经睡了二十四小时以上。虽说他交代过要睡很久，不要理他，但的确也太久了。他少见地不安起来。假如中田就这么永睡不醒，那可如何是好呢？"糟糕！"他摇了摇头。

　　不料第二天早上七点小伙子醒来时，中田已经爬起，正在往窗外观望。

　　"喂，老伯，总算起来了！"星野松了口气。

　　"那是，刚醒。不知睡了多长时间，反正中田我觉得睡了很久，好像重新降生似的。"

　　"不是很久那么温吞吞的东西，你可是从前天九点一直睡到现在，足足睡了三十个钟头。又不是白雪公主！"

　　"那是。中田我肚子饿了。"

　　"那还用说，差不多两天没吃没喝了。"

　　两人下到楼下大房间吃早饭。中田吃了很多很多，吃得女服务员吃了一惊。

　　"这人能睡，一旦起来又能吃，两天的都补回去了。"女服务员说。

　　"那是，中田我要吃就得真枪实弹地吃。"

　　"够健康的。"

　　"那是。中田我字倒是不认得，但虫牙没有一颗，眼镜从未戴过，没找过医生，肩也不酸，每天早上拉屎也有条不紊。"

　　"嚆，了不起。"女服务员钦佩地说，"对了，今天您准备做什么呢？"

　　"往西去。"中田斩钉截铁地说。

　　"啊，往西，"女服务员说，"从这里往西，就是高松了？"

　　"中田我脑袋不好使，不懂地理。"

　　"总之去高松就是，老伯，"星野说，"下一步的事下一步考虑不迟。"

"那是。反正先去高松。下一步的事下一步考虑。"

"二位的旅行好像够独特的了。"女服务员说。

"你说的还真对。"星野接道。

折回房间，中田马上进卫生间。这时间里星野一身睡衣趴在榻榻米上看电视里的新闻。没什么大不了的新闻——中野区一位有名的雕塑家遇刺身亡的案件搜索仍无进展，既无目击者，又无遗留物提供线索，警方正在搜查其出事前不久下落不明的十五岁儿子的去向。

"得得，又是十五岁。"星野叹道。为什么近来总是十五岁少年涉嫌凶杀案呢？十五岁时他正无证驾驶着偷来的摩托车东奔西窜，所以情理上不好对别人的事评头论足。当然"借用"摩托和刺杀生父是两回事。话虽这么说，自己没有因为什么而刺杀父亲或许算是幸运的，他想，毕竟时常挨揍。

新闻刚播完，中田从卫生间出来了。

"我说星野君，有件事想问问可以么？"

"什么呢？"

"星野君，您莫不是腰痛什么的？"

"啊，长期干司机这行，哪能不腰痛呢。开长途车没有哪个家伙不腰痛的，同没有不肩痛的投球手是一回事。"星野说。"你干吗突然问起这个？"

"看您后背，忽然有这个感觉。"

"嗬。"

"给您揉揉可以么？"

"可以，当然可以。"

中田骑上趴着的星野的腰部，双手按在腰骨偏上的位置，一动不动。这时间里小伙子看电视综合节目里的演员趣闻——一个有名的女演员同不甚有名的年轻小说家订婚了。对这样的新闻他没什么兴趣，但此外又没什么可看的，便看了下去。上面说女演员的收入比作家多十倍以上，小说家谈不上有多潇洒，脑袋也不像有多好使。星野感到不解。

"喏喏，这样子怕是长远不了，大概有什么阴差阳错吧！"

"星野君，您的腰骨多少有点儿错位。"

"人生都错位了那么久，腰骨错位也是可能的。"小伙子打着哈欠说。

"长此以往说不定大事不妙。"

"真的？"

"头要痛，腰要闪，屎要拉不出。"

"唔——，那是够受的！"

"要痛一点儿，不碍事的？"

"不怕。"

"老实说，相当痛的。"

"跟你说老伯，我从出生以来，不论家里学校还是自卫队，都被打得一塌糊涂。不是我瞎吹，不挨打的日子可谓屈指可数。现在哪还在乎什么痛啦烫啦痒啦羞啦甜啦辣啦，随你怎么样！"

中田眯细眼睛，集中注意力，小心确认两根按在星野腰骨的手指的位置。位置确定之后，起初一边看情况一边一点一点地用力，随后猛吸一口气，发出冬鸟一般短促的叫声，拼出浑身力气把指头猛地压进骨与肌肉之间。此时星野身上袭来的痛感正可谓劈头盖脑野蛮至极。脑海中一道巨大的闪电掠过，意识当即一片空白。呼吸停止，仿佛被从高塔之巅陡然推下九层地狱，连呼叫都来不及。过度的疼痛使他什么都思考不成。所有思考都被烤得四下飞溅，所有感觉都集中在疼痛上。身体框架就好像一下子分崩离析，就是死也不至于毁坏到这般地步。眼睛也睁不开。他趴在那里全然奈何不得，口水淌在榻榻米上，泪珠涟涟而下。如此非常状态大约持续了三十秒。

星野总算喘过一口气，拄着臂肘摇摇晃晃爬起身来。榻榻米犹如暴风雨前的大海，不吉利地轻轻摇动着。

"痛吧?"

星野慢慢摇了几下头，仿佛在确认自己是否还活着："瞧你，还能不痛! 感觉上就好像被剥掉皮用铁钎串了，再用研磨棒熨平，上面有一大群气呼呼的牛跑了过去。你搞什么来着，到底?"

"把您的腰骨按原样吻合妥当了。这回不要紧了，腰不会痛，大便也会正常的。"

果然，剧痛如潮水退去之后，星野觉得腰部轻松多了。平日闷乎乎酸懒懒的感觉不翼而飞，太阳穴那里也清爽了，呼吸畅通无阻。意识到时，便意也有了。

"唔，这里那里的确像是好多了。"

"那是，一切都是腰骨问题。"

"不过也真够痛的了。"说着，星野叹了口气。

两人从德岛站乘特快去高松。房费和车票钱都是星野一个人付的。中田坚持自己付，小伙子没听。

"我先付着，事后再细算。一个大男人，我可不喜欢花钱上面忸忸怩怩的。"

"也好。中田我不懂花钱，就拜托您星野君了。"中田说。

"不过嘛，中田，你那指压叫我痛快了好多，就让我多少报答一下好了。很久没这么痛快过了，好像换了一个人。"

"那太好了。指压是怎么一个玩意儿中田我不太懂，不过骨头这东西可是很要紧的。"

"指压也好整体医疗也好按摩疗法也好，叫法我也不是很明白，不过这方面你像是很有才能的，若是做这个买卖肯定赚大钱，这我可以保证。光是介绍我的司机同伴就能发一笔财。"

"一看您的后背，就知道骨头错位了。而一有什么错位，中田我就想把它矫正回去。也是长期做家具的关系，每当眼前有扭歪了的东西，无论怎么都要把它弄直弄正。这是中田我一贯的脾性，但把骨头弄直还是头一遭。"

"所谓才能想必就是这样的。"小伙子一副心悦诚服的口气。

"以前能和猫交谈来着。"

"嗬！"

"不料前不久突然谈不成了，估计是琼尼·沃克的关系。"

"可能。"

"您也知道，中田我脑袋不好使，复杂事情想不明白。可最近还真有复杂事情发生，比如鱼啦蚂蟥啦有很多自天而降。"

"哦。"

"不过您腰变好了，中田我非常高兴。您星野君的好心情就是中田我的好心情。"

"我也很高兴。"

"那就好。"

"可是嘛，上次富士川服务站的蚂蟥……"

"那是，蚂蟥中田我记得清楚。"

"莫不是跟你中田有关?"

中田少见地沉吟片刻。"中田我也不清楚的。不过中田我这么一撑伞，就有很多蚂蟥从天上掉下。"

"嗬。"

"不管怎么说，要人家的命可不是好事。"说着，中田断然点了下头。

"那当然，要人命可不是好事。"星野赞同。

"正是。"中田再次果断点头。

258

　　两人在高松站下，车站前有家面馆，两人吃乌冬面当午饭。从面馆窗口可以望见港口的几座起重机，起重机上落着很多海鸥。中田规规矩矩地一条条品味乌冬面。

　　"这乌冬面十分可口。"中田说。

　　"那就好。"星野说，"如何，中田，地点是这一带不错吧?"

　　"那是。星野君，这里好像不错，中田我有这个感觉。"

　　"地点可以了。那，往下干什么?"

　　"想找入口的石头。"

　　"入口的石头?"

　　"是的。"

　　"呃——"小伙子说，"那里肯定有段长话。"

　　中田把碗斜着举起，喝掉最后一滴面汤。"那是，有段长话。由于太长了，中田我搞不清什么是什么。实际去那里应该会明白过来的。"

　　"还是老话说的，去了自会明白。"

　　"那是，正是那样。"

　　"去之前不明白喽?"

　　"那是，在那里之前中田我根本不明白。"

　　"也罢也罢。老实说，我也怕长话。反正找到入口处的石头就可以的了?"

　　"那是，一点不错。"

　　"那，位置在哪边呢?"

　　"中田我也猜不出。"

　　"不用问。"小伙子摇头道。

第 25 章

睡一会儿醒来,又睡一会儿又醒来,如此不知反复了多少回。我想把握她出现的那一瞬间,但意识到时,她已经坐在昨天那把椅子上了。床头钟的夜光针刚刚划过三点。上床前无疑拉合的窗帘仍不知什么时候拉了开来,和昨晚一样。但月亮没有出来。只有这点不同。云很厚,说不定还下了一点雨。房间里比昨晚暗得多,惟有远处庭园的灯光从树隙间隐约透入。眼睛习惯黑暗需要时间。

少女在桌面上手托下巴,看着墙上挂的油画,穿的衣服也和昨晚一样。由于房间暗,凝眸细看也分辨不清脸庞,而身体和脸的轮廓却因此以不可思议的清晰度和纵深感浮现在昏暗中。毫无疑问,那是少女时代的佐伯。

少女看上去在沉思默想着什么,或者仅仅在注视又长又深的梦境亦未可知。不不,大概她自己就是佐伯那又长又深的梦本身。不管怎样,我都屏息敛气以免扰乱现场的均衡。我一动也不敢动,只不时觑一眼闹钟确认时间。时间缓慢而扎实地推移着。

突然,我的心脏不由分说地剧烈跳动起来,跳声又硬又干,仿佛有人一下接一下敲门。那声音在岑寂的深夜房间里毅然决然地声声回荡开来。首先是我自己为之震惊,险些从床上一跃而起。

少女的黑色剪影微微摇颤。她扬起脸,在昏暗中侧耳倾听。我心脏发出的声音传到她的耳畔。少女轻轻偏头,犹如森林中的动物全神贯注地倾听不曾听过的动静，之后脸朝床这边转来。但我没有映入她的眼帘。这点我很清楚。我没有包含在她的梦中。我与这少女被一条看不见的线隔在两个不同的世界。

一会儿，我剧烈的心跳迅速平复下去，迅速得一如其到来之时。呼吸也恢复正常，得以重新进入屏息敛气的状态。少女不再侧耳，视线又折回《海边的卡夫卡》，仍像刚才那样在桌面上手托下巴，那颗心又回到夏日少年身边。

逗留大约二十分钟后，美少女抽身离去。她和昨天一样光脚从椅子上立起，悄无声息地向门口移动，没开门就消失在门的另一侧。我保持原来姿势等了一阵子，这才翻身下床，没有开灯，在夜色中坐在刚才少女坐过的椅子上。我双手置于桌面，沉浸于她在房间里留下的余韵中。我闭起眼睛掬取少女的心颤，将其融入自己的心律。我闭目合眼。

少女与我之间至少有一个共同点，这点我感觉到了。是的，我们都在思恋已然从这个世界失去的那个人。

过了一会儿，我睡了过去。但睡得很不安稳，身体需要睡眠，意识则加以拒绝。我如钟摆一样在二者之间摇摆不定。天将亮而未亮之间，院里的鸟们开始唧唧喳喳，我于是彻底醒来。

我穿上牛仔裤，在T恤外面套了件长袖衫，走到外面。早上五点刚过，附近还没有人来往。经过古旧的街区，穿过作为防风林的松树林，爬过防潮堤来到海岸。皮肤几乎感觉不出风。天空整个布满阴云，但暂时没有要下雨的样子。宁静的清晨。云如吸音材料一般将地面所有声音彻底吸尽。

我在海岸人行道上走了一些时候，边走边想像那幅画上的少年大概就是把帆布椅搬到这沙滩上坐着的。但我无法确定是哪个位置，画中的背景只是沙滩、水平线、天空和云，还有岛，但岛有好几个，我不能清楚记起画中岛的形状。我弓腰坐在沙滩上，对着大海用手指适当切出画框，把坐在椅子上的少年身姿放在里边。一只白色的海鸥有些犹豫不决地穿过无风的天空。微波细浪有规则地涌来，在沙滩上勾勒出柔和的曲线，留下细小泡沫退去。

我意识到自己在嫉妒画中的少年。

"你在嫉妒画中的少年。"叫乌鸦的少年在我耳边低语。

刚刚二十岁或不到二十岁就被错当成别的什么人无谓地杀掉了，而且已是距今三十年前的事，而你却在嫉妒那个可怜的少年，嫉妒得几乎透不过气。对别人怀有妒意在你生来还是头一次。现在你终于理解嫉妒是怎么一个东西了，它如野火一般烧灼你的心。

有生以来你一次也没羡慕过别人，也没有想成为其他什么人，但你现在打心眼里羡慕那个少年。如果可能，你想成为那个少年，即使预先知道二十岁时将受到拷问并被铁管打杀也在所不惜。尽管如此你也要成为那个少年，以便无条件地爱十五至二十岁的活生生的佐伯，同时接受她无条件的爱。你想和她痛痛快快抱在一起，一次又一次交合。你想用手指上上下下摸遍她的全身，也希望被她上上下下把全身摸遍，纵然死了也想作为一个故事一个图像印在她的心间，想在回忆中夜夜得到她的爱。

是的，你的处境分外奇妙。你思恋理应失却的少女形象，嫉妒早已死去的少年。然而那情感竟比你实际体验过的任何情感都实得多痛切得多。那里面没有出口。甚至没有找到出口的可能性。你彻底迷失在时间的迷宫中，而最大的问题，在于你根本没有想从中脱身的愿望。对吧？

大岛比昨天来得晚。他来之前我给一楼和二楼地板吸了尘，桌椅用湿抹布揩了，窗扇打开擦了，卫生间扫了，垃圾箱倒了，花瓶的水换了，然后打开房间灯，按下检索电脑的电源开关。往下只剩开大门了。大岛一项一项检查完毕，满意地点点头。

"你记得很快，干得也利索。"

我烧开水，给大岛做咖啡。我仍和昨天一样喝嘉顿红茶。外面开始下雨，相当大的雨。远处甚至可闻雷鸣。虽是上午，四周却如傍晚一般昏暗。

"大岛，有个请求。"

"什么呢？"

"《海边的卡夫卡》乐谱可能从哪里搞到？"

大岛想了想说："如果网上乐谱出版社目录里面有的话，付一点儿款是可以下载的。我查一查好了。"

"谢谢。"

大岛坐在台端，往咖啡杯里放进一块极小的方糖，用咖啡匙小心翼翼地搅拌。"怎么，歌曲喜欢上了？"

"非常。"

"我也喜欢那首歌曲，优美而又别致，直率而又深沉，能真真切切地感受到作者的人品和情怀。"

"歌词倒是高度象征性的。"我说。

"诗与象征性自古以来就是密不可分的，一如海盗和朗姆酒。"

"你认为佐伯明白那里的语句意味着什么？"

大岛扬起脸倾听远处的雷声，推测其距离，而后看我的脸，摇摇头。

"未必。因为象征性与意味性是两个东西。她大概可以跳过意味和逻辑等繁琐的手续而把握那里应有的正确语句，像轻轻抓住空中飞舞的蝴蝶翅膀一样在梦中捕捉词语。艺术家其实就是具有回避繁琐性的资格的人。"

"就是说，佐伯很可能是在其他什么空间——例如梦中——找来歌词的语句的？"

"好诗多少都是这个样子的。假如不能在那里的语句与读者之间找出预言性隧道，那么作为诗的功能也就无从谈起。"

"不过也有不少诗只是以那样的面目出现的。"我说。

"说得对。只要掌握诀窍，做出那样的面目是不难的。只要使用大致是象征性的语句，看上去基本上就是诗。"

"可是《海边的卡夫卡》那首诗能让人感觉出一种非常迫切的东西。"

"我也这样认为。那里的语句不是表层的。不过在我的脑袋中，那首诗已经同旋律融为一体。因此，至于它纯粹作为诗来看具有多大程度的独立的语言说服力，我是无法正确判断的。"说着，大岛轻轻摇了一下头，"不管怎样，她具有丰沛而自然的才华，也有音乐悟性，同时具有紧紧抓住到来的机会的现实性才智。假如不是那起可怜的事件使她的人生急转直下，她的才华应该施展得更为淋漓尽致。在各种意义上那都是一起令人遗憾的事件。"

"她的才华到底哪里去了呢？"我问。

大岛注视着我的脸说："你问恋人死了之后佐伯身上的才华去了什么地方？"

我点头："如果才华类似天然能源那样的东西，那么总会在哪里找到出口吧？"

"我不知道。"大岛说，"才华这东西，其去向是无法预测的，有时会简单地倏然消失，或者像地下水一样钻进地底深处直接流去了哪里。"

"也有可能佐伯把那样的才华集中用于其他事情，而没有用在音乐上。"

"其他事情？"大岛深感兴趣似的蹙起眉头，"比如什么事情？"

我一时语塞。"不知道。只是那样觉得。比如……不具外形的事情。"

"不具外形的事情?"

"就是别人看不到的、只为自己追求的那样的东西——或许可以说是内心层面的。"

大岛的手伸向额头,把垂在额前的头发撩去后面。头发从纤细的指间滑落下来。

"非常有趣的见解。的确,佐伯离开这座城市之后有可能在我们不知道的地方把才华或才能发挥在了你所说的不具外形的什么上面。不过,她终究消失了二十五年时间,没办法弄清在哪里干了什么,除非问她本人。"

我略一踌躇,一咬牙开口道:"我说,问非常非常傻气的事也可以么?"

"非常非常傻气的事?"

我脸红了:"傻透顶的。"

"无所谓。我也绝不讨厌傻透顶的傻事。"

"嗳,大岛,这种事我自己都无法相信会向别人说出口去。"

大岛略略歪头。

"佐伯是我母亲的可能性没有么?"我说。

大岛默然。他靠在借阅台上,花时间物色着字眼。这时间里我只是倾听钟的声响。

他开口道:"你想说的简单概括起来就是:佐伯二十岁时绝望地离开高松,在什么地方悄然度日,偶然认识你父亲田村浩一结了婚,幸运地生了你,而四年后因为某种缘故扔下你离家,其后有一段神秘的空白,再往后重新返回四国老家。是这样的吧?"

"是的。"

"可能性不能说没有,或者说至少在现阶段没有足以否定你这个假设的根据。她的人生很长时间都包笼在迷雾之中。有传言说在东京生活过。而她同你父亲大体同龄。只是，返回高松时是一个人。当然，即使有女儿，女儿也可能独立了在别处生活。呃——，你姐姐多大来着？"

"二十一岁。"

"和我同岁。"大岛说，"但我不像是你姐姐。我有父母有哥哥，都是骨肉至亲，对我来说，他们多得过分了。"

大岛抱着双臂往我脸上看了一会儿。

"对了，我有一点想问你。"大岛说，"你可查看过自己的户籍？那一来，母亲的名字年龄不就一目了然了？"

"查看过，当然。"

"母亲的名字写什么？"

"没有名字。"我说。

大岛听了似乎吃了一惊："没有名字？那种事是不会有的呀……"

"是没有，真的。为什么我也不知道。反正从户籍上看我没有母亲。也没有姐姐。户籍簿上只记有父亲的名字和我的名字。就是说，在法律上我是庶出，总之是私生子。"

"可事实上你有母亲和姐姐。"

我点头："四岁之前我实际有过母亲和姐姐，我们四人作为家庭在一座房子里生活。这点我清楚记得，不是什么想像，不是的。可一到我四岁，那两人就马上离家走掉了。"

我从钱夹里抽出我和姐姐两人在海边玩耍的相片，大岛看了一会儿，微笑着还给我。

"《海边的卡夫卡》。"大岛说。

我点下头，把旧相片放回钱夹。风盘旋着吹来，雨时而出声地打在窗玻璃上。天花板的灯光把我和大岛的身影投在地上，两个身影看上去仿佛是在另一侧的世界里进行着图谋不轨的密谈。

"你不记得母亲的长相?"大岛问,"四岁之前同母亲一块儿生活,什么样的长相多少该记得的吧?"

我摇头道:"横竖记不起来。为什么不晓得,在我的记忆中,单单母亲长相的部分黑乎乎的,被涂抹成了黑影。"

大岛就此思考片刻。

"喂,你能不能把佐伯可能是你母亲的推测说得再详细点儿?"

"可以了,大岛,"我说,"不说这个了吧。肯定是我想过头了。"

"没关系的,把脑袋里有的都说出来看看。"大岛说,"你是不是想过头了,最后两人判断就是。"

地板上大岛的身影随着他些微的动作动了动,动得好像比他本人动的夸张。

我说:"我和佐伯之间,有很多惊人一致的东西,哪一个都像拼图缺的那块一样正相吻合。《海边的卡夫卡》听得我恍然大悟。首先,我简直像被什么命运吸引着似的来到这座图书馆。从中野区到高松,几乎一条直线——思考起来非常奇异。"

"的确像是希腊悲剧的剧情简介。"

我说:"而且我恋着她。"

"佐伯?"

"是的,我想大概是的。"

"大概?"大岛皱起眉头,"你是说大概恋着佐伯?还是说对佐伯大概恋着?"

我脸又红了。"表达不好,"我说,"错综复杂,很多很多事我也还不大明白。"

"可是你大概恋着佐伯?"

"是的,"我说,"非常强烈。"

"虽然大概,但非常强烈。"

我点头。

"同时又保留她或许是你母亲的可能性。"

我再次点头。

"你作为一个还没长胡子的十五岁少年，一个人背负的东西委实太多了。"大岛很小心地啜了口咖啡，把杯放回托碟，"不是说这不可以，但所有事物都有个临界点。"

我默然。

大岛手指按在太阳穴上，思索良久，之后将十支纤细的手指在胸前合拢。

"尽快把《海边的卡夫卡》的乐谱给你搞到手。下面的工作我来做，你最好先回自己房间。"

午饭时间我替大岛坐在借阅台里。由于一个劲儿下雨，来图书馆的人比平时少。大岛休息完回来，递给我一个装有乐谱复印件的大号信封。乐谱是他从电脑上打印下来的。

"方便的世道。"大岛说。

"谢谢。"

"可以的话，能把咖啡拿去二楼？你做的咖啡十分够味。"

我又做了杯咖啡，放在盘子里端去二楼佐伯那里，没有糖没有牛奶。门像平时那样开着，她在伏案写东西。我把咖啡放在桌上，她随即扬脸一笑，把自来水笔套上笔帽放在纸上。

"怎么样，多少习惯这里了？"

"一点点。"我说。

"现在有时间？"

"有时间。"

"那么坐在那里，"佐伯指着桌旁的木椅，"说一会儿话吧。"

又开始打雷了，虽然离得还远，但似乎在一点点移近。我顺从地坐在椅子上。

"对了，你多大来着，十六岁？"

"实际十五岁，最近刚刚十五。"我回答。

"离家出走？"

"是的。"

"有非离家不可的明确的原因？"

我摇头。到底说什么好呢？

佐伯拿起杯子，在等我回答的时间里喝了口咖啡。

"待在那里，觉得自己好像受到了无可挽回的损毁。"

"损毁？"佐伯眯细眼睛说。

"是的。"我说。

她停顿一下说道："你这个年龄的男孩子使用受到损毁这样的字眼，我总觉得不可思议，或者说让人发生兴趣……那么，具体说来是怎么一回事呢，你所说的受到损毁？"

我搜肠刮肚。首先寻找叫乌鸦的少年的身影，但哪里也没有他。我自己物色语句。这需要时间，而佐伯又在等待。电光闪过，俄顷远处传来雷声。

"就是说自己被改变成自己不应该是那样的形象。"

佐伯兴趣盎然地看着我："但是，只要时间存在，恐怕任何人归根结底都要受到损毁，都要被改变形象，早早晚晚。"

"即使早晚必然受到损毁，也需要能够挽回的场所。"

"能够挽回的场所？"

"我指的是有挽回价值的场所。"

佐伯从正面目不转睛地看着我的脸。

我脸红了，但仍然鼓足勇气扬起脸。佐伯身穿深蓝色半袖连衣裙。她好像有各种色调的蓝色连衣裙。一条细细的银项链，一块黑皮带小手表——这是身上所有的饰物。我在她身上寻找十五岁少女的面影，当即找了出来。少女如电子魔术画一样潜伏在她心的密林中安睡，但稍一凝目即可发现。我的心脏又响起干涩的声音，有人拿铁锤往我的心壁上钉钉子。

"你才刚刚十五岁，可说话真够有板有眼的了。"

我不知如何回答，默不作声。

"我十五岁的时候，也常想跑得远远的，跑去别的什么世界。"佐伯微笑着说，"跑去谁也够不到的地方，没有时光流动的地方。"

"但世界上没有那样的场所。"

"是啊。所以我就这么活着，活在这个事物不断受损、心不断飘移、时间不断流逝的世界上。"她像暗示时间流逝似的缄口停顿片刻，又继续下文，"可是十五岁的时候我以为世界的什么地方肯定存在那样的场所，以为能够在哪里找到那另一世界的入口。"

"您孤独吗，十五岁的时候?"

"在某种意义是的，我是孤独的。尽管不是孤身一人，但就是孤独得很。若说为什么，无非是因为明白自己不能变得更为幸福，心里一清二楚。所以很想很想保持当时的样子，就那样遁入没有时光流动的场所。"

"我想让年龄尽快大起来。"

佐伯拉开一点距离读我的表情："你肯定比我坚强，有独立心。当时的我只是一味幻想着逃避现实，可是你在同现实搏斗，这里有很大区别。"

我一不坚强二没有独立心，不外乎硬被现实推向前去罢了，但我什么也没说。

"看到你，我就想起很早以前那个男孩儿。"

"那个人像我?"我问。

"你要高一些，身体也更壮实，不过也可能像。他和同年代的孩子谈不来，总是一个人闷在房间里看书听音乐，谈复杂事情的时候和你一样在眉间聚起皱纹。听说你也常常看书……"

我点头。

佐伯看一眼钟："谢谢你的咖啡。"

我起身往外走。佐伯拿起黑色自来水笔，慢慢拧开笔帽，又开始写东西。窗外又闪过一道电光，一瞬间将房间染成奇特的颜色。稍顷雷声传来，间隔比上次还短。

"喂，田村君！"佐伯把我叫住。

我在门槛上立定，回过头。

"忽然想起的——从前我写过一本关于雷的书。"

我默然。关于雷的书？

"在全国到处走，采访遭遇雷击而又活下来的人，用了好几年的时间。采访人数相当不少，而且每个人讲的都很生动有趣。书是一家小出版社出的，但几乎卖不动，因为书里面没有结论，而没有结论的书谁都不愿意看。在我看来没有结论倒是非常自然的……"

有个小锤子在我脑袋里"嗑嗑"地叩击某个抽屉，叩击得异常执著。我试图回想一件至关重要的事，却又不知道回想的是什么。佐伯继续写东西，我无奈地返回房间。

霹雷闪电大约持续了一个小时。雷声很大，真怕图书馆所有玻璃都给震得粉身碎骨。每次电光闪过，楼梯转角平台的彩色玻璃都把远古幻境般的光色投在白墙上。但快到两点时雨停了，黄色的太阳光从云隙间泻下来，仿佛世间万象终于握手言欢了。在这温馨的光照中，惟独房檐的滴雨声响个不止。不多久，黄昏来临，我做闭馆的准备。佐伯向我和大岛道一声再见回去了。她那辆"大众高尔夫"的引擎声传来，我想像她坐在驾驶席上转动钥匙的身姿。我对大岛说往下我一个人可以拾掇，放心好了。大岛吹着歌剧独唱旋律的口哨在卫生间洗手洗脸，很快回去了，他的马自达赛车的引擎声传来耳畔，又变小消失。图书馆成为我一个人的天下。这里有比平时更深的岑寂。

　　折回房间，我看起了大岛复印的《海边的卡夫卡》乐谱。不出所料，几乎所有的和弦都很简单，而过渡部分有两个极为繁杂的和弦。我去阅览室坐在竖式钢琴前按动那个音阶。指法难得出奇。练习了好几次，让手指筋骨习惯了，这才好歹弹奏出来。一开始只能听成错误失当的和弦，我以为乐谱复印错了，或者钢琴音律失常，但在反复、交错、小心翼翼倾听两个和弦的时间里，我得以领悟《海边的卡夫卡》这首乐曲的基础恰恰在于这两个和弦。正因为有这两个和弦，《海边的卡夫卡》才获得了一般流行歌曲所没有的独特底蕴。但佐伯是如何想出这两个不同凡响的和弦的呢？

　　我折回自己房间，用电热水瓶烧开水，沏茶喝着。我从贮藏室里拿出最老的唱片，一张张放在转盘上。鲍勃·迪伦的《无数金发女郎》、甲壳虫的《白色专辑》、奥泰斯·雷丁的《海湾里的船坞》、斯坦·盖茨的《盖茨/吉尔贝特》，哪一个都是六十年代后半期流行的音乐。曾在这个房间里的少年——旁边必定有佐伯——像我现在这样把这些唱片放在转盘上，放下唱针，倾听音箱里淌出的声响。我觉得这声响把包括我在内的整个房间带入另一种时间之中，带入自己尚未出生时的世界。我一边听这些音乐，一边把今天白天在二楼书房里同佐伯的交谈尽可能准确地在脑海中再现出来。

　　"可是十五岁的时候我以为世界的什么地方肯定存在那样的场所，以为能够在哪里找到那另一世界的入口。"

　　我可以在耳畔听到她的语声。又有什么叩击我脑袋里的门，重重地、执拗地。

　　"入口？"

　　我把唱针从《盖茨/吉尔贝特》上提起，拿出《海边的卡夫卡》环形录音唱片放在转盘上，放下唱针。她唱道：

　　溺水少女的手指

探摸入口的石头

张开蓝色的裙裾

注视海边的卡夫卡

我想，来这房间的少女大概摸索到了入口的石头。她驻留在永远十五岁的另一世界里，每到夜晚就从那里来到这个房间——身穿淡蓝色的连衣裙，凝视海边的卡夫卡。

接下去我倏然想起来了，想起父亲一次说他被雷击过。不是直接听来的，是在一本杂志的访谈录上看到的。父亲还是美术大学学生的时候，在高尔夫球场打工当球童。七月间一个下午，他跟在客人后面巡场时，天空突然变脸，一场雷雨袭来。雷不巧落在大家避雨的树上。大树从正中间一劈两半，一起避雨的高尔夫球手顿时丧命，而父亲在雷即将落下时产生了一种预感，从树下飞跑出来，捡了一条性命。他只受了轻微的烧伤，头发烧掉了，受惊栽倒时脸一下子撞在石头上昏迷过去。当时的伤仍在额头上留有一点疤痕——这就是今天偏午时候我站在佐伯房间门口一边听雷一边努力回想的。父亲作为雕塑家真正开始创作活动是在雷击伤恢复之后。

也许佐伯为写那本关于遭遇雷击之人的书，在采访时遇上了父亲。有这种可能性。因为很难认为世上有很多雷下逃生之人。

我屏住呼吸，等待夜半更深。云层大大断开，月光照着庭园里的树木。一致的地方委实太多了，各种各样的事物开始迅速朝同一处集结。

第 26 章

　　下午快过去了，首先得把住的地方定下。星野去高松车站旅游介绍所预约了一家适当的旅馆。旅馆不怎么样，惟一的好处是可以步行去车站。星野和中田都没什么意见。只要能钻进被窝躺倒睡觉，哪里都无所谓。同前面住的旅馆一样，这里只管早餐不带晚饭，对于不知何时睡下不醒的中田来说，可谓求之不得。

　　进了房间，中田又让星野趴在榻榻米上，他骑上去把两只拇指按在腰骨偏下位置，从腰骨到脊梁骨逐一仔细检查关节和肌肉的状况。这回指尖几乎没用力，只是捏摩骨头形状，查验肌肉张力。

　　"噢，可有什么问题？"小伙子不安地问。他担心冷不防又会有一次剧痛袭来。

　　"不不，像是没事了。不妙的地方一处也没发现，骨头也恢复到很不错的形状了。"中田说。

　　"那就好。老实说，我真不想再受一次折磨。"

　　"那是，实在抱歉。可是您说对疼痛满不在乎来着，所以中田我才断然使出了浑身力气。"

　　"说是的确那么说来着，不过么，老伯，事情总有个程度问题，世间总有个常识。当然喽，你把腰治好了，我不好说三道四，可那疼痛决非一般，痛得昏天黑地，想像都想像不到。身体四分五裂，就好像死过一场又活了。"

"中田我死过三个星期。"

"嗬！"星野趴着喝了口茶，咯嘣咯嘣地吃从小超市买来的柿籽，"是吗，你死了三个星期?"

"是的。"

"那时在哪儿了?"

"那中田我就记不清楚了，好像在很远很远的地方，做别的事情来着。可是脑袋里迷迷糊糊的，什么都想不起来。返回这边之后脑袋就报销了，看书写字一样也提不起来。"

"看书写字的能力搁在那边了，肯定。"

"有可能。"

两人沉默了一阵子。星野觉得，从这老人口中说出的东西——无论多么荒诞离奇——还是大致信以为真为好，同时心里也隐约觉出一种不安——如果就"死过三个星期"的问题进一步刨根问底，说不定会把脚踏进无可收拾的混乱之中。所以他决定转换话题，谈论多少现实些的眼前问题。

"那，中田，到高松后打算怎么办呢?"

"不知道。"中田说，"怎么办好中田我也不清楚。"

"你不是说咱们要找'入口的石头'了么?"

"那是，是的，是那样的。中田我忘得一干二净了。石头是必须找的，可是中田我根本不晓得去哪里才能找到。这里有什么飘乎乎的，怎么也挥不掉。脑袋原本就不好使，加上有那东西冒出来，简直一筹莫展。"

"伤脑筋啊！"

"那是，相当伤脑筋。"

"话虽这么说，两个人就这么大眼瞪小眼窝在这里不动也没什么意思，什么都解决不了。"

"你说的一点儿不差。"

　　"那，我看是不是这样：咱们先向各种各样的人打听打听，打听这一带有没有那样的石头。"

　　"既然您星野君那么说，中田我也想试一试，询问各种各样的人。非我夸口，中田我打听什么还是得心应手的，毕竟脑袋不好使。"

　　"唔，问乃一时之耻，不问乃一生之耻，这是我家阿爷的口头禅。"

　　"的确如此。两眼一闭，知道的东西就全都消失得一个不剩了。"

　　"啊，倒不是那个意思。"星野搔着头说，"也罢也罢……大致说一下也好——那是怎么一块石头，大小啦形状啦颜色啦，有什么效用啦，脑袋里没什么印象？若不把这些大体弄明白，问人家也不好问嘛。'这一带有入口的石头吗？'就问这么一句恐怕谁都莫名其妙，以为我们脑袋少根弦，是吧？"

　　"那是。中田我是脑袋不好使，不是脑袋少根弦。"

　　"有道理。"

　　"中田我找的是特殊石头。没有多大，白色，没味儿。效用不清楚，形状像这么一块圆饼。"中田双手比划出密纹唱片大小的圆圈。

　　"唔。那么说，如果在眼前看到，你就能明白过来——噢，这就是那块石头？"

　　"那是，中田我一看便知。"

　　"是有讲究的石头吧，来由啦传统啦什么的。或者是有名的东西，像特殊展品似的放在神社里？"

　　"怎么说呢？中田我也不清不楚，或者是那样子的也未可知。"

　　"或者在谁家里当腌菜石用？"

　　"不不，那不会的。"

　　"你怎么知道？"

　　"因为那不是任何人都能移动的东西。"

"但你能移动。"

"那是，中田我应该能移动。"

"移动了又怎样?"

中田罕见地陷入沉思。也可能看起来像在沉思。他用手心喀嗤喀嗤地搔着剪短的花白头发。

"这个我怎么也想不明白，中田我明白的只是差不多该有个人出面处理了。"

小伙子也思考起来。"你说有个人，该是你中田吧，眼下?"

"是的，正是那样。"

"那石头也是高松才有的?"他问。

"不，那不是的。我觉得场所在哪里都无所谓。碰巧现在位于这里，如此而已。若是中野区就更近更方便了。"

"不过么，中田，随便动那特殊的石头，弄不好会出危险吧?"

"那是，星野君。这么说也许不合适，但那是非常危险的。"

"难办啊!"星野一边缓缓摇头一边戴上中日 Dragons 棒球帽，从后帽孔里把马尾辫拿到外面，"越来越像是印第安纳·琼斯的电影①了!"

翌日早上，两人去车站旅游介绍所，询问高松市区或近郊有没有什么有名的石头。

"石头?"服务台里一个年轻女子略略蹙起眉头，看样子明显地对这种专业性提问感到困惑。她接受的只是一般性的名胜古迹导游训练。"石头? 到底什么样的石头呢?"

"这么大的圆石头，"星野像中田比划过的那样用双手做了个密纹唱片大小的圆圈，"名字叫'入口石'。"

---

① 哈里逊·福特主演的好莱坞系列影片,主要描写考古学家印第·琼斯的冒险经历。

"'入口石'?"

"是的，是有这么一个名字。应该是比较有名的石头，我想。"

"入口？哪里的入口呢？"

"若是知道就不费这个麻烦了。"

服务台里的女子沉思有顷。星野定定地注视着她的脸。长得并不差，只是眼睛与眼睛相距远了点儿，因此看上去未尝不像是禀性多疑的食草动物。她给几个地方打去电话，问有没有人知晓入口的石头，但没有得到有用的情报。

"对不起，好像谁都没听说过叫那个名字的石头。"她说。

"一点儿也没？"

女子摇头道："十分抱歉。恕我冒昧，你们是为了找那石头才特意从远地方来的？"

"呃，特意也好什么也好，反正我是从名古屋来的，这位老伯是大老远从东京中野区来的。"

"那是，中田我是从东京都中野区来的。"中田说，"搭了好多辆卡车，路上人家还招待我吃了鳗鱼，分文没花来到了这里。"

"啊。"年轻女子应道。

"也罢，既然谁都不晓得那石头，只好算了。不是姐姐你的责任。不过么，即便不叫'入口石'，这附近可有其他什么有名的石头？有来由的石头啦，有口头传承的石头啦，有灵验的石头啦，什么石头都行。"

服务台女子用一对颇有间距的眼睛战战兢兢地往星野身上打量了一遍：头上戴的中日 Dragons 棒球帽、马尾辫、绿色太阳镜、耳环、人造丝夏威夷衫。

"那，十分抱歉，如果需要的话我可以告诉路线——去市立图书馆自己查一查好么？石头的事我不大懂的。"

图书馆也没有收获。专门写高松市附近石头的书市立图书馆里一本也没有。负责参考文献的图书管理员抱来《香川县传说》、《四国弘法大师传说》以及《高松的历史》等一大堆书，说这里面可能有关于石头的记述，自己找找看。星野一边唉声叹气一边看，看到了傍晚。这时间里，不认字的中田看一本叫《日本名石》的图片集，饿虎扑食一般一页页看得出神。

"中田我不认字，来图书馆是破天荒第一次。"

"不是我瞎说，我虽然认字，可来图书馆也是头一遭。"星野说。

"来了一看，的确是个有趣的去处。"

"那就好。"

"中野区也有图书馆，以后得时不时去上一次。免费入场比什么都强。中田我还真不知道不会看书写字也能进图书馆。"

"我有个侄子，天生眼睛看不见东西，可还是常去电影院，我是完全闹不明白那有什么意思。"

"是吗？中田我眼睛是看得见，但电影院那地方从没去过。"

"真的？那，下次带你去一回。"

图书管理员朝两人坐的桌子走来，提醒说图书馆内说话不能太大声。于是两人不再说话，各自闷头看书。中田看罢《日本名石》，放回书架，接着扑在《世界的猫》上面。

星野嘟嘟囔囔地好歹把一堆书翻了一遍，遗憾的是关于石头的记述不是很多。写高松城石墙的书倒是有几本，但砌石墙用的石头当然不是中田能用手搬动的那种半小不大的家伙。另外关于弘法大师也有一则石头方面的传说，说弘法大师把荒野里的石头搬开之后，下面咕嘟咕嘟冒出水来，周围成了肥沃的水田。一座寺院有一块名石叫"得子石"，高约一米，状如阳物，不可能是中田说的"入口石"。

无奈，小伙子和中田只得离开图书馆，走进附近一家餐馆吃晚饭。两人吃了炸虾大碗盖饭，星野又加了一碗清汤面吃了。

"图书馆很有意思，"中田说，"世界上有那么多脸形各不相同的猫，中田我从不知道。"

"关于石头看来是没多大收获。也难怪，毕竟刚刚开始。"星野说，"好好睡一晚上，明天再来！"

翌日一早，两人又去同一座图书馆。星野仍像昨天那样挑来估计同石头有关的书堆在桌子上，一本接一本看下去。生来还是头一次看这么多书。结果，他对四国的历史有了相当的了解，也明白了古来有许多石头成为信仰对象，然而关键的入口石还是没找到任何记载。下午，他到底看得太多了，头渐渐痛了起来。两人走出图书馆，躺在公园草坪上看了很长时间的流云。星野吸烟，中田从保温瓶里倒热茶喝。

"明天要打很多雷。"中田说。

"我说，那又是你中田特意召唤来的？"

"不不，中田我不召唤雷的，没有那样的力量，雷只是自己赶起来。"

"那好。"

回旅馆洗完澡，中田马上上床睡了过去，星野拧小音量看电视转播棒球赛。巨人队以大比分胜了广岛队，看得他很不开心，遂关掉电视。可还是不困，喉咙又渴得想喝啤酒，于是走到外面，跨进最先看到的一家啤酒馆要了生啤，手抓洋葱圈儿喝着。本想跟旁边的女孩搭讪，但一想此处不是做那种风流事的场合，遂作罢。明天还必须从一大早开始就进行找石作业。

喝罢啤酒出来，戴上中日 Dragons 棒球帽，随便游来逛去。不是多么有趣的城市，但在人地两生的城市独自信步游逛感觉倒也不坏，况且本来就愿意走路。他口叼万宝路，两手插兜，从这条大路走去另一条大路，从这条胡同走去另一条胡同。不吸烟的时候就吹口哨。有热闹地段，有静悄悄没有人影的地段，但无论什么路面，他都不管不顾地以同一步调快速行进。他年轻自由健康，不存在必须惧怕的东西。

他正在一条排列着几家卡拉OK和酒吧（哪一家都好像每隔半年要换一次招牌）的狭窄胡同里穿行，在行人绝迹、天色发暗的地方，有人从后面向他打招呼。"星野君，星野君！"对方大声叫他的名字。

星野一开始没以为是招呼自己。高松不可能有人知道自己名字，大概是叫另一个星野吧，这个姓虽说不常见，但也并非罕有。所以他头也没回，兀自行走不止。

不料，那人竟摆出一副尾随不舍的架势，冲着他后背嗷嗷不休："星野君，星野君！"

小伙子止住脚步，回头看去。原来是个一身雪白西装的老人站在那里，白发苍苍，架一副蛮斯文的眼镜，胡须也已变白——仁丹胡和短短的山羊胡，白衬衫配一个黑色蝴蝶结。从脸形看像是日本人，从打扮看则令人想起美国南方的乡间绅士。身高仅一百五十厘米左右，从整体均衡来看，与其说是个子矮，更像是经过缩尺计算后制作出来的缩微人，双手像端着个盆子似的笔直地向前伸出。

"星野君！"老人叫道。声音响亮而有力度，带点地方口音。

星野怔怔地看着老人："你是……"

"是的，我是山德士上校①。"

"一模一样。"星野钦佩地说。

"不是一模一样，我就是上校山德士。"

"就是那个炸鸡块的?"

老人庄重地点点头："正是。"

"可是，你怎么知道我的名字呢?"

"对于中日Dragons棒球队的球迷我总是以星野君相称。不管怎么说，提起巨人队就是长岛，中日队就是星野嘛！"

---

① 美国肯德基炸鸡店的创始人。

"不过么，老伯，我真名正好就叫星野。"

"那是巧合，和我没关系。"上校山德士傲然说道。

"那，找我何干？"

"有个好女孩。"

"嗬，"星野说，"难怪。老伯是皮条客，所以才这副打扮。"

"星野君，我要一再强调，我不是做出这副打扮，我就是上校山德士，别误会。"

"喂喂，你若是货真价实的上校山德士，干吗在高松的小胡同里为女孩子拉客？你在世界上那么有名，专利费滚滚而来，现在早该在美国哪个大度假山庄的游泳池畔优哉游哉咧！"

"跟你说，人世上闹别扭这个东西也是有的。"

"哦？"

"你或许不懂，有了闹别扭，世界才总算有了三维空间。如果什么都想直来直去，那么你就住在三角尺划定的世界里好了。"

"我说老伯，你讲的还真够别具一格的。"星野钦佩起来，"不简单不简单。看来我这段时间算交了好运，总是碰上别具一格的老伯。长此以往，我的世界观也要变样了。"

"变不变都行。怎么样，星野，想要女孩还是不要？"

"那可是 fashion health①？"

"fashion health 是什么？"

"就是不真干的那种。舔舔、摸摸、放出一家伙。没有插插。"

"不然。"上校山德士急切地晃着脑袋，"不是的不是的，不是那样的。不光舔舔摸摸，什么都干，插插也有。"

"那，就是 Soap land②女郎喽？"

---

① 日造英语，意为新式(按摩)保健俱乐部。
② 日造英语，指提供性服务的特殊洗浴场所。

"Soap land 是什么？"

"得了，老伯别再拿人开心了。我还有同伴，明天又要起早，晚上搞不来那种莫名其妙的名堂。"

"那，就是不要女孩了？"

"女孩也好炸鸡块也好今晚就免了，差不多该回去睡觉了。"

"那么容易睡着？"上校山德士的声音里别有意味，"要找的东西找不到，人是睡不着的哟，星野君！"

星野愣张着嘴盯视对方面孔："找的东西？喂，老伯，你怎么晓得我正在找东西？"

"脸上明明白白写着嘛！你本质上是个直性子，无论什么都一一写在脸上，会看的人看了，就像看剖开的竹箩鱼干，整个儿全在眼里。"

星野条件反射地举起右手搓脸，又张开手心看看，但上面什么也没有。写在脸上？

"还有，"上校山德士竖起一根手指道，"你找的莫不是又硬又圆的东西？"

星野皱起眉头："哎老伯，你到底是谁？怎么这个都晓得？"

"所以我不是说写在脸上了么？好一个不开窍的小子！"上校山德士晃着指头说，"我也不是为赶时髦才长年做这个买卖的。女人真的不要？"

"跟你说，我在找一块石头，一块叫入口石的石头。"

"唔。若是入口石，那我很清楚。"

"真的？"

"我不撒谎，也不开玩笑，出生以来始终一贯以直率为本，从不弄虚作假。"

"那块石头在哪儿你也晓得喽？"

"啊，在哪里也一清二楚。"

“那么，可能把那地方告诉我？”

上校山德士用指尖触一下黑边眼镜，清了清嗓子：“喂，星野君，真不想要女孩子？”

“如果告诉我石头，可以考虑考虑。”星野半信半疑。

“那好，跟我来！”

上校山德士不等回答便大步流星地顺着胡同走了起来，星野慌忙跟在后面。

“喏，老伯，上校……我口袋里现在可是只有两万五千日元……”

上校山德士一边快步急行一边咋舌：“足矣足矣。人家可是水灵灵的十九岁美女，保准把你送上天国。舔舔、摸摸、插插，无所不精。事后还教你石头在哪儿。”

“得得！”

第 27 章

觉察出少女到来是在一时四十七分。我觑了眼床头钟,把时间留在记忆里。比昨晚稍早。今晚我一直没睡,专等少女出现。除了眨眼,眼睛一次也没闭过,然而还是未能准确捕捉少女出现那一瞬间。注意到时,她已经在那里了。她是从我意识的死角溜过来的。

她依然身穿淡蓝色连衣裙,在桌上手托下巴静静地注视着《海边的卡夫卡》。我屏息看着她。画、少女、我这三个点在房间里形成静止的三角形。一如少女对画百看不厌一样,我对她也百看不厌。三角形固定在那里不摇不晃。可是,这时意想不到的事发生了。

"佐伯!"我不知不觉地发出声来。我没打算叫她名字。只是心中想得太多了,不由得脱口而出,而且声音非常低微。但声音还是传入了少女耳中,于是静止不动的三角形有一角崩溃了,无论那是不是我暗暗希求的。

她往我这边看。并非凝神细看,她仍然支颐不动,只是静静地朝这边转过脸,就好像感觉出了——为什么不清楚——那里空气的微颤。我不清楚少女看没看见我。我是希望她能看见,但愿她注意到我活着存于此。

"佐伯!"我重复一遍。我无论如何也克制不住想出声叫她名字的冲动。少女说不定会对这声音感到害怕或产生警觉,于是出门而去,不再回来。果真如此,我想必大失所望。不,不止是失望,我很可能失去所有方向和所有具有意义的情景。尽管如此，我还是不能不说出她的名字。我的舌和唇几乎半自动地、自行其是地一次次将她的名字诉诸语声。

少女不再看画。她看着我。至少是视线对着我所在的空间。从我这边读不出她的表情。云絮游移，月亮随之摇曳。应该有风，但风声传不来耳畔。

"佐伯！"我又叫了一次。我被一种极其刻不容缓的东西推向前去。

少女不再手托下巴，右手拿到唇前，仿佛在说"不要出声"。但那真是她想说的么？如果能从旁边切近地盯视那眸子、能从中读出她此刻的所思所感、能理解她想通过那一系列动作向我传达什么暗示什么该有多好！然而所有的意义似乎都被凌晨三时前浓重的黑暗劫掠一空。我突然一阵窒息，闭起眼睛。胸口有一团硬邦邦的空气，就好像囫囵吞进了一块雨云。数秒钟后睁开眼睛时，少女的身姿已然消失，惟有无人的空椅剩在那里。一方云影悄然划过桌面。

我下床走到窗边仰望夜空，一时思绪纷纭。思索一去无返的时间，思索流水，思索海潮，思索林木，思索喷泉，思索雨，思索雷，思索岩，思索影。它们都在我心间。

翌日偏午便衣刑警来图书馆。我因为关在自己房间里，所以不知道此事。刑警问了大岛约二十分钟，问完回去了，大岛随后来我房间告诉我。

"当地警察署的刑警，打听你来着。"大岛拉开冰箱门，拿出一瓶沛绿雅矿泉水，拧开盖倒在杯里。

"怎么晓得这里的呢？"

"你用手机了吧？你父亲的手机。"

我梳理着记忆，然后点了下头。倒在神社树林里 T 恤沾血的那个晚上，我用手机给樱花打过电话。

"就一次。"我说。

"警察根据通话记录得知你来了高松。一般说来警察是不会一一讲得这么细的，但还是在聊天中告诉了我。怎么说呢，我如果想热情，还是可以做得非常热情的。从话的前后关系分析，警察好像没能查明你所打电话号码的机主，或许是用现金卡的手机。但不管怎样，你在高松市内这点是被把握住的。本地警察挨家挨户查了住宿设施，结果在同 YMCA 有特约关系的市内商务宾馆查出有个叫田村卡夫卡的和你相像的少年住了一段时间，住到五月二十八日即你父亲被谁杀害的那天。"

警察未能根据电话号码查出樱花身份，这对我多少是个安慰。作为我不能再给她添麻烦。

"宾馆经理记得曾为你的事问过图书馆，打电话确认你每天是否真来这里查资料。这你记得吧?"

我点头。

"所以警察到这儿来了。"大岛喝了口矿泉水，"当然我说谎来着，说二十八日以后一次也没看见你。那以前天天来这里，而以那天为界再没出现。"

"对警察说谎可不是好玩的。"我说。

"可是不说谎你就更不好玩了。"

"但作为我不想给你添麻烦。"

大岛眯细眼睛笑道："你还不知道——你已经给我添了麻烦。"

"那当然是的……"

"所以别再谈麻烦不麻烦了，那东西业已存在。时至如今，再谈那个我们也哪里都到达不了。"

我默默点头。

"总之刑警留下一张名片，说你再出现在这里的话马上打电话报告。"

"我是事件的嫌疑人?"

大岛缓缓地摇了几下头:"不,我想你不至于成为嫌疑人。不过你是父亲遇害案的重要参考人这点是毫无疑问的。我一直看报纸跟踪破案经过,但似乎搜查没取得任何进展,警察相当焦急。没有指纹,没有遗留物,没有目击者,剩下的线索也就只有你了,所以他们无论如何想把你找到。毕竟你父亲是名人,电视也好周刊也好都大加报道,警察不好就这么袖手不管。"

"可是,如果你说谎的事给警察知道了,因而不被认为是证人,那么我那天不在现场的证据就失去了,我有可能被当成罪犯。"

大岛再次摇头:"田村卡夫卡君,日本的警察并不那么傻,他们的想像力也许很难说有多么丰富,但至少不是无能之辈。警察应该早已像过筛子一样查阅了四国和东京间的飞机乘客名单。另外,你可能不知道,机场门口都安有摄像机,逐一录下出入的乘客,出事前后你没有返回东京这点应该已被确认。假如认为你是罪犯,那么来的就不是本地警察,而是由警视厅刑警直接插手了。那一来,人家动了真格,我也不敢随便搪塞了。眼下他们只是想从你口中了解出事前后的情况。"

细想之下,的确如大岛所言。

"不管怎样,暂时你最好别在人前出现。"他说,"说不定警察已经在这周围目光炯炯地走来走去了。他们有你的复制相片,从中学生名册上复印下来的,很难说长得像你本人,样子好像……非常气恼似的。"

那是我留下的惟一相片。我千方百计逃避照相的机会,但全班集体照无论如何也逃不掉。

"警察说你在学校是个问题少年,曾跟同学闹出暴力事件,三次受到停学处分。"

"两次。而且不是停学，是在家反省。"我大大吸了口气，慢慢吐出，"我是有那么一段时间。"

"自己克制不了自己？"

我点头。

"并且伤了人？"

"没打算那样，但有时候觉得自己身上有另一个什么人似的，而注意到时已经伤害了人家。"

"什么程度？"大岛问。

我叹口气说："伤没有多重，没严重到骨折或断齿那个地步。"

大岛坐在床沿架起腿，扬手把前发撩去后面。他穿一条深蓝色粗布裤，一双白色阿迪达斯鞋，一件黑色半袖运动衫。

"看来你是有许许多多应该跨越的课题的啊！"他说。

应该跨越的课题。想着，我扬起脸："你没有必须跨越的课题？"

大岛向上伸出两手："跨越也好什么也好，我应做的事只有一件：如何在我的肉体这个缺陷比什么都多的容器之中活过每一天。作为课题说单纯也单纯，说困难也困难。说到底，就算出色完成了，也不会被视为伟大的成就，谁都不会起身热烈鼓掌。"

我咬了一会儿嘴唇。

"没想从那容器中出来？"我问。

"就是说出到我的肉体外面？"

我点头。

"是在象征意义上，还是必须具体地？"

"均无不可。"

大岛一直用手往后压着前发。白皙的额头全部露出，可以看见思考的齿轮在里面全速旋转。

"莫非你想那样？"大岛没回答我的问题，反而问我。

我再次深吸一口气。

"大岛，老老实实说来，我一点儿也不中意自己这个现实容器，出生以来一次也没中意过，莫如说一直憎恨。我的脸、我的两手、我的血、我的遗传因子……反正我觉得自己从父母那里接受的一切都该受到诅咒，可能的话，恨不得从这些物件中利利索索地抽身而去，像离家出走那样。"

大岛看着我的脸，而后淡然一笑："你拥有锻炼得那么棒的肉体。无论受之于谁，脸也足够漂亮。唔，相对于漂亮来说未免太个性化了，总之一点儿不差，至少我中意。脑袋也运转得可以，小鸡鸡也够耀武扬威的。我哪怕有一件都美上天了。往后会有为数不少的女孩子对你着迷。如此现实容器究竟哪里值得你不满呢？我可是不明白。"

我一阵脸红。

大岛说："也罢，问题肯定不在这上面。其实么，我也决不喜欢自己这个现实容器。理所当然。无论怎么看都不能称为健全的物件。若以方便不方便的角度而言，明确说来是极其不便。尽管如此，我仍在内心这样认为——如果将外壳和本质颠倒过来考虑（即视外壳为本质，视本质为外壳），那么我们存在的意义说不定会变得容易理解一些。"

我再次看自己的双手，想手上沾过的很多血，真真切切地想起那黏糊糊紧绷绷的感触。我思索自己的本质与外壳，思索包裹在我这一外壳之中的我这一本质，然而脑海中浮现出的只有血的感触。

"佐伯怎么样呢？"我问。

"什么怎么样？"

"她会不会有类似必须跨越的课题那样的东西呢？"

"那你直接问佐伯好了。"大岛说。

两点钟，我把咖啡放在盘子上，端去佐伯那里。佐伯坐在二楼书房写字台前，门开着，写字台上一如平时放着稿纸和自来水笔，但笔帽没有拧下。她双手置于台面，眼睛朝上望着，并非在望什么，她望的是哪里也不是的场所。她显得有几分疲惫。她身后的窗开着，初夏的风吹拂着白色花边窗帘，那情景未尝不可以看作一幅精美的寓意画。

"谢谢。"我把咖啡放在台面时她说。

"看上去有些疲劳。"

她点头："是啊。疲劳时显得很上年纪吧？"

"哪儿的话。仍那么漂亮，和平时一样。"我实话实说。

佐伯笑笑："你年龄不大，倒很会讨女人欢心。"

我脸红了。

佐伯指着椅子。仍是昨天坐的椅子，位置也完全一样。我坐在上面。

"不过，对于疲劳我已经相当习惯了。你大概还没有习惯。"

"我想还没有。"

"当然我在十五岁时也没习惯。"她拿着咖啡杯的手柄，静静地喝了一口，"田村君，窗外看见什么了？"

我看她身后的窗外："看见树、天空和云，看见树枝上落的鸟。"

"是哪里都有的普通景致，是吧？"

"是的。"

"假如明天有可能看不见它们，对你来说会不会成为极其特别和宝贵的景致呢？"

"我想会的。"

"曾这样思考过事物？"

"思考过。"

她显出意外的神色："什么时候？"

"恋爱的时候。"我说。

佐伯浅浅地一笑，笑意在她嘴角停留片刻，令人联想起夏日清晨洒在小坑坑里尚未蒸发的水。

"你在恋爱。"她说。

"是的。"

"就是说，她的容貌和身姿对你来说每天都是特别的、宝贵的?"

"是那样的。说不定什么时候会失去。"

佐伯注视了一会儿我的脸。她已经没了笑意。

"假定一只鸟落在细树枝上，"佐伯说，"树枝被风吹得剧烈摇摆。那一来，鸟的视野也将跟着剧烈摇摆，是吧?"

我点头。

"那种时候鸟是怎样稳定视觉信息的呢?"

我摇头："不知道。"

"让脑袋随着树枝的摇摆上上下下，一下一下的。下次风大的日子你好好观察一下鸟，我时常从这窗口往外看。你不认为这样的人生很累——随着自己所落的树枝一次次摇头晃脑的人生?"

"我想是的。"

"可是鸟对此已经习惯了，对它们来说那是非常自然的，它们没法意识到，所以不像我们想像的那么累。但我是人，有时候就觉得累。"

"您落在哪里的树枝上呢?"

"看怎么想。"她说，"不时有大风吹来。"

她把杯子放回托盘，拧开自来水笔帽。该告辞了。我从椅子上立起。

"佐伯女士，有一件事无论如何都想问问您。"我果断地开口。

"可是个人的?"

"个人的。也许失礼。"

"但很重要?"

"是的，对于我很重要。"

她把自来水笔放回写字台，眼里浮现出不无中立性的光。

"可以的，问吧。"

"您有孩子吗?"

她吸一口气，停顿不语。表情从她脸上缓缓远离，又重新返回，就好像游行队伍沿同一条路走过去又折回来。

"你为什么想知道这个?"

"有个人问题，不是心血来潮问的。"

她拿起粗杆勃朗·布兰①，确认墨水存量，体味其粗硕感和手感，又把自来水笔放下，抬起脸。

"跟你说田村君，我也知道不对，但这件事既不能说 Yes 也不能说 No，至少现在。我累了，风又大。"

我点头："对不起，是不该问这个的。"

"没关系，不是你不好。"佐伯以温柔的声音说，"咖啡谢谢了。你做的咖啡非常够味儿。"

我出门走下楼梯，回到自己房间，坐在床沿上翻开书页，但内容无法进入大脑，我不过是用眼睛追逐上面排列的字罢了。和看随机数表是一回事。我放下书，走到窗前打量庭园。树枝上有鸟。但四下无风。我渐渐弄不明白自己思恋的对象是作为十五岁少女的佐伯，还是现在年过五十的佐伯，二者之间应有的界线摇摆不定，逐渐淡化，无法合成图像。这让我困惑。我闭目合眼，寻求心情的主轴。

不过也对，一如佐伯所言，对我来说她的容貌和身姿每天都是特别的、宝贵的。

---

① Bront Blanc,德国产高级自来水笔商标名。

第 28 章

　　上校山德士年纪虽大，身体却很敏捷，脚步也快，俨然训练有素的竞走选手，而且似乎对大街小巷了如指掌。为走近路，他爬上又暗又窄的阶梯，侧身从楼房间隙穿过，跳过壕沟，吆喝一两声在树篱里叫嚷的狗。那不很大的白西装背影宛如寻觅归宿的急匆匆的魂灵一般在都市小巷间快速移行。星野很吃力地跟在后面，以防他倏忽不见。跟着跟着，逐渐上气不接下气，腋下渗出汗来。上校山德士一次也没回头看小伙子是否尾随其后。

　　"喂喂，老伯，还很远吗？"星野吃不消了，在他背后问道。

　　"瞧你这年轻人说的什么？这么几步路就受不了？"上校山德士依然头也不回。

　　"问题是，老伯，我可算是客人哟！这么疲于奔命，弄得浑身瘫软，性欲可就上不来喽！"

　　"好个不争气的家伙！那也算男人？走这几步就上不来的那一丁点儿性欲，还不如压根儿没有。"

　　"得得。"

　　上校山德士穿过胡同，也不理睬信号灯，径自横穿大街，又行走多时，之后过桥进入神社院内。神社相当大，但夜色已深，里面空无人影。上校山德士指着社务所前面的长凳叫他坐下。凳旁竖着一根很大的水银灯，照得周围如同白昼。星野乖乖坐在凳上，上校山德士挨着他坐下。

"我说老伯，你总不至于叫我在这里干上一家伙吧?"星野不安地说。

"少说傻话! 你又不是宫岛的公鹿，怎么好在神社院里插插，不像话! 把人家看成什么了! "上校山德士从衣袋里掏出银色手机，按下三个缩位号码。

"啊，是我。"听到有人接起，上校山德士说道，"老地方，神社。旁边有个叫星野的小子。是的……对对。老营生。知道了。好了，快些过来。"

上校山德士关掉手机，揣进白西装口袋。

"你经常这么把女孩叫到神社来?"星野问。

"不好?"

"不不，也不是特别不好。但更合适的场所也该有的么，或者说常识性的场所……例如酒吧啦，在宾馆房间直接等着啦……"

"神社安静，空气也好。"

"那倒是。不过么，深更半夜在神社社务所前的凳子上等女孩，心里总不够踏实，好像被狐狸迷住魂了似的。"

"胡说，你把四国看成什么地方了? 高松是县政府所在地，堂而皇之的都市，哪里有什么狐狸出没! "

"狐狸是开玩笑。可老伯你毕竟也算是从事服务业的，最好多少考虑一下气氛什么的，搞得有情调些也是必要的。也许我是多管闲事了。"

"哼，纯属多管闲事。"上校山德士毅然决然地说，"对了，石头。"

"嗯，想知道石头。"

"先插插好了，完了再说石头。"

"插插很重要?"

295

上校山德士煞有介事地连连点头，别有意味地摸了摸山羊胡："重要，先插插很重要。一如仪式。先插插，石头的事下一步再说。星野，我想那女孩你肯定满意，毕竟是我手里货真价实的头一号。乳房胀鼓鼓，皮肤滑溜溜，腰肢曲弯弯，那里湿漉漉，百分之百的性爱女郎。拿汽车打比方，简直就是床上的四轮驱动车。脚一踩就是爱欲的涡轮机，指一箍就是怒涛的换挡手柄。好了好了要拐弯了，荡神销魂的变速器。来啊来啊，超车线上勇往直前，冲啊冲啊，星野君一飞冲天！"

"老伯，你真是太有个性了！"小伙子佩服地说。

"我可不是因为好玩儿才吃这碗饭的！"

十五分钟后女郎出现了。如上校山德士所说，确是身段绝佳的美女。紧绷绷的黑色超短裙，黑色高跟鞋，肩上垂一个黑色漆皮小挎包。当模特都没什么奇怪。胸部相当丰满，从大开的领口可以清楚窥见其波端浪尾。

"这回行了吧，星野？"上校山德士问。

星野呆若木鸡，一声不响地点了下头。他想不出说什么好。

"倾国倾城的性爱美女，星野！千金一刻，爱在今宵！"说罢，上校山德士第一次露出微笑，捏了星野屁股一把。

女郎领星野走出神社，进了附近一家爱巢旅馆。女郎往浴缸里放满水，径自三两把脱光了，又将星野脱光了。她在浴缸里把星野洗净，上下舔了一遍，随即施展星野见所未见闻所未闻的超弩级①口舌性爱技艺。星野来不及考虑什么便一泻而出。

"啧啧，这么厉害。头一遭。"星野把身体缓缓沉进浴缸说。

"这只是刚刚开始，"女郎说，"更厉害的在后头呢。"

"已经够舒服的了。"

---

① 原指超过弩级舰(与英国1906年建造的无畏号战舰同级的军舰)的战舰。

"怎么个程度？"

"过去未来都考虑不来。"

"'所谓纯粹的现在，即吞噬未来的、过去的、难以把握的过程。据实而言，所有知觉均已成记忆。'"

小伙子抬起头，半张着嘴看女郎的脸："什么呀，这？"

"亨利·柏格森①。"女郎吻在龟头上，一边舔残存的精液一边说："唔叽吁唧唧。"

"听不清。"

"《物质与记忆》。没读过？"

"我想没有。"星野想了想说。除去自卫队时期被迫熟读的《陆上自卫队特殊车辆操作教程》（再除去两天来在图书馆查阅的四国历史和风俗），记忆中只读过漫画周刊。

"你读了？"

女郎点头："不能不读，在大学里学哲学嘛。快考试了。"

"原来如此。"小伙子佩服起来，"这是勤工俭学？"

"嗯。学费必须交的。"

接下去，女郎领他上床，用指尖和舌尖温柔地爱抚他的全身，很快使他再次勃起，而且勃起得壮壮实实，如迎来狂欢节的比萨斜塔一样向前倾斜。

"喏喏，又来劲了！"说罢，女郎缓慢地进入下一系列动作，"嗳，可有类似点播节目的什么？比如希望我如何如何啦。山德士叫我提供充足的服务。"

"点播节目什么的一时想不起来，能引用一段更为哲学的什么吗？什么意思我理解不好，但或许能推迟射精。这样子下去，很快又要一泻而出。"

① 法国哲学家(1859—1941)。

"倒也是。古老是有点儿古老，黑格尔可以的?"

"什么都无所谓，你喜欢的就行。"

"黑格尔好了。是有点儿古老，铿锵铿锵铿铿锵，Oldies but goodies①。"

"妙。"

"'"我"既是相关的内容，同时又是相关之事本身。'"

"嗬!"

"黑格尔对'自我意识'下了定义，认为人不仅可以将自己与容体分开来把握，而且可以通过将自己投射在作为媒介的客体上来主动地更深刻地理解自己。这就是自我意识。"

"一头雾水。"

"这就是我现在为你做的，星野君。对我来说，我是自己，星野君是客体。对于你当然要反过来，星野君是自己，我是客体。而我们就是在这样互相交换互相投射自己与客体的过程中来确立自我意识的，主动地。简单说来。"

"还不大明白，不过好像受到了鼓励。"

"关键就在这里。"女郎说。

完事之后，星野告别女郎，独自返回神社。上校山德士以同一姿势坐在同一长凳上等他。

"哎哟，老伯，你一直在这儿等着?"星野问。

上校山德士悻悻地摇头："说的什么糊涂话! 我难道能在这种地方老老实实等那么长时间? 我看上去就那么有工夫? 你星野在哪里的床上寻欢作乐升天入地时，也不知是什么报应，我在胡同里吭哧吭哧干活来着。刚才有电话进来说完事了，我这才跑步赶回这里。如何?

---

① 意为"古老但优秀的音乐"。

我那个性爱女郎十分了得吧?"

"嗯,妙,无可挑剔,宝贝!主动地说话,叫我射了三次,身体好像轻了两公斤。"

"那比什么都好。那,刚才说的石头……"

"对,这是大事。"

"说实话,石头就在这神社的树林里。"

"那可是'入口石'哟。"

"是的,是'入口石'。"

"老伯,你莫不是随便说着玩儿?"

上校山德士听了陡然抬起头来:"说的什么混账话!迄今为止,我骗过你一次吗?信口开河了吗?说是百分之百的性爱女郎就是百分之百的性爱女郎。而且是跳楼价,才一万五千日元就厚着脸皮射了三次,到头来还疑神疑鬼!"

"不不,当然不是信不过你,所以你别那么生气,不是那个意思。只不过因为事情太巧太顺利了,觉得有点蹊跷罢了。还不是,正散步时恰巧给打扮奇特的老伯叫住,说要告诉石头的事,接着又跟厉害的女郎干了一家伙……"

"三家伙。"

"都无所谓。干完三家伙马上说要找的石头就在这里——任凭谁都要打问号的。"

"你小子端的不开窍。所谓神启就是这么个东西。"上校山德士咂了下舌头,"神启是超越日常性的因缘的。没有神启,那算什么人生!关键是要从观察的理性飞跃到行为的理性上去。我说的可明白了?你这个镀了金的榆木疙瘩脑袋!"

"自己与客体之间的投射与交换……"星野战战兢兢地说。

"对了,明白这个就好。这是关键所在。跟我来,这就让你拜见那块宝贝石头。服务到家了,星野小子!"

第 29 章

　　我用图书馆的公共电话给樱花打电话。回想起来，在她宿舍留宿之后还一次都没跟她联系过，只是在离开时给她留了一个简单的便条，我为此感到羞愧。离开她宿舍就来了图书馆，大岛用车把我拉去他那座小屋，在不通电话的深山里过了几天。返回图书馆后开始在此生活工作，每天夜晚目睹佐伯的活灵（或类似活灵），并对那个十五岁少女一往情深。接二连三发生了许多事。可我当然不能说出。

　　电话是晚上快九点时打的，铃响第六遍她接起。

　　"到底在哪里干什么呢？"樱花以生硬的声音说。

　　"还在高松。"

　　她半天什么也没说，一味沉默。电话机背后开着电视音乐节目。

　　"总算还活着。"我加上一句。

　　又沉默片刻，之后她无奈似的叹息一声。

　　"可你不该趁我不在时慌慌张张离去嘛！我也够放心不下的，那天比平时提早回来，还多买了些东西。"

　　"呃，我也觉得抱歉，真的。但那时候没办法不离开。心里乱糟糟的，很想慢慢考虑点什么，或者说想重振旗鼓。可是跟你在一起，怎么说好呢……表达不好。"

　　"刺激太强了？"

　　"嗯。以前我一次也没在女人身边待过。"

"倒也是。"

"女人的气味啦什么的。还有好多好多……"

"年轻也真是够麻烦的,这个那个。"

"或许。"我说,"你工作很忙?"

"嗯,忙得不得了。也好,现在正想干活存钱,忙点儿倒也没什么。"

我停顿一下说:"嗳,说实在的,这里的警察在搜查我的行踪。"

樱花略一沉吟,小声细气地问道:"莫不是跟那血有关系?"

我决定暂且说谎:"不不,那不是的。跟血没有关系,找我是因为我是出走少年。找到了好带回东京,没别的事。我担心弄不好警察会把电话打到你那里,上次你让我留宿那天夜里,我用自己的手机打你的手机来着,电话公司的记录显示我在高松,也查了你的电话号码。"

"是么,"她说,"不过我这个号码不必担心,用现金卡,查不出机主。况且本来是我的那个他的,我借来用,和我的姓名场所都连不上。放心好了。"

"那就好。"我说,"作为我不想给你添更多的麻烦。"

"这么体贴人,我都快掉泪了。"

"真是那么想的。"

"知道知道。"她不耐烦地说,"那么,出走少年现在住在哪里呢?"

"住在一个熟人那里。"

"这座城里你该没有熟人吧?"

我没办法好好回答。几天来发生的事到底怎样才能说得简单明了呢?

"说来话长。"我说。

"你这人,说来话长的事看来真够多的。"

"唔。为什么不知道，反正动不动就那样。"

"作为倾向?"

"大概。"我说，"等有时间时慢慢说给你听。也不是特意隐瞒，只是电话里说不明白。"

"不说明白也可以的。只是，不至于是有危险的地方吧?"

"危险一点儿没有，放心。"

她又叹息一声："知道你是特立独行的性格，不过那种跟法律对着干的事要尽量避免才好，因为没有希望获胜。像彼利小子那样，不到二十岁就一下子没命了。"

"彼利小子不是二十岁前没命的。"我纠正道，"杀了二十一个人，二十一岁没命的。"

"噢——"她说，"不说这个了。可有什么事?"

"只是想道声谢谢。你帮了那么大忙，却一声谢谢也没说就离开了，心里总不爽快。"

"这我很清楚的，不必挂在心上。"

"另外想听听你的声音。"我说。

"你这么说我当然高兴。我的声音可能顶什么用?"

"怎么说好呢……我也觉得说法有些怪——你樱花在这现实世界中活着，呼吸现实空气，述说现实话语。跟你这么说话，可以得知自己姑且同现实世界正常连在一起，而这对我是相当要紧的事。"

"你身边其他人不是这样的?"

"可能不是。"

"越听越糊涂。就是说你是在远离现实的场所同远离现实的人在一起?"

我就此思索。"换个说法，或许可以那样说。"

"我说田村君，"樱花说，"当然那是你的人生，不应由我一一插嘴。不过，从你的口气听来，我想你恐怕还是离开那里好。具体的说不清楚，反正总有那个感觉，作为一种预感。所以你马上过来，在我这里随便你怎么住。"

"樱花，为什么对我这么亲切？"

"你，莫不是傻瓜？"

"怎么？"

"还不是因为我喜欢。我的确相当好事，但不是对任何人都这么做的。我喜欢你，中意你，所以才做到这个地步。倒是说不太好，觉得你真像我的弟弟。"

我对着听筒沉默不语。一瞬间不知如何是好。一阵轻微的晕眩朝我袭来。因为有生以来还从来没人对我说过这样的话，哪怕仅仅一次。

"喂喂！"

"听着呢。"我说。

"听着就说话呀！"

我站稳身体，深吸一口气："嗳，樱花，如能那样我也觉得好，真是那么想的，打心眼里那么想。可是现在不能。刚才也说了，我不能离开这里，一个原因是我正恋着一个人。"

"恋着一个不能说是现实性的、麻烦的人？"

"也许可以那么说。"

樱花再次对着听筒叹息。非常深沉的根本性叹息。"跟你说，你这个年龄的男孩子爱恋起来，大多带有非现实性倾向。而若对方再远离现实，可就相当伤脑筋了。这个可明白？"

"明白。"

"嗳，田村君！"

"嗯。"

"有什么再往这里打电话，什么时间不必介意，用不着顾虑。"

"谢谢！"

我挂断电话，返回房间，把《海边的卡夫卡》环形录音唱片放上转盘，落下唱针。于是我再次被领回——愿意也罢不愿意也罢——那个场所，那个时间。

我感觉有人的动静，睁开眼睛。一团黑暗。床头钟的夜光针划过三点。不知不觉之间我睡了过去。她的身影出现在从窗口泻入的庭园灯那微弱的光照中。少女一如往常坐在桌前，以一如往常的姿势看着墙上的画，在桌上手托下巴，凝然不动。我也一如往常躺在床上屏住呼吸，微微睁眼注视她的剪影。海上吹来的风静静地摇晃着窗外山茱萸的枝条。

但过不多时，我发觉空气中有一种与平时不同的什么膨胀开来。异质的什么正在一点一点然而决定性地扰乱着必须完美无缺的那个小天地的和谐。我在幽暗中凝眸细看。究竟有什么不同呢？夜风忽然加强，我血管中流淌的血开始带有黏糊糊的不可思议的重量。山茱萸枝在玻璃窗上勾勒出神经质的迷宫图。不久，我明白过来，原来那里的剪影不是那个少女的剪影。极其相似，可以说几乎一样。但不完全一样。犹如多少有些差别的两个图形合在一起之时，细小部位到处都是错位。例如发型不同，衣服不同，更为不同的是那里的气息。这我知道。我不由摇头。不是少女的谁位于那里。有什么发生，有什么重要的事情发生。我不知不觉在被窝里攥紧双拳。继而，心脏忍无可忍似的发出又干又硬的声响。它开始刻画不同的时态。

以此声响为暗号，椅子上的剪影开始动了。身体如大船转舵时一样缓缓改变角度。她不再支颐，脸朝我这边转来。我发觉那是佐伯。我屏住呼吸，无法吐出。在那里的是现在的佐伯。换个说法，那是现实的佐伯。她看了我好一会儿，一如看《海边的卡夫卡》之时，安安静静，全神贯注。我思考时间之轴，时间恐怕在我不知晓的地方发生着某种变异，现实与梦幻因之相互混淆，如同海水与河水混在一起。

我转动脑筋追寻那里应有的意义，然而哪里也抵达不了。

未几，她起身缓缓朝这边走来，腰背仍那么笔直，步态仍那么优美。没有穿鞋，赤脚。地板随着她的脚步吱呀作响。她在床头静静坐下，久久坐着不动，其身体有实实在在的密度和重量。佐伯身穿白色丝绸衬衫和及膝的深蓝色裙子。她伸手摸我的头发，手指在我的短发间游移。毫无疑问那是现实的手，现实的手指。之后她站起身来，在外面泻入的淡淡的光照中极为理所当然地开始脱衣服。不急，但也不犹豫。她以非常自然流畅的动作一个个解开衬衫纽扣，脱去裙子，拉掉内衣裤。衣服无声地依序落在地板上。柔软的布料也发不出声音。她在睡着。我这知道。眼睛固然睁着，但佐伯是在睡着。所有的动作都发生在她的睡梦中。

脱光后，她钻进狭窄的小床，白皙的手臂拢住我的身体。我的脖颈感受到她温暖的喘息，大腿根觉出她的毛丛。想必佐伯把我当成了她早已死去的少年恋人，她试图把过去在这房间发生的事依样重复一遍，重复得极为自然，水到渠成，在熟睡中，在梦中。

我想我必须设法叫起佐伯，必须让她醒来。她把事情弄错了，必须告诉她那里存在巨大的误差，这不是梦，是现实世界。然而一切都风驰电掣地向前推进，我无力阻止其势头。我心慌意乱，我的自身被吞入异化的时间洪流中。

你的自身被吞入异化的时间洪流中。

她的梦转眼之间将你的意识包拢起来，如羊水一样软乎乎暖融融地包拢起来。佐伯脱去你穿的Ｔ恤，拉掉短运动裤，连连吻着你的脖颈，伸手攥住阳物。阳物已经硬硬地勃起，硬如瓷器。她轻轻抓住你的睾丸，一声不响地将你的手指拉到毛丛之下。那里温暖而湿润。她吻你的胸，吸你的乳头。你的手指就好像被吸进去一样缓缓进入她体内。

你的责任究竟始自哪里呢？你拂去意识视野的白雾，力图找出现在的位置，力图看清水流的方向，力图把握时间之轴。然而你无从找出梦幻与现实的分界，甚至找不到事实与可能性的区别。你所明了的，只是自己现在置身于分外微妙的场所。微妙，同时危险。你在无法确认预言的原理与逻辑的情况下被包含在其行进的过程中，一如某个河边小镇淹没在洪水里。那里所有的道路标识此刻都沉在水面之下，能看见的仅有家家户户无名的房脊。

不久，佐伯骑上你仰卧的躯体，张开腿，将如石杵一般硬的阳物导入自己体内。你别无选择。由她选择。她像描绘图形一样扭动腰肢。直线型泻下的长发在你肩头宛如柳枝轻轻摇曳。你一点点被吞入柔软的泥沼。世界上的一切无不暖融融湿漉漉迷濛濛，惟独你的阳物坚挺而鲜明。你闭目做你自身的梦。时间的流移变得扑朔迷离。潮满，月升。你很快射出。你当然无法遏止。在她体内一次接一次猛射。她在收缩，温柔地收集你的精液。然而她仍在熟睡，睁着眼睛熟睡。她身在另一世界，你的精液被吸去另一世界。

过去了很长时间。我动身不得，置身于麻痹的天罗地网中。至于那是真正的麻痹，还是仅仅因为我没有动身的愿望，我自己也分不清楚。又过了一会儿，她离开我，在我身旁静躺片刻，之后起身穿上内衣，穿上裙子，扣上衬衫纽扣。她再次伸手摸了摸我的头发。一切都是在无言中进行的。回想起来，她出现在这房间之后一次也没出声，传来我耳畔的只有地板轻微的吱呀声和不停吹来的风声。叹气的房间，轻轻颤抖的玻璃窗——这便是侍立在我身后的 choros① 的所有成员。

---

① 古希腊剧的合唱队。

她睡着穿过地板，走出房间。门开有一条小缝，她如做梦的细鱼一般从门缝间滑溜溜地钻过。门无声地合上了。我从床上注视着她离去。我依然处于麻痹状态，伸一根手指都不可能。嘴唇如贴了封条一般沉重地闭在一起。语言在时光的凹坑里沉睡。

我只好一动不动，侧耳倾听，以为停车场那边会有佐伯那辆"大众高尔夫"的引擎声传来。然而怎么等也一无所闻。夜间的云被风吹来，又离去了。山茱萸的枝条小幅度地摇颤着，无数刀刃在黑暗中闪光。那里的窗是我的心的窗，那里的门是我的心的门。我就这样睁眼睁到早晨，久久看着无人的空椅。

第 30 章

两个人翻过低矮的围墙，进入神社树林。上校山德士从上衣口袋里掏出一支小手电筒照着脚下。林中有条小径。树林虽然不大，但哪棵树木都很有年代，粗粗大大，密生的树枝黑魆魆地遮蔽着头顶。脚下的草味儿直冲鼻孔。

上校山德士领头前行，他步子缓慢，和刚才不同，一边用手电筒光确认脚下，一边小心翼翼地一步步向前移动。星野跟在后面。

"喂，老伯，像在试胆子嘛！"星野对着上校山德士的白后背搭话，"有什么妖怪?"

"少说几句废话好不好，就不能安静一会儿?"上校山德士头也不回地说。

"好的好的。"

中田现在干什么呢？星野心想，怕是又在被窝里呼呼大睡。一旦睡着，任凭什么都吵不醒那个人，熟睡一词简直就像专为他准备的。不过中田在那么长的睡眠中究竟在做什么梦呢？星野无从想像。

"老伯，还远么?"

"只有几步远了。"上校山德士说。

"我说，老伯，"

"什么?"

"你真是上校山德士?"

上校山德士清了下嗓子："其实不是。姑且装扮成上校山德士罢了。"

"我猜就是。"星野说，"那，你实际上是谁呢?"

"没有名字。"

"没有名字不麻烦?"

"不麻烦。本来就没名字，也没形体。"

"像屁似的?"

"未尝不是。没有形体的东西可以是任何东西。"

"噢。"

"姑且采用上校山德士这一堪称资本主义社会之大通的通俗易懂的形体而已。米老鼠也蛮好，但迪士尼对肖像权有诸多清规戒律，懒得打官司。"

"我也不大情愿被米老鼠介绍女郎。"

"那怕是的。"

"还有，我觉得你的性格同上校山德士非常吻合。"

"没有什么性格不性格，感情也没有。'虽此时我显形出语，但我非神非佛，本是无情物，虑自与人异。'"

"什么呀，那是?"

"上田秋成《雨月物语》的一节。反正你不至于读过。"

"没读过，虽然不值得自豪。"

"虽说现在我姑且以人的形体出现在这里，但我不是神也不是佛。本来就没有感情，想法和人不一样——就这个意思。"

"嗬!"星野说，"懂还是不太懂，总之你不是人不是神不是佛喽。"

"'我非神非佛，只是无情物。既是无情物，自然不辨人之善恶，不循善恶行事。'"

"不懂啊。"

"不是神也不是佛，用不着判断人们的善恶，也没必要依照善恶基准行事。"

"就是说，老伯你是超越善恶的存在。"

"星野，那就过奖了。善恶我可没有超越，只是两不相干罢了。善也好恶也好都与我无关，我追求的只有一点，那就是彻底施展我所具有的功能。我是个非常实用主义的存在，或者说是中立性客体。"

"施展功能是怎么回事?"

"你小子，没上过学?"

"高中基本上了，但一来是工业高中，二来只顾骑摩托发疯来着。"

"就是为促使事物本来具有的作用发挥出来而进行管理。我的职责就是管理世界与世界的相互关系，就是理顺事物的顺序，就是让结果出现在原因之后，就是不使含义与含义相混淆，就是让过去出现在现在之前，就是让未来出现在现在之后。多少错位一点点没有关系，世上的东西不可能尽善尽美，星野。只要结果能多多少少对上账，我也不会一一说东道西。别看我这样，相当 about① 的地方也是有的。或者说得专业一点儿，即所谓'后续信息感触处理的省略'。这个说来话长，再说你反正也理解不了，就免了。总之我想说的是：我并非对任何事情都啰嗦个没完没了。可是如果账目对不上就不好办，就会产生责任问题。"

"这我有点儿糊涂了：既然你这人职责那么重大，干吗在高松的小胡同里拉什么皮条呢?"

"我不是人。说多少遍你才能明白！"

"人也好不是人也好……"

"我当皮条客，是为了把你小子领到这里。有点事想求你帮忙，

---

① 意为"粗略、大略"。

所以才让你——也算给你的报酬——舒服一场，乃是一种仪式。"

"帮忙?"

"听着，刚才也说了，我是不具形体的，是纯粹意义上的形而上学的观念性客体。我可以成为任何形体，但没有实体。而从事现实性作业无论如何都需要实体。"

"那么现在我就是实体。"

"对了。"上校山德士说。

沿着黑暗的林中小径慢慢走了一程，见一棵大橡树下有座不大的庙。庙很破旧，快要倒塌的样子，没有供品没有饰物，扔在那里任凭风吹雨打，看来已被所有人遗忘。上校山德士用手电筒照着庙说："石头在这里面，打开门。"

"我不干!"星野摇头道，"神社这东西是不能随便打开的，打开肯定遭报应，掉鼻子或掉耳朵。"

"不怕，我说行就行。打开，没什么报应。鼻子掉不了耳朵掉不了。你这家伙还真够守旧的，莫名其妙。"

"那，你自己开不就得了! 我可不愿意参与这种事。"

"真个不懂事，你小子! 刚才应该说过了的，我是没有实体的。我不过是抽象概念，自己什么也做不来，所以才特意把你领来这里嘛。为这个不是以优惠价让你干了三家伙!"

"那的确够开心的……可我还是上不来情绪。从小阿爷就再三再四告诉我千万不得对神社胡来。"

"你阿爷忘去一边好了! 要做事的时候别搬出岐阜县土得掉渣的说法，没有时间。"

星野嘟嘟囔囔地发着牢骚，但还是战战兢兢地打开庙门。上校山德士用手电筒往里照去。那里确实有一块很旧的圆形石头。如中田所说，形状如一张圆饼。唱片一般大小，白白的平平的。

"这就是那石头?"小伙子问。

"就是。"上校山德士说,"搬出来!"

"等等等等,老伯,那岂不成小偷了?"

"别管它!少这么一块石头谁也不会发觉,也不会介意。"

"问题是,这石头怕是神的所有物吧?擅自拿走神肯定发脾气的。"

上校山德士抱臂盯视星野的脸:"神是什么?"

经他这么一说,星野沉思起来。

"神长什么样?干什么事?"上校山德士紧追不舍。

"那个我不大清楚。不过神就是神嘛!神到处都有,看着我们一举一动,判别是好是坏。"

"那不和足球裁判员一个样了?"

"或许可以那么说。"

"那么说,神就是穿一条半长裤口叼哨子计算叫停时间的了?"

"你老伯也够絮叨的。"

"日本的神和外国的神是亲戚还是敌我?"

"不知道,那种事。"

"好好听着,星野小子!神只存在于人的意识之中。特别是在日本,好坏另当别论,总之神是圆融无碍的。举个证据:战前是神的天皇在接到占领军司令官道格拉斯·麦克阿瑟将军'不得再是神'的指示后,就改口说'是的,我是普通人',一九四六年以后再也不是神了。日本的神是可以这样调整的,叼着便宜烟管戴着太阳镜的美国大兵稍稍指示一下就马上摇身一变,简直是超后现代的东西。以为有即有,以为没有即没有,用不着一一顾虑那玩意儿。"

"啊。"

"反正把石头搬出来,一切责任我负。我虽然非神非佛,但门路多少还是有一点儿的,不让你遭报应就是。"

"真肯负责任?"

"决不食言。" 上校山德士说。

星野伸出手,活像起地雷一样轻轻抱起石头。

"够重的。"

"石头是重物,不同于豆腐。"

"哎呀,就石头来说这家伙也太有分量。"星野说,"那,怎么办?"

"拿回去放在枕边即可。往下随你怎么办。"

"你是说……拿回旅馆?"

"嫌重也可以搭出租车。" 上校山德士说。

"不过能行么,擅自搬去那么远?"

"跟你说,星野小子,大凡物体都处于移动途中。地球也好时间也好概念也好爱情也好生命也好信息也好正义也好邪恶也好,所有东西都是液体的、过渡性的,没有什么能够永远以同一形态滞留于同一场所。宇宙本身就是一个庞大的黑猫宅急便①。"

"噢。"

"石头眼下只不过姑且作为石头存在于此。就算你帮它移动一下位置,它也不至于有所改变。"

"可是老伯,这石头怎么就那么重要呢? 看上去也没什么出奇的嘛!"

"准确说来,石头本身没有意义。形势需要一个东西,而那碰巧是这石头。俄国作家契诃夫说得好:'假如故事中出现手枪,那就必须让它发射。'什么意思可明白?"

"不明白。"

"呃,想必你不明白。"上校山德士说,"估计你不可能明白,

---

① 日本一家上门收货送货的特快专递公司,其运输车身写有这几个字样。

只是出于礼节问一声。"

"谢谢。"

"契诃夫想表达的意思是：必然性这东西是自立的概念，它存在于逻辑、道德、意义之外，总之集作为职责的功能于一身。作为职责非必然的东西不应存在于那里，作为职责乃必然的东西则在那里存在。这便是 dramaturgie①。逻辑、道德、意义不产生于其本身，而产生于关联性之中。契诃夫是理解 dramaturgie 为何物的。"

"我可是压根儿理解不了。说得太玄乎了。"

"你怀抱的石头就是契诃夫所说的'手枪'，必须让它发射出去。在这个意义上，那是块重要的石头、特殊的石头。但那里不存在什么神圣性，所以你不必顾虑什么报应。"

星野皱起眉头："石头是手枪？"

"说到底是在形而上学意义上。并不是真有子弹出来。放心好了！"

上校山德士从上衣口袋掏出一块大包袱皮递给星野："用这个包石头。还是不给人家看见好。"

"喏喏，到头来不还是当小偷么？"

"说的什么呀，多难听。不是什么小偷，只是为了重要目的暂时借用一下。"

"好了好了，明白了。不过是依照 dramaturgie 使物质必然性地移动一下。"

"这就对了。"上校山德士点了下头，"你也多少开窍了嘛！"

星野抱起包在深蓝色包袱皮里的石头返回林中小径，上校山德士用手电筒照着星野脚下。石头比看时的感觉重得多，中途不得不停下几次喘气。出得树林，为避免别人看见，两人快步穿过明亮的神社院

---

① 德语，意为"剧作艺术,戏剧理论,编剧方法"。

子，走上大街。上校山德士扬手拦了一辆出租车，让抱石头的小伙子上去。

"放在枕边就可以的?"星野问。

"可以，就那样，别想得太多。重要的是石头位于那里。"上校山德士说。

"该向老伯你说声谢谢才是——告诉给我石头的位置。"

上校山德士微微一笑："用不着谢，我不过做我应做之事而已。功能的彻底发挥。对了，女郎不错吧，星野小子?"

"嗯，好一个宝贝，老伯。"

"那就再好不过。"

"不过那女郎是真的，对吧? 不是什么狐狸啦抽象啦那啰啰嗦嗦的劳什子?"

"不是狐狸，不是什么抽象。货真价实的性爱女郎，不折不扣的做爱机动四轮车，千辛万苦找来的。放心!"

"那就好!"星野说。

星野把用包袱皮包着的石头放到中田枕旁，已经是半夜一点多了。他觉得，与其放在自己枕旁，还是放在中田枕旁会避免报应。不出所料，中田如圆木一般酣然大睡。星野解开包袱皮，露出石头，之后换上睡衣，钻进旁边铺的被窝，转眼间睡了过去。他做了一个短梦，梦见神身穿半长裤露出长毛小腿在球场里跑来跑去吹哨子。

第二天早上快五点时中田醒来，看见了放在枕边的那块石头。

第 31 章

　　一点多我把刚做好的咖啡端去二楼书房。门一如平时开着，佐伯站在窗前望着外面，一只手放在窗台，大概在思索什么，另一只手多半是下意识地摆弄着衬衫纽扣。写字台上没有自来水笔，没有稿纸。我把咖啡杯放在台面上。天空蒙了一层薄云。亦不闻鸟声。

　　佐伯看见我，忽然回过神似的离开窗台，折回写字台前的转椅，喝了口咖啡，让我坐在昨天那把椅子上。我坐在那里，隔着写字台看她喝咖啡。佐伯还记得昨天夜里发生的事情么？很难说。看上去她既好像无所不知，又似乎一无所知。我想起她的裸体，想起她身体各个部位的感触，但我甚至不能断定那是否真是这个佐伯的身体，尽管当时确有那个感觉。

　　佐伯穿一件有光泽的浅绿色半袖衫，一条米黄色紧身裙，领口闪出细细的银项链，样子甚是优雅，纤纤十指在台面上如工艺品一般漂亮地合在一起。

　　"怎样，喜欢上这个地方了？"她问我。

　　"您指高松？"我反问道。

　　"是的。"

　　"不清楚，因为我差不多哪里也没看到。我看到仅仅是我偶然路过的东西。这座图书馆、体育馆、车站、宾馆……就这些。"

　　"不觉得高松无聊？"

我摇头说："不太清楚。因为就我来说，坦率地说一来没有工夫觉得无聊，二来城市这东西看起来大同小异……这里是无聊的地方吗？"

她做了一个微微耸肩的动作："至少年轻时候那么想来着。想走出去，想离开这里，到有更特别的东西、更有趣的人的地方去。"

"更有趣的人？"

佐伯轻轻摇头。"年轻啊！"她说，"年轻时一般都有那样的想法。你呢？"

"我没那么想过，没觉得去别的什么地方就会有其他更有趣的东西。我只是想去别处，只是不想留在那里。"

"那里？"

"中野区野方，我出生成长的场所。"

听到这地名时，她的眸子里似乎有什么掠过，但我无法断定。

"至于离开那里去哪里，不是太大的问题吧？"佐伯问。

"是的。"我说，"不是什么大问题，反正我觉得不离开那里人就要报销，所以跑了出来。"

她注视着台面上自己的双手，以非常客观的眼神。然后，她静静地开口了。"我想的也和你一样。二十岁离开这里的时候，"她说，"觉得不离开这里就根本没办法活下去，并且坚信自己再不会看到这片土地，丝毫没想到回来。但发生了很多事，还不能不返回这里，一如跑了一圈又回到原地。"

佐伯回过头，朝窗外望去。遮蔽天空的云层毫无变化。风也没有。那里映入眼帘的东西犹如摄影用的背景画一样一动不动。

"人生有种种始料未及的事情发生。"佐伯说。

"所以我迟早恐怕也得返回原地，你是说？"

"那当然无由得知。那是你的事，再说事情还早。但我是这样想的：出生的场所和死的场所对于人是非常重要的。当然出生的场所不是自己所能选择的，可是死的场所则在某种程度可以选择。"

她脸朝窗外平静地说着，就像是跟外面某个虚拟的人说话。随后，她突然想起似的转向我。

"为什么我会坦率地向你说这些呢？"

"因为我是同这个地方无关的人，年龄又相差悬殊。"我说。

"是啊，有可能。"她承认。

之后沉默再次降临，二十秒或三十秒。这时间里我们大概各有所思。她拿起杯子啜了一口咖啡。

我断然开口道："佐伯女士，我想我这方面也有必须对你直言不讳的事。"

她看着我的脸，微微一笑："就是说，我们是交换各自的秘密了？"

"我的谈不上是什么秘密。仅仅是假说。"

"假说？"佐伯反问，"直言假说？"

"是的。"

"想必有趣。"

"接着刚才的话说——"我说，"您是为了死而返回这座城市的吧？"

她将静静的微笑如黎明前的月牙一样浮上嘴角："或许是那样的。但不管怎样，就每天实际生活来说都是没多大区别的——为活下来也罢，为死去也罢，做的事大体相同。"

"您在追求死去吗？"

"怎么说呢，"她说，"自己也稀里糊涂。"

"我父亲追求死去来着。"

"你父亲不在了？"

"不久前，"我说，"就在不久前。"

"为什么你父亲追求死去呢？"

我大大地吸一口气："其原因我一直不能理解，现在终于理解了。来这里后总算找到了答案。"

"为什么？"

"我想父亲是爱你的，但他无论如何也不能把你领回自己身边，或者不如说一开始就没能真正把你搞到手。父亲知晓这点，所以但求一死，而且希求由既是自己的儿子又是你的儿子的我亲手杀死自己。他还希求我以你和姐姐为对象进行交合，那是他的预言和诅咒，他把它作为程序植入我的身体。"

佐伯把手中的杯子放回浅盘，发出"咣当"一声非常中立的声响。她从正面看我的脸。然而她看的不是我，她看的是某处的空白。

"我认识你父亲不成？"

我摇头："刚才说的，这是假说。"

她双手叠放在写字台上，微笑仍浅浅地留在她的嘴角。

"在假说之中，我是你的母亲？"

"是的。"我说，"你同我父亲生活，生下了我，又扔下我离开，在我刚刚四岁那年的夏天。"

"那是你的假说。"

我点头。

"所以昨天你问我有没有孩子？"

我点头。

"我说没办法回答，既不是 Yes 又不是 No 。"

"是的。"

"所以假说作为假说仍有效。"

我再次点头："有效。"

"那么……你父亲是怎么死的呢？"

"被什么人杀死的。"

"不至于是你杀的吧？"

"我没有杀。我没有下手。作为事实，我有不在场的证据。"

"可你就那么没有自信?"

我摇头:"我没有自信。"

佐伯重新拿起咖啡杯，呷了一小口。但那里没有滋味。

"为什么你父亲非对你下那样的诅咒不可呢?"

"大概是想让我继承他的意愿。"

"就是希求我?"

"是的。"我说。

佐伯看着咖啡杯里面，又抬起脸来:"那么——你在希求我?"

我明确地点了一下头。她闭起眼睛。我一直凝视着她闭合的眼睑。我可以通过那眼睑看到她所看的黑暗，那里浮现出种种奇妙的图形，浮现又消失，反复不止。稍顷，她缓缓睁开眼睛。

"你是说依照假说?"

"同假说无关。我在希求你，这已超越了假说。"

"你想和我做爱?"

我点头。

佐伯像看晃眼的东西那样眯缝起一对眼睛:"这以前你可同女人做过爱?"

我又一次点头。昨晚，同你，我心想。但不能出口。她什么都不记得。

佐伯一声叹息:"田村君，我想你也清楚，你十五岁，而我已年过五十。"

"不是那么单纯的问题。我们并不是在谈论那种时间的问题。我知道您十五岁的时候，思恋十五岁时候的您，一往情深。而后通过她思恋您。那个少女现在也在您体内，经常在您体内安睡，但您睡的时候她就开始动了。我已经看见了。"

佐伯又一次闭上眼睛。我看见她的眼睑在微微发颤。

"我在思恋您，这是非常重要的事。您也应该明白。"

她像从海底浮上来的人那样长长吸一口气，寻找语句，但找不到。

"田村君，对不起，出去好么？我想一个人待一会儿。"她说，"出去时把门关上。"

我点头从椅子上站起。刚要出门，又有什么把我拉回。我在门口立定，回过头，穿过房间走到佐伯那里，用手摸她的头发。我的手指从发间碰到她的耳朵。我不能不那样做。佐伯吃惊地扬起脸，略一踌躇，把手放在我手上。

"不管怎样，你、你的假说都是瞄准很远的目标投石子。这你明白吧？"

我点头："明白。但如果通过隐喻，距离就会大大缩短。"

"可你我都不是隐喻。"

"当然，"我说，"但可以通过隐喻略去很多存在于我你之间的东西。"

她依然看着我的脸，再次漾出笑意："在我迄今听到过的话里，这是最为奇特的甜言蜜语。"

"各种事情都在一点点奇特起来。但我觉得自己正在逼近真相。"

"实际性地接近隐喻性的真相，还是隐喻性地接近实际性的真相？抑或二者互为补充？"

"不管怎样，我都很难忍受此时此地的悲哀心情。"我说。

"我也一样。"

"所以你返回这座城市准备死去？"

她摇头道："也不是就想死去，说实话。只是在这里等待死的到来，如同坐在车站长椅上等待列车开来。"

"知道列车开来的时刻吗？"

她把手从我的手上拿开，用手指碰一下眼睑。

"田村君，这以前我在很大程度上磨损了人生，磨损了自己本身。想中止生命行程的时候没有中止。明知并无意义可言，却不知为什么没有能够中止，以致仅仅为了消磨那里存在的时间而不断做着不合情理的事。就那样损伤自己，通过损伤自己来损伤他人。所以我现在正在接受报应，说诅咒也未尝不可。某个时期我曾把过于完美的东西弄到了手，因此后来我只能贬抑自己。那是我的诅咒。只要我活着，就休想逃脱那个诅咒。所以我不害怕死，我大体知道那一时刻——如果回答你的提问的话。"

我再次抓起她的手。天平在摇颤，力的一点点的变化都使它两边摇颤不止。我必须思考，必须做出判断，必须踏出一只脚。

"佐伯女士，和我睡好么？"

"即使我在你的假说中是你的母亲？"

"在我眼里，一切都处于移动之中，一切都具有双重意味。"

她就此思索。"但对我来说也许不是那样。事物不是循序渐进的，而是：或百分之零或百分之百，二者必居其一。"

"你明白其一是何者。"

她点头。

"佐伯女士，问个问题可以么？"

"什么问题？"

"你是在哪里找到那两个和弦的呢？"

"两个和弦？"

"《海边的卡夫卡》的过渡和弦。"

她看我的脸："喜欢那两个和弦？"

我点头。

"那两个和弦，我是在远方一个旧房间里找到的，当时那个房间的门开着。"她沉静地说，"很远很远的远方的房间。"

佐伯闭目返回记忆中。

"田村君，出去时把门关上。"她说。

我那样做了。

图书馆关门后，大岛让我上车，带我去稍有些距离的一家海鲜馆吃东西。从餐馆大大的窗口可以看见夜幕下的海，我想像着海里的活物们。

"还是偶尔到外面补充一下营养好。"他说，"警察好像没在这一带站岗放哨，现在没必要那么神经兮兮。换一下心情好了。"

我们吃着大碗色拉，要来肉饭①两人分了。

"想去一次西班牙。"大岛说。

"为什么去西班牙？"

"参加西班牙战争。"

"西班牙战争早完了！"

"知道，洛尔卡②死了，海明威活了下来。"大岛说，"不过去西班牙参加西班牙战争的权利在我也是有的。"

"隐喻。"

"当然。"他蹙起眉头说，"连四国都几乎没出去过的身患血友病性别不分明的人，怎么谈得上实际去西班牙参战呢！"

我们边喝沛绿雅矿泉水边吃大分量的肉饭。

"我父亲的案子有什么进展？"我问。

"好像没有明显进展。至少近来报纸上几乎没有关于案件的消息，除去文艺栏像模像样的追悼报道。估计搜查进了死胡同。遗憾的是，日本警察的破案率每况愈下，和股票行情不相上下，居然连去向不明的死者儿子都找不出来。"

"十五岁少年。"

---

① 西班牙语 paella 的译名。一种西班牙风味饭，将米饭同橄榄油炒的鱼、肉、菜以及香料煮在一起而成。

② 西班牙诗人、剧作家(1898—1936)。

"十五岁的、有暴力倾向的、患有强迫幻想症的出走少年。"大岛补充道。

"天上掉下什么的事件呢?"

大岛摇摇头:"那个好像也鸣金收兵了。自那以来再没有稀罕物自天而降——除掉前天那场国宝级骇人听闻霹雷闪电。"

"没有风声了?"

"可以这样看。或者我们正位于台风眼也未可知。"

我点头拿起海贝,用叉子取里边的肉吃,壳放进装壳的容器。

"你还在恋爱?"大岛问。

我点头:"你呢?"

"你是问我在不在恋爱?"

我点了下头。

"就是说,你想就装点作为性同一障碍者兼同性恋者的我的扭曲的私生活的反社会罗曼蒂克色彩进行深入调查?"

我点头。他也点头。

"同伴是有的。"大岛神情显得很麻烦地吃海贝,"并非普契尼歌剧中那种要死要活的恋爱。怎么说呢,不即不离吧。偶尔约会一次。但我想我们基本上是互相理解的,并且理解得很深。"

"互相理解?"

"海顿作曲的时候总是正正规规戴上漂亮的假发,甚至撒上发粉。"

我不无愕然地看着大岛:"海顿?"

"不那样他作不出好曲。"

"为什么?"

"为什么不知道。那是海顿与假发之间的问题,别人无由得知,恐怕也解释不了。"

我点头:"嗳,大岛,一个人独处时思考对方,有时觉得悲从中来——你会这样吗?"

"当然。"他说,"偶尔会的。尤其在月亮显得苍白的季节、鸟们向南飞去的季节。尤其……"

"为什么当然?"我问。

"因为任何人都在通过恋爱寻找自己本身欠缺的一部分,所以就恋爱对象加以思考时难免——程度固然有别——悲从中来,觉得就像踏入早已失去的撩人情思的房间。理所当然。这样的心情不是你发明的,所以最好别申请专利。"

"远方古老的怀旧房间?"

"不错。"说着,大岛在空中竖起叉子,"当然是隐喻。"

晚上九点多佐伯来到我的房间。我正坐在椅上看书,"大众高尔夫"引擎声从停车场传来,旋即停止,响起关车门声。胶底鞋缓缓穿过停车场,不久传来敲门声。我打开门,佐伯站在那里。今天的她没有睡着,细条纹棉布衬衫,质地薄的蓝牛仔裤,白色帆布鞋。她穿长裤的形象还是初次见到。

"令人怀念的房间。"说罢,她站在墙上挂的画前看着,"令人怀念的画。"

"画上的场所是这一带吗?"我问。

"喜欢这幅画?"

我点头:"谁画的呢?"

"那年夏天在甲村家寄宿的年轻画家,不怎么有名,至少在当时。所以名也忘了。不过人很好,画画得也很好,我觉得。这里有一种力度。那个人画的时候我一直在旁边看,看的时间里半开玩笑地提了好多意见,我们关系很好,我和那个画家。很久很久以前的夏天,那时我十二岁。"她说,"上面画的男孩也是十二岁。"

"场所像是这附近的海岸。"

"走吧,"她说,"散步去,带你去那里。"

我和她一起往海岸走去。穿过松树林，走上夜晚的沙滩。云层绽开，半边月照着波浪。波浪很小，微微隆起，轻轻破碎。她在沙滩的一个地方坐下来，我也挨她坐下。沙滩仍有些微温煦。她像测量角度似的指着波浪拍击的一个位置。

"就那里，"她说，"从这个角度画的那里。放一把帆布椅，叫男孩坐在上面，画架竖在这里。记得很清楚。岛的位置也和画的构图一致吧?"

我往她指尖看去。的确像有岛的位置。但无论怎么看，都不像画上的场所。我这么告诉她。

"完全变样了。"佐伯说，"毕竟是四十年前的往事了，地形当然也要变。波浪、风、台风等很多东西会改变海岸的形状。沙子或削去或运来。但不会错，是这里。那时候的事我至今记得真真切切。还有，那年夏天我第一次来月经。"

我和佐伯不声不响地细看那风景。云改变了形状，月光变得斑斑驳驳。风不时吹过松树林，发出很多人用扫帚扫地那样的声音。我用手掬起沙子，让它从指间慢慢滑落。沙子往下落着，如蹉跎的时光一般同其他沙子混在一起。我如此重复了许多次。

"你在想什么呢?"佐伯问我。

"去西班牙。"我说。

"去西班牙干什么?"

"吃好吃的肉饭。"

"就这个?"

"参加西班牙战争。"

"西班牙战争结束六十多年了。"

"知道。"我说，"洛尔卡死去，海明威活下来。"

"还是想参加?"

我点头:"去炸桥。"

"并且和英格丽·褒曼坠入情网。"

"但实际上我在高松，和佐伯您坠入情网。"

"不可能顺利啊。"

我拢住她的肩。

你拢住她的肩。
· · · · · ·

她身体靠着你。如此过去了很长时间。

"嗳，知道吗？很早很早以前我做的和现在一模一样，在一模一样的地点。"

"知道。"我说。

"为什么知道？"佐伯注视着我。

"因为那时我在那里来着。"

"在那里炸桥了？"

"在那里炸桥了。"

"作为隐喻。"

"当然。"

你用双手抱住她，抱紧，贴上嘴唇。你知道她的身体在你怀中瘫软下去。

"我们都在做梦。"佐伯说。

都在做梦。

"你为什么死掉了呢？"

"不能不死的。"你说。

你和佐伯从沙滩走回图书馆，熄掉房间的灯，拉合窗帘，一言不发地在床上抱在一起。和昨夜几乎同样的事情几乎同样地重复一遍。但不同之处有两点。完事后她哭了，这是一点。脸埋在枕头上吞声哭泣。你不知如何是好。你把手轻轻放在她裸露的肩头，心想必须说点什么，但不知道说什么好，话语已在时光的凹坑中死去，无声地沉积在火山口湖黑暗的湖底。这是一点。后来她回去时，这回传来了"大众高尔夫"的引擎声,这是第二点。她发动引擎,停下,像思考什么似的隔了一会儿,再次发动,开出停车场。引擎停下后到再次发动的空白时间里,你的心情变得极度悲哀。那空白如海面的雾涌入你的心中,久久留在那里,成为你的一部分。

佐伯留下了泪水打湿的枕头。你用手摸着那湿气,眼望窗外渐渐泛白的天空,耳听远处乌鸦的叫声。地球缓慢地持续旋转,而人们都活在梦中。

第 32 章

早上快五点时中田睁开眼睛，见枕旁放着一块大石头。星野在旁边被窝里睡得正香，半张着嘴，头发乱蓬蓬的，中日 Dragons 棒球帽滚在枕边。小伙子脸上分明透出坚定的决心——天塌地陷也不醒来！对冒出一块石头中田没有惊讶，也没觉得多么不可思议。他的意识即刻适应了枕旁有石头存在这一事实，顺理成章地接受下来，而没有朝"何以出现这样的东西"方向延伸。考虑事物的因果关系很多时候是中田力所不能及的。

中田在枕旁端然正坐，忘我地看了一会儿石头，之后伸出手，活像抚摸睡着的大猫一样轻轻摸着石头。起初用指尖战战兢兢地碰了碰，晓得不要紧后才大胆而仔细地用手心抚摸表面。摸石头当中他始终在思考着什么，或者说脸上浮现出思考什么的表情。他的手像看地图时那样将石头粗粗拉拉的感触一一装入记忆，具体记住每一个坑洼和突起，然后突然想起似的把手放在头上，喀嚓喀嚓地搔着短发，就好像在求证石头与自己的头之间应有的相互关系。

不久，他发出一声类似喟叹的声息站起身来，开窗探出脸去。从房间的窗口只能看见邻楼的后侧，楼已十分落魄，想必落魄之人在里面做着落魄的工作过着落魄的日子。任何城市的街道都有这种远离恩宠的建筑物，若是查尔斯·狄更斯，大概会就这样的建筑连续写上十页。楼顶飘浮的云看上去宛如真空吸尘器里长期未被取出的硬灰块

329

儿，又好像将第三次产业革命带来的诸多社会矛盾凝缩成若干形状直接放飞在空中。不管怎样，看样子马上就要下雨了。向下看去，一只瘦黑的猫在楼与楼之间的狭窄围墙上翘着尾巴往来走动。

"今天雷君光临。"中田如此对猫打了声招呼。但话语似乎未能传进猫的耳朵。猫既不回头又不停步，兀自优雅地继续行走，消失在建筑物背后。

中田拿起装有洗漱用具的塑料袋，走进走廊尽头的公用洗漱间，用香皂洗脸，刷牙，用安全剃刀剃须。这一项项作业很花时间。花足够的时间仔细洗脸，花足够的时间仔细刷牙，花足够的时间仔细剃须。用剪刀剪鼻毛，修眉毛，掏耳朵。原本就是慢性子，而今天早晨又做得格外用心。除了他没有人这么早洗脸，吃早饭时间还没到，星野暂时也醒不了。中田无须顾忌谁，只管对着镜子一边悠然梳洗打扮，一边回想昨天在图书馆书上看到的各所不一的猫脸。不认得字，不知道猫的种类，但书上猫们的长相他一个个记得很清楚。

世界上竟然有那么多种猫——中田一边掏耳朵一边想。生来第一次进图书馆，中田因之痛感自己是何等的无知。世界上自己不知晓的事真可谓无限之多，而想起这无限，中田的脑袋便开始隐隐作痛。说当然也是当然，无限即是没有限度。于是他中止关于无限的思考，再次回想图片集《世界上的猫》中的猫们。若能同那上面的每一只猫说话就好了！想必世界上不同的猫有不同的想法不同的讲话方式。随即他想道：外国的猫同样讲外国话不成？但这也是个复杂问题，中田的脑袋又开始作痛。

打扮完毕，他进厕所像往常一样拉撒。这个没花多长时间。中田拿着洗漱用具袋返回房间，星野仍以与刚才分毫不差的睡姿酣睡。中田拾起他脱下乱扔的夏威夷衫和蓝牛仔裤，角对角整齐叠好，放在小伙子枕旁，再把中日 Dragons 棒球帽扣在上面，俨然为集合起来的几个概念加一个标题。之后他脱去浴衣，换上平时的长裤和衬衫，又喀咔喀咔搓了几下手，大大地做了个深呼吸。

他重新端坐在石头跟前，端详片刻，战战兢兢地伸手触摸表面。

"今天雷君光临。"中田不知对谁——或许对石头——说了一句，独自点几下头。

中田在窗外做体操时，星野总算醒来。中田一边自己低声哼着广播体操的旋律，一边随之活动身体。星野微微睁开眼看表，八点刚过。接着他抬起头，确认石头在中田被褥枕旁。石头比黑暗中看到时要大得多粗糙得多。

"不是做梦。"星野说。

"你指的是什么呢？"中田问。

"石头嘛！"小伙子说，"石头好端端在那里，不是做梦。"

"石头是在。"中田继续做广播体操，简洁地说道。语声听起来仿佛十九世纪德国哲学的重大命题。

"跟你说，关于石头为什么在那里，说起来话长，很长很长，老伯。"

"那是，中田我也觉得可能是那样。"

"算了，"说着，星野从被窝里起身，深深叹息一声，"怎么都无所谓了，反正石头在那里，长话短说的话。"

"石头是在。"中田说，"这点非常重要。"

星野本想就此说点什么，旋即意识到早已饥肠辘辘了。

"哟，老伯，重要不重要都别管了，快去吃早饭吧！"

"那是，中田我也肚子饿了。"

吃罢早饭，星野边喝茶边问中田："那石头往下怎么办？"

"怎么办好呢？"

"喂喂，别这么说好不好！"星野摇头道，"不是你说必须找那石头，昨天夜里我才好歹找回来的吗？现在却又说什么'怎么办好呢'，问我也没用。"

"那是，您说的一点儿不错。老实说来，中田我还不清楚怎么办才好。"

"那就伤脑筋了。"

"是伤脑筋。"中田嘴上虽这么说，但表情上看不出怎么伤脑筋。

"你是说，花时间想想就能慢慢想明白？"

"那是，中田我那么觉得。中田我干什么事都比别人花时间。"

"不过么，中田，"

"啊，星野君。"

"谁取的是不晓得，不过既然取有'入口石'这么个名字，那么肯定过去是哪里的入口来着。也可能是类似的传说或自我吹嘘什么的。"

"那是，中田我也猜想是那样的。"

"可还是不清楚是哪里的入口？"

"那是，中田我还不大清楚。和猫君倒是常常说话，和石头君还没说过。"

"和石头说话怕是不容易。"

"那是，石头和猫差别很大。"

"不管怎样，我把那么要紧的东西从神社庙里随便搬来了，真的不会遭什么报应？搬来倒也罢了，可下一步怎么处理是个问题。上校山德士是说不会遭报应，但那家伙也有不能完全相信的地方。"

"上校山德士？"

"有个老头儿叫这个名字，就是经常站在肯德基快餐店前的那个招牌老头儿。穿着白西装，留着胡须，架一副不怎么样的眼镜……不知道？"

"对不起，中田我不认识那位。"

"是吗，肯德基快餐都不知道，如今可真成稀罕事了。也罢也罢。总之那老头儿本身是个抽象概念，不是人，不是神，不是佛。因为是抽象概念，所以没有形体，但总需要一个外形，就偶然以那个样子出现。"

中田一脸困惑，用手心喀哧喀哧搓着花白短发："中田我听不懂怎么回事。"

"说实在的，我这么说了，可自己也半懂不懂。"星野说，"总而言之，不知从哪儿冒出那么一个不伦不类的老头儿来，这个那个跟我罗列了一大堆。长话短说，从结论上说来就是：经过一番周折，在那个老头儿的帮助下，我在一个地方找到那块石头嘿哟嘿哟搬了回来。倒不是想博得你的同情，不过昨晚的确累得够呛。所以么，如果可能，我真想把那石头交给你。往下多多拜托了，说老实话。"

"那好，石头交给中田我了。"

"唔，"星野说，"痛快。痛快就好。"

"星野君，"

"什么？"

"马上有很多雷君赶来。等雷好了！"

"雷？雷君会在石头上面起什么作用？"

"详细的中田我不太明白，不过多少有那样的感觉了。"

"雷？也好也好，看来有趣。等雷就是。看这回有什么发生。"

回到房间，星野趴在榻榻米上打开电视。哪个频道都是面向主妇的综合节目，星野不想看这类东西，却又想不出其他消磨时间的办法，只好边说三道四边看着。

这时间里中田坐在石头前或看或摸来抓去，不时自言自语嘟囔一句。星野听不清他嘟囔什么，大概在同石头说话吧。

中午时分，终于有雷声响起。

下雨前星野去附近小超市买了满满一袋子糕点面包牛奶回来，两人当午饭吃。正吃着，旅馆女服务员来打扫房间，星野说不用了。

"你们哪里也不去？"女服务员问。

"嗯，哪里也不去，就在这里待着。"星野回答。

"雷君要来了。"中田说。

"雷君？"女服务员带着莫名其妙的神色走开了。大概觉得尽可能别靠近这个房间为好。

稍顷，远处传来沉闷的雷声，紧跟着雨点劈里啪啦落了下来。雷声不怎么雄壮，感觉上就像懒惰的小人在鼓面上顿脚。但雨刹那间变大，瓢泼一般泻下。世界笼罩在呛人的雨味儿里。

雷声响起后，两人以交换友好烟管的印第安人的姿势隔石对坐。中田仍然一边喃喃自语一边摸石头或搓自己的头。星野边看着他边吸万宝路。

"星野君，"

"嗯？"

"能在中田我身旁待一些时候么？"

"啊，可以呀。再说就算你叫我去哪里，这么大雨也出不了门嘛。"

"说不定有奇事发生。"

"若让我直言快语，"小伙子说，"奇事已经发生了。"

"星野君，"

"什么？"

"忽然闪出这样一个念头：中田我这个人到底算是什么呢？"

星野沉思起来。"哟，老伯，这可是很难的问题。突然给你这么一问，我还真答不上来。说到底，星野这人到底是什么我都稀里糊涂，别人是什么就更糊涂了。不是我乱吹，思考这玩意儿我最最头疼。不过么，若让我直说自己的感觉，我看你这人蛮地道，尽管相当出格离谱，但可以信赖，所以才一路跟到四国。我脑袋是不够灵，但看人的眼光不是没有。"

"星野君，"

"嗯？"

"中田我不单单脑袋不好使，中田我还是个空壳。我刚刚、刚刚明白过来。中田我就像一本书也没有的图书馆。过去不是这样的。中田我脑袋里也有过书，一直想不起来，可现在想起来了。是的。中田我曾是和大家一样的普通人，但一次发生了什么，结果中田我就成了空空如也的空盒。"

"不过么，中田，那么说来我们岂不多多少少都是空盒？吃饭、拉撒、干一点儿破活，领几个小钱，时不时跟女人来一家伙，此外又有什么呢？可话又说回来，也都这么活得有滋有味。为什么我不知道……我家阿爷常说来着：正因为不能称心如意，人世才有意思。多少也有道理。假如中日 Dragons 百战百胜，谁还看什么棒球？"

"你很喜欢阿爷是吧？"

"喜欢喜欢。若是没有阿爷，自己不知道会变成啥样。因为有阿爷，我才有心思活下去，无论如何要好好活下去。倒是表达不好，总像是好歹被什么拴住了。所以不再当飙车族，进了自卫队。不知不觉变得不那么胡来了。"

"可是星野君，中田我谁也没有，什么也没有，也没有被拴上，字也认不得，影子都比别人少一半。"

"谁都有缺点。"

"星野君，"

"嗯？"

"如果中田我是普通的中田，中田我的人生想必截然不同，想必跟两个弟弟一样，大学毕业，进公司做事，娶妻生子，坐大轿车，休息日打高尔夫球。可是中田我不是普通的中田，所以作为现在这样的中田生活过来了。从头做起已经太晚了，这我心里清楚。尽管如此，哪怕再短也好，中田我也想成为普通的中田。老实说，这以前中田我没想过要干什么，周围人叫我干什么我就老老实实拼命干什么，或者因为势之所趋偶然干点什么，如此而已。但现在不同，中田我有了明确的愿望——要返回普通的中田，要成为具有自己的想法和自己的含义的中田。"

星野叹了口气："如果你想那样，就那样做好了，返回原样好了。我是一点也想像不出成为普普通通的中田的中田究竟是怎样一个中田。"

"那是，中田我也想像不出。"

"但愿顺利。我虽然帮不上忙，但也祝你能成为普通人。"

"但在成为普通的中田之前，中田我有很多事要处理。"

"比如什么事？"

"比如琼尼·沃克先生的事。"

"琼尼·沃克？"小伙子说，"那么说来，老伯你上次也这么说来着。那个琼尼·沃克，就是威士忌上的琼尼·沃克？"

"那是。中田我马上去派出所讲了琼尼·沃克的事，心想必须报告知事大人才行，但对方没有理会，所以只能以自己的力量解决。中田我打算处理完这些问题之后成为——如果可能的话——普通的中田。"

"具体怎么回事我不清楚，不过就是说那么做需要这块石头喽？"

"是的，是那样的。中田我必须找回那一半影子。"

雷声变大，简直震耳欲聋。形形色色的闪电划过天空，雷声刻不容缓地紧随其后横空压来，一时间天崩地裂。大气颤抖，松动的玻璃窗哗啦啦发出神经质的声响。乌云如锅盖一般遮天蔽日，房间里黑得甚至看不清对方的表情。但两人没有开灯。他们照样隔石对坐。窗外只见下雨，下得势不可当，几乎令人窒息。每当闪电划过，房间刹那间亮得耀眼。好半天两人都开不得口。

"可是，你为什么必须处理这石头呢？为什么必须是你来处理呢?"雷声告一段落时星野问。

"因为中田我是出入过的人。"

"出入过?"

"是的。中田我一度从这里出去，又返回这里。那是日本正在打一场大战争时候的事。当时盖子偏巧开了，中田我从这里出去，又碰巧因为什么回到这里，以致中田我不是普通的中田了，影子也不见了一半。但另一方面，我可以——现在倒是不怎么行了——同猫们说话了，甚至可以让天上掉下什么来。"

"就是近来的蚂蟥什么的?"

"是的，正是。"

"那可不是谁都做得来的。"

"那是，不是任何人都做得到的事。"

"那是因为你很早以前出入过才做得来。在这个意义上，你不是普通人。"

"是的，正是那样。中田我不再是普通的中田了。而另一方面字却认不得了，也没碰过女人。"

"无法想像。"

"星野君，"

"嗯?"

"中田我很怕。刚才也对您说了，中田我是彻头彻尾的空壳。彻头彻尾的空壳是怎么回事您可晓得?"

星野摇头："不，我想我不晓得。"

"空壳和空房子是同一回事，和不上锁的空房子一模一样。只要有意，谁都可以自由进去。中田我对此非常害怕。例如中田我可以让天上掉下东西来，但下次让天上掉什么，一般情况下中田我也全然揣度不出。万一下次天上掉下的东西是一万把菜刀、是炸弹、或是毒瓦斯，中田我可如何是好呢？那就不是中田我向大家道歉就能了结的事。"

"唔，那么说来倒也是，不是几句道歉就能完事的。"星野也表示同意，"光是蚂蟥都够鸡飞狗跳的了，若是更离奇的玩意儿从天上掉下，可就不止鸡飞狗跳了。"

"琼尼·沃克钻到中田我体内，让中田我做中田我不喜欢做的事。琼尼·沃克利用了中田我，可是中田我无法反抗。中田我不具有足以反抗的力量，为什么呢，因为中田我没有实质。"

"所以你想返回普通的中田，返回有实质的自己。"

"是的，一点儿不错。中田我脑袋确实不好使，可是至少会做家具，日复一日做家具来着。中田我喜欢做桌子椅子箱箱柜柜，做有形体的东西是件开心事。那几十年间一丝一毫都没动过重返普通中田的念头，而且周围没有一个人想特意进到中田我身体里来，从来没对什么感到害怕。不料如今出来个琼尼·沃克先生，打那以来中田我就惶惶不可终日了。"

"那么，那个琼尼·沃克进入你体内到底都叫你干什么了呢？"

剧烈的声响突然撕裂空气，大概附近什么地方落雷了。星野的鼓膜火辣辣地作痛。中田约略歪起脖子，一边倾听雷声，一边仍用双手慢慢来回地抚摸石头。

"不该流的血流了出来。"

"流血了？"

"那是。但那血没有沾中田我的手。"

星野就此沉思片刻，但捉摸不出中田的意思。

"不管怎样，只要把入口石打开，很多事情就会自然而然落实在该落实的地方吧？好比水从高处流向低处。"

中田沉思了一会儿，也许只是面露沉思之色。"可能没那么简单。中田我应该做的，是找出这块入口石并把它打开。坦率地说，往下的事中田我也心中无数。"

"可说起来这石头为什么会在四国呢？"

"石头可以在任何地方，并不是说惟四国才有，而且也没必要非石头不可。"

"不明白啊！既然哪里都有，那么在中野区折腾不就行了，省多少事！"

中田用手心喀哧喀哧搔了一阵子短发。"问题很复杂。中田我一直在听石头说话，还不能听得很清楚。不过中田我是这样想的：中田我也好你星野君也好，恐怕还是要来一趟这里才行的。需要过一座大桥。而在中野区恐怕顺利不了。"

"再问一点可以么？"

"啊，问什么呢？"

"假如你能在这里打开这入口石，不会轰一声惹出什么祸来？就像《阿拉丁与神灯》似的出现莫名其妙的妖精什么的，或者一蹦一跳地跑出青蛙王子紧紧吻着咱们不放？又或者给火星人吃掉？"

"可能发生什么，也可能什么也不发生。中田我也从未打开那样的东西，说不清楚。不打开是不会清楚的。"

"有危险也不一定？"

"那是，是那样的。"

"得得！"说着，星野从衣袋里掏出万宝路，用打火机点上，"阿爷常说我的糟糕之处就是不好好考虑考虑就跟陌生人打得火热。肯定从小就这个性格，'三岁看老'嘛！不过算了，不说这个了。好容易来到四国，好容易弄到石头，不好什么也不干就这么回去。明知有危险也不妨一咬牙打开瞧瞧嘛！发生什么亲眼看个究竟。说不定日后的日后会给孙子讲一段有趣的往事。"

"那是。那么有一事相求。"

"什么事呢?"

"能把这石头搬起来?"

"没问题。"

"比来时重了很多。"

"别看我这样,阿诺德·施瓦辛格虽说比不上,但力气大着呢。在自卫队那阵子,部队扳腕大赛拿过第三名,况且近来又给你治好了腰。"

星野站起身,双手抓石,想直接搬起。不料石头纹丝不动。

"唔,这家伙的确重了不少。"星野叹息道,"搬来时没怎么费劲的么。活像被钉子钉在了地上。"

"那是。终究是非比一般的入口石,不可能轻易搬动。轻易搬动就麻烦了。"

"那倒也是。"

这时,几道长短不齐的白光持续划裂天空,一连串雷鸣震得天摇地动。星野心想,简直像谁打开了地狱之门。最后,极近处一个落雷,然后突然变得万籁俱寂,几乎令人窒息的高密度静寂。空气潮乎乎沉甸甸的,仿佛隐含着猜疑与阴谋。感觉上好像大大小小无数个耳朵飘浮在周围空间,密切注视着两人的动静。两人笼罩在白日的黑暗之中,一言不发地僵止不动。俄顷,阵风突然想起似的刮来,大大的雨点再次叩击玻璃窗,雷声也重新响起,但已没了刚才的气势。雷雨中心已从市区通过。

星野抬头环视房间,房间显得格外陌生,四壁变得更加没有表情。烟灰缸中刚吸了个头的万宝路以原样成了灰烬。小伙子吞了口唾液,拂去耳畔的沉默。

"哟,中田!"

"什么呢,星野君?"

"有点像做噩梦似的。"

"那是。即便是做梦，我们做的也是同一个梦，至少。"

"可能。"说着，星野无奈地搔搔耳垂，"可能啊，什么都可能。肚脐长芝麻，芝麻磨成末，磨末做酱汤。叫人平添胆气。"

小伙子再次立起搬石头。他深深吸一口气，憋住，往双手运力，随着一声低吼搬起石头。这次石头动了几厘米。

"动了一点点。"中田说。

"这回明白没给钉子钉住。不过动一点点怕是不成吧？"

"那是，必须整个翻过来。"

"像翻烧饼似的？"

"正是。"中田点头道，"烧饼是中田我的心爱之物。"

"好咧，人说地狱吃烧饼绝处逢生，那就再来一次。看我让你利利索索翻过身去！"

星野闭目合眼，聚精会神，动员全身所有力气准备单线突破。在此一举，他想，胜负在此一举！破釜沉舟，有进无退！

他双手抓在合适位置，小心固定手指，调整呼吸，最后深吸一口气，随着发自腹底的一声呼喊，一气搬起石头，以四十五度角搬离地面。此乃极限。但他在那一位置总算保持了不动。搬着石头大大呼气，但觉全身吱吱嘎嘎作痛，似乎所有筋骨神经都呻吟不止。可是不能半途而废。他再次深吸口气，发出一声呐喊。但声音已不再传入自己耳内。也许说了句什么。他闭起眼睛，从哪里借来超越极限的力气——那不是他身上原本有的力气。大脑处于缺氧状态，一片空白。几根神经如跳开的保险丝接连融解。什么也看不见，什么也听不清，什么也想不成。空气不足。然而他终于把石头一点点搬高，随着一声更大的呐喊将它翻转过来。一旦越过某一点，石头便顿时失去重量，而以其自重倒向另一侧。"砰"一声，房间剧烈摇颤，整座建筑都似乎随之摇颤。

星野朝后躺倒，仰卧在榻榻米上，气喘吁吁。脑袋里如有一团软泥在团团旋转。他想，自己再不可能搬这么重的东西了（这时他当然无从知晓，后来他明白自己的预测过于乐观）。

"星野君，"

"嗯?"

"您没白费力，入口开了！"

"哟，老伯，中田，"

"什么呢?"

星野仍仰天闭着眼睛，再次大大吸了口气吐出。"假如不开，我可就没面子喽！"

第 33 章

我赶在大岛来之前做好图书馆开门准备。给地板吸尘，擦窗玻璃，清洗卫生间，用抹布把每张桌子每把椅子揩一遍。用上光喷雾器喷楼梯扶手，再擦干净。楼梯转角的彩色玻璃拿掸子轻轻掸一遍。再用扫帚扫院子，打开阅览室空调和书库抽湿机的开关。做咖啡，削铅笔。清晨一个人也没有的图书馆里总好像有一种令我心动的东西。一切语言和思想都在这里静静憩息。我想尽量保持这个场所的美丽、清洁和安谧。我不时止步注视书库路排列的无言的书，用手碰一下几册书的书脊。十点半，停车场一如往常传来马自达赛车的引擎声，多少有些睡眼惺忪的大岛赶来了。开馆时间前我们简单交谈几句。

"如果可以的话，我这就想到外面去一下。"开馆后我对大岛说。

"去哪里？"

"想去体育馆健身房活动活动身体。有一段时间没正经运动了。"

当然不仅是这个。如果可能，作为我不想同上午来上班的佐伯见面。想多少隔些时间让心情镇静下来，然后再见。

大岛看看我的脸，吸口气后点头道："一定多加小心。我不是老母鸡，不想啰嗦太多，但以你现在的处境，无论怎么小心都不至于小心过分。"

"放心，注意就是。"

我背起背囊乘上电车，来到高松站，转乘公共汽车去那座体育馆。在更衣室换上运动服，一边用 MD 随身听"王子"一边做循环锻炼。由于好久没做了，一开始身体到处叫苦。但我坚持做下去。叫苦和拒绝负荷是身体的正常反应。我必须做的是安抚和制服这样的反应。我一边听《小小红色巡洋舰》（Little Red Covette），一边大口吸气、憋住、呼出，再吸气、憋住、呼出，如此有条不紊地反复数次，让肌肉痛到接近临界点为止。流汗，T 恤湿透变重。几次去冷饮机那里补充水分。

我一边像往常那样轮流用器材锻炼，一边考虑佐伯，考虑同她的交合。我想什么也不考虑，但没那么简单。我把意识集中于肌肉，让自己潜心于规律性。以往的器材，以往的负荷，以往的次数。耳朵里"王子"在唱《你这性感骚货》（Sexy Motherfucker）。我的阳物端头仍有隐约的痛感，一小便尿道就疼。龟头发红。包皮刚刚剥离的我的阳物还很年轻很敏感。我脑袋里全是稠密的性幻想、茫无头绪的"王子"的嗓音，以及来自很多书本的片言只语，脑袋几乎胀裂。

用淋浴冲掉汗水，换上新内衣，又乘公共汽车返回车站。肚子饿了，进眼睛看到的餐馆简单吃了点东西。吃着吃着，发觉原来就是我第一天进的餐馆。如此说来，来这里到底多少天了呢？图书馆里的生活大约过了一个星期，来四国后一共应有三个星期左右。从背囊掏出日记本往回一看即可了然，而在脑海里没办法准确算出天数。

吃完饭，一边喝茶一边打量站内行色匆匆的男男女女。人们都在朝某处移动，如果有意，我也可以成为他们之中的一员，可以马上乘某一列电车奔赴不同的场所，可以跑去另一处陌生的街市，一切从零开始，一如翻开笔记本崭新的一页。例如可以去广岛，福冈也行。我不受任何束缚，百分之百自由。肩上的背囊里塞有维持眼下生存的必要物品：替换衣物、洗漱用具、睡袋。从父亲书房里拿出的现金仍几乎没动。

然而我也十分清楚自己哪里也去不成。

"然而你也十分清楚自己哪里也去不成。"叫乌鸦的少年说道。

你抱了佐伯，在她体内射精，好几次。每次她都予以接受。你的阳物还在火辣辣地痛，它还记得她里面的感触。那也是你拥有的一个场所。你想图书馆，想清晨悄然排列在书架上的不说话的书，想大岛，想你的房间、墙上挂的《海边的卡夫卡》以及看画的十五岁少女。你摇头。你没办法从这里离开，你是不自由的。你真想获得自由不成？

在站内我几次同巡逻的警察擦肩而过，但他们看都不看我一眼。身负背囊的晒黑的年轻人到处都有，我也难免作为其中的一分子融入万象之中。无须心惊胆战，自然而然即可，因为那一来谁也不会注意到我。

我乘挂有两节车厢的电车返回图书馆。

"回来了？"大岛招呼道。看见我的背囊，他惊讶地说："喂喂喂，你怎么老背那么大的行李走来走去啊？那样子岂不活活成了查理·布朗漫画中那个男孩的从不离身的毯子了？"

我烧水泡茶喝。大岛像平日那样手里团团转着刚削好的铅笔（短铅笔到哪里去了呢）。

"那个背囊对于你好比自由的象征喽？肯定。"大岛说。

"大概。"

"较之把自由本身搞到手，把自由的象征搞到手恐怕更为幸福。"

"有时候。"

"有时候。"他重复一遍，"倘若世界什么地方有'简短回答比赛'，你肯定能拿冠军。"

"或许。"

"或许。"大岛愕然说道，"田村卡夫卡君，或许世上几乎所有人都不追求什么自由，不过自以为追求罢了。一切都是幻想。假如真给予自由，人们十有八九不知所措。这点记住好了：人们实际上喜欢不自由。"

"你呢?"

"呃，我也喜欢不自由。当然我是说在某种程度上。"大岛说，"让·杰克·卢梭有个定义——文明诞生于人类开始建造樊篱之时。堪称独具慧眼之见。的确，大凡文明都是囿于樊篱的不自由的产物。当然，澳大利亚大陆的土著民族例外，他们一直把没有樊篱的文明维持到十七世纪。他们是本性上的自由人，能够在自己喜欢的时候去喜欢的地方做喜欢的事情。他们的人生的的确确处于四处游走的途中，游走是他们生存本身的深刻的隐喻。当英国人前来建造饲养家畜的围栏时，他们全然不能理解其意味什么，于是他们在未能理解这一原理的情况下被作为反社会的危险存在驱逐到荒郊野外去了。所以你也要尽量小心为好，田村卡夫卡君。归根结底，在这个世界上，是建造高而牢固的樊篱的人类有效地生存下来，如果否认这点，你势必被赶去荒野。"

我返回房间放下行李。然后在厨房重新做了咖啡，一如平日端去佐伯房间。我双手端着浅盘，一阶一阶小心登上楼梯。旧踏板轻声吱呀着。转角那里的彩色玻璃把若干艳丽的色彩投射在地板上，我把脚踩进那色彩中。

佐伯在伏案书写着什么。我把咖啡杯放在写字台上，她抬起头，叫我坐在平时坐的那把椅子上。她身穿黑色的Ｔ恤，外面披一件牛奶咖啡色的衬衣，额发用发卡往上卡住，耳朵上戴一副小小的珍珠耳环。

她半天什么也没说，静静地注视着自己刚写完的字，脸上浮现的表情和平日没什么两样。她扣上自来水笔帽，放在稿纸上，摊开手，看手指沾没沾墨水。周日午后的阳光从窗口泻入。院子里有人在站着闲谈。

"大岛说了，去健身房来着?"她看着我问道。

"是的。"

"在健身房做什么运动?"

"机械和举重。"

"此外?"

我摇头。

"孤独的运动。"

我点头。

"你肯定想变得强壮。"

"不强壮生存不下去，尤其是我这种情况。"

"因为你孤身一人。"

"谁也不肯帮我，至少迄今为止谁也不肯帮我，只能靠自己的力量干下去。为此必须变得强壮，如同失群的乌鸦。所以我给自己取名卡夫卡。卡夫卡在捷克语里是乌鸦的意思。"

"噢——"她语气里不无佩服的意味，"那么，你是乌鸦了?"

"是的。"

是的，叫乌鸦的少年说。

"不过那样的生存方式恐怕也还是有其局限的。不可能以强壮为墙壁将自己围起来。强壮终究将被更强壮的击败，在原理上。"

"因为强壮本身成为了道德。"

佐伯微微一笑："你理解力非常好。"

我说："我追求的、我所追求的强壮不是一争胜负的强壮。我不希求用于反击外力的墙壁。我希求的是接受外力、忍耐外力的强壮，是能够静静地忍受不公平不走运不理解误解和悲伤等种种情况的强壮。"

"那恐怕是最难得到的一类强壮。"

"知道。"

她的微笑进一步加深："你肯定什么都知道。"

我摇头："那不是的。我才十五岁，不知道的——必须知道却不知道的——东西不可胜数。比如关于您佐伯就什么也不知道。"

她拿起咖啡喝着。"关于我，应该知道的实际上什么也没有。就是说，我身上没有任何你必须知道的事情。"

"那个假说您记得么？"

"当然记得。"她说，"不过那是你的假说，不是我提出的假说，所以我可以不对假说负责任。对吧？"

"对的。必须由提出假说的人证明假说是正确的。"我说，"那么我有个问题要问。"

"什么问题呢？"

"您过去写过一本关于遭遇雷击之人的书，出版了，是吧？"

"是的。"

"书现在还能找到吗？"

她摇头："本来印数就不很多，加之早已绝版，库存大概都化为纸浆了，连我自己手头上也一本都没有。我想我上次也说了，原本就没谁对采访遭遇雷击之人写成的书感兴趣。"

"为什么您感兴趣呢？"

"这——，为什么呢？或许因为我从中感觉出某种象征性的东西，也可能仅仅为了使自己忙起来而随便找个目的活动活动脑袋和身体。直接的起因是什么，现在已经忘记了，总之是一时心血来潮开始调查的。那时候我也从事写东西的工作，钱不成问题，时间也可以随意支配，所以能够一定程度上做自己喜欢的事。不过作业本身是饶有兴味的，可以见各种各样的人，听各种各样的故事。如果不做那件事，我很可能同现实越离越远，闷在自己内心出不来。"

"我父亲年轻时在高尔夫球场打工当球童，给雷打过，死里逃生。和他在一起的人死了。"

"在高尔夫球场被雷打死的人为数相当不少。一马平川，几乎无处可躲，况且高尔夫俱乐部本来就让雷喜欢。你父亲也姓田村吧?"

"是的。年龄我想和您差不多少。"

她摇头道："记忆中没有田村这个人。我采访的人里边没有姓田村的。"

我默然。

"那大概也是假说的一部分。就是说，我在写关于落雷的书期间同你父亲相识，结果你出生了。"

"是的。"

"那么，话题就结束了——不存在那样的事实。所以你的假说无由成立。"

"未必。"我说。

"未必?"

"因为很难完全相信你的话。"

"这又为何?"

"比如我一提起田村这个名字，您当即说没有这个人，想都没怎么想。您二十多年前采访了很多人，其中有没有姓田村的，不至于一下子想得起来吧?"

佐伯摇摇头，又啜了口咖啡。分外浅淡的笑意浮现在她的嘴角。"啊，田村君，我……"说到这里，她合上嘴。她在寻找语句。

我等待她找到语句。

"我觉得自己四周有什么开始发生变化了。"佐伯说。

"什么事情呢?"

"说不明白,但我知道。气压、声音回响的方式、光的反映、身体的举止、时间的推移,都在一点一点变化,就像很小的变化水滴一滴滴汇聚起来形成一道溪流。"

佐伯拿起"勃朗·布兰"自来水笔,看了看,又放回原来位置,继而从正面看我的脸。

"昨夜在你房间里,我们之间发生的事,我想也在这些变化之中。我不知道昨夜我们做的事是否正确,但当时我下决心不再勉强判断什么,假如那里有河流,我随波逐流好了。"

"我说出我对您的想法可以吗?"

"可以的,当然。"

"您想做的,大约是填埋已然失去的时光。"

她就此思索片刻。"也许是的。"她说,"可是你怎么会知道呢?"

"因为我大概也在做同样的事。"

"填埋失去的时光?"

"是的。"我说,"我的童年时代被剥夺了很多很多东西,而且是很多重要的东西。我必须趁现在挽回,哪怕挽回一点点。"

"为了继续生存。"

我点头:"那样做是必要的。人需要能够返回的场所那种东西。现在还来得及,或许。不论对我还是对您。"

她闭上眼睛,十指在台面上合拢,又像领悟了似的把眼睛睁开。"你是谁?"佐伯问,"为什么知道那么多事情?"

我是谁?这点佐伯一定知道,你说。我是《海边的卡夫卡》,是您的恋人,是您的儿子,是叫乌鸦的少年。我们两人都无法获得自由。我们置身于巨大的漩涡中。有时置身于时间的外侧。我们曾在哪里遭遇雷击——既无声又无形的雷。

　　那天夜里，你们再次抱在一起。你倾听她体内空白被填埋的声音。声音微乎其微，如海岸细沙在月光下滑坡。你屏息敛气，侧耳倾听。你在假说中。在假说外。在假说中。在假说外。吸气，憋住，呼出。吸气，憋住，呼出。"王子"在你的脑海中如软体动物一般不停顿地歌唱。月升，潮满。海水涌入河床。窗外的山茱萸枝条神经质地摇摇摆摆。你紧紧抱着她。她把脸埋在你胸口。你的裸胸感受她的喘息。她摸索你一条条的肌肉。之后她像给你发红的阳物疗伤一样温情脉脉地舔着。你再次射在她口中，她如获至宝地吞咽下去。你吻她的那里，用舌尖触碰所有部位。你在那里变成其他什么人，变成其他什么物。你在其他什么地方。

　　"我身上没有任何你必须知道的东西。"她说。你们抱在一起，静听时光流逝，直到星期一的清晨来临。

第 34 章

　　巨大的乌黑的雷云以缓慢的速度穿过市区，就像要彻底追究失落的道义一样将大凡能闪的闪电接二连三闪完，很快减弱成东面天空传来的微弱的余怒残音。与此同时，狂风暴雨立即止息，奇妙的岑寂随之而来。星野从榻榻米上站起打开窗户，放进外面的空气。乌云已了无踪影，天空蒙上了一层薄膜般的色调浅淡的云。视野内所有的建筑物都被雨淋湿，墙壁上点点处处的裂纹如老年人的静脉青里透黑。电线滴着水滴，地面到处都是新出现的水洼。在哪里躲避雷雨的鸟们飞了出来，开始叫着寻找雨后的虫们。

　　星野把脖颈转了好几圈确认颈骨的情况，随后长长地伸了个懒腰，坐在桌前望了许久外面大雨过后的景致，从衣袋里掏出万宝路，用打火机点燃。

　　"可是中田，费尽九牛二虎之力翻过石头又打开'入口'，结果也并没发生特殊事情嘛。青蛙啦大魔神啦，离奇古怪的东西一样也没出现。当然这样顶好不过了。雷倒也打得震天价响，耍足了威风摆够了派头，不过这样子收场总觉得不大过瘾。"

　　没有应答。回头一看，中田以端坐的姿态向前倾着身，双手挂着榻榻米，闭目合眼，俨然精疲力竭的虫子。

　　"怎么啦？不要紧吧？"小伙子问。

　　"对不起，中田我好像有点累了，心里也不大舒服。可以的话，想躺下睡一会儿。"

果不其然，中田脸上没有血色，雪白雪白的，双眼下陷，指尖微微发颤。仅仅几小时之间，他看上去苍老许多。

"知道了，我这就铺床。躺下好了，尽情睡个够吧。"星野说，"不过不要紧吧？肚子痛啦恶心想吐啦耳鸣啦想拉撒啦这些都没有？要不要叫医生？医保证可带着？"

"带着。医保证是知事大人给的，好端端的放在包里。"

"那就好。不过嘛，中田，这种时候是不好一一细说，给医保证的不是知事。那东西是国民健康保险，怕是日本政府给的，不大清楚，应该是的。知事大人不可能这个那个什么都照顾到，知事大人什么的忘掉好了！"星野边从壁橱里拿出被褥铺开边说道。

"那是，明白了。医保证不是知事大人给的，知事大人努力忘掉一段时间。可是星野君，不管怎样中田我现在都没必要请医生。躺下睡上一觉，大概就会好的。"

"我说中田，莫不是又要像上回那样睡个没完？睡三十六个小时？"

"对不起，这个中田我也全然说不清楚。事先自己只是决定要睡，并没定下要睡多长时间。"

"那倒的确也是。"小伙子说，"睡觉是不好安排时刻表的。好了好了，想睡多久就睡多久。这一天也是折腾得够呛，又打那么多雷，又谈了石头，又好歹打开了入口，这种事到底不常有。又要动脑筋，想必累了。用不着顾虑谁，放心睡就是。往下的事无论什么由我星野君处理，你只管睡好了！"

"谢谢谢谢。中田我总给您添麻烦，无论怎么感谢都感谢不尽。若是没有您星野君，中田我肯定束手无策。本来您是有重要工作在身的。"

"啊，那倒是。"星野的声音多少沉了下来。事情一个接一个实在太多了，竟把工作忘了个精光。

"那么说倒也是的。我差不多也该回去工作了。经理肯定发火。

'打电话说有事请两三天假，再就没了下文。'回去怕要挨训。"他重新点上一支万宝路，徐徐吐出一口，朝落在电线杆头的乌鸦做了个鬼脸。"不过无所谓。经理说什么也罢，头顶真的冒火也罢，都不关我事。还不是，几年来我连别人那份也干了，像蚂蚁一样勤勤恳恳。'喂，星野，没人了，今晚能接着跑一趟广岛?''好咧，经理，我跑就是。'就这样吭哧吭哧干到现在。结果你都看到了，腰都干坏了。幸亏你给治好了，若不然真可能坏大事。毕竟才二十多岁，又没做了不起的事，竟把身体搞垮了，往下如何是好。偶尔歇一歇也遭不了什么报应。不过么，中田……"

说到这里一看，中田早已进入熟睡状态。中田紧闭双眼，脸正对着天花板，嘴唇闭成一条直线，甚是惬意地用鼻子呼吸。枕旁那块翻过来的石头仍那样翻在那里。

"这人，一眨眼就睡了过去。"小伙子感叹道。

为了消磨时间，星野躺着看了一会儿电视。下午的电视节目哪个都百无聊赖。他决定去外面看看。替换内衣也没了，差不多该买了。星野对洗衣这一行为比什么都不擅长，与其一一洗什么内裤，还不如去买新的。他去旅馆服务台用现金交了第二天的房费，交代说同伴累了睡得正香，不要管他由他睡好了。

"叫他起来他也不会起的，我想。"他说。

星野一边嗅着雨后气息一边在街上漫无目标地行走。中日Dragons棒球帽、Ray-Ban绿色太阳镜、夏威夷衫，仍是平时的打扮。去车站在小卖店买份报纸，在体育版确认中日Dragons棒球队的胜负（在广岛球场输了），然后扫了一遍电影预告栏目。正在上演成龙主演的新影片，决定看上一场。时间也好像合适。在交警岗楼问电影院位置，得知就在车站附近。他走到那里，买票进去，边吃奶油花生边看。

看罢电影出来，已是黄昏时分。虽然肚子不很饿，但想不出有事可干，遂决定吃饭。走进最先看到的寿司店要一份鱼片寿司。看来疲劳积累得比预想的多，啤酒一半也没喝完。

"也难怪，毕竟搬了那么沉重的东西，还能不累，"星野想道，"感觉上简直成了三只小猪造出来的歪房子，险些被大灰狼一口气'飚'地吹到冈山县去。"

出得寿司店，走进映入视野的扒金库游戏厅。转眼工夫就花了两千日元。运气上不来。无奈，他走出游戏厅，在街上转了一阵子。转悠之间，想起内衣还没买。不成不成，出来不就是为了这个嘛！他走进商业街一家廉价商店，买了内裤、白T恤、袜子。这回总算可以把脏的一扔了之了。夏威夷衫差不多也迎来了更新期，但看了几家商店之后，他得出在高松市内不可能买到合意的新衫的结论。无论夏天冬天他只穿夏威夷衫，但并非只要是夏威夷衫即可。

他走进同一条商业街上的一家面包店，买了几个面包以便中田半夜醒来肚子饿时食用。橙汁也买了一小盒。之后进银行在现金提款机上提了五万日元装入钱夹，看看余额，得知存款还有不算小的数目。几年来干得太多了，没工夫正经花钱。

四下已彻底黑了下来。他突然很想喝咖啡。打量四周，发现从商业街往里稍进去一点的地方有块酒吧招牌。酒吧古色古香，近来已不容易见到的老样式了。他走进里面，坐在宽大柔软的沙发上点了杯咖啡。装在结实的胡桃木盒里的英国进口音箱淌出室内音乐。除他别无客人。他把身体沉进沙发，心情久违地放松下来。这里的一切都那么安谧那么自然，和他的身心亲密地融为一体。端来的咖啡装在十分典雅的杯中，发出浓浓香味。他闭目合眼，静静呼吸，倾听弦乐与钢琴的历史性纠合。他几乎不曾听过古典音乐，但不知何故，听起来竟使他心情沉静下来，或者不妨说使他变得内省了。

星野在柔软的沙发中一边闭目听音乐一边想事，想了很多。主要想的是自己这个存在，但越想越觉得不具实体，甚至觉得自己不过是个毫无意义可言的单纯的附属物。

比如自己一直热心为中日 Dragons 棒球队捧场，可是对自己来说，中日 Dragons 到底是什么呢？中日 Dragons 赢了读卖巨人队，能使自己这个人多少有所长进不成？不可能嘛！星野想，那么自己迄今为止何苦像声援另一个自己似的拼命声援那种东西呢？

中田说他自己是空壳，那或许是的。可是自己到底是什么呢？中田说他因为小时候的事故变成了空壳，但自己并没有遇上事故。如果中田是空壳，那么自己无论怎么想岂不都在空壳以下？中田至少——中田至少还有可以叫特意跟来四国的自己思考的什么，有一种特殊的东西，尽管自己实际上并不知道那东西是什么。

星野又要了一杯咖啡。

"对本店的咖啡您可满意？"白发店主过来询问（星野当然不会知道，此人原是文部省官员，退休后回到老家高松市，开了这家播放古典音乐并提供美味咖啡的酒吧）。

"啊，味道好极了，实在香得很。"

"豆是自己烘烤的，一粒一粒手选。"

"怪不得好喝。"

"音乐不刺耳？"

"音乐？"星野说，"啊，音乐非常棒，哪里刺什么耳，一点儿也不。谁演奏的？"

"鲁宾斯坦、海菲茨、弗里曼的三重奏。当时人称'百万美元三重奏'。不愧是名人之作。一九四一年录音，老了，但光彩不减。"

"是有那个感觉。好东西不会老。"

"也有人喜欢稍微庄重、古雅、刚直的《大公三重奏》。例如奥伊斯特拉赫①三重奏。"

"不不，我想这个就可以了。"星野说，"总好像有一种……亲

---

① 苏联小提琴家(1908—1974)。

切感。"

"非常感谢。"店主替"百万美元三重奏"热情致谢。

店主转回后，星野喝着第二杯咖啡继续省察自己。

但我眼下对中田多少有所帮助，能替中田认字，那石头也是我找回来的。对人有帮助的确叫人心情不坏。产生这样的心情生来差不多是第一次。虽说工作扔在一边跑到这里来一次又一次卷入是是非非，但我并不因此后悔。

怎么说呢，好像有一种自己位于正确场所的实感，觉得只要在中田身边，自己到底是什么这个问题似乎怎么都无所谓的。这么比较也许有点不知天高地厚——即使当上释迦佛祖或耶稣基督弟子的那伙人恐怕也不过这么回事。同释迦佛祖在一起我也无非是这样一种心情。自己恐怕在谈论教义啦真理啦等复杂东西之前，就已经在某种程度上接近了它们。

小时候，阿爷曾把释迦佛祖的故事讲给自己听。有个名字叫茗荷的弟子，呆头呆脑，连一句简单的经文也记不完全，其他弟子都瞧不起他。一天释迦佛祖对他说："喂，茗荷，你脑袋不好使，经文不记也可以，以后你就一直坐在门口给大家擦鞋好了。"茗荷老实，没有说什么"开哪家子玩笑，释迦！难道还要叫我舔你屁股眼儿么！"此后十年二十年时间里茗荷一直按佛祖的吩咐擦大家的鞋，一天突然开悟，成了释迦弟子中最出色的人物。星野至今仍记得这个故事。之所以清楚记得，是因为他认为一二十年连续给大家擦鞋的人生无论怎么想都一塌糊涂，天大的笑话！但如今回头一想，这故事在他心里引起了另一种回响。人生这东西怎么折腾反正都一塌糊涂，他想。只不过小时候不知道罢了。

《大公三重奏》结束之前他脑袋里全是这些。那音乐帮助了他的思索。

"我说老伯，"出店时他向店主打招呼，"这叫什么音乐来着？

刚听完就忘了。"

"贝多芬的《大公三重奏》。"

"大鼓三重奏?"

"不,不是大鼓三重奏,是大公三重奏。这支曲是贝多芬献给奥地利鲁道夫大公的,所以,虽然不是正式名称,但一般都称之为《大公三重奏》。鲁道夫大公是皇帝利奥波德二世的儿子,总之是皇族。富有音乐素质,十六岁开始成为贝多芬的弟子,学习钢琴和音乐理论,对贝多芬深为敬仰。鲁道夫大公虽然无论作为钢琴手还是作为作曲家都没有多大成就,但在现实生活中对不善于为人处世的贝多芬伸出援助之手,明里暗里帮助了作曲家。如果没有他,贝多芬的人生道路将充满更多的苦难。"

"世上还是需要那样的人啊!"

"您说得对。"

"全都是伟人、天才,人世间就麻烦了。必须有人四下照看,处理各种现实性问题才行。"

"正是那样。全都是伟人、天才,人世间就麻烦了。"

"曲子果真不错。"

"无与伦比,百听不厌。在贝多芬写的钢琴三重奏之中,这一支最伟大最有品位。作品是贝多芬四十岁时写成的,那以后他再未写过钢琴三重奏,大概他觉得此曲已是自己登峰造极之作了。"

"好像可以理解。无论什么都需要一个顶点。"星野说。

"请再来。"

"嗯,还来。"

返回房间一看,不出所料,中田仍在睡。因是第二次了,星野没怎么吃惊。要睡就让他睡个够好了。枕旁石头仍原样躺在那里,小伙子把面包袋放在石头旁,之后洗澡换新内衣,穿过的内衣塞入纸袋扔进垃圾篓，随即钻进被窝，很快睡了过去。

第二天快九点时星野醒来，中田在旁边被窝里仍以同一姿势睡着，呼吸安静而稳定，睡得很实。星野一个人吃早饭，对宾馆女服务员说同伴还在睡，不要叫醒。

"被褥就那样不用管了。"

"睡那么久不要紧吗?"女服务员问。

"不要紧不要紧，死不了的，放心。通过睡眠恢复体力，我清楚那个人。"

在车站买了报纸，坐在长椅上查看电影预告栏目。车站附近的电影院在举行弗朗索瓦·特吕福①电影回顾展。弗朗索瓦·特吕福是何人物他固然一无所知(是男是女都不知道)，但一来两部连映，二来可以消磨傍晚前的时间，便进去看了。上映的是《大人不理解》和《枪击钢琴师》。观众寥寥无几。星野很难说是热心的电影爱好者，偶尔去一次电影院，看的又仅限于功夫片和枪战片。所以，弗朗索瓦·特吕福初期作品中多少令他费解的部分和场面为数相当之多。而且因是老影片，节奏也很慢。尽管如此，其独特的气氛、镜头的格调、含蓄的心理描写还是可以欣赏的，至少不至于无聊得难以打发时间。看完时，星野甚至觉得再看一场这个导演拍摄的影片也未尝不可。

出了电影院，逛到商业街，走进昨晚那家酒吧。店主还记得他。星野坐在同一张沙发上要了咖啡。还是没有其他客人。音箱里流淌出大提琴协奏曲。

"海顿的协奏曲，第一号。皮埃尔·富尼埃②的大提琴。"店主端来咖啡时说。

"音乐真是自然。"星野说。

---

① 法国新浪潮派电影导演(1932—1984)。

② 法国大提琴演奏家(1906—1986)。有"大提琴王子"之称。

"的的确确。"店主予以赞同，"皮埃尔·富尼埃是我最敬重的音乐家之一，一如高档葡萄酒，醇香、实在、暖血、静心，给人以鼓励。我总是称其为'富尼埃先生'。当然不是个人有什么深交，但他已成为我的人生导师一样的存在。"

星野一边倾听皮埃尔·富尼埃流丽而有节制的大提琴，一边回想小时候的事，回想每天去附近小河钓鱼捉泥鳅的事。那时多好，什么都不想，一直那样活着就好了。只要活着，我就是什么，自然而然。可是不知何时情况变了，我因为活着而什么也不是了。莫名其妙。人不是为了活着才生下来的么？对吧？然而越活我越没了内存，好像成了空空的外壳。往下说不定越活就越成为没有价值的空壳人。而这是不对头的，事情不应这么离奇。就不能在哪里改变这个流势？

"嗳，老伯？"星野朝收款机那里的店主招呼道。

"什么呢？"

"如果有时间，不麻烦的话，来这里聊一会儿好么？我想了解一下创作这支曲的海顿是怎样一个人。"

店主过来热心讲起了海顿其人和他的音乐。店主总的说来比较内向，但谈起古典音乐则实在是滔滔不绝——海顿如何成为受雇的音乐家，漫长的一生中侍奉了多少君主，奉命或遵嘱创作了多少音乐，他是何等现实、和蔼、谦逊而又豁达之人，与此同时他又是个多么复杂的人，心中怀有多么沉寂的黑暗……

"在某种意义上，海顿是个谜一样的人物。坦率地说，任何人都不知晓他内心奔腾着怎样的激情。但在他出生的封建时代，他只能将自我巧妙地用顺从的外衣包裹起来，只能面带微笑随机应变地生活下去，否则他势必被摧毁。较之巴赫和莫扎特，许多人看不起海顿，无论在音乐上还是在求生方式上。诚然，纵览他漫长的一生，适度的革新是有的，但绝对算不上前卫。不过如果怀以诚心细细倾听，应该能够从中听出他对近代性自我藏而不露的憧憬，它作为蕴含矛盾的远方的魂灵在海顿音乐中默默喘息。例如——请听这个和弦，喏，固然宁静平和，但其中充满少年般的柔弱绵软的好奇心，自有一种内敛而执著的精神。"

"就像弗朗索瓦·特吕福的电影。"

"对对，"店主情不自禁地拍了一下星野的肩膀，"实在太对了。那是与弗朗索瓦·特吕福作品息息相通的东西——充满柔软的好奇心的、内敛而执著的精神。"

海顿音乐听完后，星野又听了一遍鲁宾斯坦、海菲茨、弗里曼三人演奏的《大公三重奏》。听着听着，他再次久久沉浸在内心省察之中。

我反正要跟中田跟到底，工作先不管它——星野下定了决心。

第 35 章

早上七点电话铃响时，我仍在沉睡未醒。梦中，我在山洞深处弯腰拿着手电筒，朝黑暗中寻找着什么。这时，洞口传来叫我名字的声音。我的名字。远远地、细细地。我朝那边大声应答，但对方似乎没有听见，仍然不断地执拗地呼叫。无奈，我直起身朝洞口走去。本想再找一会儿，再找一会儿就能找到，但同时又为没找到而在心里舒了口气。这时醒了过来。我四下张望，慢慢回收变得七零八落的意识。知道是电话铃响，是图书馆办公桌上的电话。早晨灿烂的阳光透过窗帘泻入房间。旁边已没有佐伯，我一个人在床上。

我一身 T 恤和短运动裤下床走到电话机那里。走了好一会儿。电话铃不屈不挠地响个不止。

"喂喂。"

"睡着？"大岛问。

"嗯，睡来着。"我回答。

"休息日一大早叫醒你不好意思，不过出了点麻烦。"

"麻烦？"

"具体的一会儿再说，总之你得离开那里一段时间。我这就过去，火速收拾东西可好？我一到你就马上来停车场，什么也别说先上车。明白？"

"明白了。"我说。

我折回房间，按他说的收拾东西。无需火速，五分钟一切收拾妥当。收起卫生间晾的衣物，把洗漱用具和书和日记塞进背囊即告结束。然后穿衣，整理零乱的床铺。碾平床单皱纹，拍打枕头凹坑使之恢复原状，被子整齐叠好——所有痕迹随之消失。拾掇完我坐在椅子上，想着几小时之前应该还在这里的佐伯。

二十分钟后绿色的马自达赛车开进停车场时，我已用牛奶和玉米片对付完简单的早餐，洗好用过的餐具归拢起来。刷牙，洗脸，对镜子看脸——正好一切做完时停车场传来引擎声。

虽然正是敞开车篷的大好天气，但牛舌色的篷顶关得紧紧的。我扛着背囊走到车跟前，钻进副驾驶席。大岛把我的背囊像上次那样灵巧地绑在车后行李架上。他戴一副阿玛尼风格的深色太阳镜，一件 V 领白 T 恤，外面套一件花格麻质衬衫，白牛仔裤蓝色 CONVERSE 运动鞋，一身轻便休闲打扮。他递给我一顶深蓝色帽子，带一个 NORTH FACE 标记。

“你好像说过在哪里弄丢了帽子，把这个戴上。遮脸多少有些用处。”

“谢谢。”我戴上帽子试了试。

大岛审视我戴上帽子的脸，予以认可似的点点头：“太阳镜有吧？”

我点点头，从衣袋里掏出深天蓝色 Ray-Ban 太阳镜戴上。

“酷！”大岛看着我的脸说，“对了，把帽檐朝后戴戴看。”

我顺从地把帽檐转去脑后。

大岛又点一下头：“好，活像有教养的拉普歌手①。”

随即，他把变速定在低位，慢慢踩下油门，连上离合器。

“去哪儿？”我问。

“和上次一样。”

“高知山中？”

---

① Rap Singer，美国一种黑人音乐的说唱歌手。亦可译为“饶舌歌手”。

大岛点头："是的，又要跑很长时间。"他打开车内音响，莫扎特明快的管弦乐淌了出来。好像听过。邮号小夜曲？

"山中已经腻了？"

"喜欢那里。安静，能专心看书。"

"那就好。"大岛说。

"那么，麻烦事？"

大岛往后视镜投以不快的视线，继而瞥了我一眼，又把视线拉回正面。

"首先，警察又有联系了，昨天晚上电话打到我家里。这回他们好像找你找得相当认真，和上次全然不同。"

"可我有不在场的证明，是吧？"

"当然有。你有不容置疑的不在场证明。案件发生那天，你一直在四国，这点他们也不怀疑。问题是你或许和谁合谋，有这样的可能性余留下来。"

"合谋？"

"就是说你可能有同案犯。"

同案犯？我摇摇头："这种话是哪里来的呢？"

"警察照例没有告诉主要事项。在向别人问询上面他们贪得无厌，但在告诉别人上面则非常谦虚。所以我用了一个晚上上网收集情报。知道么？关于这个案件已有了几个专业性窗口，你在那上面已是相当有名之人。说你是掌握案件关键的流浪王子。"

我微微耸肩。流浪王子？

"当然遗憾的是，何种程度上属实何种程度上属于推测则不能准确判断，这方面的情况经常如此。不过，综合各种情报分析，大体上是这样的：警察目前在追查一个男子的行踪，六十五六岁的男子。男子在案发当晚来到野方商业街派出所执勤点，坦白说自己刚才在附近杀了人，用刀刺杀的。但他这个那个说了许多令人无法理解的话，于是值班的年轻警察认为他是个糊涂老头儿，没有理睬，话也没正经听就把他打发走了。案件被发现后，那名警察当然想起了老人，意识到自己犯了严重错误，连对方姓名住址都没问。若是上司知道了就非同小可，因此他缄口不语。然而由于某种原因——什么原因不晓得——事情败露了。不用说警察受了惩戒处分，一辈子恐怕都浮不出水面了，可怜。"

大岛加速换挡，追过跑在前面的白色丰田 TERCEL 微型车，又迅速折回原来的车道。

"警察全力以赴，查出了老人身份。履历虽不大清楚，但得知似有智能性障碍。不大严重，与常人稍有不同。靠亲戚资助和政府补贴生活，独身。但人已不在原来居住的宿舍。警察一路跟踪，得知已搭卡车去了四国。一个长途大巴司机记得有个从神户来的大约是他的人坐过自己的车。说话方式特殊，内容也奇妙，所以有印象。还说他跟一个二十几岁的小伙子在一起，两人是在德岛站前下的大巴，他们住过的德岛旅馆也锁定了。据旅馆女服务员说，两人大概乘电气列车去了高松。这么着，他的脚步和你现在的位置正好碰在一起。你也好老人也好都是从中野区野方直奔高松，即使作为巧合也太巧了。警察当然认为其中有什么名堂，譬如认为你们两个合谋作案。这次是警视厅派人来的，满城搜来查去。你在图书馆生活一事恐怕再也隐瞒不下去了，所以领你进山。"

"中野区住有一个有智能障碍的老人?"

"有什么印象?"

我摇头道："压根儿没有。"

"从住所说来，倒像是离你家较近，走路也就十五六分钟吧。"

"跟你说大岛，中野区住有很多很多人，我连自己家旁边住的是谁都不知道。"

"好了，听着，话还没完。"大岛往我这边斜了一眼，"他让野方商业街下起了沙丁鱼和竹笋鱼，起码前一天曾向警察预言说将有大量的鱼自天而降。"

"厉害！"

"不一般！"大岛说，"同一天夜晚，还有大量蚂蟥落在东名高速公路富士川服务站。这记得吧？"

"记得。"

"警察当然也注意到了这一连串的事件，推测这些离奇古怪的事同谜一样的老人之间大概有某种关联，毕竟同他的脚步基本一致。"

莫扎特的音乐放完，另一支莫扎特开始。

大岛握着方向盘摇了几下头："进展简直不可思议。开头就已相当相当奇妙，而往下越来越奇妙。结果无可预料。但有一点是清楚的：事情的流程渐渐往这一带集中。你的行程和老人的行程即将在这一带的某个地点汇合。"

我闭目细听引擎的轰鸣。

"大岛，我恐怕还是直接去别的什么地方好些，"我说，"无论即将发生什么事，我都不能给你和佐伯添更大的麻烦了。"

"譬如去哪里？"

"不知道。把我拉去电车站，在那里想。哪里都无所谓。"

大岛喟叹一声："那也不能说是什么好主意啊。警察肯定正在车站里转来转去，找一个高个子十五六岁背着背囊和有强迫幻想症的酷少年。"

"那，把我送去远处没人监视的车站可以吧？"

"一回事。迟早总要被发现的。"

我默然。

"好了，并不是说已对你签发了逮捕证，也没有下令通缉。是吧？"

我点头。

"既然这样，你眼下还是自由之身。我带你去哪里随我的便，同法律不相抵触。说起来我连你的真实名字都不晓得，田村卡夫卡君。不用担心我。别看我这样，我行事相当慎重，轻易抓不住尾巴。"

"大岛，"

"怎么?"

"我跟谁也没合什么谋。即使真要杀父亲，我也用不着求任何人。"

"这我很清楚。"

大岛按信号灯停下车，动了动后视镜，拿一粒柠檬糖投进嘴里，也给我一粒。我接过放入口中。

"其次呢?"

"其次?"大岛反问。

"你刚才说了首先——关于我必须躲进山中的理由。既然有首先，那就该有其次，我觉得。"

大岛一直盯着信号灯，但信号硬是不肯变绿。"其次那条理由算不得什么，同首先相比。"

"可我想听。"

"关于佐伯。"大岛说。信号终于变绿，他踩下油门。"你和她睡了，对吧?"

我无法正面回答。

"那没有什么，不必介意。我直觉好，所以晓得。仅此而已。她人很好，作为女性也有魅力。她——是个特殊人，在多种意义上。不错，你们年龄相差悬殊，但那不算什么问题。你被佐伯吸引的心情我非常理解。你想和她做爱，做就是了；她想和你做爱，做就是了。简单得很。我什么想法也没有。对你们好的事情，对我也是好事。"

大岛在口中轻轻转动着柠檬糖。

"但现在你最好稍离开一点儿佐伯。这同中野区野方的血腥案件无关。"

"为什么?"

"她现在正处于极其微妙的地带。"

"微妙地带?"

"佐伯——"说到这里,大岛寻找着下面的措词,"简单说来,正在开始死去。这我明白。近来我始终有这样的感觉。"

我抬起太阳镜看大岛的侧脸。他直视前方驱车前进。刚刚开上通往高知的高速公路。车以法定速度——这在大岛是少见的——沿行车线行驶。黑色的丰田 SUPURA 赛车"飕"一声超过了我们坐的赛车。

"开始死去……"我说,"得了不治之症?例如癌啦白血病什么的?"

大岛摇头:"也许是那样,也许不是。对于她的健康状态我几乎一无所知。不见得没有那样的病。可能性并非没有,但我认为相对说来她的情况属于精神领域的。求生意志——恐怕与这方面有关。"

"求生意志的丧失?"

"是的,继续生存的意志正在失去。"

"你认为佐伯将自杀?"

"不然。"大岛说,"她正率直地、静静地朝死亡走去。或者说死亡正向她走来。"

"就像列车朝车站开来?"

"或许。"大岛停下,嘴唇闭成一条直线,"而且,田村卡夫卡君,你在那里出现了,如黄瓜一样冷静地、如卡夫卡一样神秘地。你和她相互吸引,很快——如果允许我使用古典字眼儿的话——有了关系。"

"接下来?"

大岛两手从方向盘上拿开片刻。"仅此而已。"

我缓缓摇头:"那么,我是这样猜想的:你大概认为我就是那趟列车。"

大岛久久缄默不语，后来开口了。"是的，"他承认，"你说的不错，我是那样认为的。"

"就是说我即将给佐伯带来死亡?"

"不过，"他说，"我并不是因此在责备你，或者不如说那是好事。"

"为什么?"

对此大岛没有回答。他以沉默告诉我：那是你考虑的事，或者无须考虑的事。

我缩进座位，闭起眼睛，让身体放松下来。

"嗳，大岛，"

"什么?"

"我完全不知道如何是好，不知道自己走向哪里，不知道什么是正确的什么是错误的，不知道是前进好还是后退好。"

大岛仍在沉默，不予回答。

"我到底怎么做才好呢?"我问。

"什么也不做即可。"他简洁答道。

"一点也不做?"

大岛点头："正因如此才这么带你进山。"

"可在山中我做什么好呢?"

"且听风声。"他说，"我经常那样。"

我就此思索。

大岛伸出手，温柔地放在我手上。

"事情一件接一件。那不是你的责任，也不是我的责任。责任不在预言，不在诅咒，不在 DNA①，不在非逻辑性，不在结构主义，不

_____

① Deoxyribonucleeic acid 之略，脱氧核糖核酸酶，构成生物遗传因子的高分子化合物。

在第三次产业革命。我们之所以都在毁灭都在丧失，是因为世界本身就是建立在毁灭与丧失之上的，我们的存在不过是其原理的剪影而已。例如风，既有飞沙走石的狂风，又有舒心惬意的微风，但所有的风终究都要消失。风不是物体，而不外乎是空气移动的总称。侧耳倾听，其隐喻即可了然。"

我回握大岛的手。柔软、温暖的手。滑润，无性别，细腻而优雅。

"大岛，"我说，"我现在最好离开佐伯?"

"是的，田村卡夫卡君。你最好从佐伯身边离开一段时间，让她一人独处。她是个聪明的人、坚强的人，漫长岁月里她忍受着汹涌而来的孤独，背负着沉重的记忆活着，她能够冷静地独自决定各种事情。"

"就是说我是孩子，打扰了人家。"

"不是那个意思，"大岛以柔和的声音说，"不是那样的。你做了应做的事，做了有意义的事。对你有意义，对她也有意义。所以往下的事就交给她好了。这样的说法听起来也许冷漠——在佐伯身上，眼下你完全无能为力。你这就一个人进入山中做你自身的事，对你来说也正是那样一个时期。"

"我自身的事?"

"侧耳倾听即可，田村卡夫卡君。"大岛说，"侧耳倾听，全神贯注，像蛤蜊那样。"

第 36 章

返回旅馆一看，不出所料，中田仍在睡，放在他枕边的面包和橙汁好端端地留在那里，身都没翻一下，估计一次也没醒过。星野算了算时间，入睡是昨天下午两点左右，已经持续睡了三十个钟头。他突然想起：今天星期几呢？这些日子对日期的感觉已荡然无存。他从宽底旅行包里掏出手册查看，呃——，从神户乘大巴到德岛是星期六，中田一直睡到星期一。星期一从德岛来高松，星期四发生石头和雷雨骚动，那天下午睡觉来着。过了一夜……那么，今天是星期五。如此看来，此人来四国好像是专门为了睡觉。

星野和昨晚一样先洗澡，又看一会儿电视，然后钻进被窝。中田这时仍发出安然的睡息。也罢，由他去吧，星野想道，由他睡个够，想太多也没用。很快他也睡了。时间是十点半。

早上五点，包里的手机响了。星野马上睁开眼睛，取出手机。中田仍在旁边大睡特睡。

"喂喂！"

"星野小子么?"一个男子的声音。

"上校山德士?"星野应道。

"是我。还好?"

"啊，好是还好……"星野说，"喂，老伯，你怎么知道这个号码的? 我该没有告诉你的啊。再说，这段时间我一直没开机，懒得谈工作。可你怎么就能打进来？真是怪事！解释不通的嘛！"

"所以我不是说了么，星野，我不是神，不是佛，不是人。我是特殊物，我是观念。所以叫你的手机叮铃铃响纯粹小事一桩，小菜一碟。你关机也好没关也好，和那个没关系。犯不上——大惊小怪。直接去你那边也没什么不可以，但你睁开眼睛见我冷不防坐在枕边，无论如何也会吓一大跳……"

"那是，那是要吓一大跳。"

"所以才这么打手机。这点儿礼貌我也是懂的。"

"那比什么都好。"星野说，"对了，老伯，这石头怎么办啊？中田和我把它翻过来，入口也开了。正是霹雳闪电的时候，石头死沉死沉的。呃——，中田的事还没说，中田是跟我一块儿旅行的……"

"中田我知道，"上校山德士说，"你不必介绍。"

"嗬！"星野说，"也罢。之后中田就像冬眠似的呼呼睡个没完没了。石头还在这里。差不多该还给神社了吧？擅自搬了出来，担心报应。"

"好个啰嗦小子！没什么报应，我说了多少遍了？"上校山德士惊奇地说道，"石头先放在你那里。你们打开的东西必须关上，关完再还回来。现在还不到还的时候。明白了？OK？"

"OK。"星野说，"打开的东西要关上，拿出的东西要归还。好的好的，明白了。试试看。喂，我说老伯，我就不再想那么多了，照你说的办。昨晚我开窍了——正经思考不正经的事，纯属徒劳！"

"明智的结论。有句话说愚者之虑莫如休憩。"

"说得好。"

"含蓄之语。"

"高知知事不视事，视事的不是知事。"

"什么呀，到底？"

"绕口令，我编的。"

"现在说这个可有什么必然性?"

"什么也没有。说着玩罢了。"

"星野,求你了,别开无聊玩笑了,脑筋有点儿不灵了,那种没有方向性的无聊我应付不来。"

"对不起对不起。"星野说,"不过,老伯,你找我是不是有事?因为有事才一大清早特意打电话来的吧?"

"是的是的,竟忘得一干二净。"上校山德士说,"得交代重要事了。跟你说,星野,马上离开那家旅馆。没时间了,早饭不吃也可以。立即叫醒中田,搬起石头离开那里搭出租车。车不要在旅馆搭,到街上拦一辆。把这个地址告诉司机。纸和笔手头有吧?"

"有有。"星野从包里拿出手册和圆珠笔,"扫帚和垃圾箱准备好了。"

"不是说别开无聊玩笑了么?"上校山德士对着听筒吼道,"我可是认真的,事情刻不容缓!"

"好了好了,手册和圆珠笔一样不少。"

上校山德士讲出地址,星野记下来,冲着手机念一遍确认:"××二丁目,16—15号,高松花园308室。不错吧?"

"不错。"上校山德士说,"门前有个黑色伞筒,筒下有一把钥匙,开门进去。随便怎么住。里面东西大体齐备,暂时不出去买也够用。"

"那是老伯你的公寓?"

"是的,是我拥有的公寓。说是拥有,却是租的。所以,尽管住好了,为你们准备的。"

"喂,老伯?"

"怎么?"

"你不是神,不是佛,不是人,原本不具形体——是这么说的吧?"

"正是。"

"不是这世上的东西。"

"完全正确。"

"那样的东西为什么能租到公寓套间呢？嗯，老伯？老伯你不是人，所以户籍啦身份证啦收入证明啦原始印鉴啦印鉴证明啦一概没有，对吧？没有那些是租不来房子的嘛！莫不是要什么滑头？把个树叶变成印鉴证明骗人？我可不愿意再卷到莫名其妙的事情里去。"

"真是不晓事，"上校山德士咋舌道，"无可救药的蠢货，你的脑浆莫不是琼脂做成的？好个丢了魂儿的傻瓜蛋！什么树叶？我不是狐狸，我是观念！观念和狐狸完全是两码事。瞧你说的什么混账话！你以为我会专门跑去不动产商那里一五一十办那些狗屁手续？会为了租金和他们斤斤计较讨价还价？傻气！现世上的事统统委托秘书，必要的文件由秘书全部准备好。还用说！"

"是吗，你也有秘书。"

"理所当然。你到底把我看成什么了？小瞧人也该有个限度。我也日理万机，雇一两个秘书何足为奇！"

"好了好了，明白了。别那么激动嘛，小小开个玩笑罢了。可是老伯，干吗那么风风火火地非离开这里不可？让人家慢慢吃顿早饭不行？肚子饿得够呛。再说中田睡得正沉，叫他也不可能马上睁开眼睛……"

"听清楚，星野小子，这可不是开玩笑：警察正在全力搜查你们！那帮人今天一早就要一家家询问市内的宾馆旅店，而你和中田两人的衣着相貌早已无人不晓，肯定一问即中。毕竟你们两个外观相当有特征。事情的确刻不容缓……"

"警察？"星野叫了起来，"别胡扯了，老伯。我又没有胡作非为。上高中时的确偷过几回摩托，但那也是自己骑着取乐，没有卖了赚钱。骑了一阵子又好好还了回去。那以来再没和犯罪沾边儿。勉强说来，无非最近搬走了神社的石头，那还是你叫我……"

"跟石头无关。"上校山德士斩钉截铁地说，"真是糊涂虫，石头的事不是叫你忘掉么？警察根本不知道什么石头，知道也不会当回事。至少不至于为这点儿事一大早倾巢出动来个全市大搜查。是严重得多的事。"

"严重得多的事？"

"警察为此追捕中田。"

"老伯，这我就真糊涂了。中田恐怕是全世界离犯罪最远的人了。严重得多的事究竟是什么事？怎样一种犯罪？为什么中田会参与？"

"现在没时间在电话里细说。关键的是你必须保护中田逃离。一切都担在你星野肩膀上。明白？"

"不明白。"星野对着手机摇头道，"简直一头雾水。真那样做，我岂不成了同案犯了？"

"同案犯成不了，顶多接受调查。可是没有时间了，星野，复杂问题先整个吞下肚去，先照我说的马上行动！"

"喂喂喂不成不成！我么，老伯，我跟你说，我讨厌警察，顶讨厌不过。那些家伙比地痞无赖比自卫队还坏。手段卑鄙，耀武扬威，欺小凌弱最来劲儿。无论上高中时还是当卡车司机以后，都没少挨那些家伙收拾。所以，跟警察我可不想吵架。有败无胜，后患无穷。明白吗？我何苦卷进这种事情里去！说起来……"

电话挂断。

"得得！"星野长叹一声，把手机塞进包里，然后开始叫中田。

"喂，中田，喂，老伯，失火了！发大水了！地震了！革命了！哥斯拉①来了！快快起来！快！"

①Godzilla，日本东宝电影中出现的力大无穷的怪兽名。

叫醒中田花了相当不少时间。"中田我刚才刨板来着，剩下的当引火柴用了。不不，猫君没有洗澡，洗澡的是中田我。"中田说。

中田好像去了另一个世界。星野摇中田的肩，捏他的鼻，扯他的耳，总算让中田恢复了知觉。

"您不是星野君吗?"中田问。

"啊，我是星野。"小伙子说，"叫醒你了，对不起。"

"不不，没关系。中田我也差不多该起来了。请别介意。引火柴已经准备好了。"

"那就好。不过么，出了点儿不妙的事，我们必须赶快离开这里。"

"不是琼尼·沃克的事?"

"详细情况我也不太清楚，总之从有关方面来了情报，叫我们离开这里。警察正在找咱们。"

"是那样的吗?"

"听说是那样的。可你和琼尼·沃克之间到底有什么呢?"

"哦——，没向您说过那件事?"

"没有，没有说过。"

"觉得好像说过了……"

"哪里，关键的没有听到。"

"实不相瞒，中田我杀了琼尼·沃克。"

"不是开玩笑?"

"是的，不是玩笑，是杀了。"

"得得。"

星野把东西塞进旅行包内，石头用包袱皮包了。石头又返回原来的重量，不至于拿不动。中田也把东西收拾在自己的帆布包里。星野走去服务台，说有急事要走。房费提前付了，结算没花多少时间。中田脚步还有点踉跄，但总算可以行走了。

"中田我睡了多长时间？"

"是啊，"星野在脑袋里计算，"大约四十个钟头吧。"

"我觉得睡得很好。"

"是啊，那怕是的。若是觉得睡得不好，睡也就无从谈起了么。哟，老伯，肚子没饿？"

"像是相当饿了。"

"能不能忍一忍？我们必须赶紧离开这儿，吃要放在下一步。"

"明白了，中田我还可以忍耐。"

星野搀着中田走上大街，拦住驶来的出租车，给司机看了上校山德士告诉的地址。司机点一下头，把两人拉走。路上用了二十五分钟。车穿过市区，开上国道，不久进入郊外住宅区。这里环境幽雅安静，同刚才住的车站附近旅馆那里截然不同。

公寓是哪里都可见到的还算漂亮的普普通通五层建筑，名字虽叫"高松花园"，但建在平地，附近没有什么花园。两人乘电梯上到三楼，星野从伞筒下面找出钥匙。里面是所谓两室一厅套间。两个房间，客厅，加上厨房兼餐厅，洗脸间带整体式浴室。一切崭新，干干净净，家具几乎没有使过的痕迹。大屏幕电视，小型音响装置，配套沙发。房间里各一张床，床上卧具一应俱全。厨房里烹调用品一样不少，餐橱里碟碗排列整齐。墙上挂着几幅蛮有情调的版画。未尝不可以看作高级单售公寓开发商为客户准备的样板房。

"一点也不差嘛，"星野说，"个性谈不上，但至少整洁。"

"很漂亮的地方。"中田说。

打开浅灰色电冰箱，里面满满地装着食品。中田一边嘟囔着什么一边逐个查看了一遍，从中拿出鸡蛋、青椒和黄油，洗净青椒细细切好先下锅炒了，然后把鸡蛋打在碗里用筷子搅拌。挑出一个大小合适的平底锅，以熟练的手势做了两个掺有青椒的煎蛋。又烤了面包片。

如此做成两份早餐端到桌上。还烧水沏了红茶。

"简直训练有素，"星野好生佩服，"真是了不起！"

"始终一个人生活，这些已经习惯了。"

"我也一个人生活，可做饭根本提不起来。"

"中田我本来就是闲人，此外无事可干。"

两人吃面包、吃煎蛋。但两人都意犹未尽。中田又炒了熏肉和油菜，接着各烤两片面包吃了，肚子总算安顿下来。

两人坐在沙发上喝第二杯红茶。

"那么，"星野说，"老伯你杀人了？"

"是的，中田我杀人了。"中田讲了自己刺杀琼尼·沃克的经过。

"太惊险了，"星野说，"荒唐到了极点！这种事情，你就是再如实述说，警察也根本不会信以为真。我因为是现在，才好歹相信，再往前一点儿压根儿不会当回事。"

"中田我也丈二和尚摸不着头脑。"

"但不管怎样，一个人被杀死了。人被杀了，光发呆是没有用的。警察要动真格地搜查，那伙人正在追捕你，已经到了四国。"

"给您星野君也添了麻烦。"

"那，自首的心情可有？"

"没有。"中田语气中透出少有的坚定，"那时候有来着，但现在没有。因为中田我此外有必须做的事情。现在自首，事情就做不成了。而那样一来，中田我来四国就失去了意义。"

"打开的入口必须关上。"

"那是，星野君，是那样的。打开的东西非关上不可。之后中田我将成为普通的中田。但在那之前有几件事必须完成。"

"上校山德士协助我们行动。"星野说，"石头位置是他告诉的，他会掩护我们。他到底为什么做这样的事呢？莫非上校山德士同琼尼·沃克之间有什么关系不成?"

但越想星野越是糊涂。本来讲不通的事硬要讲通是不可能的,他想。

"愚者之虑,莫如休憩。"星野抱臂说道。

"星野君,"

"什么?"

"有海的味道。"

小伙子去窗前打开窗,走到阳台上把空气深深吸入鼻孔。但没有海的味道。惟见远处有苍翠的松林,松林上方飘浮着初夏的白云。

"没有海味儿嘛。"小伙子说。

中田出来像松鼠一样一喘一喘地嗅着。"有海味儿,那里有海。"他往松林那边指去。

"嘀,老伯,你鼻子好使。"星野说,"我有点儿鼻炎,味儿闻不出来。"

"星野君,不走到海边去看看?"

星野想了想。走到海边去问题不大吧。"好,去瞧瞧。"他说。

"去之前中田我想蹲厕所,可以么?"

"又不是什么急事,随便蹲多久。"

中田进厕所的时间里,星野在房间里转着圈检查房间里的物品。上校山德士说的不错,生活必需品应有尽有。洗脸间里从刮须刀到新牙刷、棉球棒、一贴灵、指甲钳等基本东西大体齐全。熨斗和熨衣板也有。

"虽说这类琐事全部委托秘书,可也的确想得周到,没有漏网。"星野自言自语。

打开壁橱,里面替换内衣和外衣都准备好了。不是夏威夷衫,而是普通格子开领衫和短袖运动衫。都是 Tommy Hilfiger 牌,新的。

"上校山德士这家伙看上去机灵也有不机灵的地方,"星野自说自话地发牢骚，"我是夏威夷衫迷这点儿事本来一看便知！即使冬天都一件夏威夷衫。既然做到这个地步，准备一两件夏威夷衫也是应该的嘛！"

不过一直穿在身上的夏威夷衫到底一股汗臭味儿了，他只好从头上套进一件半袖运动衫，尺寸正合适。

两人往海边走去。穿过松林，翻过防波堤，下到沙滩。海是风平浪静的濑户内海。两人并坐在沙滩上，好半天什么也没说，只是望着微波细浪宛如被提起的床单一般地说爬上岸来，又低声溅碎。海湾里几座小岛也隐约可见。两人平时都不常看海，现在怎么看也看不够。

"星野君，"

"什么？"

"海这东西不错啊！"

"是啊，看着叫人心里安稳。"

"为什么一看海心里就会安稳呢？"

"大概是因为坦坦荡荡什么也没有吧。"星野用手指着海面，"还不是，假如那里有橄榄球队足球队，那里有西友百货，那里有扒金库游戏厅，那里冒出吉川当铺招牌，心情哪能安稳下来呢！一望无边一无所有的确很妙。"

"那是，或许是的。"说着，中田沉思起来，"星野君，"

"嗯？"

"我想问一件没意思的事。"

"问好了。"

"海里到底有什么呢？"

"海底有海底世界，那里生活着鱼啦贝啦海草啦五花八门的东西。水族馆没去过？"

"中田我有生以来一次也没去过水族馆。中田我一直居住的松本那个地方没有水族馆。"

"那或许是的，松本在山里边，顶多有蘑菇博物馆什么的。"星野说，"反正海底有很多东西。水里面差不多所有的东西都从水里吸氧来呼吸，所以没有空气也能活，跟咱们不一样。有好看的，有好吃的，也有危险的家伙、气色不好的家伙。对没实际见过的人，很难解释好海底是怎样一个玩意儿。总之和这地面绝对不一样。再往深去，阳光几乎照射不到，那里面住的是气色更难看的家伙。喂，中田，等这场风波平安过去，两人去一家水族馆看看。我也好长时间没去了。那地方极有意思，高松一带离海近，肯定有一两座的。"

"好好，中田我无论如何也要去水族馆看看。"

"对了，中田，"

"啊，什么呢，星野君？"

"咱们前天中午搬起石头打开入口了吧？"

"那是，中田我和您星野君把石头入口打开了，的确打开了。接着中田我就沉沉地睡了过去。"

"我想知道的是：打开入口实际发生什么了呢？"

中田点了一下头："发生了，我想发生了。"

"但发生了什么还不知道。"

中田毅然点头："那是，是还不知道。"

"或许……现在什么地方正在发生吧？"

"那是，我想是那样的。如您所说，好像正处于发生过程中。中田我在等待它发生完毕。"

"那一来——就是说——一旦发生完毕，各种事情就能各就各位了？"

中田果断地摇头："不不，星野君，那个中田我不知道。中田我正在做的，是应该做的事。至于做这个能导致什么事情发生，中田我不知道。中田我脑袋不好使，想不了那么复杂。往后的事无由得知。”

“总而言之，从事情发生完毕到得出结论什么的，要再花些时间喽?”

“是，是那么回事。”

“而这段时间里我们不会被警察逮住，因为还有应干的事没干。”

“那是，星野君，正是那样。中田我去警察那里无所谓，一切按知事大人的指示办。可是现在不成。”

“我说老伯，”星野说，“那些家伙听了你那些莫名其妙的话，肯定‘砰’一声扔去一边，另外自己捏造合适的供词。就是说，合适的说法由对方制作。比方说有人入户偷东西，抓起菜刀捅人什么的——弄成谁听了都能点头称是的供词。至于什么是事实什么是正义，在那些家伙眼里是一文不值的。为提高破案率而屈打成招对他们来说是家常便饭。中田你要被关进监狱或重兵防守的精神病院，总之都是糟糕透顶的地方，恐怕一生都出不来。反正你也没有请得起好律师的钱，无非有个应付了事的公派律师罢了。这是明摆着的事。”

“中田我不太明白那么复杂的事情。”

“总之那就是警察干的勾当，我可是一清二楚。”星野说，“所以嘛，中田老伯，我不愿意和警察纠缠不清，跟他们根本不合拍。”

“啊，给您星野君添麻烦了。”

星野深深喟叹一声：“不过么，老伯，世上有句话说‘喝了毒药盘子也别剩下’。”

“说的是什么意思呢?”

“喝了毒药以后，顺便把盘子也吃下去。”

“可是星野君，吃盘子是要死人的。对牙齿也不好，嗓子眼也痛。”

“言之有理。”星野歪起脖子，“干吗非吃了什么盘子不可呢?”

"中田我脑袋不好使自是想不明白,毒药倒也罢了,可盘子吃起来着实太硬了。"

"唔,的确。我也慢慢糊涂起来。非我胡诌,我脑袋也相当成问题。反正我想说的是:既然已经来到这里,那么索性庇护你一逃了之算了。我横竖不相信你会干坏事。不能在这里把你扔下不管。那一来星野的信义就扫地作废了。"

"谢谢!真不知如何感谢您才好。"中田说,"这么说或许得寸进尺,中田我还有一个请求。"

"说说看。"

"是不是需要汽车……"

"汽车?租赁也可以的?"

"租赁的事中田我不大明白,怎么都无所谓,大也好小也好,反正有一辆就行。"

"这个手到擒来。车的事我是行家,一会儿借一辆就是。要去什么地方呢?"

"啊,恐怕是要去什么地方。"

"喂,中田,老伯,"

"嗯,星野?"

"和你在一起果然不腻烦。怪名堂层出不穷——起码可以这么说。和你在一起就是不腻。"

"谢谢!您能那么说中田我就算放心了。不过,星野,"

"什么?"

"不腻是怎么回事呢?坦率地说,中田我不明所以。"

"老伯,你没对什么腻过?"

"没有,中田我一次也没有过那样的事。"

"是吗,一开始我就觉得怕是那样。"

第 37 章

中途在稍大些的镇停车，简单吃了饭，进超市同上次一样买了不少食品和矿泉水，驶过山中未铺沥青的路开到小屋前。小屋仍是一星期前我离开时的样子。我打开窗，替换憋在里面的空气，整理买来的食品。

"想在这儿睡一会儿，"大岛说着，双手揩脸打了个哈欠，"昨晚没怎么睡好。"

大概相当困了，大岛在床上简单动了动被褥，衣服也没脱就钻进被窝脸朝墙壁睡了过去。我用矿泉水为他做了咖啡，装进他随身带的保温瓶里，然后提起两个空塑料罐去树林河边打水。林中风景同上次来时一样，草的清香，鸟的叫声，小溪的低吟，树木间吹来的风，一晃一晃摇曳的叶影。头顶流移的云看上去十分之近。我觉得这一切是那样的亲切，仿佛是我自身自然而然的一部分。

大岛在床上睡觉的时间里，我把椅子搬到檐廊上，边喝茶边看书。关于一八一二年拿破仑远征沙俄的书。一场几乎不具实质性意义的大规模战争，使得将近四十万法国士兵命丧陌生而辽阔的大地。战斗当然惨烈至极。医生数量不足加之药品短缺，身负重伤的大多数士兵就那样在痛苦中死去。死得极惨。但更多的死亡还是饥寒交迫带来的，那也同样死得惨不忍睹。我在山中的檐廊里一边听鸟叫喝香草茶，一边在脑海中推出风雪弥漫的俄罗斯战场。

读到三分之一的时候我有些担心，放下书去看大岛。即便睡得再熟，也未免过于安静了，半点儿动静也感觉不到。但他盖着薄被，呼吸还是那么悄然。凑近一看，得知肩部在上下微微颤动。我站在旁边看了一会他的肩部，倏然想起大岛是女性。我偶尔才想起这一事实。几乎所有场合我都把大岛作为男性来接受，大岛想必也希望那样。但入睡时的大岛，竟好像奇异地返回了女性。

之后我又走去檐廊接着看书。我的心折回满是冻僵的尸体的斯摩棱斯克的郊外大道。

大约两个小时后大岛醒来，到檐廊里确认自己的车仍在那里。绿色的赛车由于跑在未铺路面的干土道上，差不多浑身雪白了。他长长地伸了个懒腰，坐在我旁边的椅子上。

"今年的梅雨没下多少，"大岛揉着眼睛说，"不是什么好事。梅雨季节不下雨，高松夏天肯定缺水。"

"佐伯知道现在我在哪里？"我问。

大岛摇头："说实话，今天的事我什么也没告诉她。她应该不知道我在这里有个小屋。她那人以为尽量少知道各种各样的事最好，不知道就无需隐瞒，也就不至于被卷进麻烦事。"

我点头。那也正是我所希望的。

"因为她过去被卷进过了足够多的麻烦事。"大岛说。

"我对佐伯说我父亲最近死了。"我说，"说被人杀死了。但没说警察正在追我。"

"但是我觉得，即使你不说我不说，佐伯恐怕也大致觉察得出，毕竟脑袋好使。所以如果我明天早上在图书馆见面时向她报告田村君有事外出旅行一段时间向您问好，我想她也绝不会这个那个地询问。如果我不再多说，她就会点下头默默接受。"

我点头。

"不过作为你是想见她吧？"

我不作声。我不知道如何表达合适，但答案是再清楚不过的。

"我也觉得不忍，但刚才也说了，你们最好离开一段时间。"

"可是我说不定再也见不到她了。"

"情况有可能那样。"大岛想了一下承认道，"我这也是说理所当然的话——事情在实际发生之后才算已经发生，而那往往同外表不一样。"

"嗳，佐伯到底怎么感觉的呢？"

大岛眯细眼睛看我："就什么而言？"

"就是说……假如知道再不会见到我，我现在所感觉到的，佐伯也会同样感觉到吗？"

大岛微微一笑："为什么问我这样的问题？"

"我完全弄不明白，所以问你。因为我从未这么喜欢过需要过谁，也从来没有被谁需要过。"

"所以脑袋一片混乱，一筹莫展？"

我点头："一片混乱，一筹莫展。"

"自己对对方的那种迫切的纯粹的心情，对方是否也同样怀有，这你是不会晓得的。"大岛说。

我摇头。"一想到这里我就万分痛苦。"

大岛好一会儿什么也没说，眯缝着眼睛望着森林那边。鸟们在树枝间飞来飞去。他双手抱在脑后。

"你现在的心情我也很理解。"大岛说，"尽管如此，那终究是必须由你自己思考、自己判断的问题，任何人都代替不了。恋爱这东西说到底就是这么回事，田村卡夫卡君。如果拥有令人吃惊的了不起的想法的是你一个人，那么在深重的黑暗中往来彷徨的也必是你一个人。你必须以自己的身心予以忍受。"

大岛两点半开车下山。

"如果节约一点，那里的食品应该可以坚持一个星期，届时我会返回这里。万一有什么情况来不了，我会跟哥哥联系，由他补充食品。从他住的地方一个小时就能赶来。我已跟哥哥说过你在这里了，不必担心。明白？"

"明白了。"我说。

"另外上次也说了，进入森林时千万千万小心，一旦迷路甭想出来。"

"会小心的。"

"第二次世界大战开始前不久，就在这一带，帝国陆军进行了大规模演习——假想在西伯利亚森林中同苏联军队战斗。这话没说过？"

"没有。"

"看来我常常忘记说要紧的事。"大岛边说边用手指戳着太阳穴。

"可这里不像是西伯利亚森林。"

"不错。这一带是阔叶林，西伯利亚是针叶林。但军队不会注意得这么细。总之是在森林深处以全副武装行军，进行战斗训练。"

他把我做的咖啡从保温瓶里倒入杯子，放一点砂糖，津津有味地喝着。

"应军队的要求，我的曾祖父把山借了出去：'请随便用好了，反正这山也没用过。'部队沿着我们开车上来的路走进森林。不料几天演习结束点名时，不见了两个士兵。当部队在森林里展开时，他俩全副武装地消失了，都是刚入伍的新兵。军队当然大大搜索了一番，但哪个都没找到。"大岛喝一口咖啡，"至于是在森林里走丢的，还是开了小差，至今都不得而知。不过那一带是深山老林，里面几乎没有东西可吃。"

我点头。

"我们居住的这个世界，总是与另一个世界为邻。你可以在某种程度上踏入其中，也可以平安无事地返回，只要多加小心。可是一旦越过某个地点，就休想重新回来。找不到归路。迷宫！你知道迷宫最初从何而来？"

我摇头。

"最初提出迷宫这一概念的，据现在掌握的知识，是古代美索不达米亚人。他们拉出动物的肠子——有时恐怕是人的肠子——用来算命，并很欣赏肠子复杂的形状。所以，迷宫的基本形状就是肠子。也就是说，迷宫的原理在于你自身内部，而且同你外部的迷宫性相呼应。"

"隐喻。"我说。

"是的。互为隐喻。你外部的东西是你内部东西的投影，你内部的东西是你外部的东西的投影。所以，你通过屡屡踏入你外部的迷宫来涉足设在你自身内部的迷宫，而那在多数情况下是非常危险的。"

"就像进入森林里的亨塞尔和格蕾特尔①。"

"是的，就像亨塞尔和格蕾特尔。森林设下了圈套。无论你怎么谨慎怎么费尽心机，眼睛好使的鸟们都会飞来把作为标记的面包屑吃掉。"

"一定小心。"我说。

大岛放下车篷把赛车敞开，坐进驾驶席，戴上太阳镜，手放在变速球杆上。随即，熟悉的引擎声在森林中回荡开来。他用手指把前发撩到后面，轻轻挥手离去。灰尘飞扬了一会儿，很快被风吹走。

我走进小房内，躺在大岛刚刚睡过的床上，闭起眼睛。回想起来，我昨晚也没有睡好。枕头和被褥上可以感觉出大岛的气息。不，与其说是大岛的气息，莫如说是大岛的睡眠留下的气息。我把自己的身体钻进那气息之中。睡了三十分钟左右，传来树枝禁不住什么重力

---

① Hansel und Gretel，德国童话中的主人公兄妹名字。

折断落地的声音。我随之醒来,起身去檐廊四下打量。但目力所及,看不出任何变化。或许是森林不时奏出的一种谜一样的声响,也可能是睡梦中发生的什么,我无法分辨二者的界线。

我就那样坐在檐廊里看书看到太阳西斜。

做罢简单的饭菜,一个人默默吃了。收拾完餐具,我沉在旧沙发里思考佐伯。

"如大岛所说,佐伯是聪明人,具有自己的风格。"叫乌鸦的少年说。

他挨着我在沙发上坐下。和在父亲的书斋时一样。

"她和你明显不同。"他说。

她和你明显不同。迄今为止,佐伯已经历过各种各样很难说是正常的情况。她知晓你尚不知晓的许多事,体验过你未曾体验的许多感情,能够分辨对于人生什么是重要的什么不那么重要。迄今为止,她已就许多大事作出判断,并目睹了由此带来的结果。可你不同,对吧?说到底,你只不过是仅在狭小世界里有过有限经历的独生子罢了。你为使自己变得坚强做了不少努力,并且实际上某部分也变得坚强起来,这点不妨承认。然而面对新的世界新的局面,你仍然一筹莫展,因为那些事情你是第一次碰上。

你一筹莫展,连女性是否怀有性欲都是你难于理解的问题之一。从理论上考虑,女性当然也应有性欲,这个你也知道。但对于那是怎样形成的以及实际上是怎样的感觉,你全然捉摸不透。就你本身的性欲来说,那东西很简单,很单纯。但说到女性的性欲尤其是佐伯的性欲,你却一无所知。她在和你搂抱当中感受的肉体快感同你的一样吗?抑或性质上和你感觉到的截然不同呢?

越想你越对自己十五岁这点感到无奈，甚至产生了绝望的心情。倘若你现在二十岁——或者十八岁也可以，总之只要不是十五岁——你想必就能正确理解佐伯其人、其话语、其行为的含义，并做出正确的反应。你现在处于极其美妙的事情中，如此美妙的事情很可能再不会遇上第二次——便是美妙到如此地步，然而你不能充分理解此时此地的美妙，由此而来的焦躁使你绝望。

你想像她此刻在干什么。今天是星期一，图书馆关门。休息的日子佐伯到底做什么呢？你想像她一个人待在房间里，想像她洗衣服、做饭、打扫、出去购物的情景，越想像越为自己此时置身此处喘不过气来。你想变成一只慓悍的乌鸦穿出小屋，想飞上天空翻山越岭落在屋外永远注视室内她的身影。

也可能佐伯去了图书馆你的房间。敲门。没有回音。门没有锁。她发现你没在那里，东西也不见了。床铺收拾得整整齐齐。她推想你去了哪里，或者在房间里等你归来亦未可知。等的时间里大概坐在桌前的椅子上，支颐望着《海边的卡夫卡》，思索包含在那里的昔日时光。但无论怎么等你也不回来。她终于无奈地出门走去停车场，钻进"大众高尔夫"，发动引擎。你不想让她就那么回去。你想在那里紧紧抱住来访的她，想了解她一举一动的含义。然而你不在那里。你孤单单地待在远离任何人的场所。

你上床熄灯，期待佐伯出现在你的房间里。不是现实的佐伯也可以，十五岁的少女形象也未尝不可。总之你想见到她，无论活灵还是幻影。希望她在你身边。你的脑袋几乎被这样的愿望胀裂，身体几乎为之七零八落。然而千思万盼她也形影不现。窗外听到的惟独轻微的风声。你屏住呼吸，在黑暗中凝眸细看。你耳听风声，试图解读其中某种意味、感觉某种暗示。然而你四周仅有黑暗的若干层面。不久，你怅然闭起眼睛，坠入睡眠。

第 38 章

星野用房间里的公用电话号码簿查找市内租车点，选一处地点合适的打去电话。

"普通的 Sedan① 就可以，大约借两三天。尽可能别太大也别太显眼。"

"跟您说，先生，"对方说，"我们是专门租赁马自达车的公司。这么说或许不礼貌，显眼的 Sedan 什么的一辆也没有，您尽可放心。"

"那好。"

"家庭用的可以吗？可信赖的车，向神佛保证，绝对不显眼的。"

"唔，那就好，那就家庭用的。"租车点就在车站附近，星野说一个小时后去取。

他独自乘出租车赶到那里，出示了信用卡和驾驶证，暂且租用两天。停车场里的白色家用小汽车的确不显眼，甚至令人觉得乃是匿名性这一领域中的一个完美象征。一旦把眼睛移开，连是什么形状都难以记起。

开车返回公寓路上，在书店买了高松市区地图和四国公路地图。发现附近有一家 CD 专卖店，于是进去寻找《大公三重奏》。路旁 CD 专卖店的古典音乐专柜都不很大，只有一盘廉价的《大公三重奏》，遗憾的是并非百万美元三重奏的演奏，但他还是花一千日元买下了。

回到公寓，见中田正在厨房里以训练有素的手势做放入萝卜和油炸物的煮菜。温馨的香味充满房间。

"闲着无事，中田我就这个那个做了点儿吃的。"中田说。

"太好了，这些日子尽在外头吃，心里正想着差不多该吃点清淡的自做饭菜了。"星野说，"对了，老伯，车借来了，停在外面。这就要用？"

"不，明天也没关系。今天想再跟石头君说说话。"

"唔，这样好。说话很重要。不管对象是谁，也无论说什么，说总比不说好。我开卡车的时候也常跟引擎说话。如果留意细听，可以听出好多名堂。"

"那是，中田我也那样认为。中田我同引擎说话固然不能，但同样认为不管对方是谁，说话总是好事。"

"那，和石头说话多少有进展了？"

"是的，觉得心情开始一点点沟通了。"

"那比什么都好。那么，老伯，我把石头君擅自搬来这里，石头君没为此气恼或不高兴什么的？"

"没有，没有那样的事。依中田我的感觉，石头君好像没怎么对位置问题耿耿于怀。"

"太好了。"星野听了，放下心来，"若是再给这石头报复一下，我可真走投无路了。"

星野听买来的《大公三重奏》听到傍晚。演奏比不上百万美元那么华丽那么悠扬舒展，总的说来较为质朴和稳健，但也不坏。他歪在沙发上倾听钢琴和弦乐的交响，深沉优美的旋律沁入他的肺腑，赋格曲那精致的错综拨动着他的心弦。

星野心想，若是一星期之前，我就是听这样的音乐，也恐怕只鳞片爪都理解不了，甚至理解的愿望都不会产生。可是由于偶然走进那

———

① 美式英语，指乘坐四到六人的双排座厢形普通乘用车。

间小小的酒吧，坐在舒舒服服的沙发上喝了美味咖啡，现在能够自然而然地接受这种音乐了。对他来说，这似乎是一件很有意思的事情。

他像要测试自己刚刚获取的能力，将这 CD 反复听了多次。除了《大公三重奏》，CD 还收有同一作曲家被称为《幽灵三重奏》的钢琴三重奏。这个也不坏。不过他还是中意《大公三重奏》。还是这个富有深意。同一时间里，中田坐在房间角落对着白色的圆石嘟嘟囔囔说着什么，不时点一下头或用手心喀哧喀哧搓脑袋。两人在同一房间里埋头各做各的事。

"音乐不影响你同石头君说话？"星野问中田。

"不不，不要紧的。音乐不影响中田我。音乐对于中田我好像风一样。"

"唔，"星野说，"风一样。"

六点，中田开始做晚饭。烧大马哈鱼，做蔬菜色拉，又做了几样炖菜盛在盘子里。星野开电视看新闻，想看一下中田涉嫌的中野区杀人案件的侦破有什么进展没有，但电视对此只字未提。拐骗幼女、以色列和巴勒斯坦互相报复、中国公路发生大规模交通事故、以外国人为核心的汽车盗窃团伙、大臣歧视性失言、信息业大型企业的临时性裁员——尽是此类报道，令人赏心悦目的消息一条也没有。

两人隔桌吃饭。

"呃，味道好极了！"星野大为佩服，"老伯你很有做饭才华。"

"谢谢谢谢。承蒙别人吃中田我做的东西这还是第一次。"

"没有能和你一起吃饭的亲朋故友？"

"那是。猫君倒是有，但猫君吃的和中田我吃的大不一样。"

"那倒是。"星野说，"不过，反正好吃得很，尤其是炖菜。"

"合您口味比什么都好。由于不认字，中田我经常犯非常荒唐的错误，那时候做出的东西就非常荒唐。所以中田我只能用常用的材料做同样的饭菜。若是认字，就能做出很多花样……"

"我是一点儿也没关系的。"

"星野君，"中田端正姿势一本正经地说。

"什么呢？"

"不认字的滋味十分不好受。"

"那怕是那样吧。"星野说，"不过据这 CD 介绍，贝多芬耳朵听不见。贝多芬是非常伟大的作曲家，年轻时作为钢琴手也在欧洲首屈一指。作为作曲家本来就名声很大。不料有一天耳朵因病听不见了，几乎什么也听不到。作曲家耳朵听不见东西可不是件小事，这你明白吧？"

"那是，好像明白。"

"作曲家耳朵听不见，等于厨师失去了味觉，等于青蛙没了划水蹼，等于司机被没收了驾驶证。任凭谁都要眼前一片漆黑，对吧？可是贝多芬没有屈服。当然喽，情绪低落多少怕是有的，但他没在这种不幸面前低头。是山爬过去，是河蹚过去！那以后也一个劲儿作曲不止，创作出比以前内容更深更好的音乐。实在了不起。例如刚才听的《大公三重奏》就是他耳朵基本听不清声音后创作的。所以嘛，老伯你不认字虽说肯定不方便不好受，但那并不是一切。就算认不得字，你也有只有你才能做到的事，这方面一定要看到才行。喏喏，你不是能够跟石头说话吗？"

"那是，中田我的确多少能和石头说话。以前和猫也能说来着。"

"那就是只有你才做得到的。哪怕看书再多，一般人也不可能和石头和猫说话。"

"可是星野君，中田我这几天老是做梦，在梦里中田我可以认字。不知因为什么可以认字了，脑袋不再那么不好使了。中田我高兴得跑去图书馆，看一大堆书，心想能看书原来竟这么妙不可言，就一本接一本看下去。不料房间里的灯突然一下子灭了，变得漆黑一团。有人把灯关了。什么也看不见，不能继续看书了。于是醒了过来。即使是在梦中，能识字能看书也实在美妙得很。"

"唔——，"星野说，"我倒是认字，但书什么的一概不看。世上的事真是说不清。"

"星野君，"

"嗯?"

"今天是星期几呢?"

"今天星期六。"

"明天是星期日吗?"

"一般是的。"

"明天一早能麻烦你开车么?"

"可以呀。去哪儿?"

"中田我也不知道。上车后再考虑。"

"或许你不信——"星野说，"没问我就晓得你肯定这么回答。"

翌日清晨七点刚过星野醒来，中田已经起来了，在厨房里准备早餐。星野去洗脸间用冷水"咔咔"搓了几把脸，用电动剃须刀剃了须。早餐是热气腾腾的白米饭、茄子酱汤、竹笋鱼干和咸菜。星野吃了两碗饭。

饭后中田收拾碗筷，星野又看电视新闻。这回多少有了中野区杀人案件方面的报道。"案发后已经过了十天，但至今未得到有力线索。"NHK的播音员淡淡地说道。荧屏上推出带有气派大门的房子，门前站着警察，门上贴着"禁止进入"的封条。

"对于案发前去向不明的十五岁长子的搜寻仍在继续，但仍未查明行踪。对于案发后当即来派出所提供杀人案情报的附近居住的六十多岁男性的搜索同样没有中断。至于两人之间是否有某种关系，现在尚未澄清。家中没有零乱痕迹，估计是个人恩怨所致。警方正在全面调查遇害者田村先生的交际范围。另外，为表彰田村先生生前的艺术贡献，东京国立近代美术馆……"

"我说老伯，"星野朝厨房里站着的中田招呼道。

"嗯，什么事呢？"

"老伯，你莫不是晓得中野区被杀的那个人的儿子？听说十五岁。"

"中田我不晓得那个儿子。中田我晓得的只是琼尼·沃克和狗，最近说过了。"

"呃。"星野说，"除了老伯你，警察好像同时在找那个儿子。独生子，无兄无弟，母亲也没有。儿子在案件发生前离家出走，去向不明。"

"是吗。"

"莫名其妙的案件。"星野说，"不过警察应该掌握不少情况，那些家伙只透露一点点信息。据上校山德士手中的情报，他们知道老伯你在高松，而且得知一个貌似星野的英俊小伙子同你一起行动。但他们不会把这个也透露给媒体。因为他们知道一旦把我们在高松的事公诸于世，咱们必然跑去别的地方，所以表面上装出不知晓我们在哪里的样子。这些性格恶劣的家伙！"

八点半，两人钻进停在路上的家用小汽车。中田做了热茶灌进保温瓶，然后戴上平日戴的皱巴巴的登山帽，拿起伞和帆布包，在副驾驶席上坐好。星野本想照例扣上中日 Dragons 棒球帽，但往门口墙上的镜子里一看，心里不由一惊：警察应该已经掌握"年轻男子"头戴中日 Dragons 棒球帽、架一副 Ray-Ban 绿色太阳镜、身穿夏威夷衫这一事实，而头戴中日 Dragons 棒球帽的人在香川县恐怕别无他人，再加上夏威夷衫和绿色 Ray-Ban，那么外部特征可谓正相吻合。上校山德士因为想到这点才没准备夏威夷衫而准备了不显眼的藏青色半袖运动衫，这家伙真是滴水不漏。于是决定把 Ray-Ban 和帽子留在房间里。

"那，往哪里去呢？"星野问。

"哪里都不碍事。请先在市区兜上一圈。"

"哪里都不碍事?"

"是的。尽可去你喜欢的地方。中田我从车窗往外看就行。"

星野"嗬"了一声。"在自卫队也好在运输公司也好我一直开车,对开车多少有些自信。但握住方向盘时必定有个方向,径直开去目的地。这已成了习性。一次也没人交代说'随便哪里都可以'。真那么交代,我还真不好办。"

"十分抱歉。"

"哪里,用不着道歉。尽力而为就是。"说着,星野把《大公三重奏》放进车内 CD 唱机,"我只管在市内转来转去,你就看窗外。这样可以吧?"

"可以,这样可以。"

"发现你要找的东西,我就停车。这样就能一个接一个有新节目出现。是这么回事?"

"那是,情况很可能那样。"中田说。

"但愿那样。"说罢,星野在膝盖上摊开地图。

两人在高松市区转了起来。星野用荧光笔在市区交通图上做标记。仔仔细细转完一个社区,确认所有道路都通过之后,再转下一社区。时而停车喝口热茶,吸一支万宝路,反复听《大公三重奏》。到中午进餐馆吃了咖喱饭。

"话又说回来,你到底在找什么物件呢?"饭后星野问。

"中田我也不明白。那……"

"那要实际看到才明白,没实际看到是不明白的。"

"正是,一点儿不错。"

星野无力地摇了下头:"一开始就知道你这么回答,只是确认一下罢了。"

"星野君，"

"什么?"

"到发现有可能要花些时间。"

"啊，也罢，尽力而为就是。已经坐上去的船。"

"往下要坐船不成?"中田问。

"哪里，眼下还不用坐船。"

　　三点，两人走进咖啡馆，星野喝咖啡，中田犹豫半天，才要了冰牛奶。这工夫星野已筋疲力尽，没心思开口，《大公三重奏》到底也听腻了。在同一地方来来回回兜圈子不合他的脾性。枯燥，开不出速度，还要努力保持注意力。时不时同警车错车，星野每次都尽量不同警察的视线相碰。尽可能不从派出所执勤点前经过。虽说马自达家用小汽车不显眼，但若看见次数太多，警察出于职责难免要询问。还要避免不小心同其他车相撞弄出交通事故，神经绷得比平时还紧。

　　他看着地图开车的时间里，中田活像小孩子或有教养的小狗，手扒车窗以同一姿势静静地往外看个不止，那样子真像在寻找什么。黄昏到来前两人就这样专心于各自的作业，几乎一声不响。

　　"你找的东西是什么……"星野一边开车，一边无奈地唱起井上阳水的歌。下面的歌词忘了，便自己胡诌起来：

　　　　还没还没找到么，
　　　　太阳快要落山了，
　　　　星野我肚子饿瘪了，
　　　　汽车转了一圈圈，
　　　　眼珠转了一圈圈。

　　六点，两人返回公寓。

"星野君，明天继续来。"中田说。

"今天一天市区转了不少，剩下的我想明天能转完。"星野说，"呃，有句话想问。"

"啊，星野君，问什么呢?"

"若是在高松市内找不到那家伙，下一步怎么打算呢?"

中田用手心喀哧喀哧搓脑袋："高松市内若是找不到，我想恐怕要扩大找的范围。"

"有道理。"星野说，"如果还找不到，咱们又如何呢?"

"若是还找不到，就再扩大范围。"中田说。

"就是说，一直扩大到找到为止喽? 俗话说走路多的狗总会碰上棒子。"

"那是，我想情况会是那样。"中田说，"不过星野君，中田我这就糊涂了——为什么狗走路多会碰上棒子呢? 前面若有棒子，我觉得狗会绕开的。"

给中田这么一问，星野歪头想了想。"那么说倒也是。我还从没这么琢磨过。是啊，狗干吗非往棒子上碰呢?"

"不可思议。"

"不说这个了。"星野道，"这种事琢磨起来越来越麻烦。狗和棒子的问题今天且按下不表。我想知道的是搜索范围扩大到何时为止。如果一个劲儿扩大下去，很可能跑到旁边的爱媛县和高知县去，夏去秋来都不一定。"

"有可能那样。不过星野君，即使秋去冬来，中田我也非找到不可。当然不会永远请您帮忙，往下中田我一个人走路寻找。"

"那是另一回事……"星野一时语塞，"可石头君也该提供多少详细些亲切些的情报么，比如大体在哪一带啦。大体就可以的……"

"对不起，石头不会说话。"

"是么，石头不会说话——从外观看倒也不难想像。"星野说，

"石头君肯定不会说话，游泳就更不擅长了。也罢，现在什么也别想，好好睡觉，明天接着来。"

第二天也是同一情形的重复。星野把市区的西半边以同一程序转了一遍。市区交通图已一道道涂满了黄色标记，不同的只是星野的哈欠数量多了几个。中田依然脸贴车窗全神贯注地搜寻着什么。两人几乎不交谈。星野一边注意警察一边把着方向盘，中田不知厌倦地扫描不止。但仍然一无所获。

"今天是星期一吧?"中田问。

"嗯，昨天是星期日，今天应该是星期一。"接着，他以无聊而又无奈的心情将随便想到的话语加上旋律唱道：

> 既然今天星期一，
> 明天必定星期二。
> 蚂蚁是有名的劳动能手，
> 燕子总是那么漂漂亮亮。
> 烟囱高挺挺，夕阳红彤彤。

"星野君，"中田稍后开口道。

"什么?"

"蚂蚁干活的时候，怎么看都看不够。"

"是啊。"星野应道。

到了中午，两人走进鳗鱼餐馆，吃了优惠价鳗鱼饭。三点进咖啡馆喝咖啡，喝海带茶。六点时地图已涂满黄色，市内道路已被马自达家用小汽车那格外匿名式的轮胎碾得几无空白，然而所找之物仍踪影皆无。

"你找的东西是什么……"星野以有气无力的声音信口唱道：

还没还没找到么，

市内几乎转遍了，

屁股也坐痛了，

差不多该回家了。

"再继续下去，我很快就成 Singer Song Writer①了。"星野说。

"你说的是什么呢?"中田问。

"没什么，不咸不淡的玩笑。"

两人只好离开高松市内，准备上国道返回公寓。不料星野因为想别的事，拐错了左拐地点。他一再尝试开回原来的国道，但道路以奇妙的角度拐来拐去，加上多是单行线，很快迷失了方向。注意到时，两人已闯入没有印象的住宅区，四下全是围着高墙的古旧而典雅的街道。路面静得出奇，空无人影。

"距离上离我们的公寓应该不会很远，但完全摸不着东南西北了。"星野把车靠进适当的空地，关闭引擎，拉下手刹，打开地图。他看了看电线杆上写的街名，在地图上寻找其位置，但眼睛累了，怎么也找不到。

"星野君，"中田招呼道。

"嗯?"

"您正忙着对不起，那里门上挂的招牌写着什么呢?"

星野于是从地图上抬起眼睛，往中田指的方向看去。高墙一段接一段，稍往前有座古色古香的大门，门旁挂一块很大的木板。黑色门扇关得紧紧的。

"甲村纪念图书馆……"星野念道，"这么不见人影的安静地段居然有图书馆。再说也看不出是图书馆嘛，跟普通大宅门一个样。"

---

① 意为"自己作词作曲的歌手"。

"甲村纪念图书馆?"

"是的。大概是为纪念一个叫甲村的人而建造的图书馆吧。甲村是怎么一个人我可是一点儿都不知晓。"

"星野君,"

"嗯?"星野边查地图边应道。

"就是那里。"

"那里? 什么那里?"

"中田我一直寻找的就是那个场所。"

星野从地图上抬起脸,看着中田的眼睛,又皱起眉头看图书馆大门,再次慢慢念一遍木板上的字。他取出万宝路烟盒,抽一支叼在嘴上,用塑料打火机点燃,缓缓深吸一口,往打开的车窗外吐出。

"真的?"

"真的,一点儿不错。"

"偶然这东西真是不得了。"星野说。

"千真万确。"中田也同意。

第 39 章

山中的第二天也一如往常，缓慢地、没有接缝地过去了。一天与另一天之间的区别几乎只表现在天气上，假如天气相差无几，对日期的感觉势必很快消失，昨天与今天、今天与明天将无从分辨，时间将如失锚的船舶彷徨在无边无际的大海上。

我估算今天是星期二，佐伯应该像往常那样——当然我是说如果有人提出要求的话——向旅行团简单介绍图书馆的情况，一如我第一次跨进甲村图书馆大门那天……她以细细的高跟鞋登上楼梯，鞋声在幽静的图书馆里回响。长筒袜的光泽，雪白的衬衫，小巧的珍珠项链，写字台上的勃朗·布兰自来水笔，温文尔雅的(拖着长长的无奈阴影的)微笑。一切恍若遥远的往事，或者说感觉上几乎不具现实性。

我在小屋沙发上一面嗅着褪色的布面的味儿，一面再次回忆同佐伯发生的性事。我让记忆按着顺序浮上脑海。她缓缓脱衣，然后上床。不用说，我的阳物已开始勃起，很硬很硬。但已没有昨天的痛感。龟头的红色也已不知何时消失了。

在性幻想中沉浸得累了，便把平时做的运动项目再做一遍。用檐廊的扶手训练腹肌，快速下蹲，用力做伸臂投球动作。练出一身汗后，在林中小溪里浸湿毛巾擦身。水凉凉的，多少可以冷却我亢奋的心情。然后坐在檐廊里用 MD 随身听听"电台司令"(Radio Head)。自离家以来，我差不多反复听同样的音乐："电台司令"乐队的《Kid

A》、"王子"的《走红歌曲专辑》,有时也听约翰·科特伦的《我的至爱》。

下午两点——正是图书馆参观时间——我再次走入森林。沿上次那条小路走了一程,来到那块平坦的空地。我坐在草地上,背靠树干,从伸展的树枝间仰望圆圆地敞开着的天空。可以望见夏日云絮白白的一角。这里是安全地带,从这里可以平安折回小屋。用面向初学者的迷宫电子游戏打比方,也就是"level 1",可以顺利通过。可是由此往前,就要踏入更幽深更有挑战性的迷宫。小路越来越窄,进而被不怀好意的羊齿的绿海吞没。

但我还是决定再往前走走看。

我想试一试这森林究竟能走进多深。我知道里面有某种危险,但我想亲眼看一下、亲身感受一下危险到什么程度和是怎样一种危险。我不能不那样做,有什么从背后推动着我。

我小心翼翼地摸索着大约是通向前面的小路。树木越来越威武挺拔,周围的空气密度越来越浓。头上树枝纵横交错,几乎看不见天空。刚才还洋溢在四周的夏日气息早已消失。这里似乎原本就不存在什么季节。稍顷,脚下的路究竟是不是路我逐渐没了把握。看上去既像路,又不像路——尽管以路的样子出现。在扑鼻而来的绿的气息中,所有事物的定义都变得扑朔迷离,正当的和不正当的相互混淆。头顶上一只乌鸦厉声叫了一阵子,叫声非常尖利。说不定是对我的警告。我停住脚步,小心环视四周。没有充分的装备再往前进是危险的,必须回头才行。

然而没那么简单,很可能比前进还要困难,一如拿破仑撤退军队。不但道路似是而非,而且周围树木勾肩搭背,构成黑糊糊的墙壁挡住我的去路。我的呼吸声在耳畔听起来大得出奇,仿佛是从世界角落吹来的空隙风。一只巴掌大的漆黑的蝴蝶从我眼前翩然飞过,其形

状同我白 T 恤上沾过的血无异。蝴蝶从树后飞出，款款地在空间移
动，重新消失在树后。蝴蝶不见了之后，四周的声息愈发滞重，空气
愈发寒气袭人。一阵恐怖感朝我袭来：没准我已迷失了正路。乌鸦又
在头顶正上方叫了一阵子。像是刚才那只乌鸦，传达的是和刚才一样
的信息。我又一次止步仰望，仍不见乌鸦身影。现实的风不时心血来
潮似的吹来，色调深暗的树叶在脚底发出不安分的沙沙声响。感觉上
似有阴影在背后迅速移动，而猛一回头，它们早已藏在什么地方了无
踪影了。

　　但我总算回到了原来的圆形广场，回到了那块幽静的安全地带。
我重新坐在草地上，深深呼吸，仰望被圆圆地分割出来的明晃晃的真
正的天空，再三确认自己返回了原来的世界。这里有夏天亲切的气
息，太阳光像薄膜一样包拢着温暖着我。但回来路上感觉到的恐怖仍
如院子角落未融尽的残雪一样久久留在我的体内。心脏不时发出不规
则的声音，皮肤仍微微起着鸡皮疙瘩。

　　这天夜里，我屏息敛气躺在黑暗中，只将眼睛定定地睁大，等待
谁在黑暗中出现。但愿会出现。我不知道这一祈愿能否带来某种效
果，但总之我要将心思集于一处，祈之愿之。我希望我的强烈祈愿能
产生某种作用。

　　然而祈愿未能实现。愿望落空。佐伯仍未出现，一如昨晚。无论
真正的佐伯还是作为幻影的佐伯抑或十五岁少女时的佐伯都未出现。
黑暗一成不变。入睡前我为强有力的勃起而烦恼。比平日壮得多硬得
多。但我没有手淫。我决心将自己同佐伯交合的记忆原封不动地呵护
一段时间。我紧攥双拳沉入睡眠，祈愿能梦见佐伯。

　　不料我梦见了樱花。

　　或者不是梦也未可知。一切都那么活灵活现，那么有始有终，模
糊的地方一概没有。我不知该如何称呼才对，但作为现象来看，那当
然只能是梦。我在她宿舍里，她在床上睡觉。我躺在睡袋里，和上次

留宿时一样。时间倒转回来，我立于临界点那样的位置。

半夜我为剧烈的口渴醒来，爬出睡袋喝自来水，一连喝了几杯。喝了五六杯，大概。我的皮肤挂了一层汗膜，又强烈地勃起了。短运动裤前面高高支起。看上去它好像是和我有不同的意识、依据别的系统运作的生灵。我喝水时，它自动接受进去了一部分，我可以隐约听见这家伙吸水的声音。

我把杯子放在洗涤台上，靠墙站立片刻。我想看一眼时间，却找不见钟表。应该是夜最深的时刻，是钟表都将迷失在什么地方的时刻。我站在樱花的床头。街上的灯光隔着窗帘照进房间。她背对着我呼呼大睡，形状好看的脚心从薄被中探出。似乎有人在我背后悄然按下了什么开关，响起幽微干涩的声音。树木横七竖八地挡住我的视线。这里甚至没有季节。我一咬牙，贴着樱花钻了进去。两人的体重压得小单人床吱呀作响。我闻闻樱花脖子味儿，一股轻微的汗味儿。我从后面把手轻轻搭在她腰部，樱花发出低得几乎不成声音的声音，但仍然睡个不休。乌鸦厉声叫了一阵子。我向上看去，但不见乌鸦，天空也不见。

我撩起樱花穿的Ｔ恤，用手触摸她柔软的乳房，用手指捏弄乳头，如调整收音机的波段。我勃起的阳物有力地触在她大腿根内侧。但樱花不出声，呼吸也不乱。我想她肯定在做很深的梦。乌鸦又叫了。那只鸟又在向我传达信息，但内容我无法解读。

樱花身体暖融融的，和我一样津津地沁出汗来。我一咬牙改变了她的姿势，慢慢搬过她的身子让她仰卧着。她大大地吐了口气，但还是没有醒的意思。我把耳朵贴在她如画纸一般扁平的腹部，细听位于其下的迷宫中的梦的回声。

勃起仍在持续，看情形几乎可以永远硬下去。我往下脱她小小的棉质三角裤，慢慢从脚下拉出，之后把手心贴在露出的毛丛，手指轻轻按进里面。里面暖融融湿乎乎的，仿佛在引诱我。我缓缓蠕动手指。樱花依然不醒，只是又一次在深梦中吁了口粗气。

与此同时，有什么企图在我体内凹坑样的位置脱壳而出。不知不觉之间，我身上有一对眼睛对准了自己的内侧，所以可以观察里面的情景。我还不清楚那个什么是好东西还是坏东西。但不管怎样我都既不能推进又不阻止那个什么的活动。它没有面部，滑溜溜的。不久它钻出壳时想必会有应有的面部，蝉羽状的外衣也将从其身上脱落。那样一来，我就可以认出其本来面目了，而现在它不过是形体未定的标记样的东西罢了。它伸出不成为其手的手力图捅破外壳最柔软的部位。我看着它的蠢蠢欲动。

我决心已定。

不，不对，坦率地说我没下定什么决心，因为我别无选择。我脱掉短运动裤，整个露出阳物，随即抱住樱花的肢体，分开她的双腿进入。那并不难。她那里非常柔软，我这里异常坚硬。我的阳物再也没有痛感，龟头在这几天已变得无坚不摧。樱花还在梦中，我在她梦中压下身去。

樱花突然醒来，得知我已进入其中。

"喂，田村君，你到底在干什么？"

"好像进入了你的体内。"我说。

"你为什么干这种事？"樱花以干涩的语声说，"不是跟你说过不能干这个的么？"

"可我没别的办法嘛。"

"好了，快停下来，快把它拔出去！"

"不拔。"我摇头。

"田村君，好好听着：一来我有固定的恋人，二来你是在我做梦时进入的，而这样的做法是不正确的。"

"知道。"

"还不算晚。你确实已进入我的体内，但还没有动，也没有射，只是乖乖待在那里，就像在沉思什么。是吧？"

我点头。

"拔出来！"她苦口婆心地说，"并且忘掉这件事。我忘掉，你也忘掉。我是你姐姐，你是我弟弟，即使没有血缘关系，我们也毫无疑问是姐弟。明白吧？我们作为一家人连在一起。做这种事是不应该的。"

"已经晚了。"

"为什么？"

"因为我已决定了。"我说。

"因为你已决定了。"叫乌鸦的少年说。

你再也不愿忍受让各种东西任意支配自己、干扰自己。你已杀死了父亲，奸污了母亲，又这样进入姐姐体内。你心想如果那里存在诅咒，那么就应该主动接受它。你想迅速解除那里面的程序，想争分夺秒地从其重负下脱身，从今往后不是作为被卷入某人如意算盘的什么人、而是作为完完全全的你自身生存下去。

她双手捂脸，微微哭泣。你也为之不忍。但到了这一地步你已有进无退。你的阳物在她里边越来越大、越来越硬，简直像要在那里生根。

"明白了，什么也不再说了。"她说，"但有一点你得记住：你是在强暴我。我是喜欢你，但这不是我所希望的形式。我们很可能再也不能相见了——无论此后你多么盼望。这也没关系？"

你不予回答，关掉思维电源。你搂紧她，腰部开始起伏。起始温情脉脉小心翼翼，继而摧枯拉朽。为了返回，你想把路上的树木的形状印入记忆，但树木无不大同小异，很快被匿名的海浪吞没。樱花闭起眼睛任凭你鼓捣。她一声不响，也不反抗，脸毫无表情地歪向一边，然而你能够把她感觉到的肉体快感作为你自身的延伸加以感受。这你现在很清楚。树木重重叠叠，形成黑魆魃的壁封闭了你的视野。鸟不再传递信息。你一泻而出。

我一泻而出。

我睁开眼睛。我躺在床上，周围谁也没有。时值深更，夜黑得无以复加，所有钟表都已从中失去。我下床脱去内裤，用厨房的水冲洗上面粘的精液，它犹如黑暗产下的私生子，白白的重重的，黏黏糊糊的。我一口气喝了好几杯水。无论怎么喝都不解渴。我实在孤独难耐。在子夜无边的黑暗里、在森林的重重包围中，我孤独得地老天荒。那里没有季节，没有光明。我回身上床，坐在床上深深呼吸。夜色拥裹着我。

现在，那个什么已在你体内历历显形。它作为黑影憩息在那里。外壳已无影无踪。外壳被彻底毁弃。你的双手粘有黏糊糊的东西，好像人的血。你把手举到眼前，但光亮不足，看不清是什么。无论内侧还是外侧都过于黑暗。

第 40 章

"甲村图书馆"的木牌旁边有块招牌，上面写着休息日为星期一，开馆时间十一时至五时，入馆免费，有意者可于星期二下午二时来馆参观。星野念给中田听。

"今天是星期一，偏巧关门。"星野看了一眼手表，"不论今天星期几都过了开馆时间，一回事。"

"星野君，"

"嗯？"

"这图书馆和上次跟星野君去的那座看上去有很大不同。"中田说。

"是啊，那座是公立大图书馆，这座是私立图书馆。规模绝对不一样。"

"中田我不太明白了，这私立图书馆是怎么一个东西呢？"

"就是哪里一个喜欢书的资产家建座房子，把自己收集的很多书向世人公开，让大家随便看。了不起啊！门面就很气派。"

"资产家是怎么回事呢？"

"有钱人。"

"有钱人和资产家有什么区别呢？"

星野歪头想了想。"这区别嘛，我也不大清楚。大概同光是有钱相比，资产家好像有教养什么的。"

"有教养?"

"就是说,有钱人只要有钱就行,我也好你也好,只要有钱都可以当上有钱人,但资产家就怎么都当不上,当资产家需要一些时间。"

"很复杂啊!"

"啊,是很复杂。反正都跟咱们无关,咱们连光是有钱的有钱人都没希望当上。"

"星野君,"

"嗯?"

"既然星期一休息,那么明天十一点来这里图书馆就能开了?"

"应该是的。明天星期二。"

"中田我也能进入图书馆吗?"

"木板上写着谁都能进,所以你也能进。"

"不认字也可以进去吧?"

"啊,不怕的。认字不认字什么的,不可能在门口一一盘问。"星野说。

"那么,中田我也想到里面去。"

"可以呀,明天一早就来这里,两人一起进去就是。"星野说,"对了,老伯,有一点想确认一下:这里就是那个场所喽?要找的什么贵重东西就在这图书馆里?"

中田摘下登山帽,用手心搓了几下短发:"是的,应该在的。"

"那,不再找下去也没关系了?"

"是的,没有再要找下去的东西了。"

"太好了!"小伙子如释重负,"我正在想,真要找到秋天可如何是好。"

两人返回上校山德士的公寓美美睡了一觉,第二天十一点出门去甲村图书馆。从公寓走路去只需二十分钟，两人决定走路。星野早上去站前把车还回给租车点。

两人到图书馆时，门已大敞四开。看来将是闷热的一天。周围洒了水，门内可以见到修剪整齐的庭园。

"老伯，"星野在门前叫了一声。

"嗯。什么呢？"

"进图书馆后我们怎么做好呢？你一下子端出一桩没头没脑的离奇事来我怕也不好办，所以想事先问你一下，作为我也大致要有个心理准备。"

中田沉思起来。"进去做什么中田我也心中无数，但这里既然是图书馆，那么我想先看看书再说。中田我选几本图片集或画册，你也挑几本什么书看。"

"明白了。因为是图书馆所以先看书，言之有理。"

"至于做什么好，下一步再慢慢考虑。"

"好好。下一步的事下一步考虑不迟，这也是健全的想法。"星野说。

两人穿过精心修整过的美丽庭园，走进传统样式的门厅。一进去就见有一个借阅台，一个不肥偏瘦的漂亮小伙子坐在那里，白色棉质扣领衬衫，小眼睛，额前垂着长长细细的头发。星野心想，活脱脱是弗朗索瓦·特吕福黑白电影里的形象。漂亮小伙子见两人进来，好看地微微一笑。

"您好！"星野声音朗朗地说。

"您好！"对方也寒暄一声，"欢迎！"

"想看看书。"

"当然，"大岛点头道，"那当然。请随便看。这座图书馆对一般公众开放。开架式，自由挑选。检索是卡片式，用电脑也能检索。有不清楚的只管问好了，我乐意协助。"

"谢谢。"

"有特别感兴趣的领域或要找的书吗?"

星野摇头道:"不,现在没什么特别的,或者不如说与书相比,对这图书馆本身更有兴趣。正好从门前走过,觉得蛮有意思,就想进来瞧瞧。建筑物真是不一般!"

大岛优雅地淡然一笑,拿起削得尖尖的长铅笔:"这样的人士很多。"

"那就好。"星野说。

"如果有时间的话,两点开始馆内有简单的导游项目。只要有人提出,几乎每星期二下午都安排,由馆长介绍这座图书馆的由来。今天正好星期二。"

"这玩意儿大概极有趣。怎么样,不看看,中田?"

星野和大岛隔着借阅台交谈的时间里,中田紧紧抓着摘下的登山帽,怔怔地四下打量,直到星野叫自己名字才回过神来。

"啊,什么事呢?"

"跟你说,两点钟有个馆内参观节目,怎么样,不参观参观?"

"好的,星野君,中田我很想参观。"

大岛兴致勃勃地看着两人说话。中田与星野——这两人到底是怎样一种关系呢?不像是亲戚。无论看年龄还是看外表,都可谓令人费解的组合。哪里也找不出共同点。就这位叫中田的年长者来说,讲话的方式多少有些古怪,身上有一种不释然感,不过给人的印象并不坏。

"从远处来的么?"大岛试着问。

"嗯,我俩是从名古屋来的。"星野慌忙抢在中田开口前回答。倘若中田冒出一句什么"从中野区来的",情况未免不妙。电视新闻已经报道了一个貌似中田的老人涉嫌中野区杀人事件,所幸据他所知,中田的头像尚未出现。

"够远的了。"大岛说。

"那是，跨过一座大桥，很大很漂亮的桥。"中田说。

"是啊，一座很大的桥，我还一次都没跨过。"大岛应道。

"中田我有生以来还从见过那么大的桥。"

"建造那座桥，"大岛说，"花了极长的时间和极多的钱。据报纸报道，管理桥和高速公路的道路公团①，每年大约有一千亿日元赤字。那基本上是用我们的税金填补的。"

"一千亿日元是怎么一个东西，中田我不很明白。"

"坦率地说，我也不很明白。"大岛说，"无论什么，一旦数量越过某一个点，就失去了现实性。总之就是很多很多钱。"

"实在谢谢了。"星野从旁插嘴道。如此放任自流，中田说不定会说出什么来。"参观的事，两点到这里就可以了？"星野问。

"是的。请两点过来。馆长为大家解说。"大岛回答。

"两点之前在那边看书。"星野说。

大岛一边手中转动铅笔，一边注视两人的背影，过了一会才继续已经开头的工作。

两人从书架上挑选合适的书。星野挑了一本《贝多芬与他的时代》。中田拿了几本家具图集放在桌上，然后像极细心的狗一样满房间查来看去，摸摸这里嗅嗅那里，或盯住一个地方看上半天。十二点之前除了他俩一个阅览者也没有，因此没人留意中田的这些举动。

"我说老伯，"星野低声说。

"啊，什么事呢？"

"跟你说，求你件急事——希望你尽量别说是从中野区来的。"

"那又为何？"

"说起来话长，总之我认为不说为妙。如果得知你是从中野区来

---

① 日本政府出资经营的企业机构。

的，对别人来说有可能是一场麻烦。"

"明白了。"中田深深地点了下头，"给别人带来麻烦总是不好的。就按您星野君吩咐的，瞒着不说是从中野区来的。"

"那就谢谢了。"星野说，"对了，你要找的宝贝东西可找到了?"

"没有，星野君，还什么都没找到。"

"可场所是这里没错吧?"

中田点头："没错。昨晚睡觉前跟石头君讲了很多，我想这里是那个场所，不会错。"

"那就好。"

星野点了下头，又回到贝多芬的传记。贝多芬自视甚高，对自己的才华绝对自信，对贵族阶级概不讨好。他认为惟有艺术、惟有情感的正确表露才是这世界上最为崇高、最值得致以敬意的东西，而权力和钱财则是为之服务的。海顿在贵族家寄宿的时候(不寄宿的时候很少)同仆人们一起吃饭，音乐家们在海顿生活的时代属于仆人阶层(当然直率而随和的海顿宁愿同仆人们一起吃饭，也不愿同就餐时有种种清规戒律的贵族们在一起)。但是，贝多芬每次受到这样的侮辱都大发雷霆，往墙上摔东西，要求与贵族平等地同坐一桌。贝多芬性情急躁(甚至可以说是暴躁)，一旦发火便不可收拾，政治上想法也很激进，并且不加掩饰。耳聋之后，这种脾性愈演愈烈。他的音乐随着年龄的增长而飞跃性地向外扩展幅度，同时又稠密地集中于内心。大概惟独贝多芬才能将这种二律背反性同时发挥得淋漓尽致，而如此非同寻常的作业将他的现实人生迅速毁坏殆尽，人的肉体和精神毕竟是有限度的，不可能长期忍受这种剧烈劳作。

"伟人也真不容易啊!"星野中途放下书，叹了口气，深为敬佩。学校音乐室里放着贝多芬半身铜像，他只是清楚地记得他愁眉苦脸的神情，而不知晓此人送走的人生竟如此充满苦难，于是心想，无怪乎他显得那么郁郁寡欢。

星野思忖：这么说也许不合适——自己无论如何也成不了伟人。他往中田那边望了一眼。中田一边目不转睛看家具图集，一边做着凿凿子或推刨子动作，大约一见到家具身体就习惯性地动了起来。

那个人倒有可能成为伟人，星野想，普通人横竖做不到那个程度。

十二点过后来了另外两个阅览者（两个中年女士）。于是两人去外面歇息。星野准备了面包当午饭，中田一如平日帆布包里带着装有热茶的小保温瓶。星野问借阅台里的大岛哪里吃东西不碍事。

"问得有理，"大岛说，"那边有檐廊，不妨一边欣赏庭园一边慢慢用餐。如果愿意，餐后请来喝咖啡，这里备有咖啡，不必客气。"

"多谢。"星野说，"好一个家庭式图书馆。"

大岛微笑着把前发撩去后面："是啊，同普通图书馆相比，我想是有所不同，或许真可以称为家庭式的。我们的目的是提供能够静心看书的温馨的空间。"

此人感觉极好，星野想，聪明、整洁、富有教养，且十分亲切。没准是同性恋者，他猜想。但星野对同性恋者并不怀有什么偏见。人各有所好，有人能跟石头说话，男人睡男人也无须大惊小怪。

吃完东西，星野站起长长地伸个懒腰，独自去借阅台讨了一杯热咖啡。不喝咖啡的中田坐在檐廊里边看飞来院子的鸟边喝保温瓶的茶水。

"如何，可找到什么感兴趣的书了?"大岛问星野。

"唔，一直看贝多芬的传记来着。"星野说，"非常有趣。跟踪贝多芬的人生，有很多东西让人思考。"

大岛点头："是的。极审慎地说来，贝多芬的人生是相当艰难的人生。"

"嗯，活得十分辛苦。"星野说，"不过我是这么想的，从根本上得怪他本人。贝多芬这个人几乎天生没有协调性，只想他自己，脑袋里只有他自己的事、自己的音乐，为此牺牲什么都在所不惜。这样的人身边真有一个，那怕是很麻烦的，我都想说一句'喂喂，路德维希①，请原谅'。外甥精神上出问题也没什么奇怪，可是音乐厉害，打动人心。不可思议啊！"

"完全如此。"大岛同意。

"可他何苦过那么难受的日子呢？再正常一点儿、像一般人那样活着不也可以的么，我觉得。"

大岛来回转着手中的铅笔。"是啊。不过在贝多芬那个时代，大概自我的表露被视为一件很重要的事。这样的行为在那以前的时代也就是绝对王政时代被作为不当和有违社会常规的行为受到严厉压制，这种压制在进入十九世纪之后随着资产阶级掌握社会实权而被全部解除，大部分自我赤裸裸地暴露出来，同自由、个性解放同属一义，艺术、尤其是音乐首当其冲。柏辽兹、瓦格纳、李斯特、舒曼等紧随贝多芬出现的音乐家无不度过了离经叛道波澜万丈的人生，而这种离经叛道在当时恰恰被认为是理想的人生模式之一，想法非常单纯。那一时代被称为浪漫派时代。的确，对于他们本人来说，那样的生活方式有时是相当难以忍受的。"大岛说，"喜欢贝多芬的音乐？"

"没有详细听，还谈不上喜欢不喜欢，"星野直言相告，"或者不如说几乎没听过。我只喜欢《大公三重奏》那支曲子。"

"那个我也喜欢。"

"百万美元三重奏倒是很合心意。"

大岛说："我个人偏爱捷克的苏克②三重奏。达到了优美的平衡，散发着一种清风拂过绿草那样的清香。但百万美元也听过。鲁宾斯坦、海菲茨、弗里曼，那也是足以留在人心底的演奏。"

---

① 贝多芬的名字。
② 捷克小提琴演奏家(1929—　)。

"呃——，大岛，"星野看着借阅台上的姓名牌说，"你很熟悉音乐?"

大岛微微一笑："算不上熟悉，但喜欢，一个人的时候常听。"

"那么有一点想问问：你认为音乐有改变一个人的力量吗？比如说自己身上的什么会因为某时听到的音乐而一下子发生变化?"

大岛点头。"当然，"他说，"体悟什么，我们身上的什么因之发生变化，类似一种化学作用。之后我们检查自己本身，得知其中所有刻度都上了一个台阶，自己的境界扩大了一轮。我也有这样的感受。倒是偶尔才有一次，偶一有之。同恋爱一样。"

星野不曾闹过刻骨铭心的恋爱，但姑且点头赞同。"那肯定是很重要的事情吧，"他说，"对于我们的人生?"

"是的，我那样认为。"大岛回答，"假设完全没有这样的情况出现，我们的人生恐怕将变得枯燥无味。贝多芬说过：'倘若你没读《哈姆雷特》便终了此生，那么你等于在煤矿深处度过一生。'"

"煤矿深处……"

"啊，十九世纪式的极端之论。"

"谢谢你的咖啡。"星野说，"能和你交谈真好。"

大岛极得体地微微一笑。

两点到来之前星野和中田各自看书。中田仍然比比划划地看家具图集看得入神。除了两位女士，下午阅览室又来了三人，但希望参观的只星野和中田。

"仅两人参加，能行么？只为我们两个麻烦一场，挺不好意思的。"

"不必介意。即使一个人馆长也乐于当向导。"

两点，一位相貌端庄的中年女性从楼梯下来，背挺得笔直，走路姿势优雅。身穿棱角分明的藏青色西装裙，脚上是黑色高跟鞋。头发束在脑后，祖露的脖颈上戴一条纤细的银项链。非常洗练，别无赘物，尽显品位。

"你们好！我叫佐伯，是这座图书馆的馆长。"说着，她娴静地一笑，"说是馆长，其实这里只有我和大岛两人。"

"我叫星野。"

"中田我来自中野区。"中田双手攥着登山帽说。

"欢迎远道而来。"佐伯说。

星野心里一惊，但佐伯似乎毫不介意，中田当然也无动于衷。

"那是，中田我跨过一座很大很大的桥。"

"好气派的建筑物啊！"星野从旁边插嘴道，因为提起桥来中田又会絮叨个没完。

"啊，这座建筑物原本是明治初期作为甲村家书库兼客房建造的，众多文人墨客来这里访问留宿。现在是高松市宝贵的文化遗产。"

"文人墨客?"中田问。

佐伯微微一笑："从事文艺活动的人——钻研书法、吟诗作赋、创作小说的那些人。各地资产家往日都向这些艺术家提供资助。和现在不同，那时艺术是不应用来谋生的。甲村家在当地也是长年致力于文化保护的资产家之一，这座图书馆就是为了将那段历史留给后世而开设和运营的。"

"资产家的事中田我了解。"中田开口了，"当资产家需要时间。"

佐伯仍面带微笑点头道："是啊，当资产家是需要时间，钱攒得再多也不能买来时间。那么，请先上二楼参观。"

他们依序转了二楼的房间。佐伯一如往常介绍房间里住过的文人，指点着他们留下的书法和诗文作品。佐伯现在作为办公室使用的

书房的写字台上依旧放着佐伯的自来水笔。参观过程中，中田兴味盎
然地一一细看那里的一切，解说似乎未能传入他的耳朵。对佐伯的解
说作出反应是星野的任务，他一边随声附和一边心惊胆战地用眼角瞟
着中田，生怕他弄出什么莫名其妙的名堂。好在中田只是细看那里各
种各样的东西，佐伯也好像几乎没介意中田干什么，有条不紊地面带
微笑地领着参观。星野感叹：好一个指挥若定的人！

参观二十分钟左右结束了，两人向佐伯道谢。带领参观的时间
里，佐伯脸上一次也没失去微笑，但看着她的星野觉得很多事情一点
点费解起来。此人笑吟吟地看着我们，同时又什么也没看。就是说，
在看我们的同时又看别的东西，一边解说一边在脑袋里想其他事情。
她彬彬有礼，和蔼热情，无可挑剔，每问必答，答得亲切而简洁，然
而她的心似乎不在那里。当然不是说她敷衍了事，在某些部分她是乐
于忠实履行这种实际性职责的，只是心未投入而已。

两人返回阅览室，在沙发上各自闷头翻动书页。星野边翻边半想
不想地想佐伯。那位美丽的女性有某种不可思议之处，而那种不可思
议又很难准确地置换成语言。于是星野不再想，回到书中。

时值三点，中田突如其来地立起，这作为中田的动作是带有极少
见的力度的。他手里紧紧攥着登山帽。

"喂，老伯，你去哪里？"星野低声问。

然而中田并不回答，他双唇紧紧闭成一条直线，步履匆匆地朝门
口那边走去，东西扔在脚前的地板上也不管。星野也合上书站起来。
情形总好像不对头。

"老伯，等一下，等等。"得知中田不会等，星野赶紧追去。其
他人抬起头看他们。

中田在门前往左拐，毫不犹豫地登上楼梯。楼梯入口立着一块写
有"无关人员谢绝入内"的牌子，但中田不予理睬——或者莫如说他
本来就不认字。鞋底磨歪的网球鞋踩得楼板吱吱作响。

"对不起，"大岛从借阅台里探出身朝中田的后背招呼，"现在不能进那里。"

但声音似乎未能传入中田耳朵。星野尾随着追上楼梯："老伯，那边不成，不能上去！"

大岛也离开借阅台，跟在星野身后登上楼梯。

中田毫不踌躇地穿过走廊，走进书房。书房门一如往常地开着，佐伯正背对着窗伏案看书，听得脚步声，她抬起脸注视中田。他来到写字台前站定，从正面俯看着佐伯的脸。中田一声不响，佐伯一言不发。星野很快赶来，大岛也随之出现。

"老伯，"星野从后面把手搭在中田肩上，"这里不能随便进，这是规定。回原来地方吧！"

"中田我有事要说。"中田对佐伯说道。

"什么事呢?"佐伯以温和的语声问。

"关于石头的事，关于入口石。"

佐伯无言地注视了一会儿中田的脸，眼里浮现出极为中立性的光，之后眨了几下，静静合上正在看的书，双手整齐地置于台面，再次抬头看中田。看上去她难以作出决定，但还是轻轻点了下头。她看星野，又看大岛。

"把我们两个单独留下好么?"她对大岛说，"我在这里跟这位说话，请把门带上。"

大岛犹豫片刻，但终究还是点头答应了。他轻轻拉一下星野的臂肘，退到走廊，带上书房的门。

"不要紧吗?"星野问。

"佐伯是有判断力的人。"大岛领着星野下楼说，"她说行就行的。对她不必担心。去下面喝咖啡好了，星野。"

"说起中田来，光担心是没有用的。一塌糊涂！"星野摇头说。

第41章

这回是作好了准备进森林的。指南针和刀、水壶和应急食品、军用手套、在工具库找到的黄色喷漆、小柴刀——我把这些装进小尼龙袋(这也是在工具库找到的),带进森林。裸露的皮肤喷上了防虫剂,穿长袖衫,脖子用毛巾围上,戴上大岛给的帽子。天空一片阴暗,溽暑蒸人,看样子很快就要下雨,于是把防雨斗篷装进尼龙袋。鸟们互相招呼着穿过灰云低垂的天空。

我像以往那样很快走到圆形开阔地,用指南针确认大致向北之后,进一步踏进了森林深处。这回用喷漆隔三岔五地往路过的树干上涂黄色,只要循此而行,即可返回原地。喷漆不同于《亨塞尔和格蕾特尔》中做记号的面包,不必担心被鸟吃掉。

由于做了这一系列准备,我所感觉的恐怖不像上次那么强烈了。紧张当然紧张,但心跳平稳得多。驱使我的是好奇心,我想知道这小路前面有什么。假如什么也没有,知道什么也没有也好。我必须知道。我小心翼翼地把四周的景物印入脑海,一步步稳扎稳打。

哪里不时响起莫名其妙的声音:"咚"一声什么掉在地上的声音、地板承受重压时咯吱咯吱的声音,以及无法用语言形容的奇异的声音。我不知晓那些声音意味着什么,想像都很困难。它们既像从很远地方传来的,又似乎近在耳畔,距离感仿佛可以伸缩。头顶有时响起鸟扑棱翅膀的声音,声音响得出奇,估计被大大夸张了。每有声音传来，我马上停住脚步，侧耳倾听，屏息等待什么发生，但什么也没发生。我继续前行。

除却这些时而传来的突发性声响，四周基本上万籁俱寂。无风，头顶无树叶摇曳声，传入耳中的惟我蹚草前进的足音。脚一踩上落地的枯枝，"嚓"的一声脆响便四下回荡。

我右手提着刚在磨石上磨过的柴刀，没戴手套的手心里有刀柄粗糙的感触。时下还没出现刀具派上用场的情况，但它恰到好处的重量给我以自己得到保护的感觉。我被保护着——到底被什么呢？四国森林里应该没有熊没有狼，毒蛇也许有几条。但细想之下，森林中最有危险性的恐怕是我自己。说到底，我无非对自己的身影战战兢兢罢了。

尽管如此，在森林里走起来，我还是有自己被看着、被听着的感觉。有什么从哪里监视着自己，有什么屏住呼吸埋伏于背景中盯视我的一举一动，有什么在远处什么地方倾听着我弄出的动静，并且在推测我怀的是什么目的、去的什么地方。但我尽量不就它们思来想去。那大约是错觉，而错觉越想就膨胀得越厉害，越想就形状越具体，很快会不再是错觉了。

我吹口哨填埋沉默。《我的至爱》、约翰·科特伦的高音萨克斯。不用说，我不熟练的口技不可能吹出密密麻麻铺满音符的复杂的即兴曲，无非把脑袋里想出的旋律在某种程度上变成声音而已，但总比什么也没有强些。看表，早上十点半。大岛此刻想必在做开馆准备。今天是……星期三。他往院里洒水，用抹布擦桌子，烧水做咖啡——我在脑海中推出这些场景。那本该是我做的事，可我现在置身于森林，并朝着更深的地方行进不止，谁也不知晓我在这里，知晓的只有我，加上它们。

我沿那里的路前行。称之为路或许勉强，大概是水流花了很长时间冲出的自然通道。森林里每下一次大雨，颇有速度的水流便急剧地剜去泥土，卷走杂草，露出树根，遇上巨石就绕弯而下。雨停水息之后，遂成为干涸的河床，形成人可以行走的路。那种路径大多为羊齿和绿草所覆盖，稍不注意就迷失不见。有的地方坡很陡，必须手抓树根攀登。

不觉之间，约翰·科特伦已不再吹奏高音萨克斯。耳朵深处正在回响马克·泰纳的钢琴独奏，左手刻录单调的节奏模式，右手一摞黑黑厚厚的和弦。它将某人（没有名字的某人、没有面部的某人）黯淡的过去被像拉肠子一样从黑暗中拉出的光景巨细无遗地描写出来，宛如描写神话场面。至少在我耳里听来是这样。我将不屈不挠的循环反复一点点切割成现实场景予以重新组合，那里隐约有催眠的危险气味，一如森林。

我边走边用左手拿着的喷漆在树干上轻轻地留下标记，并屡屡回头确认那黄色标记是否看得清楚。不要紧，表示回程路线的标记如海上的浮标参差不齐地首尾相连。为慎重起见，我又用柴刀不时在树干上砍出痕迹。这也是一种标识。并非任何树干都那么容易留痕，我这把小柴刀完全砍不动的也有。每当碰上不甚粗又似乎软些的树干，我就在它身上砍下一刀，留下崭新的刀痕。树默默地承受了这一击。

大大的黑蚊子时不时如侦察员一样飞来，企图扎进我裸露的肌肤。耳畔"嗡"一声响起振翅声。我用手赶开或把它拍死，拍时"喀哧"一声，有一种实实在在的手感。有时它吸足我的血，痒感随后袭来。我用围在脖子上的毛巾揩去手心沾的血。

过去在这山里行军的士兵们若是夏季也难免为蚊子烦恼。不过，所谓"全副武装"究竟有多重呢？铁疙瘩般的旧式步枪，为数不少的子弹、刺刀、钢盔、若干手榴弹，当然还有粮食和水、挖战壕用的铁锹、饭盒……估计有二十公斤左右。总之重得要命，和我这尼龙袋不可同日而语。我不由得幻想自己在眼前树木茂密的拐角处撞上那些士兵们，但士兵们早已消失，消失六十多年了。

我想起在小屋檐廊里读的拿破仑远征沙俄。一八一二年夏天朝着莫斯科长途行军的法军士兵也该被蚊子折腾得好苦。折腾他们的不光是蚊子，法军将士必须同其他许许多多困难殊死搏斗，饥渴、泥泞的道路、传染病、酷暑、袭击拖长的补给线的哥萨克游击队、缺医少药，当然还有同俄国正规军进行的几场大会战。好歹进入居民逃光已成空城的莫斯科，部队人数由最初的五十万骤减到十万。

我停住脚步，用水筒里的水湿润喉咙。手表上的数字正好变成11时。图书馆开门的时刻。我想像大岛开门和坐在借阅台里的身影，台面应该一如平时放有削尖的长铅笔。他不时拿起铅笔团团旋转，用橡皮头轻轻顶住太阳穴。如此光景真真切切地在我脑海中浮现出来，而那场所却距我那般遥远。

大岛说，我没有月经，乳头无动于衷，但阴蒂有感觉，性行为不是通过阴道，而是通过肛门进行。

我想起大岛在小屋床上脸朝墙睡觉时的身姿，想起那里残留着的他或她的气味。我在同一张床上、在那气味的拥裹中睡去。但我不再想下去了。

我想战争，想拿破仑的战争，想日军士兵不得不打的战争。手中有柴刀确实的重感，刚磨出的锋利的白刃耀眼炫目，我不由得移开眼睛。为什么人们要打仗呢？为什么数十万数百万人必须组成集团互相残杀呢？那样的战争是仇恨带来的，还是恐怖所驱使的呢？抑或恐怖和仇恨都不过是同一灵魂的不同侧面呢？

我往树干上砍了一刀。树发出听不见的呻吟，流出看不见的血。我继续行进。约翰·科特伦又拿起高音萨克斯。反复切碎了现实的场景，重新组合。

我的心不知不觉地踏入梦的领域。梦境静静返回。我抱着樱花，她在我怀中，我在她体内。

我再也不愿忍受让各种东西任意支配自己、干扰自己。我已杀死了父亲，强暴了母亲，又那样进入姐姐体内。我心想如果那里存在诅咒，那么就应主动接受。我想迅速解除那里面的程序，想争分夺秒地从其重负下脱身，从今往后不是作为被卷入某人的如意算盘中的什么人，而是作为完完全全的我自身生存下去。此外别无他想。我在她体内一泻而出。

"即使是在梦中，你也是不该做那种事的。"叫乌鸦的少年向我说道。

他就在我背后，和我一同在森林行走。

"我那时很想劝阻你来着，你也应该明白这点，应该清楚地听到我的声音。可是你不听我的话，径自向前迈进。"

我不回答，也不回头，只管默默移动脚步。

"你以为这样就可以摆脱加在自己身上的诅咒，是吧？可结果是那样的么？"叫乌鸦的少年问道。

可结果是那样的么？你杀死了父亲、奸污了母亲、奸污了姐姐。你把预言履行了一遍。你以为这样一来父亲加在自己身上的诅咒即告终止，然而实际上什么也没终止，什么也没摆脱，莫如说诅咒在你精神上的烙印比以前更深了。对此你现在心里应该清楚，你的遗传因子里至今仍然充满着那个诅咒，它化为你呼出的气，随着八方来风撒向世界。你心中黑暗的混乱依然故我。对吧？你怀抱的恐怖、愤怒和不安感丝毫没有消去，它们仍在你体内，仍在执拗地折磨你的心。

"记住，哪里也不存在旨在结束战争的战争。"叫乌鸦的少年说，"战争在战争本身中成长，它吮吸因暴力而流出的血、咬噬因暴力而受伤的肉发育长大。战争是一种完完全全的活物。这点你必须了解。"

姐姐！我脱口而出。

我是不该奸污樱花的，即使是在梦中。

"我该怎么办呢?"我看着前方的地面询问。

"是的,你必须做的大约是克服你心中的恐怖和愤怒。"叫乌鸦的少年说,"引来光明,融化你那颗心的冰冻部分。这才算真正变得顽强。只有这样才能成为世界上最顽强的十五岁少年。我的意思你可明白? 现在开始还为时不晚,现在开始你还可以真正找回自己。动脑筋思考,思考何去何从。你绝对不蠢,思考应该不成问题。"

"我难道真杀死了父亲?"我问。

没有回音。我回头看去,叫乌鸦的少年已不在那里。我的问话被沉默吞噬。

在深邃的密林中我一个人孤苦伶仃,觉得自己彻底成了空壳,觉得自己成了大岛一次说过的"空幻的人"。我身上有个巨大的空白,那空白至今仍在一点点继续膨胀,它迅速吃掉自己身上残存的内核,我可以听见它吃的声音。自己这一存在愈发变得无可理喻。我的确山穷水尽了。这里没有方向,没有天空没有地面。我想佐伯,想樱花,想大岛,但我距他们所在的场所有几光年之遥,如倒看望远镜,无论手伸出多远都无法触及他们。我孤单单地置身于幽暗的迷宫。大岛叫我倾听风声,我倾听风声。然而这里丝毫无风。叫乌鸦的少年也不知去了哪里。动脑筋思考,思考何去何从。

可是我再也思考不了什么。不管思考什么,我到达的地方终归只能是迷宫的尽头。我的内核究竟是什么? 那是同空白对立的东西不成?

我认真地想:假如能彻底抹杀自己这一存在该有多好! 在这厚厚的树墙中、在这不是路的路上停止呼吸,将意识静静埋入黑暗,让含有暴力的黑血流尽最后一滴,让所有遗传因子在草下腐烂。恐怕惟有这样我的战斗才能结束,否则,我势必永远杀害父亲、奸污母亲、奸污姐姐,永远损毁世界本身。我闭目合眼,凝视自己的内心。覆盖那里的黑暗凌乱不堪，粗糙无比。乌云裂开时，山茱萸的叶片迎着月光，如千万把刀刃熠熠生辉。

这时，皮肤里面好像有什么被替换，脑袋里咔嚓一声响。我睁开眼睛，深深吸气，把喷漆罐扔在脚下。扔掉柴刀，扔掉指南针。所有东西发出声音落在地面。这些声音仿佛来自极遥远的地方。我觉得身上一下子轻了许多。我拉下背上的尼龙背袋一并扔在地上。我的触觉远比刚才敏锐。周围的空气增加了透明感。森林的气息变得更浓了。约翰·科特伦仍在耳底继续着迷宫式的独奏。那里无所谓终止。

随后我转念从尼龙袋里取出小猎刀揣进衣袋。这是从父亲书桌里带来的利刃，必要时可以用来划开手腕血管，让我身上所有的血流到地面，以此破坏自己这一装置。

我把脚踏入森林的核心。我是空幻的人，我是吞噬实体的空白。正因如此，那里已没有值得我怕的东西，全然没有。

于是，我把脚踏入森林的核心。

第42章

房中只剩两人之后，佐伯劝中田坐在椅子上。中田想了想，弓身坐下。两人半天什么也没说，只是隔桌看着对方。中田把登山帽放在整齐并拢的膝头上，照例用手心喀哧喀哧搓着短发。佐伯双手置于写字台面，静静地看着中田的一举一动。

"如果我没有误会的话，我想我大概在等待你的出现。"她说。

"那是，中田我也认为恐怕是那样。"中田说，"但花了时间。让您等待得太久了吧？中田我也以中田我的方式抓紧来着，但这已是极限。"

佐伯摇头道："不，没什么。比这早或比这晚我恐怕都将更为困惑。对我来说，现在是最正确的时间。"

"请星野君这个那个帮了很多忙，如果没有他，中田我一个人想必更花时间。毕竟中田我字也不认得。"

"星野君是您的朋友？"

"是的，"中田说，"或许是那样的。不过说老实话，中田我不大清楚这里面的区别。除了猫君，中田我有生以来称得上朋友的人一个也没有。"

"我很长时间里也没有称得上朋友的人。"佐伯说，"我是说除了回忆。"

"佐伯女士，"

"嗯?"

"老实说来,中田我称得上回忆的东西一个也没有,因为中田我脑袋不好使。所谓回忆,到底是怎样一个东西呢?"

佐伯看着自己放在台面上的双手,之后看着中田的脸:"回忆会从内侧温暖你的身体,同时又从内侧剧烈切割你的身体。"

中田摇头道:"这问题太难了。关于回忆中田我还是不明白。中田我只明白现在的事。"

"我好像正相反。"佐伯说。

深重的沉默一时间降临房间。打破沉默的是中田,他轻轻咳了一声。

"佐伯女士,"

"什么呢?"

"您记得入口石的事吧?"

"嗯,记得。"她的手指碰到写字台上的勃朗·布兰自来水笔,"很久很久以前我在一个地方碰上的。或许一直蒙在鼓里会更好些。但那是我无法选择的事。"

"中田我几天前把它打开过一次,那天下午电闪雷鸣,很多雷君落在街道上。星野君帮忙来着。中田我一个人无能为力。打雷那天的事您记得吧?"

佐伯点头:"记得。"

"中田我之所以打开它,是因为不能不打开。"

"知道。为了使许多东西恢复其本来面目。"

中田点了下头说:"正是。"

"你有那个资格。"

"中田我不大清楚资格为何物,不过佐伯女士,不管怎样那是别无选择的事。跟您说实话,中田我在中野区杀了一个人。中田我是不想杀人的,可是在琼尼·沃克的促导下,中田我替一个应该在那里的十五岁少年杀了一个人，而那是中田我不得不接受的。"

佐伯闭起眼睛，又睁开来注视中田："那样的事情是因为我在久远的过去打开了那块入口石才发生的吧？那件往事直到现在还到处导致许多东西扭曲变形，是这样的么？"

中田摇摇头。"佐伯女士，"

"嗯？"

"中田我不晓得那么多。中田我的任务仅仅是使现在存在于这里的事物恢复本来面目，为此离开了中野区，跨过一座大桥来到四国。您大概已经明白，您不能留在这里。"

佐伯微微一笑。"好的。"她说，"那是我长期以来所追求的，中田君。过去我追求，现在我依然追求，可是无论如何也没追求到手。我只能静静等待那一时刻——现在这一时刻——到来，而那在大多数情况下是难以忍受的。当然，痛苦恐怕也是赋予我的一种责任。"

"佐伯女士，"中田说，"中田我只有一半影子，和您同样。"

"是的。"

"那一半是战争期间丢掉的。至于为什么发生那样的事，又为什么发生在中田我身上，中田我不得其解。不管怎样，那已经过去了相当漫长的岁月，我们差不多该离开这里了。"

"这我明白。"

"中田我活了很久。但刚才也说了，中田我没有记忆。所以您所说的'痛苦'那样的心情中田我是理解不好的。不过中田我在想：哪怕再痛苦，您大概也不愿意把那记忆扔去一边，是吧？"

"是的，"佐伯说，"正是那样。无论怀抱着它生活有多么痛苦，我也——只要我活着——不想放弃那个记忆，那是我活下来的惟一意义和证明。"

中田默然点头。

"我活的时间够长的了，长得超过了限度。这时间里我损坏了许许多多的人和事物。"她继续道，"我和那个你说的十五岁少年有了性关系，就是最近的事。我在那个房间再次变回十五岁少女，同他交合。无论那是正确的还是不正确的，我都不能不那样做，而这样又可能使别的什么受损。只这一点让我难以释怀。"

"中田我不懂性欲。"中田说，"一如中田我没有记忆，性欲那东西也没有。因此，不知道正确的性欲和不正确的性欲有何区别。不过，既然事情已经发生，那么就是已经发生的事情。正确也罢不正确也罢，大凡发生的事都要老老实实接受。因此也才有现在的中田我。这是中田我的立场。"

"中田君，"

"啊，您要说什么呢?"

"有件事想求您。"

佐伯拿起脚下的皮包，从中取出一把小钥匙，打开写字台的抽屉，从抽屉里拿出几本厚厚的文件夹放在台面。

她说："我回到这座城市以来一直在桌前写这份原稿，记下我走过的人生道路。我出生于离这里很近的地方，深深爱着在这座房子里生活的一个男孩儿，爱得无以复加。他也同样爱着我。我们活在一个完美无缺的圆圈中，一切在圈内自成一体。当然不可能长此以往。我们长大成人，时代即将变迁，圆圈到处破损，外面的东西闯进乐园内侧，内侧的东西想跑去外面。这本是理所当然的事，然而当时的我无论如何也未能那样认为。为了阻止那样的闯入和外出，我打开了入口的石头。而那是如何做到的，现在已记不确切了。总之我下定了决心：为了不失去他，为了不让外面的东西破坏我们两人的天地，不管发生什么事我都要把石头打开。至于那意味着什么，当时的我是无法理解的。不用说，我遭受了报应。"

说到这里，她停顿下来，拿起自来水笔，合上眼睛。

"对我来说，人生在二十岁时就已经终止了。后面的人生不过是绵延不断的后日谈而已，好比哪里也通不出去的弯弯曲曲若明若暗的长廊。然而我必须延续那样的人生。无非日复一日接受空虚的每一天又把它原封不动地送出去。在那样的日子里，我做过许多错事。有时候我把自己封闭在内心，就像活在深深的井底。我诅咒外面的一切，憎恶一切。有时也去外面苟且偷欢。我不加区别地接受一切，麻木不仁地穿行于世界。也曾和不少男人睡过，有时甚至结了婚。可是，一切都毫无意义，一切都稍纵即逝，什么也没留下，留下的惟有我所贬损的事物的几处伤痕。"

她把手放在摞起来的三本文件夹上。

"我把那些事情详详细细写了下来，是为清理我自身写的。我想彻头彻尾地重新确认自己是什么、度过的是怎样的人生。当然我不能责怪除我以外的任何人，但那是切肤般难以忍受的作业。好在作业总算结束了，我写完了一切。这样的东西对我已不再有用，也不希望别人看到。如果被别人看到，说不定又要损毁什么。所以，想求人在哪里把它彻底烧掉，痕迹也别留下。如果可以的话，我想把这件事拜托给您。除了您中田君我别无可托之人。冒昧相求，您能答应吗?"

"明白了。"中田有力地点了几下头，"既然您有那个愿望，中田我保证烧得一干二净，请您放心。"

"谢谢。"

"写是一件重要的事情吧?"中田问。

"是的，正是那样，写是一件重要的事情。而写完的东西、写后出现的形式却无任何意义。"

"中田我读写都不会，所以什么都记录不下来。"中田说，"中田我跟猫一个样。"

"中田君，"

"什么呢?"

"感觉上似乎很早以前就和您相识了，"佐伯说，"您没在那幅画里边吗，作为海边背景中的人？挽起白色裤腿，脚踩进海水……"

中田从椅子上静静立起，走到佐伯的写字台前，把自己硬实的晒黑的手重叠在佐伯那置于文件上的手上，并以侧耳静听什么的姿势把那里的温煦转移到自己的手心。

"佐伯女士，"

"嗯?"

"中田我多少明白些了。"

"明白什么了？"

"明白回忆是怎样一种东西了。我可以通过您的手感觉出来。"

佐伯微微一笑："那就好。"

中田把自己的手久久重叠在她手上。不久佐伯闭目合眼，静静地让身体沉浸到回忆中。那里面已不再有痛楚，有人把痛楚彻底吮吸一空。圆圈重新圆满无缺。她打开远方房间的门，看见墙壁上有两个和弦像壁虎一样安睡着，遂用指尖轻碰那两只壁虎。指尖可以感觉出它们恬适的睡眠。微风徐来，古旧的窗帘不时随之摇曳，摇得意味深长，宛如某种比喻。她身穿裙摆很长的蓝色衣裳，那是她很早以前在哪里穿过的长裙。移步时裙摆微微有声。窗外有沙滩，可以听见涛声，也能听见人语。风中挟带着海潮的气息。季节是夏天。季节永远是夏天。空中飘浮着几方轮廓清晰的小小的白云。

中田抱着三本原稿文件夹走下楼梯。大岛正坐在借阅台里同阅览者说话，看见中田从楼梯下来，微微漾出了笑意。中田礼貌地点了下头。大岛继续说话。星野在阅览室专心看书。

星野把书放在桌上，抬眼看着中田："噢，时间够长的了，这回事情完了？"

"完了，中田我在这里的事已经结束。如果您可以的话，我想差不多该回去了。"

"啊，我可以了。书差不多看完了。贝多芬已经死了，正在举行葬礼。盛大的葬礼，两万五千名维也纳市民加入送葬队伍，学校停课。"

"星野君，"

"什么?"

"往下还有一个——就一个了——请求。"

"说好了。"

"想找个地方把这个烧掉。"

星野看着中田抱的文件夹："唔，量可相当不少啊! 这么大的量，不好在附近一点儿一点儿烧，得找个宽阔的河滩什么的。"

"星野君，"

"嗯?"

"那么就去河滩吧。"

"多问一遍也许犯傻——那东西莫非非常重要? 不能 '通'一声随便扔去什么地方?"

"不能啊，星野君。东西非常重要。必须烧掉，必须化成烟升上天空，必须有始有终。"

星野站起来，长长地伸了个懒腰。

"明白了，咱两人这就去找河滩。哪里有倒是不知道，不过耐心去找，一两片河滩四国想必也会有的。"

忙了一下午，很少这么忙。来了很多阅览者，有几人问得很专业。大岛忙着回答和查找要求阅览的资料。有几项必须用电脑检索，平时可以请佐伯帮忙，但今天看样子不行。这个那个事情使得他几次离开座位，连中田回去都没察觉。忙完一阵子环视四周，发现两人已不在阅览室，大岛便上楼梯去佐伯的办公室。门罕见地关着，他短促地敲了两下，等候片刻，但无回音。又敲了一次。"佐伯，"他从门外招呼道，"不要紧吗?"

仍无回音。

大岛轻轻转动球形拉手，没有上锁。他把门打开一条缝往里窥看，见佐伯伏在写字台上，头发垂在前面挡住了脸。大岛略一踌躇。也可能仅仅是累了打盹，可他从未见过佐伯午睡，她不是工作中打盹那一类型的人。大岛进房间走到桌前，弯腰在耳边呼唤佐伯的名字。没有反应。他用手碰了碰佐伯的肩，拉起她的手腕把手指按在上面。没有脉搏。肌肤虽然还有余温，但已十分微弱，似有若无。

他撩起佐伯的头发看她的面庞。两眼微微睁开着，她不是在睡觉，而是死了，但脸上的表情十分安详，俨然做梦之人。嘴角仍淡淡地留着笑意。大岛心想，此人即使在死时也不失端庄。他放下头发，拿起写字台上的电话。

大岛早已知晓这一天会来临，但如此和实际成为死者的佐伯单独留在寂静的房间，他还是不知所措。他心中异常干渴。我是需要这个人的，大概需要这个人的存在来填埋自己身上的空白，他想。然而自己未能填埋这个人怀有的空白，佐伯的空白直到最后的最后都仅仅属于她一个人。

有谁在楼下喊他的名字，好像有那样的声音传来。房门大敞四开，楼下人们匆匆往来的声响也传来了。电话铃也响了。可是大岛对一切都充耳不闻，只管坐在椅子上看着佐伯。想叫我的名字，尽管叫好了，想打电话，尽管打好了。不久，远处传来救护车的鸣笛声，似乎越来越近。人们很快就要赶来把她拉去哪里，永远地。他抬起左腕看表:4时35分。星期二下午四点三十五分。必须记住这个时刻，他想，必须永远记住这个日子。

"田村卡夫卡君，"他面对身旁的墙壁喃喃自语，"我必须把此事告诉你，当然我是说如果你还不知道的话。"

第43章

扔完东西，身体轻了，我继续朝森林中前进。心思只集中在前进上。已经没必要往树干上留记号，没必要记住回程路线。我甚至不再理会四周景物。反正千篇一律，重重叠叠地耸立着的树木、密密匝匝的羊齿、下垂的常春藤、疙疙瘩瘩的树根、腐烂的落叶堆、虫子留下的干巴巴的空壳、又黏又硬的蜘蛛网，以及无数的树枝——这里的确是树枝世界。张牙舞爪的枝、互争空间的枝、巧妙藏身的枝、弯弯曲曲的枝、冥思苦索的枝、奄奄一息的枝，如此光景无休无止地重复着。只是，每重复一遍，所有一切就增加一点深度。

我闭着嘴追寻地上的路或类似路的空间。路一直是上坡，但现在坡已不那么陡了，不至于让人气喘吁吁。路有时险些被葳蕤的羊齿和带刺的灌木丛淹没，但摸索着前行，还是可以找出模模糊糊的路来。我已不再对森林感到恐惧，森林自有其规律或大致的模式，一旦打消恐惧感，规律或模式就渐渐显现出来，我将其重复性熟记在心，使之变为自身的一部分。

我已一无所有。刚才还小心拿在手里的黄色喷漆也罢，刚磨好的柴刀也罢，都已没了踪影。尼龙袋没背，水筒和食品没带，指南针没要。统统扔了，走一段扔一件。我想通过扔这一肉眼看得见的形式告诉森林或告诉自身，自己已变得无所畏惧，因而宁愿赤手空拳。我作为抛弃硬壳的血肉之身独自朝迷宫中央挺进，准备投身于那片空白。

耳内一直鸣响的音乐不知何时已经消失，剩下来的惟有隐隐约约的白噪音①。那好像铺在巨大的床上的没有一道褶的白色床单，我将手指放在床单上，用指尖触摸白色。白色无边无际。我腋下渗出汗来。时而可以透过高大的树枝窥见的天空已被一色灰云遮得严严实实，但没有下雨的样子。云纹丝不动，现状一成不变。高枝上的鸟们短促地叫着，传递着似乎别有意味的信号。虫们在草丛中振响预言的羽声。

我思考空无人住的野方的家，此时大概是门窗紧闭。无所谓，就那样紧闭好了。沁入的血任其沁入好了。与我无关。我无意重新返回。在最近发生流血事件之前，那个家已有很多东西死去。不，莫如说是很多东西被杀。

森林有时从头顶到脚下威胁我，往我的脖子吐凉气，化作千根针扎我的皮肤，千方百计想把我作为异物排挤出去。但我对这些威胁渐渐可以应付自如了。说到底，这里的森林不外乎是我自身的一部分——不知从什么时候我开始有了这样的看法。我是在自身内部旅行，一如血液顺着血管行进。我如此目睹的是我自身的内侧，看上去是威吓的东西，其实是我心中恐怖的回声。那里张结的蜘蛛网是我的心拉出的蜘蛛网，头上鸣叫的鸟们是我自身孵化的鸟。如此意象在我胸间产生，并扎下根来。

我像被巨大的心脏鼓动从后面推着似的在林中通道上前进。这条路通向我自身的特殊场所，那是编织出黑暗的光源，是催生无声的回响的场所。我力图看清那里有什么。我是为自己带来封得严严实实的重要亲笔信的密使。

疑问。

为什么她不爱我呢？

① 耳朵听得见的所有噪音。

难道我连被母亲爱的资格都没有吗?

这个疑问长年累月剧烈地灼烧着我的心、撕咬着我的灵魂。我所以不被母亲爱，莫非因为我自身存在着深层问题? 莫非我这个人生来就带有秽物? 莫非我是为了让人们无视自己而降生的?

母亲走前甚至没有紧紧抱我一下，片言只语都没留下。她转过脸，一声不响地只带着姐姐一人走出家门，如静静的烟从我眼前消失。那张背过去的脸庞永久地远去了。

鸟又在头上发出尖锐的叫声。我朝天上看，天上惟有呆板的灰云。无风。我兀自移步前行。我行进在意识的岸边，那里有意识的拍岸白浪，有意识的离岸碎涛。它们涌来，留下文字，又马上卷回，把文字抹消。我想在波涛之间迅速解读写在那里的话语，然而实非易事，没等我最后读出，语句便被接踵而来的波涛洗掉冲走。

心又被拉回野方的家中。我清楚地记得母亲领姐姐出走的那一天。我一个人坐在檐廊里眼望院子。初夏的黄昏时分，树影长长的。家里仅我自己。什么原因我不得其解，但我知道自己已被抛弃，孤零零地剩留下来，我知道这件事日后必定给自己带来深刻的决定性影响。并非有人指教，我只是知道。家中如被弃置的边境哨所一般冷冷清清。我凝视着日轮西垂，诸多物体的阴影一步一步包拢这个世界。在有时间的世界上，万事万物都一去无返。阴影的触手一个刻度又一个刻度地蚕食新的地面，刚才还在那里的母亲面庞也将很快被吞入黑暗阴冷的领域，那面庞将带着故意对我视而不见的表情从我记忆中自动地被夺走、被消去。

我一边走在森林中，一边想着佐伯。浮想她的脸庞，浮想那温和浅淡的微笑，回忆她的手温。我将佐伯当作自己的母亲，试着想像她在我刚刚四岁时弃我而去。我不由摇头，觉得那实在不够自然，不够贴切。佐伯何必做那样的事呢? 何必损毁我的人生呢? 其中想必有未被解明的重大缘由和深刻含义。

　　我试图同样感觉她那时的感觉，试图接近她的处境。当然没那么容易。毕竟我是被抛弃的一方，她是抛弃我的一方。但我花时间脱离我自身。魂灵挣脱我这个硬邦邦的外壳，化为一只黑漆漆的乌鸦落在院子松树的高枝上，从枝头俯视坐在檐廊里的四岁的我。

　　我成为一只虚拟的黑乌鸦。

　　"你母亲并非不爱你。"叫乌鸦的少年从背后对我说，"更准确说来，她爱你爱得非常深。这你首先必须相信。这是你的出发点。"

　　"可是她抛弃了我，把我一个人留在错误的场所消失了，我因之受到深深的伤害和损毁。对此如今我也明白过来。如果她真正爱我，何苦做那样的事情呢？"

　　"从结果看的确如此。"叫乌鸦的少年说，"你受到了足够深的伤害，也被损毁了，而且以后你还将背负着这个伤害，对此我感到不忍。尽管这样，你还是应该认为自己终究是可以挽回的，自己年轻、顽强、富有可塑性，可以包扎好伤口昂首挺胸向前迈进。而她却无可奈何了，只能继续迷失下去。这不是谁好谁坏的问题，拥有现实性优势的是自己。你应该这样考虑。"

　　我默然。

　　"记住，那是已经发生了的事情。"叫乌鸦的少年继续道，"现已无计可施。那时她不该抛弃你，你不该被她抛弃。但事情既已发生，那么就同摔碎的盘子一样，再想方设法都不能复原。对吧？"

　　我点头。再想方设法都不能复原。确实如此。

　　叫乌鸦的少年继续说："听好了，你母亲心中也怀有强烈的恐惧和愤怒，一如现在的你。惟其如此，那时她才不能不抛弃你。"

　　"即便她是爱我的？"

　　"不错。"叫乌鸦的少年说，"即便爱你也不能不抛弃。你必须做的是理解并接受她的这种心情，理解她当时感受到的压倒性的恐怖和愤怒，并将其作为自己的事加以接受。不是继承和重复。换个说法，你一定要原谅她。这当然不易做到，但必须做。对于你这是惟一的救赎，此外别无出路。"

我就此思考。越思考越困惑。我心乱如麻，身上到处作痛，如皮肤被撕裂。

"嗳，佐伯是我真正的母亲吗?"我问。

叫乌鸦的少年说:"她不也说了么，那作为假说仍然有效。总之就是那样。那作为假说仍然有效。我只能说到这里。"

"尚未找到有效的反证的假说。"

"正是。"

"我必须认真地彻底求证这个假说。"

"完全正确。"叫乌鸦的少年以果断的声音说，"未找到有效的反证的假说是有求证价值的假说。时下你除了求证以外无事可干，你手中没有其他选项。所以即使舍弃自身，你也要弄个水落石出。"

"舍弃自身?"这话里好像有一种不可思议的话外音，而我捉摸不透。

没有回应。我不安地回过头去。叫乌鸦的少年仍在那里，以同样的步调贴在我身后。

"佐伯当时心中怀有怎样的恐惧和愤怒呢? 那又来自何处呢?"我边向前走边问。

"你以为当时她心中到底怀有怎样的恐惧和愤怒?"叫乌鸦的少年反过来问我，"你要好好想一想，那是必须用你自己的脑袋切实思考的事。脑袋就是干这个用的。"

我思考。我要在还来得及的时候予以理解和接受。可是我还无法解读留在意识岸边的小字。拍岸白浪和离岸碎涛之间的间隔过短。

"我恋着佐伯。"我说。话语极为自然地脱口而出。

"知道。"叫乌鸦的少年冷冷地说。

"我从来没有过这样的心情，这对于现在的我来说，意义比什么都大。"

"当然，"叫乌鸦的少年说，"你不说我也知道。那当然是有意义的。你不是正为如此而到这种地方来的么？"

"可我还是不明所以，不知所措。你说母亲是爱我的，还爱得非常深。我愿意相信你的话。但即便真是那样我也还是想不通——为什么深爱一个人必然导致深深伤害一个人呢？就是说，果真如此，深爱一个人意义何在呢？为什么非发生这样的事不可呢？"

我等待回答，闭上嘴久久等待。然而没有回答。

回过头去，叫乌鸦的少年已不在后面。头顶传来干涩的扑翅声。

你不知所措。

不多会儿，两个士兵出现在我面前。

两人都身穿旧帝国陆军野战军服：夏天穿的半袖衫，打着绑腿，背着背囊。戴的是有檐便帽而不是钢盔。脸上好像涂了一层黑色颜料。都很年轻，一个高高瘦瘦，架着金边眼镜，另一个矮个头宽肩膀，粗粗壮壮的。他们并坐在平坦的岩石上，没保持战斗姿态。三八式步枪竖放在脚前。高个儿百无聊赖地叼着一根草。两人举止十分自然，好像事情本来就如此，看我走近的眼神也很平和，没显出困惑。

周围较为开阔，平展展的，俨然楼梯的转角平台。

"来了？"高个儿士兵声音朗朗地说。

"你好！"壮个儿士兵稍微蹙起眉头。

"你好！"我也寒暄一声。看见他们我本该感到惊奇，但我没怎么惊奇，也没觉得费解。这种情形是完全可能的。

"等着呢。"高个儿说。

"等我？"我问。

"当然。"对方说，"因为眼下除了你，没人会来这里。"

"等了好久。"壮个儿接道。

"啊，时间倒不是什么关键问题。"高个儿士兵补充一句，"不过到底比预想的久。"

"你们就是很早很早以前在山里失踪的吧，在演习中?"我询问。

壮个儿士兵点头："正是。"

"大家好像找得好苦。"我说。

"知道。"壮个儿说，"知道大家在找。这座森林里发生的事大家都知道，但那伙人怎么找也不可能找到。"

"准确说来，并不是迷路。"高个儿以沉静的声音说，"总的说来我们算是主动逃离。"

"与其说是逃离，不如说碰巧发现这个地方并就此留了下来更确切。"壮个儿补充道，"和一般的迷路不同。"

"不会被任何人发现，"高个儿士兵说，"可是我们两人能够发现，你也能够发现。起码对我们两人，这是幸运的。"

"要是还在当兵，作为士兵迟早要被派去外地，"壮个儿说，"并且杀人或被人杀。而我们不想去那样的地方。我原本是农民，他刚从大学毕业，两个人都不想杀什么人，更不愿意给人杀。理所当然。"

"你怎么样? 你想杀人或被人杀?"高个儿士兵问我。

我摇头。我不想杀人，也不想被人杀。

"谁都不例外。"高个儿说，"噢，应该说几乎谁都不例外。问题是就算提出不想去打仗，国家也不可能和颜悦色地说'是么，你不想去打仗，明白了，那么不去也可以'。逃跑都不可能。在这日本压根儿无处可逃，去哪里都立即会被发现。毕竟是个狭窄的岛国。所以我们在这里留下来，这里是惟一可以藏身的场所。"

他摇摇头，继续下文："就那样一直留在这里。如你所说，是很早很早以前的事了。不过我刚才也说了，时间在这里不是什么关键问题。当下和很早以前之间几乎没有区别。"

"根本没有区别。"说着，壮个儿士兵像要把什么"飕"一声赶跑似的打了个手势。

"知道我会来这里?"我问。

"当然。"壮个儿说。

"我们一直在这里放哨，哪个来了一清二楚。我们好比森林的一部分。"另一个说。

"就是说，这里是入口。"壮个儿说，"我俩在这里放哨。"

"现在正巧入口开着，"高个儿向我解释道，"但很快又要关上。所以，如果真想进这里，必须抓紧，因为这里并不是常开着的。"

"如果进来，往前由我们向导。路不好认，无论如何需要向导。"壮个儿说。

"如果不进来，你就原路返回。"高个儿说，"从这里返回没有多难，不用担心。保证你能回去，你将在原来的世界继续以前的生活。何去何从取决于你，进不进没人强迫。不过一旦进来，再回去可就困难了。"

"请带我进去。"我毫不迟疑地应道。

"真的?"壮个儿问。

"里面有个人我恐怕非见不可。"我说。

两人再不言语，从岩石上缓缓起身，拿起三八枪，对视一下，在我前头走了起来。

"或许你觉得奇怪，心想我们干吗现在还扛这么重的铁疙瘩呢。"高个儿回头对我说，"本来什么用也没有，说起来连子弹都没上膛。"

"就是说，这是一个符号。"壮个儿并不看我，"是我们脱手之物中最后所剩物件的符号。"

"象征很重要。"高个儿说，"我们偶然拿起了枪穿上了这种军装，所以在这里也履行哨兵的职责。职责！这也是象征的一种延伸。"

"你没有那样的东西？能成为符号的什么？"壮个儿问我。

我摇头："没有，我没有。我什么也没有。有的只是记忆。"

"呃，"壮个儿说，"记忆？"

"没关系的，无所谓，"高个儿说，"那也会成为蛮不错的象征。当然喽，记忆那玩意儿能存在多久、究竟可靠到什么程度我是不大清楚。"

"如果可能，最好是有形的东西。"壮个儿说，"那样容易明白。"

"例如步枪。"高个儿说，"对了，你的名字？"

"田村卡夫卡。"我回答。

"田村卡夫卡。"两人说。

"古怪的名字。"高个儿说。

"的的确确。"壮个儿应道。

下一段路我们只是走路，再没出声。

第44章

　　两个人在国道沿线的河滩上烧了佐伯委托的三本文件。星野在小超市买来打火机油，在文件上浇了个够，用打火机点燃。两人站在旁边默默地看着一页一页稿纸被火焰包围。几乎无风，烟笔直地爬上天空，无声无息地融入低垂的灰云。

　　"咱们现在烧的原稿哪怕看一点点都不成吗?"星野问。

　　"是的，看是不成的。"中田说，"中田我向佐伯女士许诺一字不看地烧掉。履行许诺是中田我的职责。"

　　"唔，那对，履行许诺很重要。"星野流着汗说，"对谁都很重要。不过么，用碎纸机就更容易了，省时省事。凡是复印机店都有出租的大型碎纸机。花不了几个钱。倒不是我抱怨，这个季节烧火，老实说真够热的。冬天倒是求之不得。"

　　"对不起，中田我对佐伯女士许诺说烧掉，所以还是要烧掉才行。"

　　"也罢，那就烧吧，反正也没什么急事要办，热一点儿还是能忍受的。我只是——怎么说呢——提议一下罢了。"

　　一只路过的猫停下来饶有兴味地看着两人在河边烧这不合节令的火。一只瘦瘦的褐纹猫，尾巴尖略略弯曲，看上去性格似乎相当不错。中田很想跟它搭话，但想到星野在旁边，只好作罢。猫只在中田一人独处时才肯搭理。何况中田已没了足够的自信，不知自己还能否一如从前地跟猫交谈。中田不愿说古怪的话把猫吓着了。不多工夫，猫好像看火看够了，起身去了哪里。

花了很长时间彻底烧罢三本文件，星野抬脚把灰烬踩成碎末，若有强风吹来，肯定会被利利索索地刮去哪里。时近黄昏，乌鸦们陆续归巢了。

"我说老伯，这一来就谁也看不到原稿了。"星野说，"写的什么自是不知，总之灰飞烟灭了。世上有形的东西又减少一点儿，无又增多一点儿。"

"星野君，"

"什么？"

"有一点想问您。"

"请请。"

"无是可以增多的东西么？"

星野歪起脖子就此沉思片刻。"这问题很难，"他说，"无会增多？归于无就是说成为零，零加多少零都是零嘛。"

"中田我不太明白。"

"星野君我也不太明白。这东西思考起来，头就渐渐痛了。"

"那么，就别再思考了。"

"我也认为那样好。"星野说，"反正原稿彻底烧光，写在上面的话消失得一干二净。归于无——我原本想这么说来着。"

"那是，这回中田我也放心了。"

"好了，这件事就到此为止了吧？"星野问。

"那是，这一来差不多所有的事情都结束了。往下只剩下把入口石关上。"中田说。

"这很要紧。"

"是的，这是非常要紧的事。打开的东西必须关上。"

"那，就快点儿干这个好了。好事不宜迟。"

"星野君，"

"嗯?"

"还不能够那样。"

"这又为何?"

"时机还不成熟。"中田说，"关入口要等关入口的时机到来才成，在那之前中田我还必须好好睡一觉。中田我困得厉害。"

星野看着中田的脸："我说，还要像上次那样一连睡上好几天?"

"那中田我也说不准确，估计情况很可能那样。"

"那，大睡特睡之前不能忍一忍把要办的事办完? 老伯你一旦进入睡眠程序，事情简直寸步难行。"

"星野君，"

"什么呢?"

"实在抱歉。中田我也觉得能那样该有多好。如果可能，中田我也想先把打开的入口关上再说。遗憾的是，中田我必须首先睡觉。眼睛都快睁不开了。"

"就像电池没电似的?"

"或许。花的时间比预想的多，中田我的气力眼看就要耗尽了。您能把我领回可以睡觉的地方么?"

"好好。拦一辆出租车马上回公寓。让你睡个够，睡成木头。"

坐进出租车，中田顿时打起盹来。

"老伯，到房间再睡，随你怎么睡。先忍耐一会儿。"

"星野君，"

"嗯?"

"这个那个给您添了很多麻烦。"中田以含糊不清的声音说。

"的确像是被你添了麻烦。"星野承认，"不过，细想前后经过，是我擅自跟你来的。换个说法，等于是我主动承揽麻烦。谁也没求我，好比喜欢扫雪才扫雪的义务工。所以老伯你不必一一放在心上，快活些！"

"如果没有您星野君，中田我早就日暮途穷了，事情恐怕一半都完成不了。"

"你能那么说，我这星野君出力也算值得了。"

"中田我万分感谢！"

"不过么，老伯，"

"嗯？"

"我也有必须感谢你的地方。"

"真的么？"

"我们两人差不多已经到处走了十天。"星野说，"这期间我一直旷工。最初几天跟公司联系请假来着，后来就彻底来了个无故旷工。原来的工作单位恐怕很难回去了。好好求饶认错也可能勉强得到原谅，但这都无所谓了。非我自吹，凭我这不一般的开车技术，加上本来能干，工作什么的手到擒来，所以我没把这个当回事儿，你也用不着介意。总之我想说的是：我半点儿也没为此后悔，听清楚了么？十天来我经历了许多不可思议的事。天上掉下蚂蟥，冒出一个上校山德士，和大学里学什么哲学的绝世美女狠狠干了一家伙，从神社搬走入口的石头……离奇古怪的事接二连三。觉得十天里经历完了本该在一生里经历的怪事，简直就像乘坐试运转的长距离过山车。"星野在这里停下来思考下文。"不过么，老伯，"

"嗯？"

"我在想，其中最为不可思议的，无论如何都是老伯你本人。是的，是你中田。为什么说你不可思议呢，是因为你改变了我这个人，真的。我觉得自己在短短十天里发生了脱胎换骨的转变。怎么说好呢，就像各种景物看起来有了很大不同。以前看起来无足为奇的东西成了另一种样子，以前觉得索然无味的音乐——怎么说呢——开始沁人心脾。这样的心情如果能同哪个有同样感受的家伙说一下就好了。而这是以前的我所没有的。那么，为什么情况会这样呢？是因为我一直待在你身旁，是因为我开始通过你的眼睛去观察事物。当然不是说无论什么都通过你的眼睛看，但是——怎么说呢——反正我是自然而然地通过老伯你的眼睛看了很多很多东西。为什么会这样呢？是因为我很中意你观察世界的态度。正因如此，我这星野君才一直跟你跟到这里。已经离不开你了。这是我迄今为止的人生中发生的最有成效的一件事情。在这点上，该由我感谢你才是。所以你不必感谢我。当然给人感谢的感觉并不坏。只是我说的是：你为我做了一件好得不得了的事。我说，你可听清楚了？"

但中田没有听。他已闭上眼睛，响起了睡着时有规律的呼吸声。

"这人也真行！"星野叹了口气。

星野搀着中田返回公寓房间，把他放在床上。衣服就那么穿着，只把鞋脱下，往身上搭了一床薄被。中田蠕动了下身子，像平日那样以直视天花板的姿势静静地发出睡息，往下再也不动了。

得得，看这样子肯定又要甜甜美美睡上两三天了，星野心想。

但情况没有如星野预期的那样发展。翌日星期三上午，中田死了。他是在深沉的睡眠中静静咽气的，面部依然那么平和，乍看和睡熟没什么两样，只是不再呼吸而已。星野一再摇晃中田肩膀，叫他的名字，但中田确确实实死了。没有脉搏。出于慎重把小镜子贴在他嘴边，镜面也没变白。呼吸完全停止。在这个世界上他再也不会醒来了。

同死者同处一室，星野发觉其他声音一点点消失，周围的现实声响逐渐失去了其现实性。有意义的声音很快归于沉默，沉默如海底淤泥一般越积越深——及脚、及腰、及胸。但星野还是久久地同中田单独留在房间里，目测着不断向上淤积的沉默。他坐在沙发上，眼望中田的侧脸，将他的死作为实感接受下来。接受这一切需要很长时间。空气开始带有独特的重量，无法准确把握自己现在自以为感觉到的是不是自己真正感觉到的。而另一方面，若干事项又理解得十分自然。

中田大概通过死而终于返回了普通的中田，星野觉得。中田因为太是中田了，所以惟有一死才能使他变回普通的中田。

"嗳，老伯，"星野招呼中田，"这么说是不大合适，可你这死法不算坏呀！"

中田是在深沉的睡眠中平静地死去的。大概什么也没考虑，死相安详，看上去没有痛苦，没有懊悔，没有迷惘。星野心想，中田像中田也好。至于中田的一生到底是什么和有怎样的意义，那是无从知晓的。不过说起这个来，任何人的一生恐怕都并不具有明确的意义。星野认为，对于人来说，真正要紧真正有重量的，肯定更在于死法上。同死法相比，活法也许并不那么重要。话虽这么说，但决定一个人的死法的，应该还是活法。星野看着中田死时的表情如此似想非想地想着。

但有一件大事余留下来——必须有人把入口石关上。中田差不多做完了所有事情，惟独这件剩下。石头就在沙发跟前。时机到来时，我必须把它翻过来关闭入口。但如中田所说，处理石头是万分危险的。翻石头必有正确的翻法，假如拼力气胡来，世界没准会变得不可收拾。

"我说老伯，死倒是奈何不得，可把这么一件大事留下来，叫我如何是好！"星野对死者说道。当然没有回应。

还有一个是如何处理中田遗体的问题。当然正统做法是马上从这里给警察或医院打电话把遗体运去医院，世人的百分之九十九都将如此行动。如果可以，星野也想那样做。但中田大约同杀人事件有关，是警察正在寻找的重要参考人，如果警察得知自己同这样的人在一起十天之久，自己难免会处于相当微妙的立场，势必被带去警察署接受长时间的讯问。而这无论如何都要避免。一来懒得一一述说事情的来龙去脉，二来自己原本就对付不来警察，不想和他们发生关系，除非迫不得已。

况且，星野心想，这公寓套间又该怎么解释呢？

山德士上校模样的老人把这套间借给了我们，说是特意为我们准备的，叫我们随便住多久——这么说警察会乖乖相信吗？不至于。山德士上校是谁？美军派来的？不不，喏，就是肯德基快餐店那个广告老头儿嘛，你这位刑警不也知道吗？对对，是的是的，就是戴眼镜留白须……那个人在高松小胡同里拉皮条来着。在那里相识，给我找了个女郎。假如这么说，警察笃定会骂混账东西开哪家子玩笑，把自己痛打一顿。那些家伙不过是从国库里领开支的流氓阿飞。

星野长吁一声。

自己应该做的，乃是尽早尽快远离这里。从车站给警察打个匿名电话，告诉公寓地址，说那里死了人，然后直接乘列车回名古屋。这样，自己就可以和此事没有瓜葛了。怎么分析都是自然死亡，警察不至于刨根问底，中田的亲属认领遗体举行简单的葬礼就算完事。自己去公司向经理低三下四说一声对不起以后好好干。于是一切照旧。

星野归拢东西。替换衣服塞进旅行包，扣上中日 Dragons 棒球帽，小辫从帽后小孔掏出，戴上绿色太阳镜。渴了，从电冰箱里拿出轻怡可乐。背靠冰箱喝可乐的时间里，目光蓦然落在沙发腿前的圆石头上——依然翻着的"入口石"。之后他走进卧室，再次看床上躺着的中田。看不出中田已经死了，仿佛仍在静静呼吸，即将起身道一声星野君搞错了中田我没死。中田确乎死了，奇迹不会出现，他已翻过了生命的分水岭。

星野手拿可乐罐摇了摇头。不行啊，他想，不能就这样把石头留下。如果留下，中田恐怕死都不踏实的。中田无论做什么都善始善终，就是那么一种性格。没想到电池提前没电了，以致最后一件大事未能了结。星野把铝罐捏瘪扔进垃圾篓。喉咙仍然干渴，折回厨房从电冰箱里拿出第二罐轻怡可乐，揪掉拉环。

死前中田对自己说想能认字，那样就能去图书馆尽情看书了，哪怕去一次也好。然而他未等如愿就死了。当然死后去那个世界或许可以作为普通的中田识文认字，但在这个世界上他直到最后也未能认字，或者不如说最后做的事恰恰相反：把字烧了，把那上面许许多多的字一个不剩地投入无中。哭笑不得。事至如今，作为我必须成全此人最后一个心愿，把入口石关上。这是非同小可的大事。说来说去，电影院也好水族馆也好都没领他去成。

喝罢第二罐轻怡可乐，星野在沙发前蹲下，试着搬起石头。石头不重了。轻决不算轻，但稍微用力即可搬起，同他和上校山德士一起从神社搬出时的重量相差无几，也就是作为腌菜石正合适的重量。这是因为——星野想——现在不过是块普通石头。发挥入口石作用时重得费尽九牛二虎之力才能搬起，而轻的时候，不外乎是普普通通的石头。当特殊事情发生时，石头在那种情况下才获得异乎寻常的重量，发挥作为"入口石"的作用，例如满城落雷……

星野去窗前拉开窗帘，从阳台上仰望天空。天空一如昨日灰濛濛的，但感觉不出下雨的征兆，雷也似乎打不起来。他侧脸闻了闻空气味儿，什么变化也没有。看来今天世界的中心课题是"维持现状"。

"喂，老伯，"星野对死去的中田说，"就是说这房间里只有你我两人老老实实地等待着特殊事情来临了。可那特殊事情到底是什么事呢？我半点也猜测不出，什么时候来也不晓得。更糟糕的是眼下正值六月，这么放下去老伯你的身体要一点点腐烂的，臭味都会有的。这么说你或许不愿意听，可这是自然规律。时间拖得越长，向警察报告得越晚，我的处境就越糟。作为我自会想方设法竭尽全力，但情况还是希望你能理解。"

当然没有反应。

星野在房间里转来转去。对了，没准上校山德士会打电话来，那个老头儿肯定知道石头如何处理，说不定会给一个充满爱心的有益的忠告。但怎么打量电话机都不响铃，一味保持着沉默。沉默的电话机看上去极富内省精神。没有人敲门，没有邮件（哪怕一封），没有特殊事情发生（哪怕一件），没有气候变异，没有预感。惟独时间毫无表情地流逝。中午到来，下午静静地向傍晚靠近。墙上电子挂钟的秒针如蚊虫一般流畅地滑过时间的水面。中田在床上继续死亡之旅。食欲不知为什么全然上不来。喝罢第三罐可乐，星野象征性地嚼了几片苏打饼干。

六时，星野坐在沙发上拿起遥控器，打开电视看 NHK 定时新闻。吸引人的新闻一条也没有。一如平日，一成不变的一天。新闻播完，他关掉电视。播音员的语音听起来甚是烦人。外面天色越来越暗，最后夜幕彻底降临。夜把深邃的寂静带给房间。

"老伯啊，"星野招呼中田，"多少起来一会儿好么？我这星野君现在可是有些走投无路了，再说也想听听你的语声。"

中田当然不回答。中田仍在分水岭的另一侧。他无言无语，死不复生。静得那般深沉，侧耳倾听，甚至可以听见地球旋转的声音。

星野去客厅放上《大公三重奏》CD。听第一乐章的时间里，泪珠从两眼不由自主地滚落下来。涟涟而下。得得，星野想，以前自己是什么时候哭的来着？但无从想起。

第 45 章

　　的确，从"入口"往前的路变得极难辨认，或者不如干脆说路已不再成为路。森林愈发深邃和庞大，脚下的坡路也陡峭得多，灌木和杂草整个遮蔽地面。天空几乎无处可觅，四下暗如黄昏。蜘蛛网厚墩墩的，草木释放的气息也浓郁起来。岑寂越来越有重量，森林顽强抗拒着人的入侵。但两个士兵斜挎着步枪毫不费力地在树隙间穿行，脚步快得惊人。他们钻过低垂的树枝，爬上岩石，跳过沟壑，巧妙地拨开带刺的灌木挤过身去。

　　为了不看丢两人的背影，我在后面拼命追赶。两人根本不确认我是否跟在后面，就好像存心在考验我的体力，看我能坚持到什么地步，或者正为我气恼也未可知——不知为什么，我甚至有这样的感觉。他们一言不发，不光对我，两人之间也不交谈，只管目视前方专心致志地行走，位置或前或后互相轮换（这也不是由哪一方提出的）。两个士兵背部步枪的黑色枪管在我眼前很有规则地左右摇摆，俨然一对节拍器。盯着这东西行走，渐渐觉得像被施了催眠术，意识如在冰上滑行一般移往别的场所。但不管怎么样，我仍不顾流汗默默尾随其后，心中只有一个念头：不能被他们拉下。

　　"走得是不是过快了？"壮个儿士兵终于回头问我，声音里听不到气喘吁吁。

　　"不快，"我说，"没关系，跟得上。"

"你年轻，身体也像结实。"高个儿士兵冲着前面说。

"这条路平时我们走习惯了，不知不觉就快了起来。"壮个儿辩解似的说，"所以，如果太快就只管说太快，用不着客气，说出来可以慢一点儿走。只是，作为我们是不想走得过于慢的。明白吧？"

"跟不上的时候我会那么说的。"我回答。我勉强调整呼吸，不让对方觉察到自己的疲劳。"还有很远的路吗？"

"没多远了。"高个儿说。

"一点点。"另一个接道。

但我觉得他们的说法很难靠得住。如两人自己所说，时间在这里不是什么关键因素。

我们又默默走了一程，但速度已不那么迅猛了。看来考验已经过去。

"这森林里没有毒蛇什么的？"我把放心不下的事提了出来。

"毒蛇么，"高个儿戴眼镜的士兵依然背对我说——他说话总是目视前方，感觉上就像眼前不知何时会有什么宝物蹿出，"这个还从没考虑过。"

"有也不一定。"壮个儿回头说，"记忆中没看见过，未必没有。就算有，也跟我们无关。"

"我们想说的是，"高个儿以不无悠闲的语调说，"这座森林没有伤害你的意思。"

"所以毒蛇什么的不必当一回事。"壮个儿士兵说，"这回好受些了？"

"是的。"我说。

"毒蛇也好毒蜘蛛也好毒虫也好毒蘑菇也好，任何他者都不会加害于你。"高个儿士兵仍目视前方。

"他者？"我反问道。也许是累的关系，话语无法在脑海中构成图像。

"他者，其他任何东西。"他说，"任何他者都不会在这里加害于你。毕竟这里是森林最里头的部分。任何人、或者你本身都不会加害于你。"

我努力去理解他的话，但由于疲劳、出汗再加上反复所带来的催眠效果，思维能力已大幅下降，连贯性问题一概思考不成。

"当兵的时候，一再训练我们用刺刀刺对方的腹部，练得好苦。"壮个儿士兵说，"知道刺刀的刺法，你?"

"不知道。"我说。

"首先要'咕哧'一下捅进对方的肚子，然后往两边搅动，把肠子搅得零零碎碎。那一来对方只有痛苦地直接死掉。那种死法花时间，痛苦也非同一般，可是如果光捅不搅，对方就会当即跳起来，反而把你的肠子搅断。我们所处的就是那样一个世界。"

肠子，我想，大岛告诉我那是迷宫的隐喻。我脑袋里各种东西纵横交错，如一团乱麻，无法分清是什么和不是什么。

"为什么人对人非那么残忍不可，你知道么?"高个儿士兵问我。

"不知道。"我说。

"我也不怎么知道。"高个儿说，"对方是中国兵也好俄国兵也好美国兵也好，肯定都不想被搅断肠子死去。总而言之我们就住在那样的世界。所以我们逃了出来。但你别误会了，其实我们决不贪生怕死，作为士兵莫如说是出色的，只不过对那种含有暴力性意志的东西忍受不了。你这人也不贪生怕死吧?"

"自己也不大清楚。"我实言相告，"不过我一直想多少变得坚强些。"

"这很重要。"壮个儿士兵回头看着我说，"非常重要，具有想变得坚强的意志这点。"

"你不说你坚强我也看得出来。"高个儿说，"这么小的年纪一般人来不了这里。"

"非常有主见。"壮个儿表示佩服。

两人这时总算止住了脚步。高个儿士兵摘下眼镜，指尖在鼻侧搓了几下，又戴回眼镜。他们没喘粗气，汗也没出。

"渴了?"高个儿问我。

"有点儿。"我说。说实话，喉咙渴得厉害。因为装水筒的尼龙袋早已扔了。

他拿起腰间的铝水壶递给我，我喝了几口温吞水。水滋润着我身体的每一部位。我揩了下水壶嘴还给他："谢谢!"高个儿士兵默默接过。

"这里是山脊。"壮个儿士兵说。

"一口气下山，别摔倒。"高个儿说。

我们开始小心翼翼地沿着不好放脚的陡坡路下山。

长长的陡坡路走完一半拐个大弯穿过森林的时候，那个世界突然闪现在我们面前。

两个士兵止步回头看我。他们什么也不说，但他们眼睛在无声地告诉我：这就是那个场所，你要进入这里。我也停住脚步，打量这个世界。

这是巧妙利用自然地形开出来的平坦的盆地。有多少人生活在这里我不知道，从规模来看，人数应该不会很多。有几条路，沿路零星排列着几座房子。路窄，房小。路上空无一影。建筑物一律表情呆板，与其说是以外观美丽为基准、莫如说是以遮风挡雨为基准而建造的。其大小不足以称为镇，没有店铺，没有较大的公共设施，没有招牌没有告示板，无非大小大同小异、样式大同小异的简易建筑物兴之所至地凑在一起而已。哪座房子都没有院落，路旁一棵树也见不到，就好像在说植物之类周围森林里已绰绰有余了。

风微微吹来。风吹过森林，在我四周此起彼伏地摇颤树叶。那窸窸窣窣的匿名声音在我的心壁留下风纹。我手扶树干闭起眼睛。风纹看上去未尝不像某种暗号，但我还不能读取其含义，如我一无所知的外语。我重新睁开眼睛再次打量这个新世界。站在半山坡上同士兵们一起细细打量起来，我感觉心中的风纹进一步移向前去。暗号随之重组，隐喻随之转换。我觉得自己正远远地飘离自身。我变成蝴蝶在世界周边翩然飞舞，周边的外围有空白与实体完全合为一体的空间，过去与未来构成无隙无限的圆圈，里面徘徊着不曾被任何人解读的符号、不曾被任何人听取的和音。

我调整呼吸。我的心尚未彻底合而为一。但是，那里已没有畏惧。

士兵们重新默默启步，我也默默尾随其后。越沿坡下行，镇离得越近。带有石堤的小河沿着路边流淌，水一清见底，琤玜有声，令人心旷神怡。所有东西在这里都那么简洁那么小，到处竖有细细的电线杆，有电线拉在上面。这就是说，电是通来这里的。电？这让我产生一种乖离感。

这个场所四面围着高耸的绿色山脊。天空灰云密布。在路上行走的时间里，我和两个士兵什么人都没有碰上。四下悄然，无声无息，大概人们都在房子里屏息敛气地等我们走过。

两人把我领进一座房子。房子同大岛的山间小屋无论大小还是样式都惊人相似，活像是一个以另一个为样板建造的。正面有檐廊，廊里放一把椅子。平房，房顶竖一根烟囱。不同的是卧室同客厅分开，卫生间在中间，而且可以用电。厨房里有电冰箱，不很大的老型号。天花板垂有电灯，还有电视。电视？

卧室里放着一张无任何装饰的简单的床，床上卧具齐全。

"暂且在这里安顿下来，"壮个儿士兵说，"时间恐怕不会很长。暂且。"

"刚才也说了，时间在这里不是什么关键问题。"高个儿说。

"压根儿不是关键问题。"壮个儿点头道。

电从哪里来的呢?

两人面面相觑。

"有个小型风力发电站,在森林里边发电。那里总刮风。"高个儿解释说,"没电不方便吧?"

"没电用不了电冰箱,没电冰箱保存不了食品。"壮个儿说。

"真的没有也能想法应付……"高个儿说,"有还是方便的。"

"肚子饿了,冰箱里的东西随便你吃什么。倒是没有了不得的东西。"壮个儿接道。

"这里没有肉,没有鱼,没有咖啡没有酒。"高个儿说,"一开始也许不太好受,很快会习惯的。"

"有鸡蛋、奶酪和牛奶。"壮个儿士兵说,"因为动物蛋白质在某种程度上是需要的。"

高个儿说:"那些东西这里生产不了,要到外面去弄——物物交换。"

外面?

高个儿点头:"是的。这里并非与世隔绝。外面也是有的。你也会逐步了解各种情况的。"

"傍晚应该有人准备饭菜。"壮个儿士兵说,"饭前无聊就看电视好了。"

电视可有什么节目?

"这——,什么节目呢?"高个儿神情困惑,歪起脖子看壮个儿士兵。

壮个儿士兵也歪起脖子,满脸窘色。"说实话不大了解电视那玩意儿,一次也没看过。"

"考虑到对刚来的人或许有些用处,就放一台在那里。"高个儿说。

"不过理应能够看见什么。"壮个儿接着道。

"反正先在这儿休息吧，"高个儿说，"我们必须返回岗位。"

承蒙领来这里，谢谢了。

"哪里，小事一桩。"壮个儿说道，"你比其他人腿脚壮实得多。很多很多人跟不到这里，有的甚至要背来。领你真是轻松。"

"这里有你想见的人吧？大概。"高个儿士兵说。

是的。

"我想很快就能见到。"说着，高个儿点了几下头，"这里终究是狭小的世界。"

"但愿快些适应。"壮个儿士兵说。

"一旦适应，往下快活着咧。"高个儿说。

多谢！

两人立正敬礼。然后仍把步枪斜挎在肩上，走到外面，步履匆匆地上路重返岗位。他们想必是昼夜在入口站岗。

我去厨房窥看电冰箱，里面有西红柿和一堆奶酪，有鸡蛋，有芜菁，有胡萝卜。大瓷瓶里装有牛奶。也有黄油。餐橱里有面包，切一片尝了尝，有点儿硬，但味道不坏。

厨房里有烹调台，有水龙头。水龙头一拧有水。又清又凉的水。因为有电，大约是用泵从井里抽上来的，可以接在杯里饮用。

我去窗边往外张望。天空灰濛濛一片，但不像要下雨。我望了很久，还是一个人也没见到。镇给人以彻底死掉之感。也可能人们出于某种缘由而避开了我的目光。

我离开窗子，坐在椅子上。靠背笔直的硬木椅。椅子共有三把，椅前是餐桌，正方形桌面，好像涂了几遍清漆。四面石灰墙上没有画没有照片没有日历，仅仅是白墙。天花板上吊一个电灯泡，电灯泡带一个简单的玻璃伞罩，伞罩已烤得泛黄。

房间打扫得干干净净。用手指试了试，无论桌面还是窗台都一尘不染，窗玻璃也明净得很。锅、餐具、烹调用具虽然哪个都不是新的，但用得很细心，干干净净。烹调台旁边放有两个老式电炉，我试着按下开关，线圈很快发红变热。

除了餐桌和椅子，带大木架的老型号彩色电视机是这个房间惟一的家具，制造出来怕有十五年或二十年了，没有遥控器，看起来像是捡来的扔货（小屋中每一件电器都像是从大件垃圾场拿回来的，并非不干净，也可以用，但无不型号老且褪色）。打开开关，电视上正在放老影片。《音乐之声》。上小学时由老师带着在电影院宽银幕上看的，是我儿时看过的为数不多的电影之一（因为身边没有肯带我去看电影的大人）。家庭教师玛利亚趁严厉刻板的父亲——特拉普上校去维也纳出差之机带孩子们上山野游，坐在草地上弹着吉他唱了几首绝对健康的歌曲。有名的镜头。我坐在电视机前看得非常投入。假如在我的少年时代身边有玛利亚那样的人，我的人生想必大为不同（最初看这电影时也是这样想的）。但不用说，那样的人不曾出现在我眼前。

然后倏然返回现实。为什么现在我必须在这样的地方认真地看《音乐之声》？不说别的，为什么偏偏是《音乐之声》呢？这里的人们莫非使用卫星电视天线接收哪个电视台的电波不成？还是另外一个地方播放的录像带什么的呢？有可能是录像带，我猜想。因为怎么换频道都只有《音乐之声》。除这个频道，别的全是沙尘暴。那白花花粗拉拉的图像和无机质杂音的的确确让我联想起沙尘暴。

《雪绒花》歌声响起的时候我关掉电视，原来的寂静返回房间。喉咙渴了，去厨房从电冰箱里拿出大瓶牛奶喝着。新鲜的浓牛奶，味道和在小超市买的大不相同。我倒进杯里一连喝了好几杯。喝着喝着，我想起弗朗索瓦·特吕福的电影《大人不理解》。电影有这样一个场面：名叫安特瓦努的少年离家出走后肚子饿了，于是偷了清早刚刚送到一户人家的牛奶，边喝边悄悄溜走。喝掉一大瓶牛奶需要相当长时间。镜头哀婉感人。吃喝场面能那般哀婉感人真有些难以置信。

那也是小时候看过的为数不多的影片之一。那是小学五年级的时候，在片名吸引下一个人去名画座影院看的。乘电车到池袋，看完电影又乘电车返回。走出电影院立即买牛奶喝了，不能不喝。

喝罢牛奶，发觉自己困得不行。困意劈头压来，几乎让人心里难受。脑袋的运转慢慢放缓速度，像列车进站一样停下，很快就什么都考虑不成了，体芯仿佛迅速变硬。我走进卧室，以不连贯的动作脱去裤子和鞋，一头栽倒在床上，脸埋进枕头，闭上眼睛。枕头散发出太阳味儿。令人亲切的气味儿。我静静吸入、吐出，转眼睡了过去。

醒来时，周围漆黑漆黑。我睁开眼睛，在陌生的黑暗中思考自己位于何处。我在两个士兵带领下穿过森林来到有小河的小镇。记忆一点点返回，情景开始聚焦，耳畔响起熟悉的旋律。《雪绒花》。厨房那边的锅咯哒咯哒发出低微亲切的声响。卧室门缝有电灯光泻进，在地板上曳出一条笔直的黄色光线。光线古老而温馨，含着粉尘。

我准备起床，无奈四肢麻木。麻木得十分均匀。我深深吸一口气，盯视天花板。餐具和餐具相碰的声音传来，传来什么人在地板上匆匆走动的声音。大概是为我做饭吧？我好歹翻身下床，站在地板上，慢慢穿上裤子，穿袜穿鞋，然后悄声拧开球形拉手，推开门。

厨房里，一个少女正在做饭，背对这边，弯腰在锅上用勺子尝味儿。我开门时她扬脸转向这边。原来是甲村图书馆每晚来我房间凝视墙上绘画的少女。是的，是十五岁时的佐伯。她身穿和那时一样的衣服——淡蓝色半袖连衣裙，不同的只是头发用发卡拢起了。看见我，少女淡淡地暖暖地一笑，笑得让我感觉周围世界在剧烈摇颤，仿佛被悄然置换成另一世界。有形的东西一度分崩离析，又重新恢复原形。但这里的她不是幻影，不是幽灵。她作为真正有血有肉可触可碰的少女位于这里，就在这黄昏时分，站在现实的厨房里为我准备现实的饭菜。她胸部微微隆起，脖颈如刚出窑的瓷器一样荧白。

"起来了？"她说。

我发不出声。我还处于将自己归拢一处的过程中。

"像是睡得很香很香。"说完，她又回过身品尝咸淡，"你若是一直不起床，我想把饭留下回去了呢。"

"没打算睡这么沉。"我终于找回了声音。

"毕竟是穿过森林来这儿的。"她说，"饿了吧？"

"说不清楚，我想应该饿了。"

我想碰她的手，看能不能真正碰到。可是我做不到。我只是站在那里定定地看着她，倾听她身体动作发出的声响。

少女把锅里加热的炖菜倒进纯白的瓷盘，端到桌上。还有装在深底玻璃碗里的西红柿蔬菜色拉，有大面包。炖菜里有马铃薯和胡萝卜。一股令人怀念的香味儿。我把香味儿吸入肺腑，这才觉出肚子真是饿了。不管怎么说得先填饱肚子。我拿起满是伤痕的旧叉旧汤匙连吃带喝的时间里，她坐在稍离开些的椅子上看我，神情极为认真，就好像看也是工作的重要组成部分一样。

"听说你十五岁了？"少女问。

"嗯，"我边往面包上抹黄油边说，"最近刚十五岁。"

"我也十五岁。"

我点头，差点儿没说出"知道"。说出口来还为时太早。我闷头进食。

"一段时间里我在这里做饭。"少女说，"也打扫房间和洗衣服。替换衣服在卧室床头柜里，随便穿好了。要洗的衣服放在篓里，我来处理。"

"谁分配你做这些事的？"

她凝眸看我的脸，并不回答。我的问话就像弄错了线路似的，被吞入哪里一方无名的空间，就此消失不见。

"你的名字？"我问起别的来。

她轻轻摇头："没有名字。在这里我们都没名字。"

"没有名字，叫你的时候怕不方便。"

"没必要叫的，"她说，"需要的时候我自然出现。"

"在这里我的名字大概也用不着了。"

她点头："你终究是你，不是别的什么人。你是你吧?"

"我想是的。"我说。但我没有多大把握。我果然是我吗?

她目不转睛看我的脸。

"图书馆的事记得?"我一咬牙问道。

"图书馆?"她摇头，"不，不记得。图书馆在远处，离这里相当远。这里没有。"

"有图书馆的?"

"有。可图书馆没放书。"

"图书馆不放书，那放什么呢?"

她不回答，只略微偏一下头。问话又被错误的线路吞没。

"你去过那里?"

"在很久很久以前。"她回答。

"但不是为了看书?"

她点头："因为那里没有放书。"

往下我默默吃了一阵子，吃炖菜，吃色拉，吃面包。她一言不发，只管用认真的眼神看我吃饭的样子。

"饭菜怎么样?"我一扫而光后她问。

"好吃，好极了。"

"即使没有肉也没有鱼?"

我指着空空的盘子："喏，不是什么都没剩?"

"我做的。"

"好吃极了。"我重复道。的确好吃。

面对少女，我感到一阵胸痛，就像被冰冷的刀尖剜下去一般。痛得很剧烈，但我反倒感谢这剧痛。我可以把自己这一存在和冰冷冷的痛贴在一起。痛成为船锚，将我固定在这里。她起身去烧水沏热茶。我在餐桌上喝茶的时间里，她把用过的餐具拿去厨房用自来水冲洗。我从后面静静望着她的身影。我想说句什么，但我发觉在她面前，所有话语都已失去了作为话语的固有功能，或者说将话语与话语连接起来的意思之类的东西从那儿消失了。我盯视着自己的双手，想着窗外月光下的山茱萸。剜进我胸口的冻刀就在那里。

"还会见到你么？"我问。

"当然。"少女回答，"刚才已经说了，只要你需要我，我就出现。"

"你不会一忽儿去了哪里？"

她一声不响，只是以似乎费解的眼神看着我，好像在说我又能去哪里呢？

"在哪里见过你一次。"我断然说道，"在别的地方，别的图书馆。"

"既然你那么说的话。"少女手摸头发，确认发卡仍在那里。她的语声几乎不含感情，似乎向我表示她对这个话题没什么兴趣。

"并且为再次见你而来到这里，为了见你和另外一位女性。"

她抬起脸一本正经地点头："穿过茂密的森林。"

"是的，我无论如何都要见你和另一位女性。"

"结果你在这里见到了我。"

我点头。

"所以我不是说了么，"少女对我说，"只要你需要，我就会出现。"

洗完东西，她把装食品的容器放进帆布袋，挎在肩上。

"明天早上见。"她对我说，"希望你快些适应这里。"

　　我站在门口，守望着少女的身影在稍前一点的夜色中消失。我又一个人剩在小屋里。我置身于闭塞的圆圈中。时间在这里并非重要因素。在这里谁都没有名字。只要我需要她就会出现。在这里她十五岁，想必永远十五。而我将如何呢？难道我也要在这里永远十五么？还是说在这里年龄也不是重要因素呢？

　　少女身影不见之后，我仍然一个人站在门口半看不看地看着外面。天空星月皆无。几座房子亮着灯光。光从窗口溢出。和照亮这个房间的灯光一样，都是黄色的，都那么古老温馨。但人影还是没有，看见的惟独灯光。其外侧横陈着漆黑漆黑的夜色。我知道，夜色深处矗立着更黑的房脊，深邃的森林成为围墙把这镇子圈在中间。

第 46 章

知道中田死了，星野不好离开公寓房间。一来"入口石"在这里，二来不知什么时候会发生什么。而有什么发生的时候，就要守在石头旁边迅速采取对策。这类似派到他头上的一种职责。他将中田担任的角色直接继承下来了。他把躺着中田尸体的房间的空调设在最低温度，风量则调至最大，窗关得严严实实。

"喂，老伯，你不怕冷就行。"星野朝中田打招呼。中田当然不会就此发表任何意见。房间里飘浮的空气的特殊重量无疑是从死者身上一点点渗出来的。

星野坐在客厅沙发上，无所事事地打发着时间。没心思听音乐，没心思看书。暮色降临房间角落渐渐变暗之后他也没起身开灯。浑身上下似乎一点儿力气也没有，一旦坐下就很难站起。时间缓缓来临，缓缓移去，有时甚至令人觉得说不定会趁人不注意偷偷返回。

阿爷死时也的确难过来着，但也没这么严重，星野心想。阿爷病了很久，知道他不久人世，所以实际死的时候，大体有了心理准备。有没有这个准备阶段，情形大为不同。但不光是这样，他想，中田的死好像还带给他一种让他深入地径直地思考的东西。

肚子好像有点饿了，于是去厨房从电冰箱里拿出冷冻炒饭，用微波炉解冻吃了一半。又喝了一罐啤酒。然后再次去隔壁看中田，以为说不定会起死回生。然而中田依然死在那里。房间如电冰箱一样冷冰冰的。冷到这个程度，冰淇淋都很难融化。

单独同死者在一个屋顶下过夜是第一次。或许由于这个关系，心里总觉得不踏实。倒也不是害怕，星野想，也并非不快，只是还不习惯同死人相处。死者与生者时间流程是不一样的，声波也不一样，所以才让人不安然。这怕也是没办法的事，毕竟现在中田位于已死之人的世界，自己仍在活人世界这边，距离还是有的。他从沙发上下来，坐在石头旁边，像摸猫一样用手心抚摸圆石。

"到底如何是好呢?"他对石头说，"本想把中田交到一个合适的地方，但必须首先把你安顿好。这就有点伤脑筋了。你若是知道星野君如何是好，告诉我一声可以么?"

当然没有回答。眼下它只是普普通通的石头。这点星野也能理解，不能指望它有问必答。但他还是坐在石头旁边抚摸不止。提了几个问题，列举理由说服，甚至诉诸恻隐之心。他当然清楚这纯属枉费心机，但此外又想不出可干之事，再说中田不也时不时地这样跟石头搭话了么?

不过求石头发慈悲也真够窝囊的了，星野思忖，毕竟有句话说"像石头一样无情"。

起身想看看电视新闻，但转念作罢，又坐回石头旁。他觉得此时保持安静大概很重要。自己应该静静等待什么才是。可我这人实在不擅长等待，他对石头说，回想起来，自己一向吃心浮气躁的亏。凡事不考虑成熟，毛手毛脚想怎么干就怎么干，结果一再受挫。阿爷也说我像开春的猫似的沉不住气。也罢，沉下心来在此等待好了。要有耐心，星野君! 星野如此自言自语。

除了隔壁全开的空调的嗡嗡声，耳畔已没有其他动静。时针很快转过九点，转过十点，但什么也没发生，无非时过夜深而已。星野从自己房间拿来毛毯，躺上沙发盖上。他觉得睡觉也尽可能挨近石头为好。他熄了灯，在沙发上闭起眼睛。

"跟你说石头君，我可要睡觉了。"星野朝脚边的石头招呼道，"明天早上再接着聊吧。今天一天够长的了，我星野君也困了。"

是啊，他不由感慨，长长的一天，一天里出的事实在太多了。

"喂，老伯，"星野大声对隔壁门说，"中田，听见没有？"

没有回音。星野喟叹一声闭起眼睛，移了移枕头位置，就势睡了过去。一个梦也没做，一觉睡到天亮。隔壁房间里中田也一个梦没做，如石头一般睡得又沉又硬。

早上七点多醒来后，星野马上去隔壁看中田。空调依然发着嗡嗡声往房间里送冷气。冷气中，中田仍在继续其死亡行程。死的气息比昨晚看时还要明显，皮肤已相当苍白，眼睛的闭合也带有几分生疏感。中田缓过气来霍然坐起，"对不起，星野君，中田我睡过头了，十分抱歉。下面的事包在中田我身上，请您放心"——这样的情景绝对不会发生了，中田再不可能妥当处理这块入口石。中田已完全死去，这已是任何人都无可撼动的决定性事实。

星野打了个寒战，走出去把门关上。他进厨房用咖啡机做咖啡喝了两杯，然后烤面包片蘸黄油和果酱吃了，吃罢坐在厨房椅子上，看着窗口吸了几支烟。夜间的云不知去了哪里，窗外舒展着夏日湛蓝的天空。石头仍在沙发跟前。看样子石头昨晚没睡没醒，只是静静伏在那里。他试着搬了搬，轻而易举。

"跟你说，"星野快活地搭话，"是我，是你的老熟人星野君，记得吧？看来今天又要陪你一整天喽！"

石头依旧默默无言。

"也罢，记不得也没关系。还有时间，慢慢相处吧。"

他坐在那里，一边用右手慢慢抚摸石头，一边考虑到底跟石头说什么才好。以前一次也没跟石头说过话，一下子还真想不出合适的话题。但一大清早不宜端出过于沉重的话题，一天太长，还是先说点儿轻松的，随想随说。

想到最后，决定说女人，逐个说有过性关系的女人。仅就知道名字的对象而言，数量没有几个。星野屈指数了数，六个。若加上不知道名字的，数量可就多了，这个且略而不谈。

"跟石头谈以前睡过的女人，我是觉得意思不大，"星野说，"作为石头君你一大清早也未必乐意听，可是除此之外实在想不起说什么好，再说你石头君偶尔听一听这软绵绵的故事也没什么不好。仅供参考。"

星野顺着记忆的链条讲起了这方面的奇闻逸事，尽记忆所及讲得详细而具体。最初是上高中的时候，骑摩托胡作非为那阵子。对方是个比自己年长三岁的女子，一个在岐阜市内酒吧打工的女孩。时间虽短，但也算是同居来着。不料对方过于投入，竟说出要死要活的话来，又说给家里打电话，又说父母不同意。于是觉得麻烦，加上正好高中毕业，就不管三七二十一进了自卫队。入伍后马上被调往山梨兵营，同她之间的关系就此了结，再没见面。

"所以嘛，怕麻烦是我星野君人生中的关键词，"星野向石头解释说，"事情稍一纠缠不清就一溜烟逃走。非我自吹，逃的速度可是很快的。所以，这以前穷追猛打刨根问底的事一次也没干过。这是我星野君的问题点。"

第二个是在山梨兵营附近认识的女孩。轮休那天在路旁帮她换五十铃 ALTO 轮胎，由此要好起来。比自己大一岁，是护士学校的学生。

"女孩性格不错，"星野对石头说，"乳房大大的，很重感情。也喜欢干那个。我也才十九岁，见了面一整天蒙着被子大干特干。不料这人嫉妒心强得不得了，轮休日一天不见就啰啰嗦嗦问个没完，什么去哪里了、干什么了、见谁了。总之就是拷问。如实回答也硬是不肯相信。这么着，最后还是分手了。交往了一年多……石头君你如何我自是不知，我可是最受不了人家这个那个絮絮叨叨问个没完。简直透不过气。

只好落荒而逃。进自卫队就有这个好处，一有什么就缩进去不出来，等烧退了才冒头。对方没办法出手。如果想和女人一刀两断，最好进自卫队。你石头君也牢记为妙。总叫挖壕和背沙囊倒不是滋味……"

以石头为对象述说的时间里，星野再次痛感自己过去干的几乎全是不三不四的勾当。所交往的六人之中，至少有四人是脾气好的女孩（另外两个客观地说性格上好像多少存在问题）。总的说来她们待自己都很亲切，虽说算不上是令人屏息的美女，但都相当可爱，那种事上也让自己干个尽兴，即使自己嫌麻烦省去前戏也从不抱怨。休息日给做好吃的，过生日给买礼物，发工资前还借钱给自己（记忆中几乎没有还过），也没要求过什么回报。然而自己丝毫也不感谢，以为是理所当然的事。

同一个女孩相处就只和她一个睡觉。一次也不曾脚踏两只船，这方面还说得过去。可是一旦对方发一两句牢骚，或以正理开导或醋劲大发或劝自己存钱或周期性轻度歇斯底里或谈起对未来的担忧，自己就挥手拜拜。认为同女人交往的要点就是别留后遗症，一有什么啰嗦事赶紧逃之夭夭，而找到下一个女孩又从头周而复始，以为这是一般人的常规活法。

"跟你说石头君，假如我是女人而跟我这样自私自利的男人交往的话，我肯定火冒三丈。"星野对石头说道，"如今回头看来，连我自己都这么想。可她们何苦容忍我那么长时间呢？叫我这个当事人都百思莫解。"

星野点燃一支万宝路，一面徐徐吐出一口，一面用一只手抚摸石头。

"还不是么？你也瞧见了，我星野君长相算不上英俊潇洒，干那种事都不够得心应手，又没有钱，性格又不好，脑袋也不怎么样——总的说来是相当有问题。岐阜一家贫苦农民的儿子，自卫队出身的无权无势的长途卡车司机！尽管这样，回想起来却还相当得女性宠爱。随心所欲绝对谈不上，但记忆中从没遭过冷遇。允许干那种事，又给做饭吃又借钱花。不过么，石头君，好事不可能永远持续下去。近来渐渐有了预感——喂，星野君，很快就要还债的哟！"

星野如此这般不断向石头讲述同女性的交往史，同时一个劲儿摸石头。摸惯了，渐渐变得欲罢不能。时值正午，附近学校响起了铃声。他走进厨房做乌冬面，切葱，打鸡蛋放进去。

吃罢又听《大公三重奏》。

"喂，石头君，"星野在第一乐章结束时对石头说，"如何，音乐不错吧？听起来不觉得心胸开朗？"

石头沉默着。也不晓得石头听了音乐没有。但星野并不理会，只管继续下文。

"一早上我就说了，我干了很多不三不四的勾当，一意孤行。现在倒不敢卖弄，对吧？不过细细听这音乐，总觉得贝多芬好像在对我这样说道——'喂，星野君，那一段就别提了，也没有什么。人生当中那种事也是有的。别看我这样，其实我也做了不少糊涂事，没有办法，事情就是那样。身不由己的时候也是有的。所以嘛，往下继续努力不就行了！'当然喽，贝多芬毕竟是那样一个家伙，实际上不可能那么说，但我可以真真切切地感受到他好像有那么一种心情。这样的感觉你没有过？"

石头默不作声。

"也罢，"星野说，"说千道万这只是我个人想法。不啰嗦了，静听音乐。"

两点多往窗外看去，见一只胖墩墩的大黑猫蹲在阳台扶手上往房间窥看。星野打开窗，姑且拿猫打发时间：

"喂，猫君，今天好天气啊！"

"是啊，星野小子。"猫回应道。

"乱套了！"星野摇了摇头。

叫乌鸦的少年

　　叫乌鸦的少年在森林上方缓缓飞行，像是要画很大的圆圈。画完一个，又在稍离开些的地方画同样规整的圆圈。如此在空中画出好几个，圆圈边画边消失。视线就像侦察机一样，只管注视着眼下。他仿佛在那儿搜寻什么的踪影，然而很难发现。森林如没有陆地的大海一般翻腾着铺陈开去。绿树枝纵横交错，重重叠叠，森林披着厚重的匿名外衣。天空灰云密布，无风，恩宠之光无处可觅。此时此刻，叫乌鸦的少年也许是世界上最孤独的鸟，但他没有闲情注意这些。

　　叫乌鸦的少年终于找见一处林海的缝隙，朝那里笔直飞下。缝隙下方一块俨然小广场的圆形开阔地，地面有一点点阳光照射下来，点缀似的长着绿草。端头有一块很大的圆石，上面坐着一个男子。他一身鲜红色针织运动服，头戴黑色平顶高筒礼帽，脚穿厚底登山鞋，脚旁放一个土黄色帆布袋。打扮相当奇特，但对叫乌鸦的少年来说这些怎么都无所谓。这正是他寻找的对象，打扮如何全然不在话下。

　　听得突如其来的振翅声，男子睁开眼睛，往落在旁边大树枝上的叫乌鸦的少年看去。"喂！"他以爽朗的声音招呼少年。

　　叫乌鸦的少年毫不理会，仍蹲在树枝上一眨不眨地冷冷盯视着男子的动静，只是不时歪一下脑袋。

　　"晓得你的。"男子说着，伸出一只手轻轻拿起礼帽，旋即戴回，"估计你差不多该来了。"

474

男子咳嗽一声，皱起眉头往地面吐了一口，用鞋底喀哧喀哧蹭几下。

"正赶上我休息时候，没人说话多少有点儿无聊。如何？不下来一会儿？两人坐在一起聊聊嘛！看见你是第一次，这也不是完全没有缘分吧。"男子说。

叫乌鸦的少年双唇紧闭，翅膀也紧紧贴在身上。

礼帽男子微微摇头。

"是么，原来如此，你开不得口。也罢。那么就让我一个人说好了，作为我怎么都没关系。你不开口我也知道你往下要干什么。就是说，你不想让我再往前去吧？对不对？这点儿事我也知道的，猜得出。你不希望我继续前进。而作为我当然不想就此止步。为什么呢，因为这是再没有第二回的机会，不能坐失良机，所谓千载一遇指的就是这个。"

他用手心"啪"一声打在登山靴的踝骨部位。

"从结论上说，你阻挡不了我的脚步，因为你没有那个资格。比如我可以在这里吹几声笛子，那一来你就再也不能朝我靠近，这就是我笛子的妙用。你恐怕有所不知，此笛极为特殊，和世上任何笛子都不一样。这口袋里有好几支。"

男子很小心地伸手拍了拍脚旁的帆布袋，又抬头看一眼叫乌鸦的少年停留的大树枝。

"我搜集猫魂做的笛子，被活活切割开来的生灵的魂集中起来形成的笛子。对于被活活切割的猫们我也并非没有恻隐之心，可是作为我不能不那样做。这东西是超越世俗标准的，不讲什么善、恶、爱、恨之类。所以也才有这笛子。长期以来，制作它是我的天职，而我对这天职也的确完成得很好，算是恪尽职守。无须愧对任何人的一生。娶妻、生子、做了数量充足的笛子。所以笛子再不做了。这可是仅在你我之间仅在这里才说的话——我准备用这里收集的所有笛子做一支更大的笛子，更大更强有力的笛子，自成一统的特大级笛子。我这就要去制作这种笛子的场所。至于笛子在结果上究竟是善是恶，那不是我所决定的，当然也不是你，而取决于我制作的场所和时间。在这个意义上我是个没有偏见的人，一如历史和气象，不带任何偏见。惟其没有偏见，我才可以自成一统。"

他摘下帽子，用掌心抚摸了一会儿毛发稀薄的头顶。然后戴回，用手指迅速拉正帽檐。

"一吹这笛子就能一忽儿把你赶跑，不费吹灰之力。不过可能的话现在我还不想吹，毕竟吹这笛子是需要付出一定力气的，作为我不想白费力，要尽可能为将来养精蓄锐。况且，吹也好不吹也好，反正你使出浑身解数也休想阻止我的行动。无论谁怎么说，那都是再明白不过的。"

男子又假咳一声，隔着运动服摸了几下开始凸起的腹部。

"我说，知道 limbo① 是什么吧？limbo 是横在生死之间的分界点，是冷清清暗幽幽的地方，而我现在就在那里。我死了，自愿地死了。但我还没进入下一世界。就是说，我是移行的灵魂。移行的灵魂没有形体，我现在这样子不过是临时显形，所以你不可能伤害现在的我。明白？即便我血流如注，那也并非真正的血。即便我痛苦不堪，那也不是真正的痛苦。能抹杀现在的我的，惟有具有相应资格之人。遗憾的是你不具有那个资格。不管怎么说你只不过是乳臭未干的小儿，不过是微不足道的幻影。无论以怎样固执的偏见也无法将我抹杀。"

男子对叫乌鸦的少年微微一笑。

"如何，不试试？"

这句话就像一个信号，引得叫乌鸦的少年大大地张开双翅，一踪

---

① 葡萄牙语,意为地狱的边缘(善良的非基督徒的灵魂归宿处)。或译"灵薄狱"。

脚离开树枝向男子径直扑来，简直令人猝不及防。他把两脚蹬在男子胸口，猛然回头如挥舞尖头镐一般将锋利的嘴尖朝对方右眼狠狠啄去，与此同时，漆黑的翅膀在空中啪哒啪哒发出很大的响声。男子毫不抵抗，任其啄去，手臂、手指都不动一下，甚至喊叫声也没有。不仅不喊叫，反倒出声地笑了起来。帽子掉在地上，眼珠倏忽间裂开，从眼窝里冒出。叫乌鸦的少年仍一个劲儿啄其双目。眼睛所在的部位成了空洞之后，转而啄其面部，不管哪个部位都拼命啄击不止。眨眼之间，男子的脸面伤痕累累，到处流血。脸一片血红，皮肤裂开，血沫四溅，成了一个普通的肉团。接着，叫乌鸦的少年又毫不留情地啄其头发稀薄部位。然而男子依然笑个不停，似乎好笑得不得了。叫乌鸦的少年越是猛烈啄击，他的笑声越大。

男子失去眼球的空眼窝一刻也没从叫乌鸦的少年身上移开，趁笑声间断时呛住似的说道："喏喏，所以不是跟你说了么，不要惹我笑成这样好不好？任凭你用多大力气都伤不了我半根毫毛，因为你没有那个资格。你不过是一片薄薄的幻影，不过是没人理睬的回声罢了！干什么都是徒劳。怎么还不开窍？"

叫乌鸦的少年这回把尖嘴啄进对方讲话的嘴里。一对大翅膀仍然急剧地扑棱着，好几根黑亮黑亮的羽毛脱落下来，如魂灵的残片在空中盘旋。叫乌鸦的少年啄裂男子的舌头，啄出洞来，拼出全身力气用嘴尖把它拖到外面。舌头极粗极长，拖出喉咙后仍像软体动物一样叽里咕噜爬来滚去，聚敛着黑暗的话语。没了舌头的男子到底笑不出了，连呼吸都好像十分困难。尽管如此，他还是无声地捧腹大笑。叫乌鸦的少年细听其不成声的笑声。不吉祥的空洞的笑声如掠过远方沙漠的风一般永无止息，未尝不像是另一世界传来的笛声。

第 47 章

　　天亮不久就醒来了。用电热水瓶烧水泡茶，坐在窗前椅子上往外面观望。街上仍空无人影，什么声响也听不到，甚至鸟们都没动静。由于四面围着高山，因此天亮得晚而黑得早，现在只有东山头那里隐约发亮。去卧室拿起枕边手表确认时间，手表已经停了，电子表的显示屏已经消失。胡乱按了几个按钮，完全没有反应。电池本不到没电期限，入睡时手表不知何时停了下来。把手表放回桌面，用右手在平时戴表的左手腕上搓了几下。在这个场所时间不是什么重要问题。

　　眼望鸟都不见一只的窗外风景的时间里，心想应该看一本书了。什么书都可以，只要印着字、形式是书即可。很想拿在手上翻动书页，眼睛追逐上面排列的字迹。然而一本书也没有。不仅书，字本身这里都像压根儿不存在。我再次四下打量房间，但目力所及，字写的东西一样也没发现。

　　我打开卧室的柜，查看里面的衣服。衣服叠得见棱见线放在抽屉里。哪一件都不是新衣服，颜色褪了，大概不知洗过多少次，洗得软软的，但显得十分整洁。圆领衫和内衣。袜子。有领棉布衬衫。同是棉布做的长裤。哪一件基本上——即使不算正合身——都是我穿的尺寸。全部不带花纹，无一不是素色，就好像在说世上根本就不存在什么带花纹的衣服。粗看之下，哪件衣服都没有厂家标签，什么字也没写。我脱掉一直穿着的有汗味儿的 T 恤，把抽屉里的灰 T 恤换在身上。T恤有一股阳光味儿和肥皂味儿。

没过多久——不知多久——少女来了。她轻轻敲门，没等应声就打开了门。门上没有类似锁的东西。她肩上仍挎一个大帆布包，身后的天空已经大亮。

少女和昨天一样站在厨房里，用黑色的小平底锅煎鸡蛋。把蛋打在油已加热的锅里，锅旋即"吱——"一声发出令人惬意的声响，新鲜的鸡蛋香味儿满房间飘荡开来。接着她用老影片中出现的那种款式粗笨的电烤箱烤面包片。她身穿和昨晚一样的淡蓝色连衣裙，头发同样用发卡向后拢起。肌肤光洁漂亮，两只瓷器一般的细嫩手臂在晨光下闪闪生辉。小蜜蜂从敞开的窗口飞来，意在使世界变得更加完美。她把食物端上餐桌，立即坐在旁边椅子上从侧面看我吃饭。我吃放有蔬菜的煎蛋，涂上黄油吃新鲜面包，喝香味茶。而她自己什么也不吃，什么也不喝，一如昨晚。

"进到这里的人们都自己做饭吧?"我问她，"你倒是这么为我做饭。"

"有人自己做，也有人让别人做。"少女说，"不过大体说来这里的人们不太吃东西。"

"不太吃?"

她点头："偶尔吃一点点。偶尔想吃的时候吃。"

"就是说，别人不像我现在这样吃东西?"

"你能坚持整整一天不吃?"

我摇头。

"这里的人整整一天不吃也不觉得有多么痛苦，实际上经常忘记吃喝，有时一连好几天。"

"可我还没适应这里，一定程度上非吃不可。"

"或许。"她说，"所以才由我做东西给你吃。"

我看她的脸："需要多长时间我才能适应这个场所呢？"

"多长时间？"她重复一遍，随即缓缓摇头，"那不晓得。不是时间问题，与时间的量无关。那个时候一到你就适应了。"

今天我们隔桌交谈。她双手置于桌上，手背朝上整齐地并拢。没有谜的切切实实的十根手指作为现实物存在于此。我迎面对着她，注视着她眼睫毛微妙的眨动，计算她眨眼的次数，留意她额发轻微的摇颤。我的眼睛无法从她身上移开。

"那个时候？"

她说："你不会割舍或抛弃什么。我们不是抛弃那个，只是吞进自己内部。"

"我把它吞进自己内部？"

"是的。"

"那么，"我问，"我把它吞进去的时候，到底有什么发生呢？"

少女稍稍歪头思考。歪得甚是自然，笔直的额发随之微微倾斜。

"大约你将彻底成其为你。"她说。

"就是说，我现在还不彻底是我喽？"

"你现在也完完全全是你，"说着，她略一沉吟，"但我所说的和这个多少有所不同。用语言倒是很难解释清楚。"

"不实际成为就不会真正明白？"

她点头。

看她看得累了，我闭起眼睛，又马上睁开，为了确认她是否仍在那里。

"大家在这里过集体生活？"

她又思索片刻。"是啊，大家在这个场所一起生活，确实共同使用几样东西，例如淋浴室、发电站、交易所。这方面大概有几条所谓规定什么的，但那没有多复杂，不一一动脑筋想也会明白，不一一诉诸语言也能传达。所以我几乎没有什么要教你的——什么这个这样做啦那个一定那样啦，最关键的是我们每一个人把自己融入这里，只要这样做，就什么问题也不会发生。"

"把自己融入？"

"就是说你在森林里的时候你就浑然成为森林的一部分，你在雨中时就彻底成为雨的一部分，你置身于清晨之中就完全是清晨的一部分，你在我面前你就成了我的一部分。简单说来就是这样。"

"你在我面前时你就浑然一体地成为我的一部分？"

"不错。"

"那是怎样一种心情呢？所谓你既完完全全是你又彻头彻尾成为我的一部分……"

她笔直地看着我，摸了一下发卡："我既是我又彻头彻尾成为你的一部分是极为顺理成章的事，一旦习惯了简单得很，就像在天上飞。"

"你在天上飞？"

"比如么。"她微微一笑。其中没有深意，没有暗示，纯属微笑本身。"在天上飞是怎么回事，不实际飞一飞是不会真正明白的，对吧？一回事。"

"反正是自然而然的、想都不用想的事喽？"

她点头："是的，那是非常自然、温和、安谧、想都无须想的事。浑融无间。"

"嗳，我莫不是问太多了？"

"哪儿的话，一点儿不多。"她说，"若能解释得贴切些就好了。"

"你可有记忆？"

她再次摇头，再次把手放在桌面上，这回手心朝上。她略看一眼手心，但眼睛里没现出明显的表情。

"我没有记忆。在时间不重要的地方，记忆也是不重要的。当然关于昨晚的记忆是有的。我来这里为你做炖菜，你吃得一点儿不剩，对吧？再前一天的事也多少记得。但再往前的事就依稀了。时间已融入我体内，没办法区分这个东西与另一个东西。"

"记忆在这里不是多么重要的问题？"

她莞尔一笑："是的，记忆在这里谈不上有多重要。记忆由图书馆负责，跟我们无关。"

少女回去后，我去窗前抬手对着早晨的阳光。手影落在窗台上，五根手指历历可见。蜜蜂不再飞来飞去，而是落在窗玻璃上静静歇息。看上去蜜蜂和我同样在认真思索着什么。

日过中天时分，她来到我的住处。但不是作为少女佐伯来的。她轻轻敲门，把入口处的门打开。一瞬间我没办法把少女和她区别开来，就好像事物由于光照的些微变化或风力风速的少许改变而一下子变成另一样子，感觉上她一忽儿成为少女，又一忽儿变回佐伯。但实际并非那样。站在我面前的终究是佐伯，不是其他任何人。

"你好！"佐伯的语声十分自然，一如在图书馆走廊擦身而过之时。她上身穿藏青色长袖衫，下面同是藏青色的及膝半身裙，一条细细的银项链，耳朵上一对小小的珍珠耳环。看惯了的装束。她的高跟鞋咯噔咯噔踩在檐廊上，发出短促而干脆的声音，那声音含有少许与场合不符的回声。

佐伯站在门口，保持一定距离看着我，仿佛确认我是不是真的我。但那当然是真的我，如同她是真的佐伯。

"不进来喝茶？"我说。

"谢谢！"说着，佐伯终于下定决心似的迈进房间。

我去厨房打开电热水瓶开关烧水，同时调整呼吸。佐伯坐在餐桌旁边的椅子上——刚才少女坐过的那把椅子。

"这么坐起来，简直和在图书馆里一样。"

482

"是啊,"我赞同,"只是没有咖啡,没有大岛。"

"只是一本书也没有,而且。"

我做了两个香味茶,倒进杯子拿去餐桌。我们隔桌对坐。鸟叫声从打开的窗口传来。蜜蜂仍在玻璃窗上安睡。

先开口的是佐伯:"今天到这里来,说实话很不容易,可我无论如何都想见你和你聊聊。"

我点头:"谢谢你来看我。"

她唇角浮现出一如往日的微笑。"那本来是我必须对你说的。"她说。那微笑同少女的微笑几乎一模一样,不过佐伯的微笑多少带有深度,这微乎其微的差异让我心旌摇颤。

佐伯用手心捧似的拿着杯子。我注视着她耳朵上小巧玲珑的白珍珠耳环。她考虑了一小会儿,比平时花的时间要多。

"我把记忆全部烧掉了。"她缓缓地斟酌词句,"一切化为青烟消失在天空。所以我对种种事情的记忆保持不了多久——各种各样的事,所有的事,也包括你。因此想尽快见到你,趁我的心还记得许多事的时候。"

我歪起脖子看窗玻璃上的蜜蜂,黑色的蜂影变成一个点孤零零地落在窗台上。

"首先比什么都要紧的是,"佐伯声音沉静地说,"趁还来得及离开这里。穿过森林离开,返回原来的生活。入口很快就要关上。你要保证这么做。"

我摇头道:"嗳,佐伯女士,你还不清楚,哪里都没有我可以返回的世界。生来至今,我从不记得真正被谁爱过被谁需求过,也不晓得除了自己能依靠什么人。你所说的'原来的生活',对于我没有任何意义。"

"可是你还是要返回才行。"

"即使那里什么也没有?即使没有一个人希望我留在那里?"

"不是那样的。"她说，"我希望你返回，希望你留在那里。"

"但你不在那里，是吧?"

佐伯俯视着两手拢住的茶杯："是啊，遗憾的是我已经不在那里了。"

"那么你对返回那里的我到底希求什么呢?"

"我希求于你的事只有一项，"说着，佐伯扬起脸笔直地盯住我的眼睛，"希望你记住我。只要有你记住我，被其他所有人忘掉都无所谓。"

沉默降临到我们中间。深深的沉默。一个疑问在我胸间膨胀，膨胀得堵塞我的喉咙，让我呼吸困难，但我终于将其咽了回去。

"记忆就那么重要么?"我问起别的来。

"要看情况。"她轻轻闭起眼睛，"在某些情况下它比什么都重要。"

"可是你自己把它烧掉了。"

"因为对我已没有用处了。"佐伯手背朝上把双手置于桌面，一如少女的动作，"嗳，田村君，求你件事——把那幅画带走。"

"图书馆我房间里挂的那幅海边的画?"

佐伯点头："是的。《海边的卡夫卡》。希望你把那幅画带走，哪里都没关系，你去哪里就带去哪里。"

"那幅画不归谁所有吗?"

她摇头道："那是我的东西，他去东京上学时送给我的。自那以来那幅画我从未离身，走到哪里都挂在自己房间的墙上，只是在甲村图书馆工作后才临时送回那个房间，送回原来的场所。我给大岛写了封信放在图书馆我的写字台抽屉里，信上交代我把这幅画转让给你。那幅画本来就是你的。"

"我的?"

她点头："因为你在那里。而且我坐在旁边看你。很久很久以前，在海边，天上飘浮着雪白雪白的云絮，季节总是夏季。"

我闭目合眼。我置身于夏日海边，歪在帆布椅上。我的皮肤可以感觉出粗粗拉拉的帆布质地，可以把海潮的清香深深吸入肺腑。即使闭上眼睛阳光也闪闪耀眼。涛声传来。涛声像被时间摇晃着，时远时近。有人在稍离开些的地方画我的像。旁边坐着身穿淡蓝色半袖连衣裙的少女，往这边看着。她戴一顶有白色蝴蝶结的草帽，手里抓一把沙子。笔直下泻的头发，修长有力的手指。弹钢琴的手指。两只手臂在太阳光下宛如瓷器一般泛着光泽。闭成一条线的嘴唇两端漾出自然的笑意。我爱她，她爱我。

这是记忆。

"那幅画请你一直带在身边。"佐伯说。

她起身走到窗前，眼望窗外。太阳刚刚移过中天。蜜蜂还在睡。佐伯扬起右手，手遮凉棚眺望远处，之后回头看我。

"该动身了。"她说。

我站起来走到她身边。她的耳朵碰在我的脖颈上。耳轮硬硬的感触。我把两只手掌放在她背部，努力读取那里的符号。她的头发拂掠我的脸颊。她的双手把我紧紧抱住，指尖扣进我的脊背。那是抓在时间墙壁上的手指。海潮的清香。拍岸的涛音。有人呼唤我的名字，在遥远的地方。

"你是我的母亲吗?"我终于问道。

"答案你应该早已知晓。"佐伯说。

我是知晓答案，但无论是我还是她都不能把它诉诸语言。倘诉诸语言，答案必定失去意义。

"我在久远的往昔扔掉了不该扔的东西。"她说，"扔掉了我比什么都珍爱的东西。我害怕迟早会失去，所以不能不用自己的手扔掉。我想，与其被夺走或由于偶然原因消失，还不如自行扔掉为好。当然那里边也有不可能减却的愤怒。然而那是错误的，那是我绝对不可扔掉的东西。"

我默然。

"于是你被不该抛弃你的人抛弃了。"佐伯说，"嗳，田村君，你能原谅我么?"

"我有原谅你的资格吗?"

她冲着我的肩膀一再点头。"假如愤怒和恐惧不阻碍你的话。"

"佐伯女士，如果我有那样的资格，我就原谅你。"我说。

妈妈！我说，我原谅你。你心中冰冻的什么发出声响。

佐伯默默放开我。她解开拢发的发卡，毫不犹豫地将锋利的尖端刺入右腕的内侧，强有力地。接着她用右手使劲按住旁边的静脉。伤口很快淌出血来，最初一滴落在地板时声音大得令人意外。接着，她一言不发地把那只胳膊朝我伸来，又一滴血落在地板上。我弓身吻住不大的伤口。我的舌头舔她的血，闭目品尝血的滋味。我把吸出的血含在口中缓缓咽下。我在喉咙深处接受她的血。血被我干渴的心肌静悄悄地吸入，这时我才晓得自己是何等的渴求她的心。我的心位于极远的世界，而同时我的身体又站在这里，同活灵无异。我甚至想就这样把她所有的血吸干，可是我不能那样。我把嘴唇从她手臂上移开，看着她的脸。

"再见，田村卡夫卡君。"佐伯说，"回到原来的场所，继续活下去。"

"佐伯女士，"

"什么?"

"我不清楚活着的意义。"

她把手从我身上拿开，抬头看我，伸手把手指按在我嘴唇上。"看画！"她静静地说，"像我过去那样看画，经常看。"

她离去了。她打开门，头也不回地走去外面。我立于窗前目送她的背影。她步履匆匆地消失在一座建筑物的背后，我依然手扶窗台久久地注视着她消失的地方。说不定她会想起忘说了什么而折身回来。然而佐伯没有返回。这里惟有"不在"这一形式如凹坑一般剩留下来。

一直睡着的蜜蜂醒来，围着我飞了一会儿，突然想起似的从敞开的窗口飞了出去。太阳继续照着。我回到餐桌前，坐在椅子上。桌上她的杯子里还剩有一点点香味茶，我没有碰，让它原样放在那里。杯子看上去仿佛已然失去的记忆的隐喻。

脱去新换的Ｔ恤，穿回原来有汗味儿的Ｔ恤。拿起已经死掉的手表戴到左腕，把大岛给的帽子帽檐朝后扣到脑袋上，戴上天蓝色太阳镜，穿上长袖衫，进厨房接一杯自来水一饮而尽。把杯子放进洗涤槽，回头打量一圈房间，那里有餐桌，有椅子，那是少女坐过的椅子——佐伯坐过的椅子。餐桌上有茶没喝完的杯子。我闭上眼睛做一次深呼吸。答案你应该早已知晓，佐伯说。

打开门走出。关门。下檐廊阶梯。地面上清晰地印出我的身影，好像紧贴在脚下。太阳还高。

森林入口处，两个士兵背靠着树干在等我。看见我，他们也什么都没问，似乎早已知道我在想什么。两人依然斜挎步枪。高个儿士兵嘴里叼着一棵草。

"入口还开着。"高个儿叼着草说，"至少刚才看的时候还开着。"

"用来时的速度前进不要紧吧?"壮个儿说，"跟得上?"

"不要紧，跟得上。"

"万一到那里入口已经关上，想必你也不好办。"高个儿说。

"那可就白跑一趟了。"另一个说。

"是的。"我说。

"对离开这里没什么可犹豫的?"高个儿问。

"没有。"

"那就抓紧吧！"

"最好不要回头！"壮个儿士兵说。

"嗯，不回头好。"高个儿士兵接上一句。

于是我们重新走进森林。

爬坡时我还是一晃儿回了一次头。士兵们说最好不要回头，但不能不回。那是能够眺望小镇的最后地点，这里一过，就要被树墙挡住，那个世界势必永远从我眼前消失。

街上仍空无人影。一条漂亮的小河从盆地里流过。沿街排列着不大的建筑物，等距离排开的电线杆的浓重影子投在地面上。一瞬间我僵住了，心想无论发生什么事我都必须返回那里。起码应该在那里待到傍晚。傍晚时分，提着帆布包的少女将来到我的房间。只要我需要，她就出现在那里。我胸口骤然发热，强大的磁力把我向后拉去，脚如灌铅一样动弹不得。过了这里就休想见到她了。我站住不动。我不再理会时间的脚步。我要向走在前头的两个士兵的后背打招呼：我不回去了，我还是留下来。但我没有说出声。语言已失去生命。

我夹在空白与空白之间，分不出何为正确何为不正确，甚至自己希求什么都浑浑噩噩。我独自站在呼啸而来的沙尘暴中，自己伸出的指尖都已看不见。我哪里也去不成，碎骨般的白沙将我重重包围。但佐伯不知从哪里向我开口了。"你还是要返回才行。"佐伯斩钉截铁地说，"我希望你返回，希望你在那里。"

定身法解除，我重新合为一体，热血返回我的全身。那是她给我的血，是她最后的血。下一瞬间我转身向前，朝两个士兵追去。拐弯之后，山洼中的小世界从视野里消失，消失在梦与梦之间。往下我集中注意力在森林中穿行，注意不迷路、不偏离路。这比什么都重要。

入口仍开着，到傍晚还有时间。我向两个士兵道谢。他们放下枪，和上次一样坐在平坦的大石头上。高个儿士兵把一棵草叼在嘴上。两人一口粗气也不喘。

"刺刀的用法别忘了。"高个儿说，"刺中对方后马上用力搅，把肠子搅断，否则你会落得同样下场——这就是外面的世界。"

"但不光是这样。"壮个儿说。

"当然，"高个儿清了下嗓子，"我们只谈黑暗面。"

"而且善恶的判断十分困难。"壮个儿士兵说。

"可那是回避不了的。"高个儿接口道。

"或许。"壮个儿说。

"还有一点，"高个儿说，"离开这里后，在到达目的地之前不可再次回头。"

"这点非常要紧。"壮个儿强调。

"刚才好歹挺过来了，"高个儿说，"但这次就要动真格的。路上不要回头。"

"绝对不要。"壮个儿叮嘱道。

"明白了。"我说。

我再次致谢，向两人告别："再见！"

他们站起来并齐脚跟敬礼。我不会再见到他们了，我清楚，他们也清楚。我们就这样分手了。

同士兵们分手后我一个人是怎样走回大岛的小屋的，我几乎记不得了，似乎穿越森林时我一直在想别的什么事。但我没有迷路，只依稀记得发现了去时扔在路旁的尼龙袋，几乎条件反射地拾在手里，并同样拾起了指南针、柴刀和喷漆罐。也记得我留在路旁树干上的黄色标记，看上去像大飞蛾粘在那里的羽片。

我站在小屋前的广场上仰望天空。回过神时，我的周围已活生生地充溢着大自然的交响曲：鸟的鸣叫声，小河流水声，风吹树叶声——都是很轻微的声音。简直像耳塞因为什么突然掉出来似的，那些声音充满着令人惊奇的生机，亲切地传到我的耳里。所有声音交融互汇，却又可以真切地分辨每一音节。我看一眼左腕上的手表。手表不知何时已开始显示，绿色表盘浮现出阿拉伯数字，若无其事地频频变化。4：16——现在的时刻。

走进小屋，衣服没换就上床躺下。穿过茂密的森林之后，身体是那样的渴求休息。我仰卧着闭起眼睛。一只蜜蜂在窗玻璃上歇息。少女的双臂在晨光中如瓷器般闪闪生辉。"比如么，"她说。

"看画！"佐伯说，"像我过去那样。"

雪白的沙子从少女纤细的指间滑落。海浪轻轻四溅的声音传来了。腾起，下落，溅开。腾起，下落，溅开。我的意识被昏暗的走廊般的场所吸了进去。

第 48 章

"乱套了!"星野重复一句。

"没什么可乱套的嘛,星野君。"黑猫不无吃力地说。猫的脸很大,看样子岁数不小。"你一个人挺无聊的吧? 一整天和石头说话。"

"你怎么会讲人话呢?"

"我可没讲什么人话!"

"把我搞糊涂了。那么我们为什么能这样交谈呢——猫和人之间?"

"我们是站在世界的分界线上讲共通的语言,事情简单得很。"

星野沉思起来。"世界的分界线? 共通的语言?"

"要糊涂你就糊涂着吧,解释起来话长。"说着,猫短促地晃了几下尾巴,似乎对啰嗦事表示鄙视。

"我说,你莫不是上校山德士?"星野问。

"上校山德士?"猫显得不耐烦,"那家伙谁晓得! 我就是我,不是别的什么人。普通的市井猫。"

"有名字?"

"名字总是有的。"

"什么名字?"

"土罗。"

"土罗?"星野问,"寿司用的土罗①?"

"正是。"猫说,"说实话,是附近一家寿司店饲养的。也养狗,狗名叫铁火②。"

"那,你土罗君可知道我的名字!"

"你大名鼎鼎,星野君嘛!"黑猫土罗说罢,终于笑了一瞬间。第一次看见猫笑。但那笑稍纵即逝,猫又恢复到原来无可形容的神情。"猫无所不知,中田君昨天死掉也好,那里有块不寻常的石头也好。大凡这一带发生的事,没有我不知道的,毕竟活得年头多。"

"嗬!"星野钦佩起来,"喂喂,站着说话累,不进里边来,土罗君?"

猫依然趴在扶手上不动,摇头道:"不了,我在这里挺好,进去反倒心神不定。天气又好,在这里说话蛮不错的嘛。"

"我倒怎么都无所谓。"星野说,"怎么样,肚子不饿?吃的东西我想是有的。"

猫摇摇头:"不是我夸口,食物我应有尽有,莫如说在为如何减量而苦恼。毕竟被养在寿司店,身上胆固醇越积越多。胖了,就很难在高处上蹿下跳。"

"那么,土罗君,"星野说,"今天来这里莫非有什么事?"

"啊,"猫说,"你怕够为难的吧?一个人剩下来,又要面对那么一块麻烦的石头。"

"说的是,一点不错。正为这个焦头烂额呢。"

"若是为难,我可以助一臂之力。"

"你肯相助,作为我是求之不得。"星野说,"人们常说'忙得连猫手都想借'。"

①金枪鱼中脂肪较多的部位,常用来做寿司。
②一种用生金枪鱼做的菜肴。

"问题在于石头。"说着，土罗把头摇得像拨浪鼓似的把飞来的苍蝇赶走，"只要归还石头，你的任务就算完成，想回哪里都可以。不是这样么？"

"嗯，是那么回事。只要把入口石关上，事情就彻底结束。中田也说来着，东西一旦打开，就得再关上。这是规定。"

"所以我来告诉你如何处理。"

"你知道如何处理？"

"当然知道。"猫说，"刚才我不是说了么，猫无所不知，和狗不同。"

"那，如何处理呢？"

"把那家伙除掉！"猫以奇妙的语声说。

"除掉？"

"是的，由你星野君把那家伙杀死。"

"那家伙是谁？"

"亲眼一看便知，知道这就是那家伙。"黑猫说，"但不亲眼看就莫名其妙。原本就不是实实在在有形体的东西，一个时候一个样。"

"是人不成？"

"不是人。只有这点可以保证。"

"那，外形是什么样的呢？"

"那个我不晓得。"土罗说，"刚才不是说了么，亲眼一看便知，不看不知道——说得一清二楚。"

星野叹了口气："那，那家伙的本来面目到底是什么呢？"

"那个你不知道也不碍事。"猫说，"解释起来非常麻烦。或者不如说，你还是不知道为好。反正那家伙现在老老实实的，正在黑暗处大气也不敢出地窥视着四周的动静，但不可能永远老实待着，迟早要出动。估计今天就差不多了。那家伙肯定从你面前通过。千载一遇的良机！"

"千载一遇?"

"一千年才有一次的机会。"黑猫解释道，"你在这里以逸待劳，等着除掉那家伙即可。容易得很。之后随便你去哪里。"

"除掉它在法律上没有问题吗?"

"法律我不懂。"猫说，"我终究是猫。不过那家伙不是人，跟法律应该没有关系。说千道万，总之要干掉那家伙。这点市井猫都明白。"

"可怎么干掉好呢? 多大、外形什么样都不了解嘛! 这样，干的方案就定不下来。"

"怎么干都行。拿锤子打、用菜刀捅、勒脖子、用火烧、张嘴咬——只管用你中意的办法，总之弄到断气就是。以横扫一切的偏见斩草除根。你不是参加过自卫队么? 不是拿国民的纳税钱学过开枪么? 刺刀的磨法不也学了么? 你不是士兵么? 如何干掉自己动脑筋好了!"

"在自卫队学的是普通战争的打法，"星野有气无力地争辩，"根本没接受过用铁榔头伏击不知大小不知外形的不是人的东西的训练。"

"那家伙想从 '入口'进到里面去。"土罗不理会星野的辩解，"但是不能进入里面，无论如何绝对不能放入。要在那家伙进入'入口'前把它干掉，这比什么都要紧。明白? 错过这次就没有下次了。"

"千年一次的机会。"

"正确。"土罗说，"当然千年一次这说法在措辞上……"

"不过么，土罗君，那家伙没准十分危险吧?"星野战战兢兢地问，"我是想把它干掉，但反过来被它干掉可就万事休矣。"

"移动时间里估计没有多大危险。"猫说，"移动终止时才有危险，危险得不得了。所以要趁它移动时干掉，给它致命一击。"

"估计?"

黑猫未予回答，眯细眼睛伸个懒腰，缓缓站起："那么再见，星野君。一定要稳准狠地把它干掉，否则中田君死不瞑目。你喜欢中田君，是吧?"

"啊，那是个好人。"

"所以要干掉那家伙，以横扫一切的偏见斩草除根。那是中田君所希望的。而你是能为中田君做到的。你继承了资格。这以前你一直在回避人生责任，活得稀里糊涂。现在正是还账的时机。不要畏畏缩缩。我也在后面声援你!"

"让我很受鼓舞。"星野说，"那，我现在心生一念……"

"什么?"

"入口石之所以还开着没关上，说不定是为了把那家伙引出来?"

"有那个可能。"黑猫土罗一副无所谓的口气，"对了，星野君，有一点忘说了——那家伙只在夜间行动，大概夜深时分。所以你要白天把觉睡足，晚上打盹让它跑掉就麻烦了。"

黑猫轻巧地从扶手往下跳到旁边的房脊，笔直地竖起黑尾巴走开了。块头儿虽然不小，却很敏捷。星野从阳台上目送其背影，猫则一次也没回头。

"得得，"星野说，"一塌糊涂!"

猫消失后，星野先进厨房寻找能当武器的东西。里面有刀尖锋利的切生鱼片刀和状如柴刀的沉重菜刀。厨房里只有简单的烹调用具，惟独菜刀种类相当齐全。除了菜刀，还找到了沉甸甸的大号铁锤和尼龙绳，碎冰锥也有。

这种时候有支自动步枪可就解决问题了，星野边找边想。在自卫队时学过自动步枪，射击训练次次成绩不俗。当然厨房里没有什么自动步枪，何况在这么幽静的住宅区打一梭子自动步枪，肯定惹出一场轰动。

他把两把菜刀、碎冰锥、铁锤和尼龙绳摆在客厅茶几上，手电筒也放了上去，然后在石头旁坐下，摸着石头。

"得得，昏天黑地！"星野对石头说，"居然要拿铁锤和菜刀同莫名其妙的东西搏斗，这像什么话嘛！而且是附近黑猫指示的！站在我星野君角度想想好了，一塌糊涂！"

石头当然没有应声。

"黑猫土罗君估计那家伙没有危险，但终究是估计。作为预测未免乐观。万一阴差阳错忽然跑出一个《侏罗纪公园》那样的家伙，我星野君可如何是好呢？不就鸣呼哀哉了？"

无言。

星野拿起铁锤挥舞几下。

"不过回想起来，一切都属身不由己。说到底，从在富士川高速公路服务站让中田搭车开始，作为命运想必就已安排好了，结局必然如此。蒙在鼓里的只有我星野君一个。命运这东西真是莫名其妙。"星野说，"喂，石头君，你也这么想的吧？"

无语。

"啊，算了算了。说来说去，路毕竟是我自己选的，只能奉陪到底。出来怎样一个青面獠牙的家伙自是判断不出，也罢，作为我星野君也只管竭尽全力就是。此生虽短，快活事时不时也受用了，有趣场景也经历了。据黑猫土罗的说法，这可是千年一次的机会。我星野君在此花落灯熄未尝不是造化。一切都因为中田。"

石头依然缄默无声。

星野按猫说的在沙发上打盹以备夜战。依猫之言睡午觉固然奇妙，不过实际躺倒之后足足睡了一个小时。傍晚，进厨房把冷冻咖喱海虾解冻，搁在饭上吃了。暮色降临之后，他在石旁坐下，把菜刀和铁锤放在手够得到的地方。

星野熄掉房间照明，只留一盏小台灯。他觉得这样好些。既然那家伙夜间才动，还是尽量弄暗些为好，作为我星野君也想速战速决。好咧，要动就动吧，快快决一胜负，往下我还要回名古屋宿舍给某处的一个女孩打电话呢。

星野对石头也几乎不搭话了。他缄口不语，时而觑一眼手表，无聊时就拿起菜刀和铁锤挥舞一番。他想，假如发生什么，那也要在真正的深夜。不过也有可能提前发生，作为他不可错过机会，毕竟千年一次。不能粗心大意。嘴里闲得难受了，就嚼一片苏打饼干，喝一小口矿泉水。

"喂，石头君，"子夜时分星野低声道，"这回好歹熬过十二点了，正是妖怪出动时分。关键时刻到了，咱俩可得看准，看到底发生什么！"

星野手摸石头。石头表面似乎多少增加了温度，但也许是神经过敏的关系。他像鼓励自己似的一再用手心抚摸石头。

"你石头君也要在背后支援我哟！我星野君是多少需要那种精神支援的。"

三点刚过，从中田尸体所在房间里传来窸窸窣窣的响动，就像有什么在榻榻米上爬。可是中田那个房间没有榻榻米，地上铺着地毯。星野抬起头，细听那响动。没听错。什么响动不知道，总之中田躺的房间里显然发生了什么。心脏在胸腔里发出很大的声音。星野右手紧握寿司刀，左手拿起手电筒，铁锤插进裤腰带，从地上站起。"好咧！"他不知对谁说了一声。

他蹑手蹑脚走到中田房间门前，悄悄打开，按下手电筒开关，把光柱迅速朝中田尸体那里扫去，因为窸窸窣窣无疑是从那里传来的。手电筒光柱照出一个白白长长的物体，物体正从已死的中田口中一扭一扭蠕动着往外爬，形状让人想起黄瓜。粗细同壮男人胳膊差不多，全长不知多长，出来了大约一半。身体上像有黏液，滑溜溜地泛着白光。为了让那家伙通过，中田的嘴跟蛇口一样张得很大很大，大概下巴骨都掉了。

星野咕噜一声吞了口唾液，拿手电筒的手瑟瑟颤抖，光柱随之摇动。罢了罢了，这东西可如何干掉？看上去无手无脚无眼无鼻，滑溜溜没有抓手，怎样才能把这样的家伙弄断气呢？它到底算何种生物呢？

这家伙莫非像寄生虫一样一直躲在中田体内？还是说它类似中田的魂灵呢？不，那不至于，那不可能，星野凭直觉坚信。如此怪模怪样的家伙不可能在中田体内，这点事我也清楚。这家伙恐怕是从别的地方来的，无非想通过中田钻到入口里面，无非擅自跑来想把中田当作通道巧妙利用，而中田是不该被这样利用的。无论如何要把它干掉。如黑猫土罗所说，以横扫一切的偏见斩草除根！

他毅然决然走到中田跟前，把切生鱼片刀朝大约是白东西脑袋的部位扎去。拔出又扎。反复了不知多少次。然而几乎没有手感，简直就像咕哧一下子扎进了软乎乎的蔬菜。滑溜溜的白色表皮下面没有肉，没有骨，没有内脏，没有脑浆。一拔刀，伤口马上被黏液封住，没有血也没有体液冒出。星野想，这家伙毫无感觉！这白色活物不管星野怎么击打都满不在乎，仍然从中田口中缓慢而坚定地继续外爬。

星野把切生鱼片刀扔在地上，折回客厅拿起茶几上类似柴刀的大号菜刀返回，使出浑身力气朝那白色活物砍去。脑袋部位应声裂开。不出所料，里面什么也没有，塞的全是同表皮一样的白浆浆的东西。但他还是连砍数刀，终于将头的一部分砍掉。砍掉的部分在地板上如蛞蝓一样拧动片刻，死去似的不再动了。然而这也未能阻止其余部分继续伸展。伤口立即被黏液封住，缺少的部分又鼓出恢复原状，仍在不断外爬，就好像什么事也没发生。

白色活物从中田口中一节节外爬，几乎全部爬出。全长将近一米，还带有尾巴。由于有尾巴，总算分出了前后。尾巴如鳃鱼又短又粗，尖端则陡然变细。没有腿。眼睛没有嘴没有鼻子没有，但毫无疑问它是有意志的东西，莫如说这家伙只有意志，星野无端地清楚这一点。这家伙只是在移动过程中因为某种原由偶然采取了这一形体。星野脊背一阵发冷。总之非把它干掉不可。

星野这回用铁锤试了试。几乎无济于事。用铁疙瘩一砸，砸的部位固然深陷，但很快被软乎乎的皮肤和黏液填满复原。他拿来小茶几，拎着茶几腿往那白物身上猛打。可是无论怎么用力都阻止不了白物的蠕动。速度绝对不快，但无疑正朝着隔壁入口石那边如笨蛇一般蠕动着爬去。

这家伙跟任何活物都不一样，星野想道，使用任何武器看来都奈何不得。没有该刺的心脏，没有该勒的脖子。到底怎么办呢？但死活不能让它爬进"入口"，因为这家伙是邪恶之物，黑猫土罗说过"一看便知"，一点不错，一看就知道不能放它活着。

星野返回客厅寻找可以当武器用的东西，但什么也没找到。随后，目光蓦地落在脚下石头上。入口石！说不定可以用它把那家伙砸死。在淡淡的黑暗中，石头看上去比平时约略泛红。星野蹲下试着搬了搬。石头死沉死沉的，纹丝不动。

"噢，你成入口石了。"星野说，"这就是说，只要在那家伙赶来之前把你关上，那家伙就进不来了。"

星野拼出所有力气搬石，然而石头还是不动。

"搬不动啊！"星野喘着粗气对石头说，"我说石头君，看来你比上次还重，重得我胯下两个蛋蛋都快掉了。"

背后"嚓嚓"声仍在继续，白色活物正稳稳地向前推进。时间已经不多了。

"再来一次！"说罢，星野双手搭上石头，狠狠吸一口气，鼓满肺叶，憋住，将意识集中于一处，两手扣住石头两侧。这次再搬不起来就没有机会了。看你的了，星野君！星野对自己招呼道。胜负在此一举，决一死战！旋即他拼出浑身力气，随着吆喝声双手搬石。石头多少离开了点地面。他又一鼓劲，像撕离地面一般把石头搬起。

脑袋里一片空白。感觉上双臂肌肉似乎正一块块断开。两个蛋蛋大概早已掉落。但他还是没有放开石头。他想起中田，中田为此石的开关缩短了生命，自己无论如何要替中田把事情最后做完。继承了资格，黑猫土罗说。全身肌肉渴望供给新的血液，肺叶为造血而渴望必要的新鲜空气。然而不能呼吸。他知道自己正无限接近于死亡，虚无的深渊已在他眼前张开巨口。但星野再次集中所有能集中的力气把石头搬到胸前，终于向上举起，"砰"一声翻过来放在地上。石头震得地板摇摇晃晃，玻璃窗嘎嘎作响。重量实在惊人。星野一下子坐在那里，大口喘气。

"干得好，星野君！"稍后星野自言自语道。

入口关闭之后，那白色活物收拾起来远比预想的容易，因为出路已被堵死。白物也明白这点，它已不再前进，在房间左顾右盼寻找藏身之处，也许想返回中田口中。但它已没有足够的力气逃走了，星野迅速追上，挥舞柴刀一般的菜刀把它砍成几段，又进一步剁碎。白色碎块在地上挣扎了不一会儿脱了力动弹不得，硬硬地蜷缩起来死了。地毯被黏液粘得白光闪闪。星野把这些碎尸块用畚箕撮在一起装进垃圾袋，拿细绳扎紧，又用另一个垃圾袋套上，又用细绳扎紧，再套上一个壁橱里的厚布袋。

如此处理完毕，星野瘫痪似的蹲在地上，大口大口呼吸，两手瑟瑟发抖。想说句什么，却说不出。

"成功了，星野君！"过了一会儿，星野对自己说道。

攻击白色活物和翻石头时发出那么大的声音，星野担心公寓里的人会被惊醒报警。幸好什么也没发生，没有警笛响，没有敲门声。在这种地方遭遇警察可不是好玩的。

被碎尸万段装进口袋的白色东西再也不会起死回生了，这点星野也心里清楚，那家伙已无处可去。不过慎重总没有坏处，天亮时在附近海岸烧掉好了，烧成灰，完了回名古屋。

时近四点，天将破晓。该动身了。星野把替换衣服塞进自己的宽底旅行包，出于慎重，太阳镜和中日Dragons棒球帽也收入包内。最后的最后再被警察逮住可就前功尽弃了。还带了一瓶色拉油以便点火。又想起《大公三重奏》CD，也一并装进旅行包。最后走到中田躺的床头。空调仍在以最强档运转，房间里冷如冰窖。

"喂，中田，我要走了。"星野说，"对不起，我不能永远留在这里。到了车站给警察打个电话，叫他们来收老伯你的遗体。下面的事就交给和蔼可亲的警察先生好了。往后再不会相见了，我不会忘记老伯的，或者不如说想忘也不那么容易。"

空调咔嗒一声停了下来。

"我嘛，老伯，我是这样想的，"星野继续道，"往后每当遇上点儿什么，我大概都要这么想：若是中田这种时候会怎么说，若是中田这种时候会怎么做。我认为这相当重要。就是说，在某种意义上中田的一部分日后也将活在我的身上。说起来，我的确不是什么了不起的容器，不过总比什么也不是强些吧。"

但他现在搭话的对象不过是中田的空壳。最重要的内核早已去了别的什么地方。对此星野也一清二楚。

"喂，石头君，"星野对石头也打了招呼。他抚摸石头的表面。石头又回到原先什么也不是的石头，冷冰冰粗拉拉的。

"我该走了，这就回名古屋。你也和中田老伯一样，只能委托给警察了。本该把你领回原来的神社，但我星野君记忆力不好，实在想不起神社在哪里了。是对你不起，原谅我吧，别报应我。一切都是按上校山德士说的办的。所以嘛，要报应就报应那家伙好了。但不管怎么说遇见你也是有幸，石头君，对你我也是忘不掉的。"

之后，星野穿上耐克厚底轻便运动鞋，走出公寓。门也没关。右手提着自己的宽底旅行包，左手拎着装有白色活物尸体的布口袋。

"诸君，升火时间已到！"他仰望黎明时分的东方天空说道。

第49章

第二天早上九点多，听到汽车引擎声越来越近，我走到门外。不久，一辆车头高耸、轮胎粗重的小型卡车出现了。四轮驱动的达特桑①，看上去至少半年没洗车。车厢里放有两块似乎用了很久的长形冲浪板。卡车在小屋跟前停住，引擎关掉后，四下重归寂静。车门打开，一个高个子男人从车上下来，身穿偏大的白 T 恤和土黄色半长裤，脚上一双鞋跟磨偏的轻便运动鞋，年龄三十光景，宽肩，晒得没有一处不黑，胡须大概三天没刮，头发长得盖住耳朵。我猜测大约是大岛那位在高知开冲浪器材店的哥哥。

"噢！"他招呼一声。

"您好！"我说。

他伸出手，我们在檐廊上握手。手很大。我猜中了，果真是大岛的哥哥。他说大家都叫他萨达②。他说话很慢，字斟句酌，仿佛在说时间有的是不用急。

"高松打来电话，叫我来这里接你，带你回去。"他说，"说那边有什么急事。"

"急事？"

"是的。内容我不知道。"

"对不起，劳您特意跑来。"

"那倒没有什么。"他说，"能马上收拾好？"

"五分钟就行。"

我归拢衣物塞进背囊的时间里，大岛的哥哥吹着口哨帮忙拾掇房间，关窗，拉合窗帘，检查煤气阀，整理剩余食品，简单刷洗水槽。从他的一举一动不难看出他已非常熟练，仿佛小屋是自己身体的延伸。

"我弟弟看来对你很满意。"大岛的哥哥说，"弟弟很少满意别人，性格多少有问题。"

"待我十分热情。"

萨达点头："想热情还是可以非常热情的。"他简洁地表达看法。

我坐上卡车副驾驶席，背囊放在脚下。萨达发动引擎，挂挡，最后从车窗探出头来，从外侧再次慢慢查看小屋，之后踩下油门。

"我们兄弟为数不多的共同点之一就是这座深山小屋。"萨达以熟练的手势转动方向盘沿山路下山，"两人都不时心血来潮到这小屋独自过上几天。"他推敲了一阵子自己刚才出口的语句，继续说道："对我们兄弟来说，这里是非常重要的场所，现在也同样。每次来这里都能得到某种力量，静静的力。我说的你可明白？"

"我想我明白。"

"弟弟也说你能明白。"萨达说，"不明白的人永远不明白。"

褪色的布面椅罩上粘有很多白色狗毛。狗味儿里掺杂着海潮味儿。还有冲浪板打的石蜡味儿、香烟味儿。空调的调节钮已经失灵。烟灰缸里堆满烟头。车门口袋里随手插着没带盒的卡式磁带。

"进了几次森林。"我说。

"很深地？"

"是的。"我说，"大岛倒是提醒我不要进得太深。"

---

① 日本日产公司出产的卡车。
② 在日语中这两个字有"潦倒"之意。

"可是你进得相当深?"

"是的。"

"我也下过一次决心进得相当深。是啊,已是十年前的事了。"

随后他沉默了好一会儿,意识集中在把着方向盘的双手上。长长的弯路一段接一段。粗轮胎把小石子挤飞到崖下。路旁时有乌鸦,车开近了它们也不躲避,像看什么珍稀玩意儿似的定定地注视着我们通过。

"见到士兵了?"萨达若无其事地问我,就像在问时间。

"两个士兵?"

"是的。"说罢,萨达瞥一眼我的侧脸,"你走到了那里?"

"嗯。"

他右手轻握方向盘,沉默良久。没有发表感想,表情也没改变。

"萨达先生,"

"嗯?"

"十年前见那士兵时做什么来着?"我问。

"我见到那两个士兵,在那里做什么了?"他把我的问话原样重复了一遍。

我点头等他回答。他从后视镜里查看后面的什么,又将视线拉回到前面。

"这话我跟谁都还没有说过,"他说,"包括弟弟——不知是弟弟还是妹妹,怎么都无所谓,算是弟弟吧。弟弟对士兵的事一无所知。"

我默默点头。

"而且我想这话往后也不会对谁说了,即使对你。我想你大概往后也不会对谁讲起,即使对我。我说的意思你明白?"

"我想我明白。"

"什么原因可知道?"

"因为即使想说也无法用语言准确表达那里的东西，因为真正的答案是不能诉诸语言的。"

"是那么回事。"萨达说，"一点不错。所以，不能用语言准确表达的东西，最好完全不说。"

"即使对自己?"

"是的，即使对自己。"萨达说，"即使对自己也最好什么都不说。"

萨达把 COOLMINT 口香糖递给我，我抽一片放在嘴里。

"冲过浪?"他问。

"没有。"

"有机会我教你。"他说，"当然是说如果你愿意的话。高知海岸的波浪极好，人也不多。冲浪这东西远比外观有深意。我们通过冲浪学会顺从大自然的力量，不管它多么粗暴。"

他从 T 恤口袋里掏出香烟叼在嘴里，用仪表板上的打火机点燃。

"那也是用语言说不明白的事项之一，是既非 Yes 又非 No 的答案里面的一个。"说着，他眯细眼睛，向车窗外缓缓吐了口烟。"夏威夷有个叫 TOILET BOWL①的地方，撤退的波浪和涌来的波浪在那里相撞，形成巨大的漩涡，像便盆里的水涡一样团团打转。所以，一旦被卷到那里面去，就很难浮上来。有的波浪很可能让你葬身鱼腹。总之在海里你必须老老实实随波逐流，慌慌张张手刨脚登是什么用也没有的，白白消耗体力。实际经历过一次，你就会晓得再没比这更可怕的事了。不过，不克服这种恐惧是不能成为一个合格的冲浪手的。要单独同死亡相对、相知，战而胜之。在漩涡深处你会考虑各种各样的事，在某种意义上就是同死亡交朋友，同它推心置腹。"

他在篱笆那里跳下卡车，关门上锁，又摇晃了几下大门，确认是

---

① 意为"便盆碗"。

否关好。

往下我们一直沉默着。他打开调频音乐节目开着车，但我知道他并没怎么听那东西，只是象征性地开着而已。进隧道时广播中断只剩下杂音，他也毫不介意。由于空调失灵，驶上高速公路后车窗也开着没关。

"如果想学冲浪，来我这里好了。"望见濑户内海时萨达开口了，"有空房间，随你怎么住。"

"谢谢。"我说，"迟早会去一次，什么时候倒定不下来。"

"忙？"

"有几件事必须解决，我想。"

"那在我也是有的。"萨达说，"非我乱吹。"

接下去我们又许久没有开口。他想他的问题，我想我的问题。他定定地目视前方，左手放在方向盘上，不时吸烟。他不同于大岛，不会超速，右臂肘搭在打开的车窗上，以法定速度沿着行车线悠悠行驶，只在前面有开得太慢的车时才移到超车线，有些不耐烦地踩下油门，旋即返回行车线。

"您一直冲浪？"我问。

"是啊。"他说。往下又是沉默。在我快要忘记问话时他总算给了回答："冲浪从高中时代就开始了，偶一为之。真正用心是在六年前，在东京一家大型广告代理店工作来着。工作无聊，辞职回这里干起了冲浪。用积蓄加上向父母借的钱开了冲浪器材店。单身一人，算是干上了自己喜欢的事。"

"想回四国的吧？"

"那也是有的。"他说，"眼前若是有海没山，心里总觉得不踏实。人这东西——当然是说在某种程度上——取决于生长的场所。想法和感觉大约是同地形、温度和风向连动的。你哪里出生？"

"东京。中野区野方。"

"想回中野区?"

我摇头道:"不想。"

"为什么?"

"没理由回去。"

"原来如此。"他说。

"和地形、风向都不怎么连动,我想。"

"是吗。"

其后我们再度沉默。但对于沉默的持续,萨达似乎丝毫不以为意,我也不太介意。我什么也不想,呆呆地听广播里的音乐。他总是眼望道路的前方。我们在终点驶下高速公路,向北进入高松市内。

到甲村图书馆是下午快一点的时候。萨达让我在图书馆前下来,自己不下车,不关引擎,直接回高知。

"谢谢!"

"改日再见。"他说。

他从车窗伸出手轻轻一挥,粗重的轮胎发出 "吱呀"一声开走了——返回大海的波浪,返回他自身的世界,返回他自身的问题之中。

我背着背囊跨进图书馆的大门,嗅一口修剪整齐的庭园草木的清香,觉得最后一次看图书馆似乎是好几个月前的事情了,可一想才不过四天之前。

借阅台里坐着大岛。他少见地打着领带,雪白的扣领衬衫,芥末色条纹领带,长袖挽在臂肘那里,没穿外衣。面前照例放一个咖啡杯,台面上并排放两支削好的长铅笔。

"回来了?"说着,大岛一如往日地微微一笑。

"你好!"我寒暄道。

"我哥哥送到这儿的?"

508

"是的。"

"不怎么说话的吧?"大岛说。

"多少说了一些。"

"那就好,算你幸运。对有的人、有的场合,一言不发的时候甚至也有。"

"这里发生了什么?"我问,"说有急事……"

大岛点头。"有几件事必须告诉你。首先,佐伯去世了。心脏病发作。星期二下午伏在二楼房间写字台上死了,我发现的。猝死。看上去不痛苦。"

我先把背囊从肩头拿下,放在地板上,然后坐在旁边一把办公椅上。

"星期二下午?"我问,"今天星期五,大概?"

"是的,今天星期五。星期二领人参观完后去世的。或许应该更早些通知你,但我也一时没了主意。"

我沉在椅子里,移动身体都很困难。我也好大岛也好都久久保持着沉默。从我坐的位置可以看见通往二楼的楼梯:擦得黑亮黑亮的扶手,转角平台正面的彩色玻璃窗。楼梯对我有着不一般的意义,因为从楼梯上去可以见到佐伯,而现在则成了不具任何意义的普普通通的楼梯。她已不在那里。

"以前也说过,这大约是早已定下的事。"大岛说,"我明白,她也明白。但不用说,实际发生之后,令人十分沉重。"

大岛在此停顿良久。我觉得我应该说句什么,可话出不来。

"根据故人遗愿,葬礼一概免了。"大岛继续道,"所以静悄悄地直接火化了。遗书放在二楼房间她的写字台抽屉里,上面交代她的所有遗产捐赠给甲村图书馆。勃朗·布兰自来水笔作为纪念留给了我。留给你一幅画,那幅海边少年画。肯接受吧?"

我点头。

“画已包装好了，随时可以拿走。”

“谢谢。”我终于发出声音了。

“嗯，田村卡夫卡君，”说着，大岛拿起一支铅笔，像平时那样团团转动，“有一点想问，可以吗？”

我点头。

“关于佐伯的去世，不用我现在这么告诉——你已经知道了吧？”

我再次点头：“我想我知道。”

“就有这样的感觉。”大岛长长地吁了口气，“不想喝水什么的？老实说，你的脸像沙漠。”

“那就麻烦你了。”喉咙的确渴得厉害，大岛这么一说我才意识到。

我把大岛拿来的加冰冷水一饮而尽。脑袋深处隐隐作痛。我把喝空的玻璃杯放回台面。

“还想喝？”

我摇头。

“往下什么打算？”大岛问。

“想回东京。”我说。

“回东京怎么办？”

“先去警察署把以前的情况说清楚，否则以后将永远到处躲避警察。下一步我想很可能返校上学。我是不愿意返校，但初中毕竟是义务教育，不能不接受的。再忍耐几个月就能毕业，毕了业往下就随便我怎样了。”

“有道理。”大岛眯细眼睛看我，“这样确实再好不过，或许。”

“渐渐觉得这样也未尝不可了。”

“逃也无处可逃。”

“想必。”我说。

“看来你是成长了。”

我摇头，什么也没说。

大岛用铅笔带橡皮的那头轻轻顶住太阳穴。电话铃响了，他置之不理。

"我们大家都在持续失去种种宝贵的东西，"电话铃停止后他说道，"宝贵的机会和可能性，无法挽回的感情。这是生存的一个意义。但我们的脑袋里——我想应该是脑袋里——有一个将这些作为记忆保存下来的小房间。肯定是类似图书馆书架的房间。而我们为了解自己的心的正确状态，必须不断制作那个房间用的检索卡。也需要清扫、换空气、给花瓶换水。换言之，你势必永远活在你自身的图书馆里。"

我看着大岛手中的铅笔。这使我感到异常难过。但稍后一会儿我必须继续是世界上最顽强的十五岁少年，至少要装出那种样子。我深深吸一口气，让空气充满肺腑，将感情的块体尽量推向深处。

"什么时候再回这里可以么？"我问。

"当然。"大岛把铅笔放回借阅台，双手在脑后合拢，从正面看我的脸，"听他们的口气，一段时间里我好像要一个人经管这座图书馆。恐怕需要一个助手。从警察或学校那里解放出来自由以后，并且你愿意的话，可以重返这里。这个地方也好，这个我也好，眼下哪也不去。人是需要自己所属的场所的，多多少少。"

"谢谢。"

"没什么。"

"你哥哥也说要教我冲浪。"

"那就好，哥哥中意的人不多。"他说，"毕竟是那么一种性格。"

我点头，并且微微一笑。一对难兄难弟。

"嗳，田村君，"大岛盯视着我的脸说，"也许是我的误解——我好像第一次见到你多少露出点笑容了。"

511

"可能。"我的确在微笑。我脸红了。

"什么时候回东京？"

"这就动身。"

"不能等到傍晚？图书馆关门后用我的车送你去车站。"

我想了想摇头道："谢谢。不过我想还是马上离开为好。"

大岛点点头。他从里面房间拿出精心包好的画，又把《海边的卡夫卡》环形录音唱片递到我手里。

"这是我的礼物。"

"谢谢。"我说，"想最后看一次二楼佐伯的房间，不要紧的？"

"还用说。尽管看好了。"

"您也一起来好么？"

"好的。"

我们上二楼走进佐伯的房间。我站在她的写字台前，用手悄然触摸台面。我想着被台面慢慢吸入的一切，在脑海中推出佐伯脸伏在桌上的最后身姿，想起她总是背对窗口专心写东西时的形影。我总是为佐伯把咖啡端来这里，每次走进打开的门，她都抬起脸照例朝我微笑。

"佐伯女士在这里写什么了呢？"我问。

"不知道她在这里写了什么。"大岛说，"但有一点可以断言，她是心里深藏着各种各样的秘密离开这个世界的。"

深藏着各种各样的假说，我在心里补充一句。

窗开着，六月的风静静地拂动白色花边窗帘的下摆。海潮味儿微微飘来。我想起海边沙子的感触。我离开桌前，走到大岛那里紧紧抱住他的身体。大岛苗条的身体让我回想起十分撩人情怀的什么。大岛轻轻抚摸我的头发。

"世界是隐喻，田村卡夫卡君。"大岛在我耳边说，"但是，无论对我还是对你，惟独这座图书馆不是任何隐喻。这座图书馆永远是这座图书馆。这点无论如何我都想在我和你之间明确下来。"

"当然。"我说。

"非常 solid①、个别的、特殊的图书馆。其他任何东西都无法取代。"

我点头。

"再见,田村卡夫卡君。"

"再见,大岛。"我说,"这条领带非常别致。"

他离开我,直盯盯地看着我的脸微笑:"一直在等你这么说。"

我背起背囊走到车站,乘电气列车到高松站,在车站售票口买去东京的票。到东京应是深夜。恐怕先要在什么地方投宿,然后再回野方的家。回到一个人也没有的空荡荡的家,又要在那里落得孤身一人。没人等我归去。可是除了那里我无处可归。

用车站的公共电话打樱花的手机。她正在工作。我说只一会儿就行。她说不能说得太久。我说三言两语即可。

"这就返回东京。"我说,"眼下在高松站。只想把这个告诉你一声。"

"离家出走已经停止了?"

"我想是那样的。"

"的确,十五岁离家出走未免早了点儿。"她说,"回东京做什么呢?"

"大概要返校。"

"从长远看,那确实不坏。"

"你也要回东京吧?"

"嗯。估计要到九月份。夏天想去哪里旅行一趟。"

"在东京肯见我?"

---

① 意为"固体的、坚实的、实心的"。

"可以呀，当然。"她说，"能告诉你的电话号码？"

我说出自己家的电话号码。她记下。

"嗳，最近梦见了你。"她说。

"我也梦见了你。"

"噢，莫不是很黄的梦？"

"或许。"我承认，"不过终归是梦。你的梦呢？"

"我的梦可不黄。梦见你一个人在迷宫般的大房子里转来转去。你想找一个特殊房间，却怎么也找不到。而同时那房子里又有一个人转着圈找你。我叫着喊着提示你，但声音传不过去。非常可怕的梦。由于梦中一直大喊大叫，醒来疲劳得很，所以对你非常放心不下。"

"谢谢。"我说，"但那终归是梦。"

"没发生什么不妙的事？"

"不妙的事什么也没发生。"

不妙的事什么也没发生，我如此讲给自己听。

"再见，卡夫卡君。"她说，"得接着工作了。不过若是想跟我说话，随时往这里打电话。"

"再见，"我说。"姐姐！"我加上一句。

跨桥，过海，在冈山站换乘新干线，在座席上闭起眼睛，让身体适应列车的振动。脚下放着包装得结结实实的《海边的卡夫卡》画。我的脚一直在体味它的感触。

"希望你记住我。"佐伯定定直视我的眼睛，"只要有你记住我，被其他所有人忘掉都无所谓。"

有比重的时间如多义的古梦压在你身上。为了从那时间里钻出，你不断地移动。纵然去到世界边缘，你恐怕也逃不出那时间。但你还是非去世界边缘不可，因为不去世界边缘就办不成的

514

事也是有的。

车过名古屋时下起了雨。我看着在发暗的玻璃窗上划线的雨珠。如此说来，出东京时也好像下雨来着。我想着在各种地方下的雨：下在森林中的雨，下在海面上的雨，下在高速公路上的雨，下在图书馆上的雨，下在世界边缘的雨。

我闭目合眼，释放身体的力气，缓松紧张的肌肉，倾听列车单调的声响。一行泪水几乎毫无先兆地流淌下来，给脸颊以温暖的感触。它从眼睛里溢出，顺着脸颊淌到嘴角停住，在那里慢慢干涸。不要紧的，我对自己说，仅仅一行。我甚至觉得那不是自己的泪水，而是打在车窗上的雨的一部分。我做了正确的事情么？

"你做了正确的事情。"叫乌鸦的少年说，"你做了最为正确的事情。其他任何人都不可能做得像你那么好。毕竟你是现实世界上最顽强的十五岁少年。"

"可是我还没弄明白活着的意义。"我说。

"看画，"他说，"听风的声音。"

我点头。

"这你能办到。"

我点头。

"最好先睡一觉。"叫乌鸦的少年说，"一觉醒来时，你将成为新世界的一部分。"

不久，你睡了。一觉醒来时，你将成为新世界的一部分。

村上春树年谱

1949 年

　　1 月 12 日出生于日本关西京都市伏见区，为国语教师村上千秋、村上美幸夫妇的长子。 出生不久，家迁至兵库县西宫市夙川。

1955 年　6 岁

　　入西宫市立香栌园小学就读。

1961 年　12 岁

　　入芦屋市立精道初级中学就读。

1964 年　15 岁

　　入兵库县神户高级中学就读。

1968 年　19 岁

　　到东京，入早稻田大学第一文学部戏剧专业就读。

1971 年　22 岁

　　以学生身份与夫人阳子结婚。

1974 年　25 岁

开办爵士乐酒吧。

1975 年　26 岁

大学毕业。 毕业论文题目是《美国电影中的旅行思想》。

1979 年　30 岁

长篇小说《且听风吟》出版，获第 23 届群像新人奖。

1980 年　31 岁

长篇小说《一九七三年的弹子球》出版。

1981 年　32 岁

转让酒吧，专业从事创作。 移居千叶县船桥市。 与村上龙的对谈集《慢慢走，别跑》出版。

1982 年　33 岁

长篇小说《寻羊冒险记》出版，获野间文艺新人奖。

1983 年　34 岁

曾赴希腊旅行。 短篇集《去中国的小船》、《遇到百分之百的女孩》、插图短篇集《象厂喜剧》出版。

1984 年　35 岁

曾赴美国旅行。 短篇集《萤》、随笔集《村上朝日堂》出版。

1985 年　36 岁

长篇小说《世界尽头与冷酷仙境》、短篇集《旋转木马鏖战记》、插图童话《羊男的圣诞节》、与川本三郎合作的评论集《电影冒险记》出版。 《世界尽头与冷酷仙境》获第 21 届谷崎润一郎奖。

1986 年　37 岁

移居神奈川县大矶町，赴意大利、希腊旅行。 短篇集《再袭面包店》、随笔集《村上朝日堂的卷土重来》、插图随笔集《朗格汉岛的午后》出版。

1987 年　38 岁

从希腊回国。 随笔集《日出国的工厂》、长篇小说《挪威的森林》出版。

1988 年　39 岁

曾赴伦敦、意大利、希腊、土耳其旅行。 长篇小说《舞！舞！

舞!》出版。

1989 年　40 岁

曾赴希腊、德国、奥地利旅行，回国后赴纽约。随笔集《村上朝日堂 嗨嗬!》、《小而有用的事》出版。

1990 年　41 岁

回国。短篇集《电视人》、八卷本《村上春树作品集，1979—1989》、旅行记《远方的鼓声》、《雨天炎天》出版。

1991 年　42 岁

赴美国新泽西州普林斯顿大学任客座研究员。

1992 年　43 岁

长篇小说《国境以南　太阳以西》出版。

1993 年　44 岁

赴美国马萨诸塞州剑桥城塔夫茨大学任职。

1994 年　45 岁

曾赴中国、蒙古旅行。随笔集《终究悲哀的外国语》、长篇小说《奇鸟行状录》第一、二部出版。

1995 年　46 岁

从美国回国。《奇鸟行状录》第三部出版。

1996 年　47 岁

在东京采访地铁沙林毒气事件受害者。随笔集《村上朝日堂日记·漩涡猫的找法》、短篇集《列克星敦的幽灵》、对谈集《去见村上春树·河合隼雄》出版。《奇鸟行状录》获第 47 届读卖文学奖。

1997 年　48 岁

东京地铁沙林毒气事件受害者采访集《地下》、随笔集《村上朝日堂是如何锻造的》、文学评论集《为了年轻读者的短篇小说导读》、插图传记集《爵士乐群英谱》出版。

1998 年　49 岁

旅行记《边境·近境》、漫画集《毛绒绒软蓬蓬》、《地下》的续篇《约定的场所》出版。《约定的场所》获 1999 年度桑原武夫奖。

1999 年　50 岁

曾赴北欧旅行。长篇小说《斯普特尼克恋人》出版。

2000 年　51 岁

短篇集《神的孩子全跳舞》出版。

2001 年　52 岁

插图传记集《爵士乐群英谱 2》、随笔集《村上广播》、插图随
笔集《轻飘飘》出版。

2002 年　53 岁

长篇小说《海边的卡夫卡》、插图旅行记《如果我们的语言是
威士忌》出版。

2003 年　54 岁

E-mail 通讯集《少年卡夫卡》出版。

2004 年　55 岁

长篇小说《天黑以后》出版。

2005 年　56 岁

插图小说《奇怪的图书馆》、随笔集《没有意义就没有摇摆》出版。

2006 年　57 岁

短篇集《东京奇谭集》出版。

2007 年　58 岁

获 2006 年度朝日奖。随笔集《谈跑步时我说的东西》、插图小说集《村上曲》出版。

2009 年　60 岁

长篇小说《1Q84》第一、二部出版。

2010 年　61 岁

长篇小说《1Q84》第三部出版。

2012 年　63 岁

与小泽征尔合著的《谈小泽征尔与音乐》获第 11 届小林秀雄奖。

2013 年　64 岁

长篇小说《没有色彩的多崎作和他的巡礼年》出版。

2014 年　65 岁

短篇集《没有女人的男人们》出版。

2017 年　68 岁

长篇小说《刺杀骑士团长》出版。